FOLIO SCIENCE-FICTION

Serge Brussolo

La Planète
des Ouragans

Rempart des naufrageurs
La petite fille et le doberman
Naufrage sur une chaise électrique

Denoël

Cet ouvrage a été précédemment publié en trois volumes dans la collection Présence du futur aux Éditions Denoël.

Écrivain prolifique, adepte de l'absurde et de la démesure, Serge Brussolo, né en 1951, a su s'imposer à partir des années 80 comme l'un des auteurs les plus originaux de la science-fiction et du roman policier français. La puissance débridée de son imaginaire, les visions hallucinées qu'il met en scène, lui ont acquis un large public et valu de figurer en tête de nombreux palmarès littéraires.

Le syndrome du scaphandrier, *La nuit du bombardier* ou *Boulevard des banquises* témoignent de l'efficacité de son style et de sa propension à déformer la réalité pour en révéler les aberrations sous-jacentes.

Rempart des naufrageurs

CHAPITRE PREMIER

Le vent se leva au moment même où l'astronef
posait son train d'atterrissage sur la piste bétonnée de
l'aéroport.

À l'instant précis où les grosses ventouses métalliques montées sur vérin entraient en contact avec le
sol — agrandissant le réseau de lézardes sillonnant
l'aire de stationnement —, le souffle déferla sur les
bâtiments, fouettant les lignes sans grâce d'une architecture presque uniquement composée de dômes jouf-
flus percés de meurtrières. La secousse ébranla le gros
cargo, et les membrures du fuselage émirent une note
creuse qui réveilla David. Tout de suite après une nuée
de détritus envahit l'espace. Des journaux détrempés,
portés par la tourmente, mais aussi des cartons d'emballage, des sacs de plastique ou de cellophane, de la
paille et des débris de cageots...

Ces ordures palpitaient dans le vent comme de gros
oiseaux flasques. Les journaux, les revues, battaient
des pages tels des volatiles à ailes multiples ; des
sachets arborant les noms et les emblèmes de divers
supermarchés montaient vers le ciel comme des mont-

golfières boursouflées. Cet essaim gifla l'astronef, se plaquant contre ses flancs avec une rage étrange. En quelques secondes l'énorme appareil ovoïde se retrouva complètement « enveloppé » par la gangue de paperasses. Les journaux mouillés adhérèrent aux hublots, les obturant les uns après les autres, les ordures s'engouffrèrent dans les tuyères encore brûlantes, s'y carbonisant comme dans un four crématoire.

David quitta sa couchette, enfila un slip et marcha vers le hublot. Mais il ne vit rien qu'un titre à l'encre grasse collé en travers de la fenêtre circulaire : *Il réalisait des enregistrements stéréophoniques des cris de ses victimes. Le juge d'instruction...*

Le reste se perdait de l'autre côté du fuselage.

Le jeune homme retourna s'asseoir au bord de la couchette. Au fur et à mesure que les quotidiens s'amassaient sur l'astronef la luminosité baissait à l'intérieur de la cabine. Bientôt les titres s'enchevêtrèrent, gommant totalement le ciel. Une pénombre de cachot dévora les douze mètres carrés de la chambre. Toujours figé, David regardait s'entrecroiser les « chapeaux » des articles à sensation qu'égrenaient les colonnes parallèles. Il avait l'impression qu'une foule hargneuse s'acharnait à l'emmurer, clouant planche sur planche dans un souci d'étanchéité frisant la folie. Dans la lumière mourante il aperçut encore quelques titres :

Frappé par la foudre, un enfant voit le voltage de son cerveau décuplé, et se met à prédire l'avenir...

Une race de chien anthropophage ayant l'aspect bien connu du caniche nain, la préfecture déclare...

L'humidité montait le long de ses jambes, hérissant sa chair et ratatinant son scrotum. À présent il faisait nuit. Il n'eut pas le courage de se lever pour tourner le commutateur.

On frappa à la porte. Deux coups timides.

Comme il ne répondait pas, le battant s'entrebâilla et un visage de jeune fille se hasarda dans le rai lumineux. C'était presque une enfant. Elle avait le crâne parfaitement rasé, une peau très pâle, des membres fragiles comme ceux d'un lévrier. Il savait qu'elle s'épilait consciencieusement tout le corps ainsi que les cils et les sourcils. (Elle l'avait déclaré ingénument au cours d'un repas, deux jours après le début de la traversée, ce qui avait d'ailleurs provoqué le rire acerbe de Judi Van Schul.) Cette nudité entretenue avec méticulosité accentuait encore l'apparente vulnérabilité de sa chair.

— David ? murmura-t-elle, nous avons atterri, nous sommes sur Santäl. Vous ne venez pas ? Ils vont commencer les formalités de débarquement.

— J'arrive, lâcha le garçon ; j'arrive. Merci Saba.

Elle eut une protestation polie et referma le battant. Quel âge avait-elle ? Seize ans ? Dix-sept ?

« — Sûrement pas ! avait ricané Judi lorsqu'il avait évoqué la chose, elle est à peine pubère. C'est une Cythonienne qui fait son voyage d'initiation. Si elle sort de l'enfance c'est le bout du monde. De toute manière, elle ne doit pas avoir grand-chose à s'épiler, non ? »

Et elle avait vidé son verre en étouffant un rire graveleux. Mais le jeune homme savait qu'elle exagérait à dessein.

David se releva, entreprit de rassembler ses bagages. Pendant qu'il s'affairait les paroles prononcées par l'adolescente quelques jours plus tôt lui revinrent à l'esprit :

« — Chez nous, sur Cythonnia, chaque fois que naît un enfant, ses parents l'abandonnent deux nuits durant entre les mains d'une sorcière. Cette pythonisse, dont la tâche principale est de prédire l'avenir, détermine alors avec une extrême précision ce que sera la vie du nouveau-né au cours des prochaines décennies, tout au long de ce trajet qui le mènera jusqu'à la mort. Dès que la vision est achevée, elle tatoue alors sur le dos, le ventre et les membres du petit, les différentes phases de cette révélation... Le corps devient ainsi le support d'une sorte d'agenda du futur où sont consignés les faits marquants ou graves qui émailleront la vie du sujet. Cet agenda, cet « emploi du temps », reste toutefois invisible, indiscernable même à la loupe car la devineresse use pour ce faire d'une encre sympathique dont elle a seule le secret ! Une encre incolore, laiteuse, qui ne laisse aucune trace sur l'épiderme et dont les pigments ne brunissent qu'en certaines circonstances bien précises...

« — Mais encore ? » avait insisté David incrédule.

Saba ne parut pas s'offusquer.

« — L'encre sympathique des sorciers de Cythonnia n'active les acides aminés des pigments épidermiques qu'au soleil de Santäl, dit-elle, au moins de juin, lorsque les feux du ciel atteignent à leur apogée.

« — Vous voulez dire que si un Cythonnien traverse

le cosmos de manière à débarquer sur Santäl en plein été, ses tatouages apparaissent ?

« — Exactement. Comme une photographie dans un bain de produit révélateur. L'encre jusqu'alors invisible devient dorée, puis brune. Noire enfin. Et l'agenda du futur se dessine doucement sur la peau de celui qui s'expose, étalant ses révélations. Mais cela ne peut se produire qu'en un seul endroit et à un seul moment. Il faut beaucoup de courage pour aller jusqu'au bout de la quête. Une fois sur Santäl, il convient encore de rejoindre la zone équatoriale, et cette contrée qu'on surnomme le désert de verre, là où le soleil est réputé le plus brûlant. Beaucoup renoncent avant la fin du voyage. Cette quête du futur est aussi une initiation : elle trempe l'âme et le corps. Au terme de la route on est devenu fort, et cette force est nécessaire lors de la révélation finale. Croyez-moi, David, il faut avoir la totale maîtrise de ses nerfs pour résister à l'affolement qui vous gagne quand le bronzage se met à écrire le futur sur votre peau... Quand vous lisez brusquement au-dessus de votre nombril que les trois enfants qui sortiront de votre ventre mourront dans une inondation, quand la phrase qui encercle votre sein gauche égrène chiffre à chiffre la date précise de votre mort... Certains renoncent tout de suite et prennent la fuite dès que commencent à brunir les prédictions. D'autres, endurcis par le trajet, les embûches, restent nus sous les rayons, acceptant avec une grande force d'âme de déchiffrer les prophéties une à une. Je sais ce que vous allez dire David : "Pourquoi vouloir connaître l'avenir ?" Mais pour organiser nos sentiments, bien sûr, pour se débarrasser des espoirs inutiles, éviter les fausses pistes. Pour savoir avec précision quelle est notre place dans l'ordre du monde. C'est une école de stoïcisme. Personne ne nous contraint à entreprendre cette longue quête. La révélation est une possibilité qui nous est offerte. Libre à nous d'en profiter ou de garder frileusement la tête dans le sable. Le bronzage pour un Cythonnien est loin d'être une activité futile. Il y joue sa tranquillité d'esprit, il peut y perdre le refuge douillet d'un confort moral gouverné par l'ignorance du lendemain... Je ne sais pas si j'aurai moi-même la force d'aller jusqu'au bout. Peut-être m'enfuirai-je avant d'avoir aperçu les sables blancs du désert de verre et les pentes du volcan qui en marque le centre ? Qui sait ? »

Cette profession de foi avait considérablement impressionné David, et, malgré lui, il s'était laissé aller à détailler du coin de l'œil les bras et les cuisses nus de l'adolescente, mais sa chair pâle, d'un rose fragile de pâte d'amande, était bien vierge de toute inscription. Les prédictions demeuraient pour l'heure invisibles, noyées dans la masse cellulaire de l'épiderme, fantômes menaçants que seul le soleil de Santäl pouvait matérialiser. Le paradoxe aurait pu être amusant mais David ne parvint pas à en sourire.

« — Et vous ? avait alors questionné Saba. Que venez-vous faire sur Santäl ? Excusez-moi, je suis peut-être indiscrète ? »

David avait hoché la tête, hésitant, soudain gêné par la futilité de ses propres motivations :

« — Je travaille pour un club de loisirs qui fonctionne à l'échelle galactique. Une sorte de super-agence de voyages, si vous préférez. Nous cherchons à implanter un camp de vacances où seraient regroupées toutes les activités sportives utilisant la force motrice du vent : vol à voile, régates, deltaplane, etc. Comme on a surnommé Santäl "la planète des sept vents", je viens en repérage. Voilà... »

Saba avait paru se satisfaire de cette réponse et n'avait manifesté aucun mépris. David en avait été soulagé.

Il boucla ses bagages, s'assura qu'il n'avait rien oublié. Après une seconde de passage à vide il ouvrit la porte et sortit dans la coursive. Ils avaient effectué la traversée ballottés au cœur d'un vaisseau vétuste. Un vieux cargo mixte aux membrures éternellement gémissantes. Un astronef hors d'âge, aux boulons arthritiques, aux ressorts ankylosés. Des caillebotis caoutchoutés jetés bout à bout formaient le plancher des couloirs. Leurs couleurs dépareillées faisaient songer à des cases de jeu de société. On avait envie de ne s'y déplacer qu'en répondant aux injonctions d'un dé ou d'une carte piochée au dos d'un quelconque talon. Il faisait très sombre, et le boyau métallique encombré de câbles réunis en faisceaux empestait l'ozone. Un haut-parleur grillagé nasillait *Om twaalf uur middernacht* (À minuit...) de N'Koulé Bassaï dans la version de 56 enregistrée à Hambourg. David se demanda ce qu'un disque si rare faisait à bord d'une telle épave.

Il arriva enfin dans un sas vaste comme un hall de gare, que divisaient un nombre incalculable de passe-

relles et de praticables. Les treuils hurlaient, tirant de
l'abîme de la cale les caisses de marchandises. Aucune
n'était frappée du sigle « Fragile » car Santäl impor-
tait surtout du plomb de lest, des enclumes et des
ancres de navire... David remarqua qu'on n'avait pas
encore déverrouillé l'écoutille d'évacuation. Les rares
passagers du cargo mixte palabraient avec les représentants de la douane.

Judi Van Schul se tenait à l'écart, fumant nerveusement une cigarette au papier rouge. C'était une grande
femme frisant la quarantaine, aux pommettes fortement marquées et au nez fin comme une lame. Elle
avait coupé ses cheveux d'un noir bleuté en brosse
sèche, hérissée. Elle était belle mais dure, avec une
bouche musclée aux lèvres avides. Son corps sentait la
pratique assidue des techniques musculatoires. Elle
s'habillait toujours de vêtements collants qui trahis-
saient le gonflement fibreux de ses bras ou de ses
cuisses lors du moindre mouvement. David savait
qu'elle représentait une quelconque firme pharma-
ceutique, et qu'elle venait sur Santäl pour y vendre des
produits de régime. Elle le salua d'un geste bref.

— Nous attendons les dernières formalités, lança-
t-elle d'une voix goudronnée par l'abus de tabac. Vous
n'ignorez pas qu'ils ne nous laisseront pas sortir sans
tenue réglementaire ?

— Ah ?

— Oui, c'est à cause du vent. Ils savent ce qu'ils
font, ne refusez pas de vous plier aux coutumes, on
vous contraindrait à rester à bord jusqu'à la fin de la
tempête.

Un douanier fit son apparition, traînant des sacs où étaient entassées des combinaisons de cuir semblables à des tenues de moto. La distribution commença. David reçut l'un des vêtements. Le cuir en était écaillé, labouré comme si une troupe de chats furieux s'était acharnée à le mettre en charpie. Des pièces de renforts avaient été cousues en maints endroits et des plaques de métal convexe rivetées aux coudes et aux genoux. L'intérieur de la combinaison comportait un épais rembourrage. David s'habilla en grommelant et tira la fermeture sous son menton. Il étouffait déjà. L'étrange costume lui donnait l'impression d'être cousu entre deux matelas.

— N'oubliez pas vos casques ! lança le fonction-naire. Et respectez les consignes de sécurité. Le vent souffle en ce moment à deux cents kilomètres à l'heure. Vous pouvez donc considérer que vous avez la chance de bénéficier d'une accalmie. Restez tou-jours encordés et n'enlevez jamais vos casques, ils sont conçus de manière à filtrer la poussière ; de plus ils vous éviteront d'être étouffés par les sacs en plastique ou les journaux détrempés que la tempête plaquerait sur votre visage nu...

Une nouvelle distribution amena entre les mains du jeune homme une boule d'acier cabossée percée d'une mince fente horizontale à la hauteur des yeux. Une bande de plexiglas protégeait cette lucarne rectiligne. Des orifices d'aération avaient été prévus à de mul-tiples endroits, assurant une ventilation constante. David coiffa le heaume, en boucla la jugulaire.

— Vos bagages seront acheminés plus tard, précisa

le douanier, lorsque la tempête sera calmée. Maintenant, si vous voulez bien vous encorder...

On leur passa un câble muni de mousquetons qu'ils durent fixer à la ceinture renforcée qui leur entourait la taille. David chercha Judi et Saba du regard, mais il fut incapable de les identifier au milieu de ce troupeau casqué qui semblait se préparer pour un tournoi de motocross. On les poussa doucement dans le sas. Ils piétinèrent à la queue leu leu, engoncés, pataugeds. Ridicules. Gêné par celui qui le précédait, David ne vit pas s'ouvrir l'écoutille mais le souffle de la tornade envahit brutalement le caisson, lançant au-devant des voyageurs une sorte de mur élastique qui les rejeta au fond de la pièce. Ils durent véritablement lutter contre ce bouchon invisible pour parvenir à poser le pied sur la passerelle de débarquement.

Cramponnés à la main courante ils descendirent marche après marche tandis que l'ouragan lançait sur eux ses cohortes de détritus. Des boîtes de conserve ricochaient sur les casques, des lambeaux de journaux entortillaient des bandelettes humides autour de leurs bras et de leurs chevilles. Le temps de descendre cinquante marches, ils étaient couverts d'effilochures putrides, de chiffons ou de papiers d'emballage.

Le « taxi » les attendait au bas de l'échelle, sous la forme d'un énorme cheval de labour caparaçonné de plomb comme pour un tournoi médiéval. Un homme en armure était juché sur son échine, et David nota que le scaphandre de fer du cavalier ne faisait qu'un avec le caparaçon. Pour éviter que l'homme soit désarçonné par les rafales on avait soudé ensemble l'armure du « chevalier » et celle de la bête, transformant le pilote en une sorte de centaure involontaire. Malgré le poids fabuleux de la chape métallique qui le recouvrait du museau à la queue l'animal piaffait d'impatience. David tituba, fasciné par cet équipage moyenâgeux. Déjà la cordée s'amarrait à la croupe du percheron, plus précisément à un anneau fixé sur la barde de dos. Le chanfrein masquait totalement le crâne du cheval et se terminait par un filtre antipoussière protégeant les naseaux.

Le cavalier cogna du poing sur le caparaçon, donnant le signal du départ. La monture se mit immédiatement en marche, traînant dans son sillage les voyageurs encordés comme des prisonniers ou des esclaves. David essaya tant bien que mal de calquer son pas sur celui de ses compagnons, mais la tempête ne cessait de lui accrocher des lambeaux de chiffons ou de papier aux mollets et aux chevilles. Il oscillait comme un ivrogne, les bras écartés pour maintenir son équilibre. À plusieurs reprises il fut aveuglé par des sacs en plastique qui se collèrent à son casque et contre lesquels il dut lutter à grands coups d'ongles. Alors que la colonne quittait l'aéroport, il aperçut un chien, la tête enveloppée dans un sachet de nylon portant le nom d'un supermarché, et qui se débattait pour échapper à l'asphyxie. L'emballage plaqué par le vent adhérait complètement à l'ossature de son museau, le privant d'air. Il se roulait sur le trottoir, les pattes secouées de convulsions. Le cheval, lui, avançait tête basse, sa barde de poitrail fendant la pluie de débris comme le rostre d'une galère déchire les vagues.

Parfois une bouteille vide explosait sur le caparaçon, projetant des éclats en tous sens.

La cordée titubait dans ce tumulte, zigzaguant d'un pas somnambulique, sans rien voir de la ville, de ses rues ou de son architecture. La fente réduite des casques de protection s'ouvrait sur un paysage fou de tourbillons. Un univers de taches mouvantes, un essaim hétéroclite tout droit sorti de la ruche, des poubelles ou des terrains vagues. Une bouteille fila soudain sur la chaussée avec un grondement creux et frappa David à la cheville. Il perdit l'équilibre, entraînant dans sa chute ses compagnons d'attelage. Ils roulèrent, cul par-dessus tête, les reins sciés par la traction de la corde, tandis que le cheval — imperturbable — poursuivait sa marche obstinée. Ils terminèrent le parcours à plat ventre sur l'asphalte, raclant le sol de leurs genouillères métalliques. Le câble tendu ne leur permettait pas de se relever. Sans la protection des combinaisons de cuir matelassées, ils auraient eu le corps labouré par les aspérités du trottoir. Le cheval ne ralentissait toujours pas, les tirant dans son sillage comme de vulgaires condamnés.

Ses sabots éveillèrent enfin un écho sonore et David comprit qu'il s'engageait sous une voûte de pierre. Presque aussitôt le vent cessa et la mitraille d'ordures s'évanouit. La bête s'arrêta. Quelqu'un fit coulisser une porte à glissière derrière les voyageurs, isolant l'abri de la tourmente qui rabotait les rues. Le jeune homme se redressa. Un portier en uniforme froissé l'aida à se défaire de la corde et des mousquetons. David balbutia un vague remerciement et déboucla la jugulaire du casque.

Ils se trouvaient dans le hall d'un hôtel aux dorures ternies. Les moulures baroques sinuant sur les parois sentaient affreusement le stuc. Des banquettes de cuir et des fauteuils élimés avaient été disposés au petit bonheur. Une odeur de friture flottait dans l'air et le garçon nota avec stupéfaction qu'un grand baquet de graisse rose avait été oublié derrière une colonnade. À cet instant le cheval hennit en déversant plusieurs kilos de crottin sur le marbre du hall. Le portier ne parut pas attacher d'importance à la colline d'excréments fumants et poussa sans ménagement les voyageurs vers le comptoir de la réception.

Judi Van Schul posa la main sur l'épaule de David. Malgré le rembourrage de la combinaison celui-ci sentit les doigts durs lui meurtrir la peau.

— Pas trop secoué ? s'enquit-elle.

David ouvrit la bouche pour répondre mais les mots restèrent bloqués dans sa gorge. Il venait d'aviser un tableau vivant qui faisait dresser les cheveux sur la tête : au centre du hall, sur une estrade tendue de velours bleu, une croix avait été dressée. Un aigle et une jeune femme nue s'y trouvaient présentement crucifiés. L'oiseau et la fille avaient été superposés de manière à ce que les clous perçant les paumes de la suppliciée traversent ensuite les ailes du rapace avant de s'enfoncer dans le bois de la croix. Les omoplates de la jeune femme reposaient sur le ventre de l'oiseau qui, dans une vaine tentative de fuite, lui avait labouré les épaules à coups de bec. Des filets de sang séché tissaient un réseau compliqué entre les clavicules et les seins nus de la martyre. Ses côtes saillaient à chaque inspiration, tirant la peau blême de son ventre. Des croûtes emplissaient ses paumes crevées et les plumes du rapace collaient à sa sueur. David fit un pas en avant. Judi le retint.

— Allons ! siffla-t-elle avec ironie, ne vous emballez pas, il s'agit tout bêtement d'une cérémonie religieuse. Cette gamine est volontaire. Les clous symbolisent l'enracinement, la volonté farouche des hommes et des bêtes d'échapper au souffle de la tempête.

— Mais elle doit souffrir...

— Mais non, les prêtres ont dû lui faire avaler un quelconque analgésique. Plaignez plutôt l'oiseau, personne ne lui a demandé son avis avant de le clouer sur ce bout de bois !

David réprima un frisson, il ne pouvait détacher ses yeux des mains et des ailes fixées les unes sur les autres au moyen de gros clous de charpentier. Une contraction viscérale lui noua les intestins, mettant tous ses sphincters en alarme.

La petite vieille en blouse grise qui trônait derrière le comptoir de la réception s'empara de son passeport. Elle recopia quelque chose dans un registre à l'aide d'un porte-plume anachronique et grimaça un sourire.

— Bienvenue sur Santäl, coassa-t-elle en lui rendant le document.

David était assis dans le hall, au creux d'un fauteuil fatigué. Quelques minutes plus tôt un serveur avait posé à côté de lui un verre ballon empli d'un alcool jaunâtre et d'une demi-rondelle de citron en murmurant :

« — Avec les compliments de la direction. »

Au seuil de la porte à glissière fermant la salle, un homme casqué et revêtu de la classique combinaison de cuir s'enduisait copieusement de graisse. Il puisait la boue rose et huileuse à même le baquet disposé au bout du tapis rouge d'accueil, et s'en frictionnait avec le soin méticuleux d'un nageur se préparant à traverser la Manche. L'ombre de Judi fila sur le tapis avant d'escalader l'accoudoir du fauteuil.

— Qu'est-ce qu'il fiche ? interrogea David avec mauvaise humeur.

La femme brune gloussa.

— Il va sortir, expliqua-t-elle. Comme le vent est de plus en plus violent, il ne pourra pas tenir debout. Grâce à la graisse, il va se coucher sur le trottoir et laisser le souffle le pousser de rue en rue. On appelle ça « faire la luge » ; ça coûte moins cher qu'un taxi et c'est plus amusant. Il suffit de s'allonger sur l'asphalte, dans la position du nageur de brasse. Le vent se charge du reste, il vous transforme en homme-canon, en obus. Vous filez le long des boulevards à la vitesse de l'éclair. Bien sûr il faut que le trajet soit court, sinon le costume de cuir partirait en lambeaux sous l'action du frottement. Il faut aussi savoir jouer avec les courants d'air, calculer sa trajectoire, se défier des trombes qui peuvent vous faire exploser la tête contre un mur. Dès que la météo annonce une tempête, la voirie s'empresse de graisser avenues et boulevards ; c'est une coutume bien établie. Le matelas d'ordures facilite ensuite les glissades. Beaucoup de gens utilisent ce moyen de locomotion. Nous l'essaierons si cela vous tente, c'est tellement plus drôle que le ski...

David retint un grognement. L'alcool avait un goût médicamenteux plutôt désagréable.

— Vous guettez vos bagages ? demanda-t-il. On ne les a pas encore livrés.

Judi émit un claquement de langue irrité.

— J'espère que mes colis supporteront bien les manipulations. J'ai insisté auprès du laboratoire pour obtenir des conditionnements de caoutchouc antichocs pour les coffrets d'ampoules, mais on a bien sûr chipoté sur le prix de revient. J'ai dû accepter le polyester. Pourvu qu'il n'y ait pas trop de casse.

— Mais qu'est-ce que vous vendez exactement ?

— Un dérivé de l'aurothioglucose qui provoque des lésions des noyaux ventromédians de l'hypothalamus...

— Quoi ?

— En clair, disons que quiconque subit une injection de ce produit se retrouve immédiatement atteint d'hyperphagie, de boulimie. Il va se mettre à manger avec un appétit inextinguible jusqu'à devenir obèse...

David écarquilla les yeux.

— C'est de la folie pure et simple ! hoqueta-t-il. Et vous voulez vendre ça ?

Judi eut un sourire froid.

— Bien sûr. Ces produits sont utilisés dans le cadre d'un régime obésifiant tout spécialement étudié. Sur Santäl des tas de gens sont prêts à payer une fortune pour devenir énormes. L'obésité hypothalamique provoquée est une pratique courante en laboratoire. La stimulation forcée du centre de la faim résout le problème de l'écœurement, du blocage psychologique chez les personnes normalement non prédisposées à l'obésité.

— Et vous allez monnayer cette affreuse camelote sur Santäl ?

— Exactement ! Mon petit David, vous ne connaissez pas grand-chose au monde qui nous entoure. Nous sommes ici dans un autre univers. Mais j'oublie toujours que vous ne vous intéressez qu'aux sports de plein air, excusez-moi. Peut-être voyagerons-nous ensemble ?

— Vous allez jusqu'au désert de verre ? Jusqu'à ce volcan au nom impossible ?

— Le volcan ? On l'appelle le rempart des naufrageurs ; un peu trop poétique bien sûr, j'en conviens. Oui, je prospecterai jusque-là, après on entre en zone mortelle, pas question d'y mettre le pied. Seule cette petite pucelle de Saba passera outre, je suppose. Tant pis pour elle, je crois qu'elle n'aura même pas le temps de déchiffrer les premières lignes de son foutu horoscope épidermique !

— C'est si dangereux ?

— Pire encore. Santäl est un piège intermittent. Une planète convulsionnaire. Vous vous en apercevrez assez vite. Et probablement à vos dépens !

Elle fit volte-face et s'éloigna en suivant l'une des diagonales du carrelage.

David demeura ancré entre les bras du fauteuil défraîchi. L'alcool gras lui avait laissé un goût de levure sur les lèvres. Il considéra la voûte menant à la porte d'accès, au bout du hall, et éprouva soudain le besoin de se secouer. Judi lui avait donné une idée.

Il se leva et s'approcha de la tringle supportant les costumes de protection. Après une vague hésitation il endossa l'une des combinaisons de cuir matelassé. Les alvéoles de caoutchouc qui tapissaient l'intérieur du vêtement adhérèrent aussitôt à sa peau comme les ventouses roses et contractiles d'une pieuvre. Ces mille baisers-succions étaient autant de petites bouches voraces accompagnant ses membres dans chacun de leurs mouvements. C'était comme si l'on avait cousu des lèvres avides sur le cuir, des lèvres gonflées, charnues, à la vie indépendante. Des abouchements de sangsues. David tira la fermeture Éclair. Maintenant il était empaqueté dans son scaphandre de muqueuses-tampons, de ventouses pare-chocs.

Restait le casque. Il y enfonça sa tête comme s'il se coiffait du crâne d'un géant, d'une tête de mort, d'une boule d'os bien trop grande pour lui. Il eut la sensation diffuse de se préparer pour une cérémonie religieuse. Les habits de protection se faisant sacerdotaux, magiques. Il puisa la graisse rose à l'aide de la louche fixée au baquet. La gelée tremblotait, confiture de méduse, semence colloïdale à l'odeur aigre. Il s'en barbouilla. Le cuir usé but cette offrande par toutes ses lézardes, buvard de cuir maltraité, couturé. David se frictionna, partagé entre la jubilation et le dégoût, comme un enfant en bas âge qui joue avec ses excréments, les mange, crache, pleure... et recommence. La graisse était collante, ferme. Elle ne coulait pas mais s'accrochait, formant couche après couche une carapace translucide.

David se détourna du cuvier, marcha vers la sortie. Le gardien se retira vivement à l'abri d'une guérite de verre et enfonça la manette qui commandait l'ouverture de la porte à glissière. David courut, buta sur le rail et s'étala en travers du trottoir...

Tout de suite il partit à la dérive. Il glissait sur une patinoire de saindoux. Le vent s'emparait de lui. C'était une grande chose molle et forte qui s'asseyait sur son dos, l'écrasait et en même temps le propulsait. Le trottoir se mit à défiler sous son ventre dans un chuintement de boue malaxée. Le jeune homme ne souffrait pas des chocs. Les alvéoles de caoutchouc les absorbaient et les digéraient à sa place. La rue était toboggan, David y fora sa trouée au milieu des chiffons de papier. Il chargeait avec le bataillon des ordures. Homme-canon des poubelles, il jetait ses soixante-quinze kilos de chair dans la succion de la tourmente. Le frottement alluma une chaleur diffuse sous son ventre. Ce n'était pas désagréable.

Il chargeait avec l'armée des bouteilles, l'escadron des boîtes de conserve cabossées. Au coude à coude avec les déchets de la cité.

Au-dessus de lui, un nuage de sacs de plastique s'épanouit comme une colonie de méduses en migration. Il les accompagnait. Les maisons, les murs, n'étaient plus que des surfaces grises qui défilaient. Au ras de la chaussée, il jouissait de la perspective des bêtes à quatre pattes. L'horizon s'appelait caniveau, les gouffres : bouches d'égout. Il roulait sur le matelas de débris, il s'intégrait aux avalanches molles. Il prenait sans cesse de la vitesse et les vibrations de la course commençaient à anesthésier ses terminaisons nerveuses. Le vent ramonait les rues, des tonnes de détritus explosaient en tourbillons aux carrefours.

David avait perdu la notion du temps. Maintenant la combinaison le brûlait. Il écarta bras et jambes pour freiner sa course. Tout près de lui il vit passer un corps disloqué par les multiples rebonds d'une trajectoire mal calculée. Le frottement de l'asphalte avait fini par effilocher le vêtement de cuir, y ouvrant de larges trous. La chair rabotée s'effritait par ces déchirures et une traînée sanguinolente s'inscrivait dans le sillage du cadavre. Bientôt les muscles disparaîtraient à leur tour sous les coups de meule de la route, et la carcasse se viderait de sa tripaille, abandonnant ses viscères en pleine course, comme un avion largue ses bombes en piqué.

David s'accrocha à un lampadaire. La secousse explosa dans ses poignets. Le courant migrateur refusait cette initiative. Couché sur le sol, les doigts rivés autour du poteau de fer, le jeune homme eut l'impression d'être suspendu au-dessus d'un abîme, de s'agripper à une saillie sur la paroi d'une montagne. L'aspiration horizontale lui faisait perdre le sens de l'attraction planétaire. Il ne distinguait plus le haut du bas, le dressé du couché. Alors qu'il ne faisait que glisser à la surface du trottoir il croyait tomber comme une pierre du haut d'une falaise. Son esprit se brouillait. Il attendait l'écrasement.

Le cadavre, lui, avait continué de filer en ligne droite. David le vit piquer sur un mur contre lequel le casque éclata avec un bruit sec de bocal brisé. Des choses molles, grises et rouges, disparurent aussitôt, nettoyées par l'aspiration. Le corps sans tête tournoya et repartit à la dérive. Les os des côtes mis à nu criaient sur le trottoir comme une douzaine de craies neuves sur un tableau noir. David fut lapidé par mille ricochets, puis — très vite — des lambeaux de journaux, toute une charpie de papier détrempé, accrocha des bandelettes à ses bras, ses jambes, l'enveloppant d'une défroque de momie. Il succombait sous la sédimentation. Il étouffait. La paperasse moutonnait sur lui comme une grosse laine grise. Il n'était plus qu'un agneau dont chaque poil avait été remplacé par une lettre de l'alphabet. Une fourrure de mots illisibles le caparaçonnait.

Il lâcha prise, heurta un mur. Par bonheur sa toison de magazines mâchonnés absorba le choc comme un matelas, c'est tout juste s'il encaissa une vague douleur au creux des reins. Déjà il était reparti. Il faisait boule de neige, il roulait et les ordures s'amassaient sur lui. Il avait pris l'aspect d'un bibendum des décharges publiques. Il n'avait plus le contrôle de ses mouvements, la constellation des déchets le satellisait. Il tournoyait dans une voie lactée de détritus colorés. Il ferma les yeux, son cerveau mal irrigué par les rotations successives clignotait au bord de la syncope...

Et puis, tout à coup, sans transition aucune, la tourmente s'éloigna, dédaignant la ville. Tout ce qui volait retomba, tout ce qui glissait s'arrêta. La pesanteur et la verticalité reprenaient leurs droits. David s'assit, ivre, se dépouilla de sa laine d'effilochures. Il avait un peu mal à la tête et éprouvait quelques difficultés à se remettre debout. Revenu à la marche il se sentait embarrassé de ses pieds.

À présent il lui fallait rentrer à l'hôtel, taper un premier rapport. Ce qu'il venait d'expérimenter lui semblait digne de donner naissance à un nouveau sport. Il devait y réfléchir. Après tout il était là pour ça, n'est-ce pas ?

Il tituba. La graisse des boulevards fuyait sous ses semelles, faisant de lui un patineur maladroit. Il réalisa que la tempête l'avait entraîné très loin de l'hôtel. Il trébucha en grommelant.

Sitôt de retour dans sa chambre il entreprit de jeter sur le papier le brouillon d'un dossier d'analyse. C'était bien sûr insuffisant pour convaincre les responsables de sa section, il faudrait y joindre des clichés, des relevés anémométriques.

Alors qu'il était absorbé dans son travail de rédaction Judi le prévint par l'entremise du téléphone intérieur qu'elle venait de louer un guide et des montures au syndicat d'initiative. Le départ était fixé pour le lendemain, très tôt le matin.

David acquiesça avec une pointe d'appréhension. Le combiné raccroché, il considéra son crayon une heure durant sans retrouver le fil de son discours administratif.

Agacé, il alla prendre une douche. En se savonnant, il lui sembla que sa peau avait un parfum d'asphalte. Il se flaira comme un chien, s'écrasant le nez sur le revers de la main. C'était bien ça. Une odeur de goudron, de graisse... et d'ordure.

De retour dans la chambre, comprenant qu'il ne pourrait pas dormir, il s'habilla et descendit au bar de l'hôtel.

Saba s'y trouvait, assise à l'écart, contemplant fixement un verre auquel elle n'avait visiblement pas encore touché.

David la rejoignit, elle sursauta à son approche et se drapa frileusement dans sa cape.

— Je n'ai pas très bien saisi votre histoire d'encre sympathique, attaqua-t-il sans préambule, j'ai l'impression que vous ne m'avez pas tout dit.

L'adolescente sourit tristement.

— Moi aussi j'ai souvent l'impression qu'on ne me dit pas tout, murmura-t-elle, qu'est-ce que vous voulez savoir ?

— Comment a commencé cette pratique du tatouage-horoscope ?

— C'est une histoire plutôt longue pour une veille de départ ! Pour résumer disons qu'un jour, des Cythonniens en maraude à travers le cosmos se sont posés sur Santäl. C'était près du grand volcan du désert de verre. À l'époque il n'y avait pas de tempêtes, Santäl était une planète plutôt paisible. Le groupe d'exploration était en majeure partie composé de prêtres. En sillonnant le pays, ils ont découvert tout autour du volcan de curieuses mares emplies d'une eau très limpide. Bizarrement, ces points de résurgence n'avaient donné naissance à aucune oasis. Pas un brin d'herbe ne poussait à proximité. On était en hiver, et les hommes ont pensé qu'il s'agissait sans doute d'un méfait du froid. Ils sont restés là assez longtemps, jusqu'au mois de juin. C'est alors qu'ils ont vu l'eau des mares devenir noire comme de l'encre. Tous les vêtements qu'on y avait lavés noircissaient de la même façon dès qu'on les exposait au soleil. Les prêtres ont compris que « l'eau » des mares était en fait une solution photosensible née d'un quelconque processus de décomposition, comme le pétrole. Un pigment qui ne réagissait qu'au plus fort de l'été santälien. Les paysans qui vivaient en bordure du désert de verre croyaient ce liquide magique et prétendaient qu'il s'agissait du sang de la planète. Un sang ou une sève qui pâlissait l'hiver et se régénérait sous l'action du soleil.

— C'est alors que les prêtres ont eu l'idée d'utiliser ce phénomène...

— Vous présentez les choses de manière plutôt profane ! Disons qu'une nouvelle religion a vu le jour dès que les moines ont réalisé que seul le soleil de

Santäl avait le pouvoir d'obscurcir le pigment liquide. Les autres flux lumineux restaient sans effet.

— De là est née la notion de quête, de remontée à la source. Si l'on utilisait ce pigment *ailleurs* que sur Santäl, le désir de connaissance impliquerait obligatoirement un long périple vers la révélation. C'était un merveilleux moteur de pèlerinage !

— Vous blasphémez, David. Laissez-moi finir. Au plus fort de l'été les mares s'évaporèrent, l'encre noire se changea en vapeur, laissant derrière elle des trous goudronneux que le sable combla très rapidement. Ce n'est qu'au cours de l'hiver suivant que les « points d'eau » se reconstituèrent, installant çà et là des flaques limpides.

— Le cycle recommençait.

— Exactement. Les Cythonniens partirent, emmenant avec eux quelques tonneaux de solution. Revenus chez eux, ils imaginèrent de combiner la pratique des horoscopes et la notion de voyage initiatique. La nouvelle secte prit de l'ampleur... Au bout de quelques années elle représentait la religion officielle. Entre-temps on avait installé sur Santäl une station de pompage afin de constituer des stocks d'encre sympathique !

David retint un éclat de rire.

— Une station de pompage ! hoqueta-t-il, vous voulez dire des derricks, des réservoirs ?

Saba baissa le nez.

— Oui, souffla-t-elle, une véritable exploitation industrielle. Je sais que ça n'a rien de très mystique. Les foreuses travaillaient tout l'hiver, les tankers

quittaient Santäl lourds de milliers de fûts. Cela a duré
dix ans. Les autochtones n'aimaient pas ce que nous
faisions, il y avait des heurts. Un jour il a fallu se
rendre à l'évidence : le gisement était asséché, la
nappe épuisée. Il n'y avait plus qu'à plier bagage et à
gérer astucieusement les stocks constitués. Cela
n'avait rien de dramatique, il faut très peu d'encre
pour tatouer un enfant. C'est alors...

— Oui ?

— C'est alors qu'ont éclaté les premières tempêtes. Ce n'était probablement qu'une coïncidence
mais les indigènes nous ont accusé d'avoir volé la sève
de Santäl, d'avoir pompé sa moelle. Ils ont prétendu
que les Cythonniens avaient compromis l'avenir de la
planète, qu'ils avaient en quelque sorte vampirisé le
futur de Santäl pour l'endosser sur leur propre chair.
Dans leur esprit l'encre représentait une espèce de
principe vital, de... sang des profondeurs. Depuis ils
nous tiennent pour responsables des dégradations
climatiques. Inutile de préciser que nous ne sommes
pas très bien vus dans la région.

— Et vous, interrogea David, qu'est-ce que vous
en pensez ?

Saba s'agita au fond du fauteuil.

— Je ne sais pas, avoua-t-elle, on n'a jamais su de
quelles décompositions provenait ce « pétrole » photosensible. Parfois je me dis que nous sommes des
prédateurs, que notre magie a vidé ce monde de ses
réserves de futur. Que par notre faute Santäl n'est plus
qu'une carcasse exsangue, sénile. Un corps délabré en
plein naufrage. C'est idiot n'est-ce pas ?

— Sûrement.

— Vous savez qu'au début il y a eu des meurtres rituels ? Des fanatiques égorgeaient les Cythonniens en pèlerinage pour que la terre s'imbibe de leur sang et se revivifie !

— Vampirisation réciproque ?

— Si l'on veut. Quoi qu'il en soit nous sommes attachés par les liens du sang, cela ne fait aucun doute. Je me demande parfois s'il n'y a pas entre nous une sorte de principe analogue à celui des vases communicants. Quand un Cythonnien meurt au cours de son voyage d'initiation, on a toujours tendance à croire que Santäl a voulu récupérer une partie de ce qu'on lui a volé jadis...

David hocha la tête sans répondre, malgré tous ses efforts il ne trouvait aucune formule rassurante. Comme Saba, il s'abîma dans la contemplation de son verre sans y toucher. Dans leur dos la pendule du hall grignotait la nuit.

CHAPITRE III

Ils partirent à l'aube, sur des chevaux de labour alourdis de bardes plombées. Auparavant des valets d'écurie les avaient aidés à s'introduire à l'intérieur de ces curieuses armures qu'on avait soudées aux caparaçons par l'entremise des tassettes et des grèves protégeant les jambes des cavaliers. Ainsi enraciné sur le dos de sa monture, David se sentait aussi libre qu'une statue dont on vient de couler les pieds dans un socle de béton. Seule la partie supérieure de la cuirasse restait mobile. Des hanches à l'extrémité des poulaines on était paralysé. Cette immobilité forcée des membres inférieurs avait quelque chose de désagréable mais le jeune homme essaya de se consoler en se disant qu'aucune bourrasque ne pouvait désormais le désarçonner. La caravane prit la route dès que les caisses de Judi eurent été chargées. Il n'y avait pas de vent, le guide paraissait détendu. Il n'avait pas coiffé son casque rouillé et sifflotait une vieille chanson allemande : *Mit Sack und Pack Zauber der Montur.*

David se retourna à demi. Le visage de Saba semblait minuscule au fond du heaume énorme dont on l'avait affublée. Elle grimaça un sourire mal assuré et leva la main en faisant grincer sa cubitière. Judi se porta tout de suite à la hauteur de David. Elle aussi se déplaçait tête nue, et l'armure — loin de la ridiculiser — lui conférait une certaine prestance.

— Nous allons entrer dans le second cercle, lâcha-t-elle sur le ton de la conversation mondaine.

— Comment ? releva David qui ne savait que faire de ses rênes.

— Vous êtes pire qu'un touriste ! ricana la grande femme brune. Vous ne savez pas que cette partie de Santäl est découpée en une série de cercles concentriques, comme une cible, et qu'au milieu de cette cible se dresse le volcan où cette chère Saba espère bronzer ?

— Vaguement, si.

— Je vais vous faire un cours rapide d'écologie, ou plutôt de physiologie santälienne. En gros, sachez qu'au fur et à mesure que nous nous rapprochons de l'épicentre, la violence des... « tempêtes » augmentera. Les rafales que nous avons essuyées lors du débarquement vous sembleront bientôt aussi négligeables qu'une brise de printemps ! Nous allons évoluer en terre convulsionnaire, je vous l'ai déjà dit. Ces spasmes respiratoires seront de plus en plus forts chaque fois que nous sortirons d'un cercle pour entrer dans un autre. C'est une description sommaire de la règle du jeu, mais elle est assez fidèle.

— Vous voulez dire que les tornades émanent toutes d'une zone située à la hauteur du volcan ?

— Non. Elles naissent du volcan.

— C'est absurde ! Excusez-moi, mais du strict point de vue météorologique...

Judi haussa les épaules, faisant cliqueter sa cuirasse.

— Oubliez vos théorèmes météo ! coupa-t-elle. De toute façon il ne s'agit pas de tornades. Vous vous êtes laissé intoxiquer par les guides de voyages. Santäl n'est pas la fameuse « planète des vents » qu'on s'obstine à décrire ! Le souffle dont vous avez déjà éprouvé la morsure n'a rien à voir avec la circulation atmosphérique des fronts d'air chaud ou froid, les anticyclones, les hautes ou basses pressions. Une tornade, un ouragan, c'est un tourbillon circulaire né de la dérive des masses d'air, tout cela se passe, se règle, au-dessus de nos têtes ! Ici rien de semblable. Le souffle de Santäl vient du centre de la terre, de dessous nos pieds. C'est une... inspiration. Une bouche de noyé qui s'ouvre au ras de l'eau et happe l'air de toute la force de ses muscles thoraciques... Vous comprenez ?

David arqua les sourcils.

— Vous n'essayez pas de me dire que la planète respire, tout de même ?

— Non, bien sûr, mais le phénomène n'est pas très différent. Vous ne me croyez pas, c'est évident.

— Et cette... bouche, hasarda le garçon, où se situe-t-elle ?

— Le volcan. Le rempart des naufrageurs, vous vous rappelez ? Plus nous nous en rapprocherons, plus vous sentirez sa puissance. Dans les derniers cercles il finit par créer un véritable trou d'air, un maelström invisible auquel rien ne résiste.

— Rien ?

— Rien.

Judi avait prononcé ce mot avec une sombre jubilation, comme si elle se réjouissait de cet état de fait.

— Les crises sont intermittentes, expliqua-t-elle en jouant nerveusement avec ses rênes. Elles n'obéissent à aucun calendrier précis, seulement à une nécessité interne et mystérieuse. Certains diraient : à un besoin viscéral de Santäl. Pour le moment nous sommes encore trop éloignés du centre de la cible pour en souffrir réellement mais cela viendra, et alors vous vous souviendrez de mes paroles !

David ne jugea pas utile d'entamer une polémique. Autour d'eux la plaine avait cette apparence échevelée des contrées battues par les vents. Bien qu'on fût très loin de la ville, la lande était parsemée de lambeaux de journaux ou de sacs en plastique que la brise faisait frissonner au ras du sol comme de grosses méduses agonisantes.

Un craquement de branche, au sein d'un bosquet, fit sursauter Judi. Immédiatement en alerte elle scruta les environs avec une attention farouche. Ses sourcils froncés accentuaient les fines rides rayonnant du coin de ses yeux vers ses tempes. Les plis de sa bouche s'étaient brusquement creusés, durcissant ses pommettes anguleuses. David la trouva belle. Menacée, mais belle. Sous l'armature un peu fanée des traits on sentait bouillonner les dernières pulsations d'une jeunesse bientôt enfuie. Les menus signes de cet affaissement prochain émurent profondément le jeune homme.

— Vous craignez quelque chose ? demanda-t-il.

— Une embuscade, souffla-t-elle sans cesser de fouiller les buissons du regard. Les pillards n'hésiteraient pas à attaquer la caravane s'ils savaient ce que nous transportons...

— On nous attaquerait pour quelques caisses de produits « obésifiants » ? Vous n'exagérez pas un peu ?

Judi pinça les lèvres, agacée.

— Vous ne savez pas de quoi vous parlez, siffla-t-elle. Ces ampoules représentent un véritable trésor. J'ai là de quoi provoquer des insuffisances thyroïdiennes à volonté. Engendrer des myxœdèmes, diminuer l'activité basale interne, bref : faire qu'un homme ne brûle pas les calories ingérées à chaque repas et se caparaçonne de graisse en un temps record ! Dans le « second cercle » on serait prêt à tuer pour un tel butin !

— Vous délirez !

— Pas du tout. Chaque zone soumise au souffle de Santal lutte contre le sinistre avec ses propres armes. La folie de ces méthodes croît proportionnellement avec l'intensité de l'aspiration. Ici nous sommes dans un territoire relativement épargné. Pour résister à la trombe aspirante, il suffit de s'alourdir. C'est du moins la solution choisie par les gens du lieu ; elle vaut ce qu'elle vaut. Je ne suis pas là pour contester les décisions stratégiques des autochtones.

Sur cette dernière réplique, Judi se replia dans un mutisme hargneux. La pesante caravane cheminait dans un concert de ferraille qui devait signaler son approche à plus d'un kilomètre à la ronde. David se sentait inquiet, mal à l'aise. L'idée d'être agressé par des voleurs d'inhibiteurs thyroïdiens ne l'enchantait guère. La nervosité de la grande femme brune déteignait sur lui, et son cynisme l'effrayait.

Pendant plus d'une heure, il scruta lui aussi les fourrés sans parvenir à détecter l'éclat d'une lame ou le bec pointu d'une lance. Il imagina une seconde que le cheval, touché par une flèche bien placée, s'effondrait. Soudé au caparaçon recouvrant la bête morte, il lui serait impossible de se dégager, de fuir. Les bandits n'auraient alors aucun mal à égorger ce cul-de-jatte blindé gesticulant sur l'herbe, et aussi véloce qu'une fleur en pot... Cette éventualité lui mit la sueur au bas des reins.

Une exclamation du guide le tira brutalement de ses fantasmes morbides. Relevant la tête, il vit une croix plantée au carrefour de deux routes cailouteuses. Ce calvaire vivant reproduisait la scène de l'hôtel. Une fille — très grasse malgré son jeune âge — était crucifiée sur un aigle aux ailes étendues. Des filets de sang avaient coulé le long de ses bras, accrochant des caillots aux poils des aisselles. Elle avait les yeux ouverts mais le regard flou.

— C'est un poteau-frontière, commenta Judi. Chaque fois que nous franchirons la limite d'un nouveau cercle, nous verrons ce signe : l'être humain et l'oiseau. Le peuple qui marche et celui qui vole, la terre et le ciel unis dans la même fixité, la même volonté d'enracinement. Ici, il faut « tenir », ne pas céder un pouce de terrain. À aucun prix.

Quelques masures se dressaient sur une portion tondue de la lande. C'étaient des bicoques aux fenêtres étroites et grillagées. Des cubes aux arêtes usées. Des

marbrures d'humidité constellaient leurs parois grisâtres. Le hameau tout entier ressemblait à un fortin
aux tours mal alignées. Chaque demeure sentait la
geôle ou le bunker, il ne manquait qu'un mirador flanqué d'une mitrailleuse pour parachever l'ambiance.

Le guide tira sur la bride de sa monture, annonçant
ainsi la fin du périple.

— Il n'ira pas plus loin, observa Judi ; les habitants
des zones privilégiées ne se risquent jamais en territoire défavorisé. C'est le principe sacro-saint qui gou-
verne toute la circulation sur Santäl. Il va hélas nous
obliger à changer fréquemment de moyen de locomotion...

L'homme avait déjà saisi une clef anglaise et débou-
lonnait adroitement son armure. Dès qu'il eut rabattu
le devant de la cuirasse il parvint à s'extraire fort habilement du costume d'acier. David admira sa souplesse
lorsqu'il prit appui sur la barde de crinière du cheval
pour dégager d'un seul mouvement ses jambes
prisonnières des cuissardes soudées au caparaçon. Il
sauta ensuite à terre et s'escrima à libérer les uns après
les autres les voyageurs verrouillés dans leur scaphandre trop large. La besogne prit beaucoup plus de
temps car aucun des trois cavaliers n'était capable des
mêmes prouesses d'homme-serpent.

L'arrivée de la caravane avait provoqué un certain
remous dans le village fortifié. Des portes s'étaient
ouvertes et des curieux avaient franchi le seuil des
bâtisses pour former un petit attroupement silencieux. David les détailla du coin de l'œil. C'étaient
des individus envahis par la graisse, à la démarche

éléphantine, et dont le plus mince devait peser cent dix kilos. Leur obésité avait réduit leur habillement au minimum d'élégance, les contraignant à s'affubler de grossières tuniques percées de trous qu'on avait hâtivement taillées dans de la toile de jute ou de la bure râpée. Handicapés par leur corpulence, ils évitaient de bouger et laissaient pendre leurs bras comme des boudins de caoutchouc inertes. David leur trouva l'air égaré, somnambulique. Personne ne parlait. La fixité des pupilles avait quelque chose d'inquiétant.

Le jeune homme se coula à terre, à côté de Judi qui frictionnait ses seins endoloris par le contact prolongé de la cuirasse.

— Pourquoi ne disent-ils rien ? chuchota-t-il.

Elle haussa les épaules.

— Certains, par peur de maigrir, abusent des inhibiteurs thyroïdiens, lâcha-t-elle d'une voix neutre ; leur métabolisme de base chute vertigineusement entraînant des troubles mentaux assez importants. Je crois que les médecins appellent ça « la folie myxœdémateuse »... Soyez prudent et efforcez-vous de ne pas les contrarier.

David frissonna. Saba était libre à présent. Les obèses détaillaient son corps filiforme avec une évidente stupeur. Des réactions variées se peignaient sur leurs visages : le dégoût, la peur, la pitié... Mais pas l'envie. David en fut frappé. D'une minceur de félin, la jeune Cythonnienne n'éveillait ici aucun sentiment d'admiration. On eût même dit que certains individus éprouvaient à sa vue une réelle répugnance. L'adolescente parut deviner cette animosité car elle se dépêcha de masquer son anatomie sous une ample cape de laine brune.

— Entrez dans l'auberge, s'impatienta Judi, faites-vous oublier. Je m'occupe du déchargement des caisses.

David hésita, fit un pas en avant. Immédiatement la main de Saba chercha la sienne. Ils contournèrent gauchement le groupe de badauds et franchirent le seuil d'un bunker plus haut que les autres et flanqué d'une enseigne tordue symbolisant une fourchette et un couteau entrecroisés. Ils débouchèrent dans une vaste salle où ronflait une cheminée large comme une porte cochère. La lueur des flammes jetait un halo palpitant et pourpre sur les dîneurs avachis. Une odeur aigre flottait sous la voûte, se mêlant aux relents de graisse. Des hommes et des femmes, d'une corpulence extrême, se déplaçaient à petits pas entre les tables, poussant des chariots chargés d'écuelles de nourriture. Beaucoup de pommes de terre, de haricots, mais aussi des tranches de pain barbouillées d'une épaisse couche de saindoux. Le clappement des mâchoires, les rots, les reniflements formaient l'unique fond sonore, on était trop occupé à se gaver pour perdre une minute en vaine discussion.

La main de Saba broyait la paume de David. Le tableau était véritablement effrayant. Tout près d'eux, un dîneur indisposé vomissait dans les toilettes à grand renfort de hoquets et d'éructations.

Une femme d'âge indéterminé se planta brusquement devant le couple. Elle avait le visage bouffi et luisant, les yeux bridés par la graisse. Chacun de ses seins était aussi gros que la tête de David.

— Je suis Juvia l'aubergiste, lança-t-elle avec un sourire artificiel. C'est vous les colporteurs ? Vous tombez bien, l'apothicaire vient de mourir. Le foie, toujours le foie ! Je vous ai réservé une chambre, j'ai plus rien de libre, faudra vous arranger. De toute façon c'est mieux qu'une botte de paille au fond d'une grange. Ici vaut mieux pas traîner dehors quand se réveille le souffle, surtout que vous ne paraissez pas trop bien lestés côté anatomie ! Venez avec moi, j'ai pas beaucoup de temps, c'est le coup de feu...

Elle trottina pesamment, agitant son torchon huileux comme si ce simple morceau de chiffon équilibrait sa progression sur un fil imaginaire. Elle se lança à l'assaut de l'escalier en haletant, cramponnée à la rampe, hissant son corps marche après marche comme un épouvantable fardeau. Des veines saillaient sur ses tempes et elle avait les lèvres bleues. Il se dégageait de tout son être une telle impression de souffrance que David en fut épouvanté. Il crut qu'elle allait mourir par leur faute, frappée d'une crise cardiaque entre deux paliers.

Arrivée à l'étage, elle leur désigna la chambre d'un geste mal assuré, et essuya à l'aide du torchon la bave qui coulait sur son menton. Des veinules écarlates avaient envahi le blanc de ses yeux. Elle s'adossa au battant.

— Y a un grand lit, soupira-t-elle au bord de la syncope. Pour un Pesant c'est juste, mais pour des squelettes comme vous ça devrait aller, vous y tiendrez sans mal à trois !

Elle agita son torchon en guise d'excuse et battit en retraite. Saba se laissa tomber sur un tabouret. La pièce était minuscule, éclairée par une lucarne étroite. Une table supportait une cuvette ébréchée et deux serviettes de bain. C'était tout. Le lit — énorme — occupait tout l'espace. Il y eut un bruit de pas, puis le guide entra, une cassette caoutchoutée sur l'épaule. Il la déposa sans un mot sur le seuil et partit chercher le reste du chargement.

— Tous ces gens, murmura Saba, c'est affreux... C'est vrai ce qu'on raconte ? Qu'ils s'alourdissent par peur que le vent les emporte ?

David haussa les épaules, avouant son ignorance. Il appréhendait le moment où il faudrait descendre dans la salle, s'asseoir à une table... *et manger.* Il savait pourtant que cet instant viendrait, inéluctablement, et cette fatalité l'emplissait d'un effroi vague et glacé.

CHAPITRE IV

Judi avait élu domicile dans la boutique de l'apothicaire défunt. Là, toute la journée, trônant derrière le comptoir, elle vendait ses précieuses ampoules à la pièce ou par coffret, insensible aux supplications comme aux tentatives de marchandage. Les bocaux de porcelaine gris de poussière s'élevaient en muraille dans son dos. Certains d'entre eux, fêlés, laissaient échapper de curieux parfums entêtants qui vous congestionnaient les sinus et vous condamnaient à brève échéance aux pires saignements de nez. Mais la grande femme brune demeurait impassible sur son haut tabouret de fer, retranchée derrière sa caisse enregistreuse comme derrière une barricade. David savait qu'elle redoutait l'agression éventuelle d'un déséquilibré au cerveau amoindri par les drogues, et qu'elle conservait en permanence — posé en travers de ses cuisses — un gros Colt .45 Military Model dont elle avait ôté le cran de sûreté.

Très rapidement une file d'attente composée d'hommes et de femmes déformés par l'obésité volontaire s'était constituée devant l'échoppe. Certains avaient la peau blême, d'autres affichaient un affreux masque jaune révélateur d'un délabrement avancé du foie. David fuyait ces attroupements. Pourtant, partout où il se risquait, son arrivée suscitait les mêmes regards où l'apitoiement se mêlait au dégoût.

Devant une boutique qui faisait office de bureau de tabac, des brochures bariolées avaient été disposées sur un tourniquet. Elles vantaient toutes les mérites de régimes « personnalisés » qui relevaient probablement de la plus haute fantaisie. David déchiffra quelques titres au hasard : *Réussir son régime, ou comment gagner dix kilos par semaine, L'obésité à la portée de tous, Grossir sans souffrir...* La plupart de ces méthodes avaient été imprimées sur la Terre. Le jeune homme les feuilleta d'un doigt distrait. Derrière un comptoir de bois une grosse femme empilait des paquets de tabac. Elle lui jeta un coup d'œil et haussa les épaules. Un enfant boursouflé, enroulé dans une couche informe, traînait sur le carrelage.

— Ces régimes, attaqua soudain la commerçante, ça ne marche jamais. L'angoisse de pas atteindre le poids qu'on s'est fixé engendre l'anorexie. Il suffit de vouloir grossir pour ne plus y parvenir. Non, la seule voie c'est le recours aux produits chimiques...

David alla s'accouder au zinc. La salle était plongée dans l'obscurité. Une lampe à pétrole brasillait sur une table, luttant pour étendre son halo malodorant. Une fille encore jeune, au visage lunaire, s'affairait sur un banc. D'un sac avachi elle venait de tirer un gros biberon empli de lait. Elle en fit sauter la tétine et versa dans le récipient cylindrique une poudre grise qu'elle puisait avec une cuiller à café dans une petite bourse de cuir.

— C'est du ciment, expliqua aimablement la patronne, c'est bon pour les gosses, ça les alourdit. On leur en donne un peu de temps à autre, avec ça ils deviennent de vraies petites enclumes !

David crut avoir mal compris, mais déjà la jeune mère secouait le biberon pour mélanger la mixture, et attirait le bébé sur ses genoux.

— C'est du ciment à usage alimentaire, précisa la patronne, ce n'est pas dangereux. On le fabrique sur la Terre, d'ailleurs... Je vous sers quelque chose ? Un café ?

David acquiesça. Dans son dos le gosse tétait avec des claquements de muqueuses avides.

— Le ciment alourdit les os, continuait son interlocutrice. Si on en prend régulièrement, on finit par doubler le poids de son squelette. Dans nos régions, ce n'est pas négligeable, vous savez...

Une cafetière émaillée atterrit sur le zinc. David s'empara du bol qu'on lui tendait. Il était à demi plein de sucre en poudre, ici on ne négligeait aucune occasion de prendre quelques grammes. Il but. Le liquide lui poissa les lèvres comme un sirop noir.

Il chercha des yeux le panneau « Toilettes » et poussa la petite porte qu'il dénicha au fond de la salle. Le réduit était tout entier occupé par une cuvette de w.-c. à lunette de bois. Il s'assit, soulagea ses intestins. Ce n'est qu'en se redressant qu'il remarqua qu'un curieux appareillage avait été greffé au tuyau de vidange et se terminait par un cadran de cuivre sur lequel on pouvait lire : ATTENTION ! *Vous venez de perdre : 200 grammes, veuillez vous lester en conséquence.*

Éberlué, le jeune homme comprit que le système parasitant le canal d'écoulement n'avait d'autre fonction que de mesurer le poids d'excréments évacués au cours de la défécation et d'en informer l'usager ! Des étagères courant contre le mur faisaient avoisiner des rouleaux de papier hygiénique et des plombs de lest destinés à être glissés dans la poche. Leurs graduations allaient de cent grammes à un kilo... Même en ces lieux d'abandons viscéraux, la peur du vent restait présente au point d'assimiler les fèces au lest d'un scaphandrier. Les intestins dégarnis gagnaient en « flottabilité » ! Le ventre vidé par nécessité organique se faisait vulnérable. L'excrément devenait l'équivalent du sac de sable qu'on jette de la nacelle d'une montgolfière pour grimper plus haut...

David battit en retraite, renversant un rouleau de papier qui se déroula comme un parchemin.

Saba avait fui l'auberge. Maintenant elle se trouvait à cent mètres au moins de la dernière maison du village. Autour d'elle s'étendait la plaine aux herbes affaissées, molles parce que fouettées par un vent trop vif. Partout où il se posait, le regard ne rencontrait que joncs brisés, arbres émiettés. La veille, Juvia l'aubergiste lui avait dit :

« — Cette terre est comme un bonbon trop sucré, ma fille. La bouche du vent nous use, ses dents nous mastiquent en permanence. Pas une tige, pas une nervure qui soit encore intacte. On nous mâche, on brise nos contours avant de nous avaler ! Les arbres ont perdu leur écorce et leurs branches, la plaine a vu son herbe s'envoler. La pelade gagne les champs. Bientôt même la terre partira, bouffée par bouffée. Sais-tu pourquoi les hommes et les femmes du village partagent le triste privilège d'être chauves ? Parce que le vent, pour se venger de ne pouvoir les soulever, leur arrache les cheveux ! Toi, avec ton crâne rasé, tu ne risques rien, mais d'autres l'ont appris à leurs dépens. Il ne faut rien offrir au vent qui puisse lui permettre de prendre prise. Il aime les longues chevelures. Ses mains invisibles s'y accrochent et tirent de toutes leurs forces ! Si l'on n'a pas le bonheur d'appartenir à la race des Pesants on est emporté comme un fétu de paille. Si on est lourd, par contre, l'aspiration se concentre sur vos mèches jusqu'à vous scalper... Quelques imprudents y ont laissé la peau du crâne, souviens-t'en. Les lapins ne sortent plus des terriers, ils ont vu trop des leurs s'envoler parce que la bourrasque les avait saisis par les oreilles ! »

Saba obliqua en direction d'une petite colline. Elle ne savait quel crédit accorder aux bavardages de l'aubergiste. Elle n'ignorait pas qu'on brocardait sa maigreur dès qu'elle avait le dos tourné, et que les clients de la taverne se partageaient en deux clans : ceux qui la plaignaient et ceux qu'elle dégoûtait. Elle aurait aimé reprendre la route mais elle avait peur de voyager seule. Cette faiblesse l'irritait car elle aurait voulu pouvoir se passer de la présence de David et de Judi, mais elle ne se sentait pas encore prête. Elle se lança à l'assaut de la colline. Au sommet on avait élevé un tertre caillouteux flanqué d'un anémomètre artisanal. La petite hélice tournait mollement en émettant un bourdonnement d'insecte prisonnier d'un bocal.

« — Quand la roue se met à siffler c'est que la bourrasque approche, avait martelé Juvia en lui écrasant le bras dans sa grosse patte rougeaude, garde toujours une oreille à la traîne. Quand le sifflement retentit, il te reste tout juste le temps de courir à l'abri ! »

Saba haussa les épaules et s'assit le dos contre la construction. Les nuages déchirés laissaient filtrer un rayon de soleil dont la diagonale dorée tranchait sur le fond gris du paysage. La jeune fille tira un gros tube de crème à bronzer de sa poche et se dévêtit entièrement. Elle avait un corps filiforme, à la peau très blanche, sur laquelle tranchaient les taches rouges de ses mamelons et la fente de son sexe glabre. Sans perdre une seconde, elle pressa le tube dans sa paume, lui faisant baver un serpentin de pâte rose. L'étiquette indiquait qu'il s'agissait d'un accélérateur chimique activant le processus de bronzage. En fait ce n'était rien d'autre qu'une huile solaire fort commune dont on consommait des milliers d'hectolitres sur les plages chaque été. Saba se frictionna le sein gauche, pièce d'anatomie que la géographie astrologique réservait aux prédictions sentimentales. Elle avait conscience de tricher mais elle ne parvenait pas à en concevoir une réelle culpabilité. En fortifiant l'action du pâle soleil, elle avait peut-être une chance d'abréger un voyage qu'elle pressentait dangereux. Si le produit bronzant faisait son office, elle verrait le futur s'inscrire sur son corps, bien avant l'étape finale du désert de verre.

Elle se massa consciencieusement le sein, puis demeura immobile, à le fixer, comme si les lettres tracées à l'encre sympathique allaient brusquement jaillir au détour de ses grains de beauté. Avait-elle réellement envie de lire dans son avenir comme dans un livre ouvert ? Non, sûrement pas, mais elle aurait aimé bénéficier de quelques « informations », de deux ou trois éclaircissements fondamentaux. Alors qu'elle quittait Cythonnia, l'une de ses amies lui avait glissé le tube de pâte bronzante dans la poche en lui murmurant :

« — Écoute mon chou, tu n'es pas forcée d'aller jusqu'au bout de la balade. Certains n'en reviennent jamais, tu sais. Ce qu'il faut c'est tirer profit du plus faible rayon de soleil pour obtenir une réponse sur deux ou trois points essentiels. Pour ça ce n'est pas compliqué, il y a un truc ! Il suffit d'accélérer le bronzage des seules régions qui nous intéressent. Tu connais la localisation anatomique des prédictions ? Tout ce qui concerne la vie sentimentale — amants, mariages réussis ou ratés, expériences sexuelles —, se trouve concentré sur la peau du sein gauche... La durée de vie, elle, est inscrite autour du nombril. Sur la cuisse droite : la santé, les maladies, les accidents. Sur le pubis, les maternités, grossesses, nombre d'enfants, fausses couches, etc. Sur le sein droit : l'avenir professionnel, échecs et réussites. Sur les fesses : l'argent, la vie facile ou la dèche. Avec la méthode du bronzage partiel, tu peux obtenir un panorama succinct en évitant les révélations sinistres du style : *Vous allez mourir dans dix ans!* Beaucoup de filles n'agissent pas autrement, il n'y a que les maso-chistes pour vouloir lire sur elles le feuilleton de leur avenir noir sur blanc, du premier au dernier épisode. »

Saba avait hoché la tête évasivement, se promettant de ne pas tricher, elle! Mais à présent que l'instant des révélations totales approchait, elle était gagnée par une sourde angoisse. Elle n'avait plus envie de lire l'inté-gralité du roman inscrit sur son épiderme. Seuls cer-tains chapitres l'intéressaient. En fait elle ne désirait obtenir que des « flashs », des séquences analogues à ces bandes-annonces qu'on projette dans les cinémas pour appâter les spectateurs. Oui, c'était exactement cela : elle voulait voir la bande-annonce de sa vie future, voir se projeter sur l'écran de sa peau les quelques mots à la fois mystérieux et révélateurs sur lesquels elle épiloguerait longuement. Rien de plus...

Trois silhouettes surgirent brusquement au pied de la colline, l'arrachant à sa méditation. Elle eut un geste vers ses vêtements puis réalisa que les nouveaux venus ne lui prêtaient aucune attention. C'étaient d'ailleurs des adolescents du village, aux rondeurs blêmes, déjà affligés d'une panse plus que rebondie. Ils s'essouf-flaient en progressant dans les hautes herbes. Les deux premiers portaient des paniers de nourriture, le troisième un seau, une balayette et une pelle. Saba s'habilla rapidement et se lança à leur poursuite. Ils maugréèrent un vague salut lorsqu'elle arriva à leur hauteur et s'appliquèrent ostensiblement à ne pas la regarder.

— Qu'est-ce que vous faites ? interrogea-t-elle en calquant son allure sur la leur.

Celui qui portait les ustensiles de nettoyage cracha de côté.

— C'est l'heure de la corvée, grommela-t-il. On va nourrir et briquer les Ancrés.

— Les quoi ?

— Les Ancrés ! répéta-t-il impatiemment. D'autres les appellent les Sans-Pattes ou les Plantés, c'est pareil. Sans nous ils ne pourraient pas vivre. Ils sont un peu cinglés mais pas méchants. Moi, je suis le garçon de piste...

Il risqua un œil en coin, grimaça avant d'observer :

— Dites donc, vous êtes vachement maigre ! Vous voulez vous suicider ou quoi ?

Saba ne sut que répondre. La petite troupe s'engagea dans une déclivité. À cet endroit la plaine se creusait en cuvette. La pente, assez forte, donnait à cette zone d'effondrement l'aspect d'un cratère ou d'un trou de bombe. La jeune fille ralentit en apercevant un groupe d'hommes et de femmes entièrement nus qui se tenaient au garde-à-vous, les pieds enfouis dans la cendre. Ce n'est qu'en arrivant au bas de la pente qu'elle réalisa que le fond de la cuvette était rempli de ciment durci. Les inconnus faisaient corps avec ce socle collectif dans lequel leurs jambes s'enfonçaient jusqu'aux genoux.

— Vous comprenez, maintenant ? nasilla l'adolescent. Ils sont enracinés comme des statues ! Ils ont voulu qu'on leur coule du ciment sur les pieds, qu'on les soude au même piédestal. Comme ça le vent ne peut plus les emporter ! Ils sont comme des arbres vivants. C'est une bonne idée, sauf qu'ils ne peuvent plus du tout se déplacer. Ils dépendent entièrement de nous, les Valets...

— Pourquoi sont-ils nus ? C'est volontaire ? hasarda la Cythonnienne.

— Non, on les habille avec de vieux vêtements, comme les épouvantails, mais à chaque bourrasque le vent leur arrache tout ce qu'ils ont sur le corps. Alors tout est à refaire. Faites excuse, mais faut qu'on travaille !

Saba acquiesça et s'immobilisa à la limite du socle collectif, là où l'herbe faisait place au ciment rugueux. Les Ancrés se tenaient légèrement voûtés, les bras croisés sur la poitrine. La poussière mêlée à la pluie avait dessiné des larmes terreuses sur leur peau. Ces tatouages grisâtres les faisaient ressembler à ces statues sans grande valeur esthétique qui parsèment les jardins publics et sur lesquelles passent les saisons. La plupart avaient les yeux clos et le crâne tondu. Ils étaient plongés dans une méditation somnambulique qui les isolait du reste du monde. À l'endroit où leurs genoux disparaissaient dans la gangue de ciment leur chair se déformait en un bourrelet enflé, légèrement violet. Les adolescents allaient et venaient de l'un à l'autre, enfournant entre les lèvres de ces statues humaines des morceaux de viande ou de pain noir. Le « garçon de piste », lui, travaillait de la pelle et du balai pour évacuer les excréments accumulés sur le ciment entre les jambes de chaque enraciné.

— On fait ça tous les jours, soupira-t-il en passant près de Saba. Ils crottent sous eux, bien sûr, et ils se pissent dessus. Sans nous ils crèveraient de faim et de soif au milieu de leurs ordures. Tout ça parce qu'ils n'ont pas voulu se servir de l'obésité pour résister au vent ! Vous trouvez qu'ils ont l'air malin, vous ? Ils ont pris l'habitude de dormir debout, comme les chevaux, ils grelottent dans la pluie, ils en sont réduit à se masturber quand l'envie de jouir les prend... Vous pensez que c'est une vie ? Et puis la technique du socle a de gros inconvénients. Lorsque le vent leur souffle dans le dos à plus de deux cents à l'heure, ils ne peuvent pas se coucher pour échapper aux rafales, alors ils cassent, comme des arbres dans la tempête...

— *Ils cassent ?*

— Oui. Leurs genoux se déboîtent, leurs fémurs se brisent nets. Et on ne peut rien faire pour les soigner. Il faudrait d'abord les dégager au marteau piqueur ! Alors c'est la gangrène, l'amputation. Quand ils survivent à l'opération, et qu'ils en manifestent le désir, on les « replante » un peu plus loin jusqu'à mi-cuisses. Ce sont des dingues, j'vous dis !

Saba se mordit les lèvres, luttant contre une subite nausée. L'adolescent s'éloigna, à nouveau absorbé par sa besogne de balayeur de crottin. Les statues de chair mâchonnaient la nourriture qu'on leur dispensait, les paupières toujours closes. La jeune fille en eut assez, dérapant dans l'herbe chiffonnée, elle courut vers le haut de la cuvette. Il lui sembla qu'au sommet de la colline le vrombissement de l'anémomètre se faisait plus lancinant...

CHAPITRE V

En sortant de l'auberge, David sentit brusquement ses cheveux se dresser sur sa tête, comme si une main invisible entreprenait de le scalper. Au même moment tout son sang reflua vers le haut, ses bras montèrent vers le ciel dans une gesticulation de marionnette mal contrôlée. Il lui sembla même qu'à l'intérieur de son corps, les masses molles de ses viscères s'allégeaient. Dans son ventre, dans sa poitrine, régnait soudain l'apesanteur. Son foie se détachait, flottait, bientôt rejoint par l'estomac et le long serpentin bleuâtre des intestins. Tous ses organes prenaient l'ascenseur, s'entrechoquant telles ces grappes de ballons qu'on lâche dans le ciel au terme des festivités. Tout cela remontait, se mêlait, embouteillage anatomique engorgeant sa cavité thoracique. Obéissant à l'aspiration extérieure, cœur, rate, foie, allaient bientôt s'engouffrer dans le tunnel de sa gorge pour jaillir à l'air libre et filer en direction des nuages.

David connut une seconde de panique intense. Sa circulation sanguine perturbée n'irriguait plus que la moitié supérieure de son corps. Victime du « coup de ventouse » bien connu des scaphandriers, son visage se dilatait, virait au violet. Des petits vaisseaux éclataient sur ses tempes, les tatouant de minuscules arborescences bleuâtres.

Enfin il comprit qu'il s'envolait... Ses pieds ne touchaient plus le sol. Toute pesanteur abolie, il flottait à quelques centimètres au-dessus de la chaussée, paquet de chair à la dérive. C'était une impression grandiose et terrifiante. Montgolfière humaine, il crut que sa peau allait se fendre pour lâcher du lest, son ventre s'ouvrir pour larguer son sac d'entrailles. L'envol impliquait la nécessité de l'éviscération. Seul un cadavre propre et creux pourrait s'élever vers le ciel. Une enveloppe. Il fallait qu'on le réduise à une simple enveloppe ! Il gagna encore une dizaine de centimètres. Maintenant il flottait très nettement au-dessus du sol. Le cône d'aspiration le désarticulait. Des jointures craquaient dans ses épaules, des tendons blanchissaient à la limite de la rupture. On l'écartelait. Les mains du vent l'arrachaient à la terre, le disputaient à l'attraction de Santäl. La trombe creusait un véritable tunnel autour de lui. Un boyau ascensionnel aux parois élastiques. Il devinait qu'il n'allait pas tarder à grimper dans cette cage d'ascenseur fantôme, que son corps-obus allait filer au long de ce tube invisible, gagnant chaque seconde une vitesse accrue.

À l'instant où il « décollait » une main se referma sur sa cheville. Baissant les yeux, il vit que la patronne du café s'était avancée sur le seuil pour le retenir.

Rejetant ses cent trente kilos en arrière, elle parvint à faire dévier le jeune homme du trajet de la trombe. David tomba d'un bloc. Immédiatement elle se coucha sur lui, l'écrasant sous la masse molle de ses bourrelets. Il y eut un chuintement puis le cône d'aspiration s'éloigna vers la campagne, arrachant des poignées d'herbe.

David ferma les paupières, se recroquevillant sous l'arche de graisse qui sentait la sueur. Jamais il n'avait été aussi bien. La tanière chaude le protégeait, lui restituait son poids réel. Ses organes reprenaient leur place, son sang se remettait à circuler dans la totalité de son circuit veineux. Malgré cela il demeurait mou, désarticulé, éparpillé. La cabaretière se redressa enfin, le saisit sous les aisselles et le tira à l'intérieur du débit de boissons.

— Ben vrai ! siffla-t-elle en l'adossant au comptoir, vous avez bien failli prendre l'envol. Ça va ? Ce n'était qu'une trombe isolée, sinon je n'aurais rien pu faire pour vous. Une vraie bourrasque vous aurait fait monter à trente mètres en moins de deux minutes !

David déglutit. Sa vue restait brouillée. Il avait la sensation de sortir d'un accident de décompression. Ses tympans lui faisaient terriblement mal.

— Une grosse succion vous arrache du sol et vous transporte facilement sur dix kilomètres à cent mètres d'altitude, continuait la commerçante. Dans ce cas vous vous changez vraiment en oiseau. L'ennui c'est que l'aspiration cesse d'un coup, vous abandonnant en plein vol, alors c'est l'écrasement, la chute mortelle. Vous voulez boire quelque chose ?

David accepta d'un signe de tête. Tous ses disques vertébraux hurlaient. Il se demanda s'il n'avait pas l'échine déboîtée.

— Vous ne tiendrez jamais le coup, observa la grosse femme. Demain, dans une heure, le phénomène peut se reproduire, vous serez emporté comme une plume. Rejoignez nos rangs, devenez un Pesant ! Il suffit d'une piqûre et vous commencerez à grossir. Croyez-moi, vous n'irez pas loin avec cette carcasse de squelette ! Une piqûre, rien qu'une, et vous ne désirerez plus qu'une chose : manger ! Avec un peu de bonne volonté vous réussirez bien à prendre quinze kilos par semaine. En quinze jours vous serez hors de danger. Écoutez-moi, c'est la voix de la sagesse qui vous parle !

David avala d'un trait le verre d'alcool qu'on lui tendait. La véhémence de la cabaretière l'effrayait un peu. Il eut brusquement peur qu'elle tente de le sauver bon gré mal gré et lui fasse absorber une quelconque mixture « obésifiante » !

— Je me sens mieux, balbutia-t-il en se redressant, je vais rentrer à l'auberge. Merci pour tout à l'heure, sans vous...

— Je ne serai pas toujours là, mon garçon. Il faut prendre vos responsabilités, marmonna son inter-locutrice visiblement déçue ; je n'ai pas fait grand-chose. De toute manière, vous et vos petites amies n'êtes qu'en sursis. Rien de plus. Des colporteurs aspirés, on en a connu des dizaines ici. Ils se croient tous plus malins les uns que les autres, et puis un jour, pffut ! la trombe les soulève et les aspire pour les laisser choir quinze kilomètres plus loin, de préférence sur les saillies de quelques rochers bien tranchants...

David s'éloigna précipitamment. La distance qui le séparait de l'auberge lui paraissait maintenant terrifiante. Il scruta le ciel, comme s'il était possible d'y détecter l'ombre de la bourrasque, puis se mit à courir. Il avait peur. À l'idée d'être à nouveau capturé par le puits invisible, il avait envie de hurler.

À l'hôtel il retrouva Saba et lui raconta son aventure. La jeune fille devint blême et s'abstint de tout commentaire. Ils restèrent ainsi, figés, amorphes, jusqu'au soir.

Une fois de plus, ne se sentant pas le courage de descendre manger avec les clients, ils se contentèrent de quelques fruits secs, d'un morceau de pain et d'une cruche d'eau. Judi rentra, fatiguée, nerveuse.

— Ils s'agitent, murmura-t-elle en se laissant tomber au bord du lit ; je n'aime pas ça. Cet après-midi trois d'entre eux m'ont insultée parce que je refusais de leur faire crédit. Il y a de la révolte dans l'air.

— Vous pensez qu'ils vont tenter de voler vos caisses ? demanda David.

La marchande de produits chimiques secoua négativement la tête.

— Non, fit-elle en ôtant ses bottes, ça ne leur servirait à rien. Les caissons sont inviolables, blindés, et ne s'ouvrent qu'au moyen d'un code que je suis seule à connaître.

— Alors ?

— Alors je ne sais pas, mais l'atmosphère s'alourdit.

Elle se dévêtit avec indifférence, ne conservant que son slip. Ses muscles trop développés, saillants, lui donnaient l'air d'une planche anatomique et privaient son corps de tout érotisme. Elle se glissa dans le lit géant, son Colt à la main. David et Saba la rejoignirent. Le jeune homme s'allongea au bord de la couche, tendu, encore mal remis de son agression invisible. « Elle a raison, pensa-t-il malgré lui, il va se passer quelque chose... »

Il crut que cette idée allait l'empêcher de dormir mais il sombra progressivement dans une torpeur entrecoupée de brefs moments de lucidité.

Au beau milieu de la nuit il rêva qu'une ombre entrait dans la chambre, le bras levé, la main crispée sur un poignard. C'était une image naïve de film d'aventures, une silhouette découpée dans un illustré, mais le plancher craquait sous le poids imposant de ce fantôme, et David ouvrit instinctivement les yeux. Il aperçut aussitôt un reflet au-dessus de sa tête, quelque chose d'effilé qui accrochait la lumière de la lune et s'abaissait vers sa poitrine. Il cria, roula sur Judi, Saba, et dégringola de l'autre côté du lit au moment même où la seringue brandie par son agresseur s'enfonçait dans le matelas. Saba eut le réflexe d'allumer la lampe, et Judi sauta sur ses pieds, le Colt au poing. Hagard, David reconnut alors la patronne du café qui l'avait sauvé de la tornade. Elle tenait encore à la main une seringue dont le contenu achevait de se vider dans l'épaisseur du matelas. Deux autres femmes l'accompagnaient, pareillement armées. Elles se dandinaient lourdement, d'un pied sur l'autre, tels des ours hésitants.

— Reculez ! ordonna Judi, reculez ou je tire !

— Non, non ! supplia la grosse femme en récupérant sa seringue vide, vous ne comprenez pas, *c'est pour votre bien !* Nous ne vous voulons pas de mal, au contraire ! Il faut que vous deveniez comme nous ou vous périrez, emportés par le souffle ! Laissez-vous faire, c'est votre seule chance de survivre...

Elle tendit les paumes dans un geste de supplication, mais Judi leva son arme, la mettant en joue.

— Sortez de cette chambre ! commanda-t-elle, et vite.

— Nous avons chacune prélevé une ampoule sur notre stock personnel ! plaida la commerçante, c'est une preuve d'amitié, non ? Pourquoi réagissez-vous si violemment ? Encore une fois ce n'était pas une agression, mais un service, un bienfait dont vous n'auriez pas tardé à mesurer l'étendue... Écoutez-moi...

— Reculez.

— Songez aux paroles de l'Écriture, geignit l'autre, le verset 12 du chapitre 9 de l'Apocalypse dit très exactement : « Le premier malheur est passé, voici qu'il vient encore deux malheurs après cela. » Vous n'avez pas encore quitté le premier cercle... Non, pas encore.

Penaudes, les trois femmes sortirent lentement dans le couloir et refermèrent la porte sur elles. David aspira une bouffée d'air moite.

— Saba, murmura Judi en rabaissant le cran de sûreté du Colt, poussez donc quelque chose devant cette porte, ces trois folles sont bien capables de récidiver.

David se redressa et aida l'adolescente à bloquer le battant à l'aide de la table de toilette.

— C'était moins une ! constata-t-il. Pour un peu elles nous piquaient en plein sommeil.

— Pour nous rendre service, corrigea Saba ; elles nous ont attaqués avec l'intention de nous sauver contre notre gré.

— Nous partirons demain, soupira Judi, la situation nous échappe, il est temps d'aller prospecter un peu plus loin. S'ils se mettent tous dans la tête de faire de nous des Pesants, nous serons vite submergés. Je ne sais pas ce que vous en pensez, mais pour ma part je ne tiens pas à rejoindre leur clan... Ces produits sont terriblement efficaces. Une demi-seringue et c'est l'hyperphagie assurée pour un mois. Impossible de s'empêcher de manger, avec — au bout du compte — trente kilos de graisse compacte sur tout le corps. Je ne suis pas volontaire.

— Mais les chevaux ? questionna David.

— Je connais un marchand spécialisé dans les montures pesantes, ça fera très bien l'affaire, nous irons lui rendre visite à l'aube, nous reviendrons avec les bêtes et nous chargerons les caisses avant que le village soit réveillé.

— Tout de même, ricana le jeune homme, quelle ironie si vous aviez reçu l'injection qu'on vous destinait ! Une marchande de poisons victime de ses propres mixtures ? Peut-être auriez-vous gagné en crédibilité ? Votre obésité aurait été un argument de vente, non ? Quand j'étais enfant les camelots avaient coutume de dire : « Je n'utilise pas autre chose pour mon usage personnel ! »

Judi haussa les épaules, excédée.

— Je suppose que vous vous croyez drôle ?

— Non, avoua David, j'essaye de faire passer la peur. Dans ces cas-là une mauvaise plaisanterie vaut bien un verre d'alcool.

CHAPITRE VI

Ils se faufilèrent hors de l'auberge aux premières heures de l'aube. Judi ouvrait la marche, l'arme au poing, un sac de cuir gonflé jeté sur l'épaule gauche. Dehors il faisait froid. Les nuages gris, très bas, ressemblaient à des champignons sales ou à des grappes de moisissure agglutinées en peluche sur un ciel saturé d'humidité. La lande déserte frissonnait sous le poids d'un vent insidieux qui séparait les herbes en mèches distinctes. David remarqua pour la première fois des cubes de pierre, hauts comme des bornes kilométriques, qui jalonnaient la route de loin en loin. De gros anneaux d'acier y étaient fixés.

Sitôt dépassée la dernière maison du village, Judi rangea son arme et ouvrit le sac dont elle tira de curieux harnais de cuir se terminant tous par une chaîne et un gros mousqueton.

— Enfilez ça, chuchota-t-elle. Ça se boucle comme les sangles d'un parachute, gardez le mousqueton à la main tout le temps que nous marcherons. Si vous entendez siffler l'anémomètre, courez aussitôt vers l'une des bornes de sécurité et amarrez-vous à l'anneau. Avec un peu de chance cela peut vous éviter d'être emporté par la trombe.

David et Saba se harnachèrent sans poser de question. Sous le cuir sinuaient de robustes câbles d'acier qui rejoignaient tous le cordon ombilical de la chaîne d'amarrage. Les sangles entouraient les épaules, se croisaient sur le dos et la poitrine avant d'encercler le haut des cuisses.

— N'oubliez pas ! martela Judi. Le mousqueton à la main ! Nous allons avancer le plus vite possible en longeant les bornes, au moindre signe d'alerte, arrimez-vous à l'anneau. Ces bornes sont en fait des poteaux de ciment de dix mètres de long qu'on a fichés dans le sol. Le vent qui souffle ici n'est pas assez puissant pour les déraciner, par contre, il peut vous plier en arrière jusqu'à ce que le harnais vous casse les reins. Si vous décollez, veillez à toujours conserver une position fœtale, les genoux sur la poitrine, la tête dans les épaules. Ne vous éparpillez pas. Le souffle de Santäl s'y entend pour écarteler les imprudents !

Sur ces dernières recommandations ils se mirent en marche, se déplaçant en colonne. David se sentait un peu ridicule ainsi affublé, avec cette chaîne qui cliquetait entre ses jambes et lui meurtrissait les genoux à chaque pas, mais il n'oubliait pas sa mésaventure de la veille, aussi garda-t-il le bras levé et les doigts crispés sur le mousqueton.

— Il y a deux kilomètres d'ici à la maison du marchand, dit Judi. Une fois là-bas nous pourrons résoudre notre problème de monture. Il nous faut trouver un moyen de locomotion apte à nous véhiculer à travers le second cercle.

— De quoi se sert-on d'habitude ? s'enquit Saba.

— Le plus souvent on ne voyage pas, fit la grande femme brune. Mais quand on y est contraint, on utilise des animaux lourds, des pachydermes. Des bêtes lentes susceptibles de résister à l'aspiration aérienne. Je crois que nous trouverons ce qui nous convient, j'ai déjà traité avec Ser Drimi, c'est un honnête commerçant.

Ils cessèrent de parler car ils commençaient à s'essouffler. Les bornes succédaient aux bornes et David nota avec inquiétude que certains anneaux étaient tordus ou flanqués de mousquetons rouillés au bout desquels pendaient des débris de chaîne ombilicale cassée nette. Du coup son harnais lui parut beaucoup moins fiable et il pressa le pas. Il s'imaginait, flottant au bout de son amarre, les reins sciés par les ruades de la trombe, fœtus dérisoire dont la vie se résumerait à la solidité de quelques maillons.

Il jeta des coups d'œil nerveux à droite et à gauche, observant les jeux du vent dans les herbes ébouriffées. La route lui parut interminable. Enfin ils arrivèrent en vue d'une maison basse, une sorte de hangar bétonné très aplati qui dépassait à peine au-dessus du sol.

— Les installations sont souterraines, commenta Judi qui transpirait malgré le froid. Les animaux sont conservés en hibernation, ainsi ils ne posent aucun problème de nourriture et d'espace. On ranimera ceux que nous désirerons.

Elle s'avança vers l'entrée du bunker, appuya sur

le bouton d'appel d'un interphone rouillé et se fit reconnaître. Deux minutes plus tard le vantail d'accès coulissait sur ses glissières, lui laissant le passage. David s'était attendu à un puissant remugle de ménagerie, une odeur de suint, d'excrément, de paille pourrie, il n'y eut rien de tout cela. L'intérieur du bâtiment était propre et carrelé de tomettes rouges comme un hall d'immeuble.

Un homme obèse et maussade les accueillit. Comme presque tous les Pesants, il était chauve et vêtu d'une toge informe. Il les entraîna dans le dédale des sous-sols frigorifiques. Il y faisait froid et des paillettes de givre craquaient sous les semelles. Visiblement pressé de retourner se coucher, il leur montra des tortues géantes dont la carapace, évidée dans sa partie la plus épaisse, permettait à un homme de se tenir recroquevillé au centre d'un trou d'écaille rabotée. Un couvercle à cadenas fermait cet habitacle, transformant l'animal en une espèce de char d'assaut à quatre pattes.

— Elles pèsent cinq tonnes, commenta-t-il. Une fois dans le cockpit de la carapace, vous ne risquez plus rien...

— Elles sont trop lentes, objecta Judi, et elles ont la fâcheuse manie d'avancer au petit bonheur.

Agacé, le marchand les poussa vers un autre enclos. Des éléphants bossus dormaient derrière la vitre bleue du sas de cryogénisation. Leur trompe, très longue, était garnie de pointes osseuses semblables à des épines d'ivoire. Une bosse de dromadaire déformait leur échine.

— Des hybrides obtenus par croisements sélectionnés, récita l'homme. Des bêtes parfaitement adaptées à la dure loi de Santäl. Trois tonnes, des pieds à plante concave capables de se changer en ventouses. Une trompe parfaitement musclée qui peut servir d'amarre en s'enroulant autour d'un tronc d'arbre. Enfin une bosse cartilagineuse évidée avec sphincter d'accès. En temps normal son rôle est analogue à celui de la poche du kangourou : les petits y terminent leur croissance. Dans le cas présent, un passager peut y prendre place en toute sécurité, comme dans la tourelle d'un blindé. Au moindre coup de vent il suffit de donner un coup d'éperon au fond de la poche et le sphincter se referme au-dessus de votre tête, telle une bourse dont on serre les cordons.

— Et pour sortir ? demanda David un peu inquiet.

— Vous donnez un autre coup d'aiguillon. Ces bêtes sont parfaitement dressées, elles obéissent sans jamais renâcler. Dans tout le second cercle vous ne trouverez pas un animal présentant de pareilles garanties de sécurité.

Judi s'enquit du prix ; il était terriblement élevé. Elle grimaça.

— Vous n'avez rien d'autre ? lâcha-t-elle à regret.

Le gros homme renifla avec mépris.

— Non, siffla-t-il entre ses dents. On a bien essayé de mettre au point une race d'escargots géants dont la bave se changeait en glu au premier signe d'aspiration, mais une fois collés ils ne pouvaient plus se détacher de leur support et crevaient sur place. Désolé.

— Tant pis, conclut Judi, nous prendrons les tortues.

— Comme il vous plaira. Sur le dos la carapace atteint un mètre cinquante d'épaisseur, nous y avons foré une cavité principale dans laquelle un homme de taille moyenne peut s'asseoir en tailleur, et trois trous annexes pour les bagages. Tous ces habitacles se verrouillent grâce à des écoutilles brevetées. Les bêtes se déplacent à la vitesse moyenne de cinq kilomètres-heure. Leur trajectoire est un peu hasardeuse et dépend du relief. Elles ont horreur du froid et dorment dès que la température approche de zéro. Encore un point : la carapace se régénère comme n'importe quelle production organique cornée. Je veux dire qu'elle pousse, s'épaissit. Au bout de quelque temps les cavités d'habitation rétrécissent, il faut les raboter pour leur conserver leur volume. Si vous n'y prêtez pas garde, la coquille cicatrisera et votre véhicule deviendra inutilisable. Pensez-y si vous cessez de vous servir des bêtes durant deux ou trois semaines. Un petit coup de rabot tous les deux jours constitue un bon rythme d'entretien.

Il fit une pause pour observer l'effet de son discours, puis lança :

— Vous êtes sûrs de ne pas préférer les éléphants ? Ils marchent tout de même à près de quinze à l'heure et sont faciles à diriger... Avec les tortues vous aurez beaucoup de mal à amorcer le moindre demi-tour.

Judi se tourna vers David.

— Qu'est-ce que vous en pensez ? fit-elle. Nous pourrions partager la note de frais, non ? Ou votre société estimera-t-elle cette dépense trop élevée ?

Le jeune homme haussa les épaules. Il savait d'ores et déjà que Santäl ne présentait pas les conditions de sécurité requises pour l'installation d'un camp de vacances. Les vents y étaient trop meurtriers pour qu'on leur abandonne des légions de fanatiques du deltaplane ou du vol à voile. S'il persistait dans son exploration, il serait désavoué par le bureau d'études. En fait il aurait déjà dû normalement faire demi-tour, rédiger un rapport négatif et rentrer par le premier vaisseau à destination de la Terre. Pourquoi s'obstinait-il dans ce cas à suivre les deux femmes ?

Judi interpréta son hésitation comme un refus de coopérer.

— Tant pis, dit-elle sèchement. Réveillez-moi trois tortues, après tout rien ne nous presse.

— J'en ai pour une heure, fit le marchand, si vous voulez passer dans mon bureau et patienter.

Ils s'exécutèrent et allèrent s'asseoir dans une pièce ronde où ils se retrouvèrent coincés entre un porte-revues et une machine à café qui gouttait sur le sol. Les opérations de réveil et de mise en marche réclamèrent en fait quatre-vingt-dix minutes. Dans un concert de raclements, les trois chéloniens prirent la direction du monte-charge qui les propulsa deux étages plus haut, au niveau de la route. Les voyageurs partagèrent les frais et quittèrent le hangar dont la porte claqua dans leur dos. David nota que des câbles faisant office de rênes avaient été fixés de part et d'autre de la bouche cornée des tortues.

— Je descends au village récupérer mes caisses, lança Judi, attendez-moi là. Il me faudra une bonne heure pour faire l'aller-retour.

Cette précision n'était pas exempte de reproches, David en eut bien conscience. Avec un certain sentiment d'irréalité il regarda la vendeuse de produits chimiques escalader le dôme de la carapace et s'installer dans le trou central. Désormais seule sa tête dépassait. La ressemblance avec un conducteur de char, dont le casque émerge à peine de la tourelle de tir, était parfaite. Saisissant les rênes, elle secoua de droite et de gauche le crâne écailleux du reptile qui s'ébranla en griffant le sol.

— On dirait un tank monté sur pattes, observa rêveusement Saba. Dites-moi, David, vous croyez que ce déploiement de précautions est vraiment utile ? Des chevaux lestés de sacs de sable auraient tout aussi bien fait l'affaire...

Le jeune homme fronça les sourcils.

— Non, lâcha-t-il, je ne crois pas. Judi connaît Santäl, il faut lui faire confiance. Nous n'abordons que le second cercle, je crains que les choses ne se gâtent d'ici peu. Jusqu'à présent nous n'avons pas réellement affronté les vents, cela pourrait changer.

L'adolescente fit la moue, visiblement peu convaincue.

Judi fut de retour au bout d'une heure, comme elle l'avait prévu.

— En route ! cria-t-elle sans arrêter sa curieuse monture, je prends la tête de la colonne, suivez-moi !

David lutta contre l'impression d'hébétude qui le gagnait et escalada la carapace du reptile. En se laissant glisser dans le trou perçant le sommet du dôme il crut pénétrer dans un igloo d'écaille. L'habitacle empestait la corne brûlée et il ne fallait pas espérer s'y installer autrement que les genoux ramenés sur la poitrine. Deux manettes d'acier avaient été fichées au fond de la cavité. D'après les dernières explications du marchand, David savait que la première était un « accélérateur » dont le conduit traversait toute la carapace pour aboutir à l'endroit même où la masse cornée cédait la place au corps de la tortue. Quand on pressait la poignée-pistolet, une pointe creuse filait comme une fléchette au long du tube, injectant dans les muscles de l'animal quelques centimètres cubes d'une solution urticante. L'agitation extrême qui s'ensuivait amenait une accélération notable de la vitesse de progression. La seconde manette, munie d'un capot de protection, faisait penser à la commande de tir d'un avion de chasse. Deux boutons l'occupaient. Le premier, de couleur noire, déclenchait sous les pieds du voyageur le départ d'un projectile anesthésiant qui, une fois encore, traversait la carapace pour aller s'enfoncer dans la masse viscérale du chélonien.

« — Ce soporifique joue le rôle de frein, avait marmonné le vendeur ; en quinze minutes il stoppe la tortue pour une durée de six à sept heures. La poignée commande un chargeur de trente projectiles. Le bouton rouge, lui, provoque l'autodestruction de la bête. Il tire une cartouche explosive qui réduit en bouillie les entrailles de l'animal.

« — Quel est l'intérêt de ce massacre ? » avait lancé David révolté.

Le marchand lui avait jeté un coup d'œil ironique avant de répondre avec beaucoup de condescendance :

« — Cela peut se révéler plus utile que vous ne le pensez. Imaginez par exemple que vous vous trouviez en pleine tempête, bouclé dans l'habitacle, la trappe verrouillée au-dessus de votre tête. Par le périscope vous voyez soudain que la tortue se dirige vers un précipice. Leur myopie les expose à ce genre de mésaventure, je n'invente rien. Il vous est impossible de quitter le véhicule sans être aussitôt aspiré par la trombe. De plus le gouffre est trop proche pour qu'une injection anesthésiante stoppe l'animal à temps. Que vous reste-t-il à faire si vous ne voulez pas plonger avec la bestiole ? Rien, sinon la détruire. La cartouche explosive traversera la carapace et ira éclater au cœur même de la masse viscérale. La tortue explosera sous vos pieds. Réduite en charpie, elle s'arrêtera net. C'est un excellent système, croyez-moi, et nombre de voyageurs ont eu à s'en féliciter. Ces reptiles sont à demi aveugles, ils foncent, tête basse, et ne changent de direction que lorsque leur crâne vient buter sur un rocher. Parfois on a beau s'arc-bouter aux rênes ils n'y prêtent aucune attention. Le pays est plein de failles, de crevasses. Une trajectoire rectiligne est souvent synonyme de chute libre ! »

Recroquevillé dans le puits étroit de l'habitacle, David éperonna le véhicule vivant en pressant une première fois le levier urticant. L'énorme dôme s'étant mis en marche, il vérifia ensuite le système de fermeture de l'écoutille. La trappe ne différait en rien du modèle en vigueur sur les chars d'assaut. Des fentes étroites assuraient l'aération et un périscope rudimentaire permettait de surveiller les alentours en cas

de tempête. Un rabot complétait l'équipement de la
« tourelle ».

D'abord amusé par cet étrange moyen de locomotion tout droit sorti d'un conte pour enfant, David
réalisa très vite que la position fœtale imposée par
l'étroitesse de l'habitacle devenait intolérable au bout
d'une demi-heure. Cette posture de momie indienne
donnait naissance à une multitude de crampes dont les
tiraillements couraient de tendons en ligaments avant
de se nouer aux carrefours des articulations en de véritables déflagrations de souffrance.

Un peu inquiet, le jeune homme se demanda ce qui
arriverait en cas de claustration prolongée. Il prit la
décision de s'imposer chaque jour une heure d'enfermement afin de se préparer à un éventuel coup de vent.
En raison de l'incommodité du réduit, il voyagea donc
la plupart du temps assis en haut de la carapace. Les
tortues géantes se déplaçant avec une extrême lenteur
il était souvent pris d'impatience et devait se faire violence pour résister au besoin de sauter à terre afin de
continuer à pied. De plus les raclements produits par
les griffes des animaux labourant la route interdisaient
toute conversation d'un « véhicule » à l'autre, et
chaque voyageur se trouvait du même coup isolé sur
sa coquille comme un naufragé accroché à un récif.

Cette progression effroyablement monotone finissait par engendrer une mauvaise humeur latente qu'il
était difficile de réprimer.

Les animaux marchaient en moyenne seize ou
dix-huit heures par jour, mais leur avance était entrecoupée de longues pauses consacrées à l'engloutisse-

ment d'incroyables quantités d'herbe et de végétaux divers. Leur bouche cornée était capable de venir à bout de n'importe quelle écorce et broyait indifféremment buissons d'épineux et cactus géants.

Ils traversèrent ainsi une contrée désolée aux allures de lande rongée par la pelade. Judi réduisait les haltes au minimum, visiblement peu désireuse de s'attarder en ces lieux dépourvus d'adeptes de l'obésité salvatrice.

Les tortues se traînaient à la queue leu leu, laissant derrière elles un long sillage d'excréments brunâtres. Parfois leurs carapaces s'entrechoquaient avec des bruits sourds de coques heurtant un quai. Ces collisions ne les troublaient guère, et à peine rentraient-elles la tête l'espace d'un instant.

David s'ennuyait à périr et tentait d'user les heures en rabotant consciencieusement les parois de son habitacle. Saba, elle, passait la journée allongée au sommet de sa tortue, nue et enduite de crème à bronzer, traquant le plus petit rayon de soleil, exposant tour à tour son dos et son ventre dans l'espoir d'y voir enfin brunir une quelconque inscription prophétique.

Le cinquième jour la tempête éclata, ravageant l'ordonnance des nuages. Le plafond gris se déchira, s'éventrant en brusques trouées. Les masses cotonneuses s'effilochèrent, labourées par des vents minces et coupants comme des lames. Des puits, des couloirs, des tunnels crevèrent l'épaisseur des formations nuageuses, des tourbillons jaillirent par ces blessures, véritables colonnes d'air pulsé que la terre, l'herbe et les mille débris aspirés rendirent bientôt opaques. Ces toupies mortelles se mirent enfin à ululer en écorchant la lande. Elles se ruaient en avant, tour à tour recti-lignes et ondulantes, mêlant le pas de charge et la danse du ventre. Judi hurla un ordre incompréhensible et claqua le capot de sa tourelle. David fit de même avec une seconde de retard. Ses doigts tremblaient un peu en bouclant le système de fermeture. Il pria pour que la trombe ne frappe pas les tortues de plein fouet, arrachant les charnières du volet de protection.

Pour l'instant les bêtes poursuivaient leur trottine-ment rectiligne, ignorant le déluge. David se tassa dans son trou. L'obscurité accentuait la sensation d'étroitesse et la luminosité extérieure était si faible qu'on ne distinguait pratiquement rien dans les oculaires du périscope.

Le jeune homme serra les dents. Pour se rassurer, il essaya de se convaincre qu'il ne faisait qu'un avec le chélonien, qu'il était semblable à ces parasites répugnants qu'on ne peut arracher de la chair qu'ils vampirisent. *Oui...* Il était pareil à ces éclats d'obus enkystés dans les muscles des anciens combattants, à ces morceaux de mitraille que les tissus osseux ont fini par recouvrir, les enracinant à jamais.

Vingt minutes plus tard il sentit très nettement que la tortue se soulevait par l'arrière comme un navire en plein naufrage et dont la poupe jaillit brusque-ment au-dessus des vagues. Il eut terriblement peur. Pendant un moment la grosse carapace tourna sur elle-même comme un cocon en folie. Il crut qu'elle allait se retourner, ventre en l'air, et qu'il ne pourrait plus jamais sortir de l'habitacle, mais le monstre retomba lourdement et cessa d'avancer, tête et pattes rentrées.

Une heure après la tornade soufflait toujours et David crispait les mâchoires pour ne pas hurler sous l'assaut des crampes qui lui disloquaient les articulations. Il n'était plus qu'une addition de douleurs pliées à angle aigu. Une chanson ridicule nasillait dans sa tête, une comptine de jardin d'enfants, de cour de récréation : *La tortue torture le tordu ! La tortue torture le...*

Le calvaire dura encore une trentaine de minutes puis l'ankylose le gagna, injectant sa paralysie dans tous ses membres. Désormais il ne percevait plus ses limites corporelles, il était incapable de commander à ses bras ou ses mains. Il n'était plus qu'un paquet pensant, un ballot d'organes sans prolongements articulés. Gagné par la panique, il se mit à hurler. Il aurait voulu se redresser et déverrouiller l'écoutille que son corps n'aurait pas répondu à ses injonctions. Il pensa : « La tortue va dériver à travers la lande, quitter la caravane, et je resterai paralysé pendant que la corne de la carapace se reconstituera ! L'habitacle va se cicatriser, se refermant sur moi ! M'ensevelissant au milieu des écailles ! »

À présent il tremblait. Couvert de sueur, il s'évertuait à reprendre le contrôle de ses muscles, à faire jouer ses articulations. Ce fut avec un bonheur insensé qu'il accueillit le crépitement douloureux des « fourmis » annonçant le réveil des nerfs jusqu'alors comprimés. Il s'agita, essayant de dénouer ses bras. Le sang circulait à nouveau. Des milliers d'aiguilles invisibles criblaient ses fibres, il était devenu la cible d'un joueur de fléchettes ou d'un acupuncteur fou ! Il avait mal mais il existait à nouveau. Il s'appliqua à ouvrir et fermer les doigts, à effectuer des rotations avec les poignets, à sauvegarder sa souplesse relative par des flexions des orteils et de la plante des pieds.

Dehors la tempête bombardait la carapace de projectiles inidentifiables. Le périscope entrouvrait son double trou de serrure sur un monde flou de gifles sombres, de courants aériens faits de poussière, de terre et de végétaux broyés. David, absorbé par sa gymnastique étriquée, ne tarda pas à perdre la notion du temps.

Il lui fallut un bon moment pour réaliser que le vent ne soufflait plus et que les orifices d'aération de l'écoutille ne laissaient plus filer aucun sifflement. Malgré son impatience, il attendit encore quelques minutes puis déverrouilla le panneau d'accès. Ses doigts gourds avaient le plus grand mal à actionner les loquets, il repoussa enfin le capot de la tourelle et jaillit à l'extérieur, grimaçant et tordu comme un vieillard arthritique. Il perdit l'équilibre et roula sur le dôme sans pouvoir freiner sa glissade.

En touchant le sol il vit que l'une des tortues avait été renversée par la trombe et qu'elle reposait sur le dos, le ventre tourné vers le ciel. Ses grosses pattes gesticulaient sans parvenir le moins du monde à rétablir la situation. David tituba vers l'animal impuissant. La campagne avait repris son aspect morne et les nuages s'étaient ressoudés en banquise de brume compacte. Judi émergea du troisième animal, pour l'heure échoué, tête et pattes rétractées.

— C'est Saba ! hurla-t-elle. Elle est coincée !
Jamais la tortue ne pourra retomber sur ses pattes !

David savait qu'elle avait raison, la carapace de
l'animal renversé reposait très exactement sur le sol à
l'endroit même où s'ouvrait l'écoutille d'accès.

— Il faudrait des perches, hasarda-t-il, tenter un
mouvement de balancier.

— Il n'y a pas d'arbres à vingt kilomètres à la
ronde, coupa Judi.

— On pourrait essayer de faire charger l'une des
deux autres tortues ? proposa encore David, comme un
éléphant ! Le choc ferait basculer la monture de Saba
sur le flanc, non ?

— Je ne sais pas, souffla Judi. Pour l'instant les
bêtes sont terrifiées, recroquevillées au fond de leur
coquille. Et puis tu connais la loi d'obstacle : elles
changent de direction dès que leur crâne heurte une
surface dure, je ne suis pas sûre qu'elles acceptent de
servir de bélier.

Elle s'agenouilla, abaissa son visage au niveau du sol. La grosse carapace avait creusé la terre comme
un ballon qu'on enfonce dans l'humus à force de
rotations.

— La trappe d'accès est pleine de boue, murmura-
t-elle, les orifices de ventilation sont probablement bou-
chés. Je ne sais même pas si Saba peut encore respirer.

— Si on attaquait la carapace ? proposa David. On
doit pouvoir creuser dans l'écaille ?

— Pas de l'extérieur, le revêtement externe est
extrêmement dur et nous n'avons pas de pioche. Il faudrait tuer la tortue, lui couper la tête et la vider de ses

entrailles pour se glisser à l'intérieur de la coquille, là on pourrait attaquer la carapace sur sa face la plus molle et creuser un tunnel sous les pieds de Saba, mais la petite serait morte étouffée avant que nous ayons fait la moitié du chemin.

— Tant pis ! décida David, je vais risquer une collision. Écarte-toi.

Il courut jusqu'à son véhicule dont la tête et les pattes étaient toujours invisibles et se hissa sur le dôme d'écaille. Une fois dans l'habitacle il serra les doigts sur la poignée d'accélération et expédia deux décharges urticantes au centre de la bête. Il patienta quelques minutes. Normalement une intense sensation de brûlure aurait dû étriller les muscles du reptile, le jetant en avant dans un réflexe de course irréfléchi. Rien ne se passa. Peut-être les tuyaux d'acier qui servaient en quelque sorte de canon de fusil, ces tubes noyés au sein de la masse cornée, étaient-ils obstrués ? Ou bien l'une des balles du chargeur, mal positionnée, avait-elle enrayé la lame-ressort ? Il allait enfoncer une nouvelle fois le bouton de tir quand la tortue tressaillit. Sa tête jaillit de la caverne organique de la carapace et ses pattes fouaillèrent le sol avec plus d'énergie que de coutume. Le chélonien se jeta en avant, clignant de ses yeux myopes. Pour éviter qu'il ne se détourne au moment où son crâne toucherait le flanc de la tortue renversée, David tira une troisième balle urticante. Cette fois la bête eut un véritable sursaut et heurta de plein fouet sa congénère immobilisée. La tortue de Saba oscilla sous le choc et roula sur le flanc. Sa gesticulation désordonnée lui permit de

retomber sur ses pattes dans un vacarme de grosse
caisse. David poussa un cri de victoire. Judi avait déjà
escaladé la coquille et s'évertuait à dégager les orifices
d'aération du tourelleau de la boue qui les obstruait.

— Saba ? hurlait-elle. Saba ? Tu m'entends ?

Elle frappa du poing sur la trappe d'accès qui ne
pouvait s'ouvrir que de l'intérieur, mais seul un son
creux lui répondit. David commençait à craindre le
pire quand un bruit de loquets coulissant lui apprit que
la jeune Cythonnienne déverrouillait l'écoutille
bosselée. Saba émergea enfin le front marqué d'une
ecchymose et les lèvres cyanosées. Judi la retint au
moment où elle basculait en avant puis l'étendit sur le
versant de la carapace. L'adolescente ne tarda pas à
reprendre ses esprits en balbutiant des remerciements
que la grande femme brune éluda d'un mouvement
d'épaules agacé. David se demanda si Judi, à sa place,
aurait pris l'initiative de faire charger sa tortue au
risque de fêler ses précieuses ampoules « obési-
fiantes » ? Cette pensée empoisonnée lui fit un peu
honte mais le doute subsista tout le temps qu'on mit
pour faire reprendre aux animaux abrutis leur position
dans la caravane. Il était visible que la marchande de
produits chimiques était irritée par ce contretemps et
qu'elle était pressée de rejoindre des contrées peu-
plées d'éventuels acheteurs. On se remit donc en route
sans plus tarder, gommant les effusions à peine amor-
cées. Judi oublia le bref tutoiement auquel elle s'était
laissée aller au cœur de l'action et reprit l'usage de
son : « vous » distant et prophylactique. L'incident
était clos. Chacun se réinstalla au creux de sa tourelle,

l'œil fixé sur le ciel, dans l'attente d'une nouvelle tempête.

Celle-ci se déchaîna le lendemain, et cette fois elle fut accompagnée d'une pluie diluvienne. Bouclé dans son habitacle, David s'aperçut avec angoisse que les ruissellements pénétrant par les orifices de ventilation remplissaient peu à peu le trou comme une simple cuve. En un quart d'heure l'eau lui submergea la poitrine et monta à l'assaut de ses épaules. Terrifié il comprit qu'il était pris entre deux adversaires également mortels : le liquide dont le niveau ne cessait de monter à l'intérieur du cockpit et la trombe aspirante qui ravageait la campagne tout autour de la tortue rétractée dans son épouvante.

Une fois de plus il se trouvait dans une situation inextricable. Attendre passivement c'était accepter la noyade dans un délai relativement court, ouvrir la tourelle c'était s'offrir à la succion gigantesque de la trombe et disparaître dans les airs à la suite des tourbillons de poussière.

Il lutta pour ne pas céder à la panique mais l'eau clapotait maintenant autour de son cou. Elle n'avait eu aucun mal à remplir le cuvier de l'habitacle. Ses gouttes mêlées de grêlons crépitaient sur la trappe d'accès avec un bruit de pièces de monnaie vomies par une machine à sous subitement détraquée. David voulut se hausser sur ses talons. Il dérapa et ne parvint qu'à boire la tasse. Le liquide frôlait à présent son menton, il fallait évacuer ou écoper. Il tâtonna pour libérer les loquets de la trappe.

Au moment même où ses doigts se posaient sur les tiges d'acier, la tortue fut prise dans la trombe et commença à tourner sur elle-même à la manière d'une toupie. Le jeune homme sentit qu'une force démentielle passait sur le reptile, une aspiration colossale qui faisait le vide autour d'elle, ouvrant dans l'espace un véritable couloir ascensionnel.

Et soudain, l'eau qui emplissait l'abri fut aspirée à l'extérieur ! Le liquide fusa par les fentes de ventilation en même temps que le sang de David refluait du cœur vers la tête. Cela ne dura qu'une seconde, puis la tortue retomba d'un bon mètre. Le garçon demeura abasourdi, les tempes bourdonnantes, les veines dilatées par la surcharge sanguine. Le cyclone avait asséché le trou en l'espace d'une inspiration, probablement vidait-il les mares et les étangs de la même manière, ne laissant derrière lui que des trous vaseux ?

David songea à ces masses d'eau vaporisées dans les airs avec leurs poissons, leurs grenouilles, leurs végétaux, et il fut pris d'une crise de tremblements. Tout de suite après l'eau reprit son travail d'infiltration et il fut de nouveau immergé jusqu'à la ceinture. Heureusement la pluie cessa bien avant le seuil critique et, les rugissements du vent s'étant perdus dans le lointain, il put rabattre le couvercle de la tourelle pour écoper en se servant de ses paumes réunies en coupe.

Ainsi s'acheva le sixième jour du voyage.

David dormit au creux du dos de la tortue, dans ses vêtements humides, tandis que la nuit imbibait les nuages de son encre de poulpe. Les bêtes cahotaient dans l'obscurité, et leurs grosses pattes griffues brassaient la boue des chemins sans y trouver un appui suffisant.

À l'aube cependant le ciel se révéla d'un rose rassurant et l'air reprit sa pesanteur des « beaux » jours. Le vent avait disparu, l'atmosphère ne véhiculait plus le moindre souffle. La campagne reprenait son immobilité sereine. David se déshabilla et étendit ses vêtements sur le pourtour de la tourelle dans l'espoir qu'ils sèchent.

Vers midi, son regard capta un éclat métallique au centre de la lande. Cela brillait comme une flaque de mercure ou un disque de chrome. Il crut d'abord à un reflet de soleil sur une retenue d'eau, mais — la distance diminuant — force lui fut de constater qu'il s'agissait bel et bien d'une plaine d'acier ! Sur plus de trois kilomètres la lande cédait la place à une surface métallique plus ou moins bosselée et tachée de rouille. Ce relief de fer ondulait en collines, se plissait en ravines, comme si on avait revêtu la terre d'une cuirasse faite sur mesure, d'une armure plate épousant étroitement la configuration du terrain. Quelque chose ou quelqu'un avait « métallisé » le paysage, l'emprisonnant sous un capot gigantesque. Des animaux qui ressemblaient à des chevaux évoluaient sur cette lande d'acier oxydé, provoquant un épouvantable vacarme. En les regardant plus attentivement David crut comprendre que les sabots des bêtes étaient eux aussi en métal !

Interdit, il voulut sauter à terre pour aller vérifier la chose de plus près, mais Judi devina son intention et agita les bras en signe d'avertissement.

— Ne posez pas le pied sur le fer ! cria-t-elle. Et veillez à ce que votre tortue ne s'y engage pas ! Je vous expliquerai tout à l'heure !

Le jeune homme obéit sans chercher à comprendre. De l'autre côté de la route les chevaux sauvages, bien campés sur leurs sabots d'acier, regardaient passer cette caravane grotesque qui, pataugeant dans la boue du chemin, longeait la plaine étincelante.

Quand les tortues s'arrêtèrent pour manger, digérer et dormir, Judi se laissa glisser sur le sol et s'avança jusqu'à la limite de la pellicule métallique recouvrant la lande. David et Saba la rejoignirent aussitôt.

— C'est un météore qui a fait ça, dit-elle en devançant leurs questions. Un météore qui s'est liquéfié en traversant l'atmosphère de Santäl. Il n'a pas pu se refroidir suffisamment et le métal en fusion qui composait sa masse s'est aplati sur le sol, s'y répandant en flaque. Ensuite les animaux des alentours ont muté. La corne de leurs sabots s'est peu à peu chargée de copeaux d'acier, ou de limaille...

Saba fit un pas en avant. La main de Judi s'abattit tout de suite sur son épaule.

— Mais pourquoi ne peut-on pas s'y promener ? geignit l'adolescente. Ces chevaux ont l'air plus craintifs que belliqueux...

— Ce n'est pas ça, coupa la femme brune, mais la mutation s'est effectuée en tenant compte des trombes aspirantes. Ces animaux ont développé un système d'aimantation naturelle, comme les poissons-torpilles, les gymnotes, dont vous avez sûrement entendu parler...

— Un système d'aimantation naturelle ? releva David incrédule.

— Oui, renchérit Judi, comme les gymnotes ils possèdent des glandes chargées d'électricité. Ce courant électrique, lorsqu'ils le libèrent, va droit dans leurs sabots, les transformant en électroaimants. Tant que le voltage est maintenu, leurs pattes restent collées à la plaque métallique, les enracinant sur place. La trombe qui passe ne peut rien contre cette aimantation tout le temps que les glandes continuent à sécréter leur courant de protection. C'est pour cela qu'il faut éviter de s'avancer sur l'acicr. Si le troupeau décidait subitement de s'enraciner parce qu'il a détecté un courant d'air ou un souffle de vent, la décharge produite par l'aimantation collective électrocuterait immédiatement l'imprudent qui se serait risqué sur la plaine de fer.

— Mais comment font-ils pour se nourrir ? s'enquit Saba.

— Ils broutent l'herbe qui pousse sur le pourtour de la zone métallique, fit Judi. Ils tendent le cou mais prennent toujours bien garde de conserver les quatre sabots sur le territoire d'aimantation. Allons, venez, ne restez pas là, c'est dangereux.

Pour échapper à la boue, ils se juchèrent en haut d'un rocher et partagèrent leurs maigres provisions.

— Il serait temps que nous trouvions un endroit susceptible de nous fournir des vivres ! observa David. Bientôt nous n'aurons plus rien !

— Ce n'est pas grave, lâcha Judi, nous allons pénétrer dans la zone forestière. Elle est habitée par de nombreuses confréries de prêtres-bûcherons. Nous pourrons y faire halte. J'espère bien y trouver des adeptes de l'obésité volontaire, pour l'instant mon chiffre d'affaires n'a rien d'extraordinaire.

Visiblement éprouvées par les spasmes successifs de la tempête, les tortues restèrent toute la nuit enfouies au fond de leur caverne d'écaille.

On ne partit donc qu'au matin. Après trois heures de route la configuration du terrain changea. La plaine se modela en une suite de vallonnements aux déclivités plus ou moins importantes. Des forêts d'arbres noueux, aux troncs courts et râblés, s'agrippaient aux versants des collines. Là encore la flore s'était développée en tenant compte des agressions du vent. Chaque tronc, énorme et nervuré comme un muscle tétanisé, se couronnait d'un nombre de branches étonnamment restreint. Celles-ci, du reste, épaisses et peu ramifiées, évoquaient davantage les bois d'un cerf que l'habituelle profusion de brindilles et de rameaux s'épanouissant en bouquet sur le fût des arbres terriens. Cette précaution naturelle n'avait d'ailleurs pas empêché la dévastation de boqueteaux entiers, et certaines collines n'étaient plus couvertes que de moignons de troncs brisés au tiers de leur longueur.

Des groupes de bûcherons pouilleux se déplaçaient au creux des vallons, la cognée sur l'épaule. David leur trouva des manières de conspirateurs ou de terroristes, mais il ne sut dire pourquoi. Çà et là on devinait le renflement d'un tumulus cachant un abri foré dans le sol. Ces terriers empierrés servaient sans aucun doute de campement aux travailleurs des bois. On ne pouvait y pénétrer que par une fente étroite et en rampant, la poitrine collée à terre.

Les tortues, entraînées par leur poids, dérapaient dans la descente, se heurtant les unes aux autres comme de grosses boules de pétanque écailleuses et maculées de glaise.

David retrouva la plaine avec un certain soulagement. Une maison, curieusement inclinée, en occupait le centre. C'était une grosse bâtisse d'une extrême laideur. Une sorte de pavillon de banlieue qu'on avait transformé en forteresse avec les moyens du bord. Sa masse cubique penchait sur la droite, à quarante-cinq degrés. Les murs semblaient avoir été épaissis en plusieurs étapes, comme si on les avait recouverts de couches successives de maçonnerie, alternant ciment, brique, pierres, puis à nouveau ciment, brique... L'effet final était particulièrement repoussant. La maison avait pris l'aspect d'un pachyderme taillé à l'équerre. Elle avait l'air d'un éléphant de béton mal proportionné. Des fenêtres minuscules se découpaient dans l'épaisseur des murs, derrière trois rangées de barreaux aux entrecroisements alternés. La façade s'avançait au niveau du rez-de-chaussée de manière à former un éperon, une étrave qui paraissait aussi tranchante que celle d'un brise-glace. Ce soc vertical garni de plaques d'acier avait labouré la plaine sur plus de cinq cents mètres, ouvrant derrière la maison un profond sillon de terre éventrée.

David comprit que sous l'action de l'aspiration santälienne le bâtiment avait dérivé au milieu de la trombe, déchirant la lande comme un soc de charrue. À présent il était fiché dans le sol, sa façade-étrave solidement enfoncée dans l'humus. Sa position inclinée évoquait l'attitude d'un taureau stoppé dans son élan, cornes basses.

La porte du rez-de-chaussée était ouverte, laissant voir trois gros câbles d'acier qui, sortis des tréfonds de la maison, serpentaient sur les marches du perron avant de se perdre dans l'herbe. Chacun de ces filins se terminait par une grosse ceinture de cuir. La première enserrait la taille d'une petite fille, la seconde les hanches d'un homme maigre aux cheveux longs et grisonnants, la dernière se bouclait autour du cou d'un chien.

Les cordons ombilicaux d'acier assuraient à leurs prisonniers une autonomie de déplacement n'excédant pas une cinquantaine de mètres. Le chien, l'homme et la fillette étaient pareillement mis à l'attache, reliés par un triple collier à la niche géante représentée par l'habitation. Aucun pourtant ne paraissait souffrir de cette entrave. L'enfant jouait avec l'animal — un gros doberman aux oreilles non coupées —, l'adulte, lui, était descendu dans le sillon creusé par la dérive de la maison et se livrait à un mystérieux travail de halage.

Lorsqu'il fut un peu plus près, David put constater que l'homme était en fait occupé à démêler les sangles d'un énorme parachute dont les suspentes se rassemblaient en écheveau pour jaillir d'un œil-de-bœuf situé à l'arrière de la bâtisse, juste sous le toit. La corolle de grosse toile nervurée se trouvait pour l'heure abattue au milieu du sillon, méduse morte vautrée dans sa flaccidité.

Judi donna le signal de la halte et David tira une cartouche anesthésiante au centre de la tortue. Les reptiles trottinèrent encore treize minutes en une trajectoire hésitante puis s'immobilisèrent, leur museau corné au ras de l'herbe, le cou affaissé.

L'homme aux longs cheveux gris ne leur accorda qu'une brève minute d'attention et reprit sa besogne de démêlage. Sous le ceinturon de cuir relié au câble, il portait une salopette blanchie par l'usure. Il était bras nus. Maigre mais doué d'une musculature nerveuse.

— Je m'appelle Jean-Pierre, lança-t-il sans lever la tête à l'adresse de David qui s'était arrêté en haut du remblai de tourbe ; la petite fille c'est Nathalie, le chien Cedric. Et toi ?

David se présenta puis s'assit au bord du sillon, les jambes dans le vide. L'avance de la maison avait ouvert sur la lande une tranchée de vingt mètres de large.

— C'est toi qui as inventé ce système ? demanda-t-il enfin.

Jean-Pierre acquiesça.

— Les bâtiments enracinés se disloquent dans la tourmente, dit-il doucement, j'ai compris très tôt que pour ne pas être dépecé il fallait suivre le mouvement du vent, jouer la stratégie du roseau. Céder à l'aspiration, se laisser aller juste ce qu'il faut pour que la tourmente perde prise peu à peu. Avec mon système la tornade ne me heurte pas de front, elle m'entraîne, s'effiloche, et puis me laisse en arrière, m'abandonne. Mon inertie est progressive, souple, basée sur un freinage lent et constant. Ça ne sert à rien de construire des tours avec des fondations de cinquante mètres, la bourrasque fond sur elles comme un boulet de canon et les éparpille. Ma maison, elle, est comme une barque : un cul rond et une façade en éperon, une étrave faite pour déchirer la terre, s'y enfoncer comme un coin. Quand la tornade nous aspire nous partons à la dérive en labourant la plaine. Le soc est comme une racine mobile, il nous maintient au sol sans refuser le déplacement. Quand l'aspiration devient trop forte je largue le parachute par l'œil-de-bœuf du grenier. Il s'ouvre à l'arrière et joue le rôle d'aérofrein. Je n'ai rien inventé, c'est un système en usage sur les avions à réaction pour réduire la distance de freinage. J'ai eu beaucoup de mal à le confectionner. C'est de la toile goudronnée en trois épaisseurs tendue sur une résille de fil d'acier.

Il se tut et entreprit de plier la corolle froissée du parachute, l'arrangeant soigneusement en plis longitudinaux.

— Vingt mètres d'envergure, commenta-t-il au bout d'un moment, ce n'est pas rien.

— Mais ces câbles autour de vos reins ? interrogea David. Pourquoi vous êtes-vous encordés toi, le chien et la gosse ?

Le visage de l'homme eut une crispation douloureuse.

— Ma femme a été emportée par la trombe, fit-il avec une seconde d'hésitation. Elle s'était trop éloignée de la maison. Elle n'a pas pu rentrer à temps. Je ne veux pas que ça se reproduise avec ma fille. C'est une enfant de douze ans, en jouant avec le chien elle risquait de sortir du périmètre de sécurité alors j'ai installé ces... cordons ombilicaux qui nous relient à la maison. Chacun d'eux est fixé à un treuil automatique. Lorsque les anémomètres installés sur le toit détectent une brusque accélération des courants aériens, un appareillage électronique enclenche les treuils qui se mettent aussitôt à rembobiner les câbles. Nous sommes littéralement traînés à l'intérieur du hall, comme si on nous capturait au lasso. Le tout en moins de deux minutes.

— Mais vous êtes condamnés à piétiner sur le seuil ! Je veux dire : vous ne vous libérez jamais ? Vous ne tentez jamais une promenade à l'extérieur ? Dans la forêt par exemple ?

— Pour quoi faire ? Pour trembler en gardant toujours un œil sur les terriers de repli aménagés par les bûcherons ? Non. Cette maison est devenue notre univers, j'y ai stocké assez de vivres pour cinq ans, les éoliennes me fournissent le courant dont j'ai besoin, quant à l'eau je dispose d'un réservoir recycleur qui fonctionne en circuit fermé. Pas une goutte n'est perdue. Vous pouvez vous arrêter ici si ça vous tente, j'ai de quoi vous loger, et puis je n'ai pas souvent de visites. J'ai peur que Nathalie s'ennuie. Elle est jeune, elle comprend mal les contraintes imposées par la sécurité...

Il s'humecta les lèvres, soudain fébrile.

— Laissez vos tortues à l'attache, elles ne bougeront pas, je vous prêterai des pieux d'amarrage.

Depuis combien de temps n'avez-vous pas dormi dans un vrai lit ? Profitez de l'occasion !

David hocha la tête. Alléché par cette halte imprévue. Il se redressa et alla transmettre la proposition aux deux femmes qui étaient restées près des montures.

— Ça ne serait pas une mauvaise idée, observa Judi, d'ici je pourrai rayonner à travers la campagne et les différents villages des environs. Pour moi c'est okay, et vous, Saba ?

L'adolescente, pâle et fatiguée, ne souleva pas l'ombre d'une protestation. David en fut soulagé.

Comme ils s'avançaient vers la maison, le chien se mit à aboyer et à bondir autour d'eux. La fillette le saisit par le cou pour le faire taire, mais elle n'était pas assez lourde pour refréner les mouvements de l'animal. C'était une enfant fragile, aux cheveux blonds presque blancs, noués en queue de cheval. Elle avait un visage rose, un peu lunaire, constellé de taches de son, et une grande bouche aux lèvres inexistantes. Elle portait une curieuse robe noire (peut-être une blouse d'écolière ?) et des socquettes blanches maculées d'herbes écrasées.

— Il n'est pas méchant, dit-elle d'une voix détimbrée, mais il n'a pas l'habitude de voir des gens... Et puis il n'aime pas être à l'attache.

David trouva qu'elle avait prononcé cette dernière phrase avec une étrange animosité.

— Entrez ! leur cria Jean-Pierre du fond de sa tranchée, il faut que je replie ce parachute. Nathalie va s'occuper de vous ! Soyez les bienvenus !

— Suffit, Cedric ! aboya la petite fille en frappant le chien d'un revers de la main.

David eut l'impression qu'elle avait failli dire : « Suffit, papa ! » et cette interférence le mit mal à l'aise. Il lutta une bonne minute pour effacer cette impression détestable. Le chien s'était calmé. Nathalie saisit le câble qui pendait à la ceinture de sa robe et fit la révérence.

— C'est ma queue de souris, expliqua-t-elle dans un sourire froid, je l'appelle comme ça. Mais ça pourrait être aussi un fil d'araignée. La maison serait la toile, et moi le bébé-araignée en quête de mouches...

— En tout cas c'est une jolie ceinture, hasarda Saba conciliante.

— N'est-ce pas ? susurra Nathalie. Vous avez vu la boucle ? Elle ferme à clef... C'est une petite serrure. Papa a tout le temps peur que je l'enlève pour aller courir dans les bois. Il garde la clef autour de son cou, comme dans les contes de fées... Mais un jour quelqu'un m'apportera une miche de pain avec une lime à l'intérieur, et je couperai la queue de la souris.

Elle leur fit signe de monter les marches du perron, accompagnant son invite d'un geste du bras plein d'affectation outrée.

— Oui, continua-t-elle rêveusement, un pain avec une lime. Ou plutôt une brioche. Comme ça, je ne m'évaderai qu'après le petit déjeuner...

— Elle est un peu bizarre, non ? souffla Saba à l'oreille de David.

Le jeune homme ne répondit pas. Le hall était vaste, tout en marbre, et à vrai dire assez beau. Mais les trois treuils automatiques boulonnés au milieu des colonnades gâchaient totalement l'harmonie de cet agencement.

CHAPITRE VII

La maison était vaste, emplie de meubles lourds dont on avait vissé les pieds au plancher. David découvrit très vite qu'aucune chaise, qu'aucun objet ne jouissait de la moindre liberté. Les tiroirs étaient fermés à clef, les livres emprisonnés dans des bibliothèques à grillage. Loquets et serrures faisaient la loi, régnaient en despotes. Les assiettes avaient été conçues de manière à pouvoir être vissées sur la table de la salle à manger. Les sièges entourant cette même table avaient été munis de ceintures de sécurité du type baudrier à enrouleur. Le dessus des meubles était nu, aucun des objets qu'on a l'habitude de voir traîner dans un appartement n'en occupait la surface. Le jeune homme eut beau chercher, il ne dénicha aucun livre, aucune tasse, aucune paire de chaussures abandonnée sur le tapis. Rien. Il fut peu à peu gagné par l'impression d'être en train de visiter un logement témoin, une suite de pièces inhabitées où l'homme n'a encore laissé aucune empreinte. La présence de la fillette lui avait laissé espérer un joyeux désordre mêlant jouets et poupées en un champ de bataille sympathique, il ne vit que des coffres aux loquets tirés, des armoires closes et fixées aux cloisons par d'énormes clous de charpentier.

— On ne peut rien laisser sorti, expliqua Jean-Pierre, la maison est exactement comme un bateau que la tempête peut surprendre d'un instant à l'autre. Si l'on ne verrouille pas chaque porte, chaque placard, les secousses feront vomir aux meubles tout leur contenu. En quelques minutes vous vous retrouverez lapidé par des centaines de livres, de tasses, de chaussures. Les assiettes jailliront des bahuts, éclateront, se changeant en autant d'éclats coupants susceptibles de vous trancher la gorge. Une maison prise dans la tourmente devient un gigantesque shaker, tout se met soudain à y vivre d'une vie propre. La fourchette et le couteau oubliés sur la table de la cuisine fileront à travers la pièce pour se planter dans votre poitrine si vous n'y prenez pas garde ! Ici tout est cadenassé. Les portes des placards sont blindées et munies de serrures à toute épreuve. Il n'y a pas moyen de faire autrement. Je vous demanderai de respecter scrupuleusement cette consigne. Le désordre peut vite devenir avalanche !

Et il avait plusieurs fois répété « avalanche » entre ses dents, comme pour mieux se persuader du danger. Quand Nathalie avait conduit les voyageurs à leur chambre respective, David avait constaté avec une réelle stupeur que les lits étaient munis de sangles de cuir à la hauteur de la poitrine, de la taille et des chevilles. Ces robustes lanières conféraient aux couches un détestable aspect de tables de tortures.

— En cas de choc, avait chantonné la fillette, pour éviter que vous n'alliez vous écraser sur le mur d'en face. L'ennui c'est qu'à force d'attendre les chocs on vit toujours ficelé.

Puis sautant du coq à l'âne, elle avait lancé :

— Vous savez que papa a noyé des enclumes dans le béton des murs ? Des dizaines d'enclumes pour alourdir la maison... Un jour, avec toutes ces secousses l'une d'elles finira bien par traverser une cloison et nous écraser la tête... Vous ne croyez pas ?

David ne sut que répondre. Le doberman qui trottinait sur ses talons l'agaçait. Il avait horreur de sentir le souffle chaud du chien sur ses chevilles.

Un peu plus tard, pendant le repas, Jean-Pierre (qui était toujours torse nu sous sa salopette) se laissa aller à expliquer le fondement de ses théories.

— Je viens d'une communauté où l'on prônait l'alourdissement, fit-il en ricanant. On prenait un immeuble de vingt étages, on coulait du ciment dans les quinze premiers et on s'entassait dans les cinq derniers. Après ça on était persuadé d'avoir des racines solides, de jouir d'une base à l'équilibre parfait. Quand on sortait on portait des semelles de plomb. Vous savez, ces semelles qu'utilisent les culturistes pour se muscler les jambes ? Sur les épaules on se ficelait des sacs à dos remplis de pierres. Cinquante kilos comme les marines à l'entraînement ! Vous devinez ce qui est arrivé ? Un jour la trombe est passée... Elle a aspiré les cinq derniers étages de l'immeuble plombé sans toucher aux racines, et tous les habitants avec. Tous, sauf moi. Un vrai miracle ! Ce jour-là j'ai compris que l'immobilité ne payait pas. C'est à partir de ce moment que j'ai imaginé la stratégie du roseau : plier, suivre le mouvement en traînant les pieds. Ne pas heurter la trombe de front mais jouer avec elle, l'épuiser ! Attendre le moment où elle faiblit pour décrocher...

Quand David quitta la table, un peu ivre, Jean-Pierre se pencha vers sa fille et l'embrassa sur la joue en lui murmurant :

— Allez Nathalie, il est tard, il faut dormir. Va te coucher, papa ira t'attacher sur ton lit...

Dans sa chambre le jeune homme retrouva la curieuse couche munie de lanières qu'il avait entr'aperçue à son arrivée, et cet attirail rébarbatif lui rappela plus que jamais les tables de vivisection des laboratoires de recherche. Conforté dans sa répulsion par les brumes de l'ivresse, il se coucha sur le sol et s'endormit aussitôt.

Le lendemain il se réveilla à une heure avancée de la matinée. S'approchant de la fenêtre grillagée, il tenta de découvrir la campagne, mais les barreaux entrecroisés qui défendaient l'ouverture lui donnèrent l'impression d'observer le paysage à travers un masque d'escrimeur géant. Le ciel était gris clair, uniforme. Derrière la forêt, entre deux échappées de brume, on devinait une surface plate et brillante. Il se demanda s'il s'agissait d'une nouvelle plaine de fer ou tout simplement d'une étendue d'eau. Nathalie et le chien jouaient mollement en bas du perron, comme si le câble d'acier qui leur ceignait respectivement la taille et le cou brisait en eux tout élan vital.

David se lava sommairement dans un petit cabinet de toilette. Il se méfiait de l'eau recyclée. Cette mystérieuse chimie par laquelle sa propre urine revenait sur la table du repas sous forme d'une carafe d'eau « pure » ne l'enthousiasmait qu'à demi.

La maison vide lui parut lourde et crispée. La légère inclinaison du parquet rendait l'escalade des couloirs difficile et douloureuse pour les mollets. Dans le hall il contourna les trois treuils trônant sur les dalles de marbre et fit attention de ne pas se prendre les pieds dans les sinuosités des câbles déroulés. Le chien dressa les oreilles à son approche. Nathalie fit semblant de ne pas l'avoir entendu. Un peu plus loin, Jean-Pierre (entravé, lui aussi) inspectait le revêtement métallique de l'étrave à l'aide d'un petit marteau dont il frappait les plaques boulonnées. Il agissait avec tant de minutie et de doigté qu'il ressemblait plus à un musicien jouant du xylophone qu'à un chef de gare tapant sur les roues d'une locomotive. David fixa la nuque de la fillette.

— Tu ne t'amuses pas ? dit-il bêtement.

— Non, fit-elle d'une voix lointaine, je goûte le vent. Je tends la langue comme un caméléon, j'attends une minute et quand je la rentre, elle est salée.

— Salée ?

— Oui, à cause de la mer derrière les collines.

— Tu ne joues pas à l'araignée aujourd'hui ?

— Non, je suis prisonnière de la pieuvre. La maison est la pieuvre. Une pieuvre géante à trois tentacules.

David s'assit sur la dernière marche du perron. Au centre de la plaine les tortues dormaient, gros cailloux sans pattes ni tête.

— Vous avez remarqué que la maison est une prison ? souffla Nathalie en tirant consciencieusement sur ses socquettes. Les cellules s'appellent placards, tiroirs, bahuts. Tous les objets sont prisonniers. Papa possède toutes les clefs, c'est lui le geôlier en chef. Il n'autorise que de courtes promenades. Les fourchettes, les assiettes ne sont libérées que le temps du repas. Après, sitôt lavées : clic ! clac ! La cellule se referme. La maison a tant de trous de serrure qu'on dirait un morceau de gruyère. Cedric et moi, nous sommes là-dedans comme des bagnards de bande dessinée. Ce n'est pas un boulet qu'on nous a attaché au pied mais un immeuble. Je voudrais...

— Oui ?

— Je voudrais monter une fois sur le dos des chevaux à sabots aimantés qui courent sur la plaine de fer. Je voudrais qu'un complice me fasse parvenir une lime... Je scierais les attaches du parachute et, à la prochaine tempête, la maison filerait droit dans la mer... Mais papa enferme tous ses outils dans un coffre-fort. Il sait que Cedric et moi détestons être tenus en laisse. La niche est trop lourde pour que nous puissions la traîner derrière nous. Parfois Cedric devient fou, il s'arc-boute et tire, tire, jusqu'à en avoir le cou en sang... Un jour il perdra la tête et nous dévorera, papa et moi. Les chiens qu'on laisse à l'attache finissent toujours par se retourner contre leurs maîtres. Je le sais, je l'ai lu dans un livre. Un livre que papa tient prisonnier dans sa bibliothèque à grillage.

David toussota. Il n'aimait pas du tout le tour que prenait la conversation. Il chercha Judi et Saba du regard.

— Elles sont parties, lança Nathalie lisant dans ses pensées. La brune qui a des muscles comme Superman est allée du côté du village. La petite maigre, rose comme un bonbon, a pris la direction de la mer.

Elle se tut, parut réfléchir intensément puis murmura :

— Il faudrait que j'invente une ruse.

— Une ruse ?

— Oui, pour me défaire de l'étreinte de la pieuvre ! Par exemple si j'étais enceinte mon ventre gonflerait, alors papa ne pourrait plus boucler la ceinture autour de ma taille. Il faudrait que quelqu'un me fasse un enfant... Ça c'est une bonne idée. Je dirais : « Papa, tu es fou ! Pas la ceinture ! Elle va étrangler le bébé. » Vous ne voulez pas me faire un enfant ? Ça ne doit pas être très long, non ?

David s'étrangla en rougissant. Les yeux verts de Nathalie le transperçaient. Quelle était la part du jeu dans cette proposition ? Tout de suite après elle baissa le nez et secoua négativement la tête.

— Non, soupira-t-elle, découragée, ça ne marcherait pas. Papa est malin, il jetterait la ceinture pour me mettre un collier, comme celui de Cedric... Il me faudrait un rat apprivoisé. Je le cacherais dans mon lit ou dans la poche de mon tablier, et je lui dirais : « Ronge, petit ! Ronge le câble du treuil ! » Mais Cedric n'aime pas les rats. Il le tuerait d'un coup de dents sans savoir ce qu'il fait. Non, il n'y a pas de solution. Vous et les filles vous voyagez sans arrêt, hein ? Comment ça se passe, racontez-moi ?

David haussa les épaules.

— Je ne sais pas, commença-t-il. Un voyage c'est une suite d'incohérences, c'est le chaos. Des choses viennent qu'on n'attendait pas. Des choses imprévisibles. Il ne doit pas y avoir de lien, de fil conducteur... d'unité. L'unité, c'est une invention de romancier, dans la vie il n'y a que zigzags et bifurcations, le voyage c'est ça. On rencontre des gens, on s'égare, on se perd, on revient sur ses pas. En fait on ne sait pas où l'on va, et on ne veut aller nulle part. On suit les accidents de terrain. Le voyage c'est une suite de portes qu'on ouvre, derrière il y a chaque fois quelque chose de différent. Quelque chose qui vient en rupture... qui casse la trajectoire amorcée et provoque un ricochet. Un vrai voyage c'est ça, il n'y a pas de rails invisibles, de voie ferrée fantôme. Ce sont des cartes à jouer qu'on tire au hasard, souvent elles ne correspondent à aucun arrangement connu. Ce sont des morceaux de carton, isolés, parfaitement étanches. Et c'est bien ainsi. Le voyage aboutit toujours à la conscience du morcellement, de l'étanchéité. On croit qu'on va ramasser une à une les pièces d'un puzzle, mais on découvre toujours à la fin que les morceaux ne s'emboîtent pas les uns dans les autres, et qu'ils n'entretiennent aucune parenté. On n'a fait que rebondir au hasard, même si l'on a voulu se donner l'illusion d'autre chose... Mais c'est justement ça qui est important. Si l'on découvre une unité derrière tout cela, c'est que tout est raté... Artificiel. Il ne doit pas y avoir de squelette, le voyage est une méduse. Lorsqu'elle s'est décomposée, il ne reste rien... Pas d'ossature... Le néant.

Nathalie avait mouillé son index et dessinait dans la poussière maculant son genou droit.

— La maison voyage, dit-elle rêveusement. Elle voyage et nous restons immobiles, prisonniers des câbles. Nous sommes comme les passagers d'un avion : le monde entier défile sous l'appareil, mais eux sont condamnés à rester rivés dans leur fauteuil, des crampes plein les reins...

David se redressa, provoquant un sursaut défensif du chien.

— Vous allez vous promener ? observa la fillette. Vous avez tort, vous allez vous durcir les pieds. Après ils seront pleins de corne et rugueux comme des sabots. Les miens servent si peu qu'on dirait de la peau de bébé. Un jour, à force de si peu servir, ils vont se mettre à rapetisser. J'ai lu quelque part qu'un organe qui ne servait à rien finissait toujours par disparaître.

Le jeune homme eut un rire gêné. Le regard de Nathalie lui donnait mauvaise conscience. Le chien grondait sourdement. Jean-Pierre, lui, continuait à sonder les murs, traquant les lézardes. David en eut brusquement assez. La maison l'étouffait. Il eut envie d'espace, de forêts, de marches harassantes. Le délire chuchoté de Nathalie lui communiquait des bouffées claustrophobes. Il s'avança vers les tortues. Elles dormaient, rétractées, inébranlables.

« Qu'est-ce que je fais ici ? pensa-t-il. Rien ne justifie ce voyage. Santäl est inutilisable, aucun club de vacances ne pourra jamais s'y installer. Je le sais et pourtant je persévère, je m'obstine. Judi a un but, Saba aussi, moi je m'abandonne au vent. Je ricoche au hasard. J'ai attrapé la maladie du vent. C'est ça! Je cours sans aller nulle part... Comme si l'important était de courir, et seulement de courir. Peut-être faudrait-il demander à Jean-Pierre d'installer un quatrième treuil à mon intention? Santäl est la seule planète où chacun dépense une énergie folle pour rester à la même place, au milieu de tous ces gens je suis presque un hérétique, un malade. Mais peut-être Nathalie est-elle contagieuse? »

CHAPITRE VIII

La forêt était encerclée. La forêt livrait bataille de tous côtés. Assaillie par la terre et le ciel, il lui avait fallu apprendre à survivre. Ici, les hommes s'étaient faits les complices du vent. Armée fourmillante, ils soutenaient un combat obscur et tenace. La forêt les voyait grouiller comme des poux entre ses piliers d'écorce, entre ses pattes de bois dur. Ils attaquaient au ras du sol, tels ces soldats de jadis qui venaient au plus fort de la bataille trancher les jarrets des chevaux supportant le poids des chevaliers. Bête feuillue aux mille pieds, la forêt se sentait grignotée. Parfois elle aurait aimé pouvoir soulever l'une de ses jambes de chêne et s'en servir pour piétiner ses ennemis. Mais elle était enracinée, condamnée à l'immobilité, et cet enracinement était la condition même de sa survie.

Les hommes l'avaient bien compris. Porteurs de longues scies, ils ne se gênaient pas pour attaquer les troncs, les entamant profondément sans aller toutefois jusqu'à provoquer la chute des arbres. C'était un travail de sape, une besogne sournoise d'affaiblissement progressif. Les scies chantaient en mordant le bois. Les scies étaient autant de mâchoires longilignes et plates, armées de centaines de dents tranchantes et voraces. Elles rongeaient en crachant une salive de sciure blonde. Elles sabraient les troncs d'une seule entaille, balafrant l'aubier avec une science consommée, ne mordant jamais jusqu'au cœur. Le duel restait inégal, perdu d'avance.

David, lui, ne pouvait s'empêcher de détailler le manège de ces curieux bûcherons au travail toujours inachevé. Il les suivait à distance ces saboteurs sylvestres, ces vandales des sous-bois. On devinait dans leurs gestes une fébrilité inquiète. Une hâte qui fleurait la louche entreprise. Ils allaient et venaient sous le couvert, entamant tous les arbres mais n'en abattant jamais aucun. L'imagination de David se plaisait à les comparer à d'étranges maquisards sciant les piles d'un pont gigantesque en prélude à une catastrophe méthodiquement organisée.

C'est au cours de l'une de ces errances qu'il remarqua la longueur inhabituelle des racines affleurant à la surface du sol. Chaque tronc semblait avoir développé un réseau hypertrophié de ramifications souterraines. Comme ces icebergs dont la partie immergée est dix fois plus importante que celle qui se dresse au-dessus des vagues ; les arbres avaient plus de racines que de branches ! Un fouillis de tentacules d'écorce noueuse les ancrait au sol, tressant un véritable entrelacs de liens végétaux. Pour résister aux secousses des tornades, aux déracinements, les chênes avaient planté leurs griffes en terre. De leur base rayonnait une toile d'araignée courant aux quatre points cardinaux. Se chevauchant les unes les autres, les racines des arbres mutants avaient fini par se nouer en un filet souterrain aux entrecroisements inextricables. Des maillons prodigieux jaillissaient des touffes d'herbe, étreintes d'écorces plus savantes que le plus compliqué des nœuds marins.

La forêt s'était adaptée aux tempêtes, lasse de voir ses arbres arrachés les uns après les autres comme de vulgaires légumes, elle avait développé une riposte invisible, jeté ses amarres au sein de l'humus, opposé à l'aspiration des vents un socle inébranlable. Un piédestal géant.

Cela ne semblait pas plaire aux hommes. La résistance des bois faussait leurs plans. Voilà pourquoi ils s'appliquaient à saboter les troncs jour après jour, annulant en quelques coups de scie le patient travail des racines.

Un après-midi, n'en pouvant plus de perplexité, David profita d'une pause des bûcherons pour solliciter des explications. On le regarda d'abord de travers, les visages se firent ironiques puis rapidement dédaigneux. Un vieil homme se décida enfin à prendre la parole :

— C'est une forêt prédécoupée, grommela-t-il en une bouillie de mots grumeleux à peine articulés. Vous savez ? Comme ces ampoules de médicament prélimées... Il suffit d'une pression du pouce pour que leurs pointes cassent. Nous sommes les auxiliaires du vent. Nous lui facilitons la besogne. Grâce à nous, les racines géantes ne constituent plus une protection suffisante, les troncs cassent au-dessus du sol et s'envolent avec la trombe. Mais il faut sans cesse recommencer car la sève suture les blessures des coups de scie. Les entailles se referment au bout de quelques jours et les troncs redeviennent comme neufs.

— Vous voulez que la forêt soit emportée, dévastée par la trombe ? s'étonna David. C'est ça ?

— Bien sûr, s'esclaffa le vieillard, et le plus vite possible ! Tout ce qui entre dans la bouche du volcan réchauffe le ventre de Santäl. Nous ne sommes pas de simples bûcherons mais les prêtres d'une confrérie pyrophile.

— Pyrophile ?

— Si vous préférez, disons que nous sommes partisans d'accélérer le réchauffement de Santäl en favorisant son travail de nutrition. Lorsque la faim qui lui dévore l'estomac sera calmée, la bouche du volcan se fermera pour longtemps... Cela relève de la simple logique, non ?

— Pourquoi alors ne pas abattre tout simplement les arbres ?

— Parce que nous avons nos ennemis. Il est inutile de signaler notre présence de manière trop appuyée. Et puis la trombe peut très bien ne jamais passer par ici, dans ce cas nous aurions déboisé pour rien. Mieux vaut laisser une chance de survie à la forêt, c'est plus équitable. Comme je vous l'ai dit, les entailles cicatrisent très bien...

Sur ces mots il donna le signal du départ et le petit groupe se remit en marche, remorquant ses lames dentées et ses cognées. David resta seul, criblé de points d'interrogation.

Le soir même il eut beaucoup de mal à obtenir de Judi qu'elle l'éclaire sur cette curieuse croyance.

— C'est une idée très répandue, dit-elle avec une certaine lassitude. Beaucoup de gens pensent que Santäl se refroidit de l'intérieur. Que le feu central qui brûle au cœur de la planète s'éteint doucement comme une chaudière dont le combustible s'épuise. Depuis plusieurs années la température ne cesse de chuter, les étés sont inexistants. On ne connaît plus la canicule, le ciel est perpétuellement gris. Des sectes diverses ont commencé à prétendre que la planète « mourait de l'intérieur », que dans son ventre ne brasillaient plus que des brandons noyés dans un océan de cendres. À la même époque sont apparus ces étranges phéno- mènes d'aspiration. On a dit que ce souffle, ces véri- tables trous d'air émanaient du grand volcan du désert de verre, que le cratère était la bouche de Santäl, et que cette gueule béante aspirait littéralement tout ce qui se trouvait à la surface de la planète pour fournir du combustible au noyau à demi éteint. En résumé, disons que Santäl se dévore elle-même pour ranimer son feu central ! Tout ce que les courants aériens précipitent dans le cratère va nourrir le foyer qui couve sous les différentes couches de l'écorce santälienne. Certains sectateurs comme ces prêtres-bûcherons préconisent une activation radicale du brasier. Ils sont prêts à tout brûler pour remplir la chaudière. C'est pourquoi ils se font complices du vent et se réjouissent du déboise- ment accéléré de la région.

Mais déjà David n'écoutait plus. Un flot d'images le submergeait. Il voyait un homme affamé se dévorant les deux mains pour survivre. Il voyait un train lancé à pleine vitesse sur une voie ferrée interminable. Le charbon venait à manquer, alors — sans même ralentir — on démantelait les wagons pour les brûler dans le ventre de la locomotive... Il voyait...

Santäl inventait l'auto-anthropophagie ! Elle créait des forêts puis les engloutissait pour stimuler son métabolisme basal défaillant. Le volcan palpitait, grosse bouche de poisson aux lèvres goulues. Il happait l'air, faisant le vide autour de lui. Ses spasmes perturbaient l'atmosphère, occasionnaient des dépressions. Des masses chaudes et froides s'entrechoquaient, des couloirs s'ouvraient çà et là, véritables puits d'aspiration. Des cyclones nourriciers s'en allaient faire le marché à la surface de la planète ! Les vents chassaient, rabattant vers la gueule du volcan un gibier pêle-mêle aux propriétés essentiellement combustibles. Le cratère déglutissait à la hâte. Ses proies riches en carbone dégringolaient le long d'un œsophage-cheminée galvanisé à la lave refroidie. Au bout de la chute il y avait le four, la chaudière sphérique du centre planétaire. Le noyau d'ordinaire en fusion, grosse orange de lave liquide à la mousse incandescente. Mais ici rien de tout cela, plutôt un ventre froid, croûteux, un vieux fourneau noirci tapissé de cendres argentées où brillent encore quelques braises clignotantes. Les forêts, cueillies ici ou là, entassaient leurs bûchettes centenaires dans ce poêle endormi. Alors les flammes crépitaient à nouveau, jetaient des étincelles, le feu léchait les parois du four, les parois du monde, et les glaces des pôles reculaient de quinze centimètres...

Le volcan rotait quelques nuages de contentement, les peuples de Santäl avaient à nouveau chaud aux pieds. La bonne chaleur montait à travers les différentes couches de l'écorce, activant les échanges chimiques de l'humus, favorisant l'évaporation des mers et les précipitations. D'autres champs dressaient leurs épis, d'autres arbres déployaient leurs ramures... Jusqu'à la prochaine fois, jusqu'à ce que la lumière baisse encore au cœur de la planète, jusqu'à ce que les flammes se fassent lumignons et la cendre plus épaisse... plus grise.

Cette géologie poétique ravissait le jeune homme.

Un soir, au cours du repas, Jean-Pierre entreprit de développer les principaux théorèmes régissant la maladie de Santäl.

— Souvenez-vous des paroles de la Bible, attaqua-t-il en levant sa fourchette, il est dit aux versets 15 et 16 du chapitre 3 de l'Apocalypse : « Je connais tes œuvres. Je sais que tu n'es ni froid ni bouillant, puisses-tu être froid ou bouillant. Ainsi parce que tu es tiède, et que tu n'es ni froid ni bouillant, je te vomirai de ma bouche... » Santäl est très précisément une planète qui tiédit, c'est pour cette raison que certains la considèrent comme maudite. La tiédeur du noyau, c'est le symptôme même de l'état d'impureté. Seuls les extrêmes peuvent être admis. Le cœur de Santäl doit redevenir brûlant ou bien s'éteindre définitivement. La planète doit renaître ou mourir, mais en aucun cas s'obstiner dans la tiédeur. Si beaucoup tentent de se préserver de l'aspiration, quelques-uns la favorisent au contraire, tels les moines-bûcherons qui sapent la forêt. Pour ma part je ne crois pas que l'affaire se résume à un simple problème de chaleur. Le ventre de Santäl n'est pas seulement une chaudière qu'il s'agit de ranimer au moyen de quelques pelletées de combustible. Non. Le volcan est la grande bouche menant au melting-pot central. Le ventre de Santäl n'est pas un banal four crématoire mais un creuset alchimique où s'élabore quelque chose de nouveau... Personne n'a encore véritablement réalisé ce qui se passe autour de nous. La terre, mécontente de ses créations, est tout simplement en train de les effacer ! Elle gomme tout ce qui se trouve à sa surface pour recommencer autre chose !

« Imaginez un enfant façonnant des animaux et des personnages avec de la pâte à modeler. Soudain il prend du recul, considère son œuvre et la juge laide, alors il écrase toutes les figurines, les amalgame en une seule et même boule qu'il roule sous sa paume. Santäl n'agit pas différemment ! Elle récupère au moyen du souffle tout ce qu'elle avait distribué ! Elle aspirera tout : hommes, forêts, océans, animaux, entassant un monde dans sa poche ventrale, dans son creuset. Ce creuset n'est pas un foyer à demi éteint, c'est une matrice, une caverne énorme conçue pour une gestation titanesque ! Une chose neuve s'y forme déjà... *Quelque chose qui dort sous la cendre !* Quelque chose qui s'alimente du feu central, qui se chauffe à la lave de cette couveuse démentielle.

« Oui, Santäl est en train de fabriquer une nouvelle humanité, d'élaborer de nouvelles races, et cette tâche réclame toute son énergie. Désormais elle économisera de plus en plus sa chaleur, la concentrant sur sa couvée. Elle se moque de ce qui peut se passer en surface. Elle agit comme un alchimiste qui brûle ses meubles, ses parquets, pour alimenter le foyer qui fait bouillonner ses cornues, et tant pis si sa femme et ses enfants meurent de froid ! En ce moment même c'est le futur qui bourgeonne au sein de ce volcan. Le futur de Santäl... Personne ne l'a compris. Nous sommes périmés, archaïques, désuets, frappés d'adolescence ! Déjà Santäl cuisine une autre genèse. Le futur c'est ce qui dort en ce moment sous la cendre et les braises. Ce qui mijote, fermente. Ce ragoût de cellules qui s'accouplent en dehors des habituelles lois biologiques.

« La tiédeur de ce monde n'est qu'apparente, nous avons tort de la vomir car, en définitive, c'est Santäl qui vomira par la bouche du volcan une nouvelle création destinée à nous remplacer. Rappelez-vous les paroles de l'Écriture. Le chapitre 6 de l'Apocalypse au verset 17 : « Car le grand jour de sa colère est venu et qui peut subsister ? » Et ces mots, encore, du verset 12 : « Je regardai quand il ouvrit le sixième sceau ; et il y eut un grand tremblement de terre, le soleil devint noir comme un sac de crin, la lune entière devint comme du sang. » Quant au verset 14, il ne peut être plus explicite : « Le ciel se retira comme un livre qu'on roule ; et toutes les montagnes et les îles furent remuées de leurs places. » Santäl va nous gommer, nous, nos villes, nos terres. Elle va broyer les hommes, les hacher, concasser les montagnes. Tout sera *remué de sa place !* Une civilisation, une humanité va se

retirer comme un livre qu'on ferme — l'histoire lue —
et qui appartient désormais au passé...

« Nous sommes le passé ! Notre présent refuse l'évidence des phénomènes. L'aspiration est un coup
d'éponge au tableau noir. Si nous n'étions pas si
lâches, nous devrions courir sur l'heure nous jeter
dans la gueule du volcan ! En nous cramponnant nous
retardons l'évolution d'une planète. Nous sommes des
criminels, des dinosaures qui refusent d'admettre que
leur tour de manège est fini. Nous falsifions le processus évolutif en nous racontant des fables, des contes à
dormir debout au sujet de chaudières qui s'éteignent !
Si nous voulons participer à l'élaboration du futur,
payons l'impôt de nos vies, jetons nos masses cellulaires dans le creuset de Santäl ! Ce ventre a besoin
de matière première. Il faut passer la main, casser
nos tirelires d'A.D.N., se dissoudre dans la soupe
qui bouillonne au fond de la grande marmite du
magma...

Il s'interrompit, haletant. Des perles de sueur
roulaient sur son front, crevaient dans ses sourcils.
Autour de la table un grand silence avait figé les gestes
et les visages. Seule Nathalie continuait à manger, les
yeux morts et la bouche avide.

— Mais nous sommes lâches, répéta Jean-Pierre ;
si lâches...

Il paraissait au bord de la syncope tel un médium au
sortir d'une transe. David était troublé. De jour en jour
la maladie de Santäl devenait plus subtile. D'ailleurs
s'agissait-il vraiment d'une maladie ? Le portrait
brossé par Jean-Pierre le séduisait. Couveuse sour-

noise, la planète économisait sa chaleur. Noyau de feu recroquevillé sur un fœtus inidentifiable, elle était enceinte du futur et cachait sa grossesse sous le masque d'un refroidissement généralisé...

Le jeune homme rêva un instant sur l'imagerie somptueuse qu'un tel mythe aurait pu faire naître entre les mains d'habiles enlumineurs. Santäl enceinte d'elle-même ! L'hypothèse (le dogme ?) naviguait entre le sublime et le grotesque. David imaginait une mère, déçue par son rejeton à peine né, et s'appliquant à réintroduire le bébé dans son sexe encore dilaté et sanglant en vue d'une révision générale. Mais un autre théorème excitait sa réflexion : Santäl était à la fois la mort et la vie. Le passé et le futur. Non pas la résurrection mais la transformation, la transmutation d'une ébauche en œuvre achevée...

Santäl n'était pas une carcasse refroidie, Santäl était un œuf...

Un œuf couvé par la lave de mille volcans.

CHAPITRE IX

Saba prit la direction de la mer. Dans son esprit la notion de plage restait associée à celle d'ensoleillement, de lumière, de brûlure. Le ciel continuellement gris la désespérait. Elle avait moins peur du vent que de cette avarice du soleil qui allait la condamner à poursuivre le voyage jusqu'à son terme. Elle ne voulait voler que des miettes de futur, grappiller quelques oracles et rentrer au plus vite. Or, depuis un moment elle détectait chez ses compagnons de course d'étranges changements. Judi s'obstinait à tenter de vendre ses produits « obésifiants » alors qu'on ne croisait plus aucun Pesant.

« — Je dois faire de nouveaux adeptes, déclarait-elle, il me faut étendre le marché, trouver des débouchés dans les autres cercles. Il n'y a que de cette façon que l'opération peut devenir rentable. Je ne commencerai à gagner de l'argent qu'au moment où l'on se convertira en masse à l'obésité. »

Elle arpentait la campagne tout le jour durant, tenant des conférences sur les places des villages, prêchant les avantages de sa méthode, invitant les masses à profiter de la chance qui leur était offerte de tripler leur poids en quelques semaines. Généralement elle revenait bredouille. Pourtant on ne décelait chez elle aucun signe de découragement.

« — J'aurais plus de chance un peu plus loin ! » soupirait-elle avec philosophie.

Un peu plus loin... Saba en était à se demander si la vente des ampoules miraculeuses, l'extension du marché, ne constituaient pas en fait un simple alibi, une fausse bonne raison pour poursuivre le voyage.

David, lui, ne prenait aucune note, aucune photo. Progressivement il avait cessé de rédiger les rapports journaliers auxquels il s'astreignait au début de la course. Il déambulait, l'air un peu hagard, comme sous l'emprise d'une force inconnue. On sentait chez lui un émerveillement trouble pour les maléfices de Santäl. La planète convulsionnaire le fascinait beaucoup trop. Il était passé de la banale curiosité à une sorte d'avidité inquiétante. Le paradoxe de ce monde qui s'autodétruisait pour survivre avait éveillé en lui des résonances symboliques dont l'écho lui faisait perdre le sens des réalités. Saba devinait chez chacun de ses compagnons de route un besoin obscur de remonter à la source des turbulences, à la bouche du chaos. Rien ne les y contraignait, ils subissaient passivement l'aimantation maligne du volcan, oubliant les dangers, comme des gosses qui, chaque jour, se rapprochent un peu plus du gouffre dont on leur a interdit les abords. Ils inventeraient les meilleurs prétextes pour continuer le voyage, elle le savait. Par moments elle avait envie de leur crier : « Mais faites demi-tour ! Pourquoi prenez-vous tous ces risques ? Rien ne vous oblige à poursuivre ! Tournez les talons tant que vous en êtes encore capables. Si j'étais à votre place... »

Eh oui, c'était là le paradoxe ! Elle, qui n'avait aucune envie de se risquer dans les parages du cratère, se voyait contrainte d'avancer, de grignoter chaque jour un peu plus sa marge de sécurité.

Elle se jura que si elle parvenait à bronzer un tant soit peu elle rebrousserait chemin sans tarder. C'était d'ailleurs dans ce but qu'elle se rendait à la plage.

La route descendait en pente vive. La lande sablonneuse s'achevait au bord des vagues en un croissant gris. Plus loin, sur la mer, on distinguait une flottille de grosses barges chargées de caillasses qui déversaient dans les flots des tonnes de pierres broyées. À la buvette où elle s'était un moment arrêtée, la jeune fille avait appris qu'il s'agissait d'une secte de « colmateurs ». Leur enseignement avait pour but d'attirer l'attention du public sur les risques que les failles sillonnant le fond de l'océan faisaient courir au feu central déjà défaillant.

« — Ils disent que l'eau de mer va s'engouffrer dans les lézardes et descendre jusqu'au noyau, avait marmonné le serveur. D'après eux, les infiltrations vont s'insinuer au centre de la terre et étouffer ce qui reste du magma. Comme on jette un seau d'eau sur un feu de camp. Pour empêcher ça ils bouchent les failles de l'écorce en les remplissant de caillasse. Vous les verrez tout au long de la côte. Leurs bombardements ont fait fuir tout le poisson, mais peut-être qu'il y a du vrai dans ce qu'ils racontent ! »

Saba n'avait pas jugé utile de prendre parti. Elle songea que c'était encore là une image susceptible de séduire David : cette mer gouttant par les fissures de l'écorce sur le feu central bouillonnant des milliers de kilomètres plus bas. Comme une vulgaire baignoire dont les débordements ont traversé le plancher et inondé l'appartement du dessous !

Elle imagina le fond des océans, percé tel un évier, et elle étouffa un éclat de rire. Tout cela était idiot, et pourtant, sur Santäl, l'hypothèse la plus saugrenue prenait aussitôt un curieux fond de crédibilité. Si le premier mouvement était de hausser les épaules, on se mettait très vite à hésiter, à supputer... Santäl semblait capable des pires tours de passe-passe.

Elle quitta la gargote, un peu agacée par la crédulité des autochtones. Dans son sac brinquebalaient une serviette-éponge et deux flacons d'huile solaire « superbronzante ». Elle leva le nez vers les nuages. Quelques pâles rayons tombaient sur la mer, égayant cette immensité d'un gris désespérant. Les barges faisaient la navette, tombereaux de fer sans grâce vomissant des tonnes de pierrailles dans une salve d'éclaboussures. Saba choisit de ne pas leur accorder une minute d'attention.

C'est en posant le pied sur la plage qu'elle vit les moules gigantesques, un peu plus bas, dans les rochers. Chacune d'entre elles mesurait aisément deux mètres de long. Elles brillaient, noires et béantes, valves entrouvertes. La coquille supérieure relevée amenait à l'esprit l'image d'un couvercle de piano de concert ou encore celle d'un capot de voiture de course... « Les moules sont en panne », pensa un peu stupidement Saba. Elle s'avança, s'attendant presque à trouver un mécanicien à demi immergé sous la valve rebondie. Les coquillages avaient sécrété d'immenses filaments adhésifs qui serpentaient sur les rochers. Cette chevelure gluante rayonnait autour du pied comme un réseau de câbles d'acier. La colonie comptait une cinquantaine de moules disséminées au long du rivage.

« On dirait des cercueils en attente de client », songea la jeune fille impressionnée. L'odeur de vase était terriblement forte et d'étranges gargouillis montaient des organes exposés sous la nacre des coquilles.

Saba risqua un œil... Cela ressemblait à des matelas de viscères palpitants. On entr'apercevait des couches successives, des replis, un véritable mille-feuille de muqueuses frangées de branchies. De l'eau stagnait dans la partie inférieure, saumâtre, trouble, chargée de débris divers. Saba s'écarta, dégoûtée. Pourtant la grosse coquille noire, luisante, lui plaisait. Elle continuait à penser « capot de voiture ».

Elle tendit la main, toucha la surface nervurée. C'était dur et froid. Comme du métal. Cela paraissait aussi solide qu'une porte de coffre-fort, pourtant il ne devait s'agir que du résultat d'une sécrétion calcaire recouvert de l'habituel vernis noir du périostracum.

Avançant le pied, elle posa le talon sur les filaments d'ancrage. Elle eut l'impression de buter sur un câble d'acier. C'était à croire que le mollusque filait une toile d'araignée inoxydable.

Interdite, elle choisit de s'éloigner. L'odeur de vase lui chavirait l'estomac. Elle remonta vers le milieu de la plage et se dévêtit, ne conservant sur elle qu'un minuscule cache-sexe. Après quoi elle s'enduisit largement d'huile solaire et s'allongea sur le dos.

Au bout de quelques minutes elle entendit des clapotis et des appels. Se redressant sur un coude elle vit un groupe d'hommes et de femmes entièrement nus qui avançaient entre les rochers, immergés jusqu'à mi-cuisses. Ils portaient des poissons piqués sur des perches ou des paniers de petits coquillages. Ils s'installèrent à l'écart sans s'occuper de Saba et ramassèrent du bois dans l'intention évidente de dresser un bivouac. Ils parlaient peu, se concentrant sur leurs gestes et ne bougeant qu'avec économie. La jeune fille compta trente personnes, vingt femmes et dix hommes d'âges mêlés. Certains très jeunes, d'autres très vieux. Ils vidèrent les poissons, les firent griller pendant que les enfants rassemblaient les entrailles et allaient les jeter à l'intérieur des moules géantes, comme pour les nourrir...

À leur façon de procéder, on comprenait qu'il s'agissait là d'une tâche souvent répétée. En les regardant avec plus d'attention, Saba remarqua qu'ils portaient tous autour du cou un petit flacon de terre cuite retenu par un lacet de cuir. C'était leur seul ornement.

Ils se mirent à manger en prenant leur temps, mâchant longuement chaque bouchée comme des gens qui n'ont rien d'autre à faire.

Un peu plus tard ils se levèrent dans un ensemble parfait et se dirigèrent vers de grands rochers plats où ils prirent place, assis en tailleur, pour s'attaquer à une étrange besogne. Les plus jeunes, enfants et adolescents, allaient puiser sur la plage des kilos de petits galets gros comme l'ongle du pouce et les ramenaient aux adultes, après les avoir rapidement lavés de la vase qui les souillait. Ceux-ci les triaient, les répartissant par couleurs, et s'en servaient pour agencer de curieuses mosaïques faites d'une juxtaposition de cailloux et de gravillons que ne retenait entre eux aucun ciment. Des fresques aux arabesques très compliquées s'étiraient ainsi au long des roches. Saba estima que chacune d'elles représentait des dizaines d'heures de travail.

— La prochaine trombe les balaiera, fit une voix fraîche derrière elle. C'est un art éphémère, un art de sursis, qui n'en est que plus beau.

Elle se retourna. Une jeune fille nue, à la peau décolorée par un trop long séjour dans l'eau, l'observait, les mains sur les hanches. Elle ne devait pas être beaucoup plus âgée que Saba, mais elle avait déjà des seins lourds et une abondante toison pubienne. Son visage était agréable, un peu épais, d'une beauté saine et campagnarde. Ses cheveux roux, poissés par le sel.

— Je suis Mytila, dit-elle en fixant la Cythonienne, Mytila du clan des Parasites humains. Tu as entendu parler de nous ?

— Non. Je viens d'arriver sur Santäl.

— Tu regardais les moules, je t'ai vue. C'est la première fois que tu en approches de pareilles, non ?

Saba hocha la tête.

— Tu sais à quoi elles servent ? demanda la fille. Non, bien sûr. Tu veux l'apprendre ?

Sans trop savoir pourquoi Saba hésita, puis acquiesça d'un mouvement de menton mal assuré.

— Viens ! ordonna son interlocutrice.

Et elle l'entraîna vers la plage, au pied d'une moule dont la taille accentuait l'allure de barque échouée.

Mytila caressa la coquille avec ce geste familier que les coureurs automobiles ont pour le capot de leur voiture. Ses doigts glissaient sur les grosses nervures brillantes, souvenirs des différents stades de la sécrétion.

— Ce n'est pas du simple calcaire, murmura-t-elle. Tu cssaicrais cn vain dc la briser avec une pierre ou une pioche. Les valves des moules géantes santäliennes sont aussi dures que le métal. Jadis les guerriers les utilisaient comme bouclier. L'énergie qui dort sous cette protection est fabuleuse. Les muscles qui commandent l'ouverture et la fermeture des coquilles déploient une force de cent vingt kilos au centimètre carré et peuvent rester tétanisés un mois durant sans courir le moindre risque de relâchement. Lorsqu'une moule se ferme, elle ne forme plus qu'un bloc indissociable. Un coffre-fort inviolable. Les filaments sécrétés par le pied résistent à toutes les agressions. Quand une trombe passe par ici elle soulève les bateaux, éparpille les maisons, aspire les poissons, mais ne parvient jamais à déloger un coquillage ! C'est ainsi. Jamais on n'a vu une moule santälienne céder à l'aspiration, quitter son rocher et s'envoler comme tant d'autres objets. Elles sont filles de la roche, sœurs jumelles des récifs. Le cyclone s'acharne sur elles sans parvenir à autre chose qu'à les faire tanguer comme de gros berceaux. La chevelure du byssus se moque des secousses. Ses racines sont plus tenaces que celles d'un arbre trois fois centenaire. Leur surface de rayonnement est telle que la force de traction s'annule en courant au long des ramifications.

Saba avança la main, suivi d'un doigt hésitant l'ovale bleuâtre de la coquille. La moule avait la pesanteur d'un sarcophage. On s'attendait presque à y découvrir des séries d'hiéroglyphes, des cartouches de symboles sacrés. La moule n'était qu'un prolongement des rocs, une verrue de pierre noire à la surface des plaques de granit. On avait beaucoup de mal à imaginer qu'un fouillis d'organes vivait d'une existence léthargique au sein de cette conque à la peau de météore refroidi. Cela paraissait aussi invraisemblable que de trouver subitement dix mètres d'intestins dans le ventre d'un menhir éclaté.

— Elles sont indélogeables, renchérit Mytila. Elles nous ont sauvé la vie des dizaines de fois. Sans elles, les rafales nous auraient tous emportés depuis longtemps...

Saba fronça les sourcils. Elle avait la sensation d'avoir sauté un maillon dans l'énoncé du problème. Elle ne réussissait pas à établir un lien logique satisfaisant entre les divers points de l'hypothèse.

— Elles vous ont sauvé la vie ? répéta-t-elle bêtement.

— Mais oui, confirma Mytila. Nous restons toujours à proximité de la colonie, de manière à pouvoir rejoindre les coquillages dès que les anémomètres commencent à siffler. Quand la trombe arrive, il suffit de se glisser à l'intérieur de la moule et de frapper du talon et du poing sur les muscles de fermeture à l'arrière et à l'avant. Aussitôt les fibres se contractent, les valves se soudent. La coquille supérieure se rabat et se verrouille comme un cockpit d'avion. Tu es à l'abri, la tourmente peut labourer la plage, tu n'as plus rien à craindre.

Saba eut un hoquet d'épouvante.

— Tu veux dire que... que vous vous couchez à l'intérieur des coquillages ?

— Parfaitement. C'est mou, caoutchouteux, gorgé d'eau. On s'habitue très vite. Il fait noir, on est hors d'atteinte. On sait qu'on ne risque rien. C'est comme si on s'installait dans une armure vivante. L'air rentre par l'orifice de ventilation. Il suffit d'attendre et d'écouter.

— Et pour sortir ?

— C'est là le seul point délicat. Tant que la muqueuse détecte le poids d'un corps étranger, elle contracte ses muscles pour le retenir prisonnier et tenter de le digérer. Heureusement le mécanisme de digestion est très lent, les substances sécrétées n'agissent qu'au ralenti, et il faut trois à quatre heures avant qu'elles n'entament la peau de la proie. Le problème vient des muscles. Ils peuvent rester contractés un mois durant sans redouter les crampes. Cela veut dire qu'il sera totalement impossible à l'occupant de la moule de forcer le « couvercle » pendant trente jours d'affilée.

— Il sera mort de faim et de soif bien avant ! observa Saba, frissonnante de dégoût.

— Non, rectifia Mytila, car il aura été digéré avant d'avoir eu le temps de souffrir de l'un de ces maux.

— *Digéré ?*

— Oui, digéré par la moule. Les sucs dissociateurs deviennent très actifs à partir de la sixième heure d'emprisonnement. L'épiderme avalé, ils s'attaquent très vite aux muscles de l'occupant. Mais il ne sert à rien de bâtir de pareils scénarios d'épouvante. La trombe ne dure jamais plus d'une heure. Il suffit de sortir dès que l'écho du souffle ne retentit plus sous la coquille, et le tour est joué.

— Sortir ? Mais tu viens de me dire...

— Que les muscles de fermeture s'opposaient à toute tentative d'effraction ? C'est vrai. Mais tu vois ce flacon ?

Elle avait touché la petite boule de terre cuite pendant à son cou.

— Il contient un produit très puissant dont il suffit d'asperger les fibres musculaires contrôlant les valves. La contraction cesse aussitôt, le muscle devient mou et l'on peut rabattre la coquille comme un simple couvercle... C'est le seul moyen de forcer le système de verrouillage des moules.

— Au cas... au cas où ça ne marcherait pas, hasarda Saba, est-ce qu'on peut tuer le coquillage... à coups de couteau, par exemple ?

Mytila crispa les lèvres comme à l'énoncé d'un épouvantable blasphème.

— Non ! trancha-t-elle. La chair des moules géantes est très dure. La lame glisse à sa surface comme sur la peau d'une pieuvre. Et de toute manière un imprudent qui aurait commis une fausse manœuvre (perdu ou brisé son flacon) préférerait se laisser digérer que de détruire l'un des abris du clan. Ces moules sont plusieurs fois centenaires et il en reste très peu. Il est hors de question de les tuer. Nous ne survivons que par leur présence, seule leur hospitalité nous préserve des trombes aspirantes.

Elle haussa les épaules et conclut :

— En vérité les accidents sont très rares. Le produit est fiable. Tu veux essayer ?

Joignant le geste à la parole elle fit passer le collier de cuir par-dessus sa tête et posa le flacon de terre cuite dans la main de Saba. Celle-ci grelotta de répulsion. Elle voulut d'abord secouer négativement la tête mais quelque chose l'en empêcha. Une attirance étrange la poussait vers cet entrebâillement nacré où clapotait une salive épaisse.

— Essaye ! répéta l'adolescente dans son dos. Ça peut se révéler utile, tu sais ? Qui te dit qu'une trombe ne va pas balayer la plage dans une heure ? Quand l'anémomètre se mettra à siffler tu ne disposeras que de dix minutes pour te trouver un abri...

Saba noua machinalement la lanière de cuir autour de son poignet.

— Nous ne sommes qu'une trentaine et il y a cinquante moules disponibles, expliqua Mytila, nous sommes parfaitement en mesure d'accueillir des adeptes. Tu pourrais te joindre à nous ?

Mais Saba n'écoutait pas, le sarcophage vivant la fascinait. « Il faut que je parte ! songea-t-elle. Que je me mette à courir. Il faut... »

Au lieu de cela elle s'assit sur le pourtour de la coquille inférieure comme on pose une fesse au bord d'une baignoire. Une odeur puissante montait des replis organiques. Cela sentait l'iode, la vase, le sexe mal lavé.

— Allonge-toi et frappe les muscles avec ton poing et ton talon, fit Mytila avec l'assurance d'une monitrice sportive, ce sont ces deux grosses colonnes roses qui relient les coquilles entre elles comme des piliers. Quand tu voudras sortir il te suffira de les frictionner avec le produit.

Saba se sentait en état second, déchirée entre l'horreur et le ravissement. Prenant appui sur une fesse, elle leva les jambes, se laissa glisser dans la caverne de nacre. Elle tomba sur une surface élastique et humide, aux replis tourmentés. Les muqueuses bouchonnaient dans son dos comme des draps chiffonnés. Ce n'était pas gluant, mais caoutchouteux, avec une consistance de chambre à air à demi dégonflée. Son arrivée provoqua des turbulences, des borborygmes. Sans même s'en rendre compte, elle heurta les troncs rosâtres des muscles obturateurs. Aussitôt la coquille supérieure s'abaissa, la plongeant dans l'obscurité.

Elle ne put retenir un cri d'angoisse et tendit les bras pour repousser ce couvercle de cercueil qui la condamnait à la nuit. Mais ses mains ne pouvaient s'opposer à la force prodigieuse des fibres musculaires du mollusque. Les coquilles se rejoignirent, s'emboîtant rigoureusement, ne laissant subsister qu'une série de petits orifices de ventilations destinés à la circulation de l'air, de l'eau et des déchets.

Maintenant elle était couchée dans une eau tiède et stagnante, comme au fond d'une baignoire mal vidée. Elle n'osait explorer cet habitacle, découvrir le relief du manteau, les branchies, le pied. Cela évoquait un amoncellement de grosses langues superposées, de la chair répartie en strates inégales. Cela palpitait, frissonnait au rythme d'échanges mystérieux. Des organes pulsaient au sein de ce matelas pneumatique vivant. La moule enregistrait la présence d'un corps étranger, d'une proie capturée. Des mécanismes d'une extrême lenteur s'amorçaient.

Saba se redressa sur un coude, provoquant un concert de gargouillis, sa tête heurta la coquille et elle retomba étourdie. Les odeurs étaient encore plus vives, le confinement les exaltait, leur donnant une épaisseur sucrée. La jeune fille suffoqua puis se laissa gagner par une étrange torpeur. Les premières sécrétions digestives anesthésiaient ses terminaisons nerveuses, abolissant les limites de son corps. Elle baignait dans du chlorure d'éthyle, engourdie, l'épiderme somnolent. Toutes les parties immergées : nuque, dos, fesses, cuisses, mollets, avaient perdu la notion de contact. Elles ne reposaient plus sur rien. Abolies, elles flottaient dans l'espace. Saba dérivait, en lévitation. Ses doigts ne touchaient plus rien. L'anesthésie avait repoussé les limites du coquillage. C'était un univers clos et infini. Un écrin où la peur de l'enfermement et celle des grands espaces se rejoignaient bizarrement. Le coquillage se fit matrice et Saba, obéissante, se recroquevilla en position fœtale. Elle était bien, bébé intouchable à l'abri d'un ventre de métal. Le monde pouvait marteler à la surface de la coquille, ses horreurs ricocheraient sur le beau capot bleu nuit du berceau blindé.

Elle ferma les yeux. La membrane élastique se moulait autour d'elle, épousant les formes de son corps, lui disant : « Je suis là... »

Elle somnola un moment, les oreilles pleines d'eau, la tête emplie de vibrations sourdes et lointaines. Elle oublia le volcan, les tatouages, le futur... *Elle se moquait de l'avenir.* Le sarcophage de nacre réduisait tout à un éternel présent. Les trémulations des muqueuses la berçaient. Elle était bien. Elle s'enfonça un peu plus dans le terrier d'organes, creusant sa place comme on fore son nid au creux des couvertures pour affronter la nuit.

Et la nuit vint...

Elle reprit soudain conscience, la peau parcourue de démangeaisons, voulut se redresser et s'assomma contre le plafond de nacre. Elle avait perdu la notion du temps.

Fébrilement, elle chercha le petit flacon, le déboucha à tâtons et en versa un peu au creux de sa paume. Ramassée dans l'obscurité, elle tâtonna pour trouver le muscle postérieur. Ses doigts gourds touchèrent enfin un nœud de fibres rétractées, dures comme la pierre. Elle y frotta sa paume et rampa pour répéter l'opération sur l'autre pilier. Quelques minutes s'écoulèrent, puis le jour se mit à filtrer sur le pourtour du coquillage. Les valves se séparaient comme deux paupières.

Un cri de soulagement fusa de l'extérieur. Enfin deux bras plongèrent dans l'entrebâillement et saisirent les chevilles de Saba. On la tirait dehors sans ménagements. Elle cligna des yeux, éblouie.

— Mais qu'est-ce que tu faisais ? haleta Mytila. Il y a deux heures que tu es là-dedans ! Regarde, tu as la peau irritée par les sucs gastriques ! Va vite te laver dans la mer sinon demain tu pèleras sur tout le corps.

Saba tituba jusqu'à la limite des vagues, se laissa tomber dans l'écume. Mytila l'avait suivie et la rinçait en l'éclaboussant à deux mains.

— Tu es folle ! criait-elle. Qu'est-ce qui s'est passé ? Tu avais perdu la bouteille ?

— Non... Non. Je crois que je me suis endormie. Je ne sentais plus mon corps, je flottais.

— Ce sont les sucs gastriques. Ils anesthésient légèrement. Tu n'es pas habituée, j'aurais dû y penser. Tu m'as fait peur, j'ai cru que la moule allait te digérer complètement et ne se rouvrir que dans un mois pour cracher tes os...

Saba s'ébroua. L'eau était glacée mais elle la sentait à peine.

— Tu vas peler, diagnostiqua Mytila. C'est comme si on t'avait vaporisé un acide dilué sur la peau. Viens t'allonger.

Elle la soutint et l'aida à s'étendre sur le sable sec.

— Je n'ai pas mal, constata la jeune Cythonnienne.

— Non, espérons que ce sera léger, que ça ne dépassera pas le stade du coup de soleil.

Saba retint un sourire de dérision. De curieuses associations se formaient dans sa tête : « Tatouages, futur, soleil », auxquelles répondaient en écho contra-dictoire : « Présent, nuit, coquillage... »

Elle les chassa d'un haussement d'épaules et voulut rendre le flacon.

— Non, fit Mytila, garde-le. J'en prendrai un autre dans la réserve au fond de la grotte. Tu as été initiée, maintenant si tu le veux tu peux profiter de la protection des moules. La seule véritable sur tout Santäl. Nous sommes une tribu de parasites mais nous veillons sur elles. Le niveau de la mer a beaucoup baissé, les marées ont moins d'ampleur. Sans nous les coquillages resteraient le plus souvent au sec, isolés, et mourraient. C'est nous qui les arrosons, les nourrissons, veillons à maintenir leur taux d'humidité. Les gens ont peur de nous, nous les dégoûtons. Il nous a fallu cesser tout commerce avec eux. Ils aimeraient bien détruire les moules, mais ce n'est pas possible. Les coquilles ne craignent ni les barres de fer ni les explosions, et à la moindre vibration trop appuyée, elles se verrouillent... Tu m'as étonnée, tu es la première étrangère à accepter l'initiation. J'ai trouvé ça bizarre, et comme tu ne ressortais pas j'ai cru un instant que tu voulais te suicider. C'est idiot, hein ?

Saba battit des cils. Troublée. Elle ne parvenait pas à démêler ce qu'elle avait ressenti au cœur du coquillage, dans cette nuit fœtale et salée. Un sentiment de bonheur et d'anéantissement parfaitement insolite. Quelque chose de puissant qui n'était pas exempt d'un certain parfum de destruction. Un plaisir pervers et cosmique qui la faisait trembler de façon rétrospective. Elle avait rencontré quelque chose au fond du cercueil de nacre... Quelque chose ou quelqu'un... *Peut-être sa propre image inversée. Sa face de nuit... Son vrai visage ?*

Elles passèrent le reste de la journée à regarder le manège des barges déversant leurs caillasses au large de la côte. L'orage couvait dans la tête de Saba.

Pressentant son angoisse, Mytila la força à se lever et l'emmena voir deux artistes de l'éphémère. L'un vaporisait sa peinture sur le sable, se servant de la plage comme d'une toile. Le second, grimpé sur une échelle, peignait des miniatures sur les feuilles d'un arbre.

Toutes ces œuvres seraient bien sûr emportées à la prochaine bourrasque.

— Elles n'en ont que plus de prix ! conclut Mytila avec une sombre joie.

CHAPITRE X

Lorsque Saba quitta la plage, les anémomètres fredonnaient une chanson excessivement aiguë. Tout au long de la route du retour elle ne croisa que des gens affolés, sangle à la main, qui couraient pour s'amarrer à la plus proche borne d'ancrage. On se bousculait autour des poteaux de ciment, et il était visible que les anneaux surchargés céderaient à la première traction, mais la peur de la bourrasque ôtait toute intelligence aux plus réfléchis. La panique devenant contagieuse, l'adolescente pressa le pas. Irritée par les sucs digestifs de la moule, sa peau lui faisait mal. Son épiderme était déjà rouge, gonflé, et se marbrait de taches blanches quand on y posait les doigts. La chair elle-même avait perdu sa douceur satinée pour prendre une consistance écailleuse annonciatrice de desquamation. Malgré cela elle ne ralentit pas. L'air vibrait autour d'elle et la poussière de la route se soulevait en bouffées comme pour marquer le passage d'une troupe de chevaux fantômes. Dans peu de temps — c'était sûr — Santäl s'emplirait les poumons, tel un nageur qui va plonger, et cette aspiration ne laisserait rien subsister derrière elle.

Un instant Saba fut tentée de faire demi-tour, de rejoindre la tribu des parasites, mais elle lutta contre ce désir comme s'il recelait quelque chose de malsain.

Le ciel bouillonnait, brassant les nuages en crème grise. La bouillie des nuées cloquait, prenait l'aspect d'une soupe trop épaisse qui va bientôt déborder. Saba se mit à courir, dévalant le sentier menant à la plaine. Dans la forêt les bûcherons haletaient en prodiguant quelques derniers coups de scie. Des moines novices les suivaient, badigeonnant à la hâte les troncs pré-découpés au moyen d'un enduit empestant le phosphore. Ainsi les arbres scalpés par la tempête n'en seraient-ils que plus inflammables !

Elle leur tourna le dos et tituba en direction de la maison. David se tenait sur le seuil, guettant anxieusement les alentours. Lorsqu'il la repéra, il lui fit signe de se dépêcher. Elle essaya d'obéir, mais plier les genoux lui faisait de plus en plus mal.

— Nous étions inquiets ! dit le jeune homme en l'aidant à escalader les marches du perron. La tempête va éclater d'une minute à l'autre.

Haletante, Saba se laissa tomber sur les carreaux du hall. Elle vit que Jean-Pierre se précipitait pour verrouiller la porte et tirer les barres de sûreté. Nathalie se tenait assise sur l'un des treuils, Cedric à ses pieds. Judi se mordillait nerveusement l'ongle du pouce.

— Maintenant chacun va regagner sa chambre, ordonna Jean-Pierre sur le ton d'un capitaine qui préside à un naufrage, nous allons être terriblement secoués. Allongez-vous sur vos lits et sanglez-vous au plus juste. Surtout ne restez pas debout, dès que la maison va être aspirée nous serons comme au centre d'un shaker. Restez attachés quoi qu'il arrive si vous ne voulez pas être projetés sur le coin d'un meuble ou vous briser les reins en dévalant un escalier...

Puis il tira une clef de sa poche et débloqua la ceinture de cuir enchaînant Nathalie au treuil.

— Tout le monde en haut ! aboya-t-il. Je dois rejoindre le cockpit du grenier et m'installer aux commandes du parachute.

La petite troupe s'ébranla, David aida Saba à se relever et remarqua que la peau de la jeune Cythonnienne était brûlante de fièvre. Il dut la soutenir jusqu'à sa chambre et l'allonger sur le lit.

— Elle a l'air malade, constata Judi qui les avait suivis. Vous avez vu comme elle est rouge ?

Le jeune homme acquiesça d'un mouvement de tête et promena ses doigts sur la chair de l'adolescente.

— Vous l'examinerez plus tard, s'impatienta Judi. Sanglez-la et allez vous mettre à l'abri. Elle a dû attraper un coup de soleil. Depuis le temps qu'elle se badigeonne d'huile bronzante, c'était à prévoir !

David s'exécuta à regret, bouclant des lanières de cuir autour du torse et de la taille de Saba qui avait fermé les yeux. Lorsqu'il se redressa, Judi était déjà partie. Il haussa les épaules et regagna sa chambre. Il s'allongea sur sa couche, noua l'un des ceinturons sur sa poitrine et attendit, les yeux au plafond. Un silence d'embuscade régnait dans la maison et sur la plaine. Cela dura un long moment, puis Cedric demeuré dans le hall commença à émettre des jappements de chiot apeuré. Un bruissement énorme emplit tout l'espace, le ciel se lacéra, explosant comme la toile d'un aérostat. David eut l'impression qu'une ventouse colossale venait d'être appliquée sur le monde, suçant tout l'air environnant pour ne laisser subsister qu'un vide effroyable qui vous amenait le sang à fleur de peau, faisait éclater mille vaisseaux sur tout votre corps et vous aspirait les yeux hors de la tête...

Tout de suite après, la maison s'ébranla et sa façade-étrave mordit dans la terre grasse de la lande, crachant de part et d'autre du rez-de-chaussée des éclaboussures d'humus mêlées de cailloux et de mulots broyés. Elle chargeait, inclinée à quarante-cinq degrés, pendant que mille projectiles bombardaient ses murs. Des explosions sèches crépitaient dans le lointain et David comprit qu'il s'agissait des arbres prédécoupés qui craquaient dans la tourmente.

Ne pouvant plus résister au besoin d'assister à ce prélude d'apocalypse il se détacha et, s'agrippant aux meubles, se traîna vers la fenêtre grillagée au treillis de laquelle il se cramponna comme un singe fou. Au sommet des collines, les troncs s'élevaient en tourbillonnant tels des hélicoptères de bois, leurs branches trapues jouant le rôle de rotor. La forêt aux pieds coupés prenait son vol, drainée par les courants ascensionnels. Les chênes sabotés par les prêtres-bûcherons grimpaient au ciel en escadrille compacte et ronflante. La maison elle-même dérivait en zigzag, donnant des coups de boutoir de charrue folle, ou de taureau vicieux. Des choses inidentifiables la giflaient au passage : débris d'écorce, pierres, mitraille de branches pulvérisées que la vitesse réduisait à des hachures d'ombre.

Puis soudain, venue de plus loin encore, une armée hétéroclite s'avança en terrain découvert. Ses bataillons chaotiques avaient été recrutés par un vent éventreur de chaumières, pilleur de logis, et qui faisait charger côte à côte armoires, bahuts, tables, chaises. Tout cela roulait au son d'une fanfare de casseroles et de marmites, sous des étendards faits de draps tire-bouchonnés et de caleçons gonflés comme des outres. Cela titubait d'une démarche de béquillards. Les armoires dont les portes s'ouvraient et se fermaient semblaient battre des ailes, les chaises s'entrechoquaient, perdaient pieds et dossiers. Les bahuts entraient en collision, se volatilisaient en explosions de tiroirs. Toute cette armée déferlait en vagues serrées, vomie par les villes rasées des alentours. Et cette mer de débris convergeait vers la maison, marée bien décidée à se briser sur la bâtisse-falaise...

La façade encaissa le premier choc. Des éclaboussures métalliques montèrent jusqu'à la fenêtre de David : cuillères, fourchettes, couteaux, qui se fichèrent dans le grillage de protection. La maison-navire résonna sous le coup de boutoir de la cavalerie domestique. Des tables de ferme, volant en rase-mottes, écornèrent son crépi, arrachant à ses parois quelques giclées de plâtre. En bas, dans le hall, Cedric hurlait à la mort avec des coups de glotte de loup rendu fou par la lune.

David écarquillait les yeux mais ne voyait plus rien. La tourmente dépeçait le paysage. Le ciel était plein de forêts en vol, de collines déracinées, de champs réduits en poudre. Des épis de blé criblaient les nuages, les mares aspirées se faisaient pluies, averses, et leurs ondées mêlaient grenouilles et nénuphars... Tout cela voyageait à mille mètres au-dessus du sol, planant dans les trombes avant de piquer dans la gueule du volcan. Le ciel de Santäl s'embouteillait de panoramas fracassés, de sites réduits à l'état de puzzles éparpillés.

Horrifié, David songea qu'au moment où cesserait la formidable aspiration, tout ce bric-à-brac retomberait en désordre. Les arbres, comme les montagnes, se ficheraient la pointe en bas. Toutes ces bribes de campagne écartelée, de relief disloqué, se réuniraient pour composer des pays de bazar, des contrées illogiques. Il lui sembla qu'il voyait des navires plantés verticalement au milieu des forêts, des pics enneigés reposant en équilibre sur leur plus haute cime telles des pyramides renversées sur la pointe. Il lui sembla que la neige volée aux sommets emplissait les lacs asséchés. Il lui sembla qu'il perdait la tête et il serra les mailles du grillage jusqu'à ce que le fil de fer lui entre dans la peau et le fasse saigner.

Une pieuvre allait sortir du volcan, une pieuvre dont les huit tentacules seraient autant de typhons... Il cria, ajoutant ses vociférations aux ululements de Cedric. La maison dérivait toujours ; bulldozer obstiné, elle rabotait la plaine. Si Jean-Pierre tardait à larguer le parachute aérofrein, la bâtisse prendrait bientôt le chemin des plages, la route de la mer... Elle s'enfoncerait dans les flots pour ne plus remonter.

Un arbre qui volait bas percuta l'arrière du bâtiment. Ce coup de boutoir jeta David sur le sol. Immédiatement il commença à glisser sur le plancher en direction du couloir et de l'escalier. S'arrachant les ongles il tenta de s'agripper aux pieds des meubles.

Enfin un choc à la fois sec et mou redressa la construction. La corolle, larguée du grenier, venait de s'ouvrir à l'arrière, freinant la dérive de la villa.

David parvint à se hisser sur son lit. Déjà la succion externe se faisait moins forte. Les troncs perdaient de l'altitude, atterrissaient au petit bonheur. La tempête mourait en même temps que les tympans se débouchaient.

David ferma les yeux. Le cerveau en miettes.

Alors qu'il se croyait sauvé, un nouveau spasme fit suffoquer le ciel et la maison piqua de l'étrave, déchirant dix mètres de prairie. Le parachute boursouflé tirait sur ses rênes comme un cocher de fiacre arc-bouté sur son siège. Deux kilomètres encore et ce serait le sable, la mer, l'engloutissement, le naufrage.

Les objets enfermés dans les placards frappaient aux portes, condamnés qui savent la prison en feu et supplient qu'on les délivre. David avait le mal de mer. Cedric vomissait dans le hall. Les arbres brisés qui venaient d'atterrir reprenaient de l'élan, se cabraient, décollaient à nouveau. Trois d'entre eux s'écrasèrent sur l'étrave du bâtiment, le faisant dévier de sa dangereuse trajectoire. Le parachute faseya.

Comme toujours, alors que tout semblait empirer, l'aspiration cessa brutalement. La pesanteur un instant détrônée reprit ses droits et la maison cala tandis que la corolle de l'aérofrein se fripait au bout du faisceau des suspentes. Il n'y eut plus que des bruits de chutes, d'empilements désordonnés, d'écrasements hasardeux.

David claquait des dents. Inquiet, il tâta son entre-jambe pour s'assurer qu'il n'avait pas perdu le contrôle de ses sphincters sous l'effet de la peur. Le monde réapprenait l'immobilité. Les prisonniers des placards avaient cessé leur tapage. Cedric s'était tu.

Un temps inappréciable s'écoula sans que personne ne prenne l'initiative de se remettre sur pied. David avait peur de bouger, comme si le plus petit mouvement risquait de ranimer le sinistre. Le garçon songea que Santäl était semblable à ces boîtes à musique dont on croit le ressort détendu et qu'un léger choc suffit à relancer pour un hoquet d'une dizaine de notes. Enfin, un trottinement venu du couloir lui annonça que Nathalie avait abandonné sa couche. Il décida que le danger était passé et défit la sangle qui lui meurtrissait la poitrine. La fille s'immobilisa au seuil de la chambre.

— C'est maintenant qu'il faut aller se promener, dit-elle rêveusement, dans la minute qui suit le grand bazar. Quand tout est encore pêle-mêle et que les brocanteurs n'ont pas nettoyé la plaine. C'est comme un marché en plein air, un magasin sens dessus dessous. C'est beau, très beau.

Jean-Pierre apparut, l'air inquiet.

— Vous avez senti ce coup de fouet quand la bourrasque a repris du poil de la bête ? attaqua-t-il sans préambule. J'ai peur que le parachute en ait souffert ; il faut que j'aille voir. Il n'y a plus de danger, les anémomètres sont tombés à zéro.

Il s'engagea dans l'escalier sans trop de peine car la maison ne penchait presque pas et courut aux treuils. Son premier geste fut de prendre la clef qui pendait à son cou et de boucler à sa taille la ceinture de l'un des cordons ombilicaux. Ce fut ensuite au tour de Nathalie. Cedric, lui, était resté à l'attache pendant toute la durée de la tempête. Le déverrouillage de la porte fut plus long car la terre soufflée par le vent s'était accumulée dans les glissières. David dut prêter main-forte.

Une odeur étrange régnait à l'extérieur. Une odeur de tourbe, de racines broyées, de pulpe de bois fraîchement hachée. C'était acide comme l'herbe un jour de pluie. Jean-Pierre courut au milieu des débris vers le parachute affaissé. Nathalie glissa sa main entre les doigts du jeune homme.

— Laisse-le, dit-elle. De toute manière, parachute ou pas, la maison finira par plonger dans la mer, ce n'est pas une voiture dont on peut corriger la trajectoire. Chaque nouvelle tempête nous pousse un peu plus vers le rivage. Ce n'est que l'affaire de deux ou trois mois.

Ils descendirent les marches du perron et s'avancèrent dans le champ d'épaves. La marée du vent avait totalement transformé la physionomie de la lande. Entre les troncs abattus s'entassaient maintenant des monceaux de meubles fracassés ou miraculeusement intacts. Des ustensiles de cuisine bruissaient sous la semelle comme les galets d'une plage après le reflux. David aperçut un buffet criblé de fourchettes, une poêle à frire dont le manche était fiché dans le tronc d'un arbre fendu.

— Dans quelques heures les brocanteurs récupére-ront tout ça, fit Nathalie, le bazar du vent est le seul magasin gratis que je connaisse. Il faut surtout visiter les armoires... Essaye d'en trouver une !

David interloqué regarda autour de lui, finit par repérer les restes d'un meuble-penderie.

— Non ! grogna Nathalie, pas celle-là, tu vois bien qu'elle est vide. Tiens ! Là-bas ! Celle qui est fermée...

Elle tira sur son câble pour avancer plus vite. David la suivit.

Ils s'arrêtèrent au-dessus d'une grosse armoire aux glaces brisées mais dont les battants étaient restés clos.

— Ouvre-la ! commanda la fillette d'un ton étran-gement exalté. Force-la, il y a une barre de fer là-bas.

David se saisit du pied-de-biche improvisé et pesa de tout son poids sur la tige d'acier. Le battant où s'ac-crochaient encore quelques morceaux de miroir se gondola sous la traction, s'arqua et craqua dans une déflagration d'échardes. L'intérieur du meuble était tapissé de matelas et de coussins qui en faisaient une sorte de grand écrin. Un jeune homme reposait sur le dos au milieu de cette étrange cellule capitonnée. Sa tête penchait sur son épaule et son cou très étiré tra-hissait une rupture des vertèbres cervicales. Du sang coulait en minces filets par son nez et ses oreilles. David remarqua qu'on avait inversé la serrure du meuble de façon à ce que les battants puissent se fer-mer de l'intérieur.

— On les surnomme « les voyageurs du vent », haleta Nathalie, les lèvres blanches ; ils sont nombreux.

On en trouve après chaque ouragan. Ils s'enferment dans des armoires, des réfrigérateurs ou des coffres-forts rembourrés. Ils espèrent profiter de l'aspiration pour voyager dans les airs mais le choc de l'atterrissage les tue le plus souvent. C'est dommage mais c'est beau. Ce sont les passagers clandestins de la tempête ! Presque uniquement des enfants, des fugueurs qui en ont assez de vivre tapis au fond du terrier familial. Alors, un jour, ils se bricolent un « véhicule » avec une armoire trouvée dans le grenier, quelques vieux matelas pisseux, une poignée de clous. Ils appellent ça faire un tapis volant... Certains se contentent d'un tonneau. En cherchant bien on en trouvera d'autres !

David laissa tomber la barre de fer qui lui avait servi à forcer le meuble. La grosse armoire, ouverte, faisait songer à un cercueil capitonné. Un cercueil à deux portes, bien trop grand pour son occupant. Comment ce gosse avait-il pu sérieusement espérer sortir indemne des tourbillons du cyclone ? Le seul fait que le meuble n'ait pas éclaté en plein vol relevait déjà du miracle.

Nathalie s'impatientait. Déjà elle pointait le doigt sur un réfrigérateur démodé. David se détourna. La fillette grogna de dépit.

— Ça te fait peur ? cria-t-elle soudain d'une voix terriblement stridente. Pas moi ! Je les envie, si tu veux savoir ! Je voudrais être à leur place ! Couchée dans une boîte qui s'envole, une malle ou même une pendule !

L'arrivée de Judi coupa net cet éclat. Nathalie choisit de bouder en donnant des coups de pied dans les casseroles cabossées qui jonchaient le sol.

— Qu'est-ce qu'elle a, cette gamine ? interrogea la marchande de produits chimiques. Vous la rendez hystérique ou quoi ?

David haussa les épaules. Judi le saisit par le bras et l'entraîna à l'écart.

— Je ne sais pas si vous avez vu, dit-elle sèchement, mais cette tempête nous a fait perdre les tortues ! Le vent les a tout bonnement emportées ! De plus Saba est malade, elle a quarante de fièvre et la peau rouge coquelicot ! Je lui ai fait une injection d'aspirine en solution. Il faudrait soigner ses brûlures, j'ignore ce qu'elle a fichu sur cette plage mais elle a pris un sacré coup de soleil... Venez m'aider, j'ai une pommade qui la soulagera peut-être. Ensuite nous la banderons.

Ils réintégrèrent la maison, croisant Cedric qui grogna à leur passage et découvrit les crocs. Au premier, Saba était étendue nue sur son lit. Judi l'avait libérée de l'étreinte des sangles et son corps paraissait curieusement rouge sur la blancheur des draps. Depuis le début du voyage, l'adolescente avait cessé de se raser selon la coutume cythonnienne, et ses cheveux ainsi que ses poils pubiens commençaient à repousser, piquetant sa tête et son bas-ventre de minuscules points noirs.

— Si c'est un coup de soleil, c'est curieux que les tatouages ne soient pas apparus, non ? hasarda David.

Judi leva les yeux au ciel.

— Parce que vous croyez toujours à cette histoire de tatouages prophétiques ? Vous êtes d'une naïveté, mon pauvre David ! Aidez-moi plutôt à l'enduire de baume.

Elle saisit un pot empli d'une gelée huileuse qui traînait sur la table de chevet et le présenta au jeune homme pour qu'il y trempe les doigts.

— Massez en tournant mais n'appuyez pas trop, conseilla-t-elle, et n'en profitez pas pour la tripoter.

Dès qu'ils l'effleurèrent, Saba gémit et remua la tête en une mimique de refus inconscient. Malgré la fièvre, elle ne transpirait pas. Sa peau était affreusement sèche et de fines craquelures se formaient déjà aux plis des membres.

— S'il n'y a pas assez de pansements, nous déchirerons des draps, décida Judi. Je n'aime pas beaucoup ces crevasses, si le plasma se met à suinter c'est que l'attaque est sérieuse. Les microbes vont pulluler à la surface de son corps et une infection se déclarera à brève échéance. Il faut qu'elle boive. Allez préparer de l'eau additionnée de bicarbonate ou de sel, à défaut.

David courut à la cuisine mais les placards verrouillés refusèrent de lui livrer le moindre récipient. Il dut aller chercher Jean-Pierre qui se débattait toujours au milieu de son parachute.

Quand il put enfin revenir, porteur d'une carafe d'eau recyclée, Saba était emmaillotée comme une momie.

— J'ai eu assez de bandes, observa Judi, ce sont des pansements traités pour demeurer stériles durant soixante-douze heures. J'espère que ça suffira. Donnez-moi cette bouteille...

— Elle n'a rien dit ? s'enquit le garçon.

— Si, elle délire. Elle parle de coquillage géant, de présent, de futur... Rien de très cohérent. J'ai fait ce que je pouvais, maintenant il faut attendre et tenter de retrouver l'une de nos tortues.

— Nous sommes encore loin du troisième cercle ?

— Non, si j'en juge par l'aspiration de tout à l'heure.

— De combien de temps disposons-nous avant une nouvelle convulsion ?

Judi fit la moue, indécise.

— Aux grands spasmes succèdent généralement de longues accalmies, dit-elle, mais il ne faut pas en faire une généralité.

Ils se retirèrent, abandonnant Saba dont seules la bouche et les paupières étaient encore apparentes sous l'entrecroisement des bandages.

CHAPITRE XI

Au début de l'après-midi, David décida de faire preuve de bonne volonté et partit en reconnaissance à travers la forêt dévastée à la recherche des tortues enlevées par l'ouragan. Il ne lui fallut pas plus d'une demi-heure pour découvrir la dépouille de l'un des trois reptiles au milieu des moignons d'arbres. L'animal, après avoir été soulevé à une hauteur de plusieurs centaines de mètres, était retombé comme une pierre au moment où la trombe avait perdu toute portance. L'impact avait fait éclater l'énorme carapace comme une vulgaire potiche, et une bouillie de viscères s'écoulait maintenant des fissures ouvertes dans le dôme d'écaille.

Cette trouvaille macabre eut raison du zèle du jeune homme qui rebroussa chemin sans attendre. Dans la plaine, les brocanteurs étaient déjà au travail, chargeant tous les objets récupérables sur des charrettes. David les vit extirper de plusieurs armoires capitonnées les corps flasques de passagers clandestins brisés par la tourmente. Mais son attention fut plus particulièrement retenue par un frêle vieillard pous-

sant une petite brouette, et qui, au milieu de ce monstrueux capharnaüm mêlant mobiliers et troncs
d'arbres, ne s'attachait qu'à ramasser les livres et leurs
feuillets épars. Il procédait sans hâte, prélevant chaque
page isolée avec une grande douceur, chaussant ses
lunettes pour identifier la provenance des chapitres en
rupture de volume. David marcha négligemment dans
sa direction. La brouette était déjà pleine d'ouvrages
malmenés par la bourrasque et dont les reliures avaient
cédé, abandonnant leurs cahiers aux caprices du vent.
En guise d'entrée en matière le jeune homme se
baissa, cueillit un feuillet écorné, et le tendit au
vieillard.

— Merci, fit celui-ci avec un sourire qui se perdit
au milieu du faisceau de rides encadrant sa bouche. Je
me présente : Charles-Henri Hannafosse, bibliothécaire. Fondateur et unique membre de la Société Protectrice des Livres.

— Vous récupérez tous les livres emportés par le
vent ? s'étonna David. C'est ça ?

— À peu près, oui. Vous savez, les bibliothèques
ont été les premières victimes des ouragans, personne
ne s'est jamais soucié de protéger les livres. Il aurait
fallu bien sûr imaginer des couvertures plombées,
peut-être même des ouvrages enchaînés à des boulets
de fonte, vous savez, comme les bagnards dans les
bandes dessinées. Il aurait fallu concevoir des romans
à reliure de marbre. Des choses très lourdes, si peu
maniables qu'on aurait hésité à les ouvrir. Les
libraires, les bibliophiles se seraient musclés en les
transportant de table en étagère. Les lecteurs assidus

auraient concurrencé les plus beaux haltérophiles, on se serait développé le corps et l'esprit par la seule pratique de la lecture... Oui, c'est ce qu'il aurait fallu faire au lieu de multiplier les collections de poche, les éditions brochées... Regardez ! Tous ces livres trop légers sont des proies rêvées pour le vent qui fracasse les boutiques, les bibliothèques municipales. Des livres ça ? À peine quelques centaines de grammes qui s'éparpillent à la première bouffée ! Il me faut ensuite les traquer, les recomposer, boucher les trous, chercher une année durant telle ou telle page manquante... Savez-vous qu'il m'a fallu rassembler jusqu'à dix exemplaires d'une même œuvre pour réussir enfin à reconstituer un seul ouvrage complet ?

La brouette grinçait, couvrant parfois le monologue du vieux fou, et David devait tendre l'oreille pour comprendre le marmonnement égrené par les lèvres plissées.

— La colle, reprit le bibliothécaire, je patauge dans la colle. J'en ai même contracté une maladie de peau. Mais comment faire autrement ? Vous avez une idée, vous ? Il faut bien combattre cet éparpillement, ce morcellement, sinon il ne restera rien. Rien ! Oh ! je sais, vous allez me parler des enregistrements magnétiques, des microfilms, mais pardonnez-moi l'expression : tout ça c'est de la merde ! Ça ne remplacera jamais l'odeur d'un livre, le toucher du papier, le grain de la reliure, le parfum du cuir, de la colle de poisson, du feuillet « pur chiffon » ! Non, il faut bien que quelqu'un préserve tout cela. Je ne tiens pas une bibliothèque mais un hôpital, je suis un médecin pour

corps éparpillés. Je fais de la chirurgie sur chapitres !
Je greffe des paragraphes, je couds des préfaces. Mon
ennemie c'est l'amputation, l'ablation, la déchirure
qui me vole dix pages, quinze lignes. Quinze lignes
que je mettrais peut-être six mois à retrouver dans le
capharnaüm d'une nouvelle tempête.

Poussant toujours sa brouette, il avait repris le chemin du village. David le suivit, tant par curiosité que
par désœuvrement. Ils arrivèrent ainsi au seuil d'une
casemate sans fenêtre encombrée de rayonnages et
empestant le papier moisi.

— Entrez ! Entrez ! commanda Charles-Henri
Hannafosse. Voilà mon hôpital, ma salle de grande
urgence, mon unité de soins intensifs.

David pénétra dans l'abri. Comme il s'y attendait,
des légions de livres rapiécés occupaient tout l'espace.
Sur une grande table, des restes de sandwiches voisi-
naient avec une bouteille de colle liquide, un pot de
pinceaux et des ciseaux.

— J'ai des centaines de malades en attente, geignit
le vieil homme, des cas très graves : des œuvres capitales réduites à deux chapitres... Si l'on m'avait
écouté ! Quand Santäl est devenue la planète convulsionnaire que vous connaissez, j'ai rédigé un
manifeste prônant l'alourdissement général du livre.
Vous croyez qu'on m'a pris au sérieux ? Bien sûr que
non !

David s'assit sur le bras d'un fauteuil encombré
d'in-quarto. Des gravures avaient été punaisées sur un
tableau de liège. Des estampes anonymes. Deux
d'entre elles représentaient un volcan jaillissant d'une

plaine blanche. C'était un cratère haut et droit que sa base étroite faisait ressembler à une tour.

— Vous regardez l'image du maudit? lança Charles-Henri en surprenant le coup d'œil du jeune homme. On dirait plus un donjon qu'un volcan, n'est-ce pas? Mauvais lieu. Voyez ces flancs pleins d'arrogance, pas de pentes molles, non. Un beau fût en colonne, comme une tour de guet. Et cette bouche... Regardez ces ourlets, ils évoquent bien des créneaux, non? C'est le mal qui nous guette derrière ces remparts-là, monsieur! Le mal déguisé en naufrageur... Vous avez entendu parler de cette sale engeance, n'est-ce pas. Une bonne tempête et hop! on attire tout le monde au bon endroit! C'est ce qui est en train de se passer. Santäl sombre, monsieur, victime des monstres des tréfonds! Ce volcan on l'appelle *le rempart des naufrageurs*... À mon avis on ne lui trouvera pas de plus beau nom. Tous les vents s'y engouffrent, toutes les tempêtes y plongent, et nous à leur suite... L'émiettement nous gagne! Un jour il ne restera plus rien, plus une herbe, plus une pincée de terre. Rien qu'un beau roc nu, blanc comme un os. Les naufrageurs invisibles auront tout volé. Tout. C'est un sacré butin qu'ils entassent dans le ventre de Santäl, oui, un fameux trésor de pillage...

Il s'interrompit pour décharger le contenu de sa brouette. Il plaçait les pages isolées sous un gros presse-papiers de marbre noir, alignait les volumes disloqués comme des blessés sur le bord d'une route.

— N'allez jamais de ce côté, reprit-il en jetant un bref regard sur l'estampe, le souffle y est terrifiant.

Cent fois supérieur à ce que nous connaissons ici. Tout ce qui est enfoui dans le sol remonte à la surface ! Les cercueils sortent de terre comme des légumes. Les squelettes qui dorment sous les anciens champs de bataille suivent de près ! Et aussi les ossements fossiles. Tout est sucé, gobé. D'abord le naufrageur s'en est pris aux lacs : il aspirait les poissons, puis il a vidé ces mêmes lacs. Ensuite il a nettoyé tout ce qui se trouvait à la surface du pays, maintenant il cherche en profondeur... Le troisième cercle c'est l'enfer, ne vous y risquez pas ! Entre deux aspirations tout paraît normal, mais sitôt que le souffle creuse l'air c'est l'apocalypse ! Vos poumons et vos intestins vous jailliront par la bouche avant même que vos talons aient quitté le sol ! Le vent vous arrachera les cheveux, les doigts, les membres... Ceux qui s'obstinent à vivre là-bas ont dû apprendre à se cacher comme les taupes. Autour du volcan c'est le désert de verre. Une surface lisse poncée par l'érosion, une véritable patinoire de roche tellement polie qu'on a l'impression de se déplacer sur de la glace. Il y fait très chaud et la réverbération est intense. C'est un peu de la chaleur du ventre de Santäl qui suinte à cet endroit. On raconte que l'érosion est si puissante que les rochers fondent à vue d'œil comme un bonbon sucé par un gamin. La moindre bourrasque charrie une chevrotine de cailloux ou de graviers, la brise est papier de verre, une caresse et vous voilà changé en écorché vif ! J'ai rencontré des gens qui s'étaient risqués là-bas par « temps calme », ils étaient couturés de cicatrices, scalpés, mutilés. Des épaves. Un conseil, jeune homme : n'allez pas en direction des remparts de lave. Les naufrageurs du magma n'aiment pas les curieux.

David s'agita, mal à l'aise. Les propos du vieux fou l'inquiétaient tout en exacerbant sa curiosité. Dans la bouche édentée du vieillard, le troisième cercle prenait des allures de contrée mythique, de pays de légende. Il décida d'échapper à ce poison insidieux et se leva pour prendre congé.

CHAPITRE XII

Durant les deux jours qui suivirent, David connut le plus parfait désœuvrement. Profitant de l'accalmie, Judi avait décidé d'aller prêcher chaque matin au village voisin. Les habitants, encore sous le coup de la tempête, lui prêtaient une oreille favorable, et une bonne dizaine d'entre eux avaient accepté de se convertir au culte de l'obésité salvatrice. La marchande de produits chimiques était aux anges. Nathalie boudait, assise sur la troisième marche du perron, l'œil vide, tandis que Jean-Pierre étudiait le terrain, prenait des repères, s'épuisant à échafauder une stratégie susceptible de faire dévier la maison de son inexorable progression sur le chemin de la mer.

David arpentait donc les couloirs de la bâtisse, montait jusqu'au grenier pour examiner le gros paquet mou du parachute soigneusement plié près du diaphragme à iris obturant l'œil-de-bœuf, puis redescendait pour s'asseoir au chevet de Saba dont la fièvre baissait doucement.

L'adolescente s'agitait, malgré les calmants administrés par Judi. Parfois même elle ouvrait les yeux et

tentait d'arracher les bandages recouvrant son corps.
David s'efforçait de lui immobiliser les mains, mais
ce n'était guère facile. Les pansements desserrés
laissaient voir des plages de peau desquamée. Sur
les cuisses, l'épiderme avait pris l'aspect d'une mue
de serpent. Il se décollait progressivement, pendant
qu'apparaissait sous sa pellicule mince et translucide
une peau blanche et maladive, d'une extrême fragilité.

Le jeune homme ne connaissait pas grand-chose à la
physiologie cythonnienne, mais il était certain que de
telles brûlures se seraient soldées chez un Terrien par
la mort ou la mutilation. Saba, elle, ne serait pas défi-
gurée. Elle pelait, tout simplement. Sous la couche
d'épiderme détruit une autre se formait déjà, exempte
de toute cicatrice rétractile. Saba perdait sa chair
malade comme un reptile se dépouille de sa vieille
peau. Ces fragments de pelade, de la dimension d'un
livre de poche, glissaient entre les bandages pour tomber sur le lit. David, embarrassé et ne sachant que faire,
les recueillait du bout des doigts pour les empiler dans
le tiroir de la table de nuit. Les grandes écailles avaient
la consistance du parchemin ou du papier huilé. Leur
grain délicat semblait les prédisposer à la peinture
d'estampes ou aux enluminures savantes. Au fur et à
mesure que Saba pelait, le jeune homme ramassait ces
bribes de tissu cicatriciel en s'efforçant de les classer
par ordre anatomique. Il ignorait totalement si la
besogne qu'il entreprenait avait ou non une quelconque importance, mais il en était peu à peu arrivé à
se demander si les précieux tatouages prophétiques
constellant le corps de l'adolescente n'étaient pas en

train de quitter la surface de leur propriétaire à la faveur de la rénovation tissulaire engendrée par les brûlures...

Le troisième jour il dénuda la jeune fille, la libérant de l'entortillement des bandelettes. Puis, la couchant sur le ventre, il entreprit de récupérer les lambeaux parcheminés qui pendaient sur les omoplates, les reins et les fesses...

Saba était à présent d'une blancheur crayeuse un peu irréelle, et sa peau toute neuve se marbrait de taches rouges dès qu'on la pressait.

Vers le milieu de l'après-midi, elle se dressa sur un coude et réclama à boire d'une voix ensommeillée. David lui fit absorber un verre d'eau additionné de sel et l'interrogea pour savoir comment elle se sentait, mais la jeune fille retomba sur sa couche, victime des analgésiques. Le garçon la couvrit d'un drap, vida le contenu du tiroir de la table de chevet dans une serviette et quitta la maison pour se rendre au village. Il n'eut pas de mal à retrouver la demeure de Charles-Henri Hannafosse, le bibliothécaire fou, et après une brève hésitation frappa à la porte, juste au-dessous de la plaque de cuivre terni qui annonçait : « Société Protectrice du Livre. Direction et ateliers de conservation. »

Le vieillard tarda à venir ouvrir puis dévisagea David avec méfiance ; finalement il le reconnut et le pria d'entrer. Il tenait un pinceau enduit de colle à la main.

— Je suis en pleine opération, marmonna-t-il, je n'ai pas le temps de faire des civilités. Je ne vous offre rien mais vous pouvez parler, ça ne me gêne pas.

Le jeune homme s'installa au sommet d'un tabouret et posa sur la table le baluchon formé par la serviette nouée.

— Pourriez-vous exécuter un travail de commande ? interrogea-t-il. Un travail un peu... spécial ?

Charles-Henri Hannafosse fronça les sourcils.

— En rapport avec mes activités ?

— Oui, bien sûr. Il s'agira de livre et de protection. Le tout rémunéré.

Le vieillard haussa les épaules.

— La rémunération m'indiffère, dit-il, la sauvegarde m'intéresse. De quoi s'agit-il ?

David dénoua les quatre coins de la serviette.

— Il me faudrait une sorte de reliure-coffret, commença-t-il, un livre muni d'un fermoir pour y enfermer ces... documents.

Charles-Henri abandonna son ouvrage pour se pencher sur les lambeaux de tissu cicatriciel qu'il effleura du bout de l'index.

— Qu'est-ce que c'est ? murmura-t-il. On dirait du parchemin. Un parchemin extraordinairement fin...

— C'est de la peau, lâcha David ; de la peau de Cythonnienne.

Le bibliothécaire eut un sursaut.

— Qu'est-ce que vous racontez ? Vous vous moquez de moi ?

Le jeune homme s'efforça de lui exposer aussi clairement que possible la façon dont les débris étaient entrés en sa possession. Le vieil homme hocha longuement la tête, vissa dans son orbite une loupe d'horloger et éleva l'un des fragments dans la lumière.

— Vous craignez que les tatouages aient été victimes de la pelade, et que le corps de cette fille soit à présent vierge de toute inscription, murmura-t-il, c'est ça ?

— Oui. Pensez-vous que les tatouages aient pu se détacher de l'épiderme de Saba ? Sur Terre cela ne se passerait pas ainsi, il faudrait entamer profondément la chair pour réussir à gommer le dessin, mais ici nous avons affaire à une Cythonnienne...

— Exact. Je ne sais pas. Elle seule pourrait vous répondre. Mais il est fort possible que les inscriptions soient bel et bien parties avec la mue. Touchez ces fragments. Ils sont relativement épais. Si l'encre sympathique n'est injectée que superficiellement, on peut effectivement penser que votre amie vient de perdre son horoscope anatomique.

— Mais l'encre ? Pas moyen de la discerner ?

— Vous voulez rire ? Les Cythonniens eux-mêmes n'ont jamais rien compris au mystère de ce pigment. Seul le soleil de Santäl peut faire brunir ces chromatophores. Et vous savez comme moi qu'il n'y a plus guère de soleil depuis que l'aspiration draine ses nuages au-dessus de nos têtes... Ainsi vous voudriez que je relie ces lambeaux en volume, et que je leur confectionne une couverture ?

— Oui. Ce sont des peaux mortes mais l'encre qui les imprègne a peut-être conservé tout son pouvoir... C'est possible, non ?

— Pourquoi pas ? Que savons-nous des mécanismes physiologiques de ces peuplades ? Une chose est sûre : si les tatouages sont morts comme est morte

cette chair, votre amie traversera une épreuve terrible !
Ce sera comme si on l'avait dépouillée de son futur.
Les Cythonniens sont tellement habitués à ce déterminisme que la disparition de l'horoscope tatoué sur
leur peau doit les plonger dans l'égarement le plus
complet... Je vais faire ce que vous voulez. Votre
amie pourra toujours tenter d'offrir les pages de ce
volume au soleil de Santäl.

Il s'interrompit, ôta la loupe, chaussa ses lunettes.

— Du soleil, souffla-t-il, vous n'en trouverez
qu'autour du rempart des naufrageurs, là où l'aspiration est si forte qu'elle crève le plafond nuageux... Le
vrai soleil est là, il éclaire le désert de verre. Si cette
fille veut faire bronzer son recueil de prophéties, il faudra qu'elle s'avance en territoire mortel à la faveur
d'une accalmie. C'est extrêmement risqué.

Il haussa les épaules et commença à rassembler les
fragments de tissu cicatriciel.

— Je vais faire de mon mieux, conclut-il. Repassez
demain. C'est le travail le plus original que j'aie
jamais accompli.

David le remercia et sortit, le front plissé. La réaction de Saba, lorsqu'elle apprendrait la vérité, l'inquiétait par anticipation. N'allait-elle pas se laisser
aller à quelque geste désespéré ? Cette perspective
assombrit son humeur et il se prit à envier les certi-
tudes dynamiques qui commandaient aux actions de
Judi. Il prit le chemin de la maison. Jean-Pierre arpentait toujours la plaine, autant que son cordon ombilical
le lui permettait, et reportait des indications sur une
carte.

— J'essaye de prévoir un ricochet, dit-il lorsque David fut à sa hauteur ; je voudrais que l'étrave bute sur un obstacle qui modifie sa trajectoire.

— Vous avez peur de la mer ? interrogea David. Il faut dire que vous foncez droit dessus. Si rien ne vous fait dévier, vous atteindrez la plage d'ici deux ou trois mois.

— Je sais, siffla l'homme aux longs cheveux gris, j'y pense toutes les nuits.

— Quand vous toucherez le sable, il vous faudra abandonner très vite le bâtiment, observa David. Vous avez envisagé une position de repli ?

— Non, cracha Jean-Pierre, je ne quitterai pas la maison. Je ne veux pas devenir un errant, une larve recroquevillée au fond de son terrier comme ces pauvres types du troisième cercle...

— Il faudra bien..., commença David.

— Non ! trancha Jean-Pierre. Je n'abandonnerai pas Nathalie au vent. Nous coulerons avec la maison, nous nous suiciderons tous ensemble. Je la tuerai dans la nuit, avec mon fusil. Elle ne sentira rien. Après ce sera le tour de Cedric, puis le mien... C'est mieux comme ça. Je ne veux pas que la tourmente l'emporte dans la bouche du volcan. Nos corps sombreront dans la vase du littoral, protégés des poissons par le cercueil de la maison.

David frissonna, la nuque hérissée.

— Allons ! lança Jean-Pierre en se secouant, nous n'en sommes pas encore là. La trajectoire peut encore se modifier, n'est-ce pas ?

— Sans doute, bégaya David en s'éloignant au plus vite, sans doute...

Il retourna prendre sa place de garde-malade, espérant et redoutant tout à la fois le réveil de Saba. Pour l'heure elle reposait écartelée, offrant au regard une chair crayeuse de nouveau-né. Une chair neuve, vierge d'agression.

— Elle est effacée, hein ? fit Nathalie qui se tenait au seuil de la chambre. La brûlure lui a passé sa gomme sur le corps, elle est comme un bout de papier blanc.

— Il ne faut pas dire ça, protesta David. Ces inscriptions invisibles, c'est très important pour elle, tu sais ?

La fillette siffla entre ses dents avec une grimace de mépris et s'éloigna en sautillant. Le câble d'amarrage sinuait derrière elle comme un serpent apprivoisé.

David trompa sa nervosité en faisant les cent pas à travers la pièce, indifférent aux craquements du parquet. En passant près de la fenêtre il vit Judi qui rentrait, remorquant l'une des tortues emportées par la tempête. Il en fut mécontent. Décidément cette femme devenait insupportable à force d'efficacité. Quand la lumière baissa il n'alluma pas l'électricité. Au moment où le soleil se couchait, Saba ouvrit enfin les yeux et s'assit sur le lit avec un air hébété.

— Qu'est-ce qui se passe ? lança-t-elle en se passant la main sur le visage. J'ai l'impression d'avoir dormi un mois...

David s'assit près d'elle, ne sachant par où commencer.

— Il vous est arrivé un accident, dit-il lentement ; vous ne vous rappelez pas ? Vous êtes rentrée de la

plage brûlée sur tout le corps. Il y a trois jours que vous
êtes inconsciente.

— Brûlée ? répéta-t-elle.

— Oui, votre peau était... rouge. Boursouflée. Vous
avez eu beaucoup de fièvre, et vous êtes tombée dans
le coma.

Saba examina la chair de ses bras, fit la moue.

— Je ne vois rien, constata-t-elle, ça ne devait pas
être très grave.

David se racla la gorge, maintenant il ne pouvait
plus reculer.

— C'est que votre épiderme s'est reconstitué,
attaqua-t-il, *tout* votre épiderme...

CHAPITRE XIII

Saba avançait précautionneusement au milieu de la lande. Sa peau neuve ne supportant plus aucun vêtement sans irritation immédiate, elle était nue. Frêle et blanche entre les collines hérissées de moignons d'écorce. Elle marchait à petits pas, sans trajet précis, abîmée dans une déambulation de convalescente. La brise ténue qui soufflait sur son ventre et ses épaules devenait rapidement douloureuse tant la chair crayeuse qu'elle effleurait était encore désarmée devant les agressions. Saba marchait au hasard, un gros livre dans la main droite. La tête emplie d'un enchevêtrement d'idées palpitantes comme des anguilles. Depuis que David lui avait donné tous les détails sur la maladie qui l'avait tenue alitée trois jours durant, elle se sentait égarée, perdue sans espoir de repères. *Elle savait.*

Elle savait que les tatouages l'avaient quittée en même temps que les fragments de peau morte car l'encre sympathique des sorcières cythonniennes n'était jamais profondément injectée, cette opération s'accomplissant sur des nouveau-nés. Les Cythonniens connaissaient *tous* cette particularité et s'efforçaient bien entendu de protéger leur épiderme tant que le contenu de l'horoscope anatomique ne leur avait pas été révélé.

Saba se toucha du bout des doigts. Désormais elle était vierge, gommée. *Effacée!* Cette évidence l'emplissait d'une sourde épouvante. Sa nouvelle chair ne portait plus aucun secret, c'était une page fade et absurde dans un livre imprimé en grains de beauté et taches de son. C'était une peau banale, désacralisée, un simple papier d'emballage...

Elle étouffa un sanglot et se moucha d'un revers de main. Dieu sait pourtant qu'elle avait redouté la révélation du bronzage ! Qu'elle avait eu peur de lire d'horribles sanctions à venir sur ses membres et son ventre ! Oui... mais à présent qu'elle se savait blanche, c'était pire encore ! L'effacement la condamnait à la vacuité, à l'indéterminé ! Désormais elle n'avait plus de voie tracée, plus d'itinéraire défini... Les paroles d'une chanson qu'elle fredonnait lorsqu'elle était encore une enfant lui vinrent aux lèvres : *Sans rails, la locomotive déraille...*

Elle frissonna, gagnée par la panique. Jusqu'à cette minute, elle avait été victime de pulsions contradictoires, mais aujourd'hui elle voyait clair. Les tatouages invisibles qui lui faisaient si peur *la rassuraient* d'une manière tout à fait paradoxale, et sans qu'elle en ait conscience. Oui... C'était exactement cela ! On avait peur de savoir, mais — en même temps — cette possibilité offerte de connaître l'avenir était sécurisante. Ainsi le futur ne s'apparentait plus à un gouffre insondable, à un trou noir. C'était au contraire quelque chose d'arpenté, de mesurable. Une géographie dont on avait fait tous les relevés. On portait son futur comme un vêtement. On pouvait refuser de le lire, de le connaître, mais le savoir là était un réconfort, un soulagement.

Beaucoup d'adultes, qui n'avaient jamais accompli leur voyage d'initiation sur Santäl, avaient coutume de déclarer : « Je n'ai pas eu le courage d'aller bronzer au-delà des étoiles, mais je sais que si un jour j'en ai envie je pourrai m'y rendre. Je sais que si demain je le désire, je peux connaître l'avenir. Et cette éventualité me suffit... » De nombreux Cytonniens se contentaient de cet horoscope invisible, de ces réponses capitales mais indéchiffrables qu'ils savaient inscrites sur leur anatomie. Certains laissaient mûrir leurs interrogations une vie durant. Lorsque les questions se faisaient trop angoissantes à l'occasion d'une maladie, d'un bouleversement, il leur restait la possibilité de sauter dans un vaisseau spatial pour aller en chercher la réponse sur Santäl. « Savoir qu'on peut savoir, là est le réconfort », disait la devise inscrite au fronton du temple des magiciennes. Ce déterminisme qui vous prenait par la main et marchait à vos côtés, telle une divinité invisible, avait peu à peu remplacé toute religion.

Saba haletait, une boule de peur dans la gorge, le plexus noué. Effacée, blanchie, elle se retrouvait condamnée à la multiplicité des possibles. Elle était condamnée au présent ! Condamnée à fabriquer elle-même son propre futur !

Elle gémit sans s'en apercevoir. Elle n'avait plus d'itinéraire défini, elle ne pourrait plus lancer de coups de sonde dans l'inconnu pour y pêcher des bribes de révélation... *Savoir qu'on peut savoir, là est le réconfort.* Mon Dieu! Comme c'était vrai! Aujourd'hui elle aurait voulu *tout* savoir, même l'heure exacte et le jour précis de sa mort! *Tout* était préférable à l'ignorance, à l'aveuglement dans lequel croupissaient les autres races de l'Univers. Ne plus jouir de la faculté de réponse lui apparaissait comme véritablement insupportable. Son esprit se déchirait à cette seule idée. Son intelligence rapetissait, glissait sur la pente de la folie. Elle porta les paumes à ses tempes, lâchant le livre offert par David le matin même, le gros volume tomba sur ses pieds nus et la douleur la ramena à la réalité. Elle se pencha pour le ramasser. C'était un livre à la couverture épaisse et lourde munie d'un fermoir de cuivre dont les charnières, trop neuves, grinçaient encore. Saba le caressa d'une main tremblante. Tout ce qui lui restait d'espoir dormait là, sous la forme d'un cahier aux pages de peau sèche que l'artisan avaient cousues sans chercher à les massicoter. Elle fit jouer la boucle du fermoir, souleva la couverture confectionnée à l'aide d'une fine planche de bois gainée de cuir. L'empilement des morceaux de chair morte formait un tas inégal. Un mille-feuille de parchemin aux découpes fantaisistes. Toutes ces pages étaient apparemment vierges et leur aspect rappelait celui du papier huilé.

Saba grelotta et ses dents s'entrechoquèrent. Ainsi les tatouages étaient là! Prisonniers de ces lambeaux inanimés, secs et craquants comme ces poissons-vessies qui pendent au plafond des boutiques de brocante... Son futur émietté dormait, accroché à cette reliure enjolivée d'impressions au fer chaud. Dormait ? Elle n'en savait rien ! La théorie de David sur la survie des tatouages relevait de la spéculation échevelée. Saba n'avait jamais entendu parler d'un cas semblable autour d'elle, mais il n'était pas impossible que le jeune homme eût raison. Et d'ailleurs elle voulait croire de toutes ses forces à l'éventualité d'une telle sauvegarde. Oui, elle voulait croire que le livre était encore capable de bronzer, que l'encre sympathique imprégnant les déchets tissulaires avait bien conservé son pouvoir d'obscurcissement. Elle voulait...

Elle s'assit sur une souche, posa sur ses cuisses le volume qui sentait la colle fraîche et feuilleta le manuscrit aux pages translucides.

Une infirme. Les sucs gastriques de la moule géante avaient fait d'elle une infirme ! Un instant elle fut tentée de retourner sa colère contre Mytila, la fille rousse du clan des Parasites humains, mais elle se domina, consciente de l'injustice de sa réaction. Mytila l'avait invitée à visiter la moule, pas à y dormir pendant plus de deux heures ! De plus la rouquine aux seins lourds ne pouvait pas deviner l'importance d'une simple pelade chez une Cythonnienne. Peut-être même n'avait-elle jamais entendu parler de Cythonnie ?

Elle se pencha à nouveau sur le livre, le palpa. Désormais elle allait vivre dans l'angoisse de le perdre ou de le voir détruit. Il suffisait de peu de chose. Que le vent le lui arrache, par exemple !

Elle réprima un sursaut de terreur. De plus le classement approximatif effectué par David ne lui permettait plus de choisir dans l'éventail des révélations. Si elle connaissait la localisation anatomique des réponses sur son corps, elle ignorait en revanche où se cachaient ces mêmes réponses dans ce tas de pages dentelées. Il lui faudrait compter avec l'imprécision d'un classement hasardeux et s'en remettre à la chance.

Elle ferma le livre avec délicatesse et rabattit le fermoir qui claqua. La moule avait mangé son futur en même temps que sa peau... Si la théorie de David s'avérait fausse, elle se retrouverait condamnée — elle, Saba — au présent sans recours. Sans espoir. Condamnée à l'ignorance perpétuelle par un mollusque imbécile ! L'aventure aurait pu faire rire si elle n'avait été aussi tragique.

La jeune fille se redressa. Des taches rouges marbraient ses cuisses, là où elle avait posé le volume, trahissant la fragilité de cet épiderme blême et sans secret.

La brise qui soufflait de par-delà les collines lui apporta le cliquetis des sabots aimantés sur la plaine de fer. Les chevaux électriques galopaient en cercle, martelant le sol, effaçant les plaques de rouille dans un jaillissement d'étincelles. Elle se sentait fatiguée ; elle envia leur énergie et les centaines de volts stockés dans leurs glandes. Elle reprit le chemin de la maison devant laquelle paissait tranquillement la tortue ramenée par Judi.

Malgré sa lassitude, Saba était pressée de se remettre en route ; elle avait hâte de connaître le contenu du livre, de l'ouvrir au-dessus de sa tête et d'offrir ses pages aspergées d'huile bronzante au soleil de Santäl.

Quand elle arriva au bas du perron, Judi émergea de l'habitacle percé dans le dos de la tortue. Elle était torse nu et ruisselait de sueur. Saba vit qu'elle manipulait des outils munis de lames courbes et tranchantes.

— Qu'est-ce que vous faites ? demanda-t-elle.

La grande femme brune essuya les gouttes de transpiration qui s'accumulaient dans ses sourcils.

— Je rabote le cockpit, grommela-t-elle. Personne ne semble se préoccuper outre mesure de savoir comment nous allons continuer ce voyage ! Je vais essayer d'agrandir l'habitacle, de manière à ce que nous puissions y tenir tous les trois. Il suffira de changer le couvercle, je me suis entendue avec le forgeron du village. Si vous croisez David, envoyez-le-moi, j'aimerais bien souffler deux minutes.

Saba hocha la tête et gravit les marches qui menaient au grand hall. Pour une fois elle était d'accord avec Judi : il était temps de repartir. La halte n'avait que trop duré. Elle chercha David, le trouva en train de rêver et lui ordonna assez sèchement d'aller prêter main-forte à la marchande de produits chimiques. Après quoi elle gagna sa chambre et entreprit de rassembler ses affaires.

En vidant son sac, elle fit rouler la gourde de terre cuite offerte par Mytila. Une seconde elle fut sur le point de l'écraser à coups de talon, mais quelque chose l'en empêcha. Les sensations qu'elle avait connues au cœur du coquillage éveillaient encore en elle de curieux échos. Brusquement quelque chose se clarifia dans son esprit et elle pensa : « La moule est aux antipodes du livre ! »

Cette réflexion l'abasourdit. Elle tituba, comme ébranlée par le recul d'un fusil trop lourd pour elle.

« La moule c'est le temps aboli, songea-t-elle à nouveau, le livre c'est le futur... » Elle avait la bouche sèche et le front brûlant. Elle murmura comme une prière : « La moule c'est l'éternel *présent.* »

Cette phrase lui fit l'effet d'un blasphème. Elle avait été élevée dans le culte du futur. Un culte naïf mais dont elle ne pouvait se détacher. L'espace limbique que lui avait laissé entr'apercevoir sa brève claustration au sein du coquillage prenait à présent des allures d'hérésie. Elle ramassa le flacon, le posa sur le livre lourd de prophéties en gestation, et contempla un long moment la réunion de ces deux pôles contradictoires. Il y avait là quelque chose qui lui faisait signe mais qu'elle ne réussissait pas à décrypter. Le monde de Santäl était trop compliqué pour elle. Personne ne semblait savoir si la planète était en train de mourir ou de renaître ! Personne n'était capable de décider si le ventre de ce monde était bien une boule de cendre froide ou, au contraire, un fœtus de magma presque à terme... Santäl réchauffait-elle ses vieux os comme un vieillard qui tisonne son poêle, ou couvait-elle une impossible progéniture telle une femelle soucieuse de sa maternité ?

Cette imprécision, cette indétermination, ne pouvait convenir à une Cythonnienne. Pourquoi cela n'était-il pas écrit quelque part ? Comment pouvait-on vivre sans connaître la réponse à une question si impérieuse ? L'univers des hommes sans horoscope l'effrayait au plus haut point. Elle entassa ses vêtements dans le sac en compagnie du livre et de la fiole, avant d'en attacher la lanière à son poignet. Désormais elle ne s'en séparerait plus, quoi qu'il advienne.

Légèrement soulagée elle s'approcha de la fenêtre. David et Judi se tenaient au sommet de la tortue, arrachant à la carapace de larges copeaux de corne.

Saba soupira. L'imminence du départ calmait son angoisse.

— Alors vous partez ? fit Nathalie qui venait d'entrer, Cedric sur les talons.

— Oui. Il faut profiter de l'accalmie. C'est ce que prétend Judi.

— Vous allez chez les taupes ! ricana la fillette. Vous allez vous enfoncer dans le grand terrier. Papa dit que c'est le foutoir, le bazar de la Création. Tu espères faire bronzer ton bouquin ?

— Oui.

— C'est dégueulasse, ce truc ! renchérit Nathalie. Des bouts de peau dans une couverture. Judi raconte que c'est de la superstition, que vos sorcières vous écrivent n'importe quoi sur le dos.

Saba frémit d'indignation.

— Tais-toi, coupa-t-elle, tu es mauvaise ! Les prophéties se sont toujours vérifiées ! La divination est une science, sur Cythonnie, pas une pratique de charlatans comme chez vous.

— Tu as de la chance que David t'ait épluchée bout par bout ! siffla l'enfant. Moi, j'aurais foutu ta sale peau morte au feu, ça t'aurait peut-être rendue moins idiote !

Cedric, percevant l'agressivité qui émanait des deux femmes, se mit à gronder en découvrant les crocs. Nathalie le tira par le collier et quitta la pièce. Saba demeura une minute immobile, le sac de cuir serré contre ses seins, vibrante de rage. Elle étouffait dans cette maison condamnée au naufrage. Elle décida d'aller aider David et Judi, malgré sa faiblesse. Elle aurait ainsi l'impression d'écourter le temps qui lui restait à passer entre les murs de cette bâtisse à la dérive, et dont chaque ouragan raccourcissait l'espérance de vie. Elle se rua dans l'escalier.

En bas, David tenta de la dissuader de prendre part aux travaux mais elle ne voulut rien savoir et se hissa, en soufflant, sur la pente de la carapace.

— Laissez-la si c'est son idée, haleta Judi, nous ne serons pas trop de trois. Le forgeron viendra poser le nouveau couvercle ce soir. Il faut avoir terminé d'ici là.

David haussa les épaules et replongea les mains dans les copeaux de corne qui tapissaient le fond du trou.

Indifférente à ce qui se tramait sur son échine, la tortue rêvait, l'œil glauque, le cerveau tout entier occupé par les brumes de la digestion.

CHAPITRE XIV

Ils partirent le lendemain à l'aube. Jean-Pierre les salua sans grande effusion. On le sentait préoccupé par l'avenir de la maison. Au moment où il s'avançait sur le perron, David se tourna vers Nathalie et lui tendit un sac en papier de soie portant l'emblème de la pâtisserie du village.

— Pour toi, dit-il simplement, une brioche. Une brioche à ne consommer qu'en cas d'urgence.

La fillette leva vers lui des yeux incrédules et saisit le gros gâteau doré. Cedric voulut aussitôt le flairer mais elle le repoussa avec impatience. La brioche, très lourde, avait laissé des auréoles grasses sur le sac d'emballage. David hésita, les bras ballants, l'air un peu stupide.

— Bon appétit ! fit-il en descendant les trois marches qui le séparait du sol.

— Bon voyage, coupa Jean-Pierre visiblement désireux d'abréger une cérémonie qui ne pourrait que donner de mauvaises idées à sa fille.

Le jeune homme empoigna la main que lui tendait Judi et se hissa sur le dôme d'écaille. Saba était déjà assise au bord de l'habitacle agrandi, son sac de cuir serré contre ses seins. Judi s'installa au fond du cockpit et tira une capsule urticante au centre de la tortue. Le chélonien réagit au bout d'une minute et se mit à rouler bord sur bord en prenant son allure de croisière.

— Ne vous retournez pas, David, ricana la grande femme brune. Sentimental comme vous l'êtes, vous allez nous faire un gros chagrin ! Ce cher Jean-Pierre a d'ailleurs l'air bien pressé de faire rentrer sa petite famille.

David haussa les épaules et prêta l'oreille aux bruits qui montaient dans son dos. Il entendit l'aboiement étranglé de Cedric qu'on tirait par le collier, le raclement de la porte à glissière.

— Ça y est, confirma Saba, ils sont rentrés.

— Ça n'avait rien d'une cérémonie avec mouchoirs et serments d'amitié, gloussa Judi. Plutôt bref, comme adieu ! Qu'est-ce que vous avez donné à la gosse, David ?

— Une brioche, dit doucement le garçon. Une brioche avec une lime.

— *Une lime ?* Dedans ?

— Oui. Elle en a parlé le premier jour, rappelez-vous. Elle disait qu'ainsi elle ne s'évaderait qu'après le petit déjeuner.

Judi fit la moue.

— Vous avez sûrement bien fait, lâcha-t-elle enfin, ça lui évitera peut-être de finir noyée dans la vase du littoral.

Ils ne dirent plus rien jusqu'à ce que la maison soit sortie de leur champ de vision. La tortue se traînait pesamment et son ventre frottait sur les pierres. Lors-qu'elle eut contourné la dernière colline elle déboucha dans une vaste plaine où l'herbe et la végétation allaient en s'éclaircissant. David plissa les yeux. L'étendue verte devenait grise, puis blanche, au fur et à mesure qu'on laissait filer le regard vers la ligne d'horizon.

— De l'herbe, commenta sombrement Judi, puis de la terre, et tout au bout : le roc. Le roc nu, décorti-qué comme un os trois fois sucé.

— Vous savez où commence le troisième cercle ? s'enquit David.

— Non, mais nous ne tarderons sûrement pas à voir la fameuse croix qui fait office de poteau-frontière.

— Comment résiste-t-elle au vent ? interrogea Saba.

— Elle ne résiste pas, répondit Judi d'une voix neutre. On en dresse une nouvelle après chaque ouragan. On trouve toujours des volontaires pour ce genre d'exhibition, le troisième cercle ne manque pas de mystiques.

Le paysage changeait déjà. On devinait sans mal que les courants aériens avaient creusé le terrain comme un fleuve creuse son lit. L'érosion avait poli les pierres, arrondi les angles des rochers, émietté les souches. La plaine sentait l'usure, le ponçage quotidien. Aucun arbre n'avait plus l'audace de se dresser au-dessus du sol et les gros blocs de granit soli-dement enracinés portaient les traces de millions de griffures.

— Un pays passé au papier de verre, murmura

David en songeant aux paroles de Charles-Henri Hannafosse, le bibliothécaire fou.

La lande s'étalait, scarifiée par les lapidations incessantes des tourbillons éoliens ; crâne scalpé depuis longtemps, et qui jaunit au soleil, dépourvu de son toupet végétal.

— On ne voit pas le volcan, observa le jeune homme.

— C'est à cause de la brume de chaleur, répondit Judi. Regardez devant vous : l'air vibre. Vous ne sentez pas qu'il fait déjà plus chaud ? Vous l'apercevrez dès que nous aurons passé la frontière, on ne peut le manquer.

— Où se cachent les habitants ? demanda Saba en regardant autour d'elle.

— Sous terre, comme des taupes. Ici il n'y a pas d'autre solution. Nous les rejoindrons à la première bouche d'accès. J'espère que vous n'êtes pas claustrophobe.

— Mais je ne veux pas m'enterrer ! protesta la Cythonnienne. Je veux aller au pied du volcan ! Mon livre ne bronzera pas sous terre !

Judi eut un claquement de langue agacé.

— Vous irez jusqu'au volcan ! siffla-t-elle. Calmez-vous ! Vous emprunterez les galeries, à l'abri du vent. Ensuite, à la faveur d'une accalmie vous pourrez remonter à la surface par un puits d'aération qui vous amènera à deux kilomètres du cratère. Mais je vous préviens, personne ne vous indiquera le chemin, et si vous vous éternisez à l'extérieur, l'aspiration vous avalera.

— Je sais tout cela, fit Saba avec lassitude, mais maintenant plus que jamais je dois connaître le contenu des prédictions. Ce livre est trop fragile, et une Cythonnienne ne peut vivre dans l'indéterminé.

— Rentrez donc chez vous et demandez qu'on vous tatoue un autre horoscope ! rugit la marchande de produits chimiques. Au moins ainsi vous retarderez de quelques mois l'échéance de votre suicide.

— Un Cythonnien n'a droit qu'à un seul horoscope, objecta la jeune fille, celui qu'on lui grave sur la peau le jour de sa naissance. Les magiciennes ne peuvent entrer en transe qu'au contact d'un nouveau-né.

— Dans ce cas il est évident que vous ne pouvez faire autrement, ironisa Judi, mais je vous aurais prévenue.

— Parlez-nous plutôt de ces types enterrés, lança David pour enrayer une dispute qu'il sentait toute proche.

— Les taupes ? fit la grande femme brune. Certains vivent depuis si longtemps au fond des galeries qu'ils ont perdu l'usage de leurs yeux. C'est un monde noir, un labyrinthe de boyaux. Les clans qui le peuplent creusent de façon anarchique, et à de nombreux endroits le sous-sol n'est plus qu'un morceau de gruyère. Il est difficile de s'habituer au troisième cercle. Je n'y ai fait que de brefs séjours. Avec un peu de chance nous rencontrerons le professeur Mikofsky ; il vivait dans cette zone lors de mon dernier passage.

— Mikofsky ? releva David. Ce nom ne m'est pas inconnu.

— C'est celui d'un scientifique qui fut célèbre sur la planète Fanghs. On lui doit la découverte du virus migratoire[1]. Mais de sombres luttes d'influence l'ont écarté des laboratoires. On l'a condamné pour faute professionnelle et même expédié dans un camp de rééducation. Il s'en est échappé et a trouvé refuge dans cet enfer où la police se gardera bien de venir le chercher.

Deux heures s'écoulèrent, puis trois. Puis quatre...

La tortue griffait maintenant le roc nu, s'émoussant les ongles et le ventre sur la pierre polie. Un piédestal se dressa soudain en travers de la route. C'était en fait un rocher qu'on avait taillé en forme de socle et percé d'un trou dans lequel on enfonçait la poutre verticale de la croix. Celle-ci manquait. Sur la droite on distinguait un bâtiment plat dont l'érosion avait haché les arêtes et arrondi les angles. Une porte s'ouvrait sur la façade basse curieusement inclinée vers l'arrière pour offrir moins de prise au vent.

— C'est la « gare », expliqua Judi en désignant le blockhaus raboté.

— La gare ? répéta David.

— On appelle comme ça toutes les bouches d'accès au monde des tunnels. Nous allons descendre ici, inutile de prendre des risques, l'accalmie ne durera plus très longtemps.

Elle enfonça un bouton sur la poignée de commande. Une capsule anesthésiante partit en chuintant vers le centre de la tortue. Dix minutes passèrent puis

1. *Voir* Les lutteurs immobiles.

le chélonien se mit à zigzaguer en raclant fortement le sol, comme si la carapace devenait trop lourde pour lui.

David sauta à terre. Ses talons sonnèrent désagréablement sur le roc, éveillant un bruit creux sous ses pieds. La lande résonnait comme une caisse vide...

Un homme chauve et blême apparut sur le seuil de la « gare ». Il avait un teint maladif de prisonnier et portait des lunettes de soleil à verres violets.

En s'approchant de lui, David renifla une odeur de terre et de moisissure. Un relent de champignonnière... ou de cercueil exhumé. L'homme était vêtu comme un fonctionnaire du siècle passé, arborant un gilet et des manches de lustrine noire. Il salua les voyageurs d'un bref signe de tête et recula à l'intérieur du bâtiment. David le suivit. Il faisait très sombre dans le hall et l'odeur de terre remuée y était terriblement forte.

Le garçon s'immobilisa attendant que ses yeux s'habituent à la demi-obscurité. Il distingua enfin un comptoir avec des étagères où s'empilaient des casques de mineurs, des lampes à acétylène, des pelles et des pioches. Au centre de la salle un trou s'ouvrait, béant, tel un cratère de bombe. Une échelle de quinze mètres avait été plantée dans cette excavation qui donnait sans aucun doute accès au tunnel principal.

— Visiteurs ou futurs résidents ? nasilla le préposé d'un ton péremptoire.

— Heu ? Visiteurs, bégaya David.

— Attention ! coupa l'homme aux lunettes violettes. Ne vous engagez pas à la légère. On se croit toujours en visite, et puis on est amené à creuser sa propre galerie et on devient résident. Si vous voulez forer, il faut prendre une licence de résident, sinon vous serez en infraction et n'importe qui pourra vous expulser du tunnel que vous viendrez de tailler. Pensez-y !

— Oui, bien sûr. C'est important... ?

— Extrêmement important ! Je ne vends pas d'outils aux visiteurs puisqu'ils sont censés se déplacer dans les galeries répertoriées, et donc entretenues. Par contre si vous voulez sortir du réseau en ouvrant un prolongement, il vous faudra des pioches, des lampes... donc une licence de résident.

David capitula d'un hochement de tête. Par bonheur Judi entra pour prendre le relais. Elle paya sans discuter trois licences « résidentielles » et réclama des outils pour chacun. Le préposé s'affaira, alignant pioches et pelles avec une vigueur que ne laissait pas soupçonner sa carrure étriquée. Saba s'était arrêtée au bord du trou et considérait l'échelle, une expression de dégoût sur le visage.

— Ça sent le cimetière, dit-elle tout bas, je ne veux pas descendre là-dedans !

— Allons, chuchota le jeune homme, soyez réaliste ! Vous savez bien que c'est le seul moyen d'arriver au pied du volcan.

— Vous avez vu ce type ? Il a un teint de cadavre...

— C'est normal s'il vit dans l'obscurité depuis des années.

Il feignait l'assurance mais il était lui-même angoissé à l'idée de s'enfoncer dans le monde sombre et sinueux du troisième cercle. Judi avait réglé les formalités, elle vint vers eux.

— Déchargeons les derniers coffrets d'ampoules et partageons-nous les outils, dit-elle, et ne faites pas ces têtes ! Je me suis renseignée, Mikofsky est toujours dans le secteur. Avec lui nous aurons un bon guide.

— Vous avez un plan du sous-sol ? s'enquit David.

— Il n'y a pas vraiment de plan puisque tout le monde creuse où il en a envie. La morphologie du réseau est sans cesse modifiée car toujours en extension. Vous n'avez pas entendu comme la plaine sonne le creux ?

— Si. Hélas.

— Allons, secouez-vous ! lança Judi. Ne virez pas claustrophobes avant même d'être en bas.

Ils la suivirent pour l'aider à décharger la tortue.

— Que va-t-elle devenir ? interrogea Saba en touchant la tête cornée de la bête endormie.

— Je l'ai vendue au chef de gare, répondit Judi, elle vient de payer notre équipement.

— Qu'en feront-ils ?

— Ils la mangeront, tiens ! Les fonctionnaires qui veillent sur les accès sont habilités à négocier des achats de vivres avec les gens de l'extérieur.

Saba fit la grimace, saisit une caisse et la porta dans le hall. En quelques minutes ils eurent débarrassé le chélonien. Ils se répartirent ensuite casques et outils.

— Maintenant il faut descendre, lâcha Judi ; je vais passer la première.

Sans hésiter elle empoigna les barreaux de l'échelle et tâtonna du bout de la semelle pour trouver les barreaux. David la vit disparaître dans le puits d'obscurité, le ventre étreint par l'appréhension. Quand vint son tour, il emplit ses poumons d'air, comme un nageur qui s'apprête à plonger, et se laissa manger par la nuit, échelon après échelon.

Il posa enfin le pied dans une galerie de mine soigneusement étayée. Le couloir mesurait environ quatre mètres de large pour trois de haut. Des racines blanches sortaient des parois de terre et du plafond. La lumière, assez faible, provenait d'ampoules nues accrochées aux étais tous les dix pas. Il faisait chaud, l'air qui stagnait dans les boyaux était moite et comme saturé par toutes les respirations qui s'y abreuvaient. L'odeur de terre remuée, de moisissure, agressait véritablement les narines et David fut tenté de se masquer le visage avec son mouchoir. Des couloirs annexes s'ouvraient de part et d'autre du tunnel principal. On les devinait plus étroits et moins bien entretenus. Ces couloirs ne tardaient pas d'ailleurs à donner eux-mêmes naissance à des boyaux, les boyaux se subdivisant à leur tour en terriers... Des rails couraient sur le sol de la grande galerie et l'on entendait un wagonnet grincer dans le lointain. Des enfants surgirent des couloirs annexes, curieux, dévisageant les étrangers. Ils portaient tous de petits casques bosselés barbouillés de dessins naïfs. Leur habillement se réduisait à un short de grosse toile ou à un pantalon troué aux genoux. Leurs mères les rappelèrent en les gourmandant. La plupart d'entre elles allaient seins nus, la tête coiffée d'un casque jaune. Leurs cheveux pendaient en mèches terreuses sur leurs épaules grises. Elles n'eurent pas un regard pour les nouveaux venus.

— J'ai laissé les caisses en consigne à la « gare », murmura Judi, je n'emporte qu'une centaine d'échantillons, ainsi nous ne serons pas ralentis. Si Saba veut bien se décider à descendre nous pourrons aller de l'avant.

Dès que la Cythonnienne les eut rejoints, ils se placèrent en file indienne et longèrent la paroi de droite. Ils marchaient lentement, haletant dans l'atmosphère raréfiée. Ils croisèrent trois hommes torse nu qui poussaient un wagonnet rempli de déblais, mais aucun d'eux ne leur adressa la parole. David vit avec stupeur des oiseaux qui voletaient au ras du plafond et s'accrochaient aux racines sortant des parois pour déloger les vers cachés dans la terre noire. Il y avait des pigeons, mais aussi des perdrix, des corbeaux, des bécasses.

— Les animaux des environs ont adopté la même stratégie que les humains, expliqua Judi, il y avait quelques exploitations minières dans la forêt. Ils se sont tous engouffrés dans les galeries désaffectées pour échapper au vent. Les oiseaux, mais aussi les renards, les sangliers, les lièvres... Maintenant ils errent dans les tunnels, se dévorant entre eux ou se nourrissant de lichens et de champignons. Certains prédateurs n'hésitent pas à s'en prendre aux hommes. Les lapins prolifèrent et emplissent des tunnels entiers. Ils rongent les racines, les végétaux qui poussent sans lumière. Les cochons sauvages sont plus dangereux. Certaines races ont pu s'acclimater à la demi-obscurité, d'autres sont devenues aveugles et ont perdu jusqu'à la couleur de leur pelage. Les oiseaux, eux, ont préféré côtoyer les hommes pour bénéficier de la lumière des groupes électrogènes.

Elle se tut car la galerie aboutissait à un carrefour. Des mineurs, penchés sur une carte, s'absorbaient dans des relevés minutieux. Judi alla leur demander s'ils savaient où demeurait présentement Mikofsky. L'un d'eux leva la main sans proférer un mot, désignant l'un des couloirs. C'était une voie secondaire et l'éclairage s'y réduisait à une ampoule tous les quarante pas, ce qui diminuait considérablement la visibilité. Des caillots de nuit engorgeaient le souterrain. De place en place, des ampoules avaient grillé, plongeant dans les ténèbres des sections entières de tunnel. Les voyageurs n'avançaient plus qu'à petits pas.

Une lueur dansante empestant le pétrole vint enfin à leur rencontre. La lampe-tempête était brandie par un homme de haute taille au ventre proéminent. Il était chauve et une énorme moustache noire mangeait sa lèvre supérieure.

Lorsqu'il fut près d'eux David s'aperçut que l'inconnu portait un tatouage au milieu du front. Une phrase calligraphiée à l'encre noire, illisible dans la pénombre. Il lui manquait aussi la première phalange de deux ou trois doigts.

— Mathias ? appela Judi. C'est vous ? Vous me reconnaissez ?

— Van Schul ! tonitrua le gros homme. Sale empoisonneuse ! Le vent ne vous emportera donc jamais ?

— Je vous présente Mathias Grégori Mikofsky ! lança la grande femme brune en se tournant vers ses compagnons. Un scientifique de haute valeur...

— Une Taupe ! corrigea son interlocuteur, une simple Taupe, obèse et moustachue, et qui n'a pas besoin de vos produits, chère Judi ! Si je n'avais pas eu si peur de la police j'aurais pu rester chez les Pesants, personne n'y aurait vu que du feu !

David et Saba se présentèrent rapidement.

— Allons chez moi, coupa Mikofsky, nous aurons plus de lumière. Et puis ce tunnel n'est pas très sûr, je crois qu'il y rôde un sanglier albinos.

Ils se laissèrent guider. Le scientifique se déplaçait vite malgré son embonpoint, et ses yeux habitués aux ténèbres décelaient tous les pièges du sol. Les trois voyageurs trébuchèrent quelques minutes sur les racines qui sortaient de terre puis Mikofsky bifurqua à plusieurs reprises, s'engageant dans des galeries de plus en plus étroites. David avait l'impression de s'enfoncer dans le labyrinthe défensif d'une tombe égyptienne.

Ils arrivèrent enfin dans une salle parfaitement étayée et où brûlaient trois grosses ampoules électriques. Des livres et des dossiers avaient été placés sur des pierres plates. Trois corbeaux se lissaient les plumes sur un perchoir improvisé. Des pigeons picoraient entre les feuilles de papier.

— Les oiseaux aiment la lumière, dit simplement le professeur, ils sont prêts à pactiser avec les humains pour jouir de l'éclat des lampes. Ce sont les bêtes les plus malheureuses que vous rencontrerez dans le monde des tunnels.

Il s'assit lourdement et invita le petit groupe à en faire autant. David et Saba ruisselaient de sueur.

— Je n'ai pas grand-chose à vous offrir, observa le savant, ici on ne distille que du jus de racines roses. C'est une liqueur assez ignoble mais qui fait passer le temps. Vous en voulez ? C'est presque aussi dangereux que le venin vendu par notre amie Van Schul !

Sans attendre de réponse il saisit un flacon de terre cuite par l'anse et remplit quatre coupelles qu'il distribua en commençant par Saba.

— D'ordinaire nous récupérons l'eau de pluie qui s'infiltre dans le sol, fit-il, elle goutte sur nos têtes en suivant le trajet des racines. Les averses sont dangereuses car elles ramollissent la terre. Le plafond et les parois des tunnels deviennent meubles, quand ils ne se changent pas tout bonnement en boue. Ces jours-là il faut s'abstenir de bouger car il est facile de traverser le plancher et de se retrouver à l'étage du dessous...

— L'étage du dessous ? releva Saba.

— Oui, expliqua patiemment Mikofsky. Gardez toujours à l'esprit que le monde des Taupes n'est en fait qu'un empilement de galeries très rapprochées. En ce moment vous surplombez un couloir qui serpente à moins de deux mètres sous vos pieds. Ce boyau en surplombe lui-même un autre qui..., etc. Personne ne sait exactement combien de tunnels s'entrecroisent ainsi. Une chose est sûre cependant : leur multiplication affaiblit la solidité du terrier. À certains endroits le « plancher » ne mesure plus que cinquante centimètres d'épaisseur ! On a dû réglementer la circulation et interdire de nombreuses galeries aux gens pesant plus de soixante kilos ! Je connais des itinéraires aussi solides qu'un pont de papier mouillé. Portez-y la semelle et vous traverserez cinq ou six galeries en chute libre !

— Mais pourquoi creusent-ils ? s'étonna David. Ils n'ont pas conscience du danger ?

— Si, mais personne ne peut les en empêcher. C'est en quelque sorte une réaction contre la claustrophobie. Cet univers limité les rend fous, alors ils se donnent l'illusion du déplacement en agrandissant perpétuel-lement leur terrier d'habitation. Un jour toutes les galeries s'effondreront les unes sur les autres et la plaine s'abaissera de trente ou quarante mètres !

Il porta le godet d'alcool à ses lèvres et grimaça en clignant des paupières.

— Ici la prolifération des racines maintient un sem-blant de cohésion, reprit-il après s'être essuyé la moustache, les plantes refoulées par le vent poussent maintenant la tête en bas. C'est un processus compen-satoire. Ce réseau de radicelles a fini par tisser un filet qui donne de l'assise aux parois. Cela fait un peu penser à ces tiges d'acier ou à ces fils de fer qu'on noie dans le béton armé. Les trois premières galeries jouissent des avantages de cette armature naturelle, mais les ramifications ne descendent pas plus bas. Le monde des Taupes est dangereusement instable. La pluie nous donne l'eau mais détruit lentement notre assise. De plus on ne rencontre aucune cohésion civique. Les gens d'ici entretiennent peu de relations, chacun vit replié dans sa zone de fouissage, dans sa « concession ». Il y a très peu de lois, chaque clan pratique sa propre « juridiction ». Les aberrations foisonnent, favorisant les pratiques expéditives.

— Comment se nourrit-on ? interrogea Saba.

— On peut tirer les oiseaux ou dénicher leurs œufs. Généralement on essaye de localiser une galerie occupée par des animaux et on y fait de brèves incursions. Si cette galerie est située à un étage inférieur, on creuse un trou et on descend un chasseur au bout d'une corde. On mange beaucoup de viande, beaucoup de champignons aussi. Mais attention ! Même sous terre ils ne sont pas tous comestibles. Il existe des variétés hallucinogènes très nocives.

Il fit une pause, dévisagea Saba et dit :

— Vous êtes cythonnienne, n'est-ce pas ? Je suppose que vous désirez traverser toute l'étendue du labyrinthe pour sortir au pied du volcan ?

— Comment le savez-vous ? balbutia la jeune fille.

— J'ai eu l'occasion d'accompagner plusieurs de vos congénères. Certains ne sont jamais redescendus. Il vous faudra être très prudente.

Il se saisit à nouveau de la cruche et se versa une autre rasade d'alcool de racines roses. Aucun des trois voyageurs n'avait encore osé y porter les lèvres.

— Nous sommes dans la première galerie ? s'enquit David.

— Non, il y a déjà deux étages de tunnels au-dessus de nous. Cela représente pas mal d'hommes et d'animaux mêlés. En fait nous sommes à dix mètres sous terre. On considère, peut-être à tort, que ces zones sont privilégiées à cause du soutien des racines. Nous sommes les seuls à entretenir un semblant de vie collective. Nous avons quelques règles de sauvegarde, une milice... La civilisation, quoi !

Il éclata d'un rire tonitruant.

— Combien de temps faut-il pour rejoindre par les souterrains la cheminée d'aération qui s'ouvre au pied du volcan ? dit Saba, coupant court à l'hilarité factice du savant.

— Je ne sais pas exactement, cela dépend de l'état des tunnels. Deux jours, si tout va bien. Beaucoup plus s'il nous faut faire des détours à cause des éboulements ou de la fragilité du sol. Je suppose que vous voulez partir le plus tôt possible ?

Saba eut un hochement de tête affirmatif.

— Okay, murmura pensivement Mikofsky, je vous conduirai à travers le dédale, mais ne vous attendez pas à un voyage d'agrément.

CHAPITRE XV

C'était une arche de Noé souterraine, un abri anti-
aérien. Un réseau de catacombes mixtes où s'entassaient hommes et bêtes. C'était un labyrinthe aux
superpositions de H.L.M., un terrier évolutif bour-
geonnant en incessantes métamorphoses...

David déambulait prudemment dans cette mine
sans pépite ni charbon. Il apprenait le monde des
Taupes, grattait la terre des parois pour mettre à nu
l'entrelacs des racines foisonnantes, nouées de tétanie
blême, et immobiles comme un grouillement de vers
congelés. Il avançait sur ce sol pulvérulent, d'une mollesse suspecte, moquette de tourbe qui mangeait les
bruits. Parfois son pied s'enfonçait brusquement de
plusieurs centimètres et il faisait un bond en arrière, le
cœur battant. À d'autres moments des averses de terre
noire tombaient du plafond, saupoudrant sa peau
d'une poussière grasse à l'odeur de fumier frais. Il
levait alors la tête, essayant de deviner ce qui — à
l'étage supérieur — provoquait cet ébranlement, et il
lui semblait voir des courses collectives et animales.
Des troupeaux de biches galopant au long des couloirs

pour échapper aux griffes d'un lynx décoloré. Cette faune qu'il se plaisait à imaginer albinos, uniformément blanche aux yeux rouges, le passionnait. Il eût aimé toucher les bêtes de légendes rassemblées ici comme pour un séminaire de réflexion sur « Le mythe des Animaux Immaculés à travers le cosmos ». Il eût aimé se mêler à leur course, se frotter à leur fourrure et — pourquoi pas ? — perdre lui aussi ses couleurs. Arborer des cheveux et une toison pubienne d'un blanc laiteux. En même temps il avait peur. Peur de voir crever le plafond et jaillir dans une cascade de pierrailles un prédateur parachuté par accident ou un affaissement de terrain. Un lion des montagnes, par exemple.

« — Faites attention, lui répétait plusieurs fois par jour Mikofsky, un sanglier tombé du tunnel supérieur rôde à ce niveau, ne vous écartez pas du maître-couloir ! »

David opinait, puis oubliait régulièrement. Les galeries étaient illuminées selon leur importance. Cette discrimination se repérait à l'espacement des boîtiers d'éclairage. Si les voies principales bénéficiaient d'une ampoule tous les dix mètres, ce privilège s'amenuisait très vite pour aboutir, dans les boyaux, à une distribution avare n'autorisant qu'une lampe tous les soixante pas. Cet espacement beaucoup trop grand condamnait les portions de couloirs situées dans l'intervalle à la plus opaque des nuits. S'y hasarder c'était plonger dans un fleuve d'encre de Chine ponctué, de loin en loin, d'un mince îlot de lumière. David surnommait ces taches jaunes les « oasis électriques ».

Elles lui donnaient l'impression de se déplacer dans le tunnel d'un métro rudimentaire et de déboucher brutalement entre les rives illuminées d'une station au nom familier.

Judi ne semblait guère sensible au charme des souterrains. Sans perdre de temps elle avait commencé son habituel et opiniâtre porte-à-porte. La sacoche d'échantillons en bandoulière, un sourire de commande aux lèvres.

« — Prenez garde, Van Schul, lui avait dit Mikofsky, la situation s'est beaucoup dégradée depuis votre dernier passage. J'ai peur qu'on n'apprécie guère vos propositions d'alourdissement.

« — Pas de panique, avait objecté la grande femme brune, je veux seulement leur faire miroiter les bienfaits de l'obésité volontaire en leur expliquant qu'accepter de grossir c'est pouvoir rejoindre le clan des Pesants... donc quitter l'enfer du terrier. C.Q.F.D. !

« — Okay, mais essayez d'être claire. La moindre équivoque peut tourner à la tragédie. »

Cela n'avait pas découragé la marchande de potion miracle et elle s'était vaillamment lancée à l'assaut des galeries d'habitation tandis que Saba restait recroquevillée au fond de la tanière du savant déchu, son livre de prédictions plaqué sur le ventre. S'aidant d'une carte rudimentaire, David en avait profité pour explorer les abords du maître-couloir. Certains tronçons s'annonçaient par des panneaux métalliques portant des inscriptions lapidaires du genre : « Interdit aux plus de soixante kilos », ou des rappels comme on en voit à l'entrée des autoroutes : « Ne marchez pas côte à côte », « File indienne obligatoire, espacement de 6 mètres entre chaque marcheur », « Rassemblements interdits, ne vous groupez pas pour parler ou manger. Répartissez les poids sur une grande distance... ».

Des balances rouillées étaient disposées à l'entrée des couloirs fragiles. David s'y pesa et nota avec inquiétude que ses soixante-quinze kilos lui interdisaient nombre de voies. En examinant les rares « résidents » qu'il put croiser, il réalisa qu'ils étaient tous de petite taille et fort maigres. Le régime à base de racines bouillies, de viande mal cuite, et le maniement incessant de la pioche, ne devait pas — il est vrai — favoriser les surcharges adipeuses. Il se sentit en infraction. Anormal. Le terrier était une architecture de trous à l'équilibre précaire. Un pont confectionné à l'aide de mouchoirs en papier collés bout à bout, et jeté sur un abîme insondable. Seuls les oiseaux y paraissaient en sécurité. Ils volaient, se cognant aux étais, semant leurs plumes, s'agglutinant autour des ampoules électriques. Plus d'une fois leurs ailes frôlèrent les cheveux de David qui rentra instinctivement la tête dans les épaules. Il observa cependant que les oiseaux volaient peu. Réduits à l'état d'animaux de basse-cour, ils fouillaient la terre de leur bec, en extrayant d'interminables vers qu'ils avalaient en une demi-douzaine de déglutitions gloutonnes.

Un soir, saisi d'une impulsion, il demanda à Mikofsky ce qu'on faisait des morts. Le savant eut une moue indécise.

« — Ça dépend des clans, commença-t-il. Certains les enterrent dans l'épaisseur des murs afin que les racines s'en nourrissent, d'autres creusent un trou dans le sol d'une galerie répertoriée "fragile" et font basculer le cadavre à l'étage du dessous. Tant pis pour ceux qui le reçoivent sur la tête si ce sont des hommes, tant mieux si ce sont des animaux (des carnassiers de préférence) car alors ils n'en font qu'une bouchée. »

Quelques heures après cette conversation, David fut pris dans une avalanche de lapins... Il explorait un couloir annexe quand le plafond s'émietta brusquement, faisant pleuvoir sur lui un déluge de terre humide et de racines. Avant qu'il ait pu esquisser un mouvement de fuite une avalanche chaude et soyeuse l'enveloppa. C'était comme si on cherchait à l'étouffer sous un millier de pull-overs vivants. Cela tombait, roulait. Cascade de boules laineuses aux spasmes élastiques. Les lapins blancs rebondissaient sur ses épaules, secouaient leurs oreilles et s'enfuyaient en zigzaguant. Le jeune homme se débattit, des poils plein la bouche, étourdi par ce bombardement qui semblait jaillir d'un haut-de-forme d'illusionniste soudain promu corne d'abondance.

Quand l'éboulement eut cessé il se redressa. Tous les animaux s'étaient dispersés au hasard des galeries, il ne subsistait qu'un trou noir au-dessus de sa tête. Un trou ouvert comme une blessure sur un grenier peuplé de bêtes décolorées pour la plupart aveugles, et ne se fiant plus qu'à leur odorat ou à leur ouïe. Il fut tenté d'improviser une échelle pour se hisser à l'étage supérieur, mais la crainte des loups-cerviers et autres prédateurs l'en dissuada.

Après s'être épousseté, il regagna l'antre du savant et raconta son aventure.

— Vous avez eu de la chance, commenta le professeur, des lapins c'est plutôt sympathique ! Vous auriez pu tout aussi bien vous retrouver en face d'un lynx ou d'un cochon sauvage. Ne prenez plus de risques inutiles. De toute façon nous allons partir. Je suis allé consulter les capteurs artisanaux que j'ai installés. Aucune vibration n'a été enregistrée. Le volcan semble décidé à rester calme. C'est une sage décision, et qui favorise nos entreprises. Quand l'aspiration se déchaîne, les troncs arrachés et autres débris qui heurtent la plaine en courant se jeter dans la gueule du cratère ont tendance à provoquer des effondrements à l'intérieur des galeries. J'ai établi un itinéraire qui devrait nous amener en douze heures au pied du volcan. C'est la voie la plus courte. Si l'un de ces axes a été comblé, nous serons malheureusement obligés d'effectuer des détours. Et cela peut tripler la durée du voyage. Nous avancerons en colonne espacée afin de répartir la charge au niveau du sol. Ne cherchez pas à marcher côte à côte. Dans certains couloirs cela vous condamnerait à passer à l'étage du dessous, et j'ignore tout de l'accueil qu'on vous y ferait.

« Si la tempête éclate, gardez votre calme, ne cédez pas à la panique. Il se peut que des étais s'écroulent, que des animaux dégringolent sur nos têtes mais généralement cela ne dure pas. Nous éviterons les contacts avec les résidents. Ils détestent les étrangers qu'ils assimilent à une surcharge inutile. Je ne suis moi-même toléré que parce que je leur rends service en cas de maladie ou d'accident, mais je n'ai jamais pu m'intégrer. Aussi ne cherchez pas à fraterniser de cette manière un peu puérile qu'adoptent les touristes en vacances dès qu'ils viennent à croiser un autochtone. Maintenant il faut rassembler les provisions. J'ai l'habitude de calculer large en prévision des pépins éventuels. C'est plus prudent.

Le savant leur distribua des sacs à dos plutôt rudimentaires et dépourvus d'armature dans lesquels il avait entassé de la viande séchée, des champignons déshydratés. Il y avait aussi des gourdes patiemment remplies au goutte-à-goutte des ruisselets d'infiltrations. Il leur recommanda une dernière fois d'être économes avec le gaz alimentant la veilleuse de leur casque puis donna le signal du départ.

Ils marchaient en file indienne, à cinq ou six mètres les uns des autres, ce qui rendait la conversation difficile, personne n'ayant envie de crier pour se faire entendre. Le monde des tunnels était voué aux murmures, aux chuchotis de confessionnal. Il oppressait comme une église ou le dédale intérieur d'une pyramide. Les résidents s'écartaient à leur approche, le regard fuyant sous la visière bosselée du casque. David comprit que le terrier, loin d'être une société clairement édifiée, faisait cohabiter une infinité de minuscules tribus n'entretenant aucun lien entre elles. Le labyrinthe favorisait l'autarcie, les groupuscules autonomes. La collectivité s'y dissolvait, réduisant les clans à leur plus simple expression : la famille. Il émanait de ces replis furtifs une pénible impression d'hostilité. L'absence de contact créait peu à peu un climat d'embuscade.

Après une heure de marche, Mikofsky buta sur un panneau n'autorisant la voie la plus courte qu'aux « moins de soixante-cinq kilos ». Seules Judi et Saba auraient pu passer. Sans guide, ce privilège ne servait hélas pas à grand-chose. Il fallut emprunter une première déviation pour décrire un large crochet. Le détour se solda par une déambulation de trois heures dans un boyau à demi envahi par les racines.

Quand ils rejoignirent le maître-couloir, ils avaient tous les nerfs noués. Mikofsky leur proposa de faire une pause et de se restaurer. Ils mangèrent sans grand enthousiasme, l'oreille obnubilée par les craquements de la nuit, et repartirent sans avoir échangé un mot.

Cette fois ils piétinèrent quatre-vingt-dix minutes avant de se heurter à une muraille de tourbe obstruant le passage. Mikofsky jura grossièrement.

— Pas question de déblayer, dit-il en s'essuyant le visage, le plafond pourrait nous tomber sur la tête.

— Alors ? s'impatienta Judi, qu'est-ce qu'on fait ?

— On retourne sur nos pas jusqu'à la case départ et on change complètement d'itinéraire. Il n'y a pas d'autre solution. La géographie des tunnels est capricieuse, je vous avais avertis !

Ils serrèrent tous les dents à l'annonce du programme de repli.

— Sept heures ! s'insurgea Saba. On en a pour sept heures à rebrousser chemin ! Vous voulez dire que nous avons fait tout ce trajet pour rien ?

— Exactement, ma petite, lâcha Mikofsky sans se départir de son calme. Et demain la même mésaventure se reproduira peut-être. Évidemment, si vous jugez ma prudence excessive, vous pouvez foncer tête basse où bon vous semble, mais vous risquez de tourner indéfiniment en passant d'un cul-de-sac à un autre. Dans le terrier il faut apprendre à être patient. Nous allons camper un peu plus loin, nous effectuerons le trajet de retour demain, ainsi vous ménagerez vos forces.

Ils firent demi-tour et retrouvèrent le couloir aux racines, où ils dressèrent un bivouac rudimentaire. Ils mangèrent encore un peu et s'allongèrent dans la poussière noire du sol pour essayer d'oublier la fatigue. David s'endormit presque aussitôt mais sombra dans un sommeil fiévreux troué de cauchemars. Il rêva notamment que le terrier se changeait en nécropole, en cité fantôme. Il rêva aussi que les tunnels serpentaient dans le sous-sol d'un cimetière et que des cercueils en rupture de caveau crevaient plafonds et planchers, traversant les galeries de part en part telles des bombes d'acajou à poignées d'argent.

Comme il s'agitait trop, Mikofsky le secoua pour lui demander de prendre le quart. Hébété, le jeune homme s'adossa à la paroi, le cœur battant et la tête débordant d'une bouillie d'images. Au bout d'un temps inappréciable Judi le remplaça, et il put à nouveau sombrer dans l'épouvante silencieuse des mauvais chemins d'inconscience...

Lorsqu'ils furent à peu près réveillés, Mikofsky donna l'ordre de lever le camp. Son ton n'admettait pas la contestation. Il leur fallut six heures et trente-cinq minutes pour retourner au point de départ. Ce fut une épreuve harassante qui les déprima profondément.

Le professeur le comprit sans peine et tenta de leur remonter le moral en faisant circuler un bidon d'alcool de racines roses. Cette fois ils burent tous, sans exception. David crut qu'il avalait de l'acide pur et faillit suffoquer. Saba partit d'une longue quinte de toux. Seuls Judi et le savant firent bonne figure.

D'un commun accord ils décidèrent de se reposer pendant que Mikofsky établirait les coordonnées d'un nouvel itinéraire.

David était à la fois déçu et inquiet. Il avait pensé que l'approche du rempart des naufrageurs réclamerait moins d'énergie. De plus il partageait l'impatience de Saba. Il avait hâte lui aussi de voir bronzer le livre des prédictions mais le terrier semblait s'opposer à la réalisation de ce projet, comme si le futur qui — selon Jean-Pierre (!) — couvait au centre de la planète refusait tout avenir à la Cythonnienne. Cela sonnait comme un mauvais augure.

Il dormit encore mal cette nuit-là et fut la proie d'invraisemblables rêveries érotiques qui, après l'avoir tenu en érection deux heures durant, l'amenèrent à éjaculer dans son pantalon. Il s'éveilla aussitôt, furieux et mal à l'aise, l'entrejambe poissé.

Alors qu'il s'évertuait à se nettoyer, une phrase lue dans un livre lui revint en mémoire : *Quand un soldat rêve qu'il fait l'amour quelques heures avant de monter au combat, c'est que son corps sait déjà qu'il va mourir...*

Qui avait pu écrire une pareille ineptie ? Il se rallongea, mécontent et fâcheusement impressionné. Deux heures plus tard Mikofsky donnait le signal du départ.

CHAPITRE XVI

La catastrophe qui devait décider du sort de l'expédition se produisit alors qu'ils remontaient une galerie assez peu éclairée. Depuis un moment déjà David avait remarqué que Mikofsky tendait l'oreille comme s'il cherchait à détecter un bruit suspect. Imitant le savant il s'était alors appliqué à passer au crible tous les sons environnants. Très vite il isola un écho qui semblait ne répondre à aucun de leurs mouvements, et dont le rythme ne correspondait pas à leur cadence de marche. C'était la cavalcade feutrée d'une troupe qui se prépare à l'encerclement, une charge à pas de loup qui sent l'attaque surprise et l'égorgement silencieux. David se sentit gagné par un mauvais pressentiment. On allait les agresser, il en était sûr. Cette formidable dérive à travers Santäl allait se terminer au fond d'un labyrinthe terreux, dans l'obscurité boueuse d'une galerie de troisième catégorie...

À l'instant où il se formulait ces paroles, trois hommes coiffés de casques de mineurs et brandissant des fusils jaillirent d'un couloir annexe pour leur barrer le passage. Ils avaient le torse nu et la peau grise.

La flamme d'acétylène qui grésillait au-dessus de leur visière de métal évoquait un gros œil cyclopéen ouvert dans un demi-crâne de fer. Ils s'immobilisèrent, l'arme pointée, les jambes fléchies.

— Ce sont eux ! glapit le plus grand des trois. Je reconnais la femme, la grande brune, là ! Ce sont les hérétiques ! Mikofsky, qu'est-ce que tu fous avec cette racaille ? C'est du mauvais monde, tu perds la tête ou quoi ?

Le scientifique se mouilla les lèvres, visiblement décontenancé.

— Des hérétiques ? répéta-t-il. Allons, Jonas... Tu dois te tromper...

— Pas du tout ! rugit son interlocuteur. Je les ai vus débarquer dans le maître-couloir. Je poussais un wagonnet vers la gare. D'abord il suffit de voir leur peau pour comprendre qu'ils viennent de l'extérieur. Ils ne sont pas blancs ! Écarte-toi, Mikofsky, tu t'es fait berner, tu vieillis.

— Mais qu'est-ce que tu leur reproches ? argumenta le professeur.

— De répandre des idées hérétiques dangereuses pour le monde des tunnels ! cracha le dénommé Jonas. Tu sais ce que la grande bringue aux cheveux noirs est venue raconter à ma fille ?

— Non ?

— Qu'il fallait qu'elle grossisse pour se libérer de la tyrannie du terrier ! Et elle s'est vantée d'être en possession d'une potion miraculeuse qui rend obèse en trois jours ! Tu te rends compte ! Si des tas de types, de filles, se mettent à grossir, ils crèveront le sol et

dégringoleront à l'étage inférieur. Peut-être même tra-
verseront-ils cinq ou six tunnels, comme des bombes,
avant de s'arrêter ! Tu veux que nous étouffions sous
les avalanches ? Les galeries sont bien assez fragiles
comme ça ! Aller mettre de pareilles idées dans la tête
des gens, faut être malade, non ? Et tu sais que ma fille
— cette idiote de Martine — rêvassait déjà devant
l'ampoule que lui a donnée cette salope ?

— Vous déformez les faits ! intervint Judi. J'ai
expliqué à votre fille que l'obésité pouvait la dispenser
de se cacher dans un terrier, que si elle acceptait
l'alourdissement elle pourrait rejoindre le clan des
Pesants, et donc vivre au grand air. Je ne lui ai jamais
conseillé de grossir à l'intérieur du tunnel, à quoi cela
servirait-il ?

— Tais-toi, maudite ! hurla l'homme. Tu cherches
à m'embrouiller !

— Pas du tout ! riposta Judi. Je lui ai laissé
cet échantillon pour lui prouver que je disais la vérité
et...

— Tais-toi ou je te fusille toi et tes complices !

— Tire pas, Jonas, fit l'un des deux autres, les filles
on en aura besoin pour la croix du poteau-frontière. Tu
sais bien qu'on a de plus en plus de mal à trouver des
volontaires.

— T'as raison, approuva le troisième, on crucifiera
la brune en premier, la petite rasée ensuite.

— Hé ! lança Mikofsky, vous n'allez pas déconner ?
Vous n'allez pas clouer ces deux femmes sur la croix ?

— On va se gêner, tiens ! ricana Jonas. Et j'espère
que l'aigle qui leur tiendra compagnie leur bouffera

les oreilles et la cervelle avant que ne se lève la tempête !

— Je ne peux pas vous laisser faire ça...

— Ta gueule, Mikofsky ! On te tolère, c'est déjà bien bon de notre part. T'es trop gros pour les tunnels. Si ça continue tu représenteras un danger, toi aussi, alors la ramène pas !

David se sentait glacé d'épouvante. Il savait que Judi était armée mais il voyait mal comment elle pourrait sortir le Colt de son sac et tirer avant que les trois hommes ne réagissent.

— D'abord il faut détruire les ferments de l'hérésie, déclara sentencieusement Jonas. Videz vos sacs et vos poches, vite ! Toi, Mikofsky, mets-toi de côté, t'es dans notre ligne de mire. T'as été con de chaperonner ces pourris mais on veut pas ta mort, tu peux encore rendre service.

Saba claquait des dents. Judi était figée, très pâle. La sueur luisait sur son front.

— Voilà les ampoules, dit-elle docilement.

Et elle déposa sur le sol le coffret antichocs de caoutchouc noir.

En apercevant les cylindres de verre emplis de liquide jaune, Jonas eut un mouvement de recul.

— Pourriture ! gronda-t-il. Tu voulais nous changer en porcs ! Nous faire crever le plancher ! Éparpille ces saloperies que je les écrase. Toi, la petite, vide ton sac ou je t'envoie un coup de crosse sur ton crâne tondu !

Saba secoua négativement la tête et ses ongles blanchirent sur le cuir de la sacoche.

— Simon ! commanda Jonas, vas-y, je te couvre.

L'un des deux hommes qui se tenaient en retrait s'avança et arracha brutalement le sac des mains de la jeune Cythonnienne. Des vêtements en tombèrent, ainsi qu'un flacon de terre cuite muni d'un lacet, et bien entendu... *le livre des prophéties invisibles,* dont le fermoir sauta.

— Un livre où y a rien d'écrit ! siffla Jonas. C'est pas naturel, ça, et ce flacon, là, encore un poison sûrement ! Simon, piétine-moi tout ça et mets-y le feu !

— Non !

Saba poussa un cri de bête touchée à mort et se jeta en avant pour récupérer le volume aux pages inégales. Simon la bloqua d'un coup de crosse dans le ventre. Elle tomba à genoux en vomissant. Jonas s'était avancé, les yeux luisants. En quelques martèlements il pulvérisa les ampoules pharmaceutiques et la petite bouteille d'argile.

— Le feu, chuchota-t-il avec une gourmandise obscène, vite ! Je veux que le feu mange tout ça.

Simon se baissa, arracha l'un des feuillets du livre, le roula et l'enflamma à l'aide d'un gros briquet charbonneux. Saba eut un râle d'agonie.

— Ça brûle bien, dit l'homme avec ravissement.

Et il promena la flamme qui crépitait sur la reliure du livre. Puis il confirma :

— Oui, ça brûle bien.

David serra les dents. Déjà le feu s'en prenait aux pages, les dévorait. Le parchemin se changeait en torchère, les prédictions en étincelles. Le futur tenta de protester en jetant des flammèches, puis se racornit dans un néant de carbone émietté. Saba s'était faite statue. Son corps avait maintenant la densité du marbre, ses yeux fixes semblaient peints. Sans vie. Sur le sol la couverture de bois se contorsionnait en craquant. La fumée du sacrifice stagnait sous les étais, empuantissant l'air raréfié des souterrains.

— Tout est purifié ! s'extasia Jonas. Le livre de recettes magiques, les produits du diable ! Tout à l'heure ce sera votre tour, mes mignonnes ! La grande brune d'abord. À poil, couchée sur la croix ! Et entre toi et les poutres : un aigle vivant qui te déchirera la chair des épaules, t'arrachera les oreilles avant de te fendre le crâne à coups de bec ! Tu prieras pour que la tempête se lève et t'emporte dans le ventre du volcan ! Sûr ! Tu tombes à pic, tu sais ? Nos filles ne veulent plus se porter volontaires, la religion se perd. D'ici peu on en sera réduit à tirer au sort...

— Écoutez, hasarda Mikofsky, vous vous trompez...

— Ta gueule, gros lard ! T'as l'air de bien l'aimer ta sorcière brune, tu serais pas un de ses disciples, des fois ?

Judi n'avait pas encore ouvert son sac. Très droite, elle paraissait indifférente. David se demanda ce qu'elle allait tenter. Une chose était sûre : elle n'aurait jamais le temps d'abattre les trois hommes avant que l'un d'eux ne réplique.

À terre, les débris du livre de peau brasillaient dans la pénombre. Déchets caramélisés piquetés de palpitations écarlates. Le trajet de Saba s'achevait là, sur ce bivouac de désespérance.

— Allez ! commanda Jonas, on va revenir doucement à la « gare ». Tournez les talons et gardez les
mains sur la nuque.

David s'exécuta en maudissant Judi et ses poisons.
Il avait besoin de la rage pour supporter la peur qui
lui nouait les intestins. Saba se redressa, le corps raidi,
la tête bizarrement inclinée, comme écrasée de
souffrance.

— Marchez ! ordonna Jonas. Marchez ! Les gens
tels que vous, le tunnel doit les expulser comme une
méchante diarrhée. Vous n'êtes que des pets, des pets
nauséabonds. Vous nous empuantissez !

La colonne s'ébranla. Le jeune homme décida
qu'au premier carrefour il se jetterait dans un couloir
annexe et ramperait dans les ténèbres. Peut-être cette
pauvre ruse donnerait-elle à Judi le temps de dégai-
ner ?

Jonas ricanait grassement, s'installant avec suffi-
sance dans son rôle de justicier. Mikofsky essaya une
nouvelle fois de parlementer mais ne réussit qu'à
s'attirer un coup de crosse dans le creux des reins.
L'air sentait la fumée, des miettes de feuillets carbonisés dansaient dans les vents coulis.

« Ça ne peut pas se terminer comme ça ! songea
David, ce serait absurde ! »

Ils n'avaient pas déjoué les pièges de Santàl pour
mourir aussi stupidement tout de même ? *Et pourquoi
pas ?* Il n'y a que dans les romans que les explorateurs
atteignent toujours le but qu'ils se sont fixé. Mais dans
la réalité combien d'expéditions échouent tout près
de la ligne d'arrivée à cause d'un accident stupide ?

À cause d'un enchaînement absurde ? « C'est fini, pensa-t-il, nous ne saurons jamais ce qui dormait dans le ventre de Santäl, ce qui s'élaborait sous la cendre. Jamais. »

Une résignation fataliste le gagnait peu à peu. Comme s'il avait toujours su que le voyage se terminerait sur un point d'interrogation. Comme si...

— Jonas ! Attention ! Derrière !

La voix de Simon venait de retentir, vibrante d'angoisse. Une seconde David crut que Judi avait sorti son Colt, mais lorsqu'il tourna la tête il vit que la grande femme brune avait encore les mains sur la nuque. Les trois geôliers regardaient vers le fond du tunnel. Ne songeant même plus à surveiller les prisonniers, ils avaient braqué leurs armes en direction des ténèbres. Un bruit sourd montait de ce puits d'ombre. Une cavalcade feutrée qui s'épaississait.

Brusquement quelque chose jaillit de la nuit. Une masse blanche, compacte, qui chargeait, le groin à ras de terre.

— Le sanglier albinos ! cria Mikofsky. Courez !

Jonas épaula avec une minute de retard, visant la bête, mais le cochon des profondeurs était déjà sur lui, le renversant d'un terrible coup de boutoir. Le fusil vola vers le plafond tandis que le casque roulait dans la boue et que sa veilleuse s'éteignait en grésillant. L'homme poussa un grognement de souffrance. Simon s'avança et déchargea son fusil dans le flanc de l'animal qui sauta sur place et retomba sur ses sabots en faisant front. La main de Mikofsky s'abattit sur l'épaule de David.

— Éteignez votre lampe et courez droit devant vous ! haleta le scientifique. C'est notre seule chance.

— Non ! rugit Judi, pas la seule !

Et tirant le .45 de son sac, elle fit feu à trois reprises vers le fond du tunnel.

— Courez ! hurla à nouveau Mikofsky. David, Saba, *courez !*

Le jeune homme coupa l'alimentation de sa lampe et se jeta en avant, dans une course folle et poussiéreuse qui lui mit dans la bouche un goût de terre et de champignons. Il n'avait aucune idée de ce qui se passait derrière lui. Aux détonations lourdes des fusils répondaient les claquements secs du « Military Model ». Qui tirait sur qui ?

La nuit emplissait maintenant la galerie. Ceux qui n'avaient pas perdu leur casque en avaient coupé l'éclairage. Des grognements de colère et de souffrance se répercutaient au long des couloirs mais on ne savait s'il fallait les attribuer aux hommes ou à la bête. David trébucha, tomba à plat ventre. Quelqu'un le piétina sans s'arrêter. Peut-être Saba ? Il se plaqua contre la paroi. Des éclairs fulguraient loin en arrière.

Il sentit un déplacement d'air chaud contre sa joue. Un étai haché par le plomb fit voler une poignée d'échardes. Un pas lourd ébranla le sol. C'était la démarche d'un homme blessé. Instinctivement David chercha une pierre pour se défendre.

— David ? souffla Mikofsky. C'est moi ! Je suis touché au mollet. Aidez-moi, je vous guiderai. J'y vois mieux que vous dans ce labyrinthe.

David se redressa à tâtons. Le scientifique lui passa

le bras autour du cou. Il sentait fort. Un mélange de sueur, de crasse et de peur.

— Restez contre la paroi, balbutia-t-il, les étais nous protégerons des balles perdues.

En fait on ne tirait plus. Judi avait vidé son chargeur et les miliciens du tunnel ne donnaient plus signe de vie. David s'affaissa contre le mur de terre. Mikofsky pesait terriblement lourd. Il y eut un trottinement sur la droite.

— C'est Judi, murmura le savant. Judi ! Nous sommes là.

La marchande de produits chimiques trébucha, les heurtant de plein fouet. Mikofsky gémit.

— Je n'ai plus de balles, dit la femme, les types sont morts mais je crois que le sanglier est toujours vivant. C'est lui qu'on entend grogner, il faut partir.

— Où est Saba ? demanda David.

— Je ne sais pas. Devant, peut-être.

Le garçon jura en se décollant de la paroi. Traînant le professeur, il avança de quelques mètres. Une faible lumière vacillait au bout du tunnel.

— C'est le carrefour, dit Mikofsky, nous sommes dans la bonne direction. Il ne faut pas rester ici, le clan de Jonas risque de nous donner la chasse. La vendetta est chose courante dans le monde des terriers.

— Qu'allons-nous faire ? s'enquit Judi Van Schul.

— Retourner à la gare ! décida David. C'est le seul endroit où nous avons une chance de retrouver Saba. Si nous restons ici ces dingues vont nous prendre pour cible ! Ah ! Judi ! Vous et vos fameux produits miracles !

Il s'appliqua à progresser vers la lumière. Dans leur dos les grognements s'affaiblissaient.

— Il est mort ou il s'est réfugié dans un autre couloir, observa Mikofsky. Excusez-moi, David, mais ma jambe est pratiquement morte, je ne sens plus le sol sous mon talon.

David maugréa. Il était furieux de ce handicap qui lui interdisait de se lancer à la poursuite de Saba. Il redoutait une chose par-dessus tout : que la Cythonnienne se soit perdue dans le dédale des couloirs en courant au hasard.

— Elle était en état de choc, pensa-t-il tout haut, elle a dû se jeter dans la première galerie venue !

— Je ne crois pas, intervint le professeur. À mon avis elle a instinctivement suivi la lumière. Elle doit nous précéder de quelques centaines de mètres tout au plus.

Ils s'arrêtèrent au carrefour et Judi s'appliqua à bander la jambe blessée du professeur à l'aide d'un morceau d'étoffe arraché à sa chemise. Le mollet haché par les plombs saignait beaucoup et le pansement improvisé devint immédiatement rouge. Les galeries restaient désertes.

— Ils ont peur, commenta le scientifique, mais ça ne va pas durer. Ils vont sortir de leurs trous tôt ou tard. S'ils découvrent que Jonas et ses acolytes ont été tués par une arme à feu et non par le sanglier, ce sera aussitôt la chasse à l'homme.

Il se remit sur pied et boitilla.

— Ne traînons pas, haleta-t-il, il faut sortir de là. La « gare » est dans cette direction, nous allons prendre un raccourci.

Ils repartirent, David soutenant toujours le gros homme blessé. Judi, elle, fouillait vainement dans son sac à la recherche d'un second chargeur. Ils cahotèrent ainsi une bonne demi-heure.

Quand ils rejoignirent le maître-couloir, des têtes casquées de femmes et d'enfants pointaient hors des terriers annexes.

— Rentrez chez vous ! leur cria Mikofsky. Le sanglier blanc est sur nos talons, il a encorné trois hommes. Cachez-vous !

Ses paroles firent sensation car la galerie se vida en une seconde. David trébucha enfin sur les rails du wagonnet. Au bout du tunnel il repéra l'échelle plantée dans le sol. Encore quelques minutes et ils seraient libres. Cette perspective lui redonna des forces et le savant accroché à ses épaules ne lui parut plus aussi pesant. Judi se rua la première, escaladant les barreaux terreux avec agilité. David, lui, dut peiner pour hisser le professeur qui ne pouvait prendre appui sur sa jambe déchirée. Quand ils émergèrent du trou, le jeune homme fut ébloui par la lumière en provenance de l'extérieur. Le fonctionnaire aux lunettes violettes se précipita vers eux.

— Des ennuis ? interrogea-t-il. Oh ! mais vous saignez !

— Une jeune fille, coupa David, avez-vous vu passer une jeune fille au crâne rasé ?

— Bien sûr, fit l'homme d'un ton pincé, elle m'a volé une bicyclette qu'un visiteur avait laissée en gage. Si vous la connaissez il faudra payer. C'était un très bon vélo, un Funnyway dix vitesses !

— Un vélo ? répéta David.

— Oui ! renchérit le chef de gare. Je me préparais à le rentrer quand elle a surgi, me l'a arraché des mains et s'est jetée dehors. Elle doit être loin à l'heure qu'il est. Pensez donc ! Un Funnyway ! Un vélo taillé pour les courses les plus dures ! Mais qu'est-ce qui se passe ?

Mikofsky s'était installé sur un banc. Le sang séché faisait comme un bas rouge sous sa jambe de pantalon retroussée.

— Un sanglier, marmonna-t-il dans sa moustache, un sanglier blanc...

— Ah ! fit le préposé avec respect.

Judi tira David par le bras, l'entraînant jusqu'au seuil. La lumière leur fit mal à tous deux, et ils durent se protéger les yeux de leur paume tendue en visière au-dessus des sourcils.

— David, chuchota-t-elle, on ne peut pas rester là. Je suis sûre d'avoir abattu les deux sbires de Jonas. Quand on le découvrira on va nous lyncher. Il faut quitter la gare, retourner chez Jean-Pierre. Les Taupes n'oseront pas nous poursuivre à l'extérieur.

— Je suis tout à fait d'accord, lâcha le jeune homme, je n'ai pas l'intention d'abandonner Saba. Essayez de nous trouver un moyen de locomotion. Ce type a peut-être d'autres vélos ?

La grande femme brune acquiesça et se lança dans un long palabre avec le préposé, mais le petit homme en manche de lustrine s'obstina à secouer négativement la tête.

— Je n'ai rien, se lamentait-il. Vous seriez remonté

il y a deux jours, j'avais encore des chevaux, quatre beaux percherons, mais aujourd'hui on les a débités pour la distribution alimentaire des nécessiteux.

David s'impatientait. Mikofsky lui posa la main sur l'épaule.

— Allez plutôt près du trou, lui souffla-t-il à l'oreille, écoutez ce qui se passe dans le terrier. Ne nous laissons pas surprendre par un commando venu d'en bas.

Le garçon obéit, et, mine de rien, s'approcha de l'échelle. Un murmure confus lui parvint aussitôt. Une rumeur chargée de colère qui allait en grossissant. Il revint vers le professeur et le contraignit à se lever.

— On part ! cria-t-il à Judi. Nous n'avons plus le temps d'attendre. Vous venez ?

— Il y a trop de lumière ! se plaignit Mikofsky. Je vais être obligé de fermer les yeux. Ne m'en veuillez pas, cela fait deux ans que je vis dans la pénombre des souterrains.

Judi avait abandonné le chef de gare, en trois enjambées elle fut à côté des deux hommes.

— Ils viennent ! haleta David, je les ai entendus. Il faut quitter le bâtiment et nous réfugier à l'extérieur.

— Okay, soupira la jeune femme. Prof, baissez à demi les paupières et ne regardez que vos pieds ou vous allez vous aveugler en moins de dix minutes.

Ils franchirent le seuil et s'avancèrent sur la plaine sous l'œil éberlué du préposé. David larmoyait. Jamais le jour ne lui avait paru si cru, la lumière si blessante.

Manquant plusieurs fois de tomber, ils dépassèrent le socle de la croix pour retrouver la creusée du chemin. Maintenant ils pleuraient tous les trois d'abondance, les pupilles torturées par l'épingle du soleil et David se sentait déjà assailli par les prémices d'une migraine ophtalmique. Ils piétinèrent dans la poussière blanche, l'oreille tendue vers ce qui se passait dans leur dos.

Deux minutes s'écoulèrent, puis trois, puis quatre.

— C'est gagné ! balbutia Judi. Nous sommes à plus de cent mètres de la gare, ils n'oseront jamais nous poursuivre aussi loin et les rochers nous protègent des fusils !

— Des fusils, oui, fit lugubrement Mikofsky, mais pas du vent ! Si le volcan se met à suffoquer nous serons les premiers aspirés. Les premiers !

CHAPITRE XVII

Le retour fut un enfer. Aveugle et unijambiste, Mikofsky tombait tous les vingt mètres, entraînant ses compagnons dans sa chute. David avait cessé de pleurer mais sa cornée restait d'une extrême sensibilité et chaque battement de paupière lui faisait l'effet d'un coup de lime. Plus que tout, il se sentait nu, affreusement nu. Jamais il n'aurait pensé qu'il regretterait autant la tortue et son abri de corne.

Ils étaient seuls sur la lande râpée, vulnérables, insectes offerts à la prochaine bourrasque. Un petit vent menaçant dansait entre leurs jambes, les agaçant comme une invisible banderille. Une brume de poussière courait sur la plaine, charriant des particules de silice qui leur griffaient la peau, caresse au papier de verre toujours renouvelée.

— Ce n'est que le vent du soir, murmura Judi, il n'y a pas de raison de s'affoler...

Mais elle avait les traits tirés et des cernes violets sous les yeux. Malgré le froid relatif, ils étaient tous trois couverts de sueur et respiraient avec difficulté. Mikofsky haletait, trahissant son insuffisance bronchique par des sifflements stridents du plus mauvais effet.

— Mon Dieu ! balbutia soudain Judi, je ne pensais plus à la brioche !

— La brioche ? éructa le professeur stupéfait.

— Mais oui, reprit la jeune femme en regardant David, la brioche et la lime que vous avez données à Nathalie ! Si Jean-Pierre a découvert le stratagème, il nous accueillera à coups de fusil ! Votre initiative sentimentale risque de nous priver d'une excellente position de repli !

David faillit répliquer que les manœuvres mercantiles de Judi avaient, elles, provoqué la destruction de l'horoscope cythonnien, mais il jugea que l'heure n'était pas à la chamaillerie. D'ailleurs, remorquer Mikofsky monopolisait tout son souffle. Ils mirent sept heures pour rejoindre la vallée et fouler à nouveau l'herbe. David frémit de soulagement en apercevant la maison, fichée de guingois dans la terre, entre les collines piquetées de moignons d'arbres et les niches des prêtres-bûcherons.

— La porte est ouverte ! glapit Judi en secouant nerveusement le bras du savant.

Ils étaient tous les trois épuisés et mouraient de soif. David ne sentait plus ses pieds et tous ses muscles, crispés par la tension nerveuse, lui faisaient mal.

— J'ai cru qu'on n'y arriverait jamais, dit Judi d'une voix mourante. Ce vent, ce foutu vent ! Je le devinais dans mon dos comme l'œil d'un voyeur ou la pointe d'une flèche.

David avait éprouvé la même chose tout au long du chemin. L'impression véritablement palpable qu'une main s'approchait de sa nuque. Une main étrangère, animée de mauvaises intentions, et — pourquoi pas ? — armée d'un pic à glace.

— Je ne vois pas Nathalie, remarqua la marchande de produits chimiques, c'est curieux que la porte soit encore ouverte alors que la nuit va tomber.

Le jeune homme pria pour que Saba ait eu la même idée qu'eux. « Elle est sûrement dans sa chambre, se força-t-il à penser, elle est étendue sur son lit et pleure son futur perdu. Que vais-je lui dire ? »

Tout le temps qu'ils mirent pour arriver au pied du bâtiment il développa mentalement une dizaine d'arguments susceptibles de consoler la Cythonnienne. Finalement il les rejeta, les jugeant tous plus mauvais les uns que les autres. Judi aida Mikofsky à s'installer sur la première marche du perron et bondit dans le hall, David sur les talons.

Ils se figèrent immédiatement à la vue de la lime posée près des treuils et des deux câbles sciés qui décrivaient une courbe molle sur le carrelage. Nathalie et Cedric avaient pris la fuite. Jean-Pierre s'était-il lancé à leur poursuite ? Son harnais pendait sur la rampe, là où il l'avait jeté après l'avoir débouclé. Judi grommela un juron.

— Vous et vos idées ! siffla-t-elle à l'adresse de David. Il a dû leur courir après. S'il revient, il nous fera la peau !

Le garçon haussa les épaules.

— Je regrette, dit-il en allant chercher Mikofsky, je

ne pouvais pas laisser cette gosse se noyer sous prétexte que son père est terrifié par l'extérieur. Je suis
d'ailleurs étonné qu'il ait osé quitter la maison, ça ne
lui ressemble guère. J'aurais parié qu'il ne pourrait se
résoudre à se défaire de son cordon ombilical.

Judi cracha une grossièreté.

— De toute manière on ne peut pas aller ailleurs,
constata David, la nuit sera bientôt là et je suppose que
vous n'avez pas envie de chercher un autre refuge ?

— Non, avoua-t-elle, mais je propose qu'on ferme
la porte et qu'on organise un tour de garde, si
Jean-Pierre et la gosse reviennent il faudra bien leur
ouvrir... et parlementer. Il sera sans doute furieux.
Nous serons peut-être contraints de le désarmer. Nous
le menacerons avec mon Colt, il ne saura pas qu'il est
vide.

— Okay ! approuva David, en attendant montons
là-haut.

Ils dépensèrent beaucoup d'énergie pour hisser le
professeur jusqu'au premier étage. Dès qu'ils furent
dans la cuisine ils burent avidement l'eau recyclée
débitée par le robinet surplombant l'évier. Elle leur
parut délicieuse. David alla ensuite inspecter les différentes chambres mais elles se révélèrent vides. Saba
n'avait visiblement pas choisi le même point de chute,
il en fut décontenancé. Tout au long du voyage de
retour il avait pensé au moment où il se retrouverait en
face de l'adolescente, aux mots qu'il devrait alors
prononcer pour alléger son désespoir.

— Elle n'est pas là, murmura-t-il en regagnant la
cuisine. C'est bizarre, avec le vélo elle s'assurait une

avance confortable. Elle aurait pu arriver ici bien avant nous...

— Jean-Pierre l'a peut-être entraînée à la poursuite de Nathalie, hasarda Judi. Ou bien elle est allée ailleurs.

— Où ça ?

— Je n'en sais rien ! Et ne me criez pas dans les oreilles ! Je ne suis pas responsable des névroses fétichistes de cette gamine ! Elle est probablement descendue au village.

— Pourquoi pas ici ?

— À cause de la brioche, tiens ! Elle ne tenait pas à recevoir un coup de fusil !

— Parce que vous pensez qu'elle était en état de se rappeler ce genre de chose ! Nous-mêmes n'y pensions plus !

Judi balaya l'air d'un geste impuissant.

— Je n'ai aucun talent d'extra-lucide, trancha-t-elle. Je vais refaire le pansement du professeur, manger et dormir. J'ai eu mon content de problèmes aujourd'hui. Prenez le premier tour de garde et réveillez-moi dans quatre heures. Et ne vous laissez pas surprendre par Jean-Pierre, il serait bien capable de vous fusiller à bout portant !

Elle fit comme elle avait dit, et banda tout d'abord la jambe de Mikofsky. Le scientifique avait perdu beaucoup de sang au cours du trajet de retour. Affaibli, il sommeillait au bout de la table, la tête dans les mains. David défonça un placard à coups de talon et réussit à s'approprier quelques provisions disparates. Ils s'installèrent, partageant ainsi un saucisson hui-

leux, un pot d'olives, des oignons germés, du beurre
de cacahuètes et du pain rassis. David mesurait à présent toute l'étendue de sa fatigue. Les petites boules
vertes des olives pesaient deux kilos entre ses doigts,
les mâcher relevait du travail d'Hercule. Judi ne valait
pas mieux. L'épuisement marquait ses traits, et, pour
la première fois depuis le début de leur périple, elle
paraissait usée, amoindrie.

Le repas terminé, sans échanger un mot ils portèrent
Mikofsky sur le lit de Saba. Judi fouilla dans son sac,
en tira le .45 qu'elle tendit à David.

— Je vais prendre une douche, dit-elle d'une voix
éteinte. Réveillez-moi dans quatre heures. Et bouclez
bien la porte. Si ce dingue de Jean-Pierre nous sur-
prend en plein sommeil il nous fera éclater la tête sur
l'oreiller sans l'ombre d'un remords.

Et elle s'éloigna en traînant les pieds.

David descendit l'escalier, tira le battant blindé
dont il rabattit le loquet principal. Il s'assit ensuite
sur la première marche et appuya sa tête contre le mur.
Ses paupières étaient deux volets de plomb attirés par
la pesanteur. Elles ne demandaient qu'à se fermer.
Pour lutter contre la torpeur il se redressa et arpenta
le hall. La pointe de sa chaussure accrocha la lime
qui fila sur le carrelage avec un bruit de fourchette
rayant la porcelaine. Curieux tout de même que
Jean-Pierre soit parvenu à surmonter sa névrose pour
se lancer à la poursuite de Nathalie... David l'aurait
davantage imaginé gesticulant au bout de son cordon
ombilical, enraciné sur son perron, loin derrière la
fillette en fuite...

Le jeune homme oscillait sur place, les yeux clos. Le gros Colt lui échappa des mains, mais il ne fit rien pour le ramasser. Il tituba vers l'escalier, s'installa sur le paillasson posé au pied de la volée de marches... et s'endormit. Il dormit mal, rêvant de Saba sur son vélo, puis de Nathalie chevauchant Cedric. Les deux filles galopaient côte à côte, poursuivies par un Jean-Pierre vociférant des imprécations à consonance biblique. Une crampe le réveilla enfin, le tirant de ce sommeil d'épouvante alors même qu'il allait crier.

Il réalisa avec une certaine honte qu'il avait sommeillé tout le temps de sa « garde ». Comme il allait monter pour se rafraîchir le visage, il avisa Judi debout en haut de l'escalier. Elle était nue et très pâle.

— Inutile d'attendre Jean-Pierre, murmura-t-elle dans un souffle presque inaudible, je viens de le trouver, il est au grenier...

— Au grenier ?

— Oui...

Elle désigna d'une main molle les dix marches qui menaient aux combles. Le ton de sa voix avait glacé David. Il se cramponna à la rampe, se halant vers la trappe que Judi n'avait pas rabattue. L'orifice d'accès dessinait un carré noir sur l'étendue du plafond. À bout de souffle, il passa les épaules dans l'ouverture, émergeant au ras du plancher sous l'ossature des poutres du toit. Il ne lui fallut que trois secondes pour localiser Jean-Pierre. Il était allongé sur le paquet mou du parachute, tout près de l'œil-de-bœuf. Il tenait son fusil à deux mains et il était visible qu'il avait cherché à en introduire le double canon dans sa bouche. Au

moment de tirer il avait eu cependant un mouvement
de recul — peut-être un sursaut de conservation ? — et
la décharge avait dévié, lui arrachant le crâne au-dessus des sourcils. Une grande quantité de sang et de
matière cervicale avait souillé la toile de l'aérofrein
avant de gicler sur les volets métalliques de l'iris
obstruant l'œil-de-bœuf.

David descendit deux marches, cogna la trappe qui
se referma brutalement, lui heurtant le front. Le choc
lui fit perdre l'équilibre, il tomba en arrière, dévalant
la volée d'escalier sur les reins avant de rouler aux
pieds de Judi.

— Il s'est suicidé, fit celle-ci ; vous aviez raison :
il n'a pas pu se résoudre à rattraper sa fille, il a préféré
se faire sauter la tête. Ça paraît incroyable. Dire qu'il
lui aurait sans doute suffi de battre les bois pour la
retrouver...

— C'était trop loin, observa David, il aurait été
obligé de déboucler son foutu cordon ombilical !

Il se prit le visage dans les paumes.

— Bon sang ! cracha-t-il, tout ça à cause d'une
brioche !

Il déglutit avant de marteler avec véhémence :

— Mais il avait prévu de tuer Nathalie et de se laisser couler avec la maison ! Je ne pouvais tout de même
pas accepter ça !

Judi haussa les épaules.

— Vous avez probablement raison, capitula-t-elle,
c'est un monde de dingues, on ne sait plus vraiment
ce qu'on doit faire ou ne pas faire. Ce qu'il faut
prendre au sérieux ou tenir pour sans importance.

La petite Saba, par exemple, jamais je n'aurais cru qu'elle réagirait si mal à la destruction des tatouages.

— Où est-elle maintenant ? murmura David. Et Nathalie ? Elles doivent courir toutes les deux au milieu de la campagne, sans se préoccuper du vent. Et nous sommes là, inutiles...

— Allez prendre une douche, mon vieux, dit Judi après un long moment de silence, nous tâcherons de nous renseigner demain.

David se releva, jeta un bref coup d'œil sur la trappe rabattue.

— Il faudra l'enterrer, dit-il doucement.

Judi hocha la tête. Elle avait déjà récupéré. Son visage semblait plus lisse. Plus jeune. L'espace d'une seconde David la détesta de toutes ses forces.

Le lendemain le ciel était gris, menaçant, strié de ravines écumeuses et de nuages écartelés. Ils n'osèrent pas sortir. David s'installa dans l'embrasure d'une fenêtre et joua les sentinelles jusqu'au soir, s'usant les yeux à scruter la plaine et les abords de la forêt. Judi avait pris possession de la maison ; à l'aide des clefs récupérées sur le corps de Jean-Pierre, elle avait déverrouillé les placards et fait main basse sur tout un assortiment de conserves dont elle dressait présentement l'inventaire. Mikofsky, lui, récupérait lentement. Sa jambe labourée cicatrisait et ses yeux réapprenaient la lumière. N'ayant pu trouver de lunettes de soleil, il s'était noué un bandeau noir autour de la tête sans se rendre compte que ce chiffon macabre lui donnait l'allure d'un homme qu'on va fusiller. David lui avait raconté l'histoire du bâtiment et le savant l'avait écouté en se mâchonnant la moustache.

La journée s'écoula goutte à goutte, dans une lenteur maligne.

— Je comprends vos craintes, dit soudain Mikofsky alors que la nuit tombait. Les Cythonniens attachent une importance disproportionnée à l'horoscope anatomique. Le perdre est un drame qu'ils surmontent difficilement. J'ai connu l'un d'eux, un garçon d'une vingtaine d'années. Un coup de vent l'avait traîné sur la plaine, lui arrachant la peau çà et là. Il s'est réfugié dans les tunnels et j'ai pu le soigner. C'était spectaculaire mais pas trop grave. Des petits coups de meule qui lui avaient bouffé l'épiderme sans toucher aux fibres musculaires. Finalement, au bout d'un mois, il était guéri. Après il a fallu que je le conduise au pied du volcan. Je l'ai attendu. Deux jours. Quand il est revenu il était effondré. Les plaques de peau arrachée au cours de son accident étaient justement celles qui détenaient les réponses les plus importantes : durée de vie, réussite, amour, et tout le tremblement... À la place des tatouages primordiaux il n'y avait plus que des zones de peau neuve, fraîchement reconstituée. Des zones vierges. Il s'est pendu le soir même. À un étai du maître-couloir. Il a préféré la mort à l'indétermination.

— Merci de si bien me rassurer ! ricana David, acerbe.

— Je ne cherche pas à vous rassurer mais à vous prévenir, corrigea Mikofsky. Je ne crois pas que vous reverrez Saba vivante. Cette jeune fille m'a paru très fragile, elle ne surmontera pas l'épreuve. Il faut que vous compreniez que ces gens sont conditionnés depuis l'enfance. La disparition des tatouages, c'est pour eux la fin du monde, la mort de Dieu. Sans guide, sans itinéraire calligraphié sur le ventre, ils sont condamnés à une liberté horrible. Inacceptable. Du jour au lendemain ils deviennent aveugles de leur propre futur... C'est une peur qu'on ne peut raisonner.

David serra les dents à s'en faire crisser l'émail. Il avait envie d'insulter le professeur tout en sachant que ce dernier avait raison.

— David, reprit le savant en tâtonnant pour s'asseoir, ne pensez plus à Saba, croyez-en mon expérience. D'autres tâches réclament déjà votre énergie.

— Oui ? Et lesquelles ? ironisa le jeune homme.

— J'y pense depuis deux ans, murmura Mikofsky, et je ne vois pas d'autre solution...

— Mais de quoi parlez-vous ?

— *De Santäl,* David. Il faut que quelqu'un se décide enfin à aller voir ce qui se passe au cœur de cette foutue planète ! Une exploration nous donnerait sans aucun doute les réponses que nous attendons tous. Nous devons comprendre le pourquoi de ces phénomènes d'aspiration, savoir ce que deviennent tous les débris.

— Vous voulez entreprendre un voyage au centre de la terre ?

— En quelque sorte. J'ai pensé que vous aimeriez en être.

— Vous êtes fou !

— Peut-être. Mais si personne ne bouge, d'ici trois ans la surface de Santäl ne sera plus qu'un désert. Les tourbillons auront tout aspiré. Tout.

David enfonça ses doigts dans les trous du grillage masquant la fenêtre. Il avait la gorge nouée.

— Allons, fit la voix insidieuse du professeur, vous savez bien que vous ne vous êtes pas aventuré si loin pour rebrousser chemin au pied du volcan. Saba avait une bonne raison de venir ici, Judi aussi. *Vous pas.* Vous êtes comme moi, victime d'une fascination. J'aurais pu rester chez les Pesants, ma corpulence naturelle était un parfait déguisement, mais je me suis inventé mille prétextes pour me rapprocher du centre. La police notamment. Comme si les flics allaient venir me traquer ici ! J'ai quitté le second cercle pour m'enfouir au fond du terrier. Et là j'ai pris des repères pour descendre encore plus bas. Je sais qu'un réseau de grottes et de boyaux longe la cheminée du volcan, on y est à l'abri de l'aspiration et chaque mètre franchi nous rapproche du centre dynamique de Santäl.

— Du noyau ?

— Le noyau, le magma éteint, le ventre de cendre, c'est de la fable ! Non, *il y a autre chose*. Mais quoi ? Si vous m'aidez je pourrai peut-être le découvrir.

David secoua la tête et quitta la pièce sans répondre. Il était trop énervé pour manger ou même dormir. Il prit son harnais de sécurité et quitta la maison. La nuit tombait mais le vent ne se faisait plus sentir. Cédant à une impulsion, il prit la direction du village et alla frapper à la porte de Charles-Henri Hannafosse. Le vieil homme l'accueillit avec un plaisir évident et lui demanda aussitôt des nouvelles du livre de peau.

— Désolé, dit tristement David, il a brûlé avant même de remplir son office.

— Ah ! soupira Charles-Henri, c'est dommage. Un si beau travail de reliure.

Il fit une pause avant d'ajouter :

— Remarquez que je me suis douté de quelque chose quand j'ai vu passer cette fille au crâne rasé sur son vélo. Je me suis dit « On dirait une Cythonnienne qui vient de voir le diable ou de lire un mauvais horoscope ! »

David bondit sur ses pieds.

— Quoi ? Vous l'avez vue ? Quand ?

Le bibliothécaire recula d'un pas, effrayé par la virulence du jeune homme.

— Hier... Hier matin il me semble. Elle allait vers la plage, par la route.

— La plage ? s'étonna David. Qu'est-ce qu'il y a là-bas ?

— Rien. La mer. Et une communauté... Une sorte de tribu de nudistes qui vit près des moules géantes. Ils s'y couchent parfois pour échapper à la bourrasque.

Devant l'air ahuri de son interlocuteur, il éprouva le besoin d'expliquer succinctement les étranges pratiques du clan des Parasites humains. David l'écouta en grimaçant.

— Vous pouvez peut-être la retrouver là-bas, observa le vieillard, je vous accompagne, j'ai un cheval encore solide, il nous portera bien tous les deux.

— Je ne veux pas vous faire prendre de risques, le temps...

— Tut ! Tut ! Le vent ne se lèvera pas ce soir, ne craignez rien, ici on a l'habitude. Et puis vous risquez de vous perdre dans les dunes.

Il paraissait heureux de cette diversion bousculant la monotonie d'une soirée qui s'annonçait semblable à toutes les autres. En quelques minutes il s'habilla, saisit une lanterne, boucla sa porte et contourna la maison pour accéder à un petit hangar faisant office d'écurie. David l'aida à harnacher le cheval. Un gros animal de race indéterminée, aux sabots énormes. Ils grimpèrent tous les deux sur l'échine de la bête. Une simple couverture tenait lieu de selle et le jeune homme dut saisir Charles-Henri aux épaules pour ne pas tomber. Le cheval se mit à trotter dans l'obscurité, habilement guidé par le bibliothécaire. Ils empruntèrent la route qui descendait vers la mer. La lanterne tressautait à chaque pas, projetant sur les alentours un halo au mouvement pendulaire.

Au bout d'un quart d'heure les sabots de leur monture s'enfoncèrent dans le sable. Un bruit mouillé montait des ténèbres. La mer était là, tout près, cachée sous la nuit. Charles-Henri tira sur les rênes et se laissa glisser à terre, la lanterne levée. Le cercle de lumière oscilla, accusant des reliefs mous, des courbes érodées. David crut entr'apercevoir une rangée de grands sarcophages bleutés légèrement béants. C'étaient des moules. Des moules d'une taille exceptionnelle. *Une seule était fermée.* Un vélo gisait tout près d'elle. Le garçon arracha la lampe des mains du bibliothécaire et courut vers la machine. Il n'eut pas de mal à identifier un Funnyway de course à dix vitesses. La bicyclette volée par Saba. Le dégoût monta en lui. Un épanchement de fiel, chargé d'accablement et d'impuissance, qui lui poissa la langue.

Des pieds nus entrèrent dans la tache jaune de la lanterne. Suivit une fille aux gros seins, qui ne cherchait pas à dissimuler son pubis aux mèches rousses.

— Je m'appelle Mytila, dit-elle. Vous courez après Saba, non ? Je pensais bien qu'on tenterait de la retrouver.

— Où est-elle ? siffla David en faisant un effort pour ne pas hurler.

— *Là,* murmura la jeune fille, à l'intérieur de la moule. Elle est arrivée il y a deux jours. Elle n'avait plus le flacon qui permet de neutraliser la contraction des muscles reliant les coquilles. Elle a arraché ses vêtements et a enjambé le rebord de la valve. J'ai essayé de l'en empêcher mais elle m'a frappée. La seconde d'après elle avait sollicité les fibres de fermeture et je ne pouvais plus rien faire. Le coquillage était comme soudé.

— Mais enfin, protesta David, ce n'est pas possible ! On peut la sortir de là ! Il faut se procurer des outils, des leviers, des masses...

— Non, fit Charles-Henri, ça ne servirait à rien. Les moules résistent à tous les chocs. Même la tempête ne peut rien contre elles. Et puis il est trop tard.

— Trop tard ?

— Oui, reprit Mytila, la... la digestion est trop avancée. À l'heure qu'il est les fibres musculaires sont entamées. On peut se cacher dans une moule, mais jamais plus d'une heure et demie, or elle est là-dedans depuis deux jours !

— Vous délirez ! On l'entendrait se plaindre, crier !

— Non, dit encore le bibliothécaire, car les sucs dissociateurs véhiculent un anesthésique très puissant. Venez, ne restons pas là...

— Ne restons pas là ! C'est tout ce que vous trouvez à me dire alors que ce... cette bête est en train de dévorer Saba après l'avoir endormie ?

Il bondit hors du cercle, courut dans les rochers en quête d'une pierre. Lorsqu'il l'eut ramassée il revint près du coquillage qu'il martela à coups redoublés. Il frappa longtemps, jusqu'à ce que le galet éclate entre ses mains, lui criblant les paumes de débris coupants. Alors il tomba à genoux. Désespéré. La valve n'affichait pas même une égratignure. Charles-Henri et Mytila le prirent aux aisselles et le tirèrent sur le sable, à l'abri d'une grotte au plafond bas. Les autres membres du clan se tenaient là, autour d'un maigre feu, silencieux et dignes.

Un peu plus tard, quand David eut retrouvé ses esprits, la jeune fille rousse lui glissa entre les doigts un gobelet empli d'un liquide chaud. Sans doute une tisane d'algues séchées.

— Je crois qu'elle n'avait plus envie de vivre, chuchota-t-elle. Au moment où la coquille se refermait elle a crié quelque chose d'étrange.

— Quoi ?

— *Le présent c'est la mort...* Je n'ai pas compris.

David avala une gorgée du breuvage, s'étrangla.

— Je voudrais..., commença-t-il.

— Oui ?

— Je voudrais récupérer le corps pour l'ensevelir selon le rite cythonnien.

— Ce n'est pas possible, dit Mytila en détournant les yeux, la moule ne se rouvrira que dans un mois... pour cracher les os.

— Pour... *cracher les os ?*

David éclata d'un rire dément. Bousculant ses interlocuteurs, il bondit hors de la grotte, s'empara du vélo abandonné, l'enfourcha et disparut dans la nuit en pédalant comme un fou.

Longtemps après que les ténèbres l'eurent englouti, le bibliothécaire et la fille aux cheveux rouges entendirent ses ricanements que le vent ramenait, telle une plainte volée sur la rive la plus noire des enfers.

CHAPITRE XVIII

Nathalie courait sur la lande pelée, et Cedric bondissait à ses côtés. Peu habituée à la marche la fillette avait déjà les pieds en sang, mais elle ne ralentissait pas pour autant. Elle ne sentait plus la douleur, et la liberté coulait sa morphine par tout son corps. Une seule chose comptait : s'éloigner du tombeau mobile de la maison, échapper à la geôle paternelle...

Le doberman aboyait et sa foulée se faisait de minute en minute plus puissante. Le vent était tombé, l'air immobile. L'espace figé s'endormait du lourd sommeil qui suit toujours les débauches convulsives.

C'était une belle nuit.

La petite fille et le doberman

*Déambulation dans l'ossuaire secret
d'un silencieux massacre*

Première partie

CHAPITRE PREMIER

Nathalie avançait, Cedric sur les talons. La fillette marchait le dos voûté, le chien tirait la langue. Leurs deux silhouettes épuisées s'allongeaient sur la lande en ombres filiformes et caoutchouteuses. Au début de la course le doberman ne s'était pas privé de bondir et de caracoler à travers la plaine. Nathalie l'avait imité. Puis la fatigue était venue, leur brûlant pattes et pieds. Maintenant ils trottinaient, flanc contre flanc, mêlant leurs sueurs. Par moments la petite fille posait son bras sur le col du grand chien, se laissant remorquer par la puissante machine musculaire de la bête. Dans leur dos le jour baissait. Le pâle soleil sombrait en boule rose à l'horizon de la plaine pelée. Le chien mourait de soif et ses halètements se faisaient de plus en plus sourds. Lorsqu'ils atteignirent le bord de la route Nathalie se laissa tomber sur une borne d'ancrage et retira ses chaussures. Ses socquettes, trouées au talon, laissaient apparaître de grosses cloques gorgées d'eau. La fillette soupira de lassitude et tenta de se repeigner de ses doigts écartés en râteau. Elle ne se sentait plus le courage de faire un pas. L'excitation des premiers instants de liberté s'estompait, la folie de la course débridée se dissolvait. La joie du corps enfuie, il ne restait plus de toute cette cavalcade que douleurs et grelottements. Cedric se coucha dans les cailloux, la truffe sur les pattes, laissant échapper des couinements de chiot malade. Nathalie lui gratta le front. Elle était elle-même désemparée, perdue, et le chien le devinait sans difficulté.

La petite fille songea qu'ils étaient accrochés au bord de la route comme des pêcheurs à la rive d'un fleuve. La nuit tombait, le froid raidissait déjà la blouse humide de la gamine et les poils du chien souillés d'écume.

— Quelqu'un va venir, dit doucement Nathalie pour endiguer l'angoisse du doberman, il suffit de fixer la route assez longtemps, jusqu'à en avoir la vue brouillée. Fais comme moi ! Regarde la piste !

Mais elle savait que sa voix manquait d'assurance et trahissait sa peur de l'inconnu. Les années de claustration passées dans la maison-prison de son père lui avaient fait perdre tout sens de l'orientation, toute notion des distances. En ce moment elle était échouée au bord d'un abîme, au bout du monde, assise à la frontière des galaxies... et le vertige lui emplissait la tête. Il lui semblait que d'une seconde à l'autre elle allait tomber, raide et tétanisée comme un gyroscope mort, ou bien se mettre à danser en vrille telle une toupie qui veut préserver son équilibre pour survivre.

Elle s'écorcha les ongles sur la borne de pierre.

La route prenait pour elle l'allure d'un fleuve limoneux charriant des flots de poussière. Elle eut l'impression qu'elle ne pourrait y poser le pied sans s'y enfoncer immédiatement jusqu'au menton. Elle ferma les yeux pour combattre ces premiers symptômes d'agoraphobie. Sentant qu'elle perdait prise, Cedric se dressa, renversa la tête, et se mit à hurler à la mort.

Nathalie le laissa faire, ces longs hoquets de loup désespéré la rassuraient. Un peu plus tard elle entendit le bruit lourd et cahoteux d'une carriole. Cela résonnait comme une caravane de tambours montés sur roues. En ouvrant les paupières elle crut tout d'abord qu'un train aux innombrables wagons s'était égaré sur la piste, puis elle discerna des roulottes sans fenêtres montées sur roues jumelées. Leurs bases et leurs flancs avaient été alourdis au moyen de gueuses de fonte et d'enclumes retenues par des chaînes ou soudées au chalumeau à même la paroi. Ces curieux caissons aveugles ne comportaient aucune autre ouverture qu'une porte blindée munie d'un gros volant de fermeture. En les voyant on songeait immédiatement à une procession de coffres-forts en partance pour quelque obscur pèlerinage bancaire. Une grosse motrice les tractait, soufflant une fumée grasse qui se rabattait aussitôt sur le toit des wagons, leur noircissant l'échine.

Nathalie s'était instinctivement redressée. Maintenant que le convoi se rapprochait elle pouvait déchiffrer des inscriptions sur les flancs des roulottes. Elle lut en plissant les yeux :

Unité mobile de sécurité.
Ne craignez plus le vent : louez votre abri !

La caravane remontait la piste avec un bruit d'enfer qui effrayait Cedric. Le doberman se mit à gronder en découvrant les crocs. Nathalie lui donna une tape et ébaucha un geste maladroit du pouce pour essayer d'attirer l'attention du conducteur de la motrice. Au bout d'une interminable seconde un homme apparut en haut du marchepied. Il était gras et chauve, vêtu d'une salopette caparaçonnée de cambouis. Il portait de gros gants de travail comme les conducteurs de locomotive. Le vacarme des moteurs interdisait tout échange verbal, mais Nathalie comprit à sa mimique qu'il l'autorisait à embarquer. Elle se lança en avant, sans même se rechausser, et courut pour se porter à la hauteur du marchepied. Une chaleur moite ponctuée de jets de vapeur s'élevait des évents de la motrice. La fillette haletait, claudiquant sur ses socquettes trouées. Elle finit par saisir l'une des mains courantes et réussit à se hisser sur l'échelle d'accès. Cedric, lui, après deux ou trois foulées élastiques, s'arracha du sol d'une détente des cuisses et retomba à l'intérieur de l'habitacle, provoquant les jurons du chauffeur. Nathalie entreprit de le rejoindre en s'écorchant les genoux aux tôles boulonnées.

— Mets-moi ce fauve à l'attache ou je vous débarque aussitôt ! rugit l'homme en salopette au moment où elle passait le seuil du poste de pilotage. Me fais pas regretter de t'avoir ramassée... Y a de la corde, là, dans le coin.

Nathalie faillit refuser, puis elle songea que l'homme n'hésiterait pas à mettre sa menace à exécution. Il émanait de lui une force bornée qui décourageait la révolte.

Malgré sa répugnance Nathalie se résigna à entraver Cedric en reliant son collier à un anneau fixé au garde-fou de la passerelle principale. L'habitacle tenait le milieu entre la timonerie et le poste de chauffe d'une locomotive. C'était une cahute de ferraille greffée à l'arrière de l'énorme caisson renfermant le cœur de la motrice. Un revêtement de caoutchouc en tapissait les parois, s'évertuant tant bien que mal à isoler les passagers du vacarme qui s'élevait du capot vert olive du véhicule de traction. L'homme en salopette s'agitait devant une myriade de cadrans grands comme des hublots. Par moments il tirait une manette ou repoussait un levier, provoquant des fuites de vapeur et des hurlements de soupapes congestionnées.

— Je m'appelle Romo, cria-t-il sans tourner la tête. Qu'est-ce que tu fiches par là ? T'es une errante, hein ? Moi je vais sur Almoha, si ça peut t'intéresser...

— Almoha ? répéta Nathalie sans comprendre.

Romo haussa les épaules avec mauvaise humeur.

— D'où tu sors, toi ? C'est une ville, dans le nord du pays, dans une région encore habitable, un coin civilisé, pas comme ici...

La fillette s'assit à côté du chien et lui flatta l'encolure pour apaiser ses craintes. Elle suffoquait un peu. Le bruit et la vapeur stagnante lui faisaient

tourner la tête. Par la custode arrière elle essaya
d'apercevoir la longue file de wagons sans fenêtres.

— Vous conduisez un train ? demanda-t-elle. Il y
a des gens dans les voitures ?

— Mais non, grommela Romo, c'est un convoi
d'abris collectifs. Je dois les acheminer vers Almoha. C'est une initiative des prêtres pour venir en
aide à ceux qui ne disposent plus d'un toit pour se
mettre à l'abri du vent. On va les disperser à travers
les rues, de manière que les errants puissent s'y
engouffrer au premier signe de tempête.

Nathalie fit la moue.

— Ici ça ne servirait à rien, observa-t-elle, les
trombes les aspireraient comme des feuilles mortes.

Romo cracha sur le sol avec ostentation.

— Ici, oui, rauqua-t-il, c'est une contrée maudite.
Rien ne peut survivre aux alentours du désert de
verre, mais plus haut les maisons ont encore de bonnes racines. On y dort sans craindre de voir le toit
s'envoler et les étages s'émietter les uns après les
autres dans la tempête.

— Alors pourquoi ces wagons ?

— La ville est surpeuplée. Tous les errants des
environs s'y entassent. Ceux qui avaient de l'argent
ont pu louer des appartements, les autres traînent
dans les rues, à la merci des bourrasques. C'est pour
eux que les prêtres ont loué toute la caravane. Pour
leur donner une chance de s'en sortir. Je suppose
que c'est une manière de faire la charité.

Il se tut après un dernier marmonnement incompréhensible. Nathalie appuya sa tête sur le flanc de

Cedric. La vapeur imprégnait ses vêtements, les alourdissant comme une averse sournoise. De l'autre côté des hublots la nuit s'installait. Le bruit d'usine dispensé par la motrice se changeait en fredonnement métallique.

« Nous sommes dans le ventre d'une bouilloire en voyage, pensa Nathalie que gagnait la somnolence. Une bouilloire qui remorque un train sans voyageurs. »

La voix de Romo ne lui parvenait plus qu'assourdie, comme si la buée était une sorte de buvard s'imprégnant des mots. Elle comprit qu'il lui parlait encore des confréries religieuses régentant Almoha. Mais elle n'écoutait pas, elle songeait au monde étrange qui les entourait. Beaucoup de gens pensaient que Santäl se refroidissait de l'intérieur, que le feu central qui brûlait au cœur de la planète s'éteignait doucement comme une chaudière dont le combustible s'épuise. Depuis plusieurs années la température ne cessait de chuter, les étés étaient inexistants, on ne connaissait plus la canicule et le ciel était perpétuellement gris. Des sectes diverses avaient commencé à prétendre que la planète « mourait de l'intérieur », que dans son ventre ne brasillaient plus que des tisons noyés dans un océan de cendre.

À la même époque étaient apparus ces bizarres phénomènes d'aspiration ravageant l'atmosphère. On avait dit que ce souffle, ces véritables trous d'air, émanaient du grand volcan du désert de verre. Que le cratère qui en occupait le centre était la bouche de Santäl, et que cette gueule béante aspirait littéralement tout ce qui se trouvait à la surface de la planète pour fournir du combustible au noyau à demi éteint. Bref, on en était arrivé à penser que Santäl se dévorait elle-même pour ranimer son feu central ! Selon l'avis général, tout ce que les courants aériens précipitaient dans le cratère allait nourrir le foyer qui couvait sous les différentes couches de l'écorce santälienne.

Certains sectateurs, comme les prêtres-bûcherons, préconisaient une activation radicale du brasier. Ils étaient prêts à tout brûler pour remplir la chaudière. C'est pourquoi ils se faisaient complices du vent et s'employaient au déboisement accéléré de la région, haches et scies en main.

Nathalie coulait vers le sommeil, bercée par la motrice. Un flot d'images la submergeait. Elle voyait un homme affamé se dévorant les deux mains pour survivre. Elle voyait un train lancé à pleine vitesse sur une voie ferrée interminable. Le charbon venait à manquer, alors, sans même ralentir, on démantelait les wagons pour les brûler dans le ventre de la locomotive... Elle voyait...

Santäl inventait l'auto-anthropophagie ! Elle créait des forêts puis les engloutissait pour stimuler son métabolisme basal défaillant. Le volcan palpitait, grosse bouche de poisson aux lèvres goulues. Il happait l'air, faisant le vide autour de lui. Ses spasmes perturbaient l'atmosphère, occasionnaient des dépressions. Des masses chaudes et froides s'entrechoquaient, des couloirs s'ouvraient çà et là, véritables puits d'aspiration. Des cyclones nourriciers s'en allaient faire le marché à la surface de la planète ! Les vents chassaient, rabattant pêle-mêle vers la gueule du volcan un gibier aux propriétés essentiellement combustibles. Le cratère déglutissait à la hâte. Ses proies riches en carbone dégringolaient le long d'un œsophage-cheminée galvanisé à la lave refroidie. Au bout de la chute il y avait le four, la chaudière sphérique du centre planétaire. Le noyau d'ordinaire en fusion, grosse orange de lave liquide à la mousse incandescente. Mais ici rien de tout cela, plutôt un ventre froid, croûteux, un vieux fourneau noirci tapissé de cendres argentées où brillent encore quelques braises clignotantes. Les forêts, cueillies ici ou là, entassaient leurs bûchettes centenaires dans ce poêle endormi. Alors les flammes crépitaient à nouveau, jetaient des étincelles, le feu léchait les parois du four, les parois du monde, et les glaces du pôle reculaient de deux centimètres.

Le volcan rotait quelques nuages de contentement, les peuples de Santäl avaient à nouveau chaud aux pieds. La bonne chaleur montait à travers les différentes couches de l'écorce, activant les échanges chimiques de l'humus, favorisant l'évaporation des mers et les précipitations. D'autres champs dressaient leurs épis, d'autres arbres déployaient leurs ramures... Jusqu'à la prochaine fois, jusqu'à ce que la lumière baisse encore au cœur de la planète. Jusqu'à ce que les flammes se fassent lumignons et la cendre plus épaisse... plus grise.

Cette géologie poétique ravissait la fillette.

Un jour, au cours d'un repas, Jean-Pierre, son père, avait entrepris de développer les principaux théorèmes régissant la maladie de Santäl. C'était peu de temps avant la fugue de Nathalie, alors qu'ils accueillaient des voyageurs égarés sur la plaine.

— Souvenez-vous des paroles de la Bible, attaqua-t-il brutalement en levant sa fourchette. Il est dit aux versets 15 et 16 du chapitre 3 de l'Apocalypse : « Je connais tes œuvres. Je sais que tu n'es ni froid ni bouillant, puisses-tu être froid ou bouillant. Ainsi parce que tu es tiède, et que tu n'es ni froid ni bouillant, je te vomirai de ma bouche... » Santäl est très précisément une planète qui tiédit, c'est pour cette raison que certains la considèrent comme maudite. La tiédeur du noyau c'est le symptôme même de l'état d'impureté. Seuls les extrêmes peuvent être admis. Le cœur de Santäl doit redevenir brûlant ou bien s'éteindre définitivement. La planète doit renaître ou mourir, mais en aucun cas s'obstiner dans la tiédeur. Si beaucoup tentent de se préserver de l'aspiration, quelques-uns la favorisent au contraire, tels les moines-bûcherons qui sapent la forêt. Pour ma part je ne crois pas que l'affaire se résume à un simple problème de chaleur. Le ventre de Santäl n'est pas une minable chaudière qu'il s'agit de ranimer au moyen de quelques pelletées de combustible. Non, le volcan est la grande bouche menant au melting-pot central. Le ventre de Santäl n'est pas un banal four crématoire mais un creuset alchimique où s'élabore quelque chose de nouveau. Personne n'a encore véritablement compris ce qui se passe autour de nous. La terre, mécontente de ses créations, est en train de les effacer ! Elle gomme tout ce qui se trouve à sa surface pour recommencer autre chose ! Imaginez un enfant façonnant des animaux et des personnages avec de la pâte à modeler. Soudain il prend du recul, considère son œuvre et la juge laide, alors il écrase toutes les figurines, les amalgame en une seule et même boule qu'il roule sous sa paume. Santäl n'agit pas différemment : elle récupère au moyen du souffle tout ce qu'elle avait distribué. Elle aspirera tout : hommes, forêts, océans, animaux, entassant tout un monde dans sa poche ventrale, dans son creuset. Ce creuset n'est pas un foyer à demi éteint, c'est une matrice, une caverne énorme conçue pour une gestation titanesque ! Une chose neuve s'y forme déjà. Quelque chose qui dort sous la cendre ! Quelque chose qui s'alimente du feu central, qui se chauffe à la lave de cette couveuse démentielle. Oui, Santäl est en train de fabriquer une nouvelle humanité, d'élaborer de nouvelles races, et cette tâche réclame toute son énergie. Désormais elle économisera de plus en plus sa chaleur, la concentrant sur sa couvée. Elle se moque de ce qui peut se passer en surface. Elle agit comme un alchimiste qui brûle ses meubles, ses parquets, pour alimenter le foyer qui fait bouillonner ses cornues, et tant pis si sa femme et ses enfants meurent de froid ! En ce moment même c'est le futur qui bourgeonne au sein de ce volcan. Le futur de Santäl. Personne ne l'a compris. Nous sommes périmés, archaïques, désuets, frappés d'obsolescence. Déjà Santäl cuisine une autre genèse. Le futur c'est ce qui dort en ce moment sous la cendre et les braises. Ce qui mijote, fermente. Ce ragoût de cellules qui s'accouplent en dehors des habituelles lois biologiques. La tiédeur de ce monde n'est qu'apparente, nous avons tort de la vomir car en définitive c'est Santäl qui vomira par la bouche du volcan une nouvelle création destinée à nous remplacer. Une civilisation, une humanité va se retirer comme un livre qu'on ferme — l'histoire lue — et qui appartient désormais au passé. Nous sommes le passé. Notre présent refuse l'évidence des phénomènes. L'aspiration est un coup d'éponge au tableau noir. Si nous n'étions pas si lâches nous devrions courir sur l'heure nous jeter dans la gueule du volcan. En nous cramponnant nous retardons l'évolution d'une planète, nous sommes des criminels, des dinosaures qui refusent d'admettre que leur tour de manège est fini. Nous falsifions le processus évolutif en nous racontant des fables, des contes à dormir debout au sujet de chaudières qui s'éteignent ! Si nous voulons participer à l'élaboration du futur, payons l'impôt de nos vies, jetons nos masses cellulaires dans le creuset de Santäl. Ce ventre a besoin de matière première. Il faut passer la main, casser nos tirelires d'A.D.N., nous dissoudre dans la soupe qui bouillonne au fond de la grande marmite du magma...

Il s'était interrompu, haletant. Des perles de sueur roulaient sur son front, crevaient dans ses sourcils. Autour de la table un grand silence avait figé les gestes et les visages. Oui, Nathalie se souvenait parfaitement de ses paroles. Couveuse sournoise, la planète économisait sa chaleur. Noyau de feu recroquevillé sur un fœtus non identifiable. Elle était enceinte du futur et cachait sa grossesse sous le masque d'un refroidissement général. La fillette rêva un instant sur l'imagerie somptueuse qu'un tel mythe aurait pu faire naître entre les mains d'habiles enlumineurs. Santäl enceinte d'elle-même ! L'hypothèse (le dogme ?) naviguait entre le sublime et le grotesque. Nathalie imaginait une mère, déçue par son rejeton à peine né, et s'appliquant à réintroduire le bébé dans son sexe encore dilaté et sanglant en vue d'une révision générale. Mais un autre théorème excitait sa réflexion : Santäl était à la fois la mort et la vie. Le passé et le futur. Non pas la résurrection mais la transformation, la transmutation d'une ébauche en œuvre achevée. Santäl n'était pas une carcasse refroidie, Santäl était un œuf... Un œuf couvé par la lave de mille volcans. Sur cette dernière bulle onirique Nathalie s'endormit... Le gros homme la secoua quelques heures plus tard alors qu'ils arrivaient en vue d'Almoha.

La fillette se haussa sur la pointe des pieds pour jeter un coup d'œil à travers le hublot.

Elle n'aperçut qu'une forêt de tours trapézoïdales érigées selon les nouvelles normes anti-ouragan. Des monuments insolites côtoyaient ces falaises de béton. Avec beaucoup de bonne volonté on parvenait à identifier diverses reproductions de l'Arc de triomphe, de la tour Eiffel, et même de l'Opéra.

Sans doute les architectes avaient-ils voulu égayer

le paysage austère de la cité, mais ces épaves vieil-
lottes, loin de rassurer le visiteur, l'emplissaient
d'une indicible impression d'angoisse. En les observant on ne pouvait s'empêcher de les comparer à
des insectes parasites dissimulés dans la crinière
d'un gigantesque animal.

— Almoha ! hurla Romo en se cramponnant au
levier de la sirène. Tout le monde descend !

CHAPITRE II

Isi était nue et blanche dans le désordre du lit. Ses longs cheveux éclataient en corolle noire sous sa nuque, là où le chignon saccagé achevait de se répandre en mèches folles. Malgré les coups de reins sa peau restait sèche et le seul point de moiteur tachant son corps se situait entre ses cuisses. De l'homme qui la dominait, de l'homme qui la faisait tressauter sous son interminable va-et-vient, elle ne distinguait qu'un torse maigre, une tête aux boucles pâles qu'on aurait pu trouver belle si toute sa physionomie n'avait été marquée par la maladie.

Il haletait, transpirait beaucoup, mais on ne savait si c'était d'excitation ou de fièvre.

Il eut une quinte, et la jeune femme crut qu'il se décidait enfin à jouir, mais il ne faisait que tousser. Une toux profonde, déchirante, une toux qui rabotait. Une toux qui semblait exploser au fond des poumons comme un chapelet de grenades marines.

Il s'abattit sur le côté, bavant sur les draps une salive rose. Son sexe se recroquevillait dans le ventre d'Isi, escargot mort au milieu de la touffe des poils amidonnés.

— Tu te fais du mal, dit simplement Isi.

Il ne répondit pas. Il mangeait le drap pour étouffer ses quintes. Il mangeait l'oreiller pour faire taire les détonations ravageant sa poitrine.

Isi se redressa. Elle était grande et mince, avec des seins lourds un peu surprenants. Elle avait le cou long, un cou-pilier qui mettait en valeur son visage triangulaire au front exagérément bombé. Elle n'était pas belle mais d'une incohérence esthétique qui retenait l'œil.

Elle marcha vers le miroir de la coiffeuse, s'y épia sans indulgence.

Malgré la pénombre elle n'eut aucune difficulté à repérer le cercle blanc entourant sa bouche. Une sorte d'auréole de peau flétrie, à peine discernable, et qui décolorait les lèvres.

Une pointe d'angoisse lui perça le ventre. À tâtons, elle chercha un pot d'onguent parmi les produits de maquillage, y préleva une noisette de pâte et entreprit de se masser les commissures et le menton.

Sur le lit le jeune homme reprenait son souffle, le visage dans l'oreiller pour cacher sa honte. Isi hésita, ne sachant si elle devait hasarder quelques mots de réconfort ou ignorer l'incident comme c'était généralement la règle au sein de la corporation.

Elle était un peu inquiète car elle sentait ses propres bronches la brûler d'un feu sourd. Elle tendit la main vers le carafon de cristal et emplit deux coupes finement ciselées. Un liquide brunâtre, plutôt épais, se mit à couler en un lourd filet poisseux.

— Buvons, dit la jeune femme.

Ils trinquèrent en évitant de se regarder, s'obstinant à jouer une comédie qui ne les trompait ni l'un ni l'autre.

Isi reposa son verre en réprimant une grimace. Le médicament qu'ils venaient d'avaler comme un vin rare était en réalité affreusement amer.

Elle frissonna et ramassa un drap qui traînait pour s'en couvrir.

Pour éviter le lit elle alla vers la fenêtre. C'était un rectangle de verre blindé épais comme un cockpit d'avion. Aucun système ne permettait de l'ouvrir, ni même de l'entrebâiller.

On l'avait conçue pour résister aux rafales les plus violentes, mais ici elle servait surtout à protéger les locataires des projectiles dont les errants bombardaient les immeubles lorsque le désespoir les poussait à d'absurdes sursauts de révolte.

Isi appuya son front contre le carreau.

En bas, dans la rue, une petite fille descendait d'un convoi d'abris ambulants. Un grand chien la rejoignit d'un bond. Un doberman. Isi remarqua que la fillette était en guenilles et l'animal souillé de boue.

— Encore une, dit-elle tristement.

— Quoi ? lança le jeune homme qui s'était rallongé, le drap tiré jusqu'au menton, comme un malade.

— Encore une errante, répéta Isi. Il en arrive tous les jours.

— C'est normal, Almoha est la seule ville à peu près clémente de la région. On dit que c'est parce qu'elle est située dans une cuvette.

Isi haussa les épaules, agacée.

— Tu sais bien que ce n'est pas la seule raison, fit-elle d'une voix presque inaudible. C'est nous qui les attirons... comme des naufrageurs.

— Tu exagères.

— Pas du tout. Notre renommée a fait le tour du pays. Les prêtres s'en sont chargés.

Elle laissa tomber le drap et appliqua ses paumes sur la vitre glacée. Elle regardait la petite fille et le grand chien, tous deux immobiles sur la place, hési-tants, perdus. Pour un peu elle leur aurait crié de fuir, de faire demi-tour avant qu'il ne soit trop tard. La peur l'en empêcha.

« Et puis, songea-t-elle avec fatalisme, la vitre étoufferait mes mots. »

Mais elle savait que ce n'était pas là la vraie rai-son.

Elle recula, dissimulant sa lâcheté dans l'obscurité de l'appartement.

Sur la table de chevet un écrin de velours noir long d'une trentaine de centimètres s'entrebâillait sur un mince tuyau percé de trous. Une flûte ivoirine, dont la matière évoquait l'os poli.

Sans même avoir besoin de s'en approcher on sentait bien qu'il s'agissait d'un instrument très ancien.

Son travail délicat évoquait la pièce de musée, l'objet d'art ou d'orfèvrerie. Sa texture, toutefois, tempérait l'émerveillement qu'on pouvait ressentir en la détaillant car elle amenait à l'esprit des connotations désagréables d'ossuaire, de charnier ou de fosse commune.

Cette rencontre d'idées antithétiques créait une curieuse impression de malaise. Un de ces dégoûts incontrôlables qui vous assaillent devant une rangée d'instruments chirurgicaux et vous font détourner la tête à la vue de divers spécimens de scies d'amputation.

De telles images paraissaient totalement incongrues en présence d'une simple flûte, pourtant on les devinait à l'état latent, effrayantes et immatérielles comme des ombres.

Isi claqua le couvercle de l'écrin. Au même moment le jeune homme se remit à tousser.

La jeune femme se boucha les oreilles pour ne pas se laisser gagner par la contagion. Un picotement sournois commençait à naître au creux de sa poitrine.

Elle déglutit et serra les mâchoires, bien décidée à résister à la quinte naissante.

Dehors, de l'autre côté de la vitre blindée, la petite fille et le doberman venaient de se mettre en marche.

CHAPITRE III

Le groupe d'enfants marchait à la rencontre de Nathalie. Vêtus de guenilles, ils avaient essayé de se composer une personnalité inquiétante en arborant des objets insolites qui pouvaient tout à la fois faire office d'armes et de bijoux. Une chaîne à gros maillons pendait sur la poitrine creuse de l'un d'eux. Un autre avait débité un tuyau de plomb en rondelles et enfilé les anneaux ainsi obtenus à chacun de ses doigts, se composant du même coup une sorte de gantelet articulé. Les moins ingénieux étaient équipés de bas de nylon emplis de sable, ou de tronçons de chambre à air bourrés de cailloux qui pendaient à leur ceinture comme de longues matraques crissantes.

Le plus âgé, un adolescent au crâne orné d'une croix noire peinte au goudron, affichait avec ostentation un vieux gilet pare-balles qui, par endroits, vomissait son rembourrage protecteur.

Ils avançaient vers Nathalie en roulant des épaules, mais il était visible que la présence du doberman les inquiétait. Celui-ci d'ailleurs s'était mis à gronder dès leur apparition, et la fillette avait dû le saisir par le collier pour l'empêcher de bondir.

La petite bande choisit de s'arrêter à distance respectueuse, et le chef à tête peinte n'osa pas faire plus de deux pas en avant pour se démarquer de ses subordonnés. C'était un gosse d'une quinzaine d'années au visage boutonneux. Il parlait d'une voix que la mue rendait rauque.

— On veut pas de toi, dit-il sans préambule. Y a pas de place pour les nouveaux, toutes les caches sont attribuées. T'es une fille, tu peux pas rentrer dans la bande en subissant les épreuves, ou alors faut que tu deviennes notre femme et que tu acceptes de tuer toi-même ton chien.

Nathalie haussa les épaules, agacée par ces enfantillages.

— Qu'est-ce que vous appelez des « caches » ? demanda-t-elle.

L'autre parut surpris par tant d'ignorance.

— Ben, des trous, tiens ! s'exclama-t-il. Des coins où l'on peut se planquer en cas de tempête. Y en a pas des masses. Quand on en dégote un, on se le garde !

— Il n'y a pas d'abris collectifs ? De maisons d'accueil ? s'étonna Nathalie.

Un vaste éclat de rire secoua le groupe.

— D'où tu sors ? ricana le garçon. Pour nous il n'y a que la rue. C'est la seule aumône qu'on nous accorde. Si tu as de la chance tu peux découvrir un terrier : un trou dans un mur, une vieille sortie d'égout, une cabine téléphonique, un ancien kiosque à journaux, mais n'y crois pas trop. Tous les bons coins sont déjà pris.

— Mais les immeubles ?

— Les maisons sont plus étanches qu'un sous-marin, si t'essayes de t'y faufiler tu recevras un coup de fusil ou tu te feras électrocuter par un dispositif de sécurité. Il y a partout des portiers automatiques à combinaisons, et les halls sont de vrais sas de sélection. Une fois passé le seuil tu as dix secondes pour taper le bon code sur la console. Si tu ne le connais pas, tu te retrouves aspergée de gaz incapacitant, et le gardien te balance dehors après t'avoir cassé un bras ou une jambe pour t'ôter l'envie de recommencer.

Nathalie fronça les sourcils, cherchant à deviner si l'adolescent bluffait, mais elle pressentait hélas qu'il disait bien la vérité.

— Nous, on est les Ventouses, proclama le garçon rasséréné par le désarroi visible de la fillette. On nous appelle comme ça parce qu'on s'accroche et que le vent n'a pas encore réussi à nous déraciner, pas vrai les gars ?

La troupe approuva bruyamment.

— Mon nom c'est Otmar, grasseya l'adolescent. On a dégoté des coins « super ». Trop petits pour les adultes, des caches juste à notre taille et que les grands ne risquent pas de nous piquer. Si tu veux être notre femme et tuer ton clébard, alors on pourra peut-être quelque chose pour toi...

Nathalie secoua négativement la tête. Otmar renifla avec mépris.

— Alors il te reste encore une solution, fit-il d'un air mauvais. Va sur la place Verneuve, y a d'anciennes toilettes publiques. C'est Moro, un vieux vicieux, qui les occupe. Il aime les petites filles, il te prendra peut-être comme pensionnaire ? Et puis ton chien, ça représente quelques kilos de bifteck ! Tu pourras toujours l'échanger contre une place bien au chaud sur les chiottes du patron !

La bande se contorsionna dans un hoquet d'hilarité générale. Ce nouvel éclat exaspéra Cedric qui tendit l'encolure, oreilles couchées, véritable figure de proue, rostre de combat cherchant sa cible. Otmar flaira le danger et recula précipitamment.

Les rires s'estompèrent, sonnèrent faux.

— Allez, lança le garçon en se passant nerveusement le dos de la main sur la bouche, on te fait marcher !

Il parut réfléchir, puis jeta :

— Y a peut-être encore un endroit où tu peux tenter ta chance. Le jardin zoologique. Oui, c'est ça ! Le jardin zoologique... Hein, les gars ?

Nathalie perçut un flottement dans les rangs de la bande, puis, très vite, les voyous se mirent à hocher la tête en se guettant du coin de l'œil. Une flamme mauvaise dansait dans les pupilles d'Otmar.

— Tiens ! On n'est pas vaches ! susurra-t-il, Markos va te montrer le chemin. Viens, Markos, occupe-toi de la demoiselle.

Un adolescent dégingandé et boutonneux, flanqué d'une matraque improvisée, s'avança, le regard fuyant.

— T'as qu'à le suivre, dit Otmar à Nathalie. Le vieux parc zoologique c'est juste ce qu'il te faut pour toi et ton fauve !

Jugeant cette réplique suffisamment théâtrale, il tourna les talons. Tout le groupe l'imita. La fillette dut se secouer et presser le pas pour suivre son guide qui s'éloignait sans un signe. Elle eut envie de crier « Attends ! », mais ravala ses mots. On lui préparait une mauvaise farce, elle le devinait sans peine. Elle accéléra pour se maintenir dans le sillage de l'adolescent voûté qui marchait à grandes enjambées. Elle avait décidé de relever le défi, quel qu'il fût. De se défaire de l'étiquette « proie facile » qu'on lui avait déjà collée sur le front. Dans ce monde aux forts relents de jungle elle ne survivrait qu'à ce prix, c'était évident.

Au bout d'un quart d'heure de déambulation silencieuse au long des boulevards gris, une enclave délimitée par des piques de fer forgé se dessina à un carrefour.

— C'est là, dit laconiquement le guide désigné par Otmar.

Le parc zoologique était entouré de hautes grilles aux barreaux serrés. En les voyant, Nathalie songea à des lances soudées entre elles, et dont les hampes de fer se seraient terminées par un double tranchant enduit de peinture dorée. Derrière cette herse circulaire, les bâtiments semblaient en cage, prisonniers. Hors d'atteinte. La fillette hasarda le nez entre deux barreaux. Elle avait l'impression qu'une étrange menace émanait des constructions disséminées à travers le parc, comme si les pavillons d'exposition étaient en réalité d'énormes félins de brique pelotonnés dans une immobilité trompeuse.

D'où elle se tenait elle distinguait des serres aux vitrages probablement blindés, des verrières aux reflets glauques. Tout cela était intact. Les vitres des hautes fenêtres ne présentaient aucune fêlure. Les bâtiments eux-mêmes paraissaient solidement enracinés, leurs façades aux arêtes tranchantes ignoraient tout de l'érosion. On les avait conçus comme autant de lames destinées à lacérer le vent, à effilocher les bourrasques. C'était un jardin têtu, obstiné. Une redoute qui n'entendait pas capituler. Un bloc d'entêtement qui faisait le gros dos de toutes ses tuiles. Seuls les arbres avaient souffert. Amputés de leurs branches, ils ne dressaient plus que des moignons de troncs. Les haies de troènes, jadis taillées au cordeau telles des coiffures de Mohican, avaient dû subir la calvitie des tempêtes. Elles résistaient encore çà et là, grosses brosses de chiendent aplaties par de trop nombreuses lessives. Les statues, elles, ne s'étaient laissé voler aucune pièce d'anatomie. Sans doute les avait-on coulées sur une structure d'acier plongeant ses racines dans le sous-sol et s'y ramifiant en arborescences faisant office d'amarres ?

Au loin, on apercevait un kiosque à musique plus ou moins démantelé, des volées de marches, des bassins couronnés de dauphins oxydés. Mais ce qui retenait principalement le regard se trouvait au niveau du sol sous la forme d'amas terreux qui jonchaient les allées et les pelouses à la manière de ces tumulus marquant le cheminement souterrain des taupes. En plissant les yeux, Nathalie remarqua de curieuses boursouflures du terrain, comme si des bêtes fouisseuses avaient entrepris un gigantesque travail de sape sur toute l'étendue du jardin zoologique.

L'enfant qui l'accompagnait dansait maintenant d'un pied sur l'autre, et son visage avait pris une expression chiffonnée. Nathalie l'interrogea du regard. Le garçon baissa les yeux, penaud.

— Faut pas que tu rentres là-dedans, laissa-t-il tomber en articulant à peine. Otmar te fait une sale blague en t'envoyant ici. C'est pas habitable. Personne à Almoha n'aurait l'idée de se réfugier là. Tiens ! Regarde !

Du doigt, il désigna deux cratères ébréchant l'arrondi d'une ancienne pelouse. Deux entonnoirs tachés de suie qui semblaient s'être vidés sous l'effet d'une explosion venue du sous-sol.

— Le parc est piégé, reprit l'adolescent, tous les jardins sont remplis de mines-taupes. Des charges mobiles montées sur chenilles et équipées d'hélices de taraudage. Elles se déplacent constamment sous la terre des allées, si bien qu'on ne peut déterminer aucun passage sûr. C'est comme un essaim qui s'entrecroise sans cesse. Elles sont programmées pour épargner les bâtiments et les statues, c'est tout. N'y va pas, elles courent sans jamais s'arrêter. Quelques types qui se croyaient malins ont essayé de s'y risquer avec un détecteur de mines. Ils n'ont pas dépassé le grand bassin. Un détecteur, c'est utile quand les charges sont immobiles, enfouies, inertes. Pas quand elles bougent tout le temps et s'amènent dans votre dos comme un petit train électrique !

Nathalie hocha la tête.

— Merci de m'avoir prévenue, murmura-t-elle. Mais pourquoi tant de précautions autour d'un simple musée ?

Le garçon eut un geste vague en direction de l'un des bâtiments.

— C'est Werner, le conservateur ; il est fou. Quand les prêtres lui ont demandé d'ouvrir les pavillons d'exposition pour accueillir les réfugiés, il a déclenché tous les dispositifs antivandalisme qui protégeaient les salles. Le jardin zoologique s'est transformé en une véritable forteresse. Toutes les portes sont piégées, toutes les verrières sont blindées. Personne ne peut entrer. Werner est tout seul là-dedans, quelque part. Il prétend que sa mission consiste à sauvegarder les trésors artistiques de Santäl, que le musée est une arche, un sanctuaire qui subsistera longtemps après que le vent nous aura tous avalés. C'est un vieux cinglé. On n'en a rien à foutre de ses vieilleries ! S'il avait ouvert les galeries tous les gueux d'Almoha auraient pu y trouver refuge. À cause de lui on est à la rue et on sert de casse-croûte aux tempêtes...

Mais Nathalie n'écoutait plus. Les yeux fixés sur le sol elle essayait de se représenter le ballet souterrain des charges explosives sous la croûte tonsurée des anciennes pelouses. Cedric lui-même avait dressé les oreilles et pointé le museau. Ses pupilles avaient pris la fixité inquiétante de l'affût. Sans doute perce-vait-il le grignotement ténu des mines mobiles occu-pées à forer leurs tunnels ? Sans doute devinait-il leur approche invisible à de menues vibrations que lui seul était capable de détecter ? Quoique dissimulées, les bêtes de métal n'avaient pas échappé à son flair. Nathalie était prête à le parier. La fillette crispa les doigts sur les muscles dorsaux du chien. Dans leur code cela signifiait l'imminence d'un danger.

Les taupes du jardin n'étaient pas des animaux inoffensifs qu'on renversait d'un coup de patte. Le doberman comprit le message et laissa filer un coui-nement aigu.

— Tous ces tunnels ont ravagé le sous-sol, reprit Markos. Sous les pelouses, sous les allées, ce n'est qu'un enchevêtrement de galeries. À certains en-droits ça peut s'ébouler au moindre choc.

La petite fille se mordit les lèvres avant de deman-der :

— À ton avis, j'ai combien de chances de survivre à Almoha si je ne trouve pas d'abri ?

L'autre grimaça de façon peu encourageante.

— Tu ne fais pas partie d'une bande, observa-t-il. Le jour tu ne risques rien, les prêtres veillent et les errants sont trop occupés à courir les distributions de nourriture, mais la nuit...

— La nuit ?

— La nuit c'est la jungle. On chassera ton chien comme un lapin. Il a beau avoir des crocs, une bonne fronde maniée par un expert, et tu le ramasseras le crâne ouvert comme une noix. Quant à toi...

— Oui ?

— Le mot « enfant », ça ne veut plus dire grand-chose ici, surtout pour une gamine de ton âge. T'es plus assez petite pour rester sur la touche.

Nathalie reporta son regard sur les bâtiments gris. Son interlocuteur s'agita.

— Si tu crois pouvoir te glisser là-dedans, siffla-t-il, t'es aussi folle que le vieux Werner, mais après tout ce sont tes affaires. On dit qu'à l'angle sud de la ménagerie il y a un carreau cassé. C'est le seul tuyau que je peux te donner. Une mine aurait éclaté tout près et fendu la verrière. Mais c'est peut-être des histoires.

— Où est la ménagerie ?

— Là-bas, le bâtiment tout en vitres, comme une serre géante.

Il fit une pause avant d'ajouter :

— T'es complètement cinglée. Pense que les mines courent sous la terre comme des rats. Chaque fois qu'elles se déplacent la configuration du laby-rinthe change avec elles !

— J'ai le choix ? coupa Nathalie.

— Fais ce que t'a dit Otmar, deviens notre femme. Y a pas de vraie bande sans nana, tu serais pas malheureuse.

Nathalie haussa les épaules et saisit les barreaux à pleines mains pour se hisser sur le muret ceignant le périmètre du jardin. L'adolescent eut un recul épouvanté.

— Tu te suicides ! cracha-t-il en amorçant un mouvement de fuite.

— Tu ferais mieux de partir, ricana Nathalie. Si je marche sur une taupe tu pourrais bien en recevoir les éclaboussures !

Le garçon eut une seconde d'hésitation puis détala, sa matraque lui battant les jambes.

Cedric avait rejoint sa maîtresse d'un bond souple. Il engagea l'encolure entre les barreaux. Nathalie avança une épaule, puis le torse. L'écartement des tiges d'acier ne constituait pas un obstacle ; en deux secondes ils furent tous deux de l'autre côté toujours en équilibre sur le bord du muret.

— C'est comme un lac, chuchota la fillette à l'oreille du doberman, un lac plein de poissons carnivores, tu comprends ?

Mais le chien était déjà en alerte. Son oreille de fauve à peine domestiqué percevait nettement le grignotement sournois des bêtes cachées qui creusaient la terre. Il aurait voulu se jeter en avant, forer le sol avec ses pattes pour déloger l'une ou l'autre de ces agaçantes bestioles qui se promenaient impunément sous son nez, mais un obscur instinct l'avertissait de n'en rien faire.

— On va descendre, reprit lentement Nathalie. Je compte sur toi. Il ne faut pas que les taupes nous rattrapent, tu entends ? Chaque fois que l'une d'elles se dirigera vers nous il faudra changer de direction, immédiatement. Elle se tut. Elle savait qu'elle parlait en vain, pour faire du bruit. Le chien se moquait des mots, il avait déjà décelé l'odeur de peur qui montait de sa maîtresse, il avait compris qu'il ne s'agissait pas d'un jeu. La fixité de ses pupilles le prouvait.

L'animal et l'enfant descendirent du muret. Nathalie enfourcha Cedric, le chevauchant comme un poney. C'était la meilleure méthode, elle était d'un poids négligeable eu égard à la force musculaire de la bête. Cedric se mit en marche, le nez à ras de terre.

Par moments, ses oreilles raidies s'incurvaient à droite ou à gauche. On le sentait d'une attention extrême. Chacune de ses pattes était un stéthoscope collé sur la peau du jardin zoologique, elles lui transmettaient la plus infime vibration des tréfonds.

Soudain il démarra, s'arrachant de terre d'un coup de reins fabuleux, et Nathalie faillit basculer en arrière. Par bonheur elle eut le réflexe de s'accrocher au collier et de serrer les genoux. Derrière eux une canule perça le sol pour souffler un nuage de déblais. Cedric courait maintenant à petites foulées. À trois reprises il cassa son itinéraire à angle droit sans que Nathalie ait pu déceler le moindre indice de danger. Puis l'animal s'arrêta, haletant, sur le qui-vive. La fillette ruisselait de sueur. Elle nota que les pelouses accusaient de fortes dépressions, là où le travail de sape des mines mobiles avait trop fouillé le sous-sol. Un nouveau tube chromé perça la croûte d'une allée comme un périscope et cracha une bouffée d'humus. Cette fois Nathalie entendit nettement le ronronnement d'un petit moteur. La taupe bourrée d'explosifs venait droit sur eux. Cedric hésita, fit un bond, et retomba de l'autre côté de la machine infernale. Il paraissait un peu affolé. Nathalie tenta de repérer l'entrée de la ménagerie. C'était un gros bâtiment tout en verrières, semblable à la coque pansue d'une barrique. Cedric laissa échapper un grognement plaintif. Ses muscles dorsaux tremblaient sous les cuisses de Nathalie. La fillette se coucha sur son encolure et lui murmura des mots de réconfort, des mots inventés dont ils étaient les seuls à comprendre la charge magique.

Le chien redémarra, zigzaguant tel un lièvre. Le parc était plein de grignotements, seules les statues semblaient des oasis de solidité.

« Nous n'y arriverons jamais ! » pensa Nathalie.

Au même moment la terre se déroba sous les pattes de Cedric. La pelouse, criblée par les sapes, venait de s'enfoncer d'un bon mètre. Nathalie hurla, mêlant son cri au jappement de terreur du doberman. Ils roulèrent au fond d'une tranchée pulvérulente, tandis qu'à moins de trois enjambées, une mine patinait dans l'humus trop meuble, essayant de se remettre sur ses chenilles comme une tortue ou un gros insecte renversé.

La fillette se mordit le gras de la main. L'engin, taché de points d'oxydation, trépidait en faisant rugir son arbre de forage aux hélices tranchantes. Il avait l'aspect d'une torpille courtaude. Sur son dos, on voyait distinctement la plaque à ressort du détonateur. Nathalie, horrifiée, songea qu'à force de patiner, la mine risquait de se retourner, se percutant elle-même sous son propre poids. Cedric luttait pour s'extraire de l'excavation, mais la terre, travaillée par le va-et-vient des charges mobiles, s'éboulait de toutes parts.

La fillette s'agrippa au collier de l'animal qui finit par la traîner hors du cratère. L'entrée de la ménagerie n'était plus très loin. Le chien écumait, les babines découvertes. Nathalie eut soudain très peur qu'il ne perde la tête et se mette à déterrer la prochaine mine qui viendrait à passer pour la mordre à belles dents. Elle lui désigna la serre brisée qui leur faisait face.

— Le trou ! cria-t-elle. C'est là ! Là !

Cedric se ressaisit. Dès que Nathalie lui eut à nouveau passé les bras autour du cou, il fit deux bonds en sens contraire, décrivant une sorte de V qui l'amena juste au seuil du pan de vitre cassée.

— À l'intérieur ! hurla Nathalie. Vite ! Entre !

Le grand chien obéit encore une fois, plongeant dans la pénombre verte du pavillon de zoologie. Nathalie se laissa tomber sur le sol carrelé. Elle était méconnaissable, barbouillée de sueur et de terre, les yeux agrandis par la tension nerveuse. Elle se trouvait dans une vaste salle en rotonde au centre de laquelle avait été creusée une fosse peu profonde. Les vitrages, très épais et très sales, atténuaient considérablement la lumière du jour.

Cedric demeurait sur la défensive, détaillant les cages qui tapissaient le mur du fond. Des bêtes immobiles s'y tenaient dressées sur des perchoirs. Uniquement des oiseaux. Leurs ailes et leurs queues étaient curieusement recouvertes d'une épaisse pellicule de poussière grise.

La fillette se redressa. Dans la fosse il y avait un hippopotame. Immobile et poussiéreux, lui aussi. La ménagerie était aussi vivante qu'un garde-meuble. Nathalie songea qu'il s'agissait d'animaux empaillés, ou d'habiles reconstitutions. Rien d'étonnant à cela, on ne voyait plus guère d'oiseaux sur Santäl depuis que le vent en avait fait ses premières victimes.

Comme de coutume la rotonde avait été aménagée de manière symbolique. La pesanteur du pachyderme contrastait avec la légèreté des volatiles, exprimant toute la crainte et tout l'espoir de Santäl : la peur de l'envol et la volonté d'enracinement.

Nathalie s'écarta de la fosse pour longer les cages. Certains oiseaux disparaissaient sous une telle couche de poussière qu'on ne pouvait même plus deviner leur ramage initial. Elle avisa une petite porte qui menait à une étroite cabine de sonorisation dominant la salle. Une imposte permettait de surveiller l'écoulement des visiteurs. Le réduit était encombré de pupitres de lecture, de potentiomètres à curseur, et de cassettes soigneusement étiquetées. La fillette en épousseta quelques-unes. Elle crut deviner qu'il s'agissait d'enregistrements de chants d'oiseaux. Obéissant à une impulsion, elle glissa au hasard une demi-douzaine de cassettes dans les fentes de lecture trouant la console, tâtonna sur les interrupteurs, et regagna la rotonde. Des trilles, des sifflements, jaillissaient à présent des haut-parleurs dissimulés dans la gorge des animaux empaillés. C'était sinistre. Elle éclata toutefois de rire en découvrant que l'hippopotame roucoulait maintenant comme une colombe et qu'un canari poussait des barrissements épouvantables.

Cedric, affolé, courait en cercle autour de la fosse. Nathalie dut retourner dans la cabine de sonorisation pour faire cesser l'affreuse cacophonie qu'elle avait déchaînée. En éteignant la console elle eut un soupir attristé. La ménagerie, qui l'avait fait un court instant rêver, n'était qu'un cimetière sonorisé. Un alignement de tombes branchées sur la stéréophonie !

Elle se prit à imaginer un cimetière aux dalles flanquées de haut-parleurs de marbre, et où il suffirait d'appuyer sur un bouton pour faire défiler une bande restituant la voix du défunt. Elle frissonna en observant l'hippopotame à nouveau muet. De faux excréments de caoutchouc tapissaient le fond de la fosse. Ce souci du détail avait quelque chose de dérisoire.

Cedric vint se frotter contre elle, mendiant une caresse. Elle lui chiffonna les oreilles avec tendresse, brusquement ragaillardie. De quoi se plaignait-elle ? Ils avaient triomphé des mines, de la nuit et des pièges d'Almoha ! Le jardin zoologique veillait sur eux comme la meilleure des forteresses. Alors ? Demain il serait toujours temps d'aviser...

La fillette s'assit sur le carrelage, le dos contre la maçonnerie de la fosse. Le doberman s'allongea près d'elle, et elle entreprit de lui gratter distraitement l'échine. Elle était fatiguée, trop fatiguée pour échafauder le moindre plan. Elle ferma les paupières et le chien l'imita. Ils s'endormirent de concert, sous le regard mort des oiseaux de la rotonde.

La nuit s'écoula sans incident. Le parc était une enclave dans la cité, une tranche crémeuse découpée dans le gâteau d'une autre dimension.

Nathalie fut réveillée par une brusque sensation de froid. Son estomac gargouillait et elle avait faim. Elle but abondamment au robinet de cuivre qui sortait du mur au-dessous de la cage étiquetée *Ardea Cinerea* (héron cendré), et Cedric fit de même.

Le chien sur les talons, elle commença l'inspection de son nouveau domaine. Toutefois elle ne découvrit aucune nouvelle porte. La cabine de sonorisation semblait le seul prolongement de la rotonde, et elle ne tarda pas à comprendre que le musée avait été bâti de manière qu'une réelle étanchéité isolât les bâtiments entre eux. Ainsi on coupait court à toute tentative d'invasion. Pénétrer dans un pavillon ne donnait pas accès aux autres galeries d'exposition. La rotonde de l'hippopotame était un cul-de-sac, et il en allait probablement de même pour toutes les autres constructions.

Nathalie ordonna à Cedric de se coucher, et gagna la brèche d'accès. Le chien émit des jappements d'angoisse quand il vit sa maîtresse disparaître par la verrière brisée mais il connaissait la valeur d'un commandement et ne bougea pas. Il resta seul, tremblant au milieu des animaux sans odeur tassés au fond des cages, et dont le regard fixe était une véritable provocation.

Nathalie, elle, avait entrepris d'escalader l'une des membrures de métal structurant la serre. C'était relativement aisé, les gros boulons constituaient des prises faciles et, en l'espace de quelques minutes, elle se hissa au sommet du dôme. Enjambant les poutrelles, elle remonta ainsi tout le long de l'échine de la construction. Parfois elle s'agenouillait, crachait sur le verre, et collait son œil sur le carreau, laissant son regard couler vers les profondeurs des galeries. La mauvaise luminosité ne lui offrait généralement qu'une perspective de silhouettes figées. Des bataillons de cormorans et d'ibis taxidermisés, rangés en parade militaire. Plus loin leur succédaient des légions de pélicans et d'albatros empaillés. Tous ces volatiles, disposés selon une géométrie parfaite, dressaient leur raideur sur l'étendue d'un immense parquet ciré. Leurs couleurs étaient intactes et ils ne présentaient aucune trace de poussière. Nathalie se demanda si les salles d'exposition n'avaient pas été placées en état de vide artificiel. Quoi qu'il en fût, aucun des dômes qu'elle parcourut ne lui laissa la moindre chance d'accès. À deux reprises elle fut tentée de se laisser glisser au bas d'une colonne pour aller frapper à la porte de l'un ou l'autre des bâtiments massifs qui s'intercalaient entre chaque tronçon de galerie, mais son instinct l'avertit de n'en rien faire. Les marches de marbre étaient probablement piégées, la sonnette déclencherait sûrement le tir croisé d'une douzaine de riot-guns, quant au heurtoir de bronze, il servait sans aucun doute de détonateur à une charge de plastic placée sous le tapis-brosse. Elle soupira, découragée.

  La plus petite lucarne disparaissait sous un entrecroisement de barreaux, les ardoises du toit — lorsqu'on les déplaçait — laissaient apercevoir une série de plaques de blindage soigneusement soudées. Le jardin zoologique cachait son armure de combat sous les volutes, les décorations corinthiennes ou doriques, les lanterneaux aux mièvres vitraux. Atlantes et cariatides avaient été plaqués sur la cuirasse sans faille d'un coffre-fort bourré de cadavres emplumés. Au moment où elle amorçait son demi-tour, Nathalie remarqua une plaque de marbre, scellée au-dessus du heurtoir d'une porte à double battant : « Docteur Georges Werner. Conservateur général ».

La fillette haussa les épaules avec mauvaise humeur et reprit le chemin de la rotonde où l'attendait Cedric.

Son expédition ne lui avait rien appris de véritablement réjouissant. De plus elle se retrouvait confrontée au plus épineux des problèmes : celui du ravitaillement. Si elle voulait manger il lui faudrait quitter l'asile du musée... et donc retraverser le champ de mines. À cette seule idée la sueur lui mouilla les aisselles et le bas des reins. Cedric l'accueillit en bondissant de soulagement. Elle se pelotonna contre lui, écrasa son visage sur le poil noir du doberman, essayant de puiser un quelconque regain de courage dans ce contact avec l'impressionnante carapace musculaire de la bête.

CHAPITRE IV

Cedric courait dans l'allée principale séparant l'ancien kiosque à musique du pavillon de géologie. Il zigzaguait comme à l'accoutumée, Nathalie juchée sur son dos, les deux mains rivées au collier clouté enserrant la gorge du doberman.

Le grand chien progressait par bonds souples, démarrages foudroyants, volte-face vertigineuses.

C'était la troisième fois qu'ils traversaient le champ de mines et Nathalie s'étonnait d'être encore en vie. Mais la bête semblait guidée par un instinct mystérieux, une sorte de flair fantastique, et ces courses mortelles s'achevaient toujours de la meilleure façon.

Cette fois il s'agissait de sortir et les grilles ceignant le parc zoologique se rapprochaient lentement. Nathalie transpirait d'abondance. Elle avait l'impression que ses tympans, à la sensibilité décuplée par la peur, percevaient le cheminement souterrain des mines-taupes s'entrecroisant au hasard du prodigieux réseau de galeries qu'elles avaient creusées sous la terre des pelouses et des allées.

Par endroits, le terrain, privé de véritable assise, s'effondrait en cuvette ou en cratère, faisant basculer une statue ou une vasque de pierre. Cedric obliqua deux fois encore avant de s'arracher du sol d'une détente des cuisses pour retomber souplement sur le muret où s'enracinaient les grilles ceignant le parc. Nathalie laissa échapper un soupir douloureux.

Au moment où le chien se glissait entre les barreaux, elle avisa un petit groupe d'enfants qui l'observaient, les yeux arrondis d'hébétude et la lèvre pendante. Ils paraissaient béats d'admiration. L'un d'eux, un enfant à tignasse rousse, s'avança timidement. Comme ses compagnons il était vêtu de haillons.

Il hésita, fixa Nathalie dans les yeux avec une arrogance contrefaite, et demanda d'une voix qui tremblait un peu :

— C'est vrai que tu vis au milieu du champ de mines ?

Nathalie fit la moue.

— Tu dormais quand j'ai traversé ? lâcha-t-elle d'un ton cinglant.

L'enfant recula.

— C'est vrai que t'as refusé d'entrer dans la bande des Ventouses ? interrogea-t-il dans un souffle.

— Et d'être la femme d'Otmar ? ajouta aussitôt quelqu'un.

La fillette se redressa et posa une main sur l'encolure du doberman, adoptant l'attitude d'un colonel de cavalerie au moment du lever des couleurs.

— Je n'ai pas besoin d'Otmar et de ses clowns,

déclara-t-elle sèchement, je me moque de la protection d'une bande de pleutres ! Je ne reconnaîtrai pour compagnons que ceux qui auront visité au moins une fois la fosse de l'hippopotame.

Elle avait conscience d'en faire un peu trop mais elle était persuadée qu'elle devait frapper les imaginations si elle voulait qu'on la laisse en paix.

Les gosses reculèrent, impressionnés. Quand Cedric sauta sur le trottoir, ils s'enfuirent en piaillant. Cette fois Nathalie comprit qu'elle était devenue une sorte de célébrité dans le monde étrange de la gueuserie enfantine. Puis elle songea que cet avantage n'irait pas sans éveiller quelque jalousie, mais il n'est pas de médaille sans revers.

Ses admirateurs ayant disparu, elle quitta le dos de Cedric et prit pied sur l'asphalte. Le soleil venait à peine de se lever mais elle avait déjà très faim.

CHAPITRE V

Isi se drapa dans sa vieille cape violette aux pans élimés et franchit le sas de l'immeuble. La porte hydraulique se referma automatiquement derrière elle dans un chuintement pressé, restituant à la maison son étanchéité de sous-marin. Chaque fois qu'elle posait le pied dans la rue, Isi mesurait l'étendue de l'incroyable privilège dont elle jouissait. Elle avait un abri ! Elle était une nantie, elle possédait un toit, une case, un antre, un terrier... Un trou au fond duquel elle pouvait s'enfouir. Comme tous les musiciens elle avait droit à un appartement dans l'un des immeubles appartenant à la communauté religieuse d'Almoha. Tant que l'Église la protégerait elle ne connaîtrait pas l'enfer des boulevards transformés en camps de réfugiés, les baraques de carton assemblées sous les arcades, les tentes de toile goudronnée élevées au milieu des anciens jardins publics. Non, tant qu'elle obéirait elle aurait la chance de pouvoir tourner une clef dans une serrure, de claquer une porte, de...

Elle marchait, faisant sonner ses talons hauts et

voler les pans de sa cape. Elle avançait, traçant sa route à travers des foules misérables vautrées sur l'asphalte ou tassées à croupetons au pied des monuments. Elle laissait derrière elle une masse uniforme, anonyme et déguenillée. Une armée fourbue qui ne connaissait plus la station verticale et stagnait, retournant lentement au recroquevillement fœtal. Personne ne la sifflait jamais. Aucune main n'osait s'interposer. Elle était Isi, la maîtresse musicienne, celle qui possédait les clefs de l'Opéra.

Elle marchait, droite dans le flottement violet du domino, l'écrin de velours coincé sous le bras comme un étui à revolver. La flûte dormait au creux de cette boîte, sarbacane curieusement trouée, sceptre d'une étrange royauté, baguette magique ou mince tronçon de squelette. Illogique instrument à vent sur une planète ravagée par les vents...

Au carrefour, Isi connut un moment d'hésitation. La légion des sans-abri avait colonisé tous les trottoirs. Ceux qui n'avaient plus assez de force étaient allongés sur des civières de fortune. On ne comptait plus les béquilles ou les attelles. La dernière bourrasque avait cruellement meurtri ces naufragés venus des quatre coins du pays, les traînant à travers les canyons des rues, les aplatissant sur les façades, les empalant sur les grilles des squares. Après chaque coup de vent les blessés s'évaluaient par dizaines. Le personnel médical de l'A.N.P.E. (l'Agence nationale de protection des errants) s'évertuait bien sûr à distribuer des secours, mais son action n'était guère plus qu'une goutte d'eau dans la mer. Aux sans-abri s'ajoutaient ainsi des escouades d'accidentés aux membres et aux côtes fracassés, et dont les gémissements se conjuguaient en une sourde mélopée dont l'écho déferlait au long des boulevards, flux et reflux d'une douleur lancinante fredonnée à bouche close.

Cette armée en déroute, affaissée sur les pavés, grelottait de faim, de fièvre et de froid, attendant tout de la charité parcimonieuse des habitants d'Almoha.

« Si on commence à les nourrir ils ne s'en iront jamais ! » protestaient les comités de résidents, et, fort de ce théorème, chacun renforçait ses blindages de porte et les barreaux de ses fenêtres.

Isi traversa la place en diagonale. Beaucoup détournaient la tête en la voyant, les quolibets mouraient au fond des gorges, les conversations se réduisaient en chuchotis.

Quelquefois pourtant, un homme se dressait sur ses béquilles, la tête enturbannée de pansements rougis ; tendant la main il criait d'une voix mal assurée :

— À défaut de pain, donne-nous ta musique !

Et les autres reprenaient en chœur, martelant en sourdine : « Le concert ! Le concert ! »

Mais ces manifestations d'audace ne duraient jamais plus de quelques secondes. Isi s'éloignait, ne pouvant dispenser aucune promesse. Les dates des concerts étaient arrêtées par l'office météorologique de la Compagnie du Saint-Allégement. Personne ne les connaissait à l'avance. Personne, sauf les prêtres...

Isi contourna la colonne de la Liberté, ou du moins

ce qu'en avaient laissé les tempêtes, et prit la direction de l'Opéra.

Sous les arcades, jadis occupées par les boutiques de luxe, on avait échafaudé d'incroyables bidonvilles faits de planches, de tôles et de cartons imbriqués. Les commerçants avaient battu en retraite, tirant leurs rideaux de fer blindés, espérant secrètement que le prochain ouragan balaierait ce dépotoir, ce grouillement humain toujours en quête de niches ou de tanières.

Lorsque les premiers réfugiés étaient entrés dans la ville on leur avait d'abord abandonné les hangars, d'anciens bâtiments administratifs désaffectés. Puis, devant leur nombre sans cesse grandissant, on avait pris peur. Chaque immeuble avait été gagné par la psychose de la citadelle assiégée. On avait tout mis en œuvre pour faire échec à un éventuel assaut de la gueuserie. Beaucoup redoutaient de voir ces cohortes de clochards se métamorphoser en pirates. On vivait dans la terreur d'un futur soulèvement, d'une ruée chaotique porteuse d'échelles et de grappins. Les maisons barricadées vivaient en quasi-autarcie. Dans les « beaux quartiers » le ravitaillement s'effectuait par hélicoptère, et de petits téléphériques reliaient les bâtiments entre eux, de manière qu'on puisse se rendre visite sans jamais devoir poser le pied dans la rue.

Ces fantasmes d'insécurité, entretenus par les médias, avaient transformé la ville en une sorte de cité lacustre, une Venise hallucinatoire où chaque construction se trouvait isolée des autres par des canaux, jadis appelés boulevards, et aujourd'hui emplis d'une boue redoutable dont il valait mieux se tenir éloigné. Une boue humaine s'accrochant désespérément à la vie.

Par bonheur tous les quartiers n'étaient pas frappés de cette folie isolationniste, mais Isi savait que l'envahissement dont était victime Almoha développait chez nombre de ses concitoyens une vénération malsaine pour le vent nettoyeur. Certains se mettaient progressivement à espérer le déferlement des ouragans. On parlait à voix basse du « prochain coup de balai » qui tardait à venir et on guettait les anémomètres avec impatience.

Un groupement de défense s'était constitué, exigeant l'érection d'une muraille tout autour de la ville, mais les autorités religieuses avaient repoussé ce projet en déclarant que le droit d'asile était un devoir sacré.

Cette prise de position avait fait glousser bien des musiciens qui savaient à quoi s'en tenir quant aux conditions d'accueil réservées aux réfugiés, mais on s'était gardé d'évoquer clairement les motivations secrètes du clergé almohan.

Isi pressa le pas. Elle approchait de l'Opéra et l'appréhension lui nouait l'estomac. C'était généralement dans ce dernier tronçon de parcours que se rassemblaient les mères et leurs enfants. Dès que la jeune femme apparaissait dans le froissement de sa cape, elles accouraient, tirant chacune un gosse par la main, se bousculant l'une l'autre pour attirer l'attention de la flûtiste. Elles disaient toutes la même chose :

— Prends mon fils, maîtresse musicienne ! Prends ma fille ! Je t'en supplie, tu ne trouveras pas d'élèves plus doués, fais-leur subir les épreuves de recrutement ! Par pitié !

Isi avait le plus grand mal à se dégager, à ignorer les mains tendues, les enfants qu'on lui jetait dans les jambes. Chaque fois elle serrait les dents et luttait pour ne pas céder à la panique. Elle aurait voulu qu'ils l'oublient, qu'ils ne la reconnaissent plus, mais c'était impossible. Pour eux, elle resterait à jamais « la pourvoyeuse »... Celle qui, debout sur le seuil de l'Opéra, pouvait vous introduire au paradis... ou vous faire basculer en enfer.

Nathalie apprit très vite que les errants surnommaient Almoha « la ville aux serrures crispées », et elle n'eut pas de mal à comprendre pourquoi. Les immeubles étaient tous équipés de volets de fer qui, à la moindre alerte, s'abattaient avec des crissements stridents de couperet de guillotine, obturant portes et fenêtres comme des paupières blindées. Les habitants des lieux préservaient farouchement leur étanchéité. Tous ceux qui avaient la chance de jouir d'un refuge le défendaient âprement contre l'envahissement des « gens de la rue ». Des rideaux métalliques condamnaient l'accès des bâtiments, faisant des porches et des halls des territoires inviolables. Almoha se fermait par tous ses orifices, tel un malade victime d'une aberration des processus de cicatrisation, et qui verrait se souder les unes après les autres toutes ses ouvertures naturelles. Un peu plus tard on lui raconta que cette étrange folie d'enfermement avait d'ailleurs donné naissance à des manifestations psychosomatiques défiant l'imagination. Certains esprits fragiles, obsédés par l'idée que le vent pouvait mettre à profit le moindre interstice pour exercer ses ravages, avaient déclenché sur leur propre corps d'incroyables bouleversements.

— Leur bouche se met à rétrécir, expliqua un gosse à Nathalie, puis leurs narines, leur trou du cul, tout ! J'en ai vu un qui avait une bouche pas plus grande que l'ongle du pouce, et les yeux soudés. Quand ça les prend ils se colmatent de tous les côtés. Même le nombril disparaît. On les nourrit par perfusion et on les fait respirer en leur mettant un petit tuyau dans la gorge...

Au hasard des discussions, la fillette reçut la confirmation qu'un nombre sans cesse grandissant de « colmatés » encombrait les salles communes de l'hôpital général. Les médecins demeuraient impuissants devant cette manifestation hystérique.

La maladie commençait par une obsession constante des fuites et des courants d'air. Les sujets atteints, terrifiés par les méfaits du vent, s'évertuaient dans un premier temps à boucher la moindre fissure de leur appartement en la bourrant de plâtre, de mastic, voire de goudron de calfatage. Puis, très vite, les symptômes dégénéraient. L'étanchéité du local n'était plus perçue comme suffisamment sécurisante. La menace du trou non détecté, de la faille ignorée, se faisait obsessionnelle, entraînant des perturbations physiologiques, et notamment un hyperfonctionnement pathologique des processus naturels de cicatrisation.

Un renouvellement tissulaire accéléré s'emparait en premier lieu des sphincters, puis tous les autres orifices voyaient leur diamètre rétrécir de jour en jour. Le malade se changeait alors en une poupée aveugle, sourde, muette, plus étanche qu'une chambre à air. Ces monstres infirmes et parfaitement clos ne survivaient qu'à condition qu'une main attentive, munie d'un bistouri, rouvre un à un les accès principaux du corps. C'était une tâche rebutante car la folie cellulaire ne tolérait aucune déchirure et se mettait aussitôt en devoir de combler les plaies ainsi pratiquées. Les tissus sectionnés se ressoudaient à une vitesse inimaginable, obligeant le praticien à lacérer sans cesse les mêmes zones corporelles.

— Ils sont déjà des centaines, conclut l'interlocuteur de Nathalie. Après avoir bouclé leurs maisons ils se verrouillent eux-mêmes ! Comme si le vent allait leur aspirer les boyaux, leur pomper un poumon ou trois mètres d'intestin. Le plus dingue à Almoha c'est que ceux qui ont un refuge ont encore plus peur des tempêtes que ceux qui campent sur les trottoirs ! Allez donc comprendre ça !

La fillette pensait souvent à ces curieux malades qu'elle se représentait sous l'aspect des grands poupons de celluloïd des temps anciens, quand la décence et la morale interdisaient qu'on pratiquât dans le corps des jouets des trous honteux susceptibles de faire travailler l'imagination des enfants.

Comment appelait-on cela, déjà ? Ah ! oui, des « baigneurs »... De beaux bébés insubmersibles et sans faille, des cocons de plastique asexués, lisses... fermés, impénétrables. La cicatrisation pathologique transformait les humains en coquilles absurdes. Les corps scellés ne protégeaient pas mais tuaient, au contraire, à brève échéance. L'armure se muait en défroque suicidaire.

Nathalie ne se lassait pas de demander des précisions, des détails supplémentaires. Pour un peu, elle s'en serait allée rôder sous les fenêtres grillagées de l'hôpital.

« ... C'est la folie du vent, lui répétait-on avec un haussement d'épaules, l'attente d'une catastrophe qui tarde beaucoup trop à se produire. Quand Santäl remplit ses poumons les hommes ne pèsent pas lourd, c'est une loi de la nature, mais il vaut mieux ne pas y penser. »

Une telle philosophie ne convenait guère à la fillette, trop occupée à scruter le monde pour laisser s'échapper un seul sujet d'étonnement.

Heureusement pour elle, les « colmatés » ne constituaient qu'une aberration parmi tant d'autres dans l'univers troublé d'Almoha. Lorsque, quittant le no man's land du jardin zoologique, elle entamait sa longue déambulation quotidienne à travers la ville, il lui arrivait fréquemment de croiser un cul-de-jatte, remontant un boulevard dans le grincement de sa caisse à roulettes. La plupart du temps l'infirme portait un stéthoscope médical en sautoir, comme le collier d'un grand ordre mystérieux, et un petit maillet à réflexes dépassait de l'une de ses poches.

Au début la fillette avait pensé qu'il s'agissait d'un fou, puis elle avait remarqué d'autres amputés, se déplaçant en patrouille dans le même attirail, et elle s'était mise à observer leur curieux manège.

Après un court briefing sur une place publique, les culs-de-jatte se séparaient. La formation se dissolvait en étoile et chacun entreprenait de descendre une rue ou une avenue, se propulsant de mètre en mètre au moyen de grosses poignées de bois en forme de fer à repasser.

De temps à autre le maraudeur bardé d'instruments médicaux choisissait de s'arrêter. Il enfonçait alors les écouteurs du stéthoscope dans ses oreilles et promenait le capteur de l'appareil sur l'asphalte humide, comme sur le dos ou la poitrine d'un gigantesque malade. Il étayait son auscultation en frappant ensuite les pavés et le bord des trottoirs du bout de son marteau à réflexes. À son air pénétré on sentait qu'il se concentrait sur les résonances nées des différents chocs, comme si ces échos amplifiés par le canal de l'instrument d'écoute étaient chargés d'importants messages. Après quelques minutes d'attention extrême, il reprenait ses palets propulseurs et se traînait un peu plus loin, où il s'empressait de répéter aussitôt la même cérémonie.

Nathalie chercha cette fois la réponse à ses questions auprès de Noro-le-rouquin, un gosse de huit ou neuf ans qui tentait désespérément de se faire admettre dans la bande des Ventouses et qu'aucune rebuffade ne décourageait jamais.

— Les Sans-pattes ? s'étonna l'enfant en dévisageant la fillette à travers la broussaille de ses cheveux écarlates. Faut pas se moquer d'eux, ni leur faire des blagues. C'est du sérieux, les prêtres les protègent...

Du flot d'explications embrouillées qui sortit de sa bouche, Nathalie retint que l'auscultation des trottoirs était une charge privilégiée octroyée par les autorités religieuses. Depuis des années les culs-de-jatte la monopolisaient en raison même de leur infirmité, et des « avantages » qui en résultaient pour l'écoute du macadam. Vivant au niveau du sol, ils n'avaient pas à se baisser et à s'agenouiller comme auraient dû fatalement le faire des hommes normalement constitués.

— Avant c'était pas des infirmes qui faisaient ce boulot, expliqua le jeune garçon, mais les gars avaient tout le temps des sciatiques ou des tours de reins. À force de se déplacer à genoux leurs articulations se bloquaient.

La légion des amputés ne connaissait pas ce problème, elle travaillait vite et bien, affichant une morgue hautaine qui décourageait toute approche familière.

Nathalie ne se laissa pas impressionner pour autant. Durant toute une matinée elle suivit l'un des « médecins du trottoir » dans ses déplacements. À la fin, l'homme exaspéré pivota dans un crissement de roues mal huilées et lui fit face. C'était un quinquagénaire au torse proéminent, flanqué de bras musculeux et velus. Il portait une redingote noire, sans manches, et un chapeau melon râpé.

— Merde ! hurla-t-il. Qu'est-ce que tu veux, la môme ? T'as pas bientôt fini de marcher sur mon ombre avec ton clébard grand comme un cheval ? Je le sens tout le temps dans mon dos, à baver, les babines retroussées, et ça m'énerve !

Nathalie força le doberman à se coucher, le museau sur les pattes de devant.

— Je voudrais juste savoir ce que vous faites, dit-elle d'un ton poli et faussement suppliant. Je ne comprends pas à quoi ça peut servir...

L'homme eut un mouvement de recul offusqué et fronça les sourcils.

— Tu n'es pas d'ici, conclut-il après un bref examen. Errante et ne faisant partie d'aucune bande ? C'est pas commun. On ne t'a donc rien appris là où tu vivais ? Tu ne sais pas que la croûte de Santäl s'amincit de jour en jour, que la terre qui nous porte est de mois en mois plus fragile, moins épaisse ? Tu n'as jamais reçu l'enseignement des pères du Saint-Allégement ? Notre profession de foi est simple, elle tient en un mot : « Écopez ! »

Discourant d'une voix au débit de plus en plus rapide, il s'appliqua durant quarante-cinq minutes à faire naître la lumière dans l'esprit de Nathalie.

Sa doctrine était relativement simple, elle différait des thèses les plus répandues sur un point capital : l'interprétation qu'il convenait de donner aux phénomènes aspiratoires ravageant la surface de la planète.

— Les autres se trompent, disait-il, Santäl ne se refroidit pas, de même qu'elle n'aspire pas tout ce qui couvre sa surface pour alimenter le feu défaillant du noyau de magma. Santäl n'est pas une chaudière géante en voie d'extinction. Le sens, la raison d'être de ces tempêtes qui labourent le pays et emportent tout dans leurs trombes, se trouve ailleurs. La vérité est plus terrible encore : notre monde est rongé de l'intérieur ! Au fil des siècles la sphère qui nous porte s'est progressivement effritée, *évidée* ! On pourrait la comparer à ces vieilles noix, d'abord pleines, lourdes, compactes, puis qui, au fil du temps, commencent à se ratatiner. Leur fruit se dessèche, ballotte au cœur de la coquille, car la chair ne remplit plus l'habitacle naturel de la bille de bois. Enfin la coque elle-même s'amincit et il suffit d'une légère pression des doigts pour faire éclater ce qui, jadis, opposait une réelle résistance aux mâchoires du casse-noix. Santäl souffre d'un processus de dégénérescence identique. Trop vieille planète dans un système solaire épuisé, elle se ratatine. Sous la croûte, la chair se décolle par lambeaux grands comme des continents. L'humus s'éboule, tombe en pluie dans le foyer du magma. Imagine un plafond qui perd sa peinture, son plâtre, puis dont les lattes pourrissent, s'éparpillent en échardes. La vérité est là ! Nous nous promenons, nous bâtissons, nous nous reproduisons à la surface d'une coquille de plus en plus fragile, d'un œuf dévitalisé. C'est cela que Santäl essaye de nous faire comprendre au moyen du vent et des phénomènes aspiratoires. Elle nous crie un message d'alerte. Elle nous dit : « N'entassez plus ! N'entassez plus, vous êtes trop nombreux, la chaloupe va sombrer. Cessez de vous reproduire, d'ajouter des tonnes de chair humaine à d'autres tonnes de chair humaine. Je suis un ascenseur surchargé dont les câbles vont se rompre, je suis un vieux pont de bois vermoulu dont les piles vont céder sous le poids d'une foule trop dense ! » Voilà ce que hurle le vent... Les tempêtes sont la légitime défense de Santäl, elles viennent jeter du lest. En déferlant elles razzient les hommes, les emportent dans la gueule du volcan pour les brûler et transformer la pesanteur de leur chair en une cendre impalpable. Santäl se défend contre notre prolifération. Elle ne connaît plus qu'un seul ordre : « Écopez ! » Et c'est ce qu'elle fait. Puisque le genre humain est encore trop stupide pour comprendre son message, elle a décidé de prendre elle-même les choses en main. Et elle nous envoie le vent... Le vent qui combat l'entassement en taillant dans nos rangs. Il sait ce qu'il fait. Il a sa mission : moins d'hommes, moins de maisons, moins de villes... Le nettoyage par le vide. Une bonne aspiration, le fourneau du feu central, et tout retourne à la cendre, à la poussière, au néant... à la légèreté salvatrice. C'est à cette seule condition que le vieux plancher peut tenir, par l'allégement permanent, par saignées répétées. Il faut tailler dans la masse. Tu connais l'expression « marcher sur des œufs » ? Elle est horrible, car notre situation est encore plus cruciale : nous sommes des millions à peser sur un seul œuf ! Un œuf à la coquille fendillée, craquelée, de plus en plus mince... Si nous ne prenons pas garde le sol s'ouvrira sur l'abîme et nous serons tous avalés. Voilà pourquoi j'arpente les rues, le stéthoscope à la main. J'ausculte le sol, je tente de repérer les zones de fragilité, les endroits où la croûte terrestre devient de plus en plus fine. Quand l'écho des résonances augmente, nous le signalons aux prêtres, qui décrètent la zone inhabitable. On évacue aussitôt les maisons, on dispose tout ce qu'elles contiennent au long des trottoirs pour que le vent puisse l'emporter. C'est une ponction nécessaire, inévitable. Les expropriés deviennent souvent des errants, des sans-abri, destinés à s'envoler à la prochaine tempête. Mais que faire d'autre ? Si nous voulons survivre il faut que certains soient sacrifiés. Quand nous nous serons débarrassés de l'excédent de poids, tout rentrera dans l'ordre. Nous serons tranquilles pendant dix ou vingt ans, puis, dès que l'aiguille de la balance du monde entrera dans la zone critique, Santäl rouvrira la bouche pour nous crier son message d'alarme : « Écopez ! »... Tu dois savoir cela, toi, une errante. Quand le vent t'emportera, cette connaissance t'aidera peut-être à accepter la mort avec sérénité...

Sur ces dernières paroles il se détourna pour reprendre son travail d'auscultation. Nathalie choisit de s'éloigner, Cedric sur les talons. Pendant un long moment elle se concentra sur le bruit de ses pas, et sur les échos qu'ils éveillaient de façade en façade. Elle tenta d'y repérer une quelconque note de fragilité, une sorte d'accord fêlé, mais elle dut rapidement s'avouer que les sonorités qui naissaient sous ses semelles lui semblaient toutes d'une solidité indifférenciée... mais peut-être n'avait-elle pas l'oreille assez fine ? Elle n'avait jamais été douée pour la musique, elle le déplora en songeant que les musiciens auraient le privilège de deviner avant tout le monde l'heure de la fin du monde. Elle trouva cela injuste, les envia, puis cessa totalement d'y penser car elle avait faim. Cette dernière constatation l'alarma beaucoup plus que l'état de la croûte terrestre car il était extrêmement difficile de se procurer gratuitement de la nourriture à Almoha.

Au cours de son errance elle observa les rares badauds rasant les murs. Ceux qui rentraient chez eux, alourdis par les sacs de provisions, étaient tous ostensiblement armés. Arrivés au pied de leur immeuble, ils pianotaient un code secret sur le clavier du portier automatique et se glissaient avec une élasticité d'ectoplasme dans l'entrebâillement réduit de la porte blindée. Cette opération se déroulait chaque fois à une vitesse de hold-up. On avait à peine le temps d'entrevoir une ombre se glissant dans la fente d'une tirelire que le battant claquait dans un bruit plein de coffre-fort gavé.

Les pieds en feu, la fillette finit par déboucher sur une place encombrée par une foule en haillons. Un fort relent de graisse flottait dans l'air, et, en grimpant sur le piédestal d'une statue envolée, elle aperçut une poignée de prêtres en soutane à rayures jaunes, occupés à distribuer d'une louche parcimonieuse le contenu d'une grosse marmite. Les pauvres se bousculaient, donnant sournoisement du coude, tandis qu'un novice s'évertuait à les disposer en file indienne.

— C'est encore de la soupe aux cierges ! grogna quelqu'un.

— Ça pue toujours autant ! renchérit un autre contestataire invisible.

L'ecclésiastique préposé à la louche siffla un avertissement et beaucoup baissèrent la tête, adoptant par réflexe une attitude de feinte humilité. Nathalie remarqua que la distribution avait lieu sous une grande affiche rouge, agressive et encadrée de filets dorés. On y lisait cette phrase sibylline :

L'office météorologique a le plaisir de vous annoncer l'imminence du cent dixième concert de la saison des pluies. La représentation aura lieu avant trois jours, place de l'Opéra. Qu'on se le dise.

Nathalie haussa les sourcils, interdite. Son étonnement ne fit que croître lorsqu'elle réalisa que beaucoup d'errants déchiffraient le placard avec un plaisir évident, et que des bouches édentées souriaient en colportant la nouvelle. La foule des miséreux au ventre vide se réjouissait d'une quelconque manifestation symphonique avec autant de satisfaction que s'il s'était agi d'un arrivage massif de salaisons promises à la distribution publique. Mais elle avait faim, et ses crampes d'estomac prirent rapidement le pas sur la curiosité. Elle n'eut pas à faire la queue ; le jeune novice vint à elle pour lui remettre un quart empli de soupe fumante.

— Tiens, petite, murmura-t-il en lui posant une main sur le sommet du crâne. Que le Saint-Allégement t'épargne ou te soit doux selon la volonté des tréfonds...

Nathalie se retira à l'écart. La présence de Cedric lui évita de se faire arracher sa gamelle. Elle en

partagea le contenu avec le doberman qui sécha le
fond de l'écuelle en deux coups de langue. Ce maigre repas avalé, ils restèrent affalés dans une flaque
de soleil, essayant de réparer leurs forces. Un peu
plus tard Noro-le-rouquin vint se camper aux pieds
de Nathalie. Il paraissait excité et bégayait quelque
chose à propos du concert gratuit, mais la fillette,
engourdie par l'épuisement, ne comprit rien à son
discours saccadé. En désespoir de cause le gosse
s'assit à côté du doberman et esquissa peureusement
une caresse. Un grognement de la bête torturée par
la faim le dissuada d'insister.

Alors que Nathalie dérivait doucement vers le
sommeil, l'enfant aux cheveux roux tendit brusquement le doigt, désignant une jeune femme qui traversait la place d'un pas pressé...

— C'est Isi ! lança-t-il sans buter sur les mots. La
maîtresse musicienne, celle qui fait passer les auditions ! Elle est belle !

Nathalie ouvrit un œil distrait, mais n'aperçut
qu'une cape violette qui disparaissait au coin de la
rue.

— C'est Isi ! répéta Noro en se dandinant. La
recruteuse de l'Opéra...

CHAPITRE VII

Jadis, quelque part dans le bottin des millénaires, dans l'une des colonnes de l'annuaire du temps, l'Opéra avait dû être répertorié sous l'un des noms compliqués qui président d'ordinaire au baptême des dinosaures. Et puis les siècles avaient passé, emportant le cuir épais de cette bête immobile. La pourriture avait fait son œuvre, les charognards leur travail de cure-dents, libérant de son enveloppe de chair pataude ce magnifique squelette de marbre verdi.

Depuis toujours Isi professait que les nombreux monuments peuplant la capitale n'étaient que les os monstrueux d'animaux oubliés. Elle voyait dans l'Arc de triomphe un quelconque éléphant cubique génétiquement conçu à l'équerre et au fil à plomb. Une sorte de ruminant aux pattes trop lourdes pour être remuées. Un monstre apathique destiné à voir défiler des foules rectilignes entre ses gros pieds carrés. Ses articulations, mal conçues par une nature encore débutante, l'avaient condamné à l'arthrite, à la paralysie. Il avait vieilli, goutteux et immobile au carrefour des plaines du monde. Son sang circulant mal dans ses veines, des adorateurs compatissants avaient daigné allumer et entretenir un feu sous le ventre de la vieille bête, dans l'espoir de réchauffer sa lente agonie.

La mort était venue, enfin, et avec elle les corbeaux, fouille-viande, mâche-chair, et autres récureurs de carcasse. Travaillant du bec, ils avaient vite eu raison de cette façade musculaire, tout en parpaings de graisse... Et il n'était plus resté que cette arche d'os verdi, aux imbrications si fines qu'aucun ligament n'était nécessaire pour les maintenir en place. Des émanations méphitiques avaient entretenu la petite flamme brasillant sous le ventre du squelette... Plus tard d'autres peuplades avaient sculpté les flancs de la dépouille tassée sous son propre poids. On avait inventé cette histoire de « flamme du souvenir », mais Isi n'y accordait aucun crédit. Elle savait que l'Arc de triomphe était bel et bien un dinosaure oublié sur le parking du temps par des paléontologues peu scrupuleux.

Il en allait de même, bien sûr, pour la tour Eiffel, au long cou de diplodocus. Seul le maquillage trompeur du temps avait dupé les foules. La patine des millénaires avait fardé l'os, lui donnant l'allure de la pierre ou du métal. Isi, elle, n'était pas si crédule. Son œil exercé savait lire l'ossuaire secret de la capitale. Se mordant la lèvre inférieure, elle s'attardait longuement aux carrefours-cimetières, cherchant à distinguer sous le masque ornemental la bête primitive, le cadavre originel ; cet amas de côtes, de tibias et de cartilages qu'on avait fini par prendre pour un monument érigé de main d'homme.

Isi aimait être la seule à savoir. Elle ouvrait l'œil, se mordait de plus en plus la lèvre jusqu'à la changer en une grosse muqueuse-limace, lourde de sang pulsé et de fièvre, qui faisait rêver les hommes et naître des mots sales dans l'esprit des adolescents.

Mais Isi s'en moquait, seul comptait le cou de la tour Eiffel, cette colonne vertébrale soudée par la calcification et condamnée à une perpétuelle érection. L'incurie des hommes avait installé un ascenseur au cœur de cette formidable dépouille dressée comme un défi aux millénaires. On était même allé jusqu'à planter des antennes de télédiffusion sur le crâne minuscule perché en haut de son chapelet de vertèbres.

L'Opéra avait, lui aussi, subi les mêmes métamorphoses. Jadis squelette de tortue, l'ignorance l'avait maquillé en palais bossu. Personne ne semblait plus réaliser que son gigantesque dôme n'était qu'une carapace déguisée, et que les imbrications le couvrant n'étaient pas d'ardoise mais bel et bien d'écaille. Non, personne. Sauf Isi.

« Une tortue octopode à thèque hypertrophiée, songeait parfois la jeune femme, un chélonien à ouvertures multiples... »

Alors ses doigts couraient sur le papier, ébauchant l'anatomie approximative de cet animal aux dimensions d'arène antique.

À première vue le bâtiment répondait aux canons habituels de l'architecture d'apparat. Des arcades,

des colonnes avec leurs jaillissements de nervures. Des voûtes à clef pendante tendues sur la toile d'araignée des croisées d'ogive. Tout un enfer d'arêtes, de doubleaux, de formerets. Des choses faussement molles, des affaissements renforcés intérieurement comme des cuirasses. Une géométrie lancéolée, aciculaire, cachant sa fonction d'ossature sous un camouflage de stuc doré. De salle en salle on retrouvait ces lignes de combat raidies, étarquées dans un interminable affrontement contre la pesanteur. Les grandes peintures des plafonds ne parvenaient pas à masquer totalement cet entrelacs guerrier essayant depuis toujours d'équilibrer des poussées invisibles, d'annuler la pesée coercitive de telle ou telle coupole.

Quelquefois Isi s'arrêtait pour scruter les murs, cherchant à y détecter le mystérieux travail de la pierre poussant la pierre. Toutes ces briques, tous ces blocs de granit étaient comme autant de foules se heurtant de plein fouet au cours d'une manifestation aux revendications incompréhensibles. Les parois se cognaient contre leurs voisines. Les pierres faisaient front, épaule contre épaule, arête contre arête.

Chacun cherchait à se maintenir à sa place, à annuler les pressions, les poussées. Sous l'apparente froideur des salles aux ornementations figées vibrait un dynamisme invisible et destructeur. L'équilibre d'un bâtiment est une lutte de chaque minute. Ainsi, depuis des siècles, l'Opéra ne cessait de se battre contre lui-même, de mener une guerre d'unification afin que ne se morcelle son corps. Remontant les couloirs, Isi frissonnait en devinant au-dessus de sa tête l'entrecroisement des voûtes d'arête. Elle y retrouvait les mêmes lignes de force qui structurent les armures, les heaumes ou les caparaçons de bataille des chevaux du Moyen Âge. Habiter l'Opéra c'était élire domicile à l'intérieur d'une machine blindée. Un char d'assaut dissimulé sous un amoncellement de crème Chantilly et d'angelots de sucre doré.

Parfois elle faisait halte sous la bulle reposante d'une voûte en cul-de-four. En ces brefs instants elle se laissait gagner par l'agréable conviction d'être devenue lapin sous le chapeau melon de pierre d'un illusionniste géant.

Ainsi percevait-elle l'Opéra au travers du brouillard fantasmatique engorgeant sa lucidité. Une carcasse oubliée, qui, pour échapper à la condamnation perpétuelle au musée, avait su se fabriquer une nouvelle identité : celle de bâtiment public. Hors-la-loi du temps refusant l'incarcération culturelle, le vieux squelette avait rusé, misant sur la bêtise des hommes pour leur faire confondre vieil os et marbre ancien. Seuls les chiens ne s'y laissaient pas prendre, et on les voyait souvent grignoter le bas d'une colonne dorique avec des grognements d'aise et des frétillements de queue gourmands. On les chassait, bien sûr, mais ils ne manquaient jamais de revenir, avides de mordiller marches et sculptures en un festin vandale et dénonciateur. Isi rêvait parfois qu'une armée de dogues aux babines écumantes se lançait à l'assaut de la construction, la réduisant en miettes dans un concert de mâchoires besogneuses.

Elle n'osait parler de ses angoisses à aucun de ses compagnons de peur de passer pour folle. Ce qu'elle était peut-être, du reste, mais en débarquant à Almoha elle n'avait pas aimé y découvrir cette caricature du vieux Paris que les architectes s'étaient efforcés de reconstituer à partir d'anciens documents. Pour elle la ville était irrémédiablement et définitivement truquée. Elle habitait un cadavre maquillé. Un ossuaire doué de mimétisme, une sorte de caméléon urbain capable de prendre l'aspect d'un immeuble, de farder ses vieux os de salpêtre et de graffiti pour ressembler à n'importe quelle bâtisse terrienne. Et les dinosaures décapés par les siècles riaient en grinçant des articulations de cette bonne farce, de ce carnaval qui les préservait de la curiosité des savants. Déguisés en temples, en ministères, les vieux prédateurs de la nuit des temps entamaient une nouvelle carrière de travestis !

Isi restait sans défense devant de telles bouffées fantasmatiques. Ces chapelets d'images obsessionnelles dilataient son cerveau des heures entières, véritables hernies de matière grise, anévrismes boursouflant ses circonvolutions mentales, distendant ses lobes cérébraux comme des baudruches ou des chambres à air frôlant le point de rupture. Elle savait bien évidemment qu'il s'agissait là de symptômes typiques de la maladie. Tous les musiciens finissaient par devenir la proie de semblables idées fixes plus ou moins en rapport avec l'objet de leur déchéance physique. Certains voyaient dans les colonnes d'une rangée d'arcades des flûtes déguisées en piliers... Un obélisque se faisait hautbois, un...

Isi, elle, était obsédée par la matière même des instruments : cet os couleur de vieil ivoire, à la fois patiné et poreux. Et lorsque la fièvre lui faisait battre les tempes, il lui semblait que la ville entière se changeait en un gigantesque squelette aux articulations complexes, une sorte de structure à la logique enfouie sous un désordre apparent. Quelque chose qu'on ne pourrait jamais saisir que de façon fragmentaire, faute d'un observatoire assez élevé. Alors, épuisée, hagarde, elle avalait des cachets acides et poudreux dans l'espoir de faire tomber la fièvre et de retrouver la paix de l'esprit. Mais le remède restait la plupart du temps sans grand effet.

CHAPITRE VIII

Un petit ballon dirigeable remontait le boulevard. Le filet emprisonnant la vessie gonflée à l'hélium se terminait par un système de sangles analogues à celles d'un parachute. Un homme, très maigre, était prisonnier de ce harnachement dont les courroies lui ceignaient la poitrine, les reins et les épaules. Ses pieds flottaient au-dessus du sol, à une cinquantaine de centimètres du trottoir, comme ceux d'un pendu. Ainsi soutenu, il progressait en brassant l'air dans une sorte de crawl frénétique. Les mouvements de ses membres, agissant par tractions successives, suffisaient à tirer le ballon dans la direction souhaitée.

Suspendu à sa bulle de gaz, l'inconnu traversait la ville sans même effleurer l'asphalte. Sa faible altitude de translation ne permettait pas de dire qu'il volait, et sa gesticulation, plutôt ridicule, ôtait toute dignité au moyen de transport choisi.

Nathalie nota d'ailleurs que le « nageur aérien » se déplaçait à faible vitesse, et que cette médiocre performance s'accompagnait d'une débauche d'énergie véritablement insensée.

Pourtant elle ne tarda pas à croiser d'autres ballons. Certains étaient bleus, rouges, quelques-uns de couleur grise et constellés de rustines. Ils portaient tous des individus émaciés, se contorsionnant en une même nage verticale, une bonbonne d'hélium en équilibre en travers des reins. Nathalie n'osa pas leur adresser la parole. En outre ils semblaient tous beaucoup trop absorbés par leurs mouvements gymniques pour accepter de converser avec une enfant en guenilles. Ces pendus baladeurs exaspéraient Cedric, qui se mit à les poursuivre en claquant des mâchoires. Se voyant attaqués, les nageurs aériens se contentèrent d'ouvrir leur réserve d'hélium, augmentant la portance de leur ballon et gagnant du même coup deux ou trois mètres d'altitude.

Cette fois encore ce fut Noro-le-rouquin qui vint éclairer les interrogations de la fillette.

— Les Pendus ? s'étonna-t-il. C'est la Compagnie du Saint-Allégement qui leur a bourré le crâne. Ils disent que la croûte de Santäl est devenue trop fragile et qu'il ne faut plus lui faire supporter aucun excédent de poids...

En quelques anecdotes il peignit à son interlocutrice l'étrange existence de cette faction religieuse extrémiste qui avait fait le vœu de ne plus jamais infliger à la terre de Santäl la corvée de les porter.

— Ils sont dingues mais nombreux, commentait l'enfant. Ils vivent en grappes, les prêtres soutiennent leur action en leur fournissant gratuitement le gaz qui gonfle les ballons. Ils se regroupent généra-

lement sur... ou plutôt au-dessus de la place Verneuve, si tu veux les voir...

Nathalie ne se fit pas prier. Postée au coin d'une
rue, elle put observer à loisir l'étrange ballet de baudruches multicolores agglutinées en une gigantesque
grappe. C'était comme un troupeau de parachutistes
destinés à ne jamais toucher terre. Il y avait des
femmes et des enfants parmi eux. La couleur des
ballons variait en fonction de la position hiérarchi-
que à l'intérieur du clan. Nathalie fut frappée de
constater que les nageurs aériens se livraient à leurs
besoins naturels sans daigner perdre un centimètre
d'altitude.

— Ils pissent et chient au-dessus de nos têtes,
l'avait pourtant prévenue Noro. Ça leur donne un
sentiment de supériorité. Ils nous surnomment les
« larves », les « rampants », les « culs-de-plomb ».
Au début ils essayaient de convertir les errants mais
maintenant ils vivent entre eux. Ils travaillent pour
la confrérie, on ne sait pas trop à quoi...

Alors qu'elle s'asseyait au bord du trottoir, Nathalie vit qu'un ballon rose se détachait de la grappe et
s'avançait vers elle. La baudruche supportait un adolescent décharné au crâne tondu. Il brassait l'air
habilement et son crawl le mena juste à la verticale
de la fillette. Nathalie dut lever la tête car les pieds
du garçon la dominaient d'un bon mètre.

— Tu nous espionnes ? lança-t-il sèchement.

— Un peu, avoua Nathalie. Vous vivez drôlement...

— C'est toi qui vis drôlement, rétorqua l'adolescent. Tu es inconsciente comme tous tes semblables. Inconsciente ou mauvaise. Tu affaiblis Santäl par ta seule présence, tu blesses sa peau, tu contribues à son anéantissement. Tous les marcheurs sont des prédateurs. Vous piétinez avec vos pattes de plomb, chaque fois que vous faites un pas c'est comme si vous donniez un coup de marteau sur un œuf ! Un jour la coquille de l'œuf craquera par votre faute. Heureusement le vent est là pour vous emporter !

Nathalie fronça le nez, mécontente.

— Et toi, siffla-t-elle, tu ne crains pas le vent ? Vos petits ballons me semblent pourtant bien fragiles, mais peut-être que les bourrasques changent de trottoir en vous apercevant ?

Le garçon parut gêné.

— Les... les prêtres nous hébergent à chaque ouragan, dit-il enfin. On nous regroupe dans la grande salle de l'Opéra, elle est assez haute pour nous permettre de continuer à flotter.

— Dans ce cas, évidemment, ricana Nathalie. Vous devez leur être bien utiles pour bénéficier d'un tel privilège.

— Nous donnons l'exemple ! s'emporta l'adolescent suspendu. Nous avons choisi une vie difficile pour soulager l'écorce de Santäl. Nous avons fait vœu de ne plus jamais fouler le sol. Si par accident l'un d'entre nous tombe et pose les pieds sur le trottoir, il est déchu de ses droits, chassé du clan. Plus jamais il ne pourra se suspendre à un ballon.

— Qu'est-ce qu'il devient alors ? Un stupide rampant ?

Le garçon blêmit.

— Non, ça jamais ! cracha-t-il. Celui qui tombe doit se sacrifier.

— Se sacrifier ?

— Oui, s'immoler par le feu afin que son corps n'ajoute pas au fardeau supporté par la planète. Du feu naît la cendre, et la cendre ne pèse rien.

Nathalie avala sa salive, impressionnée. Pour avoir le dernier mot elle ajouta :

— Ce serait un sale tour à te jouer que de descendre ton ballon au lance-pierres, hein ?

— Salope ! rugit le garçon, et, ouvrant sa braguette, il en extirpa son sexe pour uriner sur la tête de la fillette.

Celle-ci se sauva en glapissant, les cheveux et les épaules inondés d'un liquide à l'odeur âcre. Il lui sembla que le rire du garçon la poursuivait tout le temps qu'elle mit pour trouver une fontaine. Alors qu'elle se rinçait la tête à l'eau glacée, Noro-le-rouquin vint s'appuyer à la vasque de pierre.

— Alors, lança-t-il, tu les as vus ?

Nathalie grommela en tordant ses mèches ruisselantes. Sa robe empestait, il faudrait la laver.

— C'est vrai qu'ils se brûlent s'ils viennent à poser le pied sur le sol ? s'enquit-elle d'un air détaché.

— Parfaitement, confirma le gosse, si le ballon crève ils se font hara-kiri. Ils ont une sorte de bûcher permanent sur l'ancienne place de la Bourse. Les prêtres y entassent des bidons d'essence à leur intention. Ils s'aspergent, craquent une allumette, et vlouf !

— Vlouf ?

— Le feu, quoi ! C'est leur loi, ils l'ont choisie. Mais eux, au moins, on les protège pendant les tempêtes.

— L'Opéra ?

— Oui. Y a plus vraiment de musiciens et les prêtres ont pris le contrôle de l'Académie de musique.

Il ne put en ajouter davantage car un groupe de nageurs aériens remontait la rue dans leur direction. Nathalie et l'enfant roux s'écartèrent précipitamment. Les suspendus les dévisagèrent d'un air goguenard. L'adolescent au ballon rose fit un geste obscène à l'intention de la fillette.

— Que le prochain concert vous emporte ! hurla-t-il en brassant l'air de ses mains décharnées.

Nathalie les regarda s'éloigner sans répliquer. Quand ils eurent disparu, avalés par un tournant, elle demanda :

— Pourquoi parle-t-on toujours de musique dans cette ville ?

Mais elle n'obtint aucune réponse. Noro s'était enfui. Agacée, elle haussa les épaules et saisit Cedric par le collier. Il lui fallait à nouveau partir en quête de nourriture, chercher une distribution publique, une soupe populaire. Cette éventualité ne la réjouissait guère et l'atmosphère d'Almoha lui semblait de jour en jour plus frelatée, mais elle ne se sentait pas la force de quitter la ville. De plus, l'annonce qu'on avait faite d'une tempête imminente rendait tout trajet en rase campagne parfaitement suicidaire. Elle ne pourrait abandonner la cité qu'à la prochaine période d'accalmie, et il lui faudrait survivre jusquelà. Cela s'annonçait moins facile qu'elle ne l'avait cru tout d'abord. Elle s'affaiblissait dangereusement et le doberman trottinait la tête basse. Son pelage terne s'éclaircissait sur ses flancs creux. Il était désormais d'une humeur massacrante et refusait de se laisser caresser. Lorsque Nathalie insistait il laissait fuser un grondement sourd de mauvais aloi. À plusieurs reprises elle l'avait surpris lorgnant d'un œil de fauve aux aguets les mollets nus d'un gamin sautillant. Elle redoutait que la faim ne le pousse à attaquer un errant sans défense, mais elle n'ignorait pas que les hommes chuchotaient dans son dos en évaluant le poids des magnifiques grillades qu'on ne manquerait pas de tirer d'un tel animal. Cedric était lui aussi bel et bien menacé. Nathalie appréhendait le jour où une troupe d'affamés lui barrerait la route, brandissant des gourdins.

Remuant ces sombres pensées, elle se coula dans le flot d'un attroupement qui stagnait sur le parvis d'une église. Un prêtre en soutane rayée jaune et noir haranguait la masse des badauds dépenaillés du haut d'une petite chaire de bois frappée aux armes de la Compagnie du Saint-Allégement.

C'était un vieillard sec comme un vieux cuir. Une sorte de squelette prisonnier d'un vêtement de chair terriblement rétréci. Lorsqu'il agitait les bras on avait l'impression que sa peau allait craquer aux emmanchures.

— Défiez-vous du poids ! hurlait-il en roulant des

yeux de médium. Défiez-vous de la graisse. Défiez-vous de tout ce qui vous alourdit, car l'excès d'adiposité condamne Santäl chaque jour un peu plus. Adorez et pratiquez la sainte maigreur, celle qui ne pèse pas sur le sol fragile de notre pauvre planète. Apprenez à repousser les nourritures démoniaques, celles qui font grossir ! Fuyez la plus perverse d'entre elles : le sucre, les sucres ! Rappelez-vous que le diable a horreur du sel, et qu'il ne peut donc que se complaire dans les douceurs suspectes. Le sucre, agent du démon, est à l'opposé de la morsure bienfaitrice du sel. Ce sel qui consacre le baptême. Savez-vous que la formule chimique des sucres est à peu près la suivante : $C^6H^{12}O^6$. Observez bien les valences des éléments combinés : six, douze, six. C'est-à-dire 6, deux fois 6... et encore une fois 6. Terrible coïncidence, car ces trois chiffres accolés en une étreinte perverse ne donnent-ils pas 666 ? Dois-je vous rappeler les paroles de l'Apocalypse ?

« C'est ici qu'il faut de la finesse ! Que l'homme doué d'esprit calcule le chiffre de la Bête, c'est un chiffre d'homme : son chiffre c'est 666. » Ainsi la preuve est faite ! Le sucre et tous ses dérivés, les glucides, les hydrates de carbone, les sucres lents ou rapides, toutes ces légions douceâtres et emmiellées travaillent à votre damnation ! Elles veulent vous pousser à grossir pour hâter la fin du monde. Je vous en conjure, bénissez votre maigreur, pensez qu'elle assure la survie de Santäl. La faim est une tromperie, une tentation qui vous est envoyée par Satan pour vous précipiter sur la pente de la damnation. Détournez-vous d'elle car elle est mirage. Un homme gavé est un homme damné ! Sauvez vos âmes en acceptant avec béatitude la souffrance du corps. Ne cherchez pas à voler de la nourriture, dites-vous que le désir de manger est une tentation diabolique. Restez purs en préservant votre maigreur. C'est aujourd'hui un devoir civique et religieux. Chacune de vos souffrances est un bienfait pour Santäl, comme l'assurance d'un sursis...

Nathalie battit en retraite, écœurée par cette avalanche d'arguments spécieux, mais elle remarqua que de nombreux auditeurs hochaient mécaniquement la tête en signe d'assentiment. Elle jugea plus prudent de s'éloigner. À quelques rues de là elle vit qu'on avait disposé le long des trottoirs une invraisemblable accumulation de meubles dépareillés. Il y avait de tout : des bahuts, des commodes, des armoires à glace, des coffres, des tables, des chaises. Ces cohortes de mobilier reposaient pêle-mêle, de part et d'autre de la chaussée, telle une foule curieuse en attente de défilé. Il y avait là de quoi équiper des dizaines d'appartements. C'était comme si tout le quartier avait entrepris de déménager le même jour, transformant en bâtisses exsangues les maisons des alentours.

Nathalie se hasarda dans la travée, passant en revue un bataillon de buffets aux tiroirs clos. Un cul-de-jatte à stéthoscope surgit brusquement d'une porte cochère et lui barra la route en gesticulant.

— Où vas-tu ? hurlait-il. Tu ne vois pas que tu entres dans une zone d'allégement prioritaire ?

— Une zone de quoi ?

— Le sol ! haleta l'infirme. Le sol est ici plus mince que partout ailleurs, il a fallu alléger les immeubles, leur faire jeter du lest !

— Tous ces meubles ?

— Bien sûr ! Pour quelque temps encore leurs propriétaires pourront demeurer dans leurs appartements vides, mais si l'auscultation révèle un progrès du mal, alors il faudra amputer les maisons elles-mêmes. Leur ôter un toit, un étage... puis deux, puis trois. De manière que le vent puisse emporter ces pierres éparpillées.

— Mais les habitants ?

— Ils deviendront des errants, à moins qu'ils n'acceptent de se faire amputer des deux jambes, dans ce cas ils pourraient rejoindre notre confrérie. C'est une compensation que leur offre la Compagnie du Saint-Allégement, il ne faut pas la prendre à la légère. J'avais moi-même un duplex dans le quartier chic des facultés ; quand le terrain a commencé à s'amincir sous les fondations de mon immeuble il m'a bien fallu choisir : la rue ou la mutilation. Je crois avoir bien joué. À chaque tempête on nous abrite dans la grande salle de concert de l'Opéra, en compagnie des nageurs aériens. Les autres, eux, constituent la pâture du vent. Ne reste pas là, ne viens pas ajouter ton poids à ceux des résidents tolérés !

Nathalie tourna les talons, puis revint sur ses pas dès que le cul-de-jatte volontaire eut repris sa déambulation d'un porche à l'autre. Elle se coula entre deux armoires pour observer à loisir le pâté de maisons condamné. À première vue les bâtiments ne présentaient aucune aberration angulaire digne de la tour de Pise, pourtant l'armée des culs-de-jatte avait délimité le périmètre vulnérable en traçant sur le sol une grande frontière à la peinture fluorescente. Ainsi le territoire de fragilité commençait au-delà de cette ligne symbolique. Nathalie eût aimé y faire rebondir une boule de pétanque afin d'y détecter une quelconque différence de sonorité. Elle avisa une série d'affiches placardées sur les portes des différents immeubles. Elles fredonnaient toutes la même rengaine tragico-comique :

Risques d'effondrement souterrain. Jeûne obligatoire. Mouvements violents prohibés. Adoptez la position couchée et attendez les directives des équipes de secours.

Nathalie imagina aussitôt le spectacle offert par ces centaines de locataires couchés sur leur moquette, le ventre assailli de borborygmes, et n'osant remuer de peur de sentir la maison rouler bord sur bord comme un navire trop chargé.

Elle vit que des inscriptions tracées à la bombe à peinture maculaient les façades. Elles répétaient toutes la même injonction : *Écopez !*

Elle allait se relever quand un frôlement la mit en alerte. Encore une fois c'était Noro-le-rouquin. Elle comprit que le gosse ne cessait de se déplacer dans son sillage, espérant plus ou moins bénéficier de sa protection et de celle du chien. Il moucha son nez morveux d'un revers de main et s'agenouilla derrière une commode.

— Ils ont vidé des quartiers entiers, dit-il sans préambule. Dans la zone nord ça regorge de maisons désertes, d'immeubles creux dans lesquels on pourrait caser des centaines d'errants.

— Pourquoi ne pas passer outre ?

— C'est dur, il y a des scellés explosifs sur les portes, les fenêtres, et des signaux d'alarme. À la moindre alerte les nageurs aériens s'amènent au bout de leurs ballons, ils vous tirent dessus avec des sarbacanes ou des frondes à billes d'acier. Si on se fait prendre, on est immolé par le feu ou attaché par les pieds à un ballon ascensionnel qui vous emporte par-dessus les toits jusqu'à une hauteur où l'oxygène est trop rare pour qu'on puisse encore respirer. Ils appellent ça « la pendaison volante ». Mais toutes ces maisons vides, c'est trop alléchant ; alors il y en a toujours qui tentent leur chance.

Nathalie hocha la tête. Au bout d'un moment, elle murmura :

— Ces histoires de sous-sol trop mince, tu y crois, toi ?

Noro se renfrogna.

— J'en sais rien, lâcha-t-il. C'est une croyance comme une autre, quand les prêtres vous expliquent ça, ça paraît du solide. Et puis le temps passe et on ne sait plus, on doute. Ici on vit dans le culte de l'allégement, ailleurs on m'a dit qu'on s'alourdissait au contraire, c'est vrai ?

— Oui, avoua la fillette en songeant aux tribus de Pesants du second cercle.

Alors que l'enfant aux cheveux roux allait ajouter

quelque chose, un grattement ténu monta des profondeurs de l'armoire contre laquelle ils étaient ap-
puyés. Nathalie sursauta mais Noro lui posa la main
sur l'épaule pour l'empêcher de se relever.

— Il y a quelqu'un là-dedans ! balbutia la fillette.

— Tais-toi, lui ordonna le gosse. C'est sûrement
un rat...

— Mais non, écoute ! On bouge ! C'est trop gros.

Noro blêmit et s'accrocha au bras de sa compa-
gne, la tirant en arrière

— Viens ! suppliait-il. Les nageurs aériens sont
peut-être en train de nous espionner.

Sa panique, si évidente, devenait contagieuse.

Nathalie accepta de s'éloigner de la haie d'armoires bordant le trottoir. Lorsqu'ils eurent gagné le
repli d'une rue annexe, Noro chuchota d'une voix
de conspirateur :

— Ces meubles qu'on entasse le long des rues,
c'est bien sûr pour les offrir au vent de la prochaine
tempête, alors quelques familles en profitent pour se
débarrasser de certains fardeaux : un vieux retombé
en enfance, un gosse mal formé, un ancêtre qui n'en
finit plus d'agoniser... On les ficelle avec du ruban
adhésif, on les bâillonne et on les boucle dans une
armoire réquisitionnée.

— Mais les prêtres ?

— Les prêtres ne disent rien, ils pensent que Santäl apprécie ce genre de cadeau, et puis c'est toujours
quelques kilos en moins sur la terre qui nous porte !

Deux semaines s'écoulèrent. À présent Nathalie était capable de mettre quelques noms sur les visages qu'elle venait à croiser. Parfois, pour tromper la monotonie des jours, elle se lançait à l'assaut des toits du musée, nettoyant çà et là une verrière pour tenter d'espionner les profondeurs glauques des galeries scellées comme des tombeaux. Un matin elle crut voir un vieil homme à cheveux blancs qui se déplaçait dans la travée séparant deux haies de squelettes gigantesques, mais ce fut si rapide qu'elle en vint par la suite à douter de ses sens.

Le temps passait. Cedric et la fillette survivaient tant bien que mal. Nathalie sortait de plus en plus fréquemment seule, laissant le grand chien à l'attache à l'intérieur du pavillon de zoologie. Les errants s'étaient mis à chasser systématiquement rats et chats, et elle ne tenait pas à ce que le doberman fît les frais de ces safaris alimentaires. Maintenant elle était capable de repérer le grignotement des mines-taupes ainsi que les boursouflures de leurs galeries au ras du sol. Elle savait pressentir leurs déplacements, utiliser le piédestal de certaines statues, le pourtour des vasques de stuc ou le bord poli des bassins, de la même manière qu'on passe un ruisseau en sautant de pierre en pierre. C'était un peu compliqué, toujours dangereux, mais elle y prenait peu à peu un plaisir pervers qui la laissait moite et haletante. Elle passait ses journées à quêter des miettes de nourriture et à collecter des ragots. Généralement elle recevait plus de confidences que de nourriture car les enfants étaient fort prodigues en révélations et rumeurs. Il restait toutefois assez difficile de démêler l'écheveau de fantasmes et de mensonges sortant de leurs bouches, mais ces affabulations véhiculaient toutes le même leitmotiv : une étrange fascination pour la musique, et principalement les instruments à vent !

« Un instrument à vent »... Sur Santäl, planète ravagée par les ouragans, l'idée même qu'on pût ajouter le moindre souffle d'air à la tourmente ambiante avait quelque chose d'obscène. Une flûte, une trompette, étaient devenues dans l'esprit de beaucoup de gens des instruments maudits. On voyait en eux un aspect provocant et blasphématoire. Porter à ses lèvres le bec d'une flûte c'était déjà entamer les prémices d'une messe noire destinée à réveiller l'appétit dévorateur d'un monde haletant. On ne tolérait plus que la musique enregistrée, inscrite sur bande magnétique ou microsillon, une musique morte qui n'agitait l'espace d'aucune turbulence. L'équilibre de l'air était si précaire qu'on craignait à tout moment de voir s'abaisser l'un des deux plateaux de la balance invisible régissant l'harmonie des courants aériens.

« Le monde est comme une coupe pleine à ras bord, marmonnaient les vieilles. Une goutte de plus et elle déborde ! Sur Santäl rien ne doit troubler l'équilibre des masses d'air au repos. Rien ne doit réveiller la bête. Notre vie se déroule dans un long couloir d'avalanche. Si nous étions vraiment sages nous retiendrions notre souffle, nous ne respirerions qu'une fois sur trois, ainsi nos exhalaisons ne viendraient pas perturber la balance du ciel en surchargeant l'un ou l'autre des plateaux... ».

Certains illuminés prenaient ces déclarations au pied de la lettre et s'efforçaient de contrôler leur rythme respiratoire, ne s'accordant qu'une bouffée d'air toutes les cinquante secondes. On les repérait facilement au long des rues, avec leurs joues gonflées, leur visage que le début d'asphyxie rendait violet, et les grosses veines turgescentes sillonnant leurs tempes.

« L'épargne respiratoire peut contribuer à maintenir l'équilibre des masses d'air, proclamaient les affiches qu'ils s'acharnaient à coller ici et là. Ne gaspillez pas votre souffle ! N'ajoutez pas au chaos ! Respirer moins c'est préserver l'ordre ! L'asphyxie volontaire et contrôlée est le seul moyen dont nous disposons pour ne pas nous rendre complices des tempêtes ! »

De telles aberrations ravissaient Nathalie. Adossée à un lampadaire, elle regardait passer ces petits bonshommes congestionnés, les yeux hors de la tête, avec leurs lèvres cyanosées, serrées comme deux limaces noires en plein coït.

L'économie du souffle, le contrôle des turbulences... Ces mots revenaient souvent dans la presse. Mais la phrase clef, la formule quasi magique restait : « N'ajoutons pas au désordre. »

On craignait l'inflation respiratoire, les débauches « d'inspiration-expiration » chères aux gymnastes et aux athlètes. Un édit municipal avait ordonné la fermeture définitive de tous les clubs de mise en forme.

Le glas de l'austérité venait de sonner. On marcherait sur la pointe des pieds en respirant à petits poumons. Les grandes capacités pulmonaires (tous les anciens sportifs) seraient principalement taxées et surveillées. On entrait dans l'ère de la cyanose civiquement consentie. On étoufferait, la conscience en repos, on tousserait et on éternuerait dans des sacs en papier afin de ne pas occasionner de violents appels d'air.

Nathalie attendait avec impatience qu'un décret officiel vienne aussi réglementer l'usage du pet. À son avis, il était en effet impossible de feindre d'ignorer l'importance d'une telle turbulence naturelle, d'une telle perturbation, que le langage policé désignait d'ailleurs sous l'euphémisme de « vents ». Cette coïncidence dans les appellations était comme un signe occulte, un signal d'alarme. Fallait-il voir dans le pet une contrefaçon, une parodie diabolique du souffle ? On dit « rendre son dernier soupir », « exhaler un dernier souffle », « rendre l'âme ». Si le souffle devait être rattaché à la notion d'âme, qu'en était-il du pet ?

Devait-on assimiler les fermentations intestinales aux noires pestilences du péché ?

Nathalie estimait qu'on avait grand tort de prendre ce point théologique à la légère.

Encore une fois la logique des gouvernants s'exerçait avec myopie. Si les restrictions respiratoires n'étaient suivies d'aucune mesure conséquente sur l'usage des flatulences, cela reviendrait à favoriser les parties basses de la nature humaine (à tous les sens du terme) au détriment des régions hautes. Le problème n'avait rien de simple.

Nathalie, elle, estimait qu'en raison de l'état de crise, l'homme devait désormais se contrôler du haut en bas, afin de n'ajouter aucune contribution gazeuse personnelle à l'atmosphère ambiante.

Si elle n'avait pas eu faim et froid, la fillette aurait baigné dans le plus complet bonheur, tant la stupidité du monde des adultes réjouissait ses yeux neufs.

Dans un tel contexte, se déclarer musicien, et qui plus est adepte du saxophone, du tuba, du cor ou de la trompette, relevait de la provocation... et du suicide. Une seule corporation habitait encore la grande carcasse vide de l'Opéra : celle de la chirurgie musicale. La dénomination était volontairement vague, peut-être même trompeuse. La fillette avait cru comprendre que les artistes pratiquant cette discipline prétendaient, au moyen de sons spéciaux obtenus à partir d'instruments très particuliers, contrôler les mécanismes sensoriels régissant la souffrance. La thérapie musicale, s'appuyant uniquement sur des instruments à vent, rehaussait (disait-on) le seuil de détection de la douleur dans les fibres nerveuses, les rendant du même coup moins sensibles aux agressions. Une simple flûte pouvait inhiber la sécrétion des habituels médiateurs chimiques de la souffrance : kinines et histamine, dont le rôle est de stimuler les terminaisons nerveuses de la région atteinte. Une mélodie judicieusement choisie ralentissait la transmission de l'influx douloureux au long des fibres, transformant la fulgurante comète du mal en un véhicule poussif qui mettait des heures avant d'arriver au cerveau...

Nathalie n'avait pas d'opinion sur la chose, mais elle soupçonnait les musiciens d'avoir inventé cette fable pour obtenir des édiles l'autorisation de continuer à pratiquer leur art. Depuis qu'elle errait à travers la ville, la fillette avait croisé plusieurs de ces prétendus « magiciens du son ». Ils lui avaient tous offert le même visage de craie où les orbites creusaient deux cavernes rouges et fiévreuses.

La plupart du temps ils avançaient à petits pas, maigres et serrés dans une redingote de drap noir à col officier. On les sentait fragiles, émiettés de l'intérieur. Ils se tenaient voûtés et toussaient fréquemment en se comprimant la poitrine avec la main droite. Nathalie, en les détaillant à la dérobée, avait observé une décoloration blanchâtre sur le pourtour de leur bouche, ainsi que des traces de desquamation, comme s'ils s'étaient tous laissés aller à quelque baiser infernal et corrupteur. Pour des médecins ils paraissaient singulièrement mal en point. Les plus âgés se répandaient en quintes effroyables, en expectorations explosives qui donnaient envie de s'enfuir en se cachant le nez et la bouche sous un mouchoir imbibé de désinfectant. La fillette estimait que le pacte qu'ils avaient dû passer avec le vent les détruisait lentement, mais elle ne pouvait en déterminer les raisons précises. Pour continuer à pratiquer une musique maudite, ils avaient vendu leurs corps. Mais sur Santäl personne ne jouait impunément avec le vent. Personne.

Une fois, au passage d'une maîtresse musicienne, quelqu'un avait chuchoté une phrase incompréhensible à laquelle un commis gouailleur avait répondu par ce mauvais jeu de mots : « Il est bien connu que la musique adoucit les meurtres ! »

Nathalie, que ne rebutait pourtant pas la causticité, n'avait guère aimé le ton du garçon. Elle avait cru y déceler une angoisse mal dissimulée, et elle avait répété, comme pour elle-même : « La musique adoucit les meurtres... », sans parvenir à ressentir le moindre frémissement d'hilarité.

CHAPITRE X

Une fois de plus Nathalie avait regagné le pavillon des oiseaux poussiéreux. Une fois de plus Cedric avait joué à saute-la-mort entre les statues, le kiosque à musique et les vieux bancs écaillés jalonnant les allées.

Durant tout le trajet une trentaine d'enfants, massés derrière les grilles du square, avaient suivi ses évolutions, les jointures blanchies sur les barreaux, les yeux écarquillés par l'admiration et la peur. Nathalie savait qu'en peu de temps elle était devenue une célébrité. Les adultes l'appelaient « la folle au chien ». Les enfants, eux, n'avaient pas osé lui donner de surnom.

Pourtant, lorsque Cedric pénétra enfin dans la rotonde, la fillette éclata en sanglots. Elle se laissa tomber à genoux sur le carrelage froid et noua ses bras sur l'encolure du doberman. Personne ne la regardait plus, elle pouvait jeter le masque, s'avouer fragile et dépassée. S'avouer minuscule et désarmée. Elle n'était plus « la folle au chien », la crâneuse superbe à la main droite toujours posée sur le cou du fauve. Non, elle était petite et sale. Elle avait froid aux pieds, et le nez noirci. Les ongles en deuil et les cheveux comme des mèches de filasse huileuse.

Elle pleura longtemps alors que le jour baissait. Elle pleura accrochée au doberman comme une naufragée à un récif, et ses larmes collaient les poils de la bête, laissant entr'apercevoir la peau violette sous le pelage sombre.

Elle murmurait des mots sans suite, ces litanies de peur qu'on psalmodie aux heures de grande fragilité.

Elle chuchotait dans la nuit naissante opacifiant les verrières.

— Cedric, Cedric, sanglotait Nathalie avec sa voix de l'en dedans, d'abord tu n'as été qu'une poignée de fourrure dans ma main. Quelque chose d'à peine vivant. Une loque chaude, une boule morveuse qui cherchait en aveugle une niche où se tapir. C'était sous mon bras, à l'intérieur d'un tricot. Il te fallait des terriers remplis de mon odeur. Souviens-toi. Nous frottions nos museaux l'un contre l'autre, échangeant nos baves. Tu me débarbouillais à la langue papier de verre. Tu étais si chaud, j'avais besoin de ta fièvre naturelle, de tes 38 degrés d'animal bien portant. Cedric, ma bouillotte interdite, ma bassinoire vivante que papa arrachait du lit par la peau du cou. Cedric, mon oreiller musclé au pelage si doux. Je posais ma joue sur ton flanc et j'écoutais battre ton cœur de chien comme un métronome familier, une comptine rythmée qui m'acheminait lentement vers le sommeil. Ta langue me lavait, ton corps m'habillait, tu étais mon manteau vivant, mon jumeau, mon siamois, ma béquille à quatre pattes. Je marchais en m'appuyant sur ton dos comme une invalide en rupture d'équilibre.

« C'est déjà si loin, Cedric, tu vieillis trop vite pour moi, nous ne sommes plus synchronisés. Je suis toujours engluée dans l'enfance et toi tu es déjà un adulte, un mâle. Tu ne m'as pas attendue. Nos sabliers coulent un grain différent. J'ai peur, Cedric. C'est comme si tu étais passé de l'autre côté de ma vie, comme si tu n'allais plus te rappeler. Comme si tu allais oublier nos niches partagées sous les couvertures, nos nuits dans la même caisse d'emballage. Je crois que tout ça se rétrécit dans ton cerveau de chien. Ta tête trop chaude est un petit grenier où il n'y a que peu de place, alors la nature évacue les vieux meubles. Les vieux cartons bourrés d'enfance. De notre enfance.

« Cedric, tu files sur une autre dimension, le temps te mange plus vite que moi. Tu parais si fort et tu es pourtant une proie si facile ! Tes vrais ennemis sont les jours, ils te grignotent et tes crocs ne peuvent rien contre eux. Nos parallèles vont diverger. Mon Dieu ! ton enfance n'a été qu'un rêve, la mienne s'éternise comme une condamnation. Je voudrais que tu sois de nouveau ce caoutchouc palpitant qui courait après sa queue. Cette queue que j'ai toujours interdit qu'on te coupe... Tu faisais la guerre aux pantoufles dodues, tu les mettais en pièces avant d'en mastiquer interminablement la semelle. C'était ton chewing-gum de chien, je le répétais souvent à papa.

« Cedric, je suis sûre qu'il n'y a plus aucune trace de tout ça derrière tes yeux. Tu te transformes et je traîne. Tu galopes et je viens seulement d'apprendre à marcher. Nous allons nous perdre de vue. Oh ! je voudrais que tu te rappelles, toi mon frère de chaleur. Tu me léchais et je t'imitais en lissant tes oreilles du bout de ma langue. À chaque fois je toussais en avalant tes poils, et papa accourait. Alors je disais : "C'est la poussière, c'est le vent !" Cedric, tu attends de moi des ordres, des commandements. Tu te feras tuer pour moi, mais je préférerais ce jour-là — s'il vient — que tu t'enfuies en couinant comme un chiot peureux. Je ne veux pas de ta résolution d'adulte, de ton sérieux de mâle accompli, de ton sacrifice consenti par avance, inscrit dans ton potentiel génétique.

« Je ne te veux pas soldat suicidaire, chien esclave. Si je meurs, survis-moi, lape mon sang en guise d'au revoir et galope loin de ce monde de fous. Si tu le peux, même, dévore mon cadavre pour que je passe en toi, pour que je parte avec toi.

« Cedric, tu es trop calme, trop sage... trop vieux déjà. Tu es mon jouet de toujours, la boule noire qui s'installait sur ma tête pour me faire un bonnet à quatre pattes. Nous jouions au trappeur, tu étais ma coiffure de castor, ta queue me chatouillait la nuque et tu me bavais sur le nez... Oh ! Cedric, toutes ces années, si courtes pour moi, si longues pour toi. On ne nous a pas distribué la soupe du temps avec la même cuiller.

« Et maintenant nous marchons côte à côte. Il n'y

a pas si longtemps je veillais sur toi, tu étais mon
nourrisson velu à la gueule mâchouillante, je t'évi-
tais les traquenards domestiques, les piqûres d'insectes, les aliments dangereux... Aujourd'hui tu t'es
raidi dans ton rôle de défenseur. La situation s'est
renversée. Tu sais au fond de toi qu'on me veut du
mal, que tôt ou tard se produira l'inévitable affrontement. Tu as été préparé de toute éternité à cette
confrontation. Peut-être même y aspires-tu confusément pour mourir comme doivent mourir les "bons
chiens" ?

« Oh ! Cedric, ne meurs pas inutilement pour
défendre un corps sans vie. Ne t'obstine pas en un
absurde baroud d'honneur... Fais volte-face et dis-
parais dans la nuit, emportant un peu de mon image
au fond de tes cellules grises. Conduis-toi en chiot,
non en mâle entêté.

« Tu es mon chiot géant, Cedric, et je pose encore
une fois ma joue sur ton flanc. Tu as trois mois, j'ai
six ans. Le monde n'existe pas, nous le créons chaque jour à grands coups de langue râpeuse et de
caresses ébouriffées. Nous n'avons besoin que d'une
niche pour deux. Je ne sais pas encore que tu n'es
qu'un animal, tu ne m'as pas encore attribué le statut
d'humain. Nous sommes dans l'indifférencié, nous
n'avons pas de sexe ni d'âge, notre vie est si entamée
qu'on peut encore la croire intacte. Bonsoir, Cedric...
il est si tard qu'il vaut mieux dormir pour oublier le
temps, pour oublier que tu vieillis sept fois plus vite
que moi et que, malgré tous mes efforts, je ne peux

me maintenir à ta hauteur dans la course que tu mènes sur cette piste en forme d'horloge.

« Je voudrais que nous échangions nos sangs, que tu me donnes un peu de cette impatience à mourir qui te mène, que je t'infuse quelques gouttes de mon interminable enfance. Qu'une moyenne s'établisse qui nous fasse ex æquo au tableau d'arrivée. Oh ! Cedric, je déconne parce que je n'ai que toi, parce que j'ai peur du sommeil comme de la mort, parce que tout va à la fois trop vite et trop lentement. Attends-moi ! Ne cours pas si vite... J'ai un point de côté. »

Ainsi parlait Nathalie, à la lisière du rêve, au centre de la rotonde de l'hippopotame poussiéreux, quelque part dans la nuit d'Almoha. Dehors aucune lumière ne brillait plus sur la ville. Les immeubles avaient fermé leurs paupières blindées, condamnant les rues à l'opacité des fonds marins.

C'était une nuit de vase comme tant d'autres. Le moment fatidique où les maisons devenaient falaises, où les tours se faisaient des profils de montagnes. Au ras du sol quelques obstinés s'évertuaient à confectionner des torches que le vent soufflerait en trois secondes. Le vent protégeait l'obscurité, défendait son épaisseur. Ses bourrasques éparpillaient les étincelles, effilochaient les brandons de papier journal, rabattant les langues de feu sur les visages des insolents, leur aspergeant les cheveux et les sourcils de bouffées de tisons incandescents.

Parfois un homme se mettait à courir en hurlant, la tête transformée en flambeau.

La nuit aimait son intimité, sa noirceur secrète de viscère invisitable, et le vent connaissait ses goûts.

Nathalie dormait, la joue chaude et les pieds froids. Cedric, lui, gardait un œil ouvert, guettant ce qui finirait bien, tôt ou tard, par sortir des ténèbres.

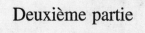

Deuxième partie

CHAPITRE XI

Nathalie venait de grimper sur le dauphin rouillé d'une fontaine depuis longtemps tarie. C'était un magnifique point d'observation d'où l'on découvrait l'étoile à cinq branches des anciens boulevards.

Pour la première fois elle trouva que le ciel avait une vilaine couleur. Une teinte indéfinissable. Des nuages niellés de flocons sales. Des moires suspectes qui jouaient comme des mirages à l'horizon. Cela lui rappela de mauvais souvenirs. Un silence pénible pesait sur la ville, et la moindre cavalcade se répercutait sur les façades en échos interminables.

Elle changea de position car le dauphin oxydé lui écorchait les cuisses. Soudain, remontant l'enchevêtrement des rues, elle vit deux points qui — venant de deux directions opposées — se dirigeaient visiblement vers le même endroit. L'une de ces taches mouvantes était un enfant, l'autre découpait une silhouette qu'elle avait appris à reconnaître. Celle d'Isi-la-recruteuse. Cette musicienne belle et pâle à la bouche marquée par la cicatrice perpétuelle d'un baiser infâme. Tous deux convergeaient vers l'Opéra...

Nathalie réprima un frémissement. À présent elle distinguait mieux l'enfant, un garçon, qui marchait d'un pas nerveux. Elle comprit qu'il allait solliciter une audition. Une audition, c'était quelque chose dont les gosses parlaient avec un effroi mêlé d'envie. Une sorte d'initiation magnifique et suicidaire, dont personne ne savait en quoi elle consistait réellement. Obéissant à une impulsion, Nathalie glissa le long des courbes de la fontaine et se mit à courir au-devant du garçon. Elle ne savait pas pourquoi elle agissait ainsi, mais il lui semblait capital d'intervenir, d'empêcher cette rencontre. En même temps elle avait conscience d'être idiote, de se mêler de ce qui ne la regardait pas. « C'est le ciel, pensa-t-elle, la mauvaise couleur du ciel. C'est un jour de folie. » Lorsqu'elle rattrapa le gosse il escaladait déjà les marches de marbre menant au cabinet d'audition. Le bruit de pas le fit se retourner d'un bloc. Lorsqu'elle fut plus proche de lui elle le reconnut. C'était Marek, un errant, comme elle, qui tentait de survivre en exploitant son don inné pour la musique. Elle s'arrêta et fit la grimace.

— Tu viens te présenter à l'audition ? siffla-t-elle entre ses dents. Tu sais ce que tu risques ?

Le garçon haussa les épaules. Il était vêtu de haillons serrés à la taille par un morceau de ficelle.

— Si on est engagé par un maître musicien, on n'a plus faim, laissa-t-il tomber comme une sentence.

Nathalie renifla avec mépris. On racontait beaucoup de choses sur la corporation des musiciens, et plus particulièrement sur les artistes spécialisés dans l'usage des instruments à vent.

— Tu as entendu parler des épreuves ? lança-t-elle. Certains disent qu'on peut y trouver la mort...

Marek ricana en grossissant sa voix.

— Et dans la ville, rétorqua-t-il, elle n'y rôde pas la mort ? Tu es nouvelle, tu crois encore qu'on peut s'en tirer, mais tu te trompes. Tu fais la fière, la princesse, mais dans quinze jours tu courras derrière les beaux messieurs en relevant ta jupe pour mettre ta chatte en vitrine ! Tu te laisseras défoncer par-devant et par-derrière pour un quignon de pain et une cruche de lait ! Tu ne pourras jamais vivre ici, tu as vécu dans du coton, du sucre d'orge plein la bouche... Si tu veux t'incruster à Almoha, c'est autre chose qu'il te faudra apprendre à sucer !

Nathalie ébaucha un geste pour le gifler, mais il était bien plus grand qu'elle. Plus fort aussi. Encore une fois elle regretta l'absence de Cedric. Quand le doberman trottinait à ses côtés, personne ne lui manquait jamais de respect.

Elle se détourna, coupant en diagonale à travers le péristyle. Avant de se glisser entre deux colonnes elle eut un dernier regard pour le nigaud qui piétinait devant la salle d'audition. Une méchante flûte de bambou était coincée sous son aisselle, comme un stick d'officier. Il avait froid... et peur. Nathalie se mit subitement à courir.

Isi escalada les marches menant à l'entrée sud de l'Opéra. De ce côté on avait économisé la peinture dorée, et la rouille, heureuse de cette marque d'attention, accrêtait les grilles de sa mousse écarlate, marquant ferrures et barreaux de son lichen métallique qui écorchait les doigts.

Un portique de marbre noir supportait le fouillis d'une figure allégorique entremêlant les corps en une série de postures si curieuses, qu'on ne savait jamais si l'on était en train de contempler un champ de bataille au soir d'une défaite ou une monstrueuse partouze. Un cartouche doré émergeait de cette bouffissure collective. On y lisait en lettres gothiques : « Conservatoire de musique. Cabinet des auditions ». Isi remonta le col de sa vieille cape, comme si l'obscurité du marbre était contagieuse. Le péristyle, lavé par la pluie, brillait comme la peau huilée d'un lutteur nubien. La jeune fille (sûrement à cause des colonnes rangées dans leur rectitude de garde-à-vous) s'y sentait toujours encerclée, prisonnière d'une louche intimité. De l'une de ces pénombres perverses et complices qui vous poussent à oser des gestes de défi magiques et puérils, des attouchements honteux dont on ne se serait jamais cru capable. Isi ne s'attardait jamais dans le péristyle. Dans la lumière trop rare, il lui semblait distinguer, se profilant dans les intervalles des colonnes, les museaux chafouins de vérités à la fois inconnues et si familières...

Elle pressa le pas, faisant claquer ses talons-aiguilles, regrettant en cet instant de ne pas pouvoir piétiner un tapis d'amorces gonflées de poudre noire. Le marbre avait cette odeur de vase qui s'accroche aux aquariums même les mieux entretenus.

Au bout de l'allée se trouvait l'enfant... La jeune femme sursauta. Tout à sa rêverie, elle n'avait pas pris le temps de se préparer moralement à l'éventualité d'une audition. Elle chercha un juron particulièrement sale pour exprimer son embarras, n'en trouva pas, et se promit de ne pas poser un seul regard sur le visage du gosse immobile.

Il attendait, raide, bien centré au milieu d'une dalle. Au-dessus de sa tête la lourde plaque d'acier luisant pendait à la manière d'une enseigne ou de la lame biseautée d'une guillotine. Isi déchiffra pour la millième fois : « Centre de musique médicale. Section G.S.A. (gommeurs sélectifs adaptables). »

L'enfant bafouilla une formule de politesse. La jeune femme n'y répondit pas et poussa le battant. La grosse porte de bois noir était gluante sous ses doigts, spongieuse, telle une épave qui aurait longtemps séjourné dans une mer d'encre de Chine.

Tout de suite on débouchait dans un couloir étroit où l'eau qui avait filtré sous la porte achevait de croupir en mares parcimonieuses. « C'est pour l'audition... » crut bon de répéter l'enfant dans le dos de la jeune femme. Elle ne dit rien. L'obscurité mauve du corridor amenait sur ses lèvres et sa langue des relents de fleurs fanées, de cimetière aux couronnes défraîchies.

L'enfant trottinait toujours derrière elle ; elle aurait voulu le rassurer mais elle ne pouvait pas. Elle marcha vers la longue table couverte d'instruments à vent et choisit une petite flûte d'os à quatre trous. C'était suffisant, il fallait quelque chose de simple dont le gosse possédait relativement bien la technique. Dans la lueur dansante des torchères, les flûtes, hautbois, clarinettes, cors, tous taillés dans la même matière, brillaient d'un éclat d'ossuaire. Isi rejeta ses cheveux sur ses omoplates, tendit le mince tube ivoirin à l'enfant.

— Tu connais la mélodie ? interrogea-t-elle avec l'espoir qu'il prendrait peur et s'enfuirait. Il n'y a pas de honte à dire non, tu sais ? Tu peux encore renoncer...

Mais il secoua négativement la tête, les traits figés par une brusque impatience boudeuse. Isi soupira. « Ils » étaient tous sûrs d'eux, « ils » voulaient tous devenir des « seigneurs musiciens ». Sur dix candidats, guère plus de trois battaient en retraite au moment de l'épreuve. Pour gagner du temps elle lui proposa de relire encore une fois la partition, mais il refusa d'un air agacé. Elle haussa les épaules et lui fit signe de la suivre. Elle avait été comme lui, quinze ans plus tôt. Comme lui, elle était venue frapper à la porte de l'Opéra pour subir les épreuves d'enrôlement, quatre autres gosses l'avaient accompagnée. Elle était la seule à en être sortie triomphante... et en vie. Les parents ne se plaignaient jamais. Le mirage de l'ascension sociale finissait toujours par gommer le danger et les pleurs.

Un couloir humide les amena dans l'une des multiples caves de la haute tour. À présent le garçonnet était très pâle et la jeune femme salivait d'abondance pour lutter contre la nausée aigre qui lui emplissait la bouche.

Une vaste cage aux barreaux recouverts d'un treillis occupait le centre de la chambre voûtée. Un vivarium dressait ses parois de verre glauque contre le mur du fond. Il régnait sur les lieux une odeur d'eau croupie et de vase. Isi fit coulisser la porte de la cage.

— Tu as bien réfléchi ? chuchota-t-elle.

L'enfant eut une mimique agacée et se coula dans l'espace délimité par l'alignement des barreaux. Isi verrouilla l'accès. Les mailles du filet métallique étaient si serrées qu'on eût dit celles d'une moustiquaire. Le garçon s'assit en tailleur, porta la flûte à ses lèvres et répéta en silence une série de doigtés complexes. Elle vit qu'il transpirait. Elle-même sentait la sueur sourdre en gouttes isolées de la toison de ses aisselles. Elle se secoua, alla vers le vivier et prit le premier aquarium qui se présenta. Le cube de verre, à demi rempli de sable et d'eau, contenait un court serpent noir à tête triangulaire. Un voron, dont la morsure venimeuse provoquait une paralysie des muscles respiratoires en trente secondes. Malgré ce potentiel criminel c'était une bête plutôt apathique, ne réagissant qu'en cas d'agression et ne s'attaquant pour se nourrir qu'à de très petits animaux. Si on l'irritait, toutefois, elle était capable de se lover en ressort et de cracher son venin deux mètres plus loin. Isi évita de secouer le reptile et glissa le bocal par la trappe d'accès située au ras du sol. Le crochet de bois prévu à cet effet « décapsula » le vivarium. Libéré, le serpent sinua paresseusement sur le sol de béton, repérant les odeurs du bout de la langue. Isi saisit alors le manche d'une louche emplie de soude caustique, et, d'un mouvement sec, en projeta le contenu sur le reptile engourdi...

Tout de suite le voron se dressa sur sa queue en boucle, gonflant sa coiffe avec colère. Isi jeta un bref coup d'œil à l'enfant.

— Joue ! supplia-t-elle. Apaise ses brûlures !

Une mélodie aigre s'éleva, d'abord mal affermie, puis de plus en plus « coulée ». Le voron cracha avec rage. À la différence des reptiles terriens il n'était pas sourd et ses membranes auditives percevaient les sons avec une remarquable acuité. Isi serra les poings. La mince lanière noire venait de filer sur le sol cimenté, pour s'immobiliser à deux mètres de l'enfant. La tonalité de la flûte grimpa dans l'aigu.

La jeune femme sentit une légère chaleur emplir son ventre. C'était bon signe. Le gosse était doué. Peu à peu l'angoisse refluait en elle, la sueur séchait sur ses flancs. La musique sédative jouait son rôle. Elle se laissa aller à fermer les yeux. Lorsqu'elle les rouvrit, le voron était à nouveau lové sur le sol, comme un filin sur le pont d'un navire. Elle sourit ; tant d'adolescents échouaient à l'épreuve du voron qu'elle se faisait l'effet d'une pourvoyeuse d'abattoir. Avec Marek, elle reprenait confiance. Elle ouvrit la porte de la cage ; l'enfant sauta souplement sur le sol sans cesser de jouer. Il paraissait excité et content de lui. Pour sa sauvegarde elle estima nécessaire de doucher son enthousiasme hâtif.

— Comment t'appelles-tu, déjà ?

— Marek, Marek de la zone sud, maîtresse musicienne...

— Pas de famille, bien sûr ? Tu fais partie d'une bande d'errants, c'est ça !

— Oui... Mon village a été emporté par le vent. Mes parents aussi. J'ai suivi des routards qui remontaient vers Almoha en disant que c'était une zone moins exposée à l'appétit de Santäl...

— Écoute, Marek, le voron c'était bien, mais tu sais, il ne s'agissait que d'une épreuve préliminaire. Un test de présélection. Déjà sur Terre, jadis, on charmait les serpents. Maintenant ça va devenir sérieux. Je vais t'amener dans une fosse et je t'y abandonnerai en compagnie d'un gros félin. Un tigris ou un léopon. Il sera en colère car il souffre d'une plaie infectée au côté droit. D'ordinaire cependant, ces bêtes n'attaquent pas l'homme. Tu ne disposeras que de très peu de temps pour l'apaiser par ta musique. Si tu paniques, si tu sautes une mesure, le soulagement musical perdra tout son pouvoir. Inutile de t'expliquer ce qui se passera... La dernière épreuve est la plus difficile. Tu ne disposeras d'aucune partition mais l'on te prêtera une flûte de maître, en os. Tu devras entièrement improviser. Je te ferai pénétrer dans une salle de torture où un bourreau professionnel passera un criminel à la question. Tu devras deviner les harmoniques qui commandent au cerveau du supplicié et composer un air qui anesthésiera la douleur de ses pieds broyés. Si tu échoues, le bourreau disposera de ton corps selon sa fantaisie. C'est Nero, il raffole d'expérimentations. Tu as entendu parler de lui ?

Le garçon secoua crânement la tête.

— Je n'ai pas peur, lâcha-t-il en triturant sa pauvre flûte d'apprenti. J'ai travaillé chez Pogon, le chirurgien. Il n'a plus d'anesthésiques depuis longtemps. Je jouais pendant qu'il opérait. J'ai réussi à maintenir insensible un type qu'on amputait de la jambe droite. Je n'avais qu'un simple bambou à six trous. Je sais que je peux trouver les airs qui soulagent. J'en suis sûr. Le gars qu'on amputait ne sentait rien, je vous assure ! À la fin même, il nous racontait des histoires drôles, et Maître Pogon pleurait de rire en lui sciant le tibia !

Isi soupira lourdement. La sueur perlait à nouveau au creux de ses reins. L'adolescent mentait pour se faire valoir, aucune flûte de chuivre ou d'archélos ne permettait ce genre de prodige. Seul un outil de professionnel, manié par un maître, en aurait été capable.

Marek revint à la charge :

— Vous ne me croyez pas, fit-il, acerbe. Vous essayez de me décourager, c'est normal, je viens de la rue, pas de la bourgeoisie du conservatoire !

Isi haussa les épaules. Pourquoi s'acharnait-elle à vouloir donner une chance à ce petit bluffeur arrogant ? Parce qu'il puait la faim et la misère ? Maître Zarc n'aurait guère apprécié cette attitude.

— D'accord, murmura-t-elle, on y va. Rappelle-toi que les félins sont surtout sensibles aux accords en syndole. Ces partitions n'ont pas de rythme déterminé, la valeur des notes change avec chaque animal. C'est à toi de le pressentir en observant les réactions

de la bête. As-tu des notions de psychologie animale ? Connais-tu les signes physiques qui traduisent
les états nerveux des fauves ? Les oreilles aplaties ne
veulent pas dire la même chose chez les léopons et
chez les tigris. Souvent même, des postures analogues ont des significations opposées. Penses-y. Une
dilatation extrême des pupilles veut dire « détente,
relaxation » chez l'un, « colère et imminence de
l'attaque » chez l'autre. Ne les confonds pas...

Marek eut un claquement de langue irrité. Elle le
vit entrer dans la fosse avec un serrement de cœur.
Il était trop sûr de lui, dupe de ses propres affabulations.

Elle pressa la manette d'ouverture de la cage en
fermant les yeux. Les griffes du fauve fiévreux cris-
sèrent sur le sable de l'arène.

La musique s'éleva, hésitante, tremblée...

Elle songea que, petite fille, on la surnommait la
« sirène ». On lui avait toujours dit qu'elle avait le
« don ». Le don de tisser des mélopées analgésiques,
d'écrire sur le sable des partitions sédatives. Plus
tard, Maître Zarc lui avait expliqué tout cela scientifiquement, usant de mots dont elle ne comprenait
pas toutes les significations.

— Sur cette planète, disait-il, les sons se propagent
dans l'air de manière particulière. Les vibrations nées
de certaines substances excitent le cerveau comme le
feraient des émetteurs très sophistiqués. Grâce au
bois de chuivre, au bambou d'archélos, mais surtout,
surtout, aux os de mégatérius, nous obtenons des
notes qui n'existent nulle part ailleurs, des unités

sonores sans équivalent, se développant à partir
d'une technologie rudimentaire : un tube d'os, quelques trous... Ce que des machines compliquées
n'obtiendraient que difficilement sur Terre, nous le
réalisons en soufflant dans une flûte ! Bien sûr, j'exa-
gère, je caricature, car tout n'est pas aussi simple.
Seules quelques-unes des combinaisons mélodiques
ainsi produites émettent des ondes calmantes, des
suites de vagues sonores qui engourdissent jusqu'à
l'insensibilisation. Quelques combinaisons seulement ! Tout le talent consiste à isoler, à imaginer ces
accords, ces mélodies efficientes. Bien peu en sont
capables. Combien d'œuvrettes pour un seul chant de
sirène ? Combien de doigts assez agiles, assez résis-
tants pour jouer des heures durant sans casser un seul
accord ? Oui, combien ? Avec nous, Isi, tu vas devenir une « sirène ». De ton souffle naîtra la paix dans
les nerfs torturés. Ta chanson apaisera les fibres
malades, tordues de spasmes. Avec nous tu appren-
dras à suspendre la sécrétion des médiateurs de la
douleur, à court-circuiter le réseau de la souffrance.
Tu seras servante de l'anesthésie musicale. C'est à
tort qu'on nous appelle « médecins-musiciens ».
Nous ne guérissons personne. Nous ne sommes que
des illusionnistes de la sensation. Comme les presti-
digitateurs nous donnons l'illusion de faire disparaître quelque chose qui en réalité continue d'exister :
la maladie.

Un rugissement rauque tira brusquement la jeune
femme de ses pensées. Elle se pencha sur la margelle
de la fosse. Le léopon griffait le sable à dix mètres

de l'enfant, les oreilles plaquées de chaque côté de la tête, la queue fouettant les flancs. Il tenait une patte levée à l'horizontale, griffes sorties.

Marek s'affola, s'égarant dans une mélodie banale, tout juste bonne à engourdir une nichée d'oisillons torturés par la faim. Il jouait trop aigu, usant de la tonalité qui lui avait permis de vaincre le serpent. C'était une erreur capitale. Les fauves s'apaisaient dans les basses, dans les successions sourdes évoquant le ronronnement. Les trilles de Marek devaient s'enfoncer dans la crinière du jeune mâle à la façon du cri d'attaque d'un busard, avivant du même coup ses douleurs.

Isi leva la main dans un geste instinctif de protection. Elle ne vit qu'un éclair fauve. Le léopon avait bondi, griffes tendues. Son long corps musculeux recouvrit entièrement celui de l'enfant. La petite flûte roula dans le sable tandis que les mâchoires de la bête se refermaient dans un craquement insupportable. Isi vomit sur la margelle, et ses déjections coulèrent le long du puits de ciment, souillant la crinière du fauve qui ne s'en soucia guère. Elle crut un instant qu'elle allait perdre connaissance, puis se ressaisit. Elle alla à la pompe, actionna le levier et se nettoya le visage au jet glacé. Le froid du liquide lui vrilla les dents de façon désagréable. Titubante, elle regagna le couloir et l'escalier de cent cinquante marches qui menait à l'étage supérieur.

En bas, les valets poussaient le léopon dans sa cage et traînaient le corps ensanglanté du garçon gémissant hors de l'arène.

CHAPITRE XII

Isi s'immobilisa au centre du cabinet noir. C'était une rotonde de marbre bleu foncé. Une pierre polie à peine nervurée de veines plus claires qui caparaçonnait tout, du sol au plafond, changeant la pièce en une sorte d'espace inquiétant où s'abolissaient les distances. « Un tube de nuit », pensa un peu sottement la jeune femme. Alors qu'elle oscillait entre les nègres à torchères qui perdaient leur peinture, elle aperçut Maître Zarc, debout dans l'embrasure d'une fenêtre à carreaux violets. Malgré sa haute position dans la hiérarchie des musiciens, il était vêtu d'une simple redingote verdie aux coudes. Son visage long et mince avait quelque chose de rose et de translucide qui rappelait certaines sucreries, à moins que ce ne fût la couleur mièvre dont on affuble toujours les saints sur les images pieuses.

— Tu sembles bien bouleversée, lâcha-t-il en observant la jeune femme du coin de l'œil. Encore une candidature ?

Isi acquiesça d'un mouvement de tête.

— Réussie ? interrogea-t-il d'un ton poli.

— Non. Il est mort... je crois... Le léopon...

Zarc claqua la langue avec irritation.

— C'est fâcheux, très fâcheux, il y a de moins en moins de novices, sais-tu ? Les talents se font rares. Ces gosses ont la tête montée par leurs parents qui les croient tous musiciens virtuoses ! Ce n'est pas leur rendre service.

Isi songea qu'il avait tort de railler, mais elle n'osa manifester son désaccord.

— Une tempête se prépare, nota le maître de musique. Il faudra mobiliser tous les compagnons flûtistes de quatrième niveau. Il me faut l'équivalent d'une section. Combien d'hommes encore valides parmi les titulaires du cinquième et du sixième degré ?

— Une douzaine, pas plus... La maladie...

Zarc leva la main, coupant court à toute explication.

— Je veux un chef d'orchestre de sang-froid, reprit-il l'œil fixé sur la montée des nuages dont on distinguait le moutonnement crasseux dans l'entre-bâillement de la fenêtre. Pas Walner... Ce sera un concert de combat, un corps-à-corps difficile. Wolm, plutôt. Ou Ser Drimi. Vois celui qui te paraît le plus méchant. Faites-vous couvrir. Par une escouade de secours. Rassemblez-vous et établissez clairement la stratégie des partitions. Renoncez à la « Huitième variation pour crampes et spasmes » de Walner, elle n'a rien donné l'autre fois. Ser Drimi me semble plus adéquat avec sa « Symphonie pour hyperalgie chronique ». Je l'ai un peu corrigée, ça me paraît digne du meilleur arsenal... Va maintenant. Il nous faudra être prêts à la tombée de la nuit, fais vibrer le tambour d'alarme.

Isi s'inclina et battit en retraite. Maître Zarc l'avait toujours effrayée. Elle savait que c'était un homme remarquable qui détenait à son actif les plus grands succès. Son « Concerto synovial », joué à l'Opéra de Nathal, avait réussi à endormir les douleurs de deux mille rhumatisants incurables en moins de vingt-cinq mesures. Un pareil triomphe restait inégalé, aucun musicien avant lui n'était parvenu à faire refluer une souffrance chronique en un laps de temps aussi court. Sa maîtrise du son analgésique dépassait tout ce qu'on pouvait imaginer.

Là où les drogues les plus puissantes restaient sans effet, la musique médicale triomphait, alliant le plaisir esthétique au soulagement physique. L'anesthésie ne durait bien sûr que le temps d'un concert, mais nombre de malades étaient prêts à payer une fortune pour bénéficier d'une simple pause dans la souffrance. Les plus riches n'hésitaient pas à entretenir un orchestre privé. Ils organisaient ainsi des concerts de chambre où l'on se réunissait entre malades de la bonne société. Tous les arthritiques de la ville étaient rapidement devenus des mélomanes passionnés.

La musique analgésique ne connaissait aucune contre-indication et n'occasionnait aucun effet secondaire nocif.

Bref, on pouvait s'en gaver sans craindre l'overdose ou l'empoisonnement. C'est du moins ce que prétendait Maître Zarc...

Isi escalada une centaine de marches pour atteindre le quartier des officiers musiciens. Dans cette partie du bâtiment les moulures et décorations disparaissaient pour laisser la place à la brique nue. Les fenêtres à meneaux se changeaient en meurtrières. L'Opéra devenait citadelle, place forte. La lumière s'y faisait avare et les tapis inexistants. La jeune femme ordonna au planton de faire passer les ordres et s'assit sous une meurtrière pour rédiger un certain nombre de messages. La mise en place du dispositif s'alourdissait chaque fois un peu plus, accumulant rapports, bordereaux, duplicata d'intendance. Un pas furtif et pourtant claudiquant lui annonça que Maître Walner venait d'entrer dans la pièce. C'était un vieil homme aux longs cheveux blancs et aux traits émaciés. Sa cape violette accentuait la pâleur de son visage, où tranchait la blessure de ses lèvres noires qu'un perpétuel sanglot rendait à la fois crispées et tremblotantes.

— Salut à toi, petite Isi, rauqua-t-il en lui caressant les cheveux. Tu bats le rappel ? Une fois de plus la fanfare monte en première ligne ?

Elle lui toucha la main, essayant de lui faire comprendre qu'il était dangereux de parler ainsi. L'Opéra fourmillait de mouchards. Mais le vieillard haussa ses maigres épaules.

— Ne t'inquiète donc pas, ricana-t-il, le vieux Walner est en disgrâce, liquidé ! Je ne suis plus le Maître ès morphine et calmants de jadis. Le dernier concert de combat m'a échappé... La fatigue sûrement. La maladie, aussi... Et puis ces éclairs, les cris

de la foule mécontente de n'éprouver aucun soulagement dans ses tourments... Je n'essaye même pas
de me défendre, tu vois... Et toi ? Tu composes toujours ? Une symphonie pour tolkars, je crois ?
Méfie-toi ! De beaux oiseaux, les tolkars, mais leur
chant si particulier fait avorter les femmes qui
l'entendent... Le vent cannibale nous a pris tant
d'oiseaux qu'on ne peut décemment supprimer cette
espèce... Mais il nous faut tout de même nous reproduire... Si tu pouvais neutraliser l'influx nerveux
provoqué par le cri de ces bêtes... Où en es-tu ?

— J'ai fini le premier mouvement, Maître.

— Ne t'en vante auprès de personne, dissimule la
partition et prends bien garde qu'aucun musicien ne
te suive lorsque tu vas répéter. Dans ma jeunesse je
me suis fait voler un concerto. Une bien belle musique qui neutralisait les démangeaisons ! On aurait
pu la jouer tous les étés, dans les kiosques qui bor-
dent les plages, pour soulager les estivants couverts
de coups de soleil. J'aurais pu gagner une fortune
en droits d'auteur ! Allons... Il ne sert à rien de res-
sasser les vieux souvenirs et les occasions perdues.

Il eut un petit geste d'excuse et s'éloigna brusquement. Isi refoula le sentiment d'angoisse qui
montait en elle et termina ses écritures. Maintenant
il lui fallait se rendre à l'arsenal. Dans la section des
« plans de bataille » elle sélectionnerait les partitions
susceptibles de s'accorder à une tempête nocturne,
des morceaux assez perçants pour dominer le ronflement des rafales. Dans la « salle d'armes », elle

recenserait les instruments en état, puis les ferait transporter sur la terrasse d'exécution.

Sans en avoir réellement besoin, elle fit un crochet pour gagner la galerie abritée d'où l'on découvrait le grand dôme de l'Opéra. Le passage était vide, elle s'y attarda, laissant son regard courir sur les coupoles d'ardoise érodées par les vents. En les observant dans la lumière avare, on songeait immédiatement à un troupeau de grosses bêtes écailleuses rétractées. Elle tendit l'oreille, décryptant la chanson des anémomètres fichés en haut des lanternes ou des pinacles. Le sifflement qui montait des détecteurs rudimentaires n'annonçait aucune catastrophe. Une forte bourrasque, oui, mais pas d'aspiration destructrice. D'ailleurs, à Almoha, on ne souffrait pas des terribles typhons qui sévissaient aux alentours du désert de verre, ces trombes cataclysmiques qui déracinaient tout sur leur passage pour emporter maisons, arbres, hommes et animaux en un même maelström.

Almoha, située très en retrait, ne souffrait pas de ces convulsions titanesques. « Du moins pas encore... », ajoutaient les prophètes de malheur.

Isi fit le tour du chemin de ronde. L'orchestre jouerait sous le dôme sud. Les grandes ogives munies de volets abat-son, comme on en trouve dans les clochers, répercuteraient en partie la musique vers le sol. La jeune femme eut une grimace d'agacement. Chaque fois que la météo annonçait un coup de vent, l'Opéra devait monter en première ligne. C'était une décision sans appel du gouverneur de la ville. Sous prétexte que la musique médicale faisait des miracles, quelques vieux prêtres superstitieux en avaient conclu que la magie du son analgésique pouvait peut-être exercer son action apaisante sur les éléments déchaînés.

« Notre planète est en proie à de grandes souffrances, avait prêché le cardinal d'Almoha. Elle a mal. Son souffle est l'expression de la maladie qui la dévore, et du même coup la pousse à nous dévorer, nous, ses enfants. Le vent est sa plainte, son râle d'agonie. Il est de votre devoir, vous, musiciens, de charger ce souffle d'accords apaisants, de mélodies anesthésiques. Peut-être les bourrasques emporteront-elles cette médecine au cœur du monde, au centre de la terre, dans le ventre de Santäl ? Peut-être vos chants auront-ils alors sur les forces du magma le même effet que sur nos pauvres enveloppes charnelles ? Artistes-médecins, vous ne pouvez refuser de collaborer... »

Aucun musicien n'était resté insensible à la menace voilée qui perçait derrière ce sermon. Isi, comme les autres, se savait tolérée... et seulement tolérée ! Aussi Maître Zarc n'avait-il fait aucune difficulté, et accepté de se plier à ce qu'il considérait au fond de lui comme une pratique relevant de l'obscurantisme le plus obtus. La survie de l'Opéra était à ce prix.

Isi posa son front sur la pierre poncée d'un pilastre. Personne n'étant en mesure d'expliquer scientifiquement ce qui se passait sur Santäl, on régressait chaque jour un peu plus sur la voie de la raison. Des dizaines de sectes sévissaient par tout le pays. Certaines purement contemplatives et abîmées dans la prière, d'autres férocement actives et ne reculant devant aucun sévice pourvu qu'il fût assimilé à une offrande.

Ce chaos effrayait la jeune femme, et elle redoutait le moment où il lui faudrait abandonner l'asile de l'Opéra. « Nous sommes tous dans le même cas, lui avait confirmé le vieux Walner, c'est pourquoi il faut nous plier à ces singeries... Soufflons dans nos flûtes pour guérir les crampes d'estomac de Santäl, et l'Église nous protégera quelque temps encore... »

Le plus déplaisant dans toutes ces mômeries restait que chaque concert de tempête attirait au pied de l'édifice une foule de béquillards et d'invalides, de malades chroniques et de grands incurables, qui — au mépris du danger représenté par les bourrasques — venaient grappiller les quelques notes anesthésiantes tombant du haut des coupoles de l'Opéra. Cette gueuserie en haillons, civières, béquilles et chaises roulantes, se massait au bas des contreforts ou des culées d'arcs-boutants, les yeux levés vers le dôme à ogives dissimulant l'orchestre, attendant que le vent lui apporte quelques bouffées d'opium sonore. Leur avidité était celle de la souffrance dont aucun médicament ne peut plus venir à bout. Une attente agressive et pitoyable mêlant l'injure à la supplication.

Cette armée gémissante effrayait les musiciens car les gueux n'hésitaient pas à se plaindre auprès des prêtres du peu d'efficacité des mélodies jetées au vent. Devant les récriminations du cardinal, Maître

Zarc louvoyait en arguant de la mauvaise acoustique des rues avoisinantes. Mais un jour viendrait où les autorités religieuses ne se satisferaient plus de ce type d'argumentation.

Le ciel virait doucement au noir, un noir fumeux d'incendie rappelant ces panaches moutonneux qui couronnent les forêts embrasées.

À regret, Isi se dirigea vers l'arsenal.

Des flûtes de toutes tailles reposaient sur des râteliers, telles des armes en attente de bataille. Toutes avaient été tournées dans le même os ivoirin. C'étaient des instruments de professionnels, des outils de soldats-musiciens, dont chacun avait réclamé des mois, voire des années d'élaboration. Isi savait qu'un seul type de tissu osseux se prêtait à leur fabrication : une certaine pièce du squelette du mégatérius, un dinosaure dont il ne restait plus que quelques dépouilles jalousement conservées. De ces carcasses trois fois millénaires dépendait la puissance des musiciens. Le bambou d'archélos, le bois de chuivre, ne convenaient qu'aux amateurs. Les sons qu'on tirait de ces matières vulgaires ne se prêtaient pas aux prodiges. Tout juste pouvait-on s'en servir pour quelques tours de passe-passe, des hypnoses faciles, des chansons domestiques calmant les maux de dents des nouveau-nés et les petites migraines. Les grandes symphonies de combat, elles, ne naissaient que des vibrations de l'air pulsé dans la cavité médullaire d'un os de mégatérius. Jamais la caste des médecins-musiciens n'avait utilisé une autre matière. Jamais.

La jeune femme consulta le registre d'inventaire, s'assura que les râteliers étaient suffisamment pourvus. Après quoi elle ouvrit le coffre à cilices. Une véritable panoplie de mortification s'offrit à ses yeux : chemises rugueuses à la toile entremêlée d'épines, ceintures hérissées intérieurement de clous. Mais aussi des bocaux d'insectes réputés pour leur morsure douloureuse, des plantes urticantes à la brûlure insoutenable, des pommades de piment à effet retardé... Toute une quincaillerie de souffrance qui permettait aux musiciens de vérifier sur leur propre corps l'excellence de leur musique. Lorsque les flûtes de combat commençaient à vibrer, ces douloureuses pacotilles devenaient de véritables petits chefs d'orchestre portatifs ! Si l'on continuait à sentir leurs méfaits au fur et à mesure qu'avançait le concert, c'était que la formation jouait mal, que la symphonie ne passait pas, que le vent ou la pluie étouffait les notes. Les cilices fonctionnaient comme autant de signaux d'alarme, de tests. Ils permettaient aux musiciens de « corriger le tir » avant qu'il ne soit trop tard, d'improviser sur de nouveaux thèmes, bref : de limiter les dégâts.

Isi dévissa le bocal, saisit le fil collé à la carapace de chitine d'un lucane à pinces plates. Beaucoup de musiciennes en usaient, portant l'insecte en sautoir, sur leur poitrine nue, le laissant voleter d'un sein à l'autre, pinçant et repinçant à chaque passage les mamelons offerts. Elle hésita. Le fourmillement des pattes sur sa peau la dégoûtait un peu. La dernière fois elle avait utilisé un petit mécanisme d'horlogerie assurant un coup d'aiguille toutes les vingt secondes. C'était une capsule de fer qu'on fixait sur la face interne de la cuisse à l'aide d'une lanière. La douleur rappelait à s'y méprendre celle provoquée par l'aiguillon d'une guêpe. Un petit réservoir annexe permettait de corser l'effet en enduisant le dard d'une solution de poivre et d'alcool. Isi décida d'opter pour le cilice mécanique, vérifia que les rouages fonctionnaient, et le glissa dans sa poche.

Lorsqu'elle eut terminé son inventaire elle prit la direction de la salle de conférences. Déjà les musiciens se rassemblaient. Walner lui fit un léger signe au passage. Ser Drimi l'ignora. Quand elle eut disposé les partitions sur les lutrins, Maître Zarc s'appuya au pupitre.

— Compagnons musiciens, commença-t-il avec une certaine emphase, voici que sonne l'heure d'un nouveau combat. La tempête approche...

CHAPITRE XIII

Lorsque Nathalie avait vu disparaître Marek dans le sillage de la maîtresse musicienne, elle avait été prise d'un curieux pressentiment. Bien qu'elle n'estimât pas le jeune flûtiste outre mesure, elle avait décidé d'attendre la fin de l'audition, cachée derrière l'une des colonnes du péristyle. Au bout d'une vingtaine de minutes elle réalisa tout le bien-fondé de son intuition, car deux gardes rabattirent avec violence les portes du cabinet de sélection, et jetèrent sur les marches une loque ensanglantée qui gémissait comme un jeune chiot.

La fillette comprit aussitôt qu'il s'agissait de Marek. Dès que le battant de la salle d'audition se fut refermé, elle courut vers le garçon. Il était griffé sur tout le corps et présentait une très vilaine morsure à l'épaule droite. L'articulation, visiblement broyée, n'imposait plus au membre aucune rigidité. Nathalie estima que le bras du flûtiste ne tenait plus au tronc que par un faisceau de ligaments. Toutefois l'hémorragie semblait avoir été arrêtée au moyen d'une poudre vasoconstrictrice que les valets de

l'Opéra avaient daigné jeter sur l'affreuse blessure.
Marek bredouillait des mots incompréhensibles qu'il
entrecoupait de fredonnements. À d'autres moments
il tentait de battre la mesure avec sa main valide. La
fillette ne pouvait se résoudre à l'abandonner ;
cependant les nuages annonciateurs de tempête
s'accumulaient au-dessus de la ville, il n'était pas
question de s'attarder dans les rues. Si les maisons
d'Almoha résistaient généralement bien à la tourmente, les hommes, eux, restaient toujours les proies
rêvées du vent cannibale.

Après une brève hésitation Nathalie entreprit de
tirer le garçon par les pieds, comme on remorque un
cadavre.

Une nuit précoce tombait sur la cité. Le ciel
s'imbibait d'encre violette. Paradoxalement, les rues
s'emplissaient d'une foule hirsute et couverte de
haillons. L'armée des éclopés béquillait avec ardeur
en direction de l'Opéra.

Tout ce que la ville comptait de malades convergeait vers les coupoles de l'Académie de musique.
Des bataillons de civières engorgeaient les carrefours. Des cohortes de fauteuils roulants remontaient
les boulevards dans un vacarme de ferraille et
d'essieux mal huilés.

Les rhumatisants clopinaient, cramponnés à leur
canne. Les amputés jouaient des béquilles pour
s'ouvrir un passage. Nathalie se figea devant ce troupeau caparaçonné de pansements douteux, bar-
bouillé d'onguents et de cataplasmes puants.

— Ce soir c'est le concert du peuple ! lui cria une

vieille, prisonnière d'un corset. Ce soir c'est séance gratuite, soulagement général ! Viens avec nous, ton petit copain a l'air d'en avoir besoin !

Nathalie recula précipitamment. S'exposer sur une place publique un soir de tempête ne lui semblait pas relever de la meilleure stratégie. Le flot des éclopés ne tarissait pas. D'autre part Marek pesait trop lourd pour elle, et à force de le traîner elle avait peur de lui fendre le crâne sur l'arête d'un trottoir. Elle imagina alors d'avoir recours à Cedric. Si elle pouvait ramener le chien jusqu'ici elle installerait le blessé sur son dos. Le doberman n'aurait aucune difficulté à ramener ensuite l'enfant blessé au jardin zoologique.

Abandonnant Marek inconscient, elle alla donc récupérer le grand chien noir dans sa cache aux abords du quartier résidentiel. En voyant revenir sa maîtresse Cedric se lança dans une suite de bonds effrayants. Nathalie devina que la proximité de l'ouragan le rendait nerveux, mais elle ne pouvait lui expliquer que les tempêtes qui soufflaient sur Almoha n'avaient rien de comparable avec celles qui sévissaient sur le pourtour du désert de verre. Elle le prit par le collier et l'entraîna vers l'endroit où elle avait laissé Marek. Cette fois elle eut moins de mal à progresser. Le chien faisait le vide autour d'eux.

Cedric renifla le corps du garçon ensanglanté avec une évidente méfiance, et il gronda un peu lorsque Nathalie l'installa sur son échine. Ce cavalier mou qui sentait la mort ne lui plaisait guère.

La fillette dut une nouvelle fois le tirer par le collier. Il faisait presque nuit à présent. Des lignes de flambeaux descendaient vers l'Opéra dans un martèlement de claudications arythmiques. De temps en temps quelqu'un criait :

— Concert gratuit ! Du soulagement pour tous ! Venez ! Ça va commencer !

Un méchant petit vent rasait les pavés et griffait les mollets nus de Nathalie. Froid, coupant, il charriait déjà des cailloux, des tessons de bouteilles. On le sentait à la fois élastique et dur comme un muscle qui s'échauffe. La tempête effectuait son round d'entraînement. La fillette pressa Cedric. Les ténèbres s'installaient et il devenait difficile de s'orienter. Ils atteignirent enfin les grilles du jardin zoologique et se glissèrent entre les barreaux tordus de la porte ouest. Les bourrasques mitraillaient les verrières blindées des pavillons d'exposition et des galeries, faisant sonner leurs salves de graviers sur les serres avec une joie vandale.

Nathalie claqua la cuisse de Cedric pour lui faire presser l'allure, et c'est avec un soulagement non dissimulé qu'elle atteignit la ménagerie. Dans son trou de ciment l'hippopotame trônait toujours comme une idole au milieu de ses faux excréments de caoutchouc. Cedric se défit de son chargement d'un coup de reins impatient, et Marek roula dans la sciure en gémissant. Nathalie le considéra, un peu perplexe. Elle ne savait que faire de ce blessé encombrant, auquel ne la liait aucun sentiment positif. Une seconde, elle regretta de l'avoir introduit dans ce qu'elle considérait désormais comme sa tanière, puis elle entreprit de se rassurer en se disant que — de toute manière — il allait probablement mourir avant l'aube. Elle songea qu'elle aurait alors beaucoup de mal à dissuader Cedric de dévorer le cadavre du garçon. La sous-alimentation avait de fâcheuses répercussions sur le caractère du doberman. Mais peut-être, en définitive, ne s'opposerait-elle pas à l'appétit du grand chien. Elle ne tenait pas à le voir dépérir...

La tempête rugissait maintenant sur le mode suraigu. Cedric coucha les oreilles, de plus en plus inquiet. Pour le distraire, la fillette grimpa jusqu'à la cabine de sonorisation et glissa une grosse cassette dans le lecteur magnétique. Un air de jazz s'échappa de la gueule de l'hippopotame. C'était « Ik be moe, er is iets niet in ordre met mijn motor » de N'Koulé Bassaï, dans la version de 56 enregistrée à Nashville.

Nathalie n'aimait pas particulièrement ce genre de musique. Jean-Pierre, son père, en était fou. D'ailleurs il était fou de beaucoup de choses : de bandes dessinées, de science-fiction, d'occultisme. Peut-être était-il tout simplement fou ? Fou tout court. Timbré, déjanté ? La fillette croisa nerveusement les bras. La musique la remplissait d'une sourde angoisse. Elle lui rappelait la maison... Elle frissonna, fut à deux doigts de couper le lecteur, puis remarqua que le flot sonore apaisait Cedric. Elle soupira et s'assit sur le haut tabouret qui faisait face aux curseurs poussiéreux. Son regard se perdit de l'autre côté de la verrière blindée, dans la nuit tumultueuse de l'ouragan. Elle n'avait pas envie de se souvenir et pourtant les images montaient, vilains petits ascenseurs chargés de bile...

... La maison avait toujours exercé sur Nathalie une fascination mêlée de dégoût. C'était un bâtiment trapu, solidement enraciné au centre du parc, comme une bête tassée se ramassant sur elle-même pour bondir à la gorge des visiteurs.

Souvent, lorsqu'elles se promenaient, Cécile — la mère de Nathalie — serrait la main de sa fille avant de lui murmurer d'une voix oppressée : « Il y a long-temps, très longtemps, à l'aube du monde, une météorite venue du fond de l'espace s'est écrasée sur Santäl. C'était un bloc noir, le fragment d'une planète détruite, et il s'est à tel point enfoncé dans le sol que personne n'a pu l'en arracher. Plus tard, quelqu'un a imaginé de sculpter ce débris d'univers. Cela lui a pris des années et des années. Avec un burin et un marteau il a creusé la météorite jour après jour pour en faire une maison. Notre maison... »

Alors, parcourue d'un frisson délicieux, Nathalie cherchait du regard, entre les troncs des arbres du parc, la silhouette courtaude de la villa, avec ses toits pentus d'ardoise bleue où la lune allumait des éclairs d'acier les nuits d'averse, et parfois elle se prenait à comparer ce même toit à la coque retournée d'un navire échoué.

« C'est vrai, renchérissait Cécile, c'est la quille renversée de l'Arche de Noé. D'ailleurs, si tu regardes bien de la plus haute fenêtre de l'aile sud, tu verras sur les tuiles des incrustations de coquillages, comme sur les barques des pêcheurs. »

Elles se plaisaient à scruter les poutres du grenier, loupe en main, tels des archéologues, traquant la moindre inscription venue d'ailleurs. Dans l'imagination en alerte de Nathalie, la plus petite griffure du bois devenait bientôt le coup de patte d'un lion chargé au moment du déluge et énervé par la trop longue traversée.

Les après-midi de pluie la fillette s'isolait dans la bibliothèque pour feuilleter les pages multicolores d'anciens traités d'astronomie. Ses doigts couraient sur les images glacées, de schéma en schéma, à la recherche de la planète détruite dont parlait sa mère. Elle déchiffrait à grand-peine les bribes d'un savoir brumeux, apprenait que sur certains mondes régnaient des températures de moins cinq cents degrés, et que même le brouillard s'y solidifiait.

La nuit, tassée au fond de son lit, elle imaginait que la maison se mettait subitement à rendre le froid accumulé dans ses murs des siècles auparavant, transformant tous les habitants du lieu en statues de givre, raidissant draps et couvertures jusqu'à leur donner la consistance du marbre.

À d'autres moments la construction se faisait pyramide, tombeau antique hâtivement dissimulé par ses anciens propriétaires sous une couche de pierre et de plâtre banalisante.

« Un jour tu verras, disait maman. Au détour d'une cave ou au fond d'un placard, tu trouveras une momie. D'ailleurs je suis sûre qu'il y a ici des portes qu'on n'a jamais ouvertes ! »

Et c'était vrai ! Nathalie, couverte de chair de

poule, pensait alors à tel ou tel cagibi dont on avait perdu la clef, et dont le battant restait obstinément fermé depuis des années.

« C'est un sarcophage ! triomphait Cécile. Tu peux le parier ! La momie est là, sûr ! Accroupie dans le noir. Des fois, elle gratte sous la porte pour sortir, comme un animal, et les gens qui passent croient qu'il s'agit d'une souris. Regarde par la serrure, je te parie que tu verras son œil ! »

Nathalie s'empressait aussitôt d'aller boucher la serrure en question avec du chewing-gum, terrifiée à l'idée que le regard du mort-vivant prisonnier du cagibi puisse suivre ses allées et venues le long du couloir. Mais Cécile inventait sans cesse d'autres suppositions, minant l'univers familier de sa fille, lui faisant perdre peu à peu toute son aura de sécurité. Un soir une dispute éclata entre les parents de Nathalie. Tapie derrière un canapé, la fillette entendit son père qui disait, d'une voix à la fois douloureuse et exaspérée :

« Il faut se rendre à l'évidence, Cécile, tu n'es pas guérie ! Toutes ces histoires que tu inventes, tu finis par y croire, et la gosse aussi ! »

« Toutes les mères racontent des histoires à leurs enfants ! protestait la jeune femme. Des contes, des chansons, des fables... c'est normal. »

« Des histoires, oui, des contes de fées, d'accord, mais pas ces racontars macabres que tu débites à longueur de journée ! Si tu continues il faudra à nouveau te faire hospitaliser, Cécile, cette maison ne te vaut rien. Tu n'aurais pas dû accepter cet héritage.

D'ailleurs, tu connais mes opinions sur la notion d'héritage, je... »

Nathalie n'avait pas écouté la suite. Une seule information comptait à ses yeux : maman risquait de repartir... une fois de plus. Cela se produisait assez fréquemment. Cécile s'en allait, escortée par deux hommes en blanc aux grosses figures faussement mielleuses. Cécile partait, une petite valise à la main. Jean-Pierre disait alors d'une voix étranglée : « Ce n'est rien, maman va en cure, elle reviendra bientôt... »

Maman « allait en cure » assez souvent. Parfois elle restait absente durant de longs mois. Lorsqu'elle revenait, elle prenait Nathalie par la main et parcourait la maison de la cave au grenier, l'œil aux aguets. Au bout d'un moment, fatalement, elle commençait à parler de ce ton las et sifflant que Nathalie n'entendait jamais sans frissonner. Elle chuchotait : « Je t'ai déjà raconté que la maison avait été taillée dans une météorite, dans l'un des mille fragments d'une planète qui a explosé ? Qui nous dit qu'un habitant de ce monde détruit n'a pas traversé l'espace, caché au cœur du rocher, dans un trou qu'il y aurait creusé pour fuir le cataclysme ? Si c'est un être qui peut vivre deux mille ans, il est toujours là, sûr ! Debout dans l'épaisseur d'un mur (peut-être le mur de ta chambre, qui sait ?). Il ne sort que la nuit par un passage secret. Je serais à ta place, je lui ferais des offrandes. Dame ! Il ne doit pas être de bonne humeur à rester comme ça, tout raide dans sa cachette ! »

Et Nathalie, prudente, déposait chaque soir avant d'aller se coucher un verre de lait à la framboise et un morceau de gâteau sur l'une des marches du grand escalier pour apaiser la faim et la colère du monstre nocturne. Elle attendait ensuite un long moment, l'oreille collée à la porte de sa chambre, guettant le moindre craquement, imaginant l'être couvert d'écailles saisissant le minuscule morceau de pudding entre ses ongles acérés, l'engloutissant avec un claquement d'acier dans sa gueule reptilienne, et repartant ensuite, calmé par cette manifestation de bonne volonté, renonçant pour l'espace d'une nuit à ses desseins meurtriers. Quand le sommeil lui piquait les yeux, Nathalie se glissait entre ses draps avec un petit soupir de soulagement, persuadée d'avoir, cette fois encore, sauvé la vie de toute la famille. Au matin il n'était pas rare qu'elle découvrît le verre renversé et la pâtisserie à demi dévorée. Fallait-il voir là une manifestation des rats et des souris... ou bien celle du monstre cosmique — pour l'heure assoupi au creux d'une cloison, derrière les rayons de la bibliothèque ou le papier à fleurs de la chambre des parents ? Nathalie n'aurait su le dire...

Quelquefois Jean-Pierre l'attirait sur ses genoux.

« Il ne faut pas te laisser impressionner par les choses que maman raconte, lui murmurait-il à l'oreille. Elle ne va pas bien, elle est fatiguée. C'est le vent, tu comprends ? Tout le monde devient fou avec ces histoires de tempêtes... »

Nathalie hochait sagement la tête, en songeant que

papa avait l'air beaucoup plus fatigué que maman et que lui aussi aurait peut-être dû partir en cure comme ça, pour voir... !

C'est à cette époque qu'on commença à parler de plus en plus fréquemment des ouragans qui sévissaient dans le sud.

« ... D'irrésistibles aspirations, nasillait la radio, des trombes capables de déraciner des forêts entières et de véhiculer les troncs brisés à cent mètres d'altitude, sur des dizaines de kilomètres. Le phénomène, d'abord localisé au périmètre du désert de verre, est en train de prendre de l'ampleur, comme s'il voulait se lancer à la conquête de toute la planète... »

Jean-Pierre paraissait redouter tout ce dont parlait la radio. À chaque bulletin d'informations, son visage s'assombrissait. Maman, elle, rayonnait.

« Ce vent, martelait-elle en tirant Nathalie à l'écart, ce vent, je vais te dire : c'est une bonne chose. C'est un coup d'aspirateur géant qui va nettoyer toutes les saletés qui encrassent Santäl. C'est le grand nettoyage de printemps. Les tempêtes savent ce qu'elles font. Elles feraient bien d'entrer dans cette maison pour y aspirer les monstruosités qui s'y cachent ! »

Nathalie ne savait qui croire. Le soir, malgré la menace potentielle du monstre habitant la maçonnerie, elle se glissait jusqu'à la chambre parentale et posait son oreille sur le bois du battant.

« Cela vient par ici ! répétait le plus souvent Jean-Pierre. Je t'assure que la région va être touchée. J'ai vécu dans le Sud, ne l'oublie pas, je connais les signes. Il ne faut pas prendre ces phénomènes à la légère. J'ai vu mourir tous ceux de ma communauté. Jamais je n'aurais pensé que les tempêtes remonteraient si haut vers le nord. Il faut que tu fasses attention, Cécile. Ne sors pas trop de la maison, Nathalie ne doit pas contracter le goût des grands espaces. Elle fait peut-être partie d'une génération d'ores et déjà condamnée à la claustration... »

Mais dès le lendemain Cécile entraînait la fillette dans le jardin et la poussait, comme elle, à se dépouiller de ses vêtements.

« Le vent nous lave ! criait-elle. Tu le sens ? Il nous étrille comme des chevaux gluants de sueur et de bave. C'est bon ! »

« Ça fait mal ! protestait Nathalie. On dirait des gifles ! »

Et c'était vrai. Des dizaines de gifles données par des mains invisibles, et qui se seraient abattues au hasard sur ses joues, ses cuisses ou ses fesses.

« Mais non, corrigeait sa mère, exaltée, c'est merveilleux ! »

Elle courait en criant ces mots, la chair rougie par le frottement de l'air. Des larmes plein les yeux, Nathalie prenait peur ; alors, rituellement, surgissait Jean-Pierre qui les ramenait de force à l'intérieur de la maison.

« Salaud ! vitupérait Cécile. Tu voudrais nous faire croupir dans un placard, nous boucler dans des sarcophages comme des momies ! Tu ne comprends pas qu'une nouvelle génération est en train de naître. Celle des enfants du vent ! »

« Tu es folle ! rétorquait Jean-Pierre. Les bourrasques prennent chaque jour un peu plus de puissance. Bientôt elles soulèveront un homme sans difficulté. »

Il avait raison. Un jour que Nathalie était dans sa chambre, occupée à jouer au docteur Frankenstein en greffant la patte gauche d'un ours en peluche sur le corps d'une poupée de chiffon, elle avait subitement entendu un cri aigu en provenance du jardin. Aussitôt elle s'était jetée contre la vitre de la fenêtre.

C'était maman qui hurlait en s'élevant dans les airs. Son corps nu paraissait aspiré par une force invisible et gigantesque. Elle montait de plus en plus haut en tournant sur elle-même comme une toupie. Très vite elle avait disparu, et son cri avait été remplacé par ceux de papa qui pleurait en martelant les murs de ses poings crispés.

Nathalie, elle, n'avait pas versé une larme. Le cri de Cécile restait bien net dans son oreille, et elle était prête à jurer qu'il ne s'agissait pas d'un hurlement d'épouvante. Bien au contraire.

À partir de ce jour, Jean-Pierre changea. Ses longs cheveux grisonnèrent et il s'enferma dans un mutisme hostile. Comme pour se faire pardonner, il offrit un chiot à sa fille. Un petit chien noir et morveux qui s'appelait Cedric... Ainsi commença l'ère de l'emprisonnement.

Nathalie frissonna. La musique syncopée sortait toujours de la bouche de l'hippopotame et Marek continuait à se tortiller sur le carrelage en murmurant des phrases incompréhensibles. La nuit enveloppait la serre blindée protégeant la ménagerie morte. Brusquement Cedric se redressa, renversa la nuque et se mit à hurler à la mort.

Nathalie regarda l'heure au cadran poussiéreux de la console. Là-bas, sous les coupoles de l'Opéra, le concert venait probablement de commencer. Elle ferma les yeux, comme pour augmenter son potentiel d'étanchéité.

Ce soir elle se sentait curieusement fragile.

CHAPITRE XIV

L'orchestre venait de gagner la tourelle de combat. Le vent du dehors, s'engouffrant dans la découpe des ogives, faisait vibrer les lutrins sur leurs socles de ciment, et sans les lests de plomb agrafés à chaque page, les partitions auraient battu des feuillets comme de grands oiseaux affolés. Isi prit son poste en troisième ligne. Bientôt il ferait si sombre que personne ne pourrait plus lire les notes tatouées à l'encre indélébile sur les parchemins. Ser Drimi leva sa baguette. Un nouvel éclair gomma les couleurs. Cette fois la déflagration explosa juste au-dessus de l'Opéra, dont tous les vitraux tremblèrent. La pluie, couchée par les rafales, se glissa entre les fentes des abat-son. Il se mit à pleuvoir sous le dôme, de façon presque aussi drue qu'à l'extérieur. En quelques minutes tous les musiciens eurent les pieds dans l'eau. Comme à l'accoutumée, une foule misérable s'était massée au bas des culées d'arcs-boutants. Les civières encombraient la chaussée, dérivant tels des radeaux au milieu des flaques. Les éclopés se servaient de leurs béquilles pour marteler le marbre des escaliers ou des statues. Toute cette gueuserie souffreteuse, ficelée dans des toiles goudronnées, coiffée de sacs de supermarché, hurlait la même exhortation :

— Commencez ! Commencez !

Les bourrasques déformaient le flot de ces voix éraillées. Les mots se changeaient en ululements fantasmatiques et menaçants. On eût dit qu'un troupeau de bêtes enragées donnait de la tête et des cornes contre les fondations du bâtiment.

— Commencez ! Commencez !

Une fois encore ils étaient venus. Bravant la chanson d'alarme des anémomètres, encore une fois ils réclamaient, ils exigeaient des miettes de soulagement. Mendiants de la souffrance ils tendaient avidement les oreilles pour voler quelques notes anesthésiantes dans cette grande symphonie dédiée à la douleur de la planète mère, à la douleur de Santäl.

Isi les imaginait, haillonneux et grelottants de fièvre, avec leurs articulations déformées, leurs œdèmes, leurs carcasses rongées de l'intérieur, sapées par des maladies lancinantes. Elle les voyait, les arthritiques aux mains crochues, aux doigts tordus. Tous les abonnés de la souffrance à long terme, qui ne tue pas mais torture sans relâche. Ils étaient là, cramponnés aux racines de l'Opéra, attendant l'aumône d'un soulagement éphémère, d'une anesthésie partielle. Ils narguaient les dangers de la tempête avec cette inconscience, cette indifférence que confère l'exaspération d'un mal qui jamais ne se tait.

Le martèlement des béquilles, des cannes, grim-

pait au cœur de la maçonnerie, fourmillement litho-
phage qui bientôt dévorerait le bâtiment tout entier.

— Commencez !

Debout derrière le pupitre, Ser Drimi s'obturait
les oreilles à l'aide de boules de suif rouge afin
d'atténuer les effets de la salve musicale qu'il allait
prendre de plein fouet. Isi porta le bec de la flûte à
ses lèvres. Le goût fade de l'os lui emplit la bouche.
De la main gauche elle libéra le mouvement d'horlogerie du cilice collé sur la face interne de sa cuisse
gauche. Le concert commençait.

Au troisième coup de baguette la musique parut
sourdre des instruments comme une étrange guimauve sonore, une pâte invisible qui pénétrait les
peaux, les corps, pour alourdir les muscles, les figer
en plein mouvement. Une glu, un onguent qui sou-
dait les os, puis abolissait toute structure rigide, louvoyant entre l'engourdissement et la non-existence.

Un murmure de béatitude monta de la foule des
gueux.

Pointées comme des armes, les flûtes ivoirines
crachaient leur mélopée plaintive. Sarbacanes de
rêve, elles mitraillaient la tempête, lardant ses flancs
de fléchettes sonores enduites d'un poison dont la
formule tenait en quelques notes sur la trame d'une
partition. Escadron fouetté par les rafales, l'orchestre
luttait, les poumons dilatés, bronches et lèvres en
feu, joues distendues, s'acharnant à opposer son propre souffle à l'énorme halètement de l'ouragan.

Isi peinait sur la partition. À présent la pluie prenait les proportions d'une cataracte et l'eau s'infil-

trait dans les trous béants des flûtes, modifiant leurs sonorités. Pour obtenir plus de puissance, Ser Drimi les obligeait à jouer le visage levé au ciel, et Isi sentait le liquide qui emplissait son instrument lui couler entre les lèvres, puis dans la bouche. Un goût âcre, désagréable, lui poissait la langue et le palais. Elle savait qu'il s'agissait de la poudre d'os drainée par l'écoulement, et que la décoction ainsi obtenue était toxique. On en parlait rarement, mais après plusieurs années de concert sous la pluie, rares étaient les musiciens qui ne périssaient pas de ce qu'on appelait pudiquement « la maladie »...

C'était en quelque sorte le revers de la médaille, la sanction du pouvoir... Elle dut s'interrompre pour tousser. Sa bouche la brûlait étrangement, comme si le pouvoir analgésique de la musique restait sans effet devant le poison né de la lente dissolution de l'instrument. La jeune femme était certaine que tout l'orchestre ressentait en ce moment même des symptômes analogues, mais personne n'osait jamais se plaindre, préférant la perspective d'une lente intoxication à l'abandon des privilèges du clan...

Depuis un moment le ronflement des rafales allait décroissant. C'était l'ouverture guettée par Ser Drimi. Défiant l'orage, la mélopée s'enfla, poussant son halo somnifère au milieu des rafales. Chaque flûte jetait comme un flocon d'anesthésique sur le cerveau des malades agrippés aux grilles de l'Opéra, emprisonnant les influx douloureux sous une chape molle, collante.

Isi savait qu'au fur et à mesure que le temps passerait, les gueux n'auraient plus assez de force pour lutter contre les ruades de la tempête. Le vent les cueillerait alors un à un, les soulevant au-dessus du sol, emportant béquilles, civières et malades dans le même tourbillon assassin.

Abrutis de musique calmante, les pauvres estropiés s'envoleraient alors le sourire aux lèvres, ballottés par les masses d'air en furie. On les verrait filer vers le ciel, comme aspirés ou tirés par un fil invisible. Le cyclone les éparpillerait à la crête des toits, les fracassant contre les tours et les clochers, les empalant sur les aiguilles des beffrois...

Aucun d'entre eux n'aurait mal. La musique charriée par le vent autorisait les pires écartèlements.

Isi se sentait emplie d'une formidable puissance ; comme tous ceux qui jouaient à ses côtés, elle goûtait son pouvoir, s'enivrait de sa force invisible. En cette seconde elle oubliait la liqueur toxique coulant du tuyau d'os et imbibant ses muqueuses. Elle était « maîtresse musicienne », elle faisait partie des seigneurs de la médecine musicale, des magiciens du son... Elle domptait les pires douleurs ; elle, la jeune femme frêle et fragile, soufflant sa chanson par l'entremise d'une flûte minuscule, elle dupait la logique des influx nerveux, elle forçait les chemins de la nature. Elle maîtrisait la rage des corps torturés.

Une jubilation sans nom s'emparait d'elle. Elle jouait, et ses doigts volaient sur les trous de l'instrument. Elle jouait, oubliant sa bouche desquamée par le poison, sa langue cloquée.

Elle jouait...

CHAPITRE XV

Marek mourut à l'instant même où mourait la tempête. Aussitôt Cedric entreprit de le dévorer...

Nathalie ferma les yeux, se boucha les oreilles pour échapper à l'horrible bruit de mastication. Aux déchirements humides succédèrent bientôt des clapotis d'entrailles répandues et le crissement des griffes du doberman s'arc-boutant pour mieux dépecer sa proie. Une odeur de boucherie envahit la rotonde. C'était violent et fade. Un parfum d'intimité viscérale qui levait le cœur. La fillette se détourna et courut jusqu'à la cabine de sonorisation où elle glissa pêle-mêle une dizaine de cassettes dans les fentes de lecture de la console. De l'autre côté de la vitre elle vit le chien qui s'acharnait et donnait des coups de tête, à la façon des fauves fouillant l'abdomen de leur victime. Le carrelage ruisselait de sang. Tout autour les oiseaux empaillés gazouillaient de la pleine puissance de leurs haut-parleurs. Nathalie plaqua ses paumes sur son visage. Elle n'avait pas dormi de la nuit, et la migraine lui sciait la moitié gauche du crâne. La tempête était passée sur Almoha comme un troupeau d'éléphants. Pendant des heures le pavillon de zoologie avait craqué de toutes ses membrures. Le vieux kiosque à musique déjà à demi démantelé s'était volatilisé, éparpillant ses planches à travers le parc. Une statue avait basculé, écrasant une mine. Mais les mugissements du vent avaient couvert le bruit de l'explosion, et Nathalie avait vu se lever sur fond de ténèbres une étrange colonne de feu parfaitement silencieuse dont l'éclat avait illuminé un instant jusqu'aux grilles du jardin.

Elle sursauta. Cedric montait l'escalier, la queue frétillante. Il avait la tête, le poitrail, les pattes, enduits de sang coagulé, et tenait dans la gueule un gros morceau de viande informe qu'il déposa aux pieds de la fillette comme pour lui dire : « À ton tour ! Mange, c'est bon ! »

Nathalie crispa les lèvres, les yeux rivés sur la portion flasque qui venait de tomber sur le bout de ses chaussures. Elle en sentait la chaleur et l'humidité à travers le cuir fatigué des souliers. Cedric remuait les oreilles, content de son initiative. Nathalie tendit la main, lui gratta le sommet de la tête en murmurant : « Bon chien, Cedric, bon chien... » Mais sa voix était blême. Il fallait bouger. Elle descendit, tituba à travers la salle pour se rapprocher de la brèche du vitrage. Elle avait besoin d'air frais. Elle avait besoin de respirer des odeurs de terre et de pluie. Des odeurs de fumée et d'ardoise mouillée. De ces choses dont on parle avec délices dans les romans et qui ne sont pas si agréables dans la réalité. Elle s'avança sur le seuil de la découpe aux bords tranchants.

La pluie avait lavé la cité et les bâtiments. Toutes les gammes de gris qui composaient la ville s'en trouvaient vivifiées. En se forçant un peu on pouvait se persuader que le béton humide avait un je-ne-sais-quoi de plus gai, de moins terne.

Là s'arrêtait l'aspect positif de la tourmente car les hautes grilles entourant le parc offraient un spectacle autrement terrifiant. Soulevés par les bourrasques, des dizaines de corps étaient venus s'empaler sur les pointes dorées terminant les barreaux de l'enceinte. Les cadavres transpercés avaient été déshabillés par l'ouragan et pendaient nus, à cinq mètres au-dessus du trottoir, tels des condamnés qu'on aurait jetés sur des faisceaux de lances. Leur sang avait caillé sur la grille, la revêtant d'un minium gluant qui, par endroits, virait au noir.

Nathalie étouffa un sanglot. Une haie d'horreur se dressait sur tout le périmètre du parc, comme si le vent avait élu ce site comme autel de prédilection. Situé au carrefour des différents boulevards, le muséum d'histoire naturelle avait fait office de piège à tigre, de herse de torture.

Tous les inconscients que la tempête avait surpris en terrain découvert s'étaient envolés au long des rues, bras et jambes écartelés, tourbillonnant comme des boomerangs vivants. Pendant quelques secondes ils avaient dû connaître l'infernal ravissement de l'apesanteur, de la suppression des racines...

On racontait que l'envol était une expérience comparable à un séjour en caisson de privation sensorielle, qu'il provoquait presque instantanément une irruption d'images fantasmatiques qui s'emparaient du cerveau et lui faisaient perdre toute conscience du réel. Nathalie essayait de s'imaginer ce qu'avaient pu ressentir les malheureux soulevés par la tempête dans le court trajet qui les avait menés de l'Opéra aux grilles du parc. S'étaient-ils vus mourir ? Avaient-ils au contraire connu une extase brève et indescriptible ? Elle les voyait, filant en droite ligne, tourbillonnant comme des toupies, fusées, flèches, cerfs-volants de chair sans attache. Combien de secondes entre le parvis de l'Opéra et la herse du jardin ? Cinq ? Dix ? Dix secondes d'éternité ? Dix secondes d'enfer ?

On disait que l'aspiration était si puissante que la circulation sanguine s'arrêtait immédiatement et que le cerveau, non irrigué, sombrait instantanément dans l'inconscience... On prétendait que le sang remontait d'un bloc vers la tête, à la manière du fameux « coup de ventouse » des scaphandriers, et que veines et vaisseaux éclataient sous le flux de cette surcharge brutale.

On racontait, on disait, on prétendait...

Mais où était la vérité ? Qui savait réellement ce qui se passait durant l'envol ? Les morts, ceux qui pendaient en ce moment au long des grilles. Et seulement eux.

Nathalie se sentit submergée par un trop-plein d'horreur. Prise entre la rotonde changée en étal de boucherie et la grille des suppliciés, elle éprouva une subite et irrépressible envie de fuir.

Sans réfléchir elle s'accrocha à l'une des poutrelles métalliques structurant la verrière du pavillon, et se hissa au sommet du dôme tandis que Cedric, demeuré au seuil de la brèche, gémissait d'angoisse.

Une fois de plus elle se retrouva à cheval sur l'échine du musée.

La pluie violente de la nuit passée avait en partie lavé les vitres gigantesques que sertissaient les barres d'acier formant l'architecture des différentes galeries d'exposition. Pour la première fois Nathalie posa le pied sur une surface réellement transparente et elle en éprouva un léger vertige. Sous ses semelles la verrière ne ressemblait plus à un lac gelé, opaque et crissant. Désormais on voyait nettement les objets alignés dix quinze mètres plus bas, sur l'interminable parquet ciré.

Les galeries étaient devenues autant de tunnels de cristal. Débarrassées de leur couche de saleté elles révélaient leurs trésors. Des kilomètres d'oiseaux taxidermisés, des milliers d'os assemblés au fil de fer pour reconstituer quelque puzzle préhistorique. Des vitrines, des centaines de vitrines.

Nathalie songea que le musée ressemblait à un grand magasin. C'était une sorte d'hypermarché de l'histoire, de bazar infini pour historiens et anthropologues. Du temps où ces bâtiments étaient encore ouverts au public, les savants devaient prendre un caddie à l'entrée et circuler dans les travées comme au milieu des gondoles d'un self-service, puisant ici ou là un tibia de dinosaure, un paquet de fossiles. On payait à la sortie, l'unité monétaire étant la thèse universitaire ou l'encyclopédie.

La fillette progressa d'une cinquantaine de mètres. Ces tunnels inviolables excitaient maintenant sa curiosité, elle savait cependant qu'ils demeureraient toujours hors d'atteinte car elle avait plusieurs fois parcouru l'étendue des dômes sans déceler la moindre faille dans la texture des galeries.

Brusquement, alors qu'elle allait faire demi-tour, elle entrevit une forme blanche qui se déplaçait furtivement au-dessous d'elle.

Cette fois la saleté des verrières ne protégeait plus le fantôme, et la fillette put observer à loisir le vieillard en blouse médicale qui remontait la galerie à pas lents. C'était un grand homme décharné aux longs cheveux argentés. Il avançait comme un somnambule entre les marabouts empaillés. Au bout de cinq minutes il finit par sortir du champ de vision de la fillette. Elle se demanda s'il l'avait vue ou s'il l'avait volontairement ignorée.

Quoi qu'il en fût, elle connaissait maintenant le visage de Georges Werner, celui qu'on surnommait parfois « le conservateur fou »... et plus fréquemment « le vieux dingue ».

Elle espéra secrètement que de cette rencontre muette sortirait quelque heureux bouleversement.

CHAPITRE XVI

Isi se dressa sur un coude, cassée en deux par la quinte de toux. La fièvre collait le drap sur sa peau moite. Elle avait chaud et grelottait tout à la fois. Ses cheveux poissés par la sueur pendaient en longues mèches grasses sur ses épaules. Elle se laissa retomber en arrière. La lumière dispensée par la fente de la meurtrière n'éclairait que parcimonieusement la cellule d'habitation. L'impression d'étouffement qui accablait la jeune femme s'en trouvait accrue d'autant.

Quelqu'un gratta à la porte puis poussa le battant. La silhouette claudicante du vieux Walner s'encadra dans le chambranle. Il tenait une tasse fumante à la main.

— Des herbes, marmonna-t-il, un excellent remède. Tout l'orchestre est malade... Cette pluie, bien sûr. Une bronchite sûrement. Les vêtements mouillés, le vent glacé. C'est fatal !

Isi prit la tasse, la porta à ses lèvres.

— Attention ! s'alarma le vieux musicien. C'est brûlant !

Mais la jeune femme ne sentait rien. Le liquide bouillant coulait dans sa bouche insensibilisée sans éveiller la moindre douleur. Découragée, elle posa le récipient sur le sol.

— Pourquoi faites-vous semblant, Maître ? haleta-t-elle en le fixant avec insistance. Vous savez bien qu'il ne s'agit pas d'un banal coup de froid.

Le vieil homme parut se recroqueviller.

— C'est le poison des flûtes ! martela Isi. Tout le monde le sait bien mais personne ne veut jamais en parler. Il vous coule dans la gorge, dans le ventre, ses émanations vous emplissent les poumons. C'est le poison de la musique, Maître Walner, il nous intoxique tous à petit feu, et la douleur qu'il fait naître en nous est curieusement la seule que ne peut vaincre notre art... J'ai tort ?

Walner eut une crispation des lèvres.

— Non, mon petit, chuchota-t-il, la poudre d'os est mauvaise, ce n'est pas un secret pour les musiciens. Chaque fois que l'on joue sous la pluie c'est comme si l'on absorbait un plein verre de venin. Malheureusement, huit mois par an, et par la volonté des prêtres, il est difficile d'officier ailleurs que sous une averse. Certains de tes camarades sont très atteints. As-tu vu le teint plombé de Volmar ? Quelques-uns s'en tirent : ceux qui ont la chance d'être des compositeurs. Écrire leur permet d'échapper à la corvée des séances de combat. Ce fut mon cas. Sans le succès de ma première symphonie thérapeutique, je n'aurais pas quitté les rangs de l'orchestre... et jamais atteint quarante ans. Mon petit, il n'y a pour toi qu'un moyen de t'en sortir : termine ta symphonie et présente-la au grand Zarc. S'il la juge bonne, tu n'auras plus jamais à jouer contre l'ouragan. Tu écriras d'autres pièces analgésiques... Des mélodies anti-prurits, je t'aiderai. Ne tarde pas ! La saison qui vient va être dure pour nous, les crieurs de pluie ne se privent pas de le dire : voilà le temps des orages ! Il te faudra sortir cent cinquante fois pendant l'hiver. À chaque nouvelle averse tu boiras le poison de ta musique. Je te le répète, ne tarde pas, écris, soumets-moi tes essais, c'est la seule ruse qui est permise aux musiciens, encore faut-il en être capable.

— Maître, souffla la jeune femme, vous ne comprenez pas que le clergé se sert de nous ? Vous savez ce qu'on chuchote dans notre dos ? « La musique adoucit les meurtres ! » Nous sommes comme les sirènes de l'antiquité : des monstres ! Nous attirons les infirmes, les malades, sur les marches de l'Opéra. Ils viennent pour obtenir un soulagement, une accalmie dans la souffrance... Et le vent les emporte ! Le vent les tue ! Vous ne saisissez pas le sens de la manœuvre ? Les prêtres se servent de nous comme de sacrificateurs ! Par le mirage de notre musique nous offrons à Santäl des sacrifices humains ! Un holocauste déguisé en accident !

Walner s'affolait, jetait des regards apeurés tout autour de lui.

— Allons ! Allons ! bégaya-t-il, il ne faut pas se laisser aller au délire...

Isi ferma les yeux. La souffrance nouait ses mille

doigts dans son ventre. Elle avait chaud, elle avait froid. La chambre tournait comme une toupie déréglée et la meurtrière se dilatait comme l'œil d'un chat qui se prépare à l'attaque.

Elle sombra dans la nuit.

Sa haute silhouette encadrée par la trouée lancéolée de l'ogive, Maître Zarc regardait s'amasser la nuit sur les coupoles de l'Opéra. Le vent était tombé, il ne pleuvait plus, mais les dômes continuaient à scintiller et leurs tuiles s'irisaient comme des écailles métalliques.

Ser Drimi ébaucha un mouvement furtif, essayant de capter l'attention du maître. L'odeur qui montait des gouttières évoquait trop celle de la vase pour qu'il puisse lui trouver un charme quelconque. Quant aux coupoles, on eût dit les ventres gonflés de gros poissons transformés en baudruches par les gaz de putréfaction. Il ne comprenait pas que Zarc, le maître de l'Opéra, pût perdre un temps précieux en de si sottes contemplations.

— Le cardinal est satisfait, attaqua-t-il enfin d'une voix mal affermie. Il estime qu'une centaine de pauvres ont été emportés par l'ouragan lors du dernier concert. Il juge que c'est un sacrifice honorable, et que Santäl en saura gré à ses enfants.

Zarc cracha un juron incompréhensible et fit volte-face. Fixant Ser Drimi dans les yeux, il murmura d'une voix atone :

— Je me demande si cette vieille crapule est vraiment dupe de ses propres discours. Vous ne pensez pas qu'il se sert plutôt de nous pour débarrasser Almoha des cohortes de malades et d'indigents qui encombrent ses rues ? Belle astuce : le concert de guérison dédié au vent ! Les malades, bien sûr, s'y précipitent... et hop ! D'après vous, agit-il par conviction religieuse, parce qu'il croit vraiment que des sacrifices humains apaiseront la... « faim » de la planète, ou par calcul technocratique et parce qu'il a trouvé là un parfait moyen de remédier à la paupérisation accélérée de Santäl ?

Ser Drimi baissa les yeux, au comble de la gêne.

— J'ai peur qu'on ne nous fasse jouer un bien sale rôle, renchérit Zarc. Médecins et bourreaux : plutôt gênant, vous ne trouvez pas ?

— Il nous faut malheureusement composer avec les autorités religieuses, bafouilla le chef d'orchestre. Nous ne sommes pas en position de force, d'autant que d'autres problèmes risquent avant peu de se poser à nous...

— Lesquels ?

— La pluie ! La pluie ronge les flûtes de l'intérieur. En les drainant elle en augmente la porosité et fausse leur résonance. La moitié de nos instruments est d'ores et déjà hors d'usage, incapable d'émettre un son sédatif satisfaisant. Les séjours répétés sous l'eau ont privé l'os de ses qualités musicales intrinsèques. J'en ai moi-même testé plusieurs, il ne faut pas se leurrer. La plupart ne concurrencent pas une bonne flûte en bois de chuivre ! La situation est critique, nous ne pouvons pas nous laisser surprendre. Sans instruments irréprochables nous ne sommes plus rien ! Notre pouvoir s'évanouit ! La saison qui s'annonce se place sous le signe des orages, nous ne pourrons l'affronter sans armes adéquates. Vous imaginez ce qui arrivera si nous nous trouvons un jour à court d'instruments ? Les prêtres d'Almoha n'auront plus aucune raison de tolérer notre présence. Nous ne leur servirons plus à rien ! Combien de temps se passera-t-il alors avant qu'on ne remette en cause notre statut ? Pensez-y, Maître ; sans instruments, le meilleur orchestre et la plus efficace des symphonies ne sont rien...

Zarc soupira. Il ne doutait pas que Ser Drimi eût raison. Il convenait de renouveler au plus tôt les râteliers du magasin de musique. Pour cela il fallait faire tourner à plein régime les ateliers de tailleurs, mais là encore surgissait une impossibilité...

— Nos réserves de matière première sont épuisées, dit doucement Ser Drimi, devançant la pensée du Maître. Je suis passé aux stocks. Il reste tout au plus une dizaine d'os utilisables. Les autres sont trop spongieux. L'humidité qui règne dans les caves n'a pas contribué à leur conservation. L'incompétence des préposés aux premiers étages dépasse tout ce qu'on peut imaginer, des rapports auraient dû être rédigés depuis longtemps. Il aurait fallu s'inquiéter de cet état de choses depuis plus d'un an. Vous savez comme moi ce que cette pénurie implique : il faut reconstituer le stock. En clair : il devient vital de se procurer d'autres os !

Zarc contempla sans la voir la ligne bossue des coupoles.

— Allons, Drimi, souffla-t-il, ne rêvons pas. Le mégatérius n'est pas un animal d'aujourd'hui. L'académie des sciences n'en possédait que deux squelettes. Deux dépouilles ramenées d'une expédition polaire. L'une d'elles, trop abîmée pour être exposée, nous fut vendue à prix d'or. La seconde — intacte — est toujours sur son socle, au musée de paléontologie d'Almoha. Mais cette galerie est devenue une véritable place forte dont le conservateur est à demi fou. Jamais vous ne pourrez le convaincre de nous céder le dinosaure dont il a la responsabilité. Jamais.

— Il y aurait bien une autre solution..., hasarda le chef d'orchestre.

— Je vois ce que vous voulez dire, fit Maître Zarc dans un murmure. Nous pourrions nous passer de l'autorisation du conservateur et... le voler ?

— C'est une éventualité à considérer.

Zarc hocha la tête. Désigner des... « prospecteurs » était une tâche délicate car il n'était pas question de nommer à cette responsabilité des éléments de moindre valeur. Sélectionner des os de mégatérius impliquait une haute science musicale et une intuition sinon magique, en tout cas inexplicable. De plus, cette « quête » entraînerait fatalement les musiciens désignés à s'introduire dans l'enceinte du jardin zoologique qu'on disait remarquablement défendue. Ce voyage exploratoire ne serait pas sans danger. Si beaucoup partaient, peu reviendraient, telle était l'équation régissant le redoutable statut de tout pourvoyeur.

— Si vous m'y autorisez, reprit Ser Drimi, je peux dresser une liste de candidats. La jeune Isi me paraît réunir les qualités requises. Jeune, vigoureuse, c'est une bonne musicienne, un talent sûr dans le domaine de l'instrumentation, mais à mon avis elle ne franchira jamais le cap de la composition. Nous courons donc un moindre risque en la sélectionnant. Le petit Drog, par contre, qui travaille à un oratorio sous ma direction, ne peut être retenu ; ce serait une trop grande perte pour la corporation s'il ne revenait pas. Wilmur est assez doué... Kévin aussi, mais de faible constitution. Isi, elle, est encore robuste, la « maladie » ne l'a pas vraiment touchée...

Zarc acquiesça. Demain il convoquerait les candidats désignés par le chef d'orchestre. Il soupira, le cœur étreint d'un malaise indéfinissable. La liste fatidique défilait dans son esprit. Isi, Wilmur, Kévin... Isi. Demain...

CHAPITRE XVII

On ne découvrit pas tout de suite la lézarde.

C'était le lendemain de la tempête et la ville pansait ses plaies. Dans les rangs de la gueuserie sévissaient les habituelles batailles d'après l'ouragan. On se battait pour la possession des maigres biens de ceux que le vent avait emportés. On s'octroyait les caches et les abris des victimes du grand concert. Et, par-dessus tout, on dépeçait les enfants fracassés par les bourrasques...

Ce cannibalisme était de tradition. Les jeunes cadavres anonymes, qu'aucune famille ne réclamait, étaient ramassés et « préparés » par un escadron de matrones auquel on avait attribué une fois pour toutes cette tâche aussi effrayante que nécessaire.

Les pauvres se nourrissaient d'eux-mêmes, laissant l'ouragan jouer le rôle d'exécuteur. Cette boucherie se déroulait en grand secret, derrière un dédale de paravents de carton hâtivement dressés. Il était interdit d'en parler ou de risquer le moindre commentaire à son propos tandis que s'organisaient de longues files d'attente autour du point de distribution.

Les ogresses travaillaient vite et bien. Il ne leur fallait que quelques minutes pour détailler un corps en morceaux non identifiables. Elles n'avaient pas leur pareil pour donner à la viande humaine un aspect « anonyme » qui convenait aux âmes les plus sensibles. Tout leur art consistait à écarter les pièces d'anatomie trop facilement reconnaissables et à transformer en d'anodins biftecks cette épouvantable provende dont on usait par légitime défense.

À peine découpée, la chair était salée et emballée dans de grossiers chiffons de papier. Chacun en recevait une part à peu près égale. La distribution continuait tant qu'il restait un cadavre à débiter. Les parties dites « nobles » : têtes, mains, pieds, organes génitaux étaient ensuite placées dans des cassettes confectionnées par le charpentier du bidonville des arcades, puis conduites en grande pompe sur le bûcher d'incinération générale. Cette cérémonie donnait naissance à un long cortège où officiaient des dizaines de pleureuses bénévoles. Chaque tempête mourait ainsi sur une aube sanglante et salvatrice.

La gueuserie reconstituait ses forces dans ce cannibalisme du désespoir, mais l'horreur même du rite imposait le secret tacitement consenti. À tant s'appliquer à l'ignorance, certains avaient d'ailleurs fini par vraiment oublier. Aux plus jeunes on racontait qu'il s'agissait de distributions organisées par les prêtres à partir des nombreux animaux de cheptel que la tempête avait tués.

Les matrones, elles, restaient muettes et hiératiques, gonflées de leur rouge importance, transportant dans leurs tabliers un arsenal de lames affûtées à gros manche de bois. Sitôt le vent tombé, elles étaient toujours les premières à sortir pour arpenter la ville bousculée, meurtrie par dix ou douze heures d'étreinte. Elles allaient au long des boulevards, poussant leur éternelle voiture à bras, l'œil aux aguets, trottinant de toute la vitesse de leur corpulence. Parfois un impertinent disait : « Les grosses font le marché », mais il se faisait aussitôt rabrouer, et chacun s'efforçait de ne pas penser à ce qui allait suivre.

Les habitants des immeubles privilégiés n'avaient jamais entendu parler de ces cérémonies si particulières. Retranchés derrière leurs volets blindés, recroquevillés dans le ventre des maisons aveugles, ils vivaient dans un monde cotonneux coupé de la réalité. Les autorités religieuses, si elles n'ignoraient rien de telles pratiques, avaient décidé de ne pas s'interposer tant que les parties nobles des défunts jouiraient d'une sépulture décente et ne seraient pas consommées comme de vulgaires pièces de boucherie.

Au dépeçage succédait donc le bûcher général auquel on se débarrassait de tous les cadavres que n'avait pas emportés le vent.

Le brasier était patiemment édifié sur la place Verneuve dans une musique funèbre de jerricans entrechoqués.

Le feu se chargeait de réduire à néant les corps fracassés, changeant ces poids morts en une poussière impalpable que le moindre frisson de l'atmosphère dispersait aussitôt. On comprend qu'au milieu d'un tel climat personne n'ait remarqué la fissure avant le début de l'après-midi...

Elle s'étendait du carrefour Saint-Demeter jusqu'au milieu de l'avenue Hannafosse, en une série de zigzags pratiquement égaux.

À vrai dire elle n'avait rien de menaçant car elle avait fendu l'asphalte très proprement, sans éclatements ni débris d'aucune sorte. Vue des toits, elle avait l'air d'un motif géométrique parfaitement calibré et dessiné dans le goudron frais de la pointe du couteau.

En s'approchant il était impossible de dire si cette blessure de la chaussée restait superficielle ou si elle s'ouvrait au contraire sur un gouffre. On ne distinguait qu'une mince ligne trop régulière pour être accidentelle. Sans doute est-ce cette régularité même qui la dissimula toute une matinée aux yeux les plus avertis ?

Quand l'alerte fut donnée, la Compagnie du Saint-Allégement dépêcha sur les lieux une patrouille de nageurs aériens ainsi qu'une douzaine de prêtres chargés de sonder la plaie.

La corde plombée qu'on inséra dans la fente fila sur plus de vingt-cinq mètres avant de devenir molle, provoquant la stupeur générale. Afin de réduire la marge d'erreur on mesura la crevasse tous les dix pas. Les profondeurs obtenues oscillaient entre vingt et trente-cinq mètres ! Cette fois le frère sondeur devint blême, et un murmure d'affolement parcourut les rangs des culs-de-jatte chargés de contenir la foule des badauds.

— La croûte de Santäl est en train de céder ! balbutia l'un d'eux. Ça devait arriver un jour ou l'autre ! C'est la tempête ! Elle a ébranlé les immeubles !

Il y eut un début de panique que les nageurs aériens réprimèrent en tirant des billes de caoutchouc sur les plus excités. Le calme revint. Les frères du Saint-Allégement échangeaient des regards angoissés. Ils avaient devant eux la matérialisation palpable de toutes leurs théories : la peau de la planète venait bel et bien de craquer ! Au soulagement qui avait suivi la fin de l'ouragan succéda une inquiétude sourde comme une douleur mal localisée.

La nouvelle fut très vite colportée, d'abord dans la pouillerie des arcades, puis au sein des immeubles. « La terre s'est ouverte, répétait-on dans un souffle, le sol s'est fendu ! » Cette évidence fermentait déjà dans les esprits, engendrant une cohorte d'images apocalyptiques. Pour beaucoup, la lézarde qui ricanait sur l'asphalte de l'avenue Hannafosse présageait l'engloutissement futur d'Almoha. On s'apercevait soudain avec épouvante que la Compagnie du Saint-Allégement n'avait jamais cessé de dire la vérité et que ses prophéties étaient en train de se réaliser.

Les nageurs aériens patrouillaient à présent par toute la ville, dispersant les attroupements à coups de fronde. Pendant ce temps l'armée des culs-de-jatte s'était déployée, auscultant les trottoirs avec frénésie.

Au journal télévisé du soir, l'archevêque prit la parole pour annoncer que la campagne d'allégement général allait être renforcée. Il demandait à la population d'obéir sans discuter aux consignes transmises par les différentes milices religieuses.

Maître Walner vint rapporter les événements à Isi qui, sa fièvre enfin tombée, s'apprêtait juste à quitter l'Opéra. Le vieil homme bredouillait d'excitation, et la flûtiste eut le plus grand mal à suivre son récit. Lorsqu'il eut terminé, elle se fit réexpliquer deux ou trois points qui lui paraissaient incompréhensibles.

— Une faille, observa-t-elle, sur l'avenue Hannafosse ? Mais il ne s'agit même pas d'une zone d'allégement prioritaire...

— Elle le deviendra rapidement, sois-en sûre ! caqueta le compositeur. Ça va écoper ferme dans les jours qui viennent ! J'en vois plus d'un condamné à la rue. Les prêtres vont vider les deux côtés du boulevard sans demander l'avis de qui que ce soit.

— Une crevasse ? répéta Isi incrédule. Jamais je n'aurais pensé...

— Moi non plus, renchérit Maître Walner, moi non plus !

Dès le lendemain la cité se parsema de bûchers. Les habitants des maisons bordant l'avenue Hannafosse reçurent l'autorisation de demeurer sur place, à la condition *sine qua non* qu'ils acceptent de se débarrasser de leurs meubles.

Des colonnes de bahuts, d'armoires, de commodes, prirent ainsi la direction du plus proche point d'embrasement. Sur les places désignées on entassait le mobilier comme pour une gigantesque barricade, entremêlant tables et chaises en un inextricable fouillis. Faute de fagots on faisait démarrer l'incendie en recouvrant le premier étage de l'amoncellement à l'aide de livres imprégnés d'essence. Des dizaines de milliers de volumes avaient été transformés en grosses éponges inflammables avant d'être jetés pêle-mêle sur la masse hirsute du bûcher.

Quand la barricade menaçait de s'ébouler, on la déclarait saturée et on y lançait une torche. Les flammes éclataient alors en couronne grignotante, encerclant le dernier carré des armoires, s'attaquant aux bois précieux gorgés de cire, aux laques délicates des vernis qui se mettaient à cloquer en bulles noirâtres.

Puis l'incendie commençait à ronfler, levant une colonne de flammes empanachée de suie, éclairant les façades d'une mauvaise lumière dansante qui emprisonnait les regards et vous faisait des pupilles hallucinées.

Les habitants des appartements délestés n'étaient autorisés à conserver qu'un minimum d'objets de première nécessité dont la liste, établie par la Compagnie du Saint-Allégement, équivalait à un bagage d'une trentaine de kilos par individu. Le surplus de vêtements se trouvait automatiquement réquisitionné. On distribuait aux pauvres tout ce qui n'entrait pas dans la catégorie du linge d'apparat. Ce dernier, composé essentiellement de robes du soir et de smokings, était bien entendu livré au feu.

La journée s'écoula donc dans le crépitement des foyers et les psalmodies des culs-de-jatte. Il régnait dans toute la ville une chaleur inhabituelle pulsant des bouffées brûlantes chargées de suie.

À la panique des locataires répondait la joie vengeresse des gueux qui voyaient dans ce cérémonial d'anéantissement une sorte de carnaval sinistre parfaitement réjouissant. S'organisant en procession, ils défilèrent sous les fenêtres de l'avenue Hannafosse en scandant :

Aujourd'hui logés, demain expropriés !
Aujourd'hui arrogant, demain pauv'mendiant !

Il fallut l'intervention des nageurs aériens pour obtenir que se dissolve la manifestation. Les billes de caoutchouc et les fléchettes urticantes dispersèrent la foule des clochards, mais le venin des slogans faisait déjà son œuvre.

Une vingtaine de résidents, terrifiés à l'idée de se retrouver prochainement à la rue, se suicidèrent par divers moyens allant de la pendaison à l'absorption massive de barbituriques.

Vers dix-huit heures un visionnaire hurla qu'il avait vu la lézarde s'agrandir sous ses yeux, provoquant une bousculade parmi les badauds. Des femmes chargées d'enfants jaillirent des immeubles avoisinants en poussant des cris hystériques. On se piétina un quart d'heure durant, puis la fièvre retomba. L'équipe d'observation dépêchée par la confrérie décréta, après vérification, que la faille n'avait progressé en aucune manière. Pour couper court à toute future contestation on imagina de recouvrir son tracé à la peinture rouge. Le zigzag écarlate ainsi obtenu servirait dorénavant de référence. Badigeonnée en « rouge pompier », la crevasse prit curieusement une allure beaucoup plus menaçante. Elle s'étalait désormais sur le ventre de l'avenue tel un champ opératoire passé au mercuro-chrome.

Tout le monde en fut conscient, même le frère sondeur qui se maudit immédiatement pour cette initiative.

Fort heureusement la fièvre baissa avec l'extinction des brasiers. Les enchevêtrements de meubles s'étaient affaissés sous leur propre poids en amas carbonisés totalement méconnaissables, et qui craquaient en s'émiettant.

La nuit chassa les gueux qui regagnèrent leurs abris. Il ne resta bientôt plus pour sillonner la ville que les légions silencieuses des nageurs aériens brassant l'air à dix mètres au-dessus de l'asphalte.

Isi avait suivi le déroulement de la journée embusquée derrière ses vitres, la poitrine douloureuse. Elle avait le cerveau embrumé et les joues en feu. Le serpent rougeoyant de la crevasse l'attirait comme une promesse d'abîme. Jusqu'à présent elle avait toujours considéré les frères du Saint-Allégement comme des illuminés menés par des charlatans. Découvrir qu'ils avaient peut-être raison l'emplissait d'une terreur quasi superstitieuse.

Elle pressentait que cette déchirure du goudron aurait avant peu sur sa vie une influence négative. La faille était née de la tempête, or les musiciens avaient pour tâche indirecte de dompter le vent. La crevasse était donc la conséquence de leur insuffisance artistique et médicale. La crevasse était le résultat de leur échec... C'est du moins de cette manière que raisonnerait l'archevêque. Toute catastrophe doit avoir son bouc émissaire ; celle-ci ne ferait pas exception à la règle.

Isi tressaillit. Un nageur aérien venait de frôler sa fenêtre. Instinctivement elle recula dans l'obscurité de l'appartement. Suspendu au bout de son ballon blême, le patrouilleur scruta méchamment le carré noir de la vitre. La jeune femme demeura statufiée, les yeux rivés à cette silhouette décharnée oscillant sous la bulle de baudruche du ballon porteur.

Au même instant, derrière les grilles du jardin zoologique, dans la rotonde de l'hippopotame, Nathalie, qui ignorait tout des derniers troubles secouant la cité, faisait une découverte pour le moins troublante.

Ouvrant dans la cabine de sonorisation un placard jusqu'à présent dissimulé par une affiche, elle venait de mettre la main sur une trentaine de rations composées de tablettes nutritives déshydratées. Les gros biscuits durcis étaient parfaitement consommables, leur emballage n'ayant subi aucune dégradation.

C'est en saisissant les paquets bruns que la fillette nota un fait étrange : alors que l'intérieur du placard disparaissait sous une épaisse couche de poussière, les rations, elles, n'en présentaient pas la moindre trace... On eût dit des boîtes récemment déballées, non des vivres oubliés depuis des années au fond d'un réduit.

Elle fronça les sourcils, toucha l'affiche qu'elle avait trouvée pendante en pénétrant dans la cabine. Immédiatement elle sourit en murmurant :

— *L'île mystérieuse.*

À présent elle se mordillait la lèvre inférieure, persuadée d'avoir vu juste. Comme dans le roman de Jules Verne, quelqu'un était venu pendant son absence. Quelqu'un qui avait déposé les rations dans le placard et arrangé la mise en scène de l'affiche décrochée dans le seul but d'attirer son attention.

Et ce capitaine Nemo qui lui portait secours ne pouvait avoir qu'un seul nom : Georges Werner, le conservateur fou...

Elle battit des mains et appela Cedric. Les tablettes nutritives arrivaient à point au moment même où — poussée par la faim — elle envisageait sérieusement de prendre part au festin cannibale du doberman.

Elle serra contre sa poitrine le gros paquet de papier huilé surmonté de l'étiquette : Survival pack food. Désormais elle avait assez de provisions pour s'abstenir de sortir en ville durant un bon moment. Peut-être même n'aurait-elle plus à jouer avec la mort en traversant le champ de mines. Il suffisait pour cela que le fantôme en blouse blanche daignât renouveler ses cadeaux.

Cedric bondissait en frétillant de la queue, le pelage raidi par des croûtes de sang séché.

— Méfie-toi ! plaisanta la fillette. Si le fantôme m'apporte une brosse, je te lave ! Tu es sale comme un loup-garou !

Le chien répondit par une plainte rauque, s'éloigna de plusieurs mètres et s'immobilisa, pattes antérieures fléchies, invitant sa maîtresse à le poursuivre.

CHAPITRE XVIII

Pendant deux jours on crut que les choses allaient en rester là. Chaque matin les habitants des immeubles bordant l'avenue Hannafosse se ruaient à leurs fenêtres pour inspecter du regard la grimace écarlate de la faille. Après deux secondes de pure épouvante, ils pouvaient constater que la crevasse restait sagement prisonnière de sa ligne rouge ; alors ils se laissaient tomber à genoux et remerciaient d'obscures divinités, psalmodiant des prières absurdes au milieu de leurs cent cinquante mètres carrés d'appartement vide.

La troisième aube, cependant, apporta un cruel démenti à ceux qui reprenaient espoir, car la crevasse, non contente d'avoir gagné en longueur se doublait à présent d'une seconde cicatrice qui la barrait en son milieu selon un parfait angle droit. Désormais la faille avait pris l'allure d'une croix aux branches zigzagantes. La nouvelle fissure perpendiculaire poussait ses deux prolongements jusqu'aux trottoirs bordant les façades des numéros 15 et 16 de l'avenue, menaçant directement les constructions qui s'y enracinaient. Les réactions des résidents furent de trois sortes. Les premiers coururent dans la rue avec armes et bagages sans qu'on les y ait invités, les seconds se suicidèrent, les derniers se barricadèrent pour résister à toute tentative d'expulsion. Cette dernière attitude était bien la plus puérile qu'on puisse adopter, mais la peur de la dépossession et de la pauvreté poussa certains forcenés jusqu'à tirer au fusil de chasse sur les patrouilles de nageurs aériens et les délégations de la confrérie.

La rumeur publique, enflant la catastrophe, avançait déjà qu'Almoha allait se fragmenter à la manière d'un puzzle.

L'Archevêché convoqua un état-major de crise et pria Maître Zarc de venir y représenter la confrérie des médecins musiciens.

La réunion eut lieu dans l'une des trois salles de concert de l'Opéra. Une table ronde avait été disposée sur la scène, au milieu d'un vieux décor poussiéreux et wagnérien. Un minuscule spot éclairait la table, les chaises et les blocs-notes, laissant dans la plus totale obscurité le gouffre de la fosse d'orchestre, les multiples rangées de fauteuils, ainsi que les baignoires et les loges. Ce gigantesque trou noir pesait sur les épaules des personnes réunies comme une sorte d'océan silencieux masqué par les ténèbres. En tendant l'oreille, on percevait pourtant au sein de cette masse nocturne, les frôlements des nageurs aériens assurant la sécurité de l'archevêque et planant au-dessus du parterre, arbalète en main.

Le prélat attaqua sans fioritures ni précautions

oratoires. C'était un homme ascétique, tout en nerfs et tendons. Ses nombreuses bagues tournaient autour de ses doigts trop maigres, et lorsqu'on y prêtait attention on s'apercevait qu'il avait tenté d'en diminuer le diamètre en enrobant les chatons de ruban adhésif.

— Maître Zarc, commença-t-il d'une voix atone, la situation est grave. Vous n'avez pas jugulé le dernier ouragan. Les plaies de Santäl sont maintenant parfaitement visibles. Le mal empire, vous n'avez pas su enrayer sa douleur. D'ailleurs il y avait beaucoup moins de pauvres que de coutume sur le parvis de l'Opéra. Vos concerts attirent moins de monde, c'est une constatation révélatrice.

Zarc serra les mâchoires. « Vieux rapace, songeait-il, tu n'as pas eu ton compte de sacrifiés ! Tu voudrais que le vent les emmène par bataillons entiers ! »

Mais il ne dit rien. Il devait surtout ne rien dire, il le savait. L'archevêque émit un bruit de succion avec les lèvres, une mimique d'instituteur s'apprêtant à réprimander un élève mal appliqué.

— On m'a rapporté que vous aviez des difficultés techniques, siffla-t-il en un chuchotement de confessionnal. Votre... matériel ne serait plus à la hauteur ?

Zarc baissa la tête. Il avait le dos au mur.

— Les flûtes sont trop vieilles, fit-il en fixant le dos de ses mains. Il aurait fallu les changer depuis longtemps. La pluie, l'humidité, les concerts trop fréquents ont érodé l'os qui les constitue. Elles ont perdu en grande partie leur sonorité... et du même coup leurs pouvoirs.

Le prélat leva sa main décharnée. Les bagues glissèrent le long de ses phalanges comme des anneaux de rideau.

— Je sais cela, observa-t-il. Remplacez votre arsenal au plus vite. Plus que jamais vous allez devoir monter en première ligne. Il faudra jouer, jouer, et encore jouer pour endormir Santäl. C'est une planète entière qui est malade cette fois, pas une poignée de rhumatisants ! Le comprenez-vous ?

Zarc hocha la tête. Le vieux fou croyait-il à ses paroles ou jouait-il une comédie destinée à ses subordonnés ? Impossible de le savoir.

— Mais la matière première..., commença le maître de musique.

— La matière première se trouve au sein des galeries du muséum d'histoire naturelle, coupa l'archevêque, j'ai consulté de vieux catalogues d'exposition. Il y a là-bas un squelette entier de mégatérius. De quoi fabriquer des centaines de flûtes. Nous devons pénétrer dans ces galeries.

— Mais les défenses ? objecta Zarc. La ceinture des mines ?...

— Mes nageurs aériens peuvent aisément franchir cet obstacle ; vous aurez leur appui. Un commando aéro-suspendu se chargera d'introduire l'un de vos représentants sur le territoire de Georges Werner. Choisissez quelqu'un de compétent, qui pourra se glisser dans la place, repérer la dépouille qui nous intéresse et neutraliser les défenses du musée. Je vous conseille de vous servir d'une femme, jolie de préférence. Werner est seul depuis si longtemps.

— Mais nous ne savons même pas s'il existe un moyen d'entrer dans les pavillons !

— Nous lui fournirons des explosifs. Elle trouvera tôt ou tard un volet blindé déficient, une verrière fêlée. Le tout est qu'elle soit assez futée pour ne pas se faire abattre tout de suite par le vieux Werner. Vous voyez quelqu'un qui pourrait faire l'affaire ?

— Peut-être, bégaya Zarc en pensant aux récentes suggestions de Ser Drimi.

— Un commando aéro-suspendu ! renchérit le prélat. Mes meilleurs miliciens. Ils n'ont pas touché le sol depuis des années, les mines du square ne leur font pas peur. Ils déposeront votre agent sur le toit de l'un ou l'autre des bâtiments. Je ne crois pas qu'il s'agisse là d'une opération très compliquée... Si l'on ne peut pas neutraliser les mines, ils transporteront le mégatérius en pièces détachées par la voie des airs. Il suffit que votre envoyée localise la bonne dépouille, c'est tout. Il y a là-bas des centaines de squelettes qui se ressemblent tous. Pour ma part je ne vois aucune différence entre votre mégatérius et un classique diplodocus.

— Il y en a pourtant : la sonorité, le contact, le grain de l'os... et son goût.

— Cela vous regarde, balaya l'archevêque. Trouvez la personne compétente. Quelqu'un qui soit jeune et en bonne santé. Je ne veux pas d'un vieillard savant, mais perclus de rhumatismes. Il importe que vous repreniez la série de concerts au plus vite.

Avant qu'Almoha ne ressemble à une banquise dis-
loquée. Il faut apaiser la douleur du noyau, enrayer
les spasmes qui lacèrent la surface du globe ; jusqu'à
présent vous ne vous en étiez pas trop mal tiré.

Le prélat se redressa tandis que Zarc conservait
le front baissé. La troupe en soutanes se fondit dans
l'obscurité dans un froissement d'étoffes amidon-
nées. Le maître de musique demeura seul au bord
de la fosse d'orchestre, abîmé dans ses pensées. Il
songeait à Isi. Il différait depuis trop longtemps le
moment où il devrait la mettre au courant. Allait-elle
refuser ? Mais non, elle n'en avait pas la possibilité.
La survie de la corporation dépendait de la docilité
des musiciens.

Zarc repoussa sa chaise. Il avait les mains moites.

— Et si l'archevêque avait raison ? murmura-t-il
sans même s'en rendre compte. Si nous pouvions
quelque chose pour Santäl, si...

Il secoua la tête et cracha dans la poussière de la
scène. Allons ! Il n'allait pas sombrer à son tour dans
la superstition !

« La Compagnie du Saint-Allégement se sert de
nous comme de simples sacrificateurs ! se répéta-t-il
en marchant vers la coulisse. Nous faisons semblant
de jouer le jeu mais aucun de nous n'est dupe.
Aucun ! Et je ne serai pas le premier ! » Dans
l'ancien magasin des accessoires il trouva un téléphone qui fonctionnait encore. Après une brève hésitation il forma le numéro d'Isi. La jeune femme
répondit à la troisième sonnerie. Il lui parla un long
moment et raccrocha sans lui laisser le temps de

placer un seul mot. Il regagna ensuite son bureau, mécontent de tout et n'aspirant qu'à dormir.

La fissure étant devenue le pôle d'attraction de la cité, un groupe de gueux plus hardis que les autres en profita pour tromper la vigilance des culs-de-jatte et s'installer dans quelques appartements situés en zone d'allégement prioritaire. Ces squatters d'un nouveau genre n'eurent aucun mal à faire sauter les scellés des immeubles évacués et à s'emparer de plusieurs duplex dépourvus d'occupants. Leur méfait aurait pu passer longtemps inaperçu, car l'attention des milices se concentrait présentement sur l'avenue Hannafosse. Toutefois les passagers clandestins des maisons éviscérées ne jouirent que peu de temps de leur piraterie. Ayant commis l'imprudence de faire du feu dans une cheminée, ils furent repérés par un nageur suspendu qui remontait les boulevards, volant à la hauteur du cinquième étage. L'alerte donnée, une patrouille de prêtres musclés s'empara d'eux et les traîna en prison.

C'est ainsi que débuta l'épidémie de pendaisons volantes qui allaient coûter la vie à tant d'inconscients.

L'Archevêché décida de donner aux cérémonies expiatoires une ampleur susceptible de frapper la sensibilité des masses. Une estrade fut érigée place Verneuve. On y disposa une caisse de baudruches très résistantes ainsi qu'une vingtaine de bouteilles d'hélium. Cet attirail de marchand de ballons constituait tout le matériel de torture dont auraient à user les bourreaux.

Isi apprit par un courrier spécial qu'elle avait une place réservée dans la tribune officielle aux côtés de Maître Zarc, qui devait représenter la corporation des musiciens. La jeune femme grimaça à cette nouvelle et trouva plutôt étrange cette distinction honorifique dont elle se serait volontiers passée.

Le jour dit, elle se drapa dans sa cape violette et prit le chemin de la place Verneuve, une vilaine boule dans la gorge. Une foule immense avait envahi les abords de l'échafaud. Malgré cela un silence de cathédrale pesait sur le carrefour. L'habituelle rumeur des grands rassemblements s'était changée en un mutisme collectif dont on ne savait s'il était de bon ou mauvais augure.

Isi perçut tout de suite l'électricité saturant l'atmosphère. Elle comprit qu'elle allait vivre l'un de ces moments où tout est possible, l'un de ces quarts d'heure de folie et de transgression qui font les révolutions. Les gueux représentaient les deux tiers de l'assistance, et c'étaient vingt des leurs qu'on allait exécuter !

La jeune femme se demanda si le spectacle de la mise à mort allait réveiller en eux un élan collectif qui balaierait tribunes et bourreaux, ou si le « chacun pour soi » de la pauvreté avait déjà rongé en eux tout sentiment de solidarité.

Les nageurs aériens planaient entre les façades, en grappes touffues. On les avait équipés de grenades urticantes capables de changer un homme en écorché vif en moins de deux minutes. Isi fut prise en charge par le cordon de sécurité des culs-de-jatte et conduite jusqu'à la tribune où Maître Zarc lui désigna sa place. Il était pâle et affichait une mine terriblement préoccupée.

— On va vous confier une mission, murmura-t-il en croisant nerveusement les bras.

— Qui ça « on » ? releva la flûtiste avec une insolence qui l'étonna elle-même.

— Les autorités religieuses, lâcha Zarc sans la regarder. Ça peut être très bon pour votre carrière, vous savez ? Après ça on ne vous refusera probablement pas le statut de compositeur. Vous n'auriez plus à jouer dans l'orchestre lors des concerts de tempête. Je suppose que vous comprenez ce que cela signifie ?

Isi baissa la tête. Le cadeau était trop gros, elle flairait le piège, le gâteau empoisonné. L'espace d'une fraction de seconde elle eut terriblement peur, puis on amena la charrette des prisonniers et la rumeur de la foule roula comme une courte avalanche. Les condamnés étaient sanglés dans des camisoles de force qui les enveloppaient tels des suaires munis de courroies. Seules leurs têtes rasées émergeaient de cet emmaillotement carcéral qui ne leur laissait pas la chance du plus petit mouvement. Le bourreau et ses aides les déchargèrent pour les empiler sur un coin de l'estrade comme des cadavres en attente de cercueil. Un héraut vint lire la condamnation, mais le vent soufflait contre lui, réduisant son discours à quelques bribes télégraphiques. Isi

n'entendit que les sempiternelles formules : « ...
Occupation illégale de zone d'allégement prioritaire... mise en danger de tout un quartier... Inconscience criminelle... »

Il n'y eut ni huées ni sifflets. Maître Zarc transpirait. De grosses gouttes à l'odeur musquée s'accumulaient dans ses sourcils.

— C'est un sale boulot mais d'une importance
capitale, chuchota-t-il. Vous connaissez bien sûr
l'état de notre arsenal ?

Isi se crispa. C'était pire qu'elle ne l'avait envisagé.

— Vous ne voulez pas dire ? haleta-t-elle de manière inaudible.

— Si. Il faut reconstituer nos réserves. C'est un
ultimatum de la confrérie. Vous êtes la seule qui
soyez encore en assez bonne santé et nantie du
bagage nécessaire. Les plus jeunes n'ont pas l'expérience requise, les plus vieux sont dans un état physique déplorable. Il y va de la survie de la corporation, Isi ! Je n'ai pas eu le choix, l'Archevêque ne
se laissera pas mener en bateau, cette fois nous ne
pouvons plus nous en tirer par une pirouette. Il s'agit
bel et bien d'une mise en demeure. Si nous ne leur
sommes plus d'aucune utilité ils nous balaieront.

Une pulsation de la foule les ramena au spectacle
de l'échafaud.

Le bourreau avait attaché un câble aux chevilles
du premier condamné. Ce filin était relié à une résille
métallique enveloppant une grosse baudruche qu'un
aide gonflait présentement à l'aide d'une bonbonne

d'hélium. Un ballon s'éleva bientôt au-dessus de l'estrade, entraînant à sa suite le malheureux toujours prisonnier de sa camisole. À un signe de l'Archevêque, les officiants lâchèrent la vessie qui entama aussitôt une ascension rapide, tirant le condamné, pendu tête en bas, vers le ciel gris. Sentant qu'il ne touchait plus terre le supplicié se mit à hurler de terreur, mais le ballon gagnait de l'altitude. C'était un spectacle effrayant que cette momie vociférante pendue par les pieds à une montgolfière miniature, et que le vent poussait déjà au-dessus des toits.

— Il va partir à la dérive, murmura Zarc d'une voix blanche. Si le ballon reste gonflé assez longtemps, il mourra sans toucher terre. Par contre, si la baudruche éclate, ce sera l'écrasement...

Isi crispa ses muscles dorsaux jusqu'à la douleur. Déjà on attachait un nouveau condamné. La maigreur des gueux n'opposait que peu de résistance à la traction du ballon. Ils s'envolaient assez vite, la bouche tordue, gesticulant sans espoir. Les grosses bulles de baudruches filaient à la verticale pour trouver leur altitude de croisière. La brise les poussait ensuite vers la campagne.

— C'est ainsi que procèdent les sectes qui font des offrandes au vent, observa Isi. On fait s'envoler un chat, un chien, un enfant... On espère que les courants aériens les entraîneront vers la gueule du volcan.

— Taisez-vous, rugit Zarc. Ne soyez pas arrogante. Nous ne sommes que tolérés. Vous ne com-

prenez pas que ce qu'on nous montre c'est le sort
qui nous attend si nous refusons de collaborer ?
Cette invitation dans la tribune officielle n'est pas
un honneur, mais un avertissement ! L'apparition
des crevasses confère désormais tous pouvoirs aux
membres de la confrérie. Nous sommes dans leurs
mains !

La jeune femme arqua les sourcils.

— Et si..., commença-t-elle.

— Oui ? releva le maître de musique inquiet.

— Cette catastrophe renforce leur puissance,
observa Isi. Finalement c'est une aubaine pour
l'Archevêché, non ? Vous ne pensez pas qu'il s'agit
d'une mise en scène ? D'une faille ouverte par les
prêtres eux-mêmes, bref, d'une manœuvre ?

Zarc était livide. Isi jugea inutile d'insister. Pour
ne plus être témoin du sinistre lâcher de ballons, elle
décida de fixer ses pieds. Une dizaine de suppliciés
dérivaient maintenant au-dessus des toits. Du sol ils
ressemblaient à d'étranges parachutistes exerçant
leur sport à rebours.

— Quelques-uns s'en tirent, fit doucement Maître
Zarc, le nez levé. De temps à autre un ballon se
dégonfle progressivement, ramenant sans grandes
secousses le corps à terre. Ceux-là — s'il se trouve
quelqu'un pour les libérer de la camisole — ont une
chance de survivre.

— Vous en avez connu beaucoup ? ironisa la flûtiste. Zarc haussa les épaules.

— Vous n'avez pas le choix, Isi, martela-t-il,
l'opération est déjà commanditée. Les prêtres four-

niront le soutien aéroporté. Les nageurs vous feront franchir la ceinture de mines entourant les pavillons du musée d'histoire naturelle. Vous devrez ensuite découvrir le moyen de vous introduire dans la galerie qui nous intéresse. Je vais vous confier une documentation succincte. Rien de très détaillé, des plans qu'on distribuait jadis aux visiteurs ; il faudra vous en contenter. Reposez-vous, prenez des forces. Je sais que ce que je vous demande n'a pas grand rapport avec vos attributions habituelles, mais les milices de la confrérie seraient incapables de différencier un os réel d'une prothèse en plastique. Soyez très prudente. Werner, le conservateur, est un vieux fou à ce qu'on prétend. Il n'hésitera pas à vous arroser au fusil à pompe s'il vous localise ! À moins qu'il ne soit mort de vieillesse depuis la fermeture du musée. Dans ce cas vos problèmes seront résolus.

Isi lutta contre l'envie de hurler qui montait en elle. La foule devenait houleuse et son murmure chuintant rythmait l'indignation de la flûtiste. Une fois de plus elle se retrouvait manipulée, déplacée comme un pion. Elle se demanda quelles conspirations de couloirs, quelles jalousies artistiques avaient contribué à élire son nom pour cette mission aussi dangereuse que farfelue. On se débarrassait d'elle, c'était visible. On la lâchait en plein traquenard... D'un autre côté, si elle réussissait, elle serait à jamais délivrée de la sinistre perspective des concerts empoisonnés. Cette éventualité restait tentante. Elle avait bien conscience que d'ici deux ou trois saisons — si rien ne venait la dispenser d'avaler le poison des flûtes — sa santé commencerait sérieusement à décliner.

Comme disait le vieux Walner, il était temps de s'en inquiéter et d'envisager une reconversion. La jeune femme porta la main à son front. De l'endroit où elle se tenait il ne lui était pas possible de distinguer le groupe de soutanes jaune et noir des représentants de la confrérie. Les derniers pendus s'envolaient, se tortillant au bout de leurs ballons comme des momies récalcitrantes.

— Alors ? interrogea anxieusement Zarc.

— C'est d'accord, capitula Isi. J'irai.

Mais au fond d'elle-même elle continuait de penser que les prêtres étaient peut-être les seuls responsables de la faille, et qu'il ne s'agissait là que d'une manœuvre destinée à asseoir leur autorité. Rien de tel que l'inquiétude collective devant l'inconnu pour consolider les tyrannies. L'Archevêché ne l'ignorait pas. Il avait suffi de quelques travaux effectués nuitamment, d'une charge d'explosif dont la déflagration avait été couverte par le bruit de la tempête, et l'on avait fabriqué une belle lézarde propre à terrifier la population. Elle se secoua, chassant ces idées néfastes.

— Ça va, répéta-t-elle, j'irai.

Après tout, qu'avait-elle à perdre ?

CHAPITRE XIX

Dans les trois jours qui suivirent, les lézardes se multiplièrent. Rayonnant à partir du même centre elles dessinaient un grand soleil d'angoisse sur la chaussée. Leurs zigzags et leurs pointillés découpaient lentement la ville. Elles sinuaient, progressant par craquements successifs. On les observait depuis les fenêtres ou les trottoirs. On s'ingénia à les différencier, à leur trouver une personnalité propre. Certains remarquèrent que la crevasse du boulevard Einzenglich se cassait en diagonales successives de longueurs inégales. S'inspirant de la trajectoire du fou des jeux d'échec, ils la baptisèrent « la Folle ». La mode était lancée. Chaque faille eut bientôt son patronyme. Un nom inspiré par le roi des jeux, et attribué en fonction de son mode de progression supposé.

Il y eut la Cavalière, la Reine, la Tourelle, la Pionne. Par ces baptêmes dérisoires on essayait de domestiquer l'inconnu. Des illuminés prétendirent que l'avance des différentes lézardes n'obéissait pas au hasard mais ressortissait bel et bien à une stratégie concertée. « Lorsque les crevasses encercleront l'Opéra et l'Archevêché, la ville sera échec et mat ! » proclamaient-ils.

Les échiquiers devinrent l'équivalent des antiques boules de cristal. On se penchait au-dessus de leur quadrillage pour tenter de deviner la disposition future des réseaux de craquelures striant l'asphalte. Des charlatans tinrent salon. Moyennant finance ils acceptaient de prédire aux consultants si leur immeuble allait ou non être touché dans les semaines à venir. Le crâne ceint d'un turban, ils se penchaient sur leur échiquier divinatoire, et, l'effleurant du bout des doigts, débitaient d'une voix d'outre-tombe les coordonnées des prochains « coups » joués par Santäl. On reportait ensuite la disposition des pièces sur un plan d'Almoha pour déterminer quelles maisons allaient subir l'assaut de l'abîme. Ces prédictions hautement fantaisistes déclenchèrent une nouvelle vague de suicides.

Un groupe de désespérés opta, tout aussi vainement, pour un autre type de riposte. S'appuyant sur on ne sait quelle magie de bazar, ils décidèrent d'élever des barricades sur le trajet des lézardes. Ces barrages consistaient en une série de stries colorées rayant la chaussée à la manière des passages pour piétons. Des signes cabalistiques et des pentacles les agrémentaient. Il va sans dire qu'aucune de ces barricades occultes ne remplit sa fonction, et que les failles continuèrent à craquer mètre à mètre, faisant éclater le goudron et se disjoindre les trottoirs.

Deux jours après la pendaison publique, l'im-

meuble situé au 37 de la rue de l'Étoile, victime
d'un glissement de terrain, s'enfonça brutalement de
deux étages. Le rez-de chaussée et le premier disparurent sous la terre comme si les fondations de la
construction venaient d'être rappelées deux étages
plus bas. Le choc ébranla tout l'édifice dont les
parois se fendillèrent. Il fallut l'évacuer en hâte pendant que les vitres se fragmentaient sous le brusque
tassement de l'architecture.

Quelques heures plus tard Isi reçut un coup de
téléphone de Maître Zarc, il chuchotait très près du
micro et ses paroles emplissaient l'écouteur d'un
crachotement désagréable.

— Ça y est, Isi, dit-il, ils sont en route. Ils viennent vous chercher.

Comme la jeune femme ne répondait pas, il raccrocha sans attendre.

La flûtiste avait des mains de glace. Elle alla à la
fenêtre. Dans la rue on disposait de gros wagons
plombés pompeusement baptisés « unités de protection mobile ». On les réservait aux victimes des
récentes expulsions pour leur donner l'illusion de
n'être pas tout à fait jetées à la rue. On n'y accédait
qu'en montrant patte blanche, et les gueux en étaient
soigneusement tenus à l'écart.

Isi se mordit les lèvres. La veille, un musicien
avait raconté que ceux qui possédaient encore de la
fortune achetaient des studios aux quatre coins de la
ville afin de pouvoir disposer d'une position de repli
en cas d'agression de leur domicile principal par les
lézardes. En tant que musicienne elle n'avait rien à

craindre. Si l'immeuble où elle habitait s'effondrait, elle aurait le loisir de s'installer à l'Opéra. Elle se demanda comment elle devait s'habiller, se débarrassa de son peignoir et resta nue, les bras croisés sous les seins, à considérer d'un œil fixe les diverses étagères de son armoire.

Un tapotement soudain la ramena à la réalité. Quelque chose cognait à la vitre. Elle se retourna pour se retrouver face à face avec un nageur aérien suspendu au bout d'un ballon blême. Il lui adressa un sourire mauvais qui plissa horriblement sa figure décharnée. Le premier réflexe de la jeune femme fut de se ruer dans la salle de bains mais elle s'obligea à demeurer sur place, somme s'il lui était indifférent d'être détaillée par un inconnu. Haussant les épaules, elle enfila un jean, une ample chemise à carreaux et un vieux blouson de chasse qu'un ancien amant avait oublié dans sa penderie.

« Allons ! songea-t-elle en boutonnant le vêtement de grosse toile. Ne te mens pas à toi-même. Il ne l'a pas "oublié". C'était un musicien... et il est mort de la maladie. C'est tout. »

Trois autres nageurs volants avaient rejoint le premier. Sans doute s'agissait-il du personnel d'escorte à l'aide duquel elle devrait investir le musée ?

Ils la regardaient stupidement, lui donnant la sensation d'être un poisson prisonnier d'un aquarium. On sonna. Elle ouvrit. Deux prêtres se tenaient sur le seuil. Très maigres et interchangeables malgré la différence d'âge.

— Je suis le père Mock, dit seulement le plus

vieux. Je n'ai pas grand-chose à vous transmettre, je dois seulement vous remettre ce sac à dos. Il contient des explosifs d'un maniement simple, des tablettes nutritives hydratantes, et une arme automatique. Venez, il ne faut plus tarder.

La jeune femme hocha la tête et leur emboîta le pas.

« Mon Dieu, pensa-t-elle, qu'est-ce que je fais avec ces fous ? Pourquoi MOI ? »

Elle traversa le hall comme une somnambule. Le havresac lui entaillait déjà les épaules. Devant l'immeuble un détachement de la milice des culs-de-jatte formait haie. On avait disposé sur le sol une bonbonne d'hélium, ainsi qu'un harnais relié par des suspentes à plusieurs aérostats encore flasques.

— Vous êtes beaucoup plus lourde que les nageurs, expliqua obligeamment le père Mock, d'autre part nous ne voulons pas courir le risque de vous confier à un seul ballon. Nous allons vous harnacher, n'ayez pas peur. Une fois en l'air, restez immobile. Le commando d'escorte vous prendra en remorque. Contentez-vous de flotter.

Isi avait la gorge nouée. Les religieux s'affairèrent, bouclant les sangles autour de sa poitrine et de son ventre. Elle se sentait aussi à l'aise qu'un malade qu'on attache sur une table d'électrochocs. Les infirmes, se déplaçant sur leurs roulettes caoutchoutées, achevaient de gonfler les grosses baudruches.

— N'ayez crainte, commenta le père Mock, ce sont des hommes d'expérience, tous amputés volontaires.

Le premier ballon s'éleva, faisant bruire sa résille de fils métalliques. Un mousqueton cliqueta sur l'épaule d'Isi. À la quatrième baudruche, la jeune femme sentit qu'elle quittait terre, et son estomac vacilla.

— Vous ne monterez pas très haut, cria le prêtre, ce sont de petits aérostats, leur portance a été étudiée de manière que vous ne flottiez pas à plus de dix mètres du sol. Aucun risque que vous vous envoliez par-dessus les toits !

Malgré cette affirmation Isi ne put chasser les souvenirs de pendaison qui l'assaillaient. Lorsque les six ballons prévus furent lâchés, elle s'éleva franchement mais sans à-coups. Les réfugiés massés autour du wagon plombé tournaient dans sa direction des faces de craie à l'expression maussade. La jeune femme chercha une position plus confortable car les courroies lui sciaient le haut des cuisses, mais les suspentes — rigides — refusèrent toute manipulation.

Le commando des nageurs aériens se regroupait autour d'elle. Elle les entendit échanger des plaisanteries dans l'argot qui leur était propre, et que personne n'avait encore réussi à traduire. Elle devina sans peine qu'ils se moquaient d'elle. L'un d'eux la frôla pour s'emparer de la lanière de remorquage.

Au bout d'une minute Isi constata qu'elle ne montait plus. Le lest représenté par son corps freinait la traction des vessies.

« Je ne regarderai pas en bas ! » se jura-t-elle en sachant très bien qu'elle ne pourrait pas s'en empêcher. Le filin attaché à sa taille se tendit. Prise en remorque elle commença à se déplacer mollement vers l'avant. Contrairement à ce qu'on éprouve dans les rêves, elle avait pleinement conscience de son poids. Elle volait, non à la façon d'une plume, mais comme un sac de tripes et d'organes qu'on hisse lourdement au moyen d'une corde. Son sang, ses muscles, tout ce qui la remplissait la rappelait vers le bas, l'invitait à l'écrasement. Les harnais s'incrustaient dans ses aisselles et entre ses cuisses. De part et d'autre les façades défilaient. Des gens se pressaient aux fenêtres pour la voir passer. Elle se sentit stupide, un peu grotesque. Pourtant personne ne riait.

Le commando remonta un boulevard, une avenue. Le filin de remorquage se tendait spasmodiquement, au rythme de l'évolution des nageurs.

La tache verte du jardin zoologique apparut enfin, tout au fond d'une perspective de trottoirs. Isi lutta contre les soubresauts de son estomac. Elle n'avait aucune idée de ce qu'elle allait faire une fois là-bas. De plus, les hommes volants l'intimidaient Elle craignait de ne pas savoir leur donner des ordres. Elle ferma les yeux, compta jusqu'à cent, mais c'était pire. Paupières closes, la nausée devenait encore plus forte. Elle les rouvrit. Maintenant on voyait la herse de lances de la grille, avec ses pointes dorées. Combien de vagabonds s'y étaient empalés, après avoir été drossés contre les barreaux par les vents de l'ouragan ? Elle préféra chasser cette pensée. Les nageurs volants progressaient avec plus de circonspection. Dans quelques instants on passerait au-dessus des barreaux de ceinture. Après, ce serait l'étendue du jardin et son champ de mines en perpétuel mouvement.

Isi crispa les doigts sur les lanières du harnais. Subitement, elle était terrifiée.

Les bâtiments du musée formaient une sorte de grand U. Certains tronçons étaient en réalité des tunnels de verre sous-tendus par des membrures d'acier. Ces boyaux transparents enveloppaient une multitude d'objets et de silhouettes indéfinissables. Des bâtiments surchargés de cariatides et de lanterneaux séparaient les sections vitrées. Le parc, lui, avait perdu son aspect initial, sa géométrie rassurante de square civilisé.

Les vasques, les bassins, les statues grises et lugubres parsemaient une étendue ravinée, trouée de cratères tel un champ de bataille pilonné par un tir de mortiers. Çà et là la terre s'était affaissée, révélant les mille canaux d'une incompréhensible architecture souterraine.

Isi avait l'impression de survoler une termitière. Quelques boqueteaux dénudés subsistaient, mais la plupart des arbres avaient été détruits par les explosions. Certains — parmi les plus gros — avaient même basculé, racines en l'air, le tronc criblé d'éclats métalliques.

Les nageurs aériens poursuivaient leur lente approche, s'engageant entre les branches du grand U dessiné par l'ensemble des bâtiments. Ils ne parlaient plus et scrutaient les alentours avec une attention de rapace.

Soudain, sans que rien n'ait pu le laisser présager, le ballon soutenant le milicien de tête éclata...

Isi sentit son cœur sauter dans sa poitrine. La baudruche avait claqué comme un sac gonflé qu'on écrase du poing. Le petit homme tomba aussitôt.

Dix mètres le séparaient du sol, mais la terre, particulièrement meuble, le reçut comme un tas de sable. Il exécuta un roulé-boulé et se releva, titubant et empêtré dans les lanières des suspentes. La baudruche crevée gisait dans son dos, étalant ses lambeaux de caoutchouc gris.

L'homme vacilla, ébaucha un pas de côté. À l'instant où son pied touchait la terre, une flamme rouge monta à la verticale. Des cailloux et des débris métalliques volèrent en tous sens, crevant du même coup trois autres ballons porteurs. Les victimes s'abattirent à leur tour, provoquant encore deux déflagrations.

Les colonnes de flammes fusaient droit vers le ciel, piliers de chaleurs brut charriant des centaines de fragments humains carbonisés.

Isi encaissa les secousses et partit à la dérive, giflée par les différentes vagues de feu. Ses cheveux et ses sourcils roussirent, quelque chose de dur la frappa au genou droit et à la hanche. Elle hurla sans que sa voix perce le tumulte qui lui emplissait les tympans.

Personne ne la tenait plus en remorque et le vent la poussait au hasard. En se tordant le cou elle vit qu'il ne restait plus que quatre hommes volants. Les nageurs ne se souciaient d'ailleurs plus d'elle, ils brassaient l'air avec une vigueur désespérée pour essayer d'amorcer leur demi-tour. Une fumée âcre s'élevait des cratères creusés par les mines, donnant aux entonnoirs une curieuse allure de volcans miniatures. L'une des baudruches soutenant Isi éclata, la déséquilibrant sur la droite.

Tout de suite après, les ballons porteurs de deux miliciens occupés à s'enfuir se volatilisèrent avec le même claquement mouillé. La première victime tomba comme une pierre et heurta de plein fouet une statue, avant de rouler au pied du socle, la nuque brisée. La seconde atterrit sur une mine, provoquant une nouvelle explosion qui lacéra les aérostats de deux derniers survivants.

Isi leva les bras pour se protéger le visage. Des choses immondes la frappaient, l'aspergeant de projections chaudes. Des éclats déchirèrent sa veste molletonnée, lui dénudant la poitrine et les omoplates. Un fragment d'acier tourbillonnant arracha son soulier gauche avant de ricocher sur une verrière et d'aller décapiter une statue. Deux autres ballons se volatilisèrent au-dessus de la tête de la flûtiste. Cette fois elle se mit à perdre de l'altitude. Cramponnée aux suspentes, elle vit que ses talons ne flottaient plus qu'à un mètre du sol. Elle rua dans le vide, s'évertuant à se rapprocher d'un bouquet d'arbres morts. Derrière elle la pluie de débris déclenchait de nouvelles déflagrations. L'atmosphère n'était plus qu'un maelström de vapeurs enflammée. Elle avait la peau du visage à vif et une profonde coupure sous le menton. Les gaz émis par les geysers de feu lui brûlaient les poumons. Elle suffoqua. Sans en avoir conscience elle hurlait d'une voix aiguë sur une note stridente de sirène d'alarme. À travers le rideau de fumée elle aperçut l'éclat d'une réverbération sur le toit du bâtiment principal. Quelqu'un s'agitait dans l'encadrement d'un vasistas dont on avait relevé le volet blindé. Elle crut distinguer un vieil homme en blouse blanche armé d'une carabine à lunette, mais le nuage de poudre brûlée s'interposa et elle ne vit plus rien.

« C'est Werner, songea-t-elle en se débattant pour sortir de la ligne de mire du vieillard. Le conservateur ! Il va dégommer tous les ballons comme un gosse à la foire ! »

Elle tremblait de terreur. Le vent la poussait lentement sur bâbord et elle perdait chaque seconde un peu plus d'altitude. Elle ne dominait plus le sol que d'une cinquantaine de centimètres et le sifflement qui lui chatouillait le front semblait indiquer que ses dernières baudruches se dégonflaient inexorablement.

Elle regarda le sol, cherchant un endroit où atterrir. C'était une situation de dessin animé. Elle entendit encore la détonation sèche de la carabine mais le projectile ne l'atteignit pas. Elle était tellement occupée à fixer la terre qu'elle heurta la verrière de plein fouet. Par bonheur elle eut le réflexe de s'agripper aux gros boulons d'une membrure, et de se hisser en serrant la poutrelle entre ses genoux. Elle agissait par pur automatisme. Quand elle fut au sommet du pavillon elle se débarrassa du harnais porteur et laissa les ballons s'envoler vers le ciel.

Elle s'abattit sur le dôme de verre. Meurtrie et grelottante. Elle saignait par mille coupures et elle avait mal. Le jardin, lui, était redevenu silencieux. Pétrifié dans sa fausse immobilité.

Isi s'accrochait de tous ses ongles au relief d'une poutrelle. Elle craignait par-dessus tout de rouler sur la pente du dôme et de retomber dans le parc. Le vent lui glaçait la peau car elle n'était plus vêtue que d'un amas de loques lacérées.

Elle sanglota nerveusement tandis que des images incongrues lui remplissaient l'esprit, préludant à une inévitable syncope.

Il lui sembla d'abord qu'elle chevauchait une baleine transparente pleine d'un amoncellement d'objets hétéroclites. Puis qu'une petite fille la rejoignait pour l'inviter en un lieu plus confortable. La dernière image était celle d'un gros chien noir, un doberman, qui s'approchait d'elle pour la renifler et finalement lui lécher le visage. Sur cette ultime incongruité, elle sombra dans le coma en balbutiant le début d'une symphonie.

Troisième partie

CHAPITRE XX

Les crevasses se taillaient de grosses parts dans le gâteau de la ville. Certains quartiers, aussi fendillés que des banquises attaquées par le dégel, semblaient prêts à s'abîmer sous l'écorce santälienne. Les pâtés de maisons faisaient sécession, les failles avaient tissé tout autour d'eux des réseaux de douves, de fossés, de canaux, qui les isolaient tels des châteaux forts rétractés. D'une rue à l'autre la chaussée présentait des dénivellations allant de trente à cinquante centimètres. Il était évident que d'importants glissements travaillaient le sous-sol, faisant dériver les fondations des bâtiments.

La nuit qui suivit la défaite des nageurs aériens, une résidence de standing s'enfonça brutalement de cinq étages. Un monument historique, surnommé l'Arc du triumvirat, bascula comme un éléphant mort, écrasant la façade d'une construction voisine. La masse de pierre pulvérisa vitres, plafonds, planchers, meubles et occupants, avant de défoncer le trottoir et d'éclater en trois blocs. Les vibrations de ce cataclysme ébranlèrent les habitations bordant la place, dont les façades s'inclinèrent de près de quinze degrés.

La panique fut intense. Des hommes et des femmes, au comble de la terreur, se jetèrent par les fenêtres pour échapper à l'engloutissement. D'autres se piétinèrent, ou disparurent dans les crevasses à la faveur de la bousculade générale. La plupart des vitres blindées, victimes de la désarticulation des structures porteuses, subissaient des pressions qui les rendaient convexes avant de les faire éclater.

Des centaines d'appartements, jadis étanches, furent ainsi offerts au vent de la nuit comme de vulgaires niches à pigeons trouant une falaise. La bise glacée qui soufflait à trente mètres au-dessus du sol s'engouffra méchamment dans ces cavernes tapissées de moquette et de papier peint, faisant voler les bibelots, ratissant les bibliothèques, arrachant couvertures, draps et vêtements. Les logements assiégés par le bélier élastique du vent souffraient comme sous l'assaut d'une légion de poltergeist. Les portes des chambres, des placards et des réfrigérateurs se mettaient à claquer en cadence jusqu'à ce que leurs gonds rendent l'âme.

Des courants d'air monstrueux aspiraient les objets de moindre poids, projetant dans les ténèbres des pluies de chaises, de lampes et de téléphones. Des baignoires descellées traversaient les cloisons trop minces, pour plonger par la baie des salons. Les divans, les fauteuils, leur emboîtaient le pas, aidés dans leur fuite par les parquets trop cirés, le dallage ou l'inclinaison des immeubles. Ces avalanches de mobilier tombaient droit sur la foule hurlante encombrant les avenues, creusant dans les rangs des fuyards les mêmes trouées qu'un tir d'artillerie. Au bout d'une heure la cavalcade cessa, faute d'énergie. Ceux qui couraient tombèrent à genoux, bavant une salive épaisse, les flancs meurtris par les coups de coude. Les immeubles déséquilibrés arrêtèrent de vomir leur trop-plein d'ustensiles et apprirent à dormir sur une jambe. Le silence revint, peuplé des craquements du béton maltraité. La grande panique mourait dans la brume du plâtre et l'odeur de boule de gomme de l'asphalte déchiré.

On dénombra un millier de morts, dus en partie à la bousculade de la fuite et aux actes suicidaires engendrés par la panique. L'aube se leva sans que ces convulsions aient été perçues dans l'enceinte du jardin zoologique. Isi s'éveilla au centre de la rotonde. Elle était couchée nue sur une grosse couverture militaire. Une fillette aux cheveux sales lavait ses coupures à l'aide d'un chiffon douteux. Un grand chien noir montait la garde au seuil d'une brèche trouant la verrière. Une assemblée d'oiseaux poussiéreux caquetaient sans remuer d'un pouce. La flûtiste referma les yeux, persuadée qu'elle était en train de rêver. Percevant son mouvement, la petite fille commença à parler. Elle monologuait d'une voix égale, sans attendre de réponses, avec une aisance verbale qui dénotait une intelligence surprenante chez une enfant de cet âge. Isi se laissa bercer sans chercher à percer le sens des mots qu'elle entendait.

Elle sommeilla à nouveau, reprit encore une fois conscience. On l'avait rhabillée, du moins autant que le permettaient les hardes lacérées par les explosions. Malgré cela elle se sentait nue. Elle finit par comprendre que cette impression venait du fait qu'elle avait perdu le sac à dos au cours de la terrible traversée du jardin.

— Je m'appelle Nathalie, dit enfin la fillette, mon chien Cedric, et vous ? Il me semble que je vous connais. Je vous ai déjà vue, mais vous n'étiez pas habillée ainsi. Vous portiez...

— Une cape violette, murmura la flûtiste.

— Alors vous êtes Isi, conclut l'enfant sans paraître le moins du monde impressionnée. J'ai assisté à votre arrivée tout à l'heure. C'était une très belle tentative de suicide collectif.

— Ce n'est pas mon idée, soupira Isi. Je savais que cela finirait mal. Mais toi, comment as-tu fait pour pénétrer ici ?

Nathalie se lança dans le récit détaillé de son installation au jardin zoologique. De temps à autre elle s'interrompait pour vérifier que la jeune femme n'avait pas sombré dans le sommeil, et reprenait le fil de son récit. Elle était contente de parler à un humain. Du même coup cette constatation l'attrista, car jusqu'à présent elle avait toujours pensé que la compagnie de Cedric lui suffirait, quelles que soient les circonstances. Ce démenti flagrant l'ennuya une demi-douzaine de secondes, puis elle cessa d'y songer.

— Tu as vu Werner ? s'étonna soudain Isi. Et il n'a rien tenté contre toi ?

— Bien sûr que non ! rétorqua Nathalie. Il nous a même approvisionnés en vivres, Cedric et moi.

À l'appui de ses dires, elle s'étendit longuement sur la découverte des biscuits de mer dans un placard auparavant vide. Elle enchaîna aussitôt sur *L'île mystérieuse* et le capitaine Nemo. Totalement perdue sous cette avalanche d'informations, la flûtiste commença à se demander si la petite fille au chien n'avait pas l'esprit dérangé. À peine s'était-elle formulé cette éventualité, qu'elle s'évanouit.

CHAPITRE XXI

Isi dormait mal. Faute d'antiseptique, ses coupures s'infectaient, installant sur tout son corps mille zones d'élancements douloureux. Une fièvre tenace lui empourpra le visage. Dès qu'elle fermait les yeux, des croûtes lui suturaient les paupières et les lèvres. Elle ne pouvait rouler d'un flanc sur l'autre sans gémir. Sur ses côtes et ses cuisses les plaies viraient doucement au jaune. Leurs bords disjoints laissaient suinter une humeur à l'odeur désagréable.

— Vous êtes en train de vous empoisonner, constata Nathalie. Il n'y a qu'un seul remède : déshabillez-vous et laissez Cedric lécher vos plaies. La bave des chiens est un bactéricide puissant.

— Me laisser sucer par ce monstre ? hoqueta la flûtiste. Tu es folle ! Il n'en est pas question !

Elle ne pouvait envisager sans dégoût d'offrir son corps nu à la langue râpeuse du doberman. « Il commencera par me goûter, songeait-elle dans les brumes de la fièvre, puis le parfum des blessures éveillera son appétit et il finira par me planter ses crocs dans la chair ! »

Terrifiée à cette seule éventualité, elle se recroquevilla sur le carrelage en ramenant sur elle les lambeaux de vêtements qu'elle s'obstinait à porter. Nathalie haussa les épaules et se détourna sans plus insister.

Isi grelotta tout un après-midi. Ruisselante de sueur, elle rampait sur les carreaux de la rotonde, tour à tour écartelée ou ramassée en position fœtale, elle bégayait des bribes de symphonie ou crispait la bouche pour souffler dans une flûte imaginaire. Elle brûlait vive. L'infection la lardait de banderilles garnies d'étoupe enflammée. Elle rêva que les lézardes disloquant la ville étaient en train de se décalquer sur sa peau. Elle souffrait ce que souffrait Almoha. Stigmatisée, élue par les divinités présidant à la destinée de Santäl, elle était la reproduction vivante du martyre enduré par la cité.

Les crevasses des trottoirs reproduisaient leurs tracés destructeurs sur son épiderme, y creusant des canaux lancinants où roulait un flot putride annonciateur de gangrène.

Elle se débattit longuement, puis sombra dans une prostration proche de la catalepsie. Nathalie en profita pour la dénuder, arracher les croûtes jaunâtres qui accrêtaient ses plaies, et ordonner à Cedric de la lécher. Le chien hésita tout d'abord car il n'aimait pas la flûtiste. Son odeur avait quelque chose de déplaisant, d'ambigu. Une senteur où se mêlait à doses égales et contradictoires des émanations de prédateur et de proie. Il ne savait s'il devait la considérer comme une amie ou une ennemie, s'il devait mettre à profit ce moment de vulnérabilité pour la sauver... ou en finir avec elle d'un coup de dent bien placé.

Comme toujours il décida d'obéir à sa maîtresse et promena sa langue imprégnée de salive sur le corps nu de la jeune femme. Elle avait un goût de sel plutôt agréable, et il s'attarda longuement sur les aisselles et l'entrejambe. Sous son va-et-vient de râpe les plaies se rouvrirent laissant perler un sang rouge vif, débarrassé de sanie. Au terme de ce traitement, Nathalie recouvrit la musicienne avec les débris de ses vêtements et tenta de lui faire avaler un peu d'eau. La fièvre, très forte, dévorait Isi de l'intérieur, creusant ses joues et son ventre, faisant saillir tous ses tendons. La fillette était effrayée, son impuissance l'écrasait. Elle regardait Isi se tordre comme une convulsionnaire et s'interrogeait sur les obscurs desseins de Georges Werner.

À l'aube, la peau de la flûtiste se fit moins rouge et sa température commença à baisser. Elle reprit connaissance aux alentours de midi mais elle était très affaiblie. Elle voulut parler mais n'émit qu'un incompréhensible bredouillis. Nathalie s'appliqua à lui faire avaler quelques bouchées de biscuit de mer ramolli et lui lava le visage. Lorsque la jeune femme se fut rendormie, Cedric vint la flairer puis s'écarta d'elle avec une méfiance manifeste.

Isi souffrit de la fièvre vingt-quatre heures durant. Quand elle émergea du gouffre, elle avait perdu plusieurs kilos et ses yeux cernés s'enfonçaient profondément dans ses orbites.

Quand elle put enfin s'asseoir elle s'aperçut que ses dents se déchaussaient et que ses ongles étaient marbrés de taches blanches. Elle se sentait terriblement fatiguée et n'eut pas le courage de refuser les coups de langue médicinaux du grand chien noir.

Si, par la suite, elle put se relever et mener une activité à peu près normale, elle n'en continua pas moins d'être affligée d'une fièvre latente qui lui faisait les yeux brillants et les mains moites.

Son organisme ébranlé par la maladie des musiciens ne réagissait que mollement aux agressions extérieures. Nathalie elle-même put constater que les coupures, suintantes, se refermaient mal.

Au choc subi lors de l'invasion manquée du parc zoologique, s'ajouta donc un épuisement physique et nerveux dû à une infection rampante et tenace. En quelques jours Isi perdit tout ressort. Abordant la première case du parcours, elle était déjà dans la peau d'un athlète épuisé par d'incessantes compétitions. Son humeur s'en trouva affectée et il lui arrivait de succomber à des crises de rage silencieuse qui débouchaient chaque fois sur un infini découragement.

En peu de temps la claustration au sein de la rotonde lui devint véritablement insupportable.

Une nuit, Nathalie la rattrapa au moment même où, en état de transe somnambulique, elle s'apprêtait à quitter le pavillon pour traverser le champ de mines en direction de la sortie du parc.

Cet épisode l'effraya tant qu'elle en vint à redouter de s'endormir, ce qui ne contribua nullement à améliorer son état général.

CHAPITRE XXII

Isi tournait comme une bête en cage. L'univers clos de la rotonde la rendait folle. Elle ne pouvait supporter le gazouillis magnétique des oiseaux morts. Elle ne tolérait pas non plus leur silence. Le chien noir lui faisait peur, elle lui trouvait dans le regard des convoitises de loup. Parfois elle s'accoudait au bord de la fosse et considérait l'hippopotame oublié au milieu des faux excréments de caoutchouc, jusqu'à ce que la tête lui tourne. Les mille petits yeux fixes des oiseaux poussiéreux l'agressaient comme une pelote d'épingles. Deux fois par jour elle montait dans la cabine de sonorisation pour vérifier qu'aucun paquet de nourriture n'était réapparu sur l'étagère du placard.

— Maintenant que vous êtes là, il n'apportera peut-être plus rien, lui avait dit Nathalie.

— Mais quand est-il entré ? avait aboyé la flûtiste dans un brusque accès nerveux. Et comment ?

Ce problème l'obsédait. Elle voyait mal Werner déverrouillant la porte à double battant du bâtiment administratif pour traverser le parc en jouant à la marelle entre les explosifs. Le fait même que la fillette et son chien aient pu zigzaguer à plusieurs reprises sur le champ de mines, en toute impunité, lui paraissait totalement invraisemblable. « Il y a sûrement autre chose, pensait-elle. Une donnée qui nous échappe ! »

Elle était angoissée à l'idée que la rotonde recelait peut-être un passage secret. Elle avait examiné le fond du placard sous tous ses angles, en pure perte. D'ailleurs il ne sonnait pas creux. Elle avait ensuite songé aux cages où s'entassaient les volatiles empaillés, pour très vite constater qu'elles ne s'ouvraient pas et que serrures et cadenas étaient factices. Cela n'avait rien de surprenant, on n'a pas besoin de nourrir des bêtes taxidermisées dont l'entretien devait se borner, jadis, à un coup d'aspirateur ou de plumeau.

— Quand a-t-il amené ces vivres ? répétait la flûtiste en retournant entre ses doigts un biscuit de mer retiré de son emballage de papier huilé. Quand ?

Son impatience irritait le chien qui se mettait invariablement à grogner en montrant les crocs. Isi avait tenté d'expliquer à Nathalie le danger qui pesait sur la ville, mais la petite fille avait haussé les épaules.

— Croyez-vous qu'Almoha mérite réellement d'être sauvée ? avait-elle lancé avec ironie. Si la terre s'ouvre, vos flûtes n'empêcheront pas la catastrophe.

La jeune femme savait bien que l'enfant avait raison, elle ne réussissait pourtant pas à se départir d'un vieux fond de superstition qui lui commandait d'obéir aux prêtres sans chercher à discuter.

Les heures s'écoulaient lentement dans cette atmosphère tendue. La veillée d'armes s'éternisait, ne débouchait sur aucun affrontement.

Le sixième soir, profitant de ce que le doberman sommeillait, Isi s'approcha de la brèche crevant la verrière. Cette ouverture l'intriguait. Elle comprenait mal comment les projections dues à l'éclatement des mines mobiles avaient pu ouvrir une telle blessure dans la carapace de verre blindé du pavillon. Avant qu'elle ne parte en « mission », Maître Zarc lui avait longuement recommandé de ne jamais choisir les galeries pour poser ses charges. « Leur transparence est trompeuse, avait-il ajouté. Ta dynamite noircirait le verre sans l'entamer. C'est aux bâtiments classiques que tu devras t'attaquer. Un pan de tôle, un volet de fer, voilà de vraies cibles ! »

Isi tendit la main. De loin on avait l'impression que les bords de la découpe étaient terriblement tranchants. De plus près on s'apercevait qu'il s'agissait surtout d'un jeu de reflets sur le biseautage des fragments. Elle avança le cou. Des bulles minuscules bordaient le pourtour de la brèche. On les devinait du bout des doigts, amalgamées en chapelets durcis. La matière « frisait » à cet endroit, comme rétractée sous l'effet d'un frisson figé. Cela faisait penser à du plastique exposé à une trop forte chaleur. Elle se retourna. Le regard de Nathalie était posé sur elle, grave. Trop intelligent. Un regard d'enfant vieilli prématurément.

— C'est une fausse brèche, laissa tomber la flûtiste. Le blindage n'a pas cédé sous la poussée d'une explosion. Il ne s'agit pas d'un accident. On l'a découpé au moyen d'un chalumeau spécial. Et probablement de l'intérieur...

Nathalie battit des paupières.

— Qu'est-ce que vous voulez dire ? fit-elle sans perdre contenance.

Isi crispa les mâchoires. Le sang-froid de la fillette l'exaspérait.

— Je veux dire que c'est Werner lui-même qui a ouvert ce trou, martela-t-elle. Il l'a fait sciemment, dans un but qui m'échappe. Il a disposé ce pavillon comme un miroir aux alouettes, sachant que la brèche serait visible d'au-delà des grilles, et que ce bâtiment ne communiquait pas avec le reste du musée...

La jeune femme s'agenouilla sur le carrelage glacé. Son énervement se dissipait, faisant place à une immense fatigue.

— Je veux dire que cette section de la ménagerie est un piège, reprit-elle, une sorte d'appât. Sans doute a-t-il voulu attiser la convoitise des errants, leur faire miroiter une « cache » exceptionnelle dans l'espoir que certains d'entre eux tenteraient la traversée. Peut-être s'agit-il tout simplement pour lui d'un jeu cruel ?

Nathalie fit la moue. Cette explication ne lui convenait pas.

— Il y a sûrement une autre raison, observa-t-elle. Il est seul depuis si longtemps... Et s'il avait tenté de se procurer une sorte de... compagnon ? De la même manière qu'on capture un oiseau ou une souris pour le mettre en cage ?

Isi leva un sourcil.

— Nous lui tiendrions lieu de canaris ?

— Exactement. Les mines étaient chargées d'opérer une sélection. De repousser les lâches et les malchanceux...

— Non, coupa la flûtiste, je suis persuadée que les mines lui obéissent. Il doit pouvoir les désamorcer par radiocommande, quand il le désire. Lorsqu'il vous a vus, toi et le chien, il a décidé de vous accorder « l'hospitalité » ; je ne sais pas pourquoi. Peut-être parce que vos têtes lui convenaient. En tout cas, chaque fois que vous vous êtes risqués à travers le jardin il a neutralisé les explosifs. C'est seulement pour cela que vous êtes encore en vie. Il vous ouvrait le passage d'un coup d'interrupteur. Ni toi ni Cedric n'avez jamais couru le moindre risque. Un détecteur caché devait l'avertir dès que vous quittiez le pavillon. Puis, quand la ville a commencé à souffrir des crevasses, il vous a apporté de la nourriture à domicile, pour vous éviter les dangers de la cité ! Je suis sûre d'avoir raison. Il commande à la ceinture de mines. Il s'en sert comme d'une porte qu'on ouvre ou qu'on ferme. Tu lui as plu, il t'a laissée entrer, t'installer dans la cage du pavillon. Tu es son hamster, il veut t'apprivoiser. Il est malade de solitude, sur ce point tu as sûrement vu juste, mais il est habile. Au lieu de te sauter au cou il a choisi de te laisser faire la moitié du chemin. Il t'attend, caché quelque part dans le labyrinthe des galeries. Il doit guetter cet instant depuis des années. Les statues du jardin sont probablement autant de périscopes. Il voit par leurs yeux. Elles lui ont servi à t'étudier. Tu étais une bonne candidate, il t'a ouvert le passage. D'autres avant toi n'ont pas eu cette chance. Quant à moi, il s'est donné beaucoup de mal pour me faire subir le sort des nageurs aériens ! Je ne sais pas si tu as eu raison de me venir en aide. Cela va sans aucun doute l'indisposer...

Isi se tut. Le petit visage de Nathalie reflétait un trouble profond.

— C'est vrai que nous traversions le champ de mines trop facilement, chuchota-t-elle, mais je voulais croire à la chance... et à Cedric.

La flûtiste haussa les épaules.

— Il nous espionne peut-être en ce moment même, renchérit-elle. Tous les musées sont truffés de systèmes de surveillance, et les moulures des plafonds sont si tarabiscotées qu'on peut y dissimuler sans mal l'objectif d'une caméra... Nous ne pouvons pas continuer à jouer ce jeu, nous ne sommes pas des animaux domestiques. Nous ne sommes pas *ses* animaux !

Il y eut un long moment de silence. Nathalie réfléchissait intensément aux hypothèses émises par la musicienne. Elle n'était pas entièrement satisfaite. Elle tenta de se représenter le fantôme en blouse blanche sous l'aspect d'un papa gâteau dorlotant une fille adoptive capturée au hasard des labyrinthes technologiques du muséum. Quelque chose ne collait pas... Elle ne pouvait s'empêcher de penser que cet enlèvement déguisé avait d'autres motifs.

Au dire de la recruteuse la ville s'effondrait.

Nathalie voyait entre cette catastrophe et sa « capture » une obscure relation de cause à effet. Georges Werner, prévoyant la destruction de tous les habitants d'Almoha, avait-il imaginé d'ajouter un être vivant au tableau de ses collections ? Avait-il décidé de sauver de l'apocalypse le seul individu qui éveillerait sa compassion ? Dans ce cas pourquoi ne prenait-il pas contact avec eux ? Fallait-il encore « mériter » son approche ?

— Depuis que je suis ici je me sens observée, marmonna Isi en crispant les doigts sur le bord du muret entourant la fosse de l'hippopotame. Je suis certaine que les yeux des oiseaux sont des cellules optiques de retransmission.

— N'y touchez pas, intervint Nathalie. Si c'est vrai nous n'avons aucun intérêt à couper le lien qui nous unit à Werner. Nous sommes à sa disposition. Il peut nous nourrir ou nous punir. Si, comme vous dites, il a la haute main sur toute la technologie du musée, il lui est facile de nous priver d'eau pour nous contraindre à sortir du pavillon et à retourner en ville. Il nous expulsera s'il en a envie, ou il nous indiquera comment le rejoindre. À moins que vous ne déliriez... Tout ceci sent un peu la paranoïa, vous ne trouvez pas ?

CHAPITRE XXIII

Terrifiée à l'idée d'être victime d'une nouvelle crise de somnambulisme qui la pousserait vers le champ de mines, Isi ne dormait plus que trois heures par nuit. Nathalie lui avait proposé de l'entraver au barreau d'une cage mais cette méthode ne suffisait pas à rassurer la flûtiste. Aussi passait-elle la majeure partie de la nuit à fixer la lune à travers l'épaisseur glauque des verrières. Se relevant et marchant autour de la fosse de l'hippopotame dès qu'elle sentait venir le sommeil.

C'est au cours de l'une de ces déambulations qu'elle fut brutalement frappée par une évidence qui la laissa au bord du vertige. Dans sa recherche d'un passage secret elle avait sondé tous les murs de la rotonde, mais curieusement négligé le point le plus pittoresque du pavillon : le trou même où l'on avait planté la masse du pachyderme empaillé ! Pourquoi ? Peut être par un dégoût inconscient des faux excréments dont on avait tapissé le fond de la fosse. Peut-être aussi parce que les parois intérieures du puits étaient lisses comme du verre... Certaine d'avoir vu juste, elle réveilla Nathalie, provoquant un sursaut défensif de Cedric. La fillette se leva sans mauvaise grâce et passa en quelques secondes de l'anéantissement à un état de parfaite lucidité.

Elles allèrent toutes deux se pencher au-dessus du muret bordant l'enclos. L'hippopotame leur paraissait soudain d'une étrangeté insupportable. Le fond du trou, lui, était lisse, dépourvu de malignité, jonché d'énormes étrons de caoutchouc brun dont la seule vue levait l'estomac.

— De la merde dissuasive, rêva Nathalie, c'est fort...

Isi avait déjà enjambé la margelle du muret de sécurité. Trois mètres la séparaient du fond de la fosse.

— Je vais sauter, dit-elle. S'il y a une entrée, elle ne peut être que là !

Elle se laissa glisser le long de la paroi, prenant d'abord appui sur ses avant-bras pour finir par se laisser choir en arrière de façon plutôt maladroite.

Lorsque ses talons touchèrent le sol, elle ressentit un choc violent et tomba sur le dos. Sans le matelas de caoutchouc des faux excréments elle se serait probablement blessée, mais elle eut la chance de rouler sur les étrons élastiques et s'en tira avec quelques meurtrissures. Se redressant, elle examina d'abord le puits, en vain. La fosse semblait avoir été coulée d'une seule pièce. On n'y détectait aucun interstice, aucun jeu entre les blocs de maçonnerie. En désespoir de cause elle se rabattit sur l'hippopotame figé. C'était une bête monstrueuse dont la panse reposait sur le ciment. Les courtes pattes fléchies enracinaient l'animal dans une pose de semi-abandon. Le temps et les traitements chimiques avaient durci sa peau jusqu'à lui faire perdre toute vraisemblance. Le pachyderme empaillé aux rides incrustées de poussière n'avait pas plus de réalité qu'une bête de carnaval en carton-pâte colorié. Isi fut immédiatement persuadée que cet énorme cadavre dissimulait l'entrée du souterrain reliant le pavillon au reste du musée.

Dans un accès de rage et d'espoir elle abattit ses deux poings sur le flanc raviné, provoquant autant de vacarme que si elle avait tapé sur une grosse caisse.

L'hippopotame sonnait creux !

Les doigts tremblants, elle explora l'anatomie du monstre, fouillant ses rides à la recherche d'une quelconque jointure. Ses ongles trouvèrent sans mal la découpe d'une sorte de capot dissimulé au creux des plis cutanés.

Sous le ventre elle localisa une boursouflure en forme de poignée et tira de toutes ses forces.

La panse de l'hippopotame s'ouvrit comme une porte de réfrigérateur, dévoilant un tunnel à échelons qui s'enfonçait verticalement dans le sol.

Le passage, fort étroit, tenait plus du tuyau que de la galerie. Il trouait le ciment à l'endroit même où la bedaine du pachyderme adhérait au fond de la fosse.

Nathalie battit des mains en poussant un cri de victoire.

— J'arrive ! hurla-t-elle. Je rassemble les provisions et je saute. Essayez de me rattraper au vol !

Elle s'exécuta sans la moindre hésitation, aussitôt suivie du doberman qui se reçut en souplesse et s'en vint renifler l'intérieur du monstre.

— J'avais raison ! triompha Isi. Voilà le cordon ombilical qui relie la rotonde au reste du musée. C'est par là que Werner est venu vous ravitailler.

Nathalie se pencha, remarqua que le « battant » ne comportait aucun loquet.

— Il ne s'est pas donné beaucoup de mal pour assurer l'inviolabilité du passage, observa-t-elle.

— Sans doute n'y tenait-il pas, répliqua Isi. À mon avis, il attendait simplement que nous le découvrions.

— Une sorte d'épreuve ?

— C'est à peu près ça. Un test pour mesurer notre intelligence, un de ces problèmes de labyrinthe qu'on pose couramment aux rats de laboratoire.

— Alors il nous attend de l'autre côté ?

— Peut-être. Mais c'est un scientifique, il doit aimer les tests. À mon avis il nous a préparé autre chose.

Nathalie haussa les épaules, sans plus tergiverser, elle hasarda un pied à l'intérieur de l'hippopotame. Elle tâtonna et finit par trouver le premier échelon.

— J'y vais, dit-elle. Je ne sais pas si c'est profond, ça m'embête pour Cedric.

Par bonheur le puits ne descendait pas au-delà de deux mètres cinquante. Au bout d'une demi-douzaine d'échelons on posait le pied dans un couloir éclairé par des veilleuses. C'était un boyau, semé de flaques d'humidité, qui paraissait s'étirer sur une bonne centaine de mètres.

Isi descendit à son tour, puis Cedric sauta dans les ténèbres au coup de sifflet de sa maîtresse. La petite troupe se mit en marche, à la queue leu leu, piétinant dans les trous d'eau. Les minuscules ampoules bleues fichées au plafond n'assuraient qu'un éclairage symbolique.

« Ce sont des cailloux lumineux chargés de nous montrer le chemin », songea Nathalie en retenant le doberman par le collier.

Après dix minutes de déambulation aveugle elle buta sur une marche.

— Il y a un escalier, souffla-t-elle à l'intention de la flûtiste. Ça monte.

Elle escalada précautionneusement une dizaine de degrés, et se cogna le front contre une porte de bois encaustiquée.

Instinctivement sa main descendit vers la poignée. Le battant pivota sans grincer.

Une lueur d'aquarium les accueillit, les enveloppant de son halo de profondeurs marines. Nathalie suffoqua et connut un instant d'intense claustrophobie. La seconde d'après elle fut assaillie par le vertige.

Lorsqu'elle eut repris son calme, elle constata qu'elle venait simplement de pénétrer dans l'une des grandes galeries vitrées du musée.

Une route de parquet ciré s'étendait devant elle, à perte de vue. C'était un boulevard de lattes empes-

tant la cire et tendu sur sa ligne médiane d'un interminable tapis rouge aussi râpé qu'une vieille pelisse.

Cette avenue aux planches imbriquées à la ver-
saillaise était prisonnière d'un tunnel de verre dont
l'épaisseur retenait la lumière.

Avant même d'avoir posé le pied sur le tapis
d'apparat, Nathalie eut la conviction qu'elle s'était
introduite à l'intérieur de quelque organe annelé préposé à la digestion des visiteurs.

Toute à son malaise, elle en oublia l'invraisemblable fouillis accumulé de part et d'autre de la travée.

Isi, elle, s'acharnait au contraire à dénombrer les
vitrines.

Elle en apercevait des centaines juxtaposées avec
économie. Il y en avait de toutes les tailles. Du simple cube gros comme le poing jusqu'à la tour de
verre haute de quatre étages. La lumière poisseuse
y allumait des reflets gras, des irisations de lunettes
sales, si bien que le regard s'arrêtait à leur surface,
ricochait sur leurs angles, prisonnier d'éblouisse-
ments déroutants, sans jamais parvenir à discerner
leur contenu.

Par-dessus tout on était assailli par une odeur
caractéristique de poussière précieuse et de momie
vieillissante. Les cuirs ratatinés, humains ou animaux, avaient fini par teinter l'air ambiant d'un
relent de ménagerie morte. Les bouchons fissurés
par l'âge laissaient s'évaporer le formol des bocaux,
condamnant les légions embryonnaires aux oxyda-
tions les plus viles. Des fœtus à sec s'émiettaient,

perdant leur belle consistance de guimauve veinée de bleu. Des serpents déshydratés pour cause de récipient fendu offraient le triste spectacle d'une poignée de lacets jetés en vrac au fond d'un pot.

Des kilomètres d'étagères superposaient leurs peuplades d'objets hétéroclites : éponges, ophiures, animalcules, noctiluques. Un monde à la limite du microscopique étiqueté dans des tubes cristallins aux allures de pendeloques. Des coquilles par milliers, étalant l'éventail de leurs nervures calcifiées, s'entrouvrant sur des béances intimes et nacrées. Des étiquettes, des millions d'étiquettes, tracées d'une plume scolaire aux orbes décolorés.

Nathalie comprit qu'elle ne survivrait au vertige de la prolifération qu'en s'imposant des œillères, qu'en refusant de voir ce qui l'entourait. Le musée était comme un maelström, un trou noir dévorateur. L'entassement provoquait la pire des hypnoses, celle qui vous conduit à sauter du haut d'une falaise, à rouler sous les roues du métro. Une sorte de courant d'air mental qui emprisonne l'esprit et le fait virevolter au gré de ses turbulences. Nathalie sentait se rétrécir autour d'elle l'immensité du piège fascinatoire. Si elle levait le nez, elle resterait prisonnière des détails d'une tapisserie, elle fixerait jusqu'à la cécité les cratères minuscules ponctuant la surface d'un météore noirci. Emplie d'une horreur tranquille, elle comprenait soudain l'obsession du savant qui consacre sa vie à l'étude d'un morceau de plâtre peint ramassé au cœur d'une pyramide. Ces objets irradiaient un halo aimanté. Chacun d'eux était un redoutable prédateur, un chasseur patient soucieux de capturer un cerveau de choix. Chaque spécimen embusqué au creux des vitrines attendait d'exercer à plein temps sa véritable fonction de geôlier. Les os, les carcasses, les débris millénaires n'espéraient plus qu'en cette revanche : s'attacher l'esprit, l'intelligence d'un humain jusqu'à la mort de ce dernier. L'asservir, le réduire au triste état de monomane, le dessécher jusqu'au dernier neurone ou le condamner à la méningite foudroyante.

La fillette frissonna et pencha la tête pour regarder le bout de ses chaussures. Dès à présent il lui fallait apprendre à borner son horizon, à s'intégrer au sein de limites étroites facilement repérables. Elle ne ferait pas le jeu des collections, elle ne se laisserait pas domestiquer par leurs miroitements hypnotiques ; elle marcherait en aveugle s'il le fallait !

Percevant le trouble de l'adolescente, Isi la saisit par l'épaule et la secoua. Nathalie battit des paupières.

— C'est une toile d'araignée, bégaya-t-elle d'une voix exténuée. Toutes ces... choses. Elles nous guettent. Il ne faudra jamais leur accorder la moindre parcelle d'attention...

Isi fronça le nez comme si elle tentait de localiser une mauvaise odeur. Immobile au seuil de la galerie, il lui semblait qu'elle se tenait debout sur la balustrade d'une fenêtre, au quinzième étage d'une tour. Elle dominait pour quelques secondes encore un enchevêtrement informe et menaçant. Un organisme inconnu, cannibale et tubulaire, aux armes complexes.

« Le nombre, pensa-t-elle. Le nombre est l'image même de la perdition. Nous n'avons découvert le chemin du musée que pour mieux nous enliser. Nous venons de tomber dans les poubelles du temps ! »

Malgré cela elle fit un pas en avant. Le parquet craqua, et ce bruit courut tout au long de la galerie, amplifié par la caisse de résonance des vitrines.

— Maintenant c'est trop tard, murmura Nathalie.

Curieusement, la flûtiste se surprit à penser la même chose,

Elles avancèrent gauchement dans la vallée des présentoirs, écrasées par l'invraisemblable ramassis accroché aux parois du musée. Les épluchures du passé tremblaient doucement au rythme de leurs pas. On devinait leur léthargie fragile, superficielle. Leur concentration même paraissait appeler l'avalanche, l'écroulement libérateur.

Nathalie marchait en fixant le tapis rouge galeux. Serrant les dents, elle se jura que l'étroitesse serait désormais sa légitime défense.

Cedric trottinait en arrière, le mufle au ras du sol. Levant la patte, il pissa sur l'angle d'une vitrine.

CHAPITRE XXIV

Elles passèrent une journée à marcher au hasard pour finalement réaliser qu'on avait interverti les numéros des couloirs et maquillé les panneaux d'orientation. Victimes des facéties de Werner, elles s'égarèrent dans un labyrinthe de galeries annexes envahies par des toiles d'araignée dont les fils collants tissaient des draperies rosâtres évoquant la « barbe à papa » des fêtes foraines. Elles se débattirent, enveloppées par ces filaments adhésifs, provoquant la fuite de centaines d'arachnides engourdis par l'affût. Il leur fallut sabrer l'air de leurs mains grandes ouvertes pour se frayer un chemin. Lorsqu'elles émergèrent de ce cocon d'épouvante une fausse pancarte les ramena à leur point de départ.

L'accumulation engendrait l'accablement, et le musée ne leur apparaissait déjà plus que sous l'aspect d'un foutoir colossal au désordre savamment maquillé d'étiquettes. Des couloirs entiers se révélaient peuplés de centaines d'exemplaires du même objet, si bien qu'on avait l'impression détestable de faire du surplace. Isi, qui avait essayé

d'apprendre par cœur les plans et les brochures four-
nis par l'Archevêché, prenait peu à peu conscience
de la relative inutilité de ce savoir théorique.

Nathalie, elle, n'aimait pas l'agitation dont faisait
montre le doberman. Depuis son entrée dans le
musée le grand chien noir ne cessait de renifler
autour de lui. Bizarrement, il passait son temps à
lever la patte pour uriner comme si — ayant détecté
la présence d'autres animaux — il éprouvait le
besoin de démarquer clairement son territoire. Parfois même il dressait l'oreille, cherchant à localiser
un appel lointain ou un bruit suspect.

Ces manifestations d'attention inquiétaient la fillette.

Vers midi la flûtiste décida qu'il était temps de
faire une pause. Elles s'installèrent sur une banquette
disposée au centre d'un carrefour et partagèrent
quelques biscuits de survie. Elles mâchonnaient sans
entrain, les jambes lourdes et les pieds douloureux,
s'évertuant à ne pas détailler le contenu des vitrines.

C'était un exercice difficile car le regard, après
quelques minutes de sagesse, s'égarait fatalement,
coulant en diagonale sournoise vers les cubes vitrés.

La galerie était bordée de momies recroquevillées
à la mode indienne. Ces sacs de cuir et d'os ratatinés
en position fœtale dressaient, au-dessus de la bille
de leurs rotules jointes, une tête rétrécie, réduite à
la grosseur d'un poing. Des aiguilles d'or avaient
été fichées en couronne tout autour de leur front,
leur donnant l'apparence de vieilles oranges piquées
de clous de girofle. Deux ou trois rats circulaient au

fond des vitrines, s'obstinant à mâchouiller la peau durcie des cadavres exposés.

En les apercevant Cedric découvrit les dents. Les rongeurs disparurent aussitôt et le doberman renonça à les poursuivre. Il était manifestement préoccupé par quelque chose de plus important.

La collation terminée, Isi proposa à Nathalie de faire la sieste avant de reprendre la route. La fillette était si fatiguée qu'elle n'eut pas le courage de refuser.

Elles s'allongèrent chacune à un bout de la banquette et s'endormirent en quelques minutes.

Nathalie rêva que Georges Werner voletait au-dessus d'elles, usant des pans de sa blouse blanche à la manière des ailes d'une chauve-souris. Tel un vampire, il se posait sur la gorge d'Isi et lui mordait la veine jugulaire, pompant le sang à longues goulées gourmandes.

Au fur et à mesure qu'il la suçait, la flûtiste se racornissait, perdait ses cheveux et sa peau tendre.

Lorsque l'infâme succion l'avait enfin réduite à l'état d'enveloppe vide, Werner la roulait en boule pour la ranger dans la vitrine à côté des autres momies.

Avec un ricanement de film d'épouvante il s'envolait ensuite en remuant les pans de sa blouse, et se mettait à décrire dans les airs des loopings d'aviateur casse-cou.

Nathalie s'éveilla le cœur battant. Son premier regard fut pour Isi qui dormait du sommeil de l'épuisement. Elle n'avait pas changé. Cedric, en revanche, avait disparu... Cette constatation jeta la fillette au bas de la banquette. Elle pressentait déjà que le doberman avait été victime des maléfices du musée. Haletante, elle parcourut les abords du carrefour, siffla dans ses doigts sans obtenir le moindre résultat. En désespoir de cause elle appela, les mains réunies en porte-voix, mais ses cris ne firent que se multiplier en échos creux d'une vitrine à l'autre.

— Le chien est parti ? interrogea la flûtiste brutalement tirée de l'inconscience.

Elle était hagarde, les yeux profondément cernés.

— Je ne sais pas ce qui s'est passé, balbutia Nathalie. Depuis notre entrée dans le musée il n'était pas normal. J'ai eu constamment l'impression que quelqu'un l'appelait et qu'il avait repéré la présence d'un autre animal...

— Les rats, peut-être, hasarda Isi.

Nathalie haussa les épaules.

— Un chien ne marque pas son territoire pour une simple troupe de rats ! laissa-t-elle tomber, péremptoire.

— Quelque chose de plus gros, alors ? risqua la jeune femme.

Nathalie hocha affirmativement la tête. Le musée lui faisait peur, elle était prête à le peupler de monstruosités indéfinissables.

— Ne t'en fais pas ! lâcha Isi. Nous le retrouverons, il ne peut pas être bien loin.

Mais son ton manquait de conviction.

Mourant de soif, elles reprirent la route. De temps

à autre Nathalie lançait un appel ou un sifflement.
Sans résultat. Dans le passé Cedric ne lui avait fait
défaut qu'une seule fois : le jour où son odorat lui
avait révélé la présence d'une chienne errante sur la
plaine. Le rut avait bien failli le rendre fou et Jean-
Pierre, le père de Nathalie, avait dû se résoudre à
abattre la femelle pour qu'elle ne tente pas d'entraî-
ner le doberman dans sa déambulation.

Werner avait-il une chienne ? Elle se prit à espérer
que cette hypothèse était la bonne, quoiqu'elle n'ait
jamais vu aucun animal sur les talons du conservateur.

— Je voudrais que tout ça soit fini, dit-elle avec
lassitude.

— Tout quoi ? interrogea Isi.

— Tout ça ! Le musée, Almoha. Je voudrais
retrouver les chevaux électriques qui galopent sur la
plaine de fer.

— C'est une légende.

— Pas du tout. Je les entendais de la maison de
mon père, quand le vent rabattait vers nous le bruit
de leur galop, mais je me suis perdue en fuyant la
villa.

— Pourquoi es-tu partie de chez toi ? C'est idiot,
il y a tant de sans-abri !

— Trop compliqué à raconter. La maison était
devenue une prison. C'est un bâtiment mobile qui
dérive vers la mer. Papa avait décidé que nous nous
suiciderions dès que l'eau envahirait le rez-de-chaussée. Il a très peur de l'extérieur.

— C'est la même chose à Almoha, observa la

flûtiste. Si l'Archevêché ne me garantissait pas le gîte et le couvert, je serais terrifiée. J'ai pratiquement grandi à l'Opéra, sous la protection des prêtres.

— Et vous les respectez ?

— Non, j'ai peur d'eux. Comme tout le monde.

Elles cessèrent de bavarder pour économiser leurs forces.

Par chance elles avaient retrouvé le maître couloir. La géographie du musée s'ordonnait dans leurs têtes. À deux ou trois reprises elles repérèrent les flaques d'urine laissées par Cedric. Invisible, le chien leur servait tout de même d'éclaireur. Nathalie en fut réconfortée.

Elles parcoururent une dizaine de kilomètres de galeries et d'escaliers. Le musée était construit comme un millefeuille, un dédale de superpositions. Arrivé au bout d'une salle, on butait sur un mur, un cul-de-sac qui vous obligeait à revenir sur vos pas. À d'autres moments il vous arrivait de dépasser une bifurcation sans la voir, l'entrée du corridor ayant été dissimulée par une tenture ou une peau de bête. La crasse recouvrant les vitrages ne permettait pas de se guider sur la disposition du jardin. De la prolifération naissait l'uniformité, et de l'uniformité l'abolition de tout repère. Isi et Nathalie voyageaient sans bouger, bougeaient sans avancer. Elles en venaient à souhaiter ardemment les gouttes de pisse du doberman.

La nuit vint. Harassées, elles se couchèrent sur le parquet sans se soucier de l'inconfort de leur position.

Nathalie rêva encore de Werner. Cette fois il arpentait les couloirs, vêtu comme un Hercule de pacotille, armé d'une massue étiquetée. « pièce 6502, lot 44 ». Mais la fillette était trop faible, le cauchemar ne parvint pas à l'éveiller.

CHAPITRE XXV

À l'aube du huitième jour, Isi tomba en arrêt au seuil de la galerie de paléontologie. Cette découverte la décontenança car elle s'était préparée à subir les affres d'un interminable périple. Au lieu de cela, le musée lui offrait ce qu'elle cherchait sans trop tenter de l'abuser. Elle en fut presque déçue.

L'ossuaire occupait tout un tunnel, étalant ses architectures blanchâtres sur plus de deux cents mètres. Pétrifiés dans la même pose académique, les dinosaures étiraient leurs vertèbres en sinusoïdes accidentées. Leurs échines étaient autant de montagnes russes désespérément immaculées. Au sommet des cous de quinze mètres on distinguait une bille d'os minuscule, pas plus grosse qu'un ballon de football. Une boîte crânienne rudimentaire de ruminant voué à l'abrutissement.

Plus bas, sous l'échine, c'était la cage des côtes, le gril thoracique et l'imbrication des pattes-piliers. Des colonnes capables de supporter une voûte de cathédrale, parfois jaune ivoire, mais le plus souvent grises et fissurées comme d'anciennes coulées de béton. Chaque monstre s'enracinait sur un socle d'où jaillissait le fouillis des tiges d'acier chargées de supporter la masse de ces puzzles d'outre-tombe raccommodés au fil de fer. Nathalie voulut avaler sa salive, elle n'en avait plus. Le cimetière colossal l'aplatissait. Elle éprouvait une fois encore cette sensation d'écrasement qui assaille tout visiteur se hasardant dans la tranchée d'une cale sèche, et qui se retrouve brusquement surplombé par la lame d'étrave d'un navire en réfection. Les monstres, organisés en troupeau immobile, dressaient leurs nuques avec une raideur hautaine de dignitaires amidonnés. Ils étaient les figures de proue d'une ère révolue.

— Mon Dieu ! soupira Isi, il n'y a plus aucune étiquette sur les socles ! On les a rendus anonymes !

Elle vacilla. Elle n'avait pas assez de connaissances en paléontologie pour identifier un mégatérius d'un simple coup d'œil. Il allait lui falloir ausculter chaque dépouille, gratter, tâter, goûter... Elle crut qu'elle allait s'évanouir.

— La salle est autoprotégée, fit une voix chevrotante dans le dos des deux visiteuses. Si vous en passez le seuil ce sera le chaos..

Elles sursautèrent. Georges Werner se tenait accoudé à la rambarde d'une mezzanine encombrée par les rayonnages d'une bibliothèque.

Comme chaque fois que Nathalie l'avait entraperçu, il portait une blouse blanche très froissée. Ses mains crochues étaient déformées par les rhumatismes et ses doigts recroquevillés ressemblaient à des serres de rapace tétanisé. La pénombre masquait son visage, mais on le devinait ratatiné, aspiré de l'intérieur comme un légume dont la pulpe se dessèche. Ses cheveux longs pendaient à la diable, emmêlant leurs mèches jaune sale.

— La salle est autoprotégée, répéta-t-il. Des cellules photoélectriques en quadrillent le seuil. Si vous franchissez leur barrage, elles déclencheront les vibreurs qu'on a installés sous le socle de chaque dépouille. Les trépidations disloqueront instantanément les squelettes qui s'effondreront, se fracassant et se mélangeant en un effroyable gâchis. Il y avait un moyen de désamorcer ce système, mais j'avoue que je l'ai oublié...

Considérant l'expression stupide des deux visiteuses, il sourit et entreprit de descendre l'escalier de fer pour les rejoindre. Il avançait avec beaucoup de difficulté, comme si ses articulations refusaient de jouer dans leurs logements.

— Le mégatérius est bien là, susurra-t-il, quelque part au milieu du troupeau, mais on a préservé son anonymat, sachant qu'il aurait tôt ou tard à subir la convoitise de la Compagnie du Saint-Allégement. C'est maintenant une vedette perdue dans la foule !

Isi fit un pas en direction de la salle. Avertie, elle repéra sans mal les yeux des cellules de détection encadrant le portique. Il y en avait des centaines.

— Je pourrais très bien ne pas emprunter la porte et creuser un trou dans le mur, dit-elle sur un ton de défi.

Werner s'esclaffa.

— Mais oui ! approuva-t-il, c'était déjà la méthode des pilleurs de tombes égyptiens ! C'est ainsi qu'ils contournaient les blocs de granit obstruant les couloirs. Hélas ! ici on a été plus méfiant. Sous la brique des murs vous rencontrerez des panneaux d'acier blindé.

Il paraissait s'amuser. Nathalie remarqua qu'il portait autour du cou une chaîne retenant un sifflet à ultrasons. Le vieil homme s'en aperçut.

— Eh oui, souffla-t-il, c'est moi qui vous ai guidées jusqu'ici en me servant du chien comme d'un poisson pilote. Je ne pouvais pas aller à votre rencontre, j'ai de plus en plus de mal à me déplacer.

Isi trépignait d'exaspération.

— Tout cela vous réjouit ! cracha-t-elle. À quoi jouez-vous ? Pourquoi avoir tenté de me tuer, pour me laisser ensuite m'avancer si loin sur votre territoire ?

Werner haussa les épaules, et ce simple mouvement lui arracha une grimace.

— C'est ce que vous vouliez, non ? ricana-t-il. Entrer dans le musée pour désosser le grand mégatérius ? Eh bien, allez-y ! Je ne vous en empêcherai pas. Je n'en ai d'ailleurs pas la force.

— Vous n'avez pourtant pas hésité à ouvrir le feu sur les nageurs aériens !

— J'ai tiré sur les ballons ! corrigea le conservateur. Uniquement sur les ballons, comme à la fête foraine, pas sur les hommes.

— Quelle distinction subtile ! ricana la musicienne.

CHAPITRE XXVI

Werner les abandonna après leur avoir indiqué où elles pourraient trouver des rations de nourriture séchée et un robinet débitant une eau recyclée à peu près potable. Nathalie fut un instant tentée de suivre le vieillard, mais la fatigue de l'interminable randonnée au milieu des vitrines lui faisait des jambes de bois. Elle s'installa sur une banquette au cuir fatigué et s'endormit presque instantanément. Isi, elle, s'agenouilla au seuil de l'ossuaire, dans une position de méditation. L'épuisement avait rallumé sa fièvre et rouvert nombre de ses blessures. Elle naviguait dans un brouillard mental fait de bouffées de chaleur, de grelottements et d'idées rocambolesques.

Des bribes de mélodies serpentaient dans son cerveau, lui raclant les parois du crâne de leurs notes écailleuses. Elle laissa son regard se perdre dans la jungle architecturale des carcasses reconstituées, y quêtant une impossible réponse.

« Il faut que j'y aille, songea-t-elle, il le faut... » C'était devenu une idée fixe. Un moyen arbitraire de justifier les douleurs endurées.

La nuit s'écoula sans que la flûtiste prenne une seule minute de repos. La fièvre faisait luire sa peau, et des gouttes de sueur s'accumulaient dans ses sourcils. Elle n'entendit même pas passer la tempête. Almoha n'était plus qu'une planète de banlieue, une poussière infime dans l'inventaire du monde. Seule comptait la galerie et son butin de cadavres épluchés.

À l'aube elle se leva et marcha mécaniquement vers le seuil du tunnel de verre. Comme l'avait prédit Werner sa mince silhouette court-circuita le réseau invisible des cellules photoélectriques. Elle n'avait posé qu'un pied sur la terre interdite, mais déjà les vibreurs installés sous chaque socle entraient en action.

Une trépidation furieuse fit gémir le parquet, comme si un million de vibromasseurs envahissaient la place. Étourdie, Isi sentit les ondes monter le long de ses cuisses, s'épanouir dans son ventre et y allumer un début d'excitation sexuelle. Elle battit des bras. Tout tremblait autour d'elle. Les tiges d'acier supportant les dinosaures s'étaient mises à vrombir comme des diapasons. Un crâne se dévissa à quinze mètres au-dessus d'elle pour venir s'écraser à ses pieds. La boule d'os éclata dans une explosion de molaires, lui cinglant les jambes.

Maintenant les squelettes ondulaient, reprenaient vie. Des déhanchements grotesques les transformaient en marionnettes aux mouvements lascifs. Les colonnes vertébrales dansaient, serpentines, avant d'égrener leurs vertèbres une à une. Le premier squelette s'abattit sur bâbord, entraînant dans sa chute trois de ses frères d'immobilité. Leurs côtes s'entre-choquèrent avant de se briser dans un nuage pou-dreux.

Isi se boucha les oreilles. Toute la population de la galerie de paléontologie s'affaissait. Les crânes rebondissaient comme des balles de tennis géantes, défonçant les cages thoraciques des spécimens encore dressés. Les monstres s'éparpillaient, aban-donnant toute structure, vomissaient leurs osse-ments, les mélangeant à ceux de leurs compagnons de captivité. Isi hurla. Les tibias se fracassaient, se volatilisant en bouquets d'esquilles. Un brouillard blanc flottait sur toute la galerie.

C'était comme si l'on jetait le contenu de centai-nes de boîtes de puzzle dans la gueule d'une béton-neuse. Rien n'appartenait plus à personne. Une confusion sans nom s'installait dans un vacarme de bowling. Atterrée, la flûtiste voyait se disloquer ses chances de retrouver le mégatérius caché au cœur du troupeau.

« Une goutte d'eau dans la mer, une aiguille dans une meule de foin... » Elle était assaillie de prover-bes usés.

Lorsque les effondrements cessèrent, elle resta figée au seuil du carnage, contemplant l'infernal amoncellement de pièces détachées qui s'étaient mêlées en un tas compact et poudreux. Elle était écrasée, dépassée.

Si elle voulait retrouver les éléments constitutifs du mégatérius il lui faudrait désormais tester chaque os ! Plonger jusqu'à la ceinture au centre de l'ébou-

lement et examiner tous les fragments un à un !
C'était un travail de titan, une gageure pour archéo-
logue dément. Jamais elle ne réussirait avant d'avoir
atteint sa soixante-dixième année !

Elle tomba à genoux, avala une bouffée de poudre
d'os et fut prise d'une horrible quinte de toux. Dès
les premières secondes le bruit de l'avalanche avait
fait rouler Nathalie au bas de son siège. Les yeux.
écarquillés, elle avait assisté au tumulte sans même
penser à se redresser.

— Je vous avais prévenues ! hurla Georges Werner par l'entremise d'un haut-parleur. Maintenant
vous n'avez plus qu'à retrousser vos manches !
Triez ! Comparez ! Goûtez ! J'espère que vous
aimez les jeux de patience.

Nathalie se releva. La silhouette d'Isi semblait
noire et minuscule au pied du capharnaüm de vertèbres. La poussière d'ossements pulvérisés se déposait doucement sur ses cheveux, lui faisant des
mèches grises de vieille femme. La fillette s'éloigna
à reculons, fuyant le champ de bataille. Elle se
moquait du mégatérius dispersé aux quatre points
cardinaux, elle n'avait qu'une idée : retrouver
Cedric.

Elle mit quelques biscuits dans sa poche et partit
à la découverte des salles annexes. Un embranchement la mena à la division archéologique du bas-
empire santälien.

La salle était parsemée de tronçons d'architectu
res, de moignons de monuments. Il n'y avait là que
des miettes de cathédrales, des fragments de pyra-

mides. Des reliques en quelque sorte, des vestiges semblables à des prélèvements de laboratoire à partir desquels il fallait imaginer l'ensemble auquel ils s'étaient jadis intégrés.

Nathalie remarqua de grandes fresques stylisées aux couleurs écaillées. Elles représentaient des chasseurs vêtus de pagnes, occupés à tuer des animaux au moyen de longues sarbacanes. Sur certaines parties du dessin les chasseurs apparaissaient comme rassemblés en orchestre. Les sarbacanes devenaient alors entre leurs doigts grêles des flûtes dont ils semblaient tirer des sons délicats.

Georges Werner sortit de derrière la stèle.

— Voilà l'origine même de la corporation des médecins musiciens, fit-il avec lassitude. Cette peinture, qui remonte à plus de deux mille ans, pourrait être considérée comme la preuve de leur culpabilité.

— Je ne comprends pas..., hasarda Nathalie.

— Mais si, s'emporta le vieil homme, regarde ! Tout est écrit. À cette époque ils utilisaient déjà l'os de mégatérius pour tourner des flûtes au redoutable pouvoir hypnotique. Lorsqu'ils jouaient, les animaux se trouvaient désarmés, privés d'influx nerveux. Ils devenaient mous, abaissaient leurs défenses. Les musiciens glissaient alors une flèche paralysante au creux de leur instrument, qui se changeait instantanément en sarbacane, et soufflaient ce dard sur leur proie. La notion de mort a toujours été mêlée à celle de musique. L'os de mégatérius a toujours joué un double rôle : celui de piège et celui de bourreau. On charmait la victime en apaisant ses pulsions nerveuses, en gommant la sensation de faim, la peur, bref, tout ce qui peut rendre un fauve dangereux. Ensuite, une fois le tigre transformé en chaton, la flèche faisait le reste. Charmer et tuer ! Voilà le triste pouvoir de ces tuyaux d'os. Un pouvoir qui est le leur depuis le début de l'humanité. Le temps a passé, bien sûr, on a feint de privilégier la fonction musicale de l'instrument, mais ce n'était qu'un leurre. Les flûtes n'ont jamais renié leur passé de sarbacanes. Elles restent des engins de mise à mort. Ce qui se passe aujourd'hui à l'Opéra ne diffère en rien des scènes représentées sur ces pierres. L'orchestre d'Almoha n'est qu'un peloton d'exécution déguisé. Rien d'autre.

— Isi sait-elle tout cela ?

— Plus ou moins consciemment sans doute. Les sarbacanes-musicales ont toujours été placées au service des prêtres. Les tueurs sacrés assuraient par leurs mélopées le règne des pseudo-guérisseurs gouvernant les tribus. La musique apaisait les souffrances, faisait tomber la colère des ennemis, et au bout du compte distribuait une mort silencieuse, multipliant les massacres muets.

Werner s'approcha en boitillant d'une vitrine. Du menton il désigna une flûte d'os jauni dormant dans son écrin.

— Fascinant, n'est-ce pas ? Un simple tube percé de quelques trous qu'on peut aisément obturer avec les doigts d'une seule main. C'est comme une trompette qu'une brève manipulation suffirait à changer en revolver...

— Mais la maladie ? observa Nathalie. On prétend que la poudre d'os diluée est toxique.

Werner étouffa un ricanement.

— Foutaise, grogna-t-il, l'os est inoffensif, il s'agit d'une affection psychosomatique des plus banales. L'expression du sentiment de culpabilité refoulé par les membres de la corporation. Ils savent qu'ils font le mal et leur moi profond ne peut l'assumer, d'où ces ulcérations dont ils souffrent tous. Ils s'autopunissent ! Le remords les ronge, à tous les sens du terme ! Le poison est dans leur âme, pas dans leur corps. Artistes et assassins, c'est une charge lourde à porter, je les comprends. Mais leur calvaire touche à sa fin. Almoha va s'abîmer dans les profondeurs de Santäl, c'est inéluctable. Je le sais depuis très longtemps.

— Pourquoi avez-vous toujours refusé d'ouvrir le musée ?

— Je ne voulais pas que les prêtres décident la saisie du mégatérius, que leurs valets, les musiciens, taillent d'autres flûtes grâce auxquelles ils auraient attiré des milliers de malades pour les offrir en holocauste aux ouragans. On n'apaisera pas la colère de Santäl en multipliant les sacrifices humains. C'est une doctrine stupide et meurtrière. La solution est ailleurs. Le temps nous presse, petite, la catastrophe qui va broyer la ville est déjà en marche. Je vais devoir t'expliquer beaucoup de choses en un délai assez bref.

— Mais, hésita Nathalie, pourquoi m'avez-vous attirée dans le pavillon de l'hippopotame ? Et les mines ? Isi prétend que vous les commandez...

— C'est vrai, avoua le vieillard, je peux les désamorcer en agissant sur une simple manette. Les statues sont mes périscopes, leurs yeux sont reliés à autant d'écrans vidéo. J'attendais depuis des années quand tu es arrivée. Je désespérais de trouver quelqu'un. Quelqu'un à sauver... Un être pur, inentamé. Un être qui saurait résister à l'avilissement d'Almoha. J'ai compris que tu n'étais pas comme les autres. Je t'ai laissée venir. Je voulais t'apprivoiser, t'inspirer confiance, mais les choses se sont détraquées plus vite que je ne le prévoyais. L'heure n'était plus aux lentes approches. J'ai d'abord voulu tuer Isi, craignant qu'elle ne te corrompe, puis j'ai compris qu'elle appartenait plutôt au clan des victimes. C'est une sotte qui n'arrive pas à se dégager du fatras des superstitions.

— Mais vous l'avez laissée accéder au mégatérius !

— Oui, ça n'a plus d'importance. Désormais tout va aller très vite, je te l'ai déjà dit.

— Où est Cedric ? balbutia Nathalie. Il a disparu dans la nuit. Savez-vous où il se cache ?

— Oui, mon petit. Je crois qu'il a son rôle à jouer dans l'apocalypse qui se prépare.

— Je ne comprends pas !

— Viens, tu vas voir...

Saisissant la fillette par le poignet, il l'entraîna dans un couloir encombré de caisses éventrées.

Le corridor menait à une salle annexe englobant une demi-voûte romane et une moitié de parvis brisé en diagonale. Entre ces décombres soigneusement

consolidés on apercevait comme une bouche de
métro miniature entourée d'arabesques de fer forgé.

— Voilà l'entrée, murmura le conservateur. En
dessous c'est l'antichambre du noyau. Le premier
pas vers le centre de Santäl.

Tirant sur le poignet de la fillette, il la contraignit
à descendre dans le trou. À peine avaient-ils fait
quelques pas qu'ils se retrouvèrent dans le noir, égarés dans un monde de sonorités caverneuses et
d'éboulis lointains.

— On dirait des catacombes, lança Nathalie d'un
ton mal assuré.

L'escalier plongeait vers on ne sait quel abîme.
La rampe de fer constellée d'écailles de rouille écorchait la paume. Les marches descendaient au cœur
de la nuit, abolissant tout repère, à tel point qu'on
avait la sensation de se déplacer sur une étroite passerelle jetée au-dessus d'un gouffre immense.

— La situation géographique du musée ne doit
rien au hasard, haletait Werner. À l'origine se dressait ici même un lieu de culte. Une simple pierre
levée peut-être ; plus tard on y a bâti un temple. Puis
les ruines du temple ont été elles-mêmes choisies
comme centre du musée. On a construit des murs
autour d'elles, des bâtiments, des dômes. Les tunnels
d'exposition rayonnent autour de ce point mystérieux. Le musée est comme un écrin chargé de protéger les derniers restes de ce temple dont on ignore
tout aujourd'hui. Pour plus de sûreté on a banalisé
ces ruines en les affublant d'étiquettes. Mais la
crypte qu'elles dominent n'a jamais été ouverte au

public. Même l'Archevêché en a perdu le souvenir. Tu vas voir par toi-même, mais ne t'approche pas trop de la rampe.

Ils avaient atteint une plate-forme. Werner gémissait sourdement. Il tâtonna, à la recherche d'un gros commutateur à levier. La manette claqua, faisant exploser la lumière de trois projecteurs fixés sur des praticables rouillés.

Un concert d'aboiements furieux salua la fin de la nuit. Un écho vibrant les déformait comme s'ils venaient de l'autre côté d'une montagne. Nathalie eut un hoquet de surprise. La plate-forme surplombait le gouffre d'une carrière hérissée d'aiguilles de pierre. Des concrétions calcaires avaient criblé le sol et la voûte de sucres d'orge vitreux. Stalactites et stalagmites étaient autant de crocs plantés de manière désordonnée dans la bouche d'un monstre colossal. Il faisait chaud et humide. Un ruisseau sinuait en clapotant entre les pierres. Il régnait sur tout cela un relent de vespasienne mal entretenue.

— Regarde ! insista Werner en tendant son index déformé vers l'arène crayeuse. Il y a vingt tunnels ! Vingt galeries gigantesques, qui, partant du même centre, serpentent sous la ville. Elles ont été étayées en des temps reculés au moyen d'os de mégatérius ! Des côtes principalement. On a puisé dans un quelconque ossuaire pour consolider ces véritables couloirs souterrains.

Nathalie se pencha sans toucher à la rampe. Elle distingua effectivement dans le pinceau des projecteurs une vingtaine de trous noirs dont les abords avaient été renforcés avec ce qui semblait être des défenses d'éléphant.

Des ombres à quatre pattes jaillirent des tunnels et se rassemblèrent sous la plate-forme en aboyant furieusement.

— Tous les chiens d'Almoha se sont regroupés ici, expliqua le conservateur, dès qu'on a commencé à les chasser systématiquement pour s'en nourrir. L'un d'eux a trouvé une ouverture, un boyau, les autres ont suivi. Ils sont des centaines. Ils grouillent dans les tunnels, rongeant les os qui servent d'étais. On ne peut plus descendre sans courir le risque d'être immédiatement dévoré.

— Mais alors la ville est bâtie sur du vide, ou presque ! s'exclama Nathalie.

— Exactement ! haleta Werner. Tout autour du musée rayonnent les tentacules d'une pieuvre creuse. Les galeries s'étendent à l'infini comme une termitière. On n'a jamais pu en explorer une seule dans sa totalité.

— Je suis sûre que Cedric est avec les chiens ! cria soudain la fillette. Il les a sentis. J'en suis sûre !

Entendant ses exclamations, les chiens massés sous la plate-forme se mirent à gronder de plus belle. Certains sautaient sur place, d'une terrible détente des pattes et claquaient des mâchoires. Ils auraient voulu avoir des ailes pour déchiqueter ces humains qui les narguaient.

— Des hordes de loups, lança Werner, il ne leur a fallu que quelques mois pour retourner à la sauvagerie. Au début, à l'époque où je descendais encore dans les tunnels, je les nourrissais. Après c'est devenu impossible. Ils m'attaquaient. Je me suis fait mordre à plusieurs reprises. De peur qu'ils ne s'introduisent dans le musée j'ai remonté l'échelle.

— Mais comment Cedric a-t-il pu les rejoindre ?

Werner haussa les épaules.

— Il a probablement descendu cet escalier, à cinq mètres au-dessous de nous ; il y a un surplomb, puis une saillie. En trois bonds il a pu franchir sans mal les quinze mètres qui nous séparent du sol. C'est sans importance, regarde plutôt les galeries. Elles ont été creusées il y a des millénaires, et il se peut que certaines d'entre elles mènent au centre de San-täl.

La fillette ouvrit la bouche, stupéfaite.

— Au centre du monde ? répéta-t-elle.

— Ça se pourrait bien, renchérit Werner. Il y a bien sûr des galeries d'habitation, mais certains couloirs, loin d'être horizontaux, s'enfoncent selon une pente de plus en plus vive. Personne n'a eu le loisir de les étudier. En fait le milieu scientifique a toujours eu peur de se pencher sur l'antiquité de Santäl. Les autorités religieuses considèrent que ce domaine leur appartient.

Les chiens s'étaient tus. Quelques-uns, rassemblés à l'entrée d'un boyau, mordaient férocement les longs os servant d'étais. Le bruit sourd des mâchoires broyeuses résonnait dans la carrière.

— Ils ont endommagé beaucoup de poutres, observa le conservateur. Le vent a fait le reste. Ces ossements sont creux, les vibrations du sol s'ampli-fient dans leurs cavités médullaires. Il suffit de peu de chose : un appel d'air dû à une aération naturelle, trou ou fissure, et le souffle de l'ouragan s'engouf-fre ! Les vieux os tremblent, craquent, s'effondrent. La tempête les ravine comme de vieilles flûtes, les fait sonner comme des trompes de chasse avant de les condamner à éclater ! C'est terrible.

— Vous ne voulez pas dire que...

— Si ! Justement ! Les tunnels qui s'éboulent pro-voquent des glissements de terrain, le sol s'abaisse sous les fondations des immeubles d'Almoha et la ville s'écroule. Les lézardes n'ont pas d'autre ori-gine. C'est un cercle vicieux. Plus le nombre des fissures augmente, plus le vent se rue dans les gale-ries, faisant éclater les ossements les uns après les autres ! C'est ce concert souterrain qui décide du destin d'Almoha, pas celui qu'on joue sur les dômes de l'Opéra ! L'Archevêché nage en plein délire, il s'imagine pouvoir dompter les tempêtes en se tail-lant de nouveaux pipeaux. L'ouragan, lui, exécute une autre symphonie. Une symphonie souterraine ! Il embouche des trompettes géantes pour sonner le requiem de la cité ! Tu n'as jamais entendu les mugissements qui montent de ces galeries les soirs de tempête. On devient fou rien qu'à les écouter. Des plaintes ! Des plaintes de pachydermes éventrés, des meuglements qui meurent en éclatements quand se volatilisent les flûtes-tibias ! Alors le sol bouge. Des spasmes secouent la carrière.

— Mais que peut-on faire ?

— Rien ! Rien, surtout ! Il ne faut pas sauver Almoha. Elle ne le mérite pas. Si la terre mange l'Archevêché et ses musiciens bourreaux, nous aurons peut-être la chance de voir cette religion de fous détruite dans l'œuf ! Il ne faut pas que la contagion gagne d'une ville à l'autre, que chaque cité s'organise en légions de culs-de-jatte et de nageurs aériens !

Sa voix, trop aiguë, enlevait toute gravité à ses propos. On eût dit le discours échevelé d'une vieille folle en pleine crise de nerfs. Il finit par s'étrangler et partit d'une toux déchirante.

— Le concert souterrain doit abattre la ville, reprit-il au bout d'un moment. Notre devoir est de laisser les choses se dégrader. Il faut que les deux pôles du mal, l'Archevêché et l'Opéra, disparaissent dans l'abîme des galeries, que leurs bâtiments se fracassent et que leurs tronçons roulent au long des tunnels qui descendent au centre de Santäl ! C'est la seule solution.

Nathalie ne trouva rien à répliquer. La chaleur humide qui régnait au sein de la bulle de pierre la mettait mal à l'aise.

— Remontons, conclut Werner en agrippant la rampe.

Le retour fut long et laborieux. Le vieillard gémissait à chaque marche et ses plaintes augmentaient au fur et à mesure qu'ils se rapprochaient de la sortie. Quand il émergea des ténèbres au centre de la salle d'archéologie, il était blême et sa bouche tremblait.

— Viens me voir ce soir, gémit-il à l'adresse de

Nathalie. Il faut que je récupère... Mais j'ai d'autres choses à t'apprendre. Viens.

Nathalie le regarda s'éloigner, boitant et cassé comme un grand invalide. Elle était déconnectée, saturée de tant de révélations. Elle se mit à déambuler au hasard. Cedric lui manquait.

Passant devant la galerie de paléontologie, elle aperçut la flûtiste absorbée dans une infernale besogne de sélection. Enfoncée jusqu'aux genoux dans la masse de l'ossuaire, elle examinait les os un à un, les palpait, les raclait, les goûtait. Éprouvait leur sonorité en les tapotant de l'index replié. C'était pitoyable et dérisoire. La farine macabre des phalanges réduites en poudre la recouvrait de la tête aux pieds, comme un plâtre millénaire. Elle avait l'air d'un fantôme ou d'un boulanger. Nathalie hésita au seuil de la galerie, ne sachant si elle devait prévenir Isi des manigances souterraines de Santäl. Elle décida d'en savoir plus avant de tirer la sonnette d'alarme ; la musicienne n'avait pas besoin de traumatisme supplémentaire.

Les heures s'écoulèrent, rythmées par les bruits d'effondrement qui s'élevaient de la salle de « tri ». Quand la lumière commença à baisser de l'autre côté des verrières la fillette se rendit en traînant les pieds dans la salle d'archéologie. Werner l'y attendait, appuyé sur une paire de cannes anglaises. Il grommela un salut indistinct et se mit aussitôt à cahoter vers l'aile de la bibliothèque qui lui servait de bureau. Nathalie isola, au milieu des manuscrits et des incunables, une boîte métallique d'où pointait une antique seringue de verre à piston chromé.

Werner surprit son regard.

— Les rhumatismes, grogna-t-il. Je n'ai plus de cortisone et l'aspirine se contente de me faire des trous dans l'estomac sans me soulager réellement. Il faudrait que ton amie vienne me jouer l'un de ses concertos. Mais je suppose qu'elle est comme tous les musiciens : elle n'aime jouer que si son chant donne la mort ?

— Vous vouliez me parler de quelque chose ? coupa Nathalie que ces considérations fumeuses ennuyaient.

— Oui, soupira Werner en s'installant précautionneusement dans un fauteuil. Tu as entendu parler des Cythonniens ?

La fillette battit des paupières.

— Oui, bien sûr. J'en ai même rencontré une !

— Alors tu sais que les Cythonniens ont jadis pompé sur Santäl un liquide sécrété par la terre, une sorte de... « pétrole » qui avait la propriété de noircir au soleil de l'été. Cette solution photosensible leur a servi à élaborer une religion fantaisiste.

— Les tatouages prophétiques, je sais ! Les horoscopes à l'encre sympathique. Invisibles sur leur planète natale et se révélant seulement sous le soleil du désert de verre.

— Exactement. Cette... encre sympathique, comme ils l'appellent, a disparu de la surface de Santäl. Les Cythonniens en ont épuisé tous les gisements les uns après les autres. C'est pour cette raison qu'on les a souvent maudits.

Nathalie fit un effort pour rassembler ses souvenirs sur l'étrange peuple de Cythonnie. Avant de quitter la maison de son père elle avait rencontré une fille du nom de Saba. Une jeune folle obsédée par ses tatouages invisibles, cet horoscope inscrit à l'encre sympathique sur toute la surface de son corps, et que seule la lumière brûlante du désert de verre pouvait faire brunir, et donc apparaître... Qu'était-elle devenue ? Elle n'en savait rien. Les Cythonniens traversaient l'espace pour bénéficier de ce bronzage prophétique. Ils surnommaient cela « le voyage d'initiation ». C'était complètement ridicule. Ringard. Nathalie ne s'était pas privée de le dire à cette fichue Saba, une sainte nitouche à la peau de pâte d'amande.

Werner émit un claquement de langue pour la ramener à la réalité.

— J'ai fait des recherches assez poussées, annonça le vieil homme. J'ai aujourd'hui la certitude que ce liquide était déjà utilisé dans l'antiquité par une peuplade qui n'a pratiquement laissé aucune trace. Je dirais même : par une tribu qui a volontairement effacé ses propres traces.

— Celle qui a creusé les tunnels qui serpentent sous Almoha ?

— Oui. J'ai découvert des lambeaux de fresques, des parchemins. Peu de chose. Des oublis probablement. Des documents qui ont échappé au « gommage » général. Les hommes des galeries avaient fait du liquide photosensible une drogue sacrée. Un élixir de longue vie. Ils avaient compris que cette substance, injectée dans le sang, conférait au corps une longévité surprenante. À une seule condition toutefois : celle de ne jamais s'exposer au soleil !

— Alors les tunnels... ?

— Oui, pour vivre plus longtemps ils devaient se cacher de la lumière solaire, ne sortir que la nuit. S'exposer au soleil de l'été, c'était provoquer une mutation chimique de la substance merveilleuse. C'était se condamner à un empoisonnement du sang. Ils ont donc appris à vivre sous terre, à ne remonter à la surface que nuitamment, à se défier du soleil. C'était la rançon de l'éternité. Et puis un jour les Cythonniens ont débarqué, ils ont pompé le liquide en ne remarquant que ses propriétés photosensibles. Ils ont asséché les gisements. Alors les hommes des tunnels ont dû creuser plus profondément encore pour retrouver les nappes enfouies. Ils sont peu à peu descendus vers le centre de Santäl... C'est à ce moment que les tempêtes ont fait leur apparition.

— Pourquoi ?

— Je ne sais pas. La réponse est quelque part sous nos pieds. C'est là qu'il faut aller voir...

— Pourquoi me racontez-vous tout ça. Je ne suis qu'une enfant.

— Parce que j'ai reproduit tous ces travaux sur microfilms. Je vais te les confier. Je sais que le temps qui nous est imparti est terriblement limité. C'est une question de semaines. À la prochaine tempête Almoha sera engloutie, et le musée la suivra en enfer. Il faut que tu survives, je te donnerai les documents, scellés dans un tube d'acier ignifuge. Un jour peut-être, dans plusieurs années, si tu rencontres quelqu'un qui te semble digne de confiance, parle-lui du secret de Santäl, organisez-vous en sectes, fondez la religion de la vérité. Essayez de savoir avant qu'il ne soit trop tard !

— Mais si vous vous trompez ?

— J'ai raison. J'ai fait des statistiques avant qu'on ferme le musée. Sais-tu que tous les Cythonniens « bronzés », c'est-à-dire ceux qui ont mené à bien leur voyage d'initiation, ceux qui ont vu se révéler sur leur chair les inscriptions de l'horoscope tatoué, tous ceux-là sont morts peu de temps après avoir regagné leur planète ? On a aussitôt parlé de malédiction, de la « colère de Santäl », mais la réalité est plus simple. Les Cythonniens « initiés » sont morts empoisonnés par l'encre révélée ! Au contraire, tous les velléitaires, tous ceux qui n'ont pas eu le courage de traverser le cosmos pour subir l'épreuve du bronzage prophétique, ont vécu jusqu'à un âge fort avancé ! Ce n'est pas une preuve, je le sais, mais la coïncidence est troublante, non ?

Nathalie se mordit les lèvres. La tête lui tournait. Werner la rendait folle. Elle avait envie de lui crier de se taire.

Mais Werner poursuivait son idée fixe. Ouvrant l'un des tiroirs de son bureau, il en tira un tube nickelé suspendu à une chaîne de cou.

— Tout est là ! fit-il d'un ton illuminé. Tout. J'ai réussi à recomposer une petite partie du puzzle, je passe le relais. D'autres viendront, d'autres chercheront. À toi de les identifier.

Boitillant, il vint agrafer la chaînette sur la nuque de Nathalie.

— Demande à la musicienne de venir me voir, fit-il doucement. Mes rhumatismes me torturent. Qu'elle brise une vitrine et se choisisse une flûte qui lui convienne. Ce soir, je voudrais qu'elle joue pour moi.

Nathalie repoussa son siège et s'éloigna sans un mot. Le tube d'acier battait sur son sternum entre ses seins naissants. Cette boîte de conserve bourrée de secrets prodigieux l'alourdissait comme une gueuse de fonte. Il lui sembla que le parquet craquait désormais plus fort sous ses semelles.

— Je suis idiote, dit-elle à haute voix en traversant la salle d'archéologie.

Agacée, elle prit le tube et le glissa dans l'encolure de son chemisier. La froideur du métal sur sa peau moite la fit frissonner.

Elle rejoignit Isi au fond du tunnel de l'ossuaire. L'aspect de la flûtiste était réellement effrayant. À quatre pattes au milieu des ossements éparpillés, elle avait l'air d'une bête qui vient de se rouler dans la farine. La sueur avait tracé des coulées plus sombres sur son visage, et ces stries parallèles s'organisaient en un masque tribal plutôt menaçant.

Nathalie lui transmit la prière du conservateur. La musicienne hocha la tête, puis se releva mécaniquement.

— Ne touche à rien, dit-elle en désignant le sol où elle avait disposé certains os à l'écart.

Nathalie ne jugea pas utile de répondre. La nuit

avait obscurci les verrières. On ne distinguait plus aucune forme derrière les parois de verre blindé. Le musée était un sous-marin échoué dans un océan d'encre bleue, par cent mètres de fond. La fillette sortit de son abrutissement lorsque Isi brisa la vitrine pour s'emparer de la flûte exposée. Un peu plus tard elle entendit une mélopée acide sourdre à travers les murailles de livres de la bibliothèque. Elle se boucha alors les oreilles et s'éloigna en courant pour échapper aux sortilèges de la sarbacane musicale. Elle courut longtemps, au hasard.

À bout de souffle, enfin, elle s'allongea sur le parquet ciré au pied d'un totem amputé. Les bras en croix, elle s'efforça d'adhérer aux lattes à la manière d'une limace épousant les configurations du terrain sur lequel elle se déplace.

« Je suis un sismographe vivant, songeait-elle ; je sens bouger le musée comme une dent déchaussée. Je suis une souris installée dans le chapeau d'une pieuvre creuse qui étire ses tentacules sous la ville. »

Elle ferma les yeux. Elle avait la sensation de dériver au-dessus d'un abîme, d'un réseau de ravins se ramifiant comme un arbre généalogique. Les galeries s'étiraient, se subdivisaient, mais toutes étaient rattachées au même tronc : un puits terrifiant qui plongeait au cœur de Santäl. Une sorte de déversoir général dans lequel débouchaient tous les vide-ordures de la planète. Des échos inusables amplifiaient leurs borborygmes au long de ces canalisations telluriques. Ces plaintes charriaient les remous du magma, la désespérance des tribus enfouies en quête de liquide vital, et les aboiements des chiens réfugiés.

Le noyau clapotait comme une soupe qui tiédit, les descendants des premiers habitants de Santäl erraient dans les ténèbres à la recherche des sources de jouvence aujourd'hui taries, et les chiens rongeaient les étais des galeries, broyant les os millénaires et friables entre leurs mâchoires musclées.

Nathalie tendait l'oreille, espérant isoler la voix de Cedric dans ce tumulte viscéral. « Le musée bouge ! chuchotait-elle aux rainures du parquet. Almoha se disloque chaque fois qu'un chien croque un tibia ! »

Cette revanche des animaux pourchassés l'emplissait d'une sombre joie.

Elle se remémorait le bavardage prétentieux des prêtres et des miliciens. Les discours, les justifications doctrinaires, les pseudo-hypothèses fondant la colère de Santäl. La colère de Santäl ? Elle en connaissait l'origine : les coups de dents d'une armée de corniauds s'attaquant aux pilotis de la cité !

Quant au son des flûtes sacrées, la planète malade y répondait par une autre musique : celle de ses bourrasques soufflées dans l'hélicon des tunnels ! Le sous-sol résonnait comme un orgue. Les chiens et le concert de l'ouragan travaillaient à la même entreprise de sape !

La dérision chaussait sa pointure la plus grandiose !

Nathalie tremblait d'une fièvre froide et sans nom. Elle en avait assez d'Almoha, de Werner et du musée. Elle ne désirait plus que retrouver Cedric et fuir avec lui. Partir loin, aller enfourcher les chevaux électriques qui galopaient sur la plaine de fer, quelque part dans le nord.

Elle voulait l'apocalypse, la dislocation, le démembrement. Dans un élan de rage, elle se redressa et se mit à sauter sur place, avec l'espoir que sa gesticulation aggraverait le délabrement des tunnels.

— Rongez ! hurla-t-elle aux chiens qu'elle ne pouvait voir. Rongez la carcasse de la ville ! Mangez-lui les pieds, qu'elle s'écroule enfin !

Prise de frénésie elle courut tout au long du déambulatoire, agitant les bras et vociférant des exhortations.

Percevant les vibrations de sa rage, les bêtes des galeries se répandirent en interminables aboiements. Leurs coups de glotte modulaient des ululements de corne de brume qui filtraient entre les interstices du plancher.

Prisonnière des murailles de livres, Isi, elle, jouait toujours pour le vieillard aux mains crochues.

Ses doigts virevoltaient sur les trous de l'instrument en un ballet somnambulique indépendant de sa volonté. En bonne professionnelle, il ne lui avait fallu que quelques secondes pour déterminer les harmoniques commandant le système nerveux de Georges Werner.

À présent le conservateur avait la tête penchée, le menton sur la poitrine. L'air béat, il bavait tel un vieux nourrisson bouclant le cercle de son existence sur un nœud d'anéantissement. Sur le buvard, ses doigts recroquevillés bougeaient doucement comme les pattes d'un chat qui s'endort.

Isi vacillait, naufragée poudreuse empestant l'ossuaire.

« Désormais tout va s'arranger, se répétait-elle mentalement. Quand j'aurai rassemblé assez d'os pour équiper l'orchestre, j'allumerai un feu de détresse au sommet de l'un des dômes. Les nageurs aériens viendront à mon secours, ensuite... Ensuite nous jouerons pour calmer Santäl, et tout rentrera dans l'ordre. Tout. »

Elle savait qu'elle devait s'accrocher à cette idée si elle ne voulait pas succomber aux pulsions suicidaires qu'elle sentait grossir en elle.

« Je sers à quelque chose, rêva-t-elle, je vais sauver Santäl. Les prêtres avaient raison, tout ce qui concerne l'allégement est exact. Les lézardes en sont la preuve. J'ai été une mécréante mais il est encore temps de rejoindre la vraie route, il... »

Elle cessa brusquement de jouer, se dévisagea dans le miroir improvisé d'une vitrine. Elle baissa les paupières. Elle n'avait jamais pu regarder les menteurs en face. Werner grogna en griffant le buvard du sous-main.

CHAPITRE XXVII

Nathalie devina leur approche dès le lever du jour. C'était comme une démangeaison animale à l'arrière du crâne, une irruption de fourmis dans le cervelet, bref une sorte d'eczéma mental qui lui faisait tourner la tête toutes les trente secondes.

Encore plongée dans le brouillard du demi-sommeil, elle rêva que des yeux écarquillés voletaient autour d'elle, véritable essaim battant des paupières. Telles des guêpes, ces pupilles volantes se posaient sur ses joues, ses oreilles, s'introduisaient en vrombissant sous sa robe ou dans l'échancrure de son chemisier.

Elle s'éveilla brutalement, et tout de suite son regard plongea à travers la verrière en direction des points noirs qui se déplaçaient au-dessus des piques dorées de la grille du parc. Il y en avait beaucoup. Beaucoup trop. La fillette s'agenouilla contre la paroi de verre, plaquant ses paumes de part et d'autre de son visage. Elle compta avec fébrilité, se trompa, recommença, puis renonça. Les objets mouvants s'opposaient à toute tentative de dénombrement. Ils se rassemblaient en grappes, moutonnaient, puis se séparaient en unités zigzagantes. Nathalie se leva, parfaitement lucide, le souffle court. Dans le petit jour, cent ou cent cinquante nageurs aériens avaient franchi les limites du jardin zoologique. Pour l'instant ils se tenaient encore à l'écart, hésitants ou attendant des consignes qui tardaient à venir. Ils grouillaient, armée d'invasion aérosuspendue qui sautillait à l'horizon des grilles comme un mirage vibrant dans la chaleur.

Nathalie se leva avec lenteur, les mâchoires soudées et les jarrets fragiles. Ils ne pouvaient pas la voir, pourtant elle redoutait de bouger, craignant par un début de fuite de provoquer l'assaut de la meute. Finalement elle s'éloigna du vitrage à reculons, traînant les semelles dans un simulacre puéril d'immobilité. Elle avait peur. Ses intestins s'agitaient et son haleine virait à l'aigre. Une minute s'écoula ainsi. Lorsque enfin elle parvint à rompre le cercle de l'hypnose, elle tourna les talons et se rua dans la galerie de paléontologie. Isi, déjà au travail, triait des vertèbres. Les examinant dans la lumière, les goûtant du bout de la langue, avant de décider de leur appartenance. La poudre d'os humide avait formé deux bourrelets croûteux au-dessus de ses lèvres. Cela lui faisait comme une deuxième bouche livide superposée à la première. Des cernes violets dessinaient des parenthèses sous ses yeux.

— La brigade volante est là ! dit Nathalie en avalant la fin des mots.

Malgré la fatigue, Isi réagit immédiatement. Elle

se passa la main sur le visage et s'approcha de la verrière. Un commando d'éclaireurs dérivait entre les bâtiments. Les hommes qui le constituaient étaient équipés de gilets pare-balles et de casques à visière de plexiglas.

— Leurs ballons sont différents, observa la flûtiste. Je n'en ai jamais vu de pareils. On dirait qu'on les a enfermés dans une résille de cotte de mailles !

— Qu'est-ce qu'ils viennent faire ? grogna Nathalie.

— Prendre le musée d'assaut, lâcha Isi avec lassitude. Ils sont plus d'une centaine ; cette fois Werner ne pourra pas les descendre tous, il sera submergé.

— Mais s'il ne tente rien, s'il n'ouvre aucune lucarne ?

— Alors ils vont se poser sur le toit des bâtiments et y installer tranquillement des charges explosives.

— Mais pourquoi ?

— Parce que l'Archevêché pense que j'ai échoué. La « douceur » n'ayant rien donné, ils se rabattent sur l'attaque en force.

— Les blindages résisteront !

— Je n'en suis pas si sûre. Ils ont le temps, ils peuvent décapiter l'un ou l'autre des bâtiments administratifs. Si j'étais une vraie croyante, j'aurais déjà torturé Werner pour obtenir la clef du dispositif de protection, celle qui neutralise les mines et relève les volets blindés.

— Pourquoi ne l'avez-vous pas fait ? Pourquoi vous êtes-vous obstinée à trier ces os ?

— Pour ne pas penser, justement. Pour avoir l'impression de faire quelque chose d'important en oubliant soigneusement l'essentiel.

Isi se frotta la bouche avec le dos de la main. La jeune femme et la fillette restèrent un long moment silencieuses, s'observant du coin de l'œil.

— Pendant que je jouais, Werner a parlé, hier soir, reprit la jeune femme. Il rêvait à haute voix. Il a mentionné l'existence d'une... pieuvre creuse. Il disait qu'Almoha était de toute façon condamnée. C'est vrai ?

Nathalie recula. Comme Cedric elle se méfiait de la musicienne.

— Peut-être, murmura-t-elle sans se compromettre. Mais c'est un vieux, il n'a plus toute sa tête.

Tournant brusquement les talons, elle se mit à courir vers le bureau du conservateur. Elle pénétra dans la chicane de livres moisis, haletante et la bave au menton. Georges Werner n'avait pas bougé de son fauteuil. Sur le buvard ses mains étaient deux serres tordues à la peau diaphane.

— Les nageurs aériens ! hurla Nathalie. Ils sont là, ils envahissent le jardin. Qu'est-ce que vous allez faire ?

— Rien, soupira le vieil homme. Je ne peux plus bouger, je n'en ai même plus envie. Ils vont probablement bombarder les galeries d'exposition ou attaquer les vitrages au chalumeau. À moins que ton amie la flûtiste ne leur ouvre la porte du pavillon...

Il s'interrompit. Sa respiration était caverneuse et son visage gris. Ses yeux, sa bouche, son nez, disparaissaient dans les sillons mous et parallèles des rides.

— Je suis une momie, chevrota-t-il en levant les avant-bras telle une mante religieuse. Si je voulais me cacher, je n'aurais qu'à me ratatiner dans la vitrine des momies indiennes. Les envahisseurs n'y verraient que du feu ! C'est d'ailleurs ce que je prévoyais de faire lorsque j'aurais senti venir la mort. Le conservateur rejoignant ses collections, joli, non ? Je m'imaginais, me déshabillant et me glissant tout nu entre deux rabougris d'outre-tombe. À mon âge on ne pourrit plus, on se dessèche comme un insecte. On a la politesse des cadavres propres. Je me serais changé en mannequin de cuir, en vieux fœtus épaissi. Mes lèvres auraient fondu, découvrant mes dents, j'aurais fait la grimace aux visiteurs, toute la journée, comme un clown inépuisable ! Quelle revanche pour un universitaire nourri d'encyclopédies, allaité à l'encre violette et bercé par le ressac des machines à écrire ! Momie indigne, cadavre irrespectueux ! Pièce de musée factice ! Werner le faussaire ! Le faux homme des cavernes habitant illégalement la vitrine cinquante-sept de la section anthropologique. Werner, le squatter des musées, le passager clandestin de l'Histoire ! Quelle belle fin... ou quel beau commencement, je ne sais plus.

— Taisez-vous ! cria Nathalie. Vous ne faites que parler !

Le vieillard ricana.

— Qu'est-ce que tu veux que je fasse d'autre, mon

petit ? Je suis soudé à ce fauteuil, ma liberté c'est ma langue.

— S'ils bombardent le musée, il faudra partir ! Isi peut nous aider. Elle jouera de la flûte, vous n'aurez plus mal et vous pourrez marcher. Nous descendrons dans les tunnels de la pieuvre creuse. La musique désarmera les chiens, il suffira de découvrir le boyau qui communique avec l'extérieur. Cedric est en bas, il l'a sans doute déjà localisé, il lui sera facile de nous montrer le chemin.

Werner battit des paupières.

— Comme tout est simple avec toi, souffla-t-il. J'ai bien fait de te confier les documents, ton instinct de survie fonctionne à plein régime. C'est normal, tu es neuve. Ton plan est bon, à condition que la musicienne passe dans ton camp, toutefois.

— Alors remuez-vous ! Je vais chercher Isi, elle hésite encore. On peut la gagner à notre cause.

— Vas-y, mais ne t'occupe pas de moi. Je suis resté trop longtemps ici, je n'ai pas envie d'aller voir ailleurs, de déménager. Les vieux aiment mourir dans leurs meubles, c'est bien connu. Mon idée de vitrine me plaît bien. J'usurperai une étiquette, je me fabriquerai une fausse identité : « Momie anonyme du bas-empire santälien. Découverte à Saint-Marcados. Fouilles du professeur Van Schellinger, 1926... »

— Vous déconnez parce que vous avez peur ! S'ils font exploser leurs charges il ne restera plus une seule vitrine debout, vous le savez.

— Exact. Mais je n'ai pas le courage de remuer. Et puis danser au son d'une flûte, au fond d'un tunnel, et à mon âge, j'aurais l'air parfaitement ridicule.

— Venez.

— Non. Tu t'obstines à me trouver sympathique ?
Tu as tort. Tu veux toute la vérité ? C'est moi qui
ai attiré Cedric à l'aide du sifflet à ultrasons.

— Vous me l'avez déjà dit.

— Oui, mais ce que tu ne sais pas, c'est que je
l'ai fait descendre dans la carrière, volontairement...

— Vous êtes fou ! Pourquoi ?

— Parce que je savais que tu aurais tôt ou tard
besoin d'un guide et d'un allié pour fuir par les
galeries souterraines. Je t'ai fabriqué cet allié. Tu me
trouves toujours aussi sympathique ?

— Vous êtes un vieux combinard un peu cinglé.
Je vais chercher Isi, elle jouera et je vous ferai descendre l'escalier à coups de pied dans le cul. J'espère
qu'en bas Cedric vous bouffera les mollets. Il n'a
jamais mangé de momie, ça le changera !

Werner éclata d'un rire grêle.

— Ah ! s'exclama-t-il, parlez-moi de la douceur
des petites filles d'aujourd'hui ! Elles grandissent
sur le dos d'un doberman et menacent les vieillards.
Décadence !

— Arrêtez de jouer au con ! Je reviens avec Isi,
préparez-vous.

— Non, lâcha le conservateur redevenu subitement grave, ne reviens pas, tu perdrais du temps. De
toute manière je vais m'enfermer dans ce bureau, tu
ne m'en délogeras pas. Fiche le camp avec la saltimbanque et garde toujours un œil sur elle.

Nathalie sentit qu'il ne servirait à rien d'insister. Selon son habitude elle sortit à reculons. Le vieillard avait fermé les yeux. Feignant de sommeiller, il se refusait à tout adieu. Mue électriquement, la porte à double battant claqua dès que la fillette eut franchi le seuil du bureau. Isi se tenait sur la première marche d'un escalier de bibliothèque, la longue flûte dont elle s'était servie la veille entre les doigts.

— J'ai tout entendu, dit-elle en levant les sourcils dans une mimique interrogative. La pieuvre creuse, c'est quoi ?

Nathalie haussa les épaules. Elle n'avait plus le choix. Elle se mit à parler d'un ton monocorde. Elle raconta tout : la carrière souterraine, les galeries étayées avec des ossements de mégatérius. L'existence probable d'une sortie.

— Tu n'es pas forcée de venir, conclut-elle. Après tout, tu es des leurs. Qu'as-tu à craindre d'eux ? Ils auront besoin de toi pour trier le foutoir de la salle de paléontologie.

Isi secoua la tête.

— Non, fit-elle lentement, je ne veux pas devenir comme Maître Zarc, un valet aux ordres de l'Archevêché.

— Werner dit que vous avez toujours été des valets. Des bourreaux.

— Peut-être. Je ne m'en suis pas tout de suite rendu compte. Après...

— Après, c'était ça ou la rue ?

— Exactement.

Sans plus échanger un mot elles revinrent sur leurs

pas. Les murs transparents des grandes verrières les entouraient comme les parois des labyrinthes de fête foraine. Sous l'écran de saleté qui les maculait de haut en bas on ne percevait plus qu'une image estompée de l'extérieur, des contours un peu flous, un dessin hachuré. Cela rappelait le grain très apparent d'une photo démesurément agrandie.

Les nageurs aériens s'étaient déployés au sein de cet espace trouble. Brassant la grisaille, ils examinaient la surface des vitrages, donnaient des coups de poing dont on n'entendait pas l'impact.

La flamme d'un chalumeau s'alluma quelque part, mais les bonbonnes de gaz se vidèrent avant que le mince trait de feu sous pression ait pu entamer l'épaisseur du verre blindé.

Nathalie assistait au spectacle sans bouger d'un pouce. Des crampes lui nouaient les muscles du dos ; elle ne les sentait pas.

Les ballons s'entrecroisaient, se frôlaient. On apporta de nouveaux réservoirs pour alimenter les chalumeaux. De grandes fleurs de suie s'épanouissaient sur les verrières, mais le matériel vétuste de l'Archevêché ne pouvait rivaliser avec la technologie défensive du musée. Les nageurs aériens s'énervaient. Ils n'aimaient pas manier le feu. Une simple étincelle se déposant à la surface d'une baudruche et c'était l'éclatement ! La chute au milieu des mines fouisseuses !

— S'ils ne parviennent pas à percer un trou, ils bombarderont, observa Isi d'un ton faussement détaché.

— Il faut se replier vers la salle d'archéologie, dit

Nathalie. Vous avez bien sûr la possibilité de rester ici pour attendre vos amis.

— Ne crâne pas ! siffla la musicienne. Sans ma flûte tu ne pourras pas te déplacer au milieu des chiens. Ils te dévoreront dès que tu poseras le pied au fond de la carrière.

— Peut-être, mais je n'attendrai pas ici que le musée me tombe sur la tête !

Isi se mordit nerveusement la lèvre inférieure. Dehors, les hommes volants se repliaient avec leurs outils de perceurs de coffres.

— D'accord, murmura la flûtiste, montre-moi le chemin...

— Je n'en connais que la moitié ; une fois en bas il faudra s'en remettre à Cedric.

— Si les autres fauves ne l'ont pas dévoré entre-temps !

Comme elles allaient se mettre en marche, l'un des membres du commando aéroporté glissa au-dessus de leurs têtes de l'autre côté de la vitre. C'était un tout jeune homme à qui la maigreur avait taillé un visage féroce de prédateur. Il tapa à coups redoublés sur la verrière pour montrer qu'il les avait aperçues. Sa bouche se déformait sur des insultes inaudibles. Nathalie se demanda s'il ne s'agissait pas de l'adolescent auquel elle avait eu affaire lors de sa première rencontre avec le clan des suspendus, mais la saleté de la vitre ne lui permit pas de s'en assurer. Pour marquer son mépris, le garçon extirpa son pénis de dessous son gilet pare-balles et urina à longs jets sur la vitre.

Isi et Nathalie eurent un sursaut de recul instinctif. Sa vessie vidée, le gosse s'éloigna en glissant. Il ne lui fallut que deux ou trois minutes pour rejoindre les grilles d'enceinte.

— Ils vont revenir avec des explosifs, répéta Isi qui perdait son sang-froid. Il faut bouger !

Nathalie lui prit la main et l'entraîna vers la salle d'archéologie. Subitement, elle craignait de ne plus retrouver son chemin. Un intense découragement s'empara d'elle et il lui sembla que son plan d'évasion ne tenait pas debout. Elle ralentit, hésita...

— Dépêche-toi ! haleta Isi.

La fillette avala sa salive. Les couloirs lui paraissaient tout à coup taillés sur le même modèle, encombrés d'objets identiques interchangeables et ne menant nulle part...

Elle s'égara, dut rebrousser chemin. Maintenant elle avait perdu son assurance et un trop-plein de larmes lui engorgeait les yeux.

La première explosion fut comme un coup sourd frappé très loin en arrière, à l'autre extrémité du musée. L'onde de choc courut au long des galeries, faisant vibrer les lattes du parquet à la manière d'un xylophone. Des clous sautèrent, des rats, traumatisés, décampèrent des fissures et du dessous des vitrines. Une seconde déflagration bouscula les pièces exposées. Des momies piquèrent du nez, les livres débordèrent des rayons de la bibliothèque, tombant en avalanche moisie sur les épaules des deux fuyardes. Nathalie, frappée par le tome cinq d'une encyclopédie, s'effondra sur les genoux. Du sang lui coulait des narines, elle crut qu'elle allait s'évanouir. Isi la saisit sous les aisselles, la releva, et la secoua de toutes ses forces. La fillette claqua des mâchoires et se mordit la langue. La douleur lui fit reprendre conscience.

Les verrières vibraient et des grondements secouaient les tunnels des galeries d'exposition. Des vitrines se disloquèrent, vomissant des squelettes émiettés, des poteries, des silex taillés, des crânes décalottés comme des œufs à la coque, des parures de plumes, des flèches, des sagaies, des bijoux de pierre, des statuettes fétiches, des animaux empaillés...

Isi et Nathalie se débattaient au sein de cette foule de spécimens en rupture d'immobilité. Des perles, des quartz, des dents roulaient sous leurs semelles, les faisant trébucher et se retenir l'une à l'autre.

Les membrures d'acier des galeries émettaient des sonorités de diapasons faussés. Ces notes agressaient les tympans et engendraient d'affreuses névralgies. Bombardée de livres, agrippée par des momies soudainement dépliées, Nathalie ne progressait plus qu'au hasard. Lorsqu'elle atteignit la salle d'archéologie, les derniers vestiges des monuments exposés se fragmentaient, transformant leurs fresques et leurs hiéroglyphes en pièces de puzzle. Le parquet s'agitait comme la peau d'un tambour géant, et les blocs de pierre tressautaient, émiettant leurs statues. Nathalie réalisa que de simples charges de plastic ne pouvaient déclencher un tel tumulte. Il y avait forcément autre chose. Elle se demanda confusément si la « pieuvre creuse » ne réagissait pas à l'agression en s'éboulant plus ou moins, si les secousses amplifiées par les caisses de résonance des différentes salles n'étaient pas en train de pulvériser les étais millénaires structurant les corridors souterrains...

Piétinant dans un déluge hétéroclite, elle finit par retrouver la « bouche de métro » qui menait à la carrière. Des livres, des chaises, des totems, des masques rituels, empilés par centaines, en obstruaient l'accès.

— C'est là ! hurla-t-elle à l'adresse d'Isi. Il faut descendre !

La flûtiste saignait de l'arcade sourcilière gauche et un énorme hématome lui marbrait le front. Elle avait l'air sonnée.

Mécaniquement elles entreprirent de déblayer l'escalier. Nathalie constata avec terreur que certaines marches penchaient plus que les autres. L'armature du musée se disloquait, travaillée par d'invisibles glissements de terrain. Des fissures colonisaient les murs et les verrières. Soumises à d'insupportables tensions, les vitres blindées commençaient à éclater. Leurs fragments sifflaient comme des boomerangs, décapitant tout ce qui se trouvait sur leur trajet. Le sol n'était plus droit, dans certaines salles le parquet tanguait, puis roulait bord sur bord avant de s'éparpiller en milliers de lattes.

Couvertes d'éraflures, les deux fuyardes réussirent à se frayer un chemin vers les profondeurs. Des choses non identifiables cascadaient dans leur dos, les bousculaient avant de voler par-dessus la rampe.

Terrifiés par la catastrophe, les chiens rassemblés dans l'arène de la carrière hurlaient en chœur, troupe de loups hirsutes au pelage grisonnant de poudre d'os.

— Commencez à jouer ! cria Nathalie. Je vais essayer de trouver l'échelle, sinon il faudra sauter !

Isi s'agrippa à la rambarde qui bougeait en crissant. Malgré les projecteurs la nuit occupait la majeure partie du gouffre.

— Nous n'avons pas de lampe ! gémit la flûtiste.

— C'est pour cela qu'il faut être en bas avant que les projecteurs se cassent la gueule ! s'impatienta Nathalie. Jouez, mais jouez donc !

Elle tâtonnait dans l'obscurité, quêtant l'échelle dont lui avait parlé Werner. Isi s'adossa à la paroi, embouchant la longue flûte d'os. Une mélodie discordante et ténue se fraya une ouverture dans l'invraisemblable tumulte qui ébranlait le plafond.

Les chiens hurlèrent de plus belle, insensibles aux efforts d'Isi. Nathalie avait découvert l'échelle. C'était en fait la dernière section d'une sorte d'escalier d'incendie qu'un système d'engrenages rouillés maintenait en position haute. Elle se suspendit au levier et pesa de tout son poids. Quelque chose craqua et un horrible bruit de ferraille annonça que l'échelle venait de se mettre en place. Isi jouait plus vite, essayant de repérer le dénominateur commun commandant l'agressivité des bêtes écumantes massées plus bas.

Des images défilaient dans son esprit, ses doigts égrenaient des accords-réflexes. Elle n'était pas assez calme pour maîtriser la mélodie d'apaisement. Elle continuait à percevoir la rage, la faim et la haine des animaux. Un lien invisible se tissait, mais trop lentement. Le plafond grondait et déjà les premiers chiens posaient la patte sur les marches de l'escalier rouillé. Ils allaient se ruer sur les deux femmes, les déchiqueter pour s'occuper la dent, pour tromper la peur. Isi se rappelait ses velléités de composition, les conseils de Maître Walner, le concerto inachevé qui dormait dans le tiroir de sa table de chevet... Elle avait les narines pincées, la respiration dyspnéique, et ses lèvres saignaient sur le bec de la flûte, tachant de rouge l'os de mégatérius. La flûtiste avait la sensation de tenir entre les mains un très long mégot maculé de rouge à lèvres. La situation lui échappait et elle entendait les griffes des chiens sur les marches oxydées. Leur halètement, aussi... Quelque chose se dessinait sous ses doigts, un contact s'établissait, un fil de cerveau à cerveau.

« Je les tiens ! » pensa-t-elle enfin.

Six museaux émergèrent des ténèbres, bavant une salive épaisse ; la craie des tunnels et la poussière d'os souillait la tête et le poitrail des chiens. Nathalie recula mais les bêtes paraissaient inoffensives. Aucun aboiement ne retentissait plus.

Sans cesser de jouer, Isi s'engagea sur l'escalier, repoussant les chiens de la pointe du genou. Ils grognèrent mais s'écartèrent. La lumière qui provenait du musée semblait les attirer.

Nathalie suivit la jeune femme. La passerelle remuait sous leurs deux poids réunis. L'un des projecteurs se décrocha du praticable et s'écrasa au centre de l'arène, tuant plusieurs bêtes. La fillette hurla en pensant à Cedric. Isi, surprise, s'embrouilla dans son jeu. Aussitôt les chiens se remirent à gronder, assaillis par les sécrétions de la faim et de la peur.

L'escalier n'en finissait pas. Isi avait repris sa mélopée et descendait en tâtant du pied dans l'obscurité redoublée.

Elle toucha enfin le sol ; dans le pinceau du projecteur survivant on ne distinguait qu'une rotonde percée de bouches noires. Les pas y soulevaient une poussière digne d'une champignonnière.

— Cedric ! appela Nathalie. Cedric !

Le doberman jaillit de la nuit. Il était gris de craie et constellé de morsures. Il boitait bas et Nathalie eut la certitude que sa queue avait été sectionnée à mi-longueur. Elle se jeta à sa rencontre, lui noua les bras sur l'encolure. Cedric lui lécha le visage en émettant un gémissement aigu.

— Le deuxième projecteur ! s'écria Isi. Il va tomber !

Elle avait raison, le rai de lumière trépidait dans la poussière. Nathalie saisit le collier de Cedric d'une main et le poignet de la flûtiste de l'autre.

— Dans la galerie ! dit-elle en courant vers le tunnel le plus proche.

Le projecteur s'effondra, entraînant à sa suite le praticable, l'escalier ainsi que sa plate-forme. Cette fois les ténèbres s'installèrent. La chute avait soulevé un véritable nuage de craie. Nathalie toussa, le nez et la bouche emplis d'une farine au goût âcre.

Cedric jappa, signalant que les autres chiens se rabattaient dans leur direction.

— Jouez ! Isi, jouez donc ! ordonna une nouvelle fois la petite fille.

La musicienne reprit son instrument. Elle ne s'entendait même plus. Un roulement impressionnant faisait trembler la nuit au-dessus de leurs têtes. De la terre et des blocs de pierre se détachaient des parois. Une pluie de gravillons cingla l'arène, meurtrissant les chiens qui ne lâchèrent pas un couinement, dominés qu'ils étaient par la magie de la flûte.

— Cedric, chuchota Nathalie contre le crâne du doberman, Cedric, cherche la sortie ! Cherche...

Un étai éclata tout près d'elle, lui criblant les reins d'esquilles d'os. Des éboulements mous emplissaient les tunnels, comblant des portions entières de trajet. Maintenant le sol bougeait réellement, les poutres craquaient les unes après les autres. Déséquilibrée, Isi tomba sur les fesses et lâcha sa flûte. Les chiens perdus dans l'obscurité n'attaquèrent pas. Ils venaient de sentir la mort. Une grande force dévoratrice montait des tréfonds de Santäl pour les engloutir tous ! Gémissant comme des chiots, ils se ruèrent sur les trajets de sauvegarde qu'ils avaient marqués de leur urine. Cedric se joignit à eux ; malgré sa boiterie il démarra d'un coup de reins si puissant qu'il faillit déboîter l'épaule de sa maîtresse. Entraînée par le doberman, Nathalie eut le réflexe de saisir au passage les cheveux de la jeune femme qu'elle savait sur sa gauche.

Tantôt debout, tantôt à quatre pattes, elles se laissèrent tracter dans le noir. Les chiens se bousculaient, remontant une piste invisible tandis que se fendaient les étais. La pieuvre creuse perdait peu à peu sa forme initiale. Ses tentacules, comblés par les glissements de terrain, disparaissaient un à un. Le sol se fragmentait en banquises d'humus, en icebergs de tourbe. Les bêtes et les femmes couraient dans un boyau se rétrécissant de minute en minute. Le musée s'abîmait dans cette succion des profondeurs. Son armada de bâtiments, de dômes vitrés, sombrait avec sa cargaison de collections. Les caravelles éventrées laissaient pleuvoir leurs trésors dans la nuit de la terre. Tout retournait au noyau, et Werner, capitaine fou et fatigué, accompagnait dans leur chute infinie ces bribes de monde et d'histoire.

Cedric bondissait, au mépris de sa patte blessée, reniflant sur ses congénères l'odeur de la liberté. La délivrance était proche, un obscur instinct l'en avertissait, il ne s'agissait que de courir assez longtemps sur la trace des autres fuyards pour en jouir. Aussi courait-il, remorquant ses deux boulets humains, si pesants, si malhabiles...

En cessant d'être aveugle, Nathalie comprit qu'elle atteignait la faille de sortie. La nuit devenait grise, la poussière dansait dans les rais timides d'une lumière venue de la carapace du plafond. Déjà habituée aux ténèbres, elle vit le bout du tunnel comme une tache de métal en fusion. Elle lâcha Cedric et se jeta vers cette ouverture palpitante comme un soleil blanc. Elle plongea dans l'éblouissement, roula sur une pente, heurta des pelages et des pierres avant de s'immobiliser sur une surface à peu près plane. Elle pleurait, arrachant l'herbe à pleines poignées. Quand elle eut retrouvé la vue elle constata qu'elle gisait au flanc d'une colline à un bon kilomètre du tissu urbain très compact et délimité d'Almoha. La sortie empruntée par les chiens n'était qu'un trou couronné d'arbustes rabougris aux branches noueuses. Isi s'était écroulée à l'écart, couverte de boue et de racines. Cedric avait choisi de se coucher pour soulager sa patte, les autres chiens continuaient à fuir vers la ligne d'horizon, silhouettes élastiques et basses striant la plaine. Ils savaient que la seule sagesse résidait dans la course. Les hommes d'Almoha avaient voulu manger leurs frères chiens, à présent la terre ouvrait la gueule pour avaler la cité des humains ! Ce n'était que justice...

CHAPITRE XXVIII

Le sol s'effondra sous les fondations du musée, comme aspiré par une sorte d'implosion venue du centre de Santäl. En l'espace de quelques minutes le jardin se changea en un entonnoir titanesque où basculèrent les bâtiments. Les débris de maçonnerie emportés par les tourbillons de terre heurtèrent les mines fouisseuses provoquant une multitude d'explosions qui ne firent qu'ajouter à la confusion générale. Les nageurs aériens surpris par l'ampleur de la catastrophe, n'eurent pas le réflexe de battre en retraite. Les salves d'éclats crevèrent leurs ballons, et on les vit disparaître en chute libre dans le cratère parcouru de convulsions sismiques. Très peu nombreux furent ceux qui échappèrent au maelström déclenché par les charges de plastic. Personne ne comprit que les kilos d'explosifs déposés au sommet des dômes avaient fait vibrer ces derniers comme des cloches géantes, engendrant un raz de marée d'ondes de choc au pouvoir puissamment destructeur. Le coup de gong était devenu explosion, l'explosion, salve de canons, et ainsi de suite jusqu'à l'effondrement complet des structures érigées sur le vide des carrières. Il avait suffi d'un cri pour donner le départ de l'avalanche.

La mince carapace supportant le musée avait cédé, un gouffre s'était ouvert, engloutissant tout ce qui se dressait à la surface du parc zoologique. Alertés par le vacarme, les habitants d'Almoha se précipitèrent à leurs fenêtres. Ils ne virent rien de plus qu'un brouillard de terre fumant au-dessus du sol. Un énorme champignon qui sentait l'humus, la boue, et peut-être la vase...

Assez curieusement, on s'aperçut par la suite que la grille d'enceinte était demeurée en place. Couronne de fer tordue surmontant un gouffre sans fond, elle paraissait défendre les abords d'un chantier interdit au public. Ceux qui étaient restés au-delà de cette barrière n'eurent pas à souffrir du cataclysme. Si le musée s'autodévora, sa disparition ne fut pas contagieuse. Nathalie, qui s'attendait qu'une génération spontanée de tranchées et de ravins taille des coupes sombres dans la masse de la cité, eut la surprise de ne voir s'abattre aucun immeuble.

L'ironie du sort voulut que la fin de Werner et de son territoire n'entraînât aucune épidémie de dislocation. L'apocalypse annoncée par le conservateur ne fut pas au rendez-vous, et c'est à peine si l'on ressentit les effets du maelström dans la périphérie du musée. Il y eut bien sûr des vitres brisées, des trottoirs disjoints, des maisons qui penchèrent sur bâbord ou tribord, mais pas une seule habitation n'escorta Werner dans sa descente aux Enfers.

Affreusement déçue, la fillette constata que les coupoles de l'Opéra et la flèche de l'Archevêché restaient bien en place. Le tremblement de terre n'avait pas dévoré la cité impie. Elle en fut mortifiée.

Allongée à plat ventre dans l'herbe élastique, elle attendit longtemps, se persuadant que l'inévitable allait se produire d'une seconde à l'autre. Mais rien n'arriva.

La catastrophe purificatrice n'eut pas lieu. Prophète fou et rhumatisant, Georges Werner avait vu trop loin. Le mal était plus fort que les antibiotiques. L'Opéra brillait de tous ses dômes dans la lumière de midi, et déjà le nuage de terre remuée se dissipait, éparpillé par la brise.

— Ce n'est pas exactement ce à quoi tu t'attendais, murmura Isi en rampant vers la fillette.

Nathalie secoua négligemment la tête, l'œil obstinément braqué sur le hérisson de béton de la ville.

La jeune femme s'assit en gémissant. Elle était à peu près nue mais sa peau, incrustée de poussière, lui donnait l'allure d'une statue de glaise.

— L'Opéra n'a pas sombré, constata-t-elle d'une voix sans joie, mais l'orchestre est tout de même désarmé. Werner a coulé avec son trésor d'ossements. D'ici à quelques mois les flûtistes ne manieront plus que des instruments inoffensifs. Je ne sais pas comment réagira l'Archevêché. Sans son peloton d'exécution, il risque de perdre beaucoup de sa persuasion. Les flûtes médicales ne constitueront plus un centre d'attraction. Les errants n'auront donc pas de raison de s'arrêter à Almoha plus qu'ailleurs. Peu à peu la ville se videra. Il faudra probablement plusieurs mois pour en arriver là, mais tôt ou tard le public des concerts de tempête réalisera que la musique qui tombe des coupoles de l'Opéra est chaque fois moins efficace...

— Il n'y a pas d'autre mégatérius ? demanda Nathalie.

— Rassure-toi ! ricana Isi. L'Archevêché ne disposait que de celui-là !

Elles se turent. Assises côte à côte, elles s'abîmèrent dans la contemplation de la cité. Elles avaient froid et se frictionnaient les épaules d'un geste machinal. Une heure passa. Elles commencèrent à avoir soif, puis faim.

— Je ne peux pas retourner en ville, dit doucement Nathalie, on me reconnaîtrait tout de suite. On m'accuserait de complicité, de sabotage. Tout le monde sait que je vivais avec Cedric dans le pavillon de l'hippopotame. Toi, c'est différent, tu prétendras qu'on te retenait prisonnière et le tour sera joué.

— Tu délires ! s'exclama Isi. Les errants ne sont pas complètement idiots ! Ils m'ont vue traverser la ville au bout d'un ballon et entrer dans le jardin zoologique. Ils se doutent sûrement de ce que nous allions faire dans le musée. S'il ne s'était agi que de s'approprier un corps de bâtiment, on n'aurait pas dépêché une musicienne ! Ils doivent déjà supposer que l'expédition concernait la musique, donc l'orchestre, donc les concerts de tempête... Quelqu'un a dû se souvenir des propriétés du mégatérius. En ce moment même on épilogue sur la disparition du

musée et sur ce qu'elle implique : un terrible amoin-
drissement du potentiel offensif de l'Opéra. La grogne se changera en colère, on me tiendra pour responsable de cet échec. Demain, si j'ose traverser
Almoha à visage découvert on me lynchera...

— Et tes collègues ?

— Je leur servirai de bouc émissaire. Je serai
d'abord celle qui n'a pas su sauver la corporation,
puis — très vite — celle qui l'a conduite à sa perte !
Personne ne me fera de cadeau.

Cedric se redressa ; en boitillant, il descendit la
pente de la colline. Son flair lui avait permis de
détecter une flaque d'eau assez profonde. Sans hésiter il se mit à laper le liquide trouble laissé par la
dernière averse. Isi et Nathalie le rejoignirent. Elles
commencèrent par se désaltérer, puis, trempant dans
la mare des lambeaux d'étoffe, se débarrassèrent de
la croûte terreuse qui les recouvrait.

Le sol ne bougeait plus. Gavée comme un boa,
Santäl digérait.

« Ce n'est pas possible, songea Nathalie, ce n'est
que partie remise, à la prochaine tempête les prédictions de Werner se réaliseront ! *À moins... à moins
que les glissements de terrain n'aient comblé les
tunnels ! Dans ce cas le vent ne disposerait plus
d'aucun "tuyau d'orgue" capable d'amplifier ses
vibrations. Ce serait terrible... L'effondrement du
musée n'aurait ainsi contribué qu'à consolider le
sous-sol d'Almoha !* »

À cette seule idée elle fut inondée d'une sueur
d'angoisse. La pieuvre creuse disparue, la cité

n'avait plus rien à craindre des ouragans, elle
en avait l'horrible pressentiment. Désormais les lézardes ne s'agrandiraient plus d'un pouce, les
immeubles ne s'enfonceraient plus ! Werner s'était
entièrement trompé ! La catastrophe n'avait pas tué
la ville, elle lui avait offert un piédestal d'airain,
un socle pesant et plein sur lequel elle allait pouvoir prospérer durant de longues années encore...
Santäl ne mangerait pas Almoha, elle préférait les
errants.

Nathalie se figea. La terre était complice des prêtres. Elle n'avait plus rien à espérer. Elle se blottit
contre Cedric.

La lumière baissa peu à peu. Les dômes de
l'Opéra cessèrent de rutiler. Un petit jour grisâtre
s'installait. Pour comble de malheur il se mit à
pleuvoir. L'averse aux gouttes dures et serrées obligea les deux femmes à regagner l'abri du tunnel.
Ce dernier s'était en grande partie affaissé et il
montait du boyau un relent de tourbe remuée. Isi
et Nathalie se recroquevillèrent à l'entrée de cette
petite caverne. Elles tentèrent de tromper leur faim
en rongeant quelques racines mais renoncèrent
assez vite, tant la chair blanchâtre des pseudopodes
végétaux levait le cœur.

— On ne peut pas rester comme ça ! s'emporta
soudain Isi. Il nous faut des vêtements et de l'argent.
Dès que la nuit sera tombée, je retournerai chez moi.
Je ferai un ballot de tout ce qui pourrait nous être
utile et je reviendrai. À deux kilomètres d'ici il y a
une ferme où nous achèterons un cheval. La pro-

chaine ville est à deux jours de route, avec un peu de chance nous pourrons l'atteindre avant la tempête. Qu'est-ce que tu en penses ?

— Ce n'est pas dangereux pour toi d'aller à Almoha ?

— Pas si je n'y reste qu'une nuit. Du moins je l'espère. Dans l'état où je suis, personne ne devrait me reconnaître. De toute manière il n'y a pas d'autre solution.

Nathalie hocha silencieusement la tête. Elle soupçonnait la flûtiste de chercher un prétexte pour retourner à la niche. Une fois là-bas il lui serait toujours possible d'inventer une excuse pour se faire pardonner son échec.

Cedric éternua bruyamment. La pluie avait lavé son pelage souillé de poussière d'os. On distinguait mieux à présent les morsures constellant ses flancs. Le poil ne repousserait jamais à ces endroits.

— Il faut attendre la nuit, dit la musicienne d'une voix de somnambule.

La journée passa dans une espèce de torpeur hypnotique. Engourdie par la fatigue et le froid, Nathalie ne réalisa même pas que l'obscurité envahissait la plaine. Ce fut Isi qui la secoua.

— Je pars, souffla la jeune femme, il fait assez noir. Ne crains rien, je serai de retour à l'aube. Je ramènerai des vêtements et de la nourriture. Ne bouge pas.

La fillette esquissa un vague signe de la main.

Isi se détourna et dévala le versant de la colline. Enduite de boue comme elle l'était, elle se confondait avec les ténèbres. En quelques secondes elle devint invisible.

« Je ne la reverrai jamais, pensa Nathalie. Elle va se faire lyncher dès qu'elle aura posé le pied dans les faubourgs. Ils vont la tuer. À moins qu'une fois rentrée chez elle, elle n'ait plus le courage d'en ressortir... »

Elle se tassa contre le flanc de Cedric, cherchant sa chaleur animale, mais le grand chien noir tremblait de froid.

CHAPITRE XXIX

Isi marchait dans la nuit, assaillie de sentiments contraires. Elle avait peur de retourner à Almoha, mais encore plus peur de couper le cordon ombilical qui la reliait à l'Opéra. Elle ne parvenait pas à imaginer ce que serait sa vie loin de l'orchestre, et pourtant elle savait l'orchestre condamné ! Tout lui conseillait de fuir avant que la colère de l'Archevêché ne se retourne contre les musiciens, mais en même temps elle était prise de terreur à l'idée de recommencer une nouvelle vie, de tout reprendre de zéro, sans privilège, sans statut. Elle avait passé des années à l'ombre de l'Opéra, sans jamais sortir d'Almoha, et l'extérieur l'effrayait. On racontait des histoires affreuses sur le désert de verre, sur ce volcan qu'on appelait « le rempart des naufrageurs ». On disait que la peur du vent avait fait naître d'horribles coutumes, plus bas, dans le sud, et que les gens n'y survivaient qu'au prix d'infernales compromissions. Elle n'avait pas envie de connaître la pauvreté et la déchéance des errants. Elle avait un petit pécule, bien sûr, mais sitôt

celui-ci épuisé comment survivrait-elle ? En mendiant ? En se prostituant ?

D'un autre côté, en fuyant Almoha, elle échappait
à la maladie, à la mort, car il restait encore assez de
flûtes pour la tuer, elle, Isi-la-pourvoyeuse ! Alors ?

De mauvaises pensées se glissaient en elle. Elle
n'était ni aveugle ni idiote. Elle avait remarqué le
cylindre étanche qui pendait au cou de Nathalie. Lors
de leur rencontre la gosse ne portait pas de chaîne,
ce « bijou » ne pouvait donc provenir que du musée.
Comme le tube ne présentait aucun aspect décoratif,
elle en avait déduit qu'il s'agissait vraisemblable-
ment d'un étui contenant des documents remis par
Werner.

La Compagnie du Saint-Allégement ne pouvait
être indifférente à de tels secrets ! N'y avait-il pas
là un moyen simple de rentrer en grâce ? Il serait
sûrement facile de négocier avec l'Archevêché : le
tube contre la protection indéfectible de la compagnie...

Non ! Elle devenait ignoble ! L'angoisse la rongeait, lui faisant entrevoir d'abominables chemins de
traverse. Elle secoua la tête. Elle ne trahirait pas
Nathalie qui l'avait soignée, qui...

Malgré sa nudité et l'air froid de la nuit elle transpirait abondamment. Le tube... Quelle importance
pouvait bien avoir une poignée de secrets pour une
enfant seulement préoccupée de son chien ? Il ne
s'agissait pas de porter atteinte à l'intégrité physique
de la fillette, mais seulement de lui enlever le collier
donné par Werner.

Allons ! Voilà qu'elle se mentait encore à elle-même ! S'il s'agissait de révélations importantes, la Compagnie du Saint-Allégement ne prendrait aucun risque ! On se débarrasserait de Nathalie en l'offrant à la prochaine tempête...

Oui, bien sûr. Il fallait prendre cela en compte.

Elle avançait, silhouette brune dans la perspective réduite des ruelles vides. Quelques errants qui s'étaient rapprochés d'elle avaient aussitôt reculé, effrayés par l'aspect boueux de cette momie en marche dont on avait l'impression qu'elle venait de sortir de son tombeau.

« Les choses qui dormaient dans le musée se sont réveillées ! » avait murmuré peureusement l'un d'eux.

Isi, elle, remontait la rue, à bonne distance des arcades. Elle avait le crâne en feu, la langue sèche.

« Je vais chez moi, se répétait-elle. Seulement chez moi ! Je prends des vêtements, des couvertures aussi. Et de l'argent bien sûr. Je viderai le coffret de la cheminée, je... »

Elle égrenait les mots comme un exorcisme inutile. Une pensée vénéneuse paralysait son esprit : le tube... Elle n'avait aucune envie de quitter Almoha, elle en était parfaitement consciente. Cependant, une fois la corporation des musiciens désarmée, elle serait condamnée à la rue, comme ses collègues. Et ce jour arriverait inévitablement ! Ce n'était plus qu'une question de mois. Aujourd'hui elle avait entre les mains la possibilité de modifier son destin. Il suffisait de décrocher le téléphone, d'avertir l'Archevêché... En deux heures tout serait réglé.

« La gamine est dans une grotte, sur une colline, dirait-elle. À la sortie sud de la ville. Méfiez-vous du chien, tuez-le si c'est nécessaire, mais ne faites pas de mal à l'enfant... »

Ne faites pas de mal à l'enfant...

Elle délirait ! Les prêtres dépêcheraient sur place une patrouille de nageurs aériens. Ils attraperaient Nathalie au lasso et la soulèveraient de terre pour la ramener à l'Opéra... Ils...

Elle se mit à courir, se blessant les pieds sur les arêtes des pavés bousculés par les récents séismes. Elle haletait. Au détour d'une rue elle aperçut son immeuble, toujours intact. En quelques minutes elle atteignit le porche et pianota son code sur le boîtier du portier automatique. Le sas s'ouvrit en chuintant. Elle franchit aussitôt le second battant et sauta dans l'ascenseur. Elle déverrouilla le moteur de la cabine au moyen d'une troisième série de six chiffres. Le caisson élévateur décolla.

Une fois dans l'appartement, elle se doucha longuement, puis, sans prendre le temps de se sécher, entassa vêtements et couvertures dans un vieux sac de marin. Elle agissait avec précipitation, pour ne pas avoir le temps de penser...

Pendant qu'elle s'agitait, son œil enregistrait mille détails familiers : les vitres blindées, l'insonorisation des parois, le luxe de la pièce, les objets délicats...

Subitement elle s'immobilisa, le cœur broyé, la gorge serrée. Une peur sans nom la terrassait. La peur de l'extérieur, des plaines offertes au vent, de ce territoire de fragilité livré à l'insatiable appétit des ouragans. Elle pressentait qu'elle ne saurait jamais survivre dans ce monde si inhospitalier. Elle se laissa tomber sur un fauteuil. Les gouttes d'eau de la douche séchaient sur son corps. Une voix intérieure lui répétait : « Maintenant ou jamais. »

Son menton tremblait sous l'assaut des larmes. Comme si elle jouissait d'une vie indépendante, sa main droite saisit le combiné du téléphone.

D'une voix que les sanglots faisaient vibrer elle dit :

— Passez-moi l'Archevêché...

CHAPITRE XXX

Comme s'il avait été mystérieusement averti d'un obscur danger, Cedric se dressa sur ses pattes et, saisissant la manche de Nathalie entre ses dents, entreprit de tirer sa maîtresse hors du tunnel. La fillette frissonna en comprenant que le grand doberman l'invitait à fuir. Elle était épuisée et ne souhaitait que dormir, mais elle se fiait à l'instinct du chien. Elle se leva et descendit le flanc de la colline en trébuchant. Il n'y avait pas de lune et la nuit était d'une opacité désespérante. Cedric sautillait en jappant. Nathalie se mit à courir droit devant elle, tournant le dos à Almoha.

« L'obscurité nous protège, songea-t-elle, personne ne pourra nous poursuivre sans lumière. »

Elle s'arrêta et, tâtonnant à même le sol, ramassa une demi-douzaine de pierres tranchantes qu'elle enfouit dans ses poches. Cedric lui souffla une haleine brûlante au visage. Il semblait dire « Cours ! Ne l'attarde pas ! C'est l'heure où on ne peut plus compter que sur ses pattes ! »

Elle lui obéit. Côte à côte ils fendaient les herbes

élastiques trop peignées par le vent. Derrière eux
Almoha, enracinée sur son socle, n'était plus qu'un
récif dressé aux frontières de la nuit, un écueil
n'aspirant qu'à accomplir son travail de naufrageur.

Nathalie luttait contre l'étreinte des hautes herbes
qui lui cinglaient le bas du corps. Elle dérivait en
aveugle, seulement guidée par les aboiements de
Cedric.

Elle marcha ainsi près d'une heure, puis, rompue
de fatigue, s'assit dans une déclivité du terrain. C'est
alors qu'elle remarqua les taches lumineuses qui
voletaient à dix mètres au-dessus de la plaine. Elle
comprit qu'il s'agissait d'une patrouille de nageurs
aériens. Ils zigzaguaient, porteurs de grosses lampes
électriques dont ils braquaient le faisceau vers le sol.

— Ils nous cherchent ! chuchota la fillette en commandant au doberman de s'aplatir.

Dominant sa peur, elle tira les cailloux entassés
dans ses poches et les aligna devant elle. C'étaient
des armes dérisoires, elle en avait parfaitement
conscience, mais leur présence la rassurait. Embusquée dans le noir, elle attendit. De temps à autre
Cedric laissait échapper un grognement sourd.

Les miliciens volants se rapprochaient. Quand ils
ne furent plus qu'à une centaine de mètres Nathalie
ramassa la première pierre et la serra si fort qu'elle
s'en meurtrit la paume.

Maintenant les nageurs allaient la découvrir, ce
n'était plus qu'une question de minutes.

— Isi nous a donnés ! siffla-t-elle avec rage. Werner l'avait prévu !

Alors qu'elle se redressait, le bras ramené en arrière comme un lanceur de grenades, le vent se leva, en grosses bourrasques.

Incapables de lutter contre ce souffle, les miliciens firent un véritable bond en arrière. Les rafales qui les éparpillaient les repoussaient vers Almoha, les ramenant à la case départ. Incrédule, Nathalie jaillit de son trou. C'était bien la première fois que le vent lui venait en aide !

Appelant Cedric, elle reprit sa course, courbée dans les tourbillons, tandis que la patrouille dépêchée par les prêtres refluait en désordre.

Par bonheur la tempête ne se leva pas. La fillette et le grand chien marchèrent toute la nuit sans s'accorder le moindre répit. À l'aube, ils atteignirent la route à l'instant où un convoi de fourgons plombés remontait la piste en direction du sud. Le conducteur voulut bien s'arrêter pour les prendre à son bord.

Balbutiant de vagues remerciements, Nathalie s'abattit dans un coin de la chambre de chauffe, Cedric à ses pieds. Elle savait qu'elle n'était pas sauvée pour autant et qu'avant peu il lui faudrait à nouveau semer les sbires du Saint-Allégement.

Elle s'endormit, et il lui sembla que le tube scellé noué à son cou l'entraînait dans le sommeil comme la boule de fonte qui, attachée aux chevilles d'un cadavre, fait plonger celui-ci dans les profondeurs de l'océan.

*Naufrage
sur une chaise électrique*

PROLOGUE

L'avis de recherche, gravé sur une lourde stèle de pierre grise, représentait une adolescente aux longs cheveux et au visage effronté. À côté d'elle, une seconde vignette reproduisait en ronde bosse l'image d'un chien (peut-être un doberman aux oreilles non coupées). On avait colorié ces figures avec une mauvaise peinture qui s'écaillait déjà, donnant à la borne un curieux aspect de dalle funéraire.

Un texte sculpté à la hâte s'alignait en colonnes plus ou moins parallèles sous les deux motifs. Lorsqu'on s'y attardait on pouvait lire :

« Sexe féminin, prénom : Nathalie, patronyme inconnu. Âgée d'approximativement treize ans, circule en compagnie d'un chien extrêmement dangereux répondant au nom de Cedric.

« Soupçonnée d'avoir subi l'endoctrinement d'un universitaire hérétique. Accusée d'avoir contribué au sabotage et à la destruction du musée d'Almoha. Se trouve probablement en possession de textes sacrilèges de caractère éminemment satanique. Est peut-être envoûtée, voire susceptible de jeter des sorts.

« Doit être interceptée et si possible livrée vivante au représentant local de la Compagnie du Saint-Allégement afin d'être exorcisée et remise dans la voie de la rédemption.

« ... Que la divine légèreté vienne en aide au croyant et nous préserve de l'apocalypse.

« ... Que les tempêtes nous protègent des âmes mauvaises et emportent ceux qui blessent le sol de leurs pieds impurs.

« Rendons grâce à Santäl et bénissons le vent, *car l'ouragan est sa justice !* »

CHAPITRE PREMIER

Les arbres n'avaient plus de branches La récente tempête les avait changés en une forêt de pieux dressés vers le ciel. Le vallon était une fosse, un piège à tigre attendant qu'un félin colossal daigne enfin tomber des nuages. L'adolescente courait entre les troncs massacrés, un grand chien noir sur les talons. Elle était vêtue d'une blouse noire d'écolière, déchirée, salie, que ses seins naissants rendaient déjà trop étroite. Ses cheveux blonds, très longs, lui cachaient le visage et se collaient en serpentins de filasse sur son front luisant de transpiration.

Le paysage bouleversé, lacéré, mâché, semblait se défaire de partout. Nathalie s'arrêta pour reprendre sa respiration. Cedric le doberman constellé de cicatrices vint se frotter contre sa hanche, comme pour lui faire sentir le poids de sa fatigue. Elle lui gratta machinalement la tête. Elle aurait voulu s'arrêter, prendre du repos, mais elle ne se sentait pas en sécurité. À plusieurs reprises elle avait détecté la présence de silhouettes suspectes postées en observation de loin en loin. Des guetteurs en soutane qu'elle préférait ne pas rencontrer.

Elle songea qu'elle se trouvait à présent à égale distance des deux pôles d'aimantation qui, depuis des années, régissaient sa vie : la maison familiale, et la plaine de fer du sud-ouest où galopaient ces chevaux mutants aux sabots électrifiés dont tout le monde avait peur. La lassitude de la course lui commandait de rentrer chez elle, sa faim de chimères lui conseillait de continuer vers la plaine chromée où les cavalcades d'étalons allumaient des courts-circuits étincelants. Si elle regagnait l'asile de la maison, il lui faudrait affronter son père qui lui pardonnerait difficilement sa longue fugue. Non, elle devait poursuivre.

À l'entrée de la vallée s'élevait le quadrilatère d'une muraille à demi affaissée.

Nathalie se dirigea mécaniquement vers la grille d'accès. Elle pensa tout d'abord qu'il s'agissait d'une propriété bourgeoise plus ou moins abandonnée. Peut-être une ancienne maison de campagne. Ce fut en s'approchant de l'entrée qu'elle avisa les croix de marbre brisées qui jonchaient le sol et les angelots mutilés que les bourrasques avaient fait voler par-dessus les murs d'enceinte. La dernière tempête avait ravagé le cimetière. Le vent, non content d'éparpiller dalles et mausolées, avait aspiré les cercueils hors de terre !

Nathalie s'arrêta sur le seuil, dans l'étroit passage que lui livrait la haute grille tordue.

Les caisses funèbres avaient crevé le sol meuble,

entraînées par les tourbillons de l'aspiration. La plupart étaient à demi sorties de leur gangue boueuse. Elles se dressaient, verticalement ou légèrement couchées en diagonale, comme de curieux menhirs à poignées de cuivre !

L'adolescente s'avança dans l'allée centrale. Les cercueils terreux faisaient penser à des cabines de bains luxueuses et compassées. Elle songea : « Des cabines de bains pour croque-morts ! » et elle pouffa d'un rire nerveux.

Il ne restait plus ni stèles ni croix intactes. Les plaques de marbre, si lourdes fussent-elles, avaient succombé à la tornade.

Les cercueils, eux, avaient bénéficié de la dérive des courants aériens, mais le prochain cataclysme les ferait décoller comme des fusées, et l'escadrille mortuaire filerait vers les nuages, s'entrechoquant, perdant couvercles et occupants avant d'être réduite en poudre par le broyeur de la tourmente.

Nathalie s'enhardit. Elle s'approcha de la première sépulture. C'était une tombe de riche, sans aucun doute récente, car la caisse funèbre avait été conçue selon les nouvelles normes anti-ouragan. Le sarcophage de béton était scellé au fond du caveau par de puissantes chaînes. Plusieurs enveloppes gigognes protégeaient le cercueil de bois précieux contenant la dépouille.

Cet emboîtement alternait les matériaux lourds : plomb, bronze, dans l'espoir d'épuiser les bourrasques.

Le résultat final était, sinon efficace, du moins impressionnant. On avait toujours l'impression de côtoyer un bunker d'outre-tombe. Une sorte de capsule spatiale totalement aveugle.

Nathalie tendit la main, se ravisa. Les coffres se dressaient comme des guérites hermétiques, bouclées sur des fonctionnaires endormis d'un sommeil sans fin.

À contre-jour, leur ressemblance avec un cercle de menhirs était frappante. Cedric grogna, pattes vibrantes, cou tendu. L'adolescente frissonna. Dans la lumière rare qui tombait des nuages, le cimetière prenait une dimension nouvelle, agressive. Ces cercueils caparaçonnés, pachydermiques, qui trouaient les allées comme des légumes géants et pétrifiés distillaient une angoisse insidieuse.

Des images incongrues traversaient l'esprit de Nathalie.

« Des cabines téléphoniques, se disait-elle, les morts, forment le numéro des enfers! Au-dessus de leurs crânes il y a un panneau : en période d'affluence la durée de la communication est limitée à cinq siècles... »

Elle devenait idiote. Pire : la moquerie ne chassait pas ses craintes.

Le doberman gronda encore. Elle le retint par le collier. Comme elle se remettait en marche, elle avisa une ombre derrière un cercueil à demi sorti de terre. Elle faillit hurler. Son premier réflexe fut de lâcher le chien mais l'ombre se déplia pour venir à sa rencontre. Alors qu'elle allait ordonner à Cedric d'attaquer, elle identifia la silhouette d'un enfant.

Un peu plus grand qu'elle, le gosse était affublé de

guenilles plus ou moins ceinturées de ficelle. Il avait les pieds en sang et son visage disparaissait sous la crasse et la boue. Il tenait un gros éclat de marbre à la main, dans un geste de défense dérisoire. Ils s'observèrent durant quelques secondes, puis le garçon secoua sa tignasse huileuse.

— T'as un chien mais t'es pas avec les prêtres, constata-t-il, qu'est-ce que tu fais là ? T'es pas un peu dingue de te promener en plein jour ?

— Pourquoi ?

Le gamin haussa les sourcils.

— Ben, c'est la chasse à courre des curés, tiens! répliqua-t-il. Dès qu'un village est rasé par la tempête, ils viennent recueillir les rescapés.

— Et tu ne veux pas être secouru, c'est ça ?

— Pas fou, hé ! La Compagnie du Saint-Allégement, vaut mieux pas trop la fréquenter. Reste pas debout, ils ont des jumelles. Ils peuvent nous voir de loin.

— Tu as trouvé une cache ?

— J'ai fracturé un sarcophage et viré le cercueil. On peut facilement se planquer dans le boîtier de protection. Tu viens ?

Nathalie n'hésita qu'un court instant. La nuit tombait. Une nuit sans lune qui changerait la plaine en un territoire obscur semé de crevasses. Il pleuvrait, probablement, et elle serait une fois de plus trempée en quelques minutes. Malgré sa défiance elle céda. Le garçon lui fit signe de le suivre et l'amena au pied d'un caisson de béton fissuré qui avait servi d'écrin à un très beau cercueil de chêne verni.

— Il était mal scellé, observa le gamin, fais attention aux bouts de bois qui le maintiennent entrebâillé. Si tu les pousses et que le couvercle te retombe sur la main t'entendras tes os craquer!

Le caisson était légèrement incliné sur la droite. Il avait souffert des chocs et le béton écaillé laissait voir son armature de fil de fer. Nathalie se baissa pour entrer dans la cache. Il y régnait une senteur de feu refroidi et les parois en étaient tièdes. Elle s'assit dans l'obscurité en soupirant de plaisir.

Le garçon la rejoignit. Cedric hésita longuement sur le seuil et finit par se coucher en travers de l'entrebâillement.

— Laisse-le, dit le gosse, il rentrera quand il se mettra à pleuvoir.

— Il fait bon, souffla Nathalie, tu t'appelles comment ?

— Corn, et toi ?

Elle se présenta, puis lui posa des questions sur son village. Elle lui demanda si la catastrophe l'avait privé de ses parents.

— Ils sont morts depuis longtemps, lâcha-t-il, non, j'étais valet de forge dans une fabrique de poids de lest. La tempête a tout raflé. Mon patron s'était attaché une enclume à chaque cheville pour ne pas être emporté par la trombe. Quand je suis sorti des décombres j'ai retrouvé ses pieds, toujours attachés aux enclumes, mais rien d'autre. Tu te rends compte! Deux pieds coupés juste au-dessus des chaînes qui les entouraient. C'est un miracle que je m'en sois sorti. Les prêtres sont arrivés le lendemain. On raconte trop de choses sur eux, je préfère ne pas les rencontrer. Et toi, tu viens d'où ?

— D'Almoha.

— L'opéra abattoir ?

— Exactement.

— C'est dur là-bas ? Il paraît que la Compagnie du Saint-Allégement y fait la loi avec une milice de culs-de-jatte et un bataillon de dingues suspendus à des ballons. C'est vrai ?

Nathalie hocha affirmativement la tête. La lumière mourante entrait dans le sarcophage, éclairant le profil de Corn. Il avait un visage ferme et buté aux pommettes fortement marquées. Ses guenilles laissaient deviner un corps précocement musclé. Il sentait fort mais l'adolescente se savait elle-même d'une saleté repoussante.

— T'as quel âge ? s'enquit soudain le garçon.

— Je ne sais pas. Quatorze, peut-être.

— Moi aussi, conclut-il avec satisfaction, comme si cette coïncidence impliquait un mystérieux enchaînement d'obligations réciproques.

Nathalie ferma les yeux. La fatigue des derniers jours lui faisait un corps de plomb. Elle se laissa aller, épousant les courbes intérieures du sarcophage.

— J'ai allumé un feu pour sécher la moisissure, expliquait le garçon, mais il ne faut pas recommencer pendant la nuit. Les lueurs se repèrent de loin sur la plaine.

Nathalie ne l'écoutait pas. Elle glissa dans le sommeil. Lorsqu'elle se réveilla quelques instants plus tard, Corn fouillait sous sa jupe et ses doigts rivés à l'élastique de la culotte essayait de faire rouler la pièce de lingerie. Nathalie ne se débattit pas.

— Si tu fais ça mon chien te bouffera, dit-elle d'un ton glacé.

L'adolescent hésita. Ses paumes calleuses reposaient sur les cuisses de la fillette, chaudes.

— T'as quatorze ans et t'as jamais été plantée ? s'étonna-t-il. Mince vous êtes pas en avance, vous, les filles des villes !

— Retire tes pattes ou je siffle Cedric.

— D'accord.

Il s'exécuta. Nathalie ne bougea pas. La chaleur des mains de Corn imprimée sur ses cuisses tardait à s'évaporer. Elle était troublée et agacée. Elle savait que dans le monde cataclysmique des ouragans les adolescents commençaient leur vie sexuelle de plus en plus tôt. On mourait jeune sur Santäl, et les tornades pouvaient vous cueillir n'importe où, n'importe quand...

— Je ne te ferai pas mal, insista Corn, revenant à la charge. T'as peur d'être enceinte ? Pourtant ça pourrait t'aider, tu pèserais plus lourd. P't'être que je te collerai dans le ventre un bébé de plomb, qui sait ?

Nathalie soupira, exaspérée. Le bébé de plomb ! C'était une légende vivace des campagnes. On racontait que certains hommes, sécrétant un sperme miraculeux, faisaient croître dans l'utérus des femmes fécondées un fœtus pesant et magique qui les alourdissait et les rendait invulnérables au vent durant toute la durée de la gestation. De nombreux séducteurs sans scrupules usaient et abusaient de ce conte à dormir debout pour profiter des paysannes terrifiées par les tempêtes.

— On dit que le vent épargne les femmes enceintes, continuait Corn, c'est comme à la chasse, on ne tue jamais les femelles pleines. La tempête ne chasse pas n'importe comment ! Ça pourrait bien te sauver la vie !

Nathalie se demanda s'il était dupe de ses propres racontars. Sans doute après les avoir mille fois entendus dans la bouche des hommes de son village avait-il fini par y croire ?

— Je n'ai aucune envie d'être engrossée ! coupa l'adolescente. Tu peux garder ta bouée de sauvetage au fond de tes testicules. Merci tout de même de l'intention.

Corn grogna de dépit. La fillette remonta son slip et rabattit sa jupe élimée. Les caresses rugueuses, jouant de la complicité du sommeil, ne l'avaient pas laissée indifférente. Elle en avait un peu honte. Elle songea qu'à Almoha, la grande cité abattoir d'où elle s'était échappée voilà deux mois, la plupart des filles de son âge se prostituaient pour survivre. Elle avait eu beaucoup de chance d'échapper à ce sort lamentable. Elle roula sur le flanc et s'endormit sans plus s'occuper de son compagnon.

Un peu plus tard la pluie se mit à sonner sur le couvercle du tombeau et Cedric vint les rejoindre à l'intérieur de la niche funèbre. L'aube les trouva enchevêtrés, dans un concert d'odeurs, de poils et de vêtements mouillés.

— Faut pas rester là, attaqua tout de suite Corn, les prêtres ratissent la campagne. Ils parquent les survivants dans des camps de secours entourés de barbelés ! Moi ça ne me dit rien, mais je ne sais pas où aller. Tu as un plan ? En principe les filles des villes c'est pucelage et intelligence réunis, alors ? T'as une idée ?

Nathalie haussa les épaules.

— Je vais en direction de la plaine de fer, dit-elle en se peignant avec les doigts, l'endroit où galopent les chevaux électrifiés. Les prêtres n'oseront jamais nous suivre là-bas.

— Mais c'est vachement dangereux ! s'exclama l'apprenti forgeron. Tes bestioles vont nous électrocuter dès qu'on s'approchera d'elles !

— Je ne te force pas à m'accompagner ! Mais je crois que ça pourrait être comme une île. Les animaux ça s'apprivoise. Ils sentiront bien qu'on ne leur veut pas de mal.

Le garçon bougonna, visiblement peu convaincu. Nathalie se coula dans l'entrebâillement du sarcophage. Le ciel était bas et gris. Les cercueils fichés dans la glaise du cimetière luisaient comme des valises sur un quai de gare détrempé. Il faisait froid.

— Faut pas marcher à découvert, marmonna Corn, le mieux c'est de prendre par la forêt de Santo-Marco, la tornade l'a épargnée. On sera planqués. Tu en as vu, toi, des nageurs aériens ? Il paraît qu'il y en a plein à Almoha, c'est comment ?

— Des types très maigres suspendus au bout d'un harnais attaché à un ballon d'hélium. Ils flottent à dix mètres au-dessus du sol. C'est la milice volante de la Compagnie du Saint-Allégement, mais on n'en verra pas ici.

— Pourquoi ?

— Trop de vent. Ils ne quittent jamais les villes, ce serait trop dangereux pour eux. On y va ?

Corn sortit du sarcophage et s'ébroua. Un cercueil s'abattit dans la boue comme une sentinelle foudroyée, les aspergeant de grosses larmes fétides.

Ils se mirent en marche, dérapant dans la glaise. La forêt les accueillit au fond de la vallée. La progression y était difficile car les arbres, pour résister aux trombes, avaient dû développer tout un réseau de racines hypertrophiées qui s'enchevêtraient en nœuds complexes. Certains n'avaient plus de feuilles, d'autres au contraire, en pleine mutation, développaient une végétation caoutchouteuse dont les limbes défiaient le fil du couteau. Quand on avait la chance de trouver une feuille détachée de sa branche on s'en faisait une cape imperméable.

À force d'enjamber les racines, Nathalie avait mal aux cuisses. De plus il fallait marcher les yeux à terre pour ne pas se prendre les pieds dans cette toile d'araignée ligneuse.

— On va déboucher dans la clairière du nouveau cimetière, observa Corn, tu veux voir ?

— Le nouveau cimetière ?

— Oui, le Saint-Allégement a interdit les enterrements. Il paraît qu'il ne faut pas torturer la croûte de Santäl déjà trop fragile, alors on procède autrement...

— Comment ?

— Tu verras. Mais ne te montre pas.

Saisissant la fillette par le poignet il lui fit signe de se baisser. Les troncs s'espaçaient. Une tonsure se dessina. Nathalie distingua une étendue pelée au centre de laquelle s'élevait une gigantesque catapulte. Des hommes, vêtus de soutanes jaunes rayées de noir, étaient occupés à rouler des cadavres en posture fœtale.

— Ce sont les morts du village, chuchota Corn. Les prêtres leur font une piqûre pour supprimer la rigidité cadavérique. Ils les plient comme des paquets et les chargent dans la catapulte qui les expédie au-dessus des nuages.

— Au-dessus des nuages ? hoqueta Nathalie.

— Oui. D'après ce qu'ils disent, il existe à cet endroit un courant aérien permanent. Une sorte d'arc-en-ciel aspirant qui troue l'air au-dessus de nos têtes. Un couloir de trombe, si tu préfères. Quand on y lance un mort il ne retombe pas. Il voyage pendant des centaines de kilomètres pour rejoindre le volcan du grand désert de verre.

— C'est un tube pneumatique naturel !

— Si tu veux. Tiens, regarde !

Le bras de la catapulte venait de se détendre en vibrant, émettant une trémulation qui fit claquer les dents des deux enfants. Le cadavre lié telle une botte de foin fila en diagonale ascendante, traversa le plafond de brume... et ne retomba pas.

— Tu vois ! triompha Corn. Même en temps normal l'aspiration subsiste au-dessus des nuages.

C'est pour ça qu'il n'y a plus d'oiseaux. Les morts s'envolent et le volcan les mange. Les idiots sont contents, ils croient que leurs chers défunts montent droit au ciel !

— Ça suffit ! trancha Nathalie. Ma mère est morte comme ça, emportée par un couloir d'aspiration verticale.

— Et alors ? gronda Corn. Mes parents aussi ! Et toi, et moi, on finira tous comme ça ! C'est pour ça qu'il faut profiter de la vie.

— Ne me reparle pas de ton bébé de plomb !

— Pourquoi ? Vous pensez tout savoir dans les villes. Le bébé de plomb c'est peut-être vrai. T'as jamais remarqué que les femmes enceintes ne se font pas aspirer ? Je suis sûr que j'ai raison. Santäl sait chasser, une femelle pleine ne risque rien, les vents sont sélectifs.

— Où as-tu pris ça ? ricana Nathalie.

— L'apothicaire du village le disait, siffla le garçon vexé, sélectifs !

La vibration de la catapulte lui coupa la parole. Un autre cadavre s'envola dans la brume et disparut.

Nathalie était pressée de s'éloigner. La présence des prêtres la mettait mal à l'aise. Elle craignait qu'un avis de recherche n'ait été diffusé. Depuis qu'elle avait quitté Almoha elle se sentait dans la peau d'une hors-la-loi.

Corn se détourna de la clairière et plongea dans la forêt. Il avait l'air de savoir où il allait. Ils marchèrent deux heures puis s'arrêtèrent pour ramasser quelques baies. Le garçon émietta ensuite un gros champi-

gnon mou qui avait poussé sur le tronc d'un chêne.
Nathalie fit la grimace.

— Ça n'a pas de goût mais c'est comestible, lâcha
l'adolescent, et ça remplit l'estomac. En quittant la
forêt on trouvera un village abandonné. Un vieux type
y habite encore, un éleveur de larves. On lui deman-
dera l'hospitalité.

Ils mâchonnèrent en silence. Malgré l'éloigne-
ment, la vibration de la catapulte les poursuivait
comme le bourdon d'une guitare.

CHAPITRE II

Alors qu'elle se tordait la cheville pour la millième fois, Nathalie entendit s'élever le chant aigrelet d'une chorale. Des voix d'enfants se fondaient en une mélopée criarde et mal maîtrisée qui écorchait les tympans. L'adolescente s'abrita derrière un tronc pour découvrir l'origine de ce curieux concert. Les paroles du refrain, reprises en chœur, se chevauchaient, passant du simple décalage au déraillement le plus complet.

La cacophonie se rapprochait. Au bout de quelques minutes Nathalie vit émerger d'entre les arbres une bande de gosses en guenilles menés par une grande fille aux cheveux noirs. Elle s'appuyait sur un bâton noueux et portait une longue chemise de toile grise serrée à la taille par une corde tenant lieu de ceinture. Derrière elle s'égrenait un bataillon de marmots boueux et fourbus dont certains suçaient encore leur pouce. Les plus petits titubaient de fatigue, et des larmes silencieuses striaient leurs joues sales. La chanson de marche s'amollissait, trahissant l'épuisement de la cohorte. Un enfant de cinq ou six ans tomba sur les fesses, avec la grâce d'un paquet de linge sale, et se lova — les yeux clos — au creux d'une racine, tétant avidement son pouce.

— Sylvia ! Arrête ! supplia un garçon aux cheveux roux, on n'en peut plus. Les petits ont encore fait dans leur culotte, ils ne veulent plus avancer !

— Cessez de gémir et remuez-vous ! siffla la grande fille brune. Si vous croyez que les prêtres vont vous oublier ! Secouez les bébés qui traînent, pincez-les au besoin ! Vous entendez, les petits ? Si vous vous arrêtez le grand crocodile des bois vous bouffera les mains, les pieds et la quéquette ! C'est compris ?

Les moutards attardés en queue de colonne se mirent aussitôt à pleurer de plus belle, les poings sur les yeux. Le fond de leur pantalon, alourdi par le poids des excréments, ballottait entre leurs jambes. Quelques-uns allaient le derrière nu, les fesses barbouillées de matière brunâtre. La dénommée Sylvia capitula et planta son bâton en terre.

— Un quart d'heure de pause, soupira-t-elle, et n'enlevez pas vos chaussures !

Tout le monde se laissa tomber sur le sol. On n'entendit que les reniflements des plus jeunes que personne ne venait consoler ni moucher. Nathalie sortit de sa cachette, Cedric et Corn sur les talons. Aussitôt Sylvia se redressa, le bâton levé. La mise des nouveaux arrivants parut la rassurer, mais elle continua à brandir son gourdin en direction du doberman.

— Fuyards ? demanda-t-elle, les yeux plissés par la méfiance.

— Tu nous trouves des gueules de touristes ? ricana Corn. Range ta massue et épargne tes forces pour les prêtres.

— Vous êtes poursuivis ? s'enquit Nathalie en posant les doigts sur le collier de Cedric.

La jeune fille abaissa le bâton. Sa longue chemise de nonne était déchirée, laissant apparaître sa cuisse gauche jusqu'à la hauteur de la hanche. Des traces de terre la maculaient partout où l'on avait posé les doigts.

— Nous nous sommes échappés, dit-elle enfin, les rabatteurs du Saint-Allégement nous avaient ramassés dans la plaine de Saint-Euphrate. Ils avaient un chariot.

— Ils ont dit qu'ils nous emmenaient au camp de la catapulte ! lança le garçon roux qui avait interpellé Sylvia tout à l'heure.

— C'est des... croque-mitaines ! bafouilla un marmot crotté échoué aux pieds de Nathalie.

— Des krokrodiles ! reprirent aussitôt ses congénères en bas âge, heureux de seriner un refrain familier.

— Des croque-mitaines !

— Des crocodiles !

— Des croque-mitaines !

— Hou !

— La paix ! brailla Sylvia.

— Le camp de la catapulte, releva Corn, je m'en doutais.

— On ne voulait pas y aller, commenta la jeune fille. Je n'aime pas ce qui se passe là-bas. Ces cadavres qu'on propulse dans les nuages et qui ne retombent jamais. Y en a pour dire que les morts qui servent de projectiles ne seraient pas si morts que ça !

— Des sacrifices humains ? interrogea Nathalie.

— Oui, confirma la fille aux longs cheveux. Arrivé au camp on te file de la soupe chaude à pleines bassines. Seulement elle est droguée ! Dès que tu t'endors les prêtres s'amènent, te roulent en paquet, et te chargent sur la catapulte. Tu décolles sans même t'en apercevoir. Sacrifier des vivants ça a plus de valeur, tu comprends ? Ils pensent que la colère de Santäl s'apaisera plus rapidement si on expédie dans le ventre du volcan du gibier en bon état. Offrir des morts en holocauste ça fait un peu radin, faut l'avouer ! Santäl pourrait bien ne pas apprécier la pingrerie...

— Quand ils ont liquidé les morts il leur faut évidemment d'autres munitions ! renchérit le garçon roux.

Nathalie se mordait la lèvre inférieure. Elle comprenait la méfiance des enfants. Elle connaissait les méthodes des prêtres. On ne pourrait jamais rien prouver, ils étaient trop prudents, mais aucune hypothèse ne devait être écartée. Lors de son séjour à Almoha elle avait vu de près les menées sournoises de la Compagnie du Saint-Allégement. Elle avait assisté aux « concerts de tempête », ces sacrifices collectifs déguisés en manifestations musicales !

— J'ai assommé le conducteur du chariot et j'ai pris les rênes, continuait Sylvia, mais on a cassé un essieu hier matin. Depuis on tourne dans la forêt. On ne sait pas où aller. Les prêtres nous cherchent.

— Ça c'est sûr ! approuva Corn. Les gosses représentent la meilleure des proies. Quand ils errent c'est
que leurs parents sont déjà morts et que personne ne
les réclamera.

— Le Saint-Allégement veut être partout présent,
vociféra Sylvia, à la ville mais aussi dans les campagnes. Total : ils engagent n'importe qui ! Même les
anciens pillards portent maintenant la soutane !

— Des croque-mitaines ! chantonna le gosse
vautré aux pieds de Nathalie.

À ce signal le chœur des bébés parut se réveiller. Le
même refrain parcourut les rangs du groupe :

— Des krokrodiles ! Des croque-mitaines !

— Des caca-curés !

Cette dernière trouvaille alluma une étincelle
d'hilarité générale.

— Des caca-curés ! mâchonna-t-on ensemble
jusqu'à obtenir un bourdonnement inintelligible.

Enhardis, les marmots s'approchèrent de Cedric.
« Oh ! Le zien ! Oh ! le toutou ! » scandaient-ils,
faussement admiratifs, en arrachant les poils du
doberman. Un grondement du chien noir les rejeta en
arrière.

— Il ne faut pas rester là, dit gravement Nathalie
en fixant Sylvia dans les yeux, il y a peut-être un
moyen d'échapper aux rabatteurs...

Elle parla encore une fois de la plaine de fer, du
territoire des chevaux électriques.

Sylvia n'avait jamais entendu mentionner l'existence d'une telle oasis. Elle venait de l'ouest, de
Shaka-Kandarec.

— J'étais monitrice dans un camp de « sécurité-distraction », précisa-t-elle, c'est une sorte de colonie de vacances pour orphelins des villes. On y parque les gosses dont les parents ont souscrit une assurance « prise en charge », afin que leurs rejetons ne deviennent pas des errants.

— Vous avez pas tellement choisi le bon coin ! rigola Corn.

Sylvia haussa les épaules.

— Nous étions en transit entre deux camps, dit-elle visiblement vexée, la tempête a renversé les autocars plombés. Nous sommes les seuls survivants, la trombe a aspiré tous ceux qui sont sortis des véhicules...

Elle hésita, réfléchit et laissa tomber à l'adresse de Nathalie :

— Ton histoire de chevaux, je n'y crois pas. De toute manière ce que tu nous proposes c'est de faire naufrage sur une chaise électrique. Très peu pour moi, merci !

— Bonjour le cul roussi ! s'exclama l'enfant roux qui suivait toujours la conversation.

Les gosses éclatèrent de rire, répétant avec émerveillement « Cul-roussi ! Cul-roussi ! » qui se métamorphosa très vite en « cucuroussi ». Sylvia leva les yeux au ciel, exaspérée.

— C'est comme ça toute la journée, soupira-t-elle, j'en ai marre. Parfois j'ai envie de les solder aux prêtres, par paquets de dix ! Bon Dieu, c'est l'enfer ! Ces mômes je suis sûre que même le volcan n'en voudrait pas ! Je ne sais pas pourquoi j'essaye de les sauver !

Les petits, béats, écoutaient cette diatribe en souriant niaisement. L'un d'eux, qui allait les fesses à l'air, entreprit consciencieusement de pisser sur Cedric.

— Ze lave le chien ! gazouillait-il en faisant zigzaguer le jet d'urine. Ze lave le toutou !

— On repart, décida Sylvia, montrez-nous le chemin pour sortir de la forêt. Ici on ne trouve rien à se mettre sous la dent.

— Il y a une ferme à larves à deux kilomètres, indiqua Corn, elles profilèrent et le vieux est sympa. Suivez-moi, je vous ouvre la route...

La troupe renâcla. La plupart des bébés s'étaient endormis. Sylvia les réveilla du bout de son bâton. Nathalie, déçue du peu d'intérêt que la « grande » avait accordé à son idée, se tenait à l'écart avec Cedric. Cette marmaille poisseuse et sournoisement vindicative lui inspirait des sentiments mêlés. De la répugnance et de la pitié. Elle ne savait pas.

— Cette fois ne chantez pas ! dit-elle sèchement, on vous entendait à dix kilomètres à la ronde.

— Je sais, fit Sylvia, mais c'est pour les empêcher de dormir.

La colonne se reforma, ronronnant un refrain mou aux paroles idiotes, que les gosses transformaient au fur et à mesure pour leur donner un sens scatologique.

La progression était extrêmement lente car les plus petits, soulevant difficilement leurs jambes, tombaient chaque fois qu'ils devaient franchir une racine. Sylvia les remettait debout en les saisissant par le col, comme des chatons qu'on attrape par la peau du dos.

Houspillés, les gamins se mettaient invariablement à sangloter. La morve et les pleurs leur accrochaient aux lèvres de grosses bulles rosâtres qui crevaient sans claquer. Nathalie rongeait son frein.

Soudain, alors qu'elle commençait à siffloter mécaniquement le refrain imbécile de la chanson rythmée par le bâton de Sylvia, un claquement résonna, immédiatement suivi d'un cri de terreur. L'un des enfants fut soulevé de terre, tête en bas, et commença à s'élever dans les airs, remorqué par un gros ballon de caoutchouc gris ! Une véritable panique s'empara de la troupe qui s'égailla en hurlant.

— Le krokrodile ! braillaient les uns.

— Les caca-curés ! répondaient les autres.

Nathalie demeura pétrifiée. Le gosse malchanceux continuait à s'élever entre les arbres. Une menotte d'acier, fermée sur sa cheville, le reliait au gros ballon. Le gaz extrêmement véloce qui emplissait la baudruche le soulevait avec une facilité déconcertante. Il gesticulait, le visage rouge et gonflé, pendant que les branches des arbres lui lacéraient la peau au passage.

— Attrape quelque chose ! lui lança Corn. Sers-toi des arbres !

Mais l'enfant se contentait de remuer en tous sens, négligeant le secours des branches auxquelles il aurait pu se raccrocher. Le ballon-piège le tirait inexorablement vers le ciel, forant son chemin dans l'entrelacs de la ramure. Très rapidement le prisonnier disparut au creux de la voûte des arbres. Les branches le cinglaient au passage, ou lui griffaient la face avec

des claquements de cravache savamment maniée.
Lorsque le bruissement cessa, il devint évident que le
ballon montait maintenant au-dessus de la forêt.

— Il grimpe vers le tunnel d'aspiration, constata
Corn d'une voix blanche, vers l'arc-en-ciel cannibale !

Nathalie eut un frisson. La pendaison volante était
une invention de la Compagnie du Saint-Allégement.
On la pratiquait couramment à Almoha.

— Ne bougez plus ! cria-t-elle, il y a probablement
des pièges un peu partout !

Elle s'agenouilla et entreprit de fouiller le tapis de
brindilles du bout des doigts. Elle ne tarda pas à
mettre au jour une sorte de petit piège à loup dissimulé sous un cône de terre pulvérulente rappelant les
déjections des taupinières. Un système astucieux en
couplait les mâchoires dentelées à une bouteille de
gaz enfouie dans le sol. Dès que la menotte claquait,
le flux comprimé gonflait une baudruche pliée comme
un parachute. La victime, pourvu qu'elle ne pesât pas
trop lourd, s'élevait immédiatement dans le sillage du
ballon. Cette machine infernale avait été conçue de
toute évidence pour une cible enfantine.

Corn caressa de l'index la toile de la vessie.

— C'est du caoutchouc de combat, expliqua
Nathalie, un latex qui résiste aux aiguilles et aux
objets tranchants. Les nageurs aériens l'utilisent pour
leurs aérostats. Si on veut avancer il faut « déminer ».
Que chacun prenne un bâton, tâte le sol avant d'y
poser le pied.

Sylvia bataillait pour rassembler son troupeau.
Terrifiés par le stratagème des « caca-curés », les

gosses s'étaient dispersés au mépris de la plus élémentaire prudence. On en dénichait dans tous les trous d'arbres, se mangeant les doigts, succombant aux affres d'une diarrhée provoquée par la peur. Des gifles claquèrent sur les joues des plus grands. Le groupe se reconstitua.

— Tâtez devant vous avec le bout d'une badine, ordonna Nathalie, comme si vous chassiez des serpents.

— J'ai peur des serpents ! se lamenta un gamin à face lunaire. J'veux pas aller où y a des serpents !

Nathalie tapa du talon.

— Mais il n'y a pas de serpents, bon sang ! C'est une image !

— Y a bien pire que des serpents, mon pauvre ! lança Corn. Y a les mines-ballons !

Mais l'enfant demeurait accroché à son idée fixe. Un début de panique parcourut les rangs du troupeau. On entendait : « Pas les serpents ! Pas les serpents ! »

Corn commençait à s'énerver. Nathalie eut la sensation que seule la présence de Sylvia l'empêchait de tourner les talons et d'abandonner les naufragés de la colonie de vacances à leur triste sort.

Ils repartirent. Pendant un moment tout se passa bien, puis les grands — qui avaient maîtrisé leur crainte — entreprirent d'effrayer les petits en leur racontant d'horribles histoires de reptiles géants. Sylvia les fit taire en leur cinglant les mollets à coups de badine.

Le troupeau piétinait, louvoyant entre les nombreux

pièges mis au jour. Il y eut encore une victime mais cette fois Nathalie, Sylvia et Corn eurent le réflexe de s'accrocher aux basques du malheureux. Cedric fit un bond prodigieux et planta ses crocs dans la baudruche. Il resta un long moment suspendu avant de réussir à déchirer l'enveloppe. Enfin le gaz s'échappa en sifflant et le gosse prisonnier retomba à terre.

Tout se passa bien jusqu'à la ferme indiquée par l'apprenti forgeron. C'était une masure en ruine, sans fenêtres et à demi éboulée. Ils eurent beau appeler, personne ne leur répondit.

— Le vieux est parti, ou alors il est mort, conclut Corn. Il doit pourrir dans un coin.

Par bonheur le cellier à larves regorgeait de cocons dorés gonflés comme des épis de maïs. Ils le pillèrent avec gourmandise, collectant à pleine paume les grappes duveteuses et blondes des chrysalides.

— Ne vous gavez pas, vous aurez la colique ! lança Sylvia à la ronde. Et faites des baluchons ! Ceux qui n'auront rien emporté ne mangeront que ce qu'ils trouveront dans leurs poches.

Pendant que s'organisait le pillage, Cedric coucha brusquement les oreilles et montra les crocs. Nathalie saisit Corn par le bras.

— Il y a quelqu'un ! souffla-t-elle. Derrière les arbres...

Comme si elles avaient perçu les mots de l'adolescente, deux silhouettes en soutane rayée sortirent soudain d'un fourré d'épineux et détalèrent en relevant leur froc à deux mains. En quelques secondes elles se perdirent dans le labyrinthe des troncs.

— Des rabatteurs! murmura Sylvia. Ils vont chercher du renfort, et cette fois ils ne nous emmèneront pas en douceur!

Elle était pâle. Ses narines palpitaient au rythme de son affolement.

— C'est mauvais, confirma le garçon, si tu leur as défoncé le crâne ils ne prendront pas de gants pour nous ramener au camp.

Ils se turent. Ils avaient tous l'impression d'entendre vrombir la sinistre catapulte.

— Tout à l'heure tu parlais d'une oasis de fer où ils n'oseraient pas nous poursuivre? hasarda la monitrice. C'était sérieux?

— Très sérieux, fit Nathalie. Séparons-nous en deux groupes. Si l'un est attaqué, l'autre lui portera secours. Corn prendra la tête du premier, moi celui du second. Si nous marchons bien nous pouvons être au seuil de la plaine de fer avant la nuit.

Sylvia plissa le nez, mécontente malgré son âge de devoir s'en remettre à deux enfants.

— D'accord, capitula-t-elle, je n'y crois pas mais je le fais par acquit de conscience.

Séparer la colonne en deux troupeaux distincts ne fut pas une mince affaire. Aucun des gosses ne voulait suivre Corn. Tous désiraient aller avec « la monitrice et le chien noir! ». Nathalie s'en sentit humiliée. On n'avait même pas remarqué sa présence! Elle qui, depuis le début, tentait de venir en aide à cette bande pouilleuse et crottée! Les dents serrées, elle prit la tête de son groupe et s'éloigna sans un mot.

Vers midi les regards des fuyards captèrent un éclat métallique au centre de la lande. Cela brillait comme une flaque de mercure ou un disque de chrome. Ils crurent d'abord à un reflet de soleil sur une retenue d'eau, mais, la distance diminuant, force leur fut de constater qu'il s'agissait bel et bien d'une plaine d'acier !

Sur plus de dix kilomètres la lande cédait la place à une surface métallique plus ou moins bosselée et tachée de rouille. Ce relief de fer ondulait en collines, se plissait en ravines, comme si on avait revêtu la terre d'une cuirasse faite sur mesure, d'une armure plate épousant étroitement la configuration du terrain. Quelque chose ou quelqu'un avait « métallisé » le paysage, l'emprisonnant sous un capot gigantesque. Des animaux qui ressemblaient à des chevaux évoluaient sur cette lande d'acier oxydé, provoquant un épouvantable vacarme.

En les observant plus attentivement, Sylvia crut comprendre que les sabots des bêtes étaient eux aussi de métal ! Interdite, elle voulut s'avancer pour aller vérifier la chose de plus près, mais Nathalie devina son intention et agita la main en signe d'avertissement.

— Ne pose pas le pied sur le fer ! cria-t-elle.

La monitrice obéit sans chercher à comprendre. De l'autre côté de la route les chevaux sauvages, bien campés sur leurs sabots d'acier, regardaient approcher ces étrangers en guenilles et aux mines fourbues.

Nathalie se laissa glisser au bas de la colline, et s'avança jusqu'à la limite de la pellicule métallique recouvrant la lande.

— C'est un météore qui a fait ça, dit-elle en devançant les questions de ses compagnons. Un météore qui s'est liquéfié en traversant l'atmosphère de Santäl. Il n'a pas pu se refroidir suffisamment et le métal en fusion qui composait sa masse s'est aplati sur le sol, s'y répandant en flaque. Ensuite les animaux des alentours ont muté. La corne de leurs sabots s'est peu à peu chargée de copeaux d'acier, ou de limaille...

Sylvia fit encore un pas. La main de Nathalie s'abattit tout de suite sur son épaule.

— Mais pourquoi ne peut-on pas s'y promener ? s'insurgea la monitrice. Ces chevaux ont l'air plus craintifs que belliqueux...

— Ce n'est pas ça, coupa Nathalie, mais la mutation s'est effectuée en tenant compte des trombes aspirantes. Ces animaux ont développé un système d'aimantation naturelle, comme les poissons-torpilles ou les gymnotes dont tu as sûrement entendu parler.

— Un système d'aimantation naturelle ? releva Sylvia incrédule.

— Oui, renchérit son interlocutrice, comme les gymnotes ils possèdent des glandes chargées d'électricité. Ce courant électrique, lorsqu'ils le libèrent, va droit dans leurs sabots, les transformant en électro-aimants naturels. Tant que le voltage est maintenu, leurs pattes restent collées à la plaque métallique, les enracinant sur place. La trombe qui passe ne peut rien contre ce phénomène tout le temps que les glandes continuent à sécréter leur courant de protection. C'est pour cela qu'il faut éviter de s'avancer sur la plaque. Si le troupeau décidait subitement de s'enraciner parce qu'il a détecté un courant d'air ou un souffle de vent, la décharge produite par l'aimantation collective électrocuterait immédiatement l'imprudent qui se serait risqué sur la plaine de fer.

— Mais comment font-ils pour se nourrir ? s'enquit Sylvia.

— Ils broutent l'herbe qui pousse sur le pourtour de la zone métallisée. Ils tendent le cou mais prennent toujours bien garde de conserver les quatre sabots sur le territoire d'aimantation. Allons, viens, ne reste pas là, c'est dangereux.

Les enfants contemplaient l'île de métal, les yeux emplis d'une convoitise apeurée.

Ils distinguaient mal les chevaux organisés en troupeau mouvant. De plus les reflets du jour sur le tapis de chrome créaient un brouillard d'irisations, une fantasmagorie rayonnante au sein de laquelle il était bien difficile d'isoler une ligne nette. Il régnait au cœur de l'oasis de fer une palpitation, un halo propice à l'éclosion des mirages. Les étalons traversaient ces vapeurs lumineuses en se jouant des lois communément admises par la physique des solides. On les sentait prêts à se distordre, à onduler comme des oriflammes.

Les gosses reculèrent, une main en visière au-dessus des sourcils. Nathalie, qui n'avait jamais vu la plaine de fer qu'aù moyen de fortes jumelles, était surprise par tant de chatoiements. Les éclats de lumières lançaient leurs épines à la face des visiteurs, leur opposant un barrage impalpable qui blessait cruellement la rétine.

Dépourvu de la moindre végétation, l'oasis métallique avait pourtant sa broussaille de lueurs. Les reflets la couvraient, l'enveloppaient dans une herbe floue où se mêlaient toutes les couleurs du prisme. Le bleu, le jaune, le rouge vrillaient leurs trilles en bosquets acérés générateurs de migraine ophtalmique.

— C'est le potager où poussent les arcs-en-ciel ? demanda la voix grêle d'un petit.

Nathalie ouvrit la bouche mais ne put qu'acquiescer. La flaque solidifiée paraissait servir de socle à quelque jaillissement céleste encore en gestation.

Cedric grogna, impatienté par l'inertie des gosses et la menace qu'il sentait grossir derrière la barrière des bois.

— On ne pourra jamais grimper là-dessus ! lança enfin Sylvia en secouant ses longues mèches. Tu nous as fait venir ici pour rien !

— Pas du tout ! protesta Nathalie. Il faut se fabriquer des isolants ! Ça fait longtemps que j'y réfléchis.

— Des isolants ? Tu rêves ! Et comment ?

— D'abord on ramasse des pierres pour fabriquer un four, et du bois pour l'alimenter. Pendant ce temps-là d'autres feront des boules de glaise et modèleront des sabots. Il suffira de les faire cuire pour obtenir des souliers qui nous permettront de marcher sur la plaque.

— Des sabots de porcelaine ? glapit Sylvia. C'est tout ce que tu as trouvé !

— On n'a qu'à découper des tranches de bois ! proposa un garçon aux lunettes fêlées. On se les attachera sous les pieds avec des ficelles, ou de la fibre, ça fera des sandales.

— Idiot ! coupa Nathalie. Les fibres de bois se gorgent facilement d'eau. S'il pleut l'humidité conduira le courant électrique aussi sûrement que du fil de cuivre !

Le garçon piqua du nez, humilié et furieux. Le reste du groupe hésitait, partagé entre l'espoir, l'amusement et l'anxiété. La perspective de jouer avec la glaise enthousiasmait les plus jeunes. Vrai, on n'avait jamais entendu parler de chaussures de porcelaine ! Décidément, cette Nathalie était folle mais elle avait des idées vraiment amusantes.

Sylvia s'entêtait, faisait la moue.

— De la porcelaine ! répétait-elle avec mépris.

— Jadis, les isolateurs des lignes à haute tension étaient tous dans cette matière ! grogna Nathalie, déçue par les atermoiements de la troupe.

— Alors ? Qu'est-ce qu'on branle ? vitupéra le garçon à lunettes. Vous voulez commander et vous ne savez même pas prendre de décision !

— Séparez-vous en deux groupes, ordonna Nathalie, les grands, ramassez des pierres pour le four ! Les petits, occupez-vous de la terre. Il ne s'agit pas de travail artistique. Je veux quelque chose d'épais, de solide. Du moins dans la mesure du possible. Vous avez tous fait de la poterie, non ?

Les enfants murmurèrent un vague assentiment. Sylvia haussa les épaules.

Les gosses se dispersèrent. La glaise et les cailloux ne manquaient pas. Il fut beaucoup plus difficile de trouver du bois sec. Cedric, excité, zigzaguait entre les travailleurs, reniflant les boules d'argile collante que les gamins roulaient entre leurs mains. Nathalie allait de l'un à l'autre, distribuant des conseils auxquels elle ne croyait pas elle-même. Les sabots gluants commençaient à s'aligner, énormes pommes de terre bosselées et creuses parfaitement inesthétiques.

Les grands, eux, bâtissaient le four en s'injuriant. Ils avaient réussi à ériger en un temps record un igloo plus ou moins stable au centre duquel ils enfournaient du bois. Sylvia saisit durement Nathalie par l'épaule.

— Tu es dingue ! reprit-elle. Tes godasses de porcelaine éclateront en morceaux si nous devons courir !

Nathalie se dégagea.

— Il ne faudra jamais courir ! répliqua-t-elle.

— Mais dès que nos pieds nus toucheront la plaine nous serons électrocutés !

— Le sol n'est sous tension que lorsque les chevaux déchargent leurs glandes. Et ils ne le font qu'en cas de coup de vent.

— Ils auront peur de nous, ils se sentiront menacés et aimanteront aussitôt leurs pattes, par réflexe !

— Pas obligatoirement. Nous les apprivoiserons.

Sylvia arqua les sourcils. Une expression atterrée sur le visage. Nathalie lui tourna le dos. L'assurance qu'elle affichait était en grande partie feinte. Le plan imaginé en cours des longues heures de rêverie sur le perron de la maison paternelle lui avait jadis paru très fiable. Aujourd'hui elle prenait conscience de ses aspects terriblement fantaisistes. Une fumée âcre la saisit à la gorge. On allumait le « four ». Bientôt les pierres chaufferaient, on y déposerait la première fournée de sabots protecteurs. La glaise qu'on trouvait aux abords de la plaine de fer avait la propriété de cuire rapidement.

— Ça va prendre des heures ! cria Sylvia en martelant le sol boueux du talon.

— Si tu as une meilleure solution ! siffla Nathalie. On ne peut pas courir durant des jours droit devant nous. Nous sommes tous fatigués, les prêtres seront sur nous d'ici vingt-quatre heures. Ils vont encercler la plaine de fer pour tenter un blocus. Toute la stratégie consiste à tenir plus longtemps qu'eux.

— Ils auront le meilleur rôle ! Rien ne les empêchera d'attendre dix ans.

— Pas forcément. Leur quête doit être rentable. Ils

sont contraints à un certain quota. Ils ne s'attarde-
ront pas éternellement, il y a d'autres enfants sur
la plaine, d'autres victimes potentielles. Pourquoi
voudrais-tu qu'ils prennent des risques pour nous
capturer?

— Je ne sais pas. À première vue ton raisonnement
se tient. C'est vrai qu'à leur place je ne me hasarderais
pas sur la plaque pour un gibier qui court les landes.

— Alors arrête de te casser la tête, et aide-moi à
ramasser du bois.

— Mais ton chien? Comment vas-tu faire pour ses
pattes?

— Je modèlerai des bottillons. Cedric en a vu
d'autres.

Le four répandait une odeur pestilentielle. Il fallut
d'énormes quantités de fagots pour parvenir à en
rendre les pierres brûlantes. Enfin les sabots grésillè-
rent, perdant leur humidité. Quelques-uns éclatèrent
comme des châtaignes. Les petits riaient en battant
des mains. Quelqu'un fut brûlé par une braise et
éclata en sanglots déchirants.

Corn arriva à la tête du second groupe alors qu'on
tirait du feu la première fournée de souliers. Il écarquilla les yeux, stupéfait.

— Qu'est-ce que c'est que ce bordel? rugit-il. On
a les prêtres au cul et vous faites de la poterie!

Il fallut lui réexpliquer le plan de Nathalie. Il
écouta, le front bas, la lèvre boudeuse.

— Mais alors on va être condamnés à rester tout
le temps debout! protesta-t-il à la fin de l'exposé.
Comment ferez-vous pour dormir, hé, pommes? Vous

vous prenez pour des oiseaux, vous roupillerez sur une patte ?

Nathalie soupira, agacée. Elle savait que le garçon avait raison mais elle ne parvenait pas à concevoir une quelconque parade.

— Il faudra résister à la fatigue, hasarda-t-elle.

— Tu parles ! ricana Corn. Dans l'état où vous êtes ! Non, il faut pouvoir s'allonger sans courir le risque d'être électrocuté.

Il parut réfléchir, puis laissa tomber :

— Y a peut-être une solution, mais ça ne sera pas facile. Il nous faudrait des couvertures caoutchoutées. Des capes isolantes, si vous préférez.

— Et d'où les sortiras-tu ? siffla Nathalie.

— De la terre, expliqua Corn. Tu n'as pas entendu parler de l'arbre qui rampe ?

— De quoi ?

— C'est un serpent, daigna préciser Corn, un énorme boa. Il est pourvu de tentacules aux deux extrémités du corps. À la tête et à la queue. Ça ressemble à des branches et à des racines. Les paysans racontent qu'un jour les arbres en ont eu assez de subir les assauts du vent, de perdre leurs feuilles, leur écorce. Ce jour-là ils ont décidé de devenir mous et de rentrer dans le sol pour y vivre à l'abri. Depuis ils rampent comme des serpents, au fond de leur tanière de glaise. De temps à autre ils sortent leurs tentacules pour attraper une proie et la digérer.

— J'ai peur, gémit un enfant de cinq ou six ans qui avait écouté les propos de Corn, bouche bée.

L'apprenti forgeron le fit taire d'une bourrade.

— L'arbre rampant habite généralement les terrains boueux, insista le garçon, il s'y déplace plus facilement. Sa peau est caoutchouteuse et épaisse d'un bon centimètre. Si on en attrapait un, on pourrait l'écorcher et se tailler des tapis de sol.

— Ça va prendre un temps fou, objecta Sylvia, il aurait été plus simple de cueillir les feuilles élastiques des arbres à latex de Santo-Marco.

Corn rejeta l'idée d'un haussement d'épaules.

— Elles finissent toujours par pourrir au bout de quarante-huit heures. Et puis le serpent on peut le manger ! Il nous faudra bien des provisions une fois sur la plaque !

— Ton arbre mou, coupa Nathalie, on l'attrape comment ?

Embarrassé, Corn se balança d'un pied sur l'autre. Il finit par avouer qu'il n'en savait rien. Il émit l'idée d'utiliser des harpons de bois. Nathalie sentit le découragement la gagner. Le temps passait terriblement vite et elle réalisait que son plan présentait bien des failles.

— Essayons déjà de localiser un serpent, proposa-t-elle, ensuite on avisera.

Pendant que les sabots de terre continuaient à cuire, fournée après fournée, les trois adolescents entreprirent d'explorer les alentours de l'oasis de métal.

— Faites attention, prévint Corn, la plupart du temps les tentacules sont recouverts de boue, on les confond avec le lichen. Lorsqu'on marche dessus, ils vous enveloppent et vous entraînent dans le terrier de l'arbre.

Nathalie serra les mâchoires. Elle avait les paumes un peu moites. Dans son imagination le reptile avait réellement l'aspect d'un arbre élastique. Elle le voyait sous les traits d'un grand chêne rebelle, aux branches et aux racines garnies de ventouses.

Ils pataugèrent plus d'une heure dans la boue sans détecter le moindre terrier. Le doberman courait en zigzag, le mufle au ras du sol, en quête d'une piste. Parfois il s'immobilisait, décontenancé, et revenait sur ses pas, la queue basse. Mécontent.

— Cedric ne trouve rien, observa Nathalie, ce n'est pas la peine de continuer, on perd trop de temps. Je pense qu'il faudra se contenter de la suggestion de Sylvia.

— Les feuilles, grogna Corn, elles nous pourriront sous les fesses avant deux jours !

— Les prêtres n'attendront peut-être pas aussi longtemps, objecta Nathalie.

— Et la bouffe ? souligna le garçon. On se serrera la ceinture ?

— Si on a trop faim, hasarda Sylvia, il sera toujours possible de tuer un cheval...

Nathalie se raidit.

— Vous êtes fous ! explosa-t-elle. Il n'est pas question de toucher aux chevaux. Si nous les effrayons ils se retourneront contre nous. Il faut au contraire les apprivoiser.

Sylvia ricana, les lèvres serrées.

— Apprivoiser des monstres aux pattes électrifiées, on aura tout vu !

— Arrêtez de vous chamailler ! intervint Corn. On

n'aura peut-être pas besoin d'en arriver là. Tout dépend de la patience des prêtres.

Nathalie vibrait de rage contenue. La situation lui échappait de plus en plus.

— Allons ramasser des feuilles, soupira-t-elle, la nuit va bientôt tomber. Que tous ceux qui ont des couteaux nous les confient.

Ce dernier point souleva de grosses difficultés car les enfants qui possédaient des canifs ou des poignards scouts se refusèrent à les prêter.

— Vous ne nous les rendrez pas ! siffla le garçon aux lunettes fêlées. Vous voulez être chefs et vous n'avez même pas de couteaux, c'est idiot !

Nathalie étouffait d'impuissance. Elle s'évertua à expliquer que de la cueillette des feuilles dépendait la survie des fuyards, mais les gosses renâclaient toujours, se cramponnant furieusement à leurs lames fétiches.

— D'accord, capitula enfin l'enfant myope qui semblait s'être fait le porte-parole de la contestation, on vous les passe. Mais si vous en paumez un seul faudra élire d'autres chefs !

— O.K. ! O.K. ! rugit Corn, file les surins et retourne à tes fourneaux.

Les couteaux changèrent de mains. Les trois adolescents prirent le chemin de la forêt dans la lueur grise du jour finissant.

Ils durent s'avancer profondément sous les frondaisons avant de rencontrer un arbre couronné de vert. Aucune feuille n'était tombée, il fallut donc grimper aux branches pour en sectionner les tiges.

Nathalie s'écorcha les cuisses au cours de cette reptation verticale, et s'entailla la commissure des lèvres en s'obstinant à tenir son couteau entre les dents.

Calée à la fourche d'une branche maîtresse, elle observa les grandes feuilles lancéolées dont la consistance rappelait celle d'une chambre à air. Les grosses nervures se rassemblaient en une tige qui résistait à la morsure des canifs. Chaque langue végétale mesurait approximativement un mètre de long sur cinquante centimètres de large.

— Aujourd'hui elles sont solides, cria Corn au-dessus d'elle, mais tu verras dans quarante-huit heures ! Au matin du deuxième jour tu te réveilleras allongée sur une vieille feuille de salade.

Cedric, assis au pied de l'arbre, lança un bref aboiement.

« Il sent le danger, songea Nathalie, les chasseurs se rapprochent. »

La cueillette dura une bonne heure. Quand les trois adolescents regagnèrent le sol ils étaient maculés de sève verte et collante. L'odeur d'herbe coupée montait à la tête. Les feuilles entassées les unes sur les autres avaient l'air de petits tapis aux découpes fantaisistes. La nuit emplissait déjà le sous-bois.

— On rentre, commanda Nathalie, je crois qu'il y en a pour tout le monde.

Chacun se chargea d'une pile de carpettes végétales et prit la direction du four dont la lumière se voyait de loin sur la plaine.

En arrivant au bord de l'oasis métallique, Nathalie constata avec désespoir que les enfants — ne se sentant plus surveillés — avaient abandonné la fabrication des sabots pour se poursuivre et se battre avec des boules de glaise ! Les plus petits, qui avaient faim et soif, pleuraient à l'écart en se mordant les poings.

— On ne s'en sortira jamais, laissa échapper Corn, ces mioches sont débiles. On devrait les abandonner en pâture aux prêtres, ça ferait diversion.

Nathalie eut la désagréable impression qu'il ne plaisantait pas. Sylvia distribuait déjà force gifles, attrapait les réfractaires par les cheveux pour les ramener au travail. Effrayés par tant de violence, les tout petits hurlèrent de plus belle, entonnant un concert de sirènes d'alarme. Cédant à la colère, Corn les bombarda de glaise, leur emplissant la bouche de débris boueux.

Quand le calme fut revenu, Nathalie prit la parole pour expliquer la manière dont il convenait d'utiliser les feuilles isolantes.

— Vous dormirez dessus, insista-t-elle, vous vous roulerez en boule en prenant garde qu'aucune partie de votre corps n'entre en contact avec le métal du sol, c'est compris ? Les grands veilleront sur les plus jeunes. Ils seront peut-être obligés de les ficeler pendant la nuit. Quoi qu'il en soit nous placerons les feuilles côte à côte, comme les tuiles d'un toit, afin de disposer d'une surface de protection étendue. Chacun d'entre vous recevra un « tapis » dont il aura la charge. Prenez-en soin. Votre vie en dépendra peut-être.

Le discours terminé elle procéda à la distribution générale. Chaque enfant reçut son limbe personnel, roulé comme une carpette. Au terme du partage les fuyards se regroupèrent autour de la tache de chaleur du fourneau. Les derniers sabots cuisaient en grésillant.

La nuit recouvrait la plaine mais les flammes éveillaient de grandes ondulations sur la carapace de l'oasis de fer.

— Et si le vent se lève ? chuchota insidieusement Corn à l'oreille de Nathalie. Nous serons complètement exposés sur ton île ! Et cette fois pas moyen de creuser un trou pour s'y enfouir !

La fillette ferma les yeux, une immense lassitude l'envahissait.

— Tu peux continuer droit devant toi, lâcha-t-elle, en essayant de conserver le contrôle de sa voix, mais à mon avis, si les chasseurs connaissent leur travail, ils doivent en ce moment même nous encercler. Avec un peu de chance ils auront fait d'autres prises et se tiendront éloignés de la plaque. Je mise sur leur lâcheté et sur l'existence d'un gibier proliférant ne justifiant pas les risques d'une excursion en terrain électrifié !

— Ouais ! marmonna Corn, tu parles bien, mais tout ça c'est des mots. Les prêtres, je m'en méfie. S'ils décident de nous affamer, nous ne tiendrons pas très longtemps, et si le vent se lève...

— Si le vent se lève pour nous il se lèvera aussi pour eux ! martela l'adolescente. Dans ce cas il n'y a pas de problème.

Le garçon haussa les épaules et se détourna. Quelqu'un jeta un nouveau fagot dans le brasier et une gerbe d'étincelles monta dans l'obscurité.

Nathalie entraîna Cedric à l'écart. Après lui avoir longtemps parlé à l'oreille, elle lui modela quatre bottillons de glaise rouge.

CHAPITRE IV

Nathalie n'avait pas dormi de la nuit. Elle fut donc la seule à voir les lumières de l'aube envahir de leurs irisations fluides la surface de l'oasis. Les couleurs ruisselaient, liquides, serpentant entre les bosses du métal pour finir par stagner en flaques huileuses. L'île chromée se parsemait de mares criardes. Des fantômes bariolés traînaient leurs suaires d'arcs-en-ciel dans les déclivités de la gigantesque cuirasse. Des prismes délayés, égouttant leurs rinçures, sinuaient tels des pastels devenus couleuvres. Cela dura un moment, puis la lumière parut perdre son aspect liquide pour se faire nuée, brouillard. Les anamorphoses du sol s'évaporèrent, se changeant en vapeurs colorées. Le flou se réinstalla. Essaims de miroitements qui blessaient l'œil. La plaine d'acier réendossait son costume de strass, s'environnait d'une brume de paillettes en suspension colloïdale.

Les enfants se réveillaient, grommelants et courbatus. Les petits qui avaient faim trépignaient déjà. Le four charbonnait, faisant craquer ses pierres dans le froid du matin.

Nathalie se redressa, passant le troupeau en revue. Le travail de modelage avait laissé les gosses dans un effroyable état de saleté. La glaise craquelait sur eux en myriades d'écailles vertes. La suie du four leur avait enduit le visage et les cheveux de son saindoux funèbre. Tels qu'ils se présentaient, on eût dit des gnomes préposés à l'alimentation des marmites de l'enfer.

Ils riaient, la crasse ne les gênait nullement si elle n'impliquait pas de se faire savonner sous une douche. Les bébés, eux, trituraient la boue grasse avec une jubilation baveuse. Ils aimaient ce contact moelleux et fétide dont on les avait trop longtemps privés. Ils ahanaient de bonheur, accroupis, libérant leurs sphincters dans une extase mêlée d'éructations.

Quelques adolescents avaient piqué des larves au bout de longues brindilles et se bousculaient pour les faire rôtir aux dernières flammèches du fourneau.

Le jour avait gommé l'anxiété des ténèbres, on s'éparpillait déjà.

L'enfant aux lunettes fêlées donnaient des directives : « On va faire une bataille de glaise, faut tirer au sort pour savoir qui seront les bons et qui seront les méchants. Le four, c'est le château de la princesse... »

Nathalie n'entendit pas le reste. L'insouciance de ses compagnons l'effrayait. Elle avait l'impression de côtoyer des infirmes, des malades mentaux dont la mémoire s'effaçait au fur et à mesure, n'autorisant qu'un quart d'heure de stockage. Les enfants ignoraient le passé et n'avaient aucune conscience d'un quelconque futur. Ils ne se projetaient pas en avant.

Ils bougeaient immobiles, prisonniers d'un présent perpétuel. Nathalie, elle, avait grandi dans l'ombre des névroses paternelles. On lui avait toujours présenté le futur comme une menace, un ennemi dont il convenait de prévoir les ruses. Elle avait fini par s'habituer à ce jeu de stratégie permanent. Elle avait appris à tirer des plans, à tenter de maîtriser l'imprévisible. Aujourd'hui elle réalisait qu'on avait fait d'elle une enfant précocement vieillie. Elle enviait l'idiotie béate de ces marmots, leur stupidité pleine d'énergie.

Quatre petits, le cul nu, en cercle, s'appliquaient à hurler joyeusement, tour à tour et chacun plus fort que le précédent. Leurs cris, d'une insupportable stridence, ne dérangeaient que Nathalie, Corn et Sylvia. Les autres, absorbés dans leurs propres vociférations, n'entendaient rien.

La monitrice apparut brusquement dans le champ visuel de Nathalie. Elle poussait devant elle une demi-douzaine de gamins nus et boueux.

— Ces crétins passent leur vie à se déshabiller ! lança-t-elle avec mauvaise humeur. Je ne sais pas comment on les fera tenir sur la plaque. Il faudra sans doute les encorder, leur attacher les mains et les pieds.

Corn inspectait les sabots d'argile.

— On se décide à y aller ? jeta-t-il à l'adresse des deux filles.

Nathalie acquiesça, Sylvia battit le rappel. Les enfants se rassemblèrent en grognant.

— Juste au moment où on commençait à s'amuser, se plaignit l'un d'eux, de la glaise plein les mains.

— Vous allez enfiler vos chaussures protectrices leur expliqua Nathalie, elles sont fragiles, ne courez pas et déplacez-vous délicatement. Si vous les cassez vous vous retrouverez pieds nus, et ce sera très dangereux.

— Qu'est-ce qu'elle dit ? geignit l'un des mômes.

— Elle dit qu'il ne faut pas se promener pieds nus, répondit l'enfant roux, c'est dangereux.

— Pourquoi ?

— J' sais pas. À cause des serpents, sans doute.

— J'ai peur des serpents ! crièrent en chœur trois garçonnets d'une dizaine d'années.

Cedric gronda en regardant vers la forêt.

— Les prêtres approchent ! murmura Corn. Cette fois faut s' grouiller.

Joignant le geste à la parole, il glissa ses pieds à l'intérieur d'une paire de pantoufles difformes. Nathalie l'imita. Les souliers râpeux et rigides pesaient terriblement au bout de ses chevilles.

— Allez, les gosses, ordonna Sylvia, et pas de bousculade ! Les petits, venez ici, si vous n'arrivez pas à marcher correctement les grands vous porteront.

— Moi j' veux pas les porter ! protesta le garçon aux lunettes fêlées. Ils ont le cul plein de merde !

— Ouais ! rigola l'enfant roux, qu'on laisse les cucu-bébés aux caca-curés !

La formule fit sensation, et chacun se prit à la scander. Les plus jeunes, qui avaient d'abord bête- ment ri, perçurent peu à peu l'agressivité du slogan. Le martèlement des mots leur fit trembler le menton et des larmes jaillirent au coin de leurs yeux.

— Mince ! rugit Corn rouge de colère, ils passent leur vie à pisser et à pleurer, je me demande comment il leur reste encore une goutte d'eau dans le corps !

— Taisez-vous ! hurla Sylvia distribuant des gifles au hasard. Chaussez-vous et suivez Nathalie !

Il fut décidé que ceux qu'on surnommait à présent « les trois chefs » prendraient chacun deux gosses en bas âge dans leurs bras.

— On peut encore en attacher deux sur le dos du chien, observa Corn. S'il les bouffe, tant pis pour eux.

Cette dernière remarque terrifia bien sûr ceux qu'on désignait sous le terme générique de « bébés », et qui englobait tous les enfants de quatre à six ans. Aucun ne voulut grimper sur l'échine de Cedric.

Nathalie avait la respiration courte et deux taches rouges sur les pommettes. Rassemblant le groupe des dix-douze ans, elle s'avança vers la plage métallique. Au moment où elle posait le pied sur la surface de l'île, le silence se fit. Tous la regardaient, les yeux écarquillés, s'attendant visiblement à ce qu'elle tombe foudroyée. Le sabot crissa en s'émiettant légèrement mais aucun éclair ne jaillit. Nathalie avança l'autre jambe. La plaque n'était pas activée. De toute manière on ne distinguait pas les chevaux perdus au sein du brouillard lumineux. La troupe suivit, se dandinant grotesquement.

— J'ai l'impression d'avoir les pieds dans des pots de fleurs ! lança un gamin.

— Attention qu'un géranium ne te sorte pas du cul ! répliqua un autre.

Et le groupe s'esclaffa.

Nathalie avançait lentement, alourdie par le bébé qu'elle tenait dans les bras. C'était un garçonnet à la chevelure hirsute et frisée, prénommé Charles-Henri, et qui suçait avec obstination les cinq doigts de sa main droite.

Les sabots crissaient horriblement sur le métal, laissant derrière eux une légère poudre verte. De près on s'apercevait que l'île de fer, loin de présenter une surface lisse de capot d'automobile, était constellée de minuscules cratères et de bulles solidifiées.

— On dirait une crêpe, observa l'enfant roux d'une voix altérée, une crêpe de ferraille.

Nathalie tourna la tête. Tous les naufragés étaient à présent engagés sur la plaque. La colonne progressait dans un vacarme de raclements qui devait s'entendre à trois kilomètres à la ronde.

Il faisait grand jour et les reflets gagnaient en vélocité. On avait l'impression qu'une multitude de serpents bleus, rouges, jaunes, filaient au ras du sol. Les silhouettes réfléchies se déformaient au hasard des bulles de chrome, se dilatant en anamorphoses pâteuses.

— On dirait qu'on marche sur une glace déformante, souffla le gosse aux lunettes fendues, comme y en a dans les foires...

— En attendant elle pourra pas te déformer plus que tu l'es déjà ! ricana une voix moqueuse.

— Ta gueule !

— Va donc !

Nathalie dut intervenir malgré le problème posé par Charles-Henri qui s'obstinait à lui arracher les cheveux et à lui introduire les doigts dans les oreilles. L'éblouissement gagnait en intensité au fur et à mesure qu'on s'éloignait des bords. Il fallait plisser les yeux pour minimiser l'agression des reflets. La plaine de fer agissait à la manière d'un réflecteur géant. Çà et là se dressait la forme d'un rocher ou la silhouette d'un tronc abattu, tous recouverts de la même pellicule métallique.

Nathalie donna le signal de la halte. Elle ne voulait pas s'enfoncer plus avant pour ne pas effrayer les chevaux.

— Tu t'arrêtes ? s'étonna Corn.

— On est assez loin du bord, non ? Je voudrais établir un contact en douceur avec les bêtes. Leur montrer qu'aucune mauvaise intention ne nous anime. C'est notre intérêt. On ne gagnera rien à provoquer leur colère.

— Mmouais..., grogna l'apprenti forgeron, dubitatif. Bon, vous les mômes, posez-vous le cul sur les feuilles de repos. Et tenez-vous tranquilles. Je ne veux voir personne pieds nus, compris ?

Un grommellement collectif tint lieu d'assentiment.

— Hey ! cria soudain le garçon myope, y a des mecs qui sortent de la forêt ! Mince, c'est les cacacurés ! Dites donc on a eu chaud aux fesses !

Nathalie frissonna. L'enfant ne mentait pas. Une dizaine de silhouettes émergeaient du sous-bois. Le vent plaquait le tissu rayé des soutanes contre leurs corps. Les « guêpes » passaient à l'offensive.

Cette constatation figea le troupeau occupé à

dérouler les grands limbes caoutchouteux qui devaient faire office de nattes.

Là-bas les rabatteurs du Saint-Allégement descendaient le versant de la colline. Ils portaient de gros sacs à dos kaki, comme en ont les militaires. Ils hésitaient, visiblement surpris de l'initiative des fuyards. Ils avaient sans aucun doute pensé que le territoire de chrome barrerait le chemin aux gosses, transformant la plaine en cul-de-sac, et que le gibier demeurerait peureusement en deçà de l'oasis, attendant en gémissant d'être ramassé par la patrouille.

Nathalie retenait son souffle. C'était la minute de vérité. Les prêtres allaient-ils se montrer aussi fous que leurs proies ? Allaient-ils se moquer de l'obstacle et monter sur la plaque ? Dans ce cas tout serait perdu.

Nathalie serra les poings. Indifférent, Charles-Henri lui dessinait des arabesques sur le visage du bout de son index copieusement mouillé de salive. La fillette était si tendue qu'elle faillit jeter le bébé sur le sol pour se débarrasser de ce contact gluant.

Les prêtres avançaient lentement, au coude à coude, formant une ligne de soutanes faseyantes. Ils contournèrent le four, parlèrent en remuant la tête puis s'approchèrent de la limite du territoire de chrome. Là, ils s'arrêtèrent. L'un deux se baissa, tendant la main pour effleurer le métal mais celui qui paraissait commander la patrouille le retint. Finalement ils reculèrent et s'assirent autour du fourneau pour tenir conseil

— Ils n'ont pas osé ! souffla Corn entre ses dents. Franchement, j'y croyais pas.

— Merde, geignit un gosse d'une voix grêle, si les caca-curés n'ont pas osé grimper sur la plaque c'est qu'on est vraiment en danger !

Une telle évidence consterna l'assemblée. Sentant l'atmosphère s'alourdir, les petits tournaient la tête dans tous les sens, quêtant un réconfort animal.

— Qu'est-ce qu'ils font ? s'impatienta Sylvia. Tu avais dit qu'ils n'insisteraient pas.

— Ils sont fatigués et déçus, lâcha Nathalie, ils vont se reposer un peu avant de repartir.

Les rabatteurs avaient rompu le cercle du conseil de guerre. Maintenant ils défaisaient leurs havresacs.

— Ils s'installent ! murmura Corn. Ils sont en train de monter leurs tentes !

— Plus bas ! commanda Nathalie. N'affole pas les mômes. Ils vont faire semblant de tenir le blocus pour nous intimider, c'est normal. Il ne faut pas se laisser impressionner.

— Facile à dire ! C'est nous qui sommes assis sur la chaise électrique !

L'un des prêtres, un homme grand et maigre, s'avança, les mains en porte-voix.

— Écoutez ! hurla-t-il un ton trop haut, vous vous méprenez, nous ne vous voulons aucun mal. Venez à nous. Vous n'aurez plus froid ni faim. Vous n'avez pas choisi la bonne solution. Ce territoire est extrêmement dangereux. Il attire la foudre comme un paratonnerre, seuls les chevaux sont capables d'y survivre. Vous allez être électrocutés à la prochaine tempête. Revenez, vous ne serez pas punis. Nous comprenons votre frayeur !

— Ta gueule ! cria Corn.

Mais sa voix dérapa dans l'aigu, rendant l'injure inefficace.

— À votre aise ! répliqua le prêtre. Comme nous ne sommes pas rancuniers nous allons vous donner une chance. Nous camperons ici dans l'espoir que vous changiez d'avis, mais réfléchissez vite, vous dansez sur un volcan ! Ceux qui vous ont forcés à les suivre n'ont pas toute leur tête. C'est du suicide. Les chevaux sont extrêmement agressifs, dès qu'ils vous auront vus ils vous attaqueront. Ce sont des bêtes terrifiantes. Nous n'avons pas d'armes car nous sommes des hommes de prières, aussi ne pourrons-nous rien faire pour vous. Revenez ! Pensez à la foudre, à la tempête...

Sur cette dernière mise en garde il tourna les talons. Nathalie ruisselait de sueur. Les enfants s'agitaient, fâcheusement impressionnés.

— Je vous interdis de bouger ! vociféra Sylvia. Ces types mentent, nous serions encore plus en danger avec eux.

— Qu'est-ce qu'on fait ? interrogea Corn.

— On attend, lâcha Nathalie, je vais essayer de prendre contact avec les chevaux. Passez-moi un sac de larves. La nourriture les attirera peut-être.

Une musette changea de mains. La fillette déposa Charles-Henri dans les bras de Sylvia.

— O.K., capitula Corn, je viens avec toi.

— Non ! rugit Nathalie, ils sentiront que tu ne les aimes pas. Les bêtes sont très intuitives. Il faut quelqu'un de bien disposé à leur égard, quelqu'un qui ne dégage que de bonnes vibrations.

— M'dame! Chef! lança l'enfant aux lunettes cassées en levant le doigt comme un écolier, j'peux venir avec vous? J'ai fait du poney pendant deux ans dans un club. J'aime bien les chevaux!

Nathalie hésita puis songea qu'il ne serait pas mauvais d'avoir un allié dans la troupe. Si elle refusait, le gosse lui en voudrait probablement à mort et s'ingénierait ensuite à la contredire systématiquement.

— D'accord, fit-elle, amène-toi. Tu t'appelles comment?

— Michel m'dame, heu... j'veux dire chef!

Elle lui tendit la musette de larves. Le garçon l'assujettit sur son épaule avec autant de soin qu'un sac de grenades.

Nathalie se mit en marche. Les sabots n'autorisaient que de lents déplacements. Pendant tout le temps qu'il leur fallut pour se fondre dans le brouillard lumineux les regards du groupe pesèrent sur eux.

Nathalie prenait des repères. Les luisances du sol l'aveuglaient comme des grappes de projecteurs. Elle avait un peu mal à la tête. Les sabots pesaient une tonne au bout de ses jambes. Elle remarqua de grandes taches d'oxydation sur le sol. À ces endroits le métal argenté se marbrait de grandes fleurs rousses plus ou moins friables.

— C'est la pluie qui a fait ça? demanda Michel.

— Non, réfléchit la fillette, quelque chose de beaucoup plus acide. De l'urine sans doute.

— La pisse des chevaux?

— Pourquoi pas?

— Et nous? On fera pipi comment? Si on fait sur la plaque et que les bêtes déchargent leur électricité, le courant nous grimpera droit dans la quéquette, non?

Nathalie fronça les sourcils. Elle n'avait pas pensé à ça.

— Il... il faudra s'arranger, hasarda-t-elle. Et puis les chevaux ne seront pas toujours autour de nous!

— Je sais, fit l'enfant, mais je dis ça parce que les petits, quand ils ont peur, ils font souvent dans leur culotte. Et comme maintenant, justement, ils n'ont plus de culotte!

Il parut méditer intensément, puis lâcha d'un ton grave :

— Moi je crois qu'ils auront la trouille quand ils verront les canassons. Les petits ils ont peur de tout. On devrait les filer aux prêtres, p't'être que comme ça les caca-curés nous ficheraient la paix?

Nathalie renonça à s'engager sur cette pente.

— Ouah! s'exclama Michel, du crottin!

C'était vrai. Des boulettes d'excréments cartonneux jonchaient le métal.

— De la merde de cheval électrique! s'extasia le gamin. P't'être que si on y plantait une ampoule elle éclairerait, comme une vraie lampe?

Nathalie hésita à juger la remarque saugrenue. Sur Santäl il fallait s'attendre à tout. De toute manière elle n'avait pas de lampe-torche qui lui permît de vérifier si les fèces des chevaux-gymnotes fonctionnaient réellement à la manière d'une batterie.

— Ils sont passés par là, se contenta-t-elle de dire un peu bêtement.

Michel avait oublié sa peur. Il s'excitait, transpirait et sentait fort. Nathalie lui jeta un bref coup d'œil. La crasse le rendait anonyme. On lui devinait des cheveux en brosse, une figure un peu poupine. Pour le reste... Soudain ils s'immobilisèrent, figés par un cri chevrotant qui venait de jaillir du brouillard lumineux. C'était un hennissement guttural, assez proche, plutôt menaçant.

— Les chevaux, souffla Nathalie, ils nous ont repérés...

Ils ralentirent instinctivement. Les taches de rouille bruissaient sous leurs pas comme des feuilles mortes dans un sous-bois, à l'automne. De grosses cloques de métal crevaient dans une bouffée de limaille pourpre. Les deux enfants avaient l'impression de se déplacer sur le flanc d'une épave. Et soudain l'animal jaillit du brouillard de lumière pour s'immobiliser, le cou dressé. Nathalie eut un hoquet de surprise. La bête, blanche, paraissait plus grande qu'un cheval ordinaire. Ses pattes étaient autant de colonnes musculeuses. Elles avaient un aspect courtaud par rapport au reste du corps. On sentait que l'adaptation avait fait d'elles des piliers d'enracinement, des faisceaux de fibres entrecroisées à la puissance prodigieuse. Nathalie ne pouvait détacher son regard des sabots luisants, métalliques, constitués de particules de fer agglomérées par la corne. Le bord d'attaque, un peu émoussé, brillait comme la lame d'un sabre.

Le cheval blanc balançait sa grosse tête aux yeux

saillants. Le pelage, très court, ne masquait pas les veines striant les flancs et le poitrail. La crinière, elle, présentait une texture surprenante, comme si elle était formée de tentacules translucides.

La bête souffla fortement par les naseaux, hésitant sur la conduite à tenir. Ses yeux globuleux, roulant dans leurs orbites, lui donnaient une expression hallucinée.

— Passe-moi une larve, chuchota Nathalie.

Michel tremblait de tous ses membres. Sa main disparut dans la musette et revint, crispée sur le cocon barbu d'une chrysalide. Nathalie s'en saisit et leva doucement le bras, en un geste d'offrande d'une extrême lenteur. Le cheval s'ébroua et fit un pas en arrière. Sa crinière et sa queue grouillaient comme des buissons de reptiles. La fillette se demanda si les tentacules préhensiles n'allaient pas s'abattre sur elle pour l'étrangler.

Les naseaux de la bête se dilatèrent. Les lèvres se retroussèrent, dévoilant les grandes dents rectangulaires qui s'avançaient en pince.

Le cheval courba le col et son haleine brûlante caressa la main de Nathalie. La fillette était terrifiée. Elle maudissait sa peur, persuadée que son manque de maîtrise était à l'origine de vibrations néfastes. Elle ne savait pas si elle devait fixer la bête ou regarder ailleurs. Ses genoux s'entrechoquaient. Elle ferma les yeux. Il y eut une secousse au bout de son poignet et son cœur rata un battement. Quand elle rouvrit les paupières sa paume était vide et le cheval mastiquait bruyamment. Nathalie eut un sourire tremblant. Elle avait gagné ! Il était possible d'établir un contact avec les animaux électriques !

Déjà le cheval relevait la tête, quêtant une autre friandise. Sa crinière et sa queue s'agitaient de façon moins convulsive.

— Une larve, vite ! murmura la fillette.

Michel sursauta, brutalement tiré de son hypnose il eut un faux mouvement. La besace lui échappa et tomba sur le sol avec un bruit de gong. Cette fois le cheval se dressa sur ses pattes postérieures en hennissant sur une note stridente. Ses sabots fouettèrent l'air, puis retombèrent sur la plaque dans une gerbe d'étincelles.

Nathalie sentit passer l'éclair. Un flash aveuglant l'enveloppa tandis que l'espace crépitait. Des milliers d'aiguilles coururent sur sa peau, ses cheveux se dressèrent tandis que le court-circuit bleuissait la plaque sous ses semelles d'argile. Cela chuinta dans une explosion de chalumeau et une forte odeur d'ozone emplit l'air. Le cheval fit volte-face, s'éloignant dans un lourd galop qui martelait le fer telle une enclume. Nathalie se mordit le dos de la main, ébahie d'être encore en vie. Une grande fleur de suie tachait le sol, là où la décharge avait libéré son flux énergétique. À travers ses pantoufles de glaise la fillette percevait la chaleur qui montait du métal surchauffé.

— Ben mince ! bredouilla Michel, j'ai cru que ça y était ! T'as vu l'éclair ? Ça bourdonnait comme un essaim de guêpes !

Nathalie hocha la tête. Ses sabots avaient noirci. Quelle avait été la force de la décharge ? Trois cents volts peut-être. Trois cents volts irradiés à pleine puissance sur une surface de trente ou quarante mètres carrés !

Michel se baissa pour ramasser la musette. Le fond en était carbonisé et des flammèches brasillaient sur l'étoffe. Le tissu craqua soudain et les larves roulèrent sur le chrome. La plupart avaient éclaté sous l'intense chaleur comme de vulgaires châtaignes jetées sur la braise.

Nathalie s'essuya le visage. La plante des pieds lui cuisait. Peut-être avait-elle subi des brûlures au second degré ? Elle bougea.

— On rentre ? quémanda Michel.

— D'accord. Après tout on a réussi, non ?

— Tu parles ! Le canasson a failli nous griller debout mais à part ça tout baigne !

Nathalie retint une injure. Il fallait ménager le garçon, ne pas s'en faire un ennemi, et surtout ne pas souligner que le contact avait échoué à cause de sa maladresse.

— On peut les apprivoiser, insista-t-elle, c'est ce que je voulais démontrer. Tu as vu, il a mangé dans ma main.

— P't'être que si t'avais attendu il t'aurait AUSSI mangé la main ! ironisa le gosse.

Nathalie ne répondit pas. Ils ramassèrent les larves grillées et reprirent le chemin du campement. Quand ils émergèrent enfin du brouillard lumineux toutes les têtes se tournèrent vers eux. Corn vint à leur rencontre.

— On croyait que vous étiez morts ! lança-t-il, on

a vu l'éclair. Putain, quel flash ! L'eau des trous s'est mise à grésiller et à faire des bulles.

Michel, traînant la savate, se précipitait déjà vers le groupe compact des gosses éberlués.

— On a rencontré un cheval, criait-il, un vrai monstre. Des tentacules plein la tête, des dents longues comme ça et des yeux énormes. Et ses sabots ! Ils crachaient le feu ! On a eu l'impression que la foudre nous passait sous les orteils ! C'est un miracle qu'on soit pas grillés comme des gigots !

Nathalie eut un soupir de lassitude. Elle avait espéré se faire un allié et voilà que celui-ci, au lieu de relater l'aspect positif du contact, s'ingéniait à terrifier ses camarades par un récit digne d'un film d'épouvante.

Les gosses entouraient Michel, le pressant de questions. Des bribes de narration dérivèrent en direction de la fillette.

— Alors elle a tendu la main, entendit-elle, les crocs du cheval ont failli lui bouffer le bras jusqu'au coude. Le pot qu'elle a eu ! Le bourrin, on croirait qu'il a une pieuvre sur la tête. Des tentacules empoisonnés qui remuent tout le temps... ziou, ziou... Comme des serpents en colère.

Sylvia perçut le découragement de Nathalie.

— Qu'est-ce que tu espérais ? observa-t-elle. C'était fatal ! Maintenant ils vont se monter mutuellement la tête et ce soir les petits crieront dans leur sommeil. Tu n'y peux rien, le flash les a trop impressionnés. C'était comme si la foudre jaillissait du sol. Tu n'imagines pas comme les prêtres nous ont paru soudain inoffensifs.

CHAPITRE V

La journée s'écoula dans une morne hébétude. Sylvia avait réussi à obtenir des enfants qu'ils disposent les feuilles de repos à la manière des écailles d'un grand poisson. Pour cela elle avait dû user d'astuce et présenter ce travail comme un jeu d'équipe.

— Nous allons bâtir une baleine ! avait-elle crié d'un ton faussement enthousiaste. Pour le moment elle est toute nue, nous allons lui passer son habit d'écailles, vous êtes d'accord ?

Les gosses avaient applaudi. Les plus petits surtout. Mais dans l'inévitable bousculade qui suivit plusieurs « tapis de sol » furent déchirés, réduisant d'autant l'espace de protection.

Malgré cela on parvint à former une espèce de radeau vert et mou dont les limbes se chevauchaient. La fragilité de l'ensemble interdisait bien sûr les déplacements violents ou répétés. Contraints à une semi-immobilité les enfants se laissèrent peu à peu gagner par la morosité des jours de pluie. La station assise, s'éternisant, leur rappelait les longs confinements sous la tente, tandis que l'averse crépite sur le

double toit, et les jeux idiots que les moniteurs s'éver-
tuent à animer jusqu'à ce que la nausée gagne tout le
monde.

Sylvia, le visage blême et les yeux cernés,
déployait un dynamisme de commande qui ne trompait personne. En quelques heures elle avait épuisé
tout ce qu'on lui avait appris au cours du stage de
formation. Chaque fois qu'elle proposait une quelconque activité, elle voyait invariablement les
visages de ses auditeurs se plisser de dégoût...

— Et la charade-éléphant? proposait-elle d'une
voix mourante.

— Beerk! bramaient les enfants.

— Et les proverbes queue leu leu?

— Beerk!

Les poings serrés, elle finit par exploser :

— Alors proposez quelque chose, vous!

Les marmots hésitèrent, puis les premières bou-
tades fusèrent, faisant rapidement boule de neige.

— Le jeu de la plus grosse quéquette! lança un
plaisantin anonyme, provoquant un éclat de rire
général.

Corn, agenouillé à la frange du tapis, tâtait le limbe
des feuilles du bout des doigts. Nathalie le rejoignit.

— Ça commence à mollir, murmura l'adolescent
en pinçant une nervure, regarde, la chlorophylle pâlit,
c'est mauvais signe.

— Combien de temps encore? interrogea anxieusement la fillette.

Corn fit la moue.

— 'sais pas. Vingt-quatre heures. Pas plus.

Ils se turent et reportèrent leurs regards sur le campement des prêtres. Ceux-ci, se désintéressant apparemment des fuyards, s'absorbaient dans la confection de leur repas. Ils avaient ranimé le fourneau et posé sur les pierres branlantes une grosse marmite. Personne ne montait la garde. Deux rabatteurs, torse nu, jouaient au ballon. Le tableau ne trahissait aucune agressivité.

— Ils sont vachement malins, grommela Corn. On croirait des campeurs attendant l'heure du pique-nique !

Quelques minutes s'écoulèrent, puis une délicieuse odeur de poulet rôti flotta dans les airs, poussant ses effluves en direction de l'oasis. Ce parfum s'estompa pour être remplacé par une bouffée de pain chaud et craquant. En dix secondes toute la plaine fut baignée par cette atmosphère de fournil.

— Ce n'est pas possible ! grogna Nathalie, salivant malgré elle. Ils ont ouvert une auberge !

Corn haussa les épaules.

— Idiote ! tu ne connais pas le truc ? Ils se servent de petits sachets de poudre aromatique concentrée. Une cuillère à soupe dans dix litres d'eau bouillante, et tu fais naître n'importe quelle odeur : viande rôtie, gâteau sortant du four... Tout ce que tu veux ! Ça fait partie de leur panoplie de blocus. C'est une arme psychologique terriblement efficace dès qu'il s'agit de s'en prendre à une bande de crève-la-faim dans notre genre. Tu vas voir, dans trois minutes les mômes vont réclamer à bouffer ! Tout ça à cause de quelques sachets délayés dans une marmite de flotte boueuse !

Le plus drôle c'est que ces produits ne sont même pas comestibles ! Une fois l'odeur évaporée on n'a plus qu'à se dépêcher de vider la marmite dans une ornière.

Nathalie jura à voix basse. Cedric, le museau tendu, reniflait en salivant. Les parfums se succédaient dans le vent : fragrances de rôtisserie, de boulangerie, cuissons gourmandes aux savantes dorures...

Le minuscule fait-tout coincé entre deux pierres semblait cuire entre ses flancs des montagnes successives et disparates de gigots, de ragoûts, de brioches, de caramels fondants au rhum roux. Des brises de pralines, des alizés de kirsch, balayaient les contours de l'île. Des hectolitres de confitures les plus diverses bouillonnaient, encerclant la plaine de fer...

— Des poudres, répéta Corn, maussade, de foutues poudres chimiques sans valeur nutritive. Des poisons amers qui vous brûlent la langue. Ce ne sont que des mirages... De simples fantômes ! Il n'y a rien dans la marmite. Rien que de la flotte dégueulasse !

Les enfants ne tardèrent pas à se plaindre. Il fallut distribuer les dernières larves, mais ce repas parut bien frugal en regard des succulences que laissaient présager les odeurs émanant du camp des prêtres.

Les petits recrachèrent leur part en criant qu'ils voulaient « du gâteau des curés ». Les autres garçons, après s'être d'abord contentés de grogner, commencèrent à se battre avec la nourriture.

— Ton rata c'est du caca ! cria l'un d'eux à l'adresse de la monitrice.

En quelques minutes les derniers vivres finirent éparpillés dans les cheveux des mutinés. Sylvia, débordée, tenta de raisonner les rebelles, mais elle fut lapidée à l'aide de débris alimentaires.

— On veut bouffer comme les curés ! hurla un adolescent rouge d'excitation.

Et il fit mine de quitter la surface de protection pour marcher à la rencontre des prêtres. Corn le frappa violemment au visage, lui faisant éclater la bouche, puis, lorsque le gosse s'effondra sur le sol, il redoubla d'un coup de pied au ventre qui rejeta sa victime sur le dos, à demi inconsciente et bavant des bulles de sang.

— Avis aux amateurs, gronda l'apprenti forgeron, bouchez-vous le nez ! Il s'agit simplement d'un piège des curés. Ramassez donc la nourriture que vous avez gâchée et savourez-en les miettes car vous n'aurez rien d'autre à vous mettre sous la dent tant que les guêpes n'auront pas levé le camp !

Sylvia alla soulever l'enfant sanguinolent qui pleurait en poussant des couinements de porcelet blessé.

— T'es dingue ! jeta-t-elle en fixant Corn avec horreur, tu aurais pu le tuer !

— Ouais, bafouilla la victime, y m'a cassé les dents... J' le dirai, j' le dirai...

— Et alors ! vitupéra l'apprenti, tu crois que je vais pleurer sur lui ? Je déteste les mômes, ça pisse, ça chie, ça dégueule ! Ça se vide par tous les bouts ! C'est mou, ça me donne envie de taper dedans dès que j'en vois un... Si tu ne les fais pas marcher à coups de bottes ils auront ta peau, ma vieille. D'ailleurs ils ont déjà commencé !

Il s'interrompit, haletant, les yeux fous. De la bave coulait sur son menton. Il fit face au troupeau, les poings sur les hanches, dans une attitude de pur défi.

— Vous entendez ? vociféra-t-il. Le prochain qui me cherche je le balance sous les sabots des chevaux électriques !

Nathalie avala péniblement sa salive. Corn lui faisait peur. En terrifiant les orphelins il jouait le jeu des prêtres du Saint-Allégement. Déjà les « bébés » reniflaient leur morve et leurs larmes en balbutiant :

— Peur... Veux m'en aller. Méchant, le garçon !

Son avertissement énoncé, l'apprenti forgeron s'isola à l'une des extrémités du tapis végétal. De temps à autre il regardait par-dessus son épaule, considérant la masse indistincte des marmots, et lâchait une invective.

— Vous n'avez même pas de poils à la bite, conclut-il enfin, alors n'espérez pas faire la loi !

Sylvia, agenouillée, essayait de tamponner les lèvres fendues du gosse maltraité.

— Il est fou ton copain ! souffla-t-elle en jetant un bref coup d'œil à Nathalie. On se demande ce qu'il fait ici. C'est de la graine de guêpe ! En attendant c'est gagné, tous les gosses sont persuadés d'être aux mains d'un cinglé !

Nathalie se mordit la lèvre. Elle savait que Sylvia avait raison.

Les rabatteurs du Saint-Allégement n'avaient probablement rien perdu de la querelle. À peine se

formulait-elle cette pensée qu'une voix amplifiée par
un mégaphone retentit dans les airs.

« Mes enfants ! Mes enfants ! » disait-elle, onc-
tueuse en dépit de l'écho métallique. « Mes enfants,
je vous en conjure, venez à moi ! Nous vous protégerons. Fuyez les voyous qui vous commandent,
n'écoutez pas les contes à dormir debout dont ils vous
abreuvent. Mon cœur se serre car mes frères et moi
allons devoir reprendre la route en vous laissant entre
les griffes de ces vauriens. Oh ! j'ai peur pour vous...
Je sens que vous allez souffrir. Beaucoup souffrir.
Réfléchissez, il n'est pas encore trop tard ! »

Nathalie ferma les paupières pour ne plus voir les
visages attentifs qui l'entouraient. Le nez levé, les
gosses se gavaient de ce chant des sirènes. Ils avaient
envie de croire à la voix qui tombait des nues.
L'homme qui parlait ainsi ne paraissait pas méchant.
Après tout c'était une sorte de grand-père professionnel, n'est-ce pas ? Un vieux type maigre, plein de
rides, qui vous embrassait en vous piquant les joues.
Qui sentait le tabac, le savon... des trucs de grandes
personnes, quoi ! Et puis un mec à soutane ça ne
pouvait pas vous blesser. Une soutane ! Allons donc,
une espèce de robe trop longue comme en portent
les mémés ! Est-ce qu'un type affublé d'une robe
pouvait vous faire du mal ? Les curés, ils ont toujours
des petits gestes étriqués, comme si ça allait leur
briser les articulations de trop bouger ! Et puis des
mains roses de bébé. Des mains de feignants, comme
on dit... Ils doivent juste avoir de la corne au bout
des doigts à force de tourner les pages de leurs

bouquins de prières. On sait bien que c'est le seul sport qu'ils pratiquent. Ça, et le plongeon dans l'eau bénite... Nathalie redressa la nuque. Oui... Elle n'avait pas besoin de sonder les regards pour recomposer l'itinéraire intérieur de chacun des garçons qui l'entouraient.

Le silence revint. Là-bas, le prêtre avait tourné les talons. Il jouait habilement la partie. L'indécision faisait vaciller les yeux des naufragés.

Nathalie cherchait désespérément quelque chose qui pût faire basculer le rapport des forces en sa faveur, mais elle ne trouvait rien.

« Les premières désertions auront lieu cette nuit », pensa-t-elle avec fatalisme.

— Il faut bouger, chuchota Sylvia, faire diversion. Organisons une marche, une randonnée. Partons à la découverte de l'oasis.

— Et si les chevaux nous chargent ? objecta Nathalie.

Sylvia haussa les épaules.

— Au point où nous en sommes ! Si nous laissons les mômes croupir dans leur peur ils fugueront tous au cours de la nuit.

— D'accord. Allons-y.

La monitrice eut beaucoup de mal à secouer le bloc compact que constituaient à présent les enfants rétractés dans un attentisme méfiant.

« Ils n'ont plus confiance en nous, songea-t-elle, ils se demandent qui est leur véritable ennemi. »

Une colonne molle se constitua. Les garçons avançaient en traînant les pieds. Certains mêmes s'étaient déchaussés dans une attitude de défi évident. Nathalie se garda d'intervenir. Les petits traînaient en queue de colonne. Le nez froncé, ils reniflaient en bégayant : « Gâteau... Gâteau. » Et leurs mains humides de salive se tendaient vers le camp des prêtres.

La promenade sur la plaque n'allégea aucunement l'atmosphère. Les gosses marchaient contre leur gré, fixant le sol, refusant tout dialogue. Après une demi-heure d'une déambulation sinistre Sylvia donna le signal du retour.

— La nuit sera longue, dit-elle quand ils atteignirent le tapis de feuilles.

Les enfants se plaignaient dans leur sommeil. Le petit Charles-Henri, dont Nathalie avait la garde, gigotait en geignant. Par moments il murmurait quelque chose à propos d'une espèce de croque-mitaine qu'il surnommait le « mange-bébés »... La fillette crut comprendre qu'il s'agissait d'un ogre hybride, une sorte de centaure personnifiant Corn et les chevaux électriques.

Torturé par son cauchemar le gamin finit par se dresser en hurlant :

— La mézante bête ! sanglotait-il, le manze-bébé, il est là...

Ses cris réveillèrent les autres petits qui commencèrent aussitôt à pleurer en réclamant les choses les plus diverses.

— Gâteau !

— Pipiii !

— Fait caca...

Nathalie ne chercha pas à les calmer. Elle scrutait les ténèbres, craignant une action de commando des prêtres. Sa résistance nerveuse fortement amoindrie par le manque de sommeil peuplait son esprit de craintes vagues. Sylvia réfuta ses arguments.

— Pourquoi les curés attaqueraient-ils ? disait-elle. Les mômes s'éparpilleraient aussitôt. Ce serait trop compliqué. Non, ils vont s'évertuer au contraire à gagner leur confiance. Si les choses continuent au train où elles vont, les gosses ne tarderont pas à nous lâcher. Ils ont faim et peur. L'immobilité leur pèse. De toute manière dès que les feuilles seront pourries il faudra bien se décider à bouger. Tu as vu le ciel ? En fin de journée il était noir. Il pleuvra d'ici peu, ça veut dire que l'oasis va se couvrir de mares et de flaques. Chaque dépression du terrain retiendra l'eau de l'averse. Nous allons patauger et nos sabots s'imprégneront comme des éponges ! N'oublie pas qu'ils ne sont pas imperméables ! Humides, imbibés, ils ne nous protégeront plus des décharges !

Elle fit une pause avant d'ajouter plus bas :

— De toute façon tu sais qu'ils sont mal cuits. La flotte va les ramollir progressivement. De poreux ils deviendront mous. Nous finirons pieds nus, clopinant dans les flaques. Autant plonger dans une baignoire, un sèche-cheveux branché à la main.

Nathalie se rongeait l'ongle du pouce.

— Les curés vont peut-être se lasser ? dit-elle d'un ton mal assuré.

— Tu rêves ! vitupéra Sylvia. Ils attendront encore un peu. Après quoi ils utiliseront la manière forte. Tu n'as pas encore compris qu'ils nous assiègent parce qu'ils n'ont pas découvert d'autres victimes aux

alentours ? Nous sommes leur seul gibier, ils n'aban-
donneront pas la chasse.

— Caca ! Caca ! hurla brusquement un petit en se
tenant le ventre à deux mains. Il galopait déjà sur la
plaque à la recherche d'un endroit pour se soulager.
Sylvia bondit à sa poursuite.

— Moi aussi, gémit un autre marmot en baissant la
guenille qui lui tenait lieu de culotte.

— Les bébés, ils ont bouffé les feuilles du tapis,
m'dame ! intervint Michel ; ça leur a filé la colique !

Nathalie repoussa les enfants pour examiner les
contours des limbes flétris. Des marques de dents
en ébréchaient le périmètre comme si des chenilles
géantes avaient décidé de dévorer la natte de protection. Qu'y avait-il de surprenant à cela quand
on prenait la peine de se rappeler que les gosses
passaient la majeure partie de leur temps à sucer
et mâchouiller tout ce qui leur tombait sous la
main ?

— Ils sont p't'être empoisonnés ? envisagea
Michel. Si ça se trouve ils vont devenir tout bleus et
mourir-dans-d'atroces-souffrances...

« Mourir-dans-d'atroces-souffrances », la locution
lui plaisait, c'était sensible. Nathalie alla prévenir
Sylvia.

— Je ne sais pas si les feuilles sont toxiques, avoua
celle-ci, je ne suis pas du coin. Et puis les stages de
botanique ça me barbait !

Les malades ne moururent pas. Tout juste se
contentèrent-ils de gigoter en se comprimant le ventre
à deux mains pendant que les grands les abreuvaient

des quolibets d'usage : « Hou ! les chiasseux ! Hou !
les merdeux ! »

Nathalie s'endormit, assise en tailleur, le menton
sur la poitrine, vaincue par la fatigue. Le froid de la
nuit avivait les brûlures de ses pieds. Sous ses fesses la
grande feuille aux nervures complexes prenait la
consistance d'un ballon dégonflé. À l'aube elle fut
réveillée par le cri d'alarme de Corn. L'apprenti
forgeron pointait le doigt, désignant trois enfants
qui couraient vers le camp des prêtres en se tenant
par la main.

Ils avaient jeté leurs sabots pour aller plus vite, et
leurs pieds nus se décollaient de la plaque avec des
bruits de ventouse.

— Les saligauds, jura Corn, je vais les rattraper !

— Non, ordonna Nathalie, ils vont trop vite, tu ne
pourrais les avoir qu'en ôtant tes chaussures.

Là-bas les gosses galopaient vers la prairie sans
regarder derrière eux. Soudain, alors qu'ils allaient
franchir les derniers mètres les séparant de la boue du
chemin, un galop grondant ébranla le sol brillant.
Toute l'oasis tremblait dans un cliquetis d'armure
attaquée par un vibromasseur. Les chevaux surgirent
du brouillard de reflets. En pleine course, l'encolure
allongée. Ils galopaient pour le plaisir, martelant le
chrome. Les fuyards leur barraient la route, gnomes
sombres et gesticulants se déplaçant à ras de terre,
comme les prédateurs qui vous mordent aux jarrets.

Le cheval de tête se cabra en hennissant, ses sabots
battirent l'air et retombèrent sur le sol avec un craquement de câble à haute tension qui se rompt.

L'éclair crépita, flaque magnésique et bourdon-
nante dont la lumière mortelle enveloppa les enfants
aux pieds nus.

Durant une interminable seconde les trois corps
tressautèrent, soumis à d'effroyables spasmes, puis
le court-circuit mourut dans une dernière gerbe
d'étincelles. Les chevaux se regroupèrent, la crinière
hérissée.

« Ils vont nous charger ! » pensa Nathalie impuissante. Le grand cheval blanc qui paraissait commander la horde s'approcha lentement, en éclaireur.
Dévisageant ce troupeau d'envahisseurs blottis au
milieu d'une tache verte à l'odeur âcre.

En le voyant marcher vers eux, les enfants gémi-
rent en chœur et se pressèrent contre Sylvia. Nathalie
saisit Cedric par le collier. Comme tous les chiens il
n'aimait guère les chevaux et elle ne voulait pas
courir le moindre risque.

L'étalon aux pattes musculeuses s'immobilisa en
face de la fillette, flairant le vent. Nathalie eut la
conviction qu'il s'agissait de l'animal avec lequel elle
avait réalisé son premier contact. Il semblait hésiter
sur la conduite à tenir. Le court-circuit avait noirci ses
sabots qui paraissaient maintenant enduits de cirage.
Il baissa le cou, reniflant les limbes du tapis et se mit
à brouter l'une des feuilles de protection.

Nathalie frémit en pensant que la horde entière
allait l'imiter, réduisant à néant la fragile retraite
des naufragés. Par bonheur le végétal se révéla d'un
médiocre intérêt gustatif, et le grand cheval recracha
ce qu'il venait de prélever.

Faisant volte-face il lâcha sur les enfants une interminable salve de crottin, puis s'éloigna au petit trot. Le troupeau l'imita. Dans un vacarme de ferraille la horde s'enfonça au cœur de la brume de reflets.

Nathalie fut la première à reporter son regard sur les trois corps abattus au centre de la tache de suie marquant le bord de la plaque.

Malgré la distance on les devinait tordus, cassés par les convulsions.

— Là, c'était au moins du mille volts ! souffla Michel admiratif. Putain ! Quelle fricassée !

Personne n'eut le courage de le gifler. Ce fut la seule oraison funèbre des trois déserteurs.

CHAPITRE VII

Les feuilles pourrissaient doucement. Leur beau vernis lisse et caoutchouté avait d'abord pris la consistance de la baudruche flasque pour évoluer ensuite vers celle de la mie de pain mouillée.

Elles partaient en lambeaux au moindre mouvement. Lorsqu'on les touchait on pensait immédiatement à ces débris de salade flétrie qui s'effilochent au fond des vivariums chez les marchands d'animaux domestiques. En peu de temps le tapis de protection se désagrégea. La gesticulation des petits y contribua à vrai dire fortement, car les bébés, enthousiasmés par la déliquescence générale, pétrissaient les débris végétaux de toute la vigueur de leurs doigts potelés. Ils écrasaient, trituraient, malaxaient, et finissaient invariablement par porter le fruit de leurs pétrissages à la bouche. Comme si leur estomac était le seul organe capable de leur donner une image exacte de l'univers.

Cette démarche laissait Nathalie perplexe. Les marmots mâchaient indifféremment tout ce qui leur passait entre les mains. Lambeaux de vêtements, débris végétaux, qu'ils étaient en mesure de sucer des heures entières pour en extirper les sucs les plus secrets. Le malaxage leur prenait aussi beaucoup de temps. Les surfaces dures ne les intéressaient guère, ils préféraient de loin le mouillé, le malléable. Tout ce qui s'écrase entre les doigts ou s'aplatit sous le poing. L'amollissement du tapis végétal fut pour eux une véritable aubaine, et il ne leur fallut que peu de temps pour changer les limbes nervurés en une répugnante bouillie d'épinards dont ils se barbouillèrent avec des gloussements extatiques.

Un autre problème, toutefois, harcelait Nathalie. L'eau commençait à manquer. Au début on avait rempli les gourdes avec l'eau des flaques qui parsemaient le sol métallique. Mais le temps s'écoulant, ces stagnations avaient fini par s'évaporer, ne laissant subsister au fond des cuvettes qu'un dépôt vaseux chargé de copeaux de fer. Les gosses se plaignaient de la soif et il avait fallu restreindre les distributions de liquide. Corn et Nathalie partirent en exploration avec l'espoir de dénicher un nouveau point d'approvisionnement, mais ils ne rencontrèrent que des mares boueuses aux reflets métalliques. L'eau croupie était saturée de limaille. D'ailleurs, à certains endroits, une sorte de sable ferreux crissait sous les pieds des marcheurs. Cette poussière brillante irritait la peau comme du papier de verre. Si l'on y touchait, ses particules poudreuses s'incrustaient aussitôt sous l'épiderme, provoquant d'insupportables démangeaisons.

— C'est la poussière de la plaque, observa Corn, les copeaux arrachés par les sabots des chevaux qui frappent le sol. D'ordinaire l'humidité fixe la limaille à terre, mais dès qu'il fait chaud les grains se décollent. Si le vent se lève nous prendrons toute cette mitraille en pleine gueule !

— Il faudrait qu'il pleuve ! soupira la fillette en examinant son index auquel s'accrochaient quelques grains de limaille.

— S'il pleut nous courrons le risque d'être électrocutés, dit sobrement Corn, il n'y a plus de tapis et nos pantoufles ne resteront pas longtemps imperméables. D'ailleurs la plupart des gosses ont fêlé ou fendu l'une ou l'autre de leurs godasses. La situation va devenir intenable. Déjà qu'on crevait de faim. Si les curés ne partent pas on tuera un cheval.

— Je te l'interdis ! explosa Nathalie.

— Tu dérailles, se moqua l'apprenti forgeron, tu préfères qu'on bouffe l'un des bébés ? Remarque que moi ça me gênerait pas outre mesure. Au moins c'est plus facile à tuer... et moins dangereux !

En désespoir de cause ils remplirent les gourdes dans un trou qui leur sembla moins fangeux que ceux précédemment visités.

« On la passera à travers un mouchoir, décida Nathalie, ça éliminera la limaille. Enfin, je l'espère... »

Au camp les bébés pleuraient avec des voix enrouées et les adolescents boudaient, tournant ostensiblement le dos à Sylvia.

— Tu nous enquiquines avec tes jeux idiots ! lança un garçon. Tes charades, tes portraits chinois on s'en fout ! C'est pour les moutards !

— Ouais ! renchérit un second, si tu veux nous distraire montre-nous plutôt tes nichons !

— Et ta mouillette !

— Ouais !

— À-poil-la-mono ! À-poil-la-mono ! scanda bientôt le groupe en martelant la plaque à coups de sabots.

L'arrivée de Corn ramena le silence. On entreprit de distribuer l'eau en improvisant un filtre à l'aide d'un morceau de chemise ficelé sur le goulot de la gourde. Le liquide gouttait dans les gobelets avec une lenteur de clepsydre.

— C'est encore de la flotte qui a le goût de ferraille ! se plaignit l'un des gamins. Ça va nous rendre malades, on va se rouiller les boyaux ! Quand est-ce qu'on va manger ? Les curés se privent pas, eux ! Tout à l'heure ça sentait le rôti de porc...

— Et le bonbon ! lança un petit.

— Et le gâteau tout chaud !

— Miamm !

— Si vous avez faim boulottez l'un des bébés, grogna Corn, il en restera toujours trop !

— Ouais ! s'exclamèrent les garçons enthousiastes, dévorons les bébés. Bouffons-leur les mains !

— Et les pieds !

— Et les oreilles !

— Et les fesses !

— Et la quéquette !

— Ah ! c'est chouette...

Tout en scandant leur comptine les garçons s'étaient mis à poursuivre les petits. D'abord ils les chatouillèrent, provoquant des trilles de gloussements aigus. Puis les agaceries dégénérèrent en pincements et en oreilles tirées. Les « bébés » se débattaient, hésitaient entre le rire et les larmes.

— Je suis Croque-marmots ! cria un garçon.

— Et moi Bouffe-moutards ! hurla un autre en grossissant sa voix. Sus aux tête-biberons !

— À la broche !

— À la marmite !

Sous l'alibi de la plaisanterie perçait, comme de coutume, la cruauté enfantine et le plaisir pervers de faire mal. Les petits, qui connaissaient bien la règle du jeu, ne riaient plus du tout.

Nathalie dut frapper dans ses mains pour ramener le calme.

Dans le courant de l'après-midi les nuages, qui n'avaient cessé de s'assombrir, paraissaient toucher la crête des arbres. Le ciel était presque uniformément noir. Les prêtres, debout au bord de la plaque, avaient endossé des cirés de marin. L'un d'eux observait le troupeau des réfugiés, longue-vue au poing.

— Il n'y a pas de vent, dit Nathalie, la pluie n'amènera pas la tempête.

Corn cracha sur le sol.

— Tu sais bien que la pluie précède toujours l'ouragan de quelques jours ! Qu'est-ce qu'on va faire ? Si les chevaux décident de se coller au sol ils vont électrifier toute la surface de l'oasis jusqu'à la fin de l'averse. Tu as vu ce que produit un seul de ces canassons quand il décharge ? Alors, imagine ce qui peut se passer lorsque le troupeau tout entier joue aux électro-aimants ! Je suis sûr qu'ils fabriquent autant de courant qu'une petite centrale électrique. Combien de temps peuvent-ils tenir ?

Nathalie fronça les sourcils, rassemblant des souvenirs de lecture.

— Trois ou quatre heures à ce qu'on dit, lâcha-t-elle. Pendant toute la période d'aimantation ils sont indéracinables. Mais nous nous affolons peut-être pour rien. Ils n'éprouveront sûrement pas le besoin d'adhérer au sol... Ce ne sera qu'une averse sans risque de trombe.

— Comment peux-tu prévoir ce qui se passera dans la tête de l'étalon leader ? C'est lui seul qui définira l'attitude du clan. S'ils se branchent tous sur la plaque, le fer va virer au rouge ! L'oasis ne sera plus qu'une chaise électrique géante ! Nous allons frire comme des lardons dans une poêle.

— Tous les points du territoire ne sont peut-être pas recouverts de métal, observa Nathalie. Il existe sans doute un rocher qui perce la plaque.

— C'est idiot, jugea Corn. Ton rocher sera mouillé de toute façon, donc conducteur d'électricité...

— Alors il n'y a plus qu'à s'en remettre à la chance, conclut Sylvia qui était demeurée silencieuse. Et à prier pour que nos chers chevaux ne soient pas effrayés !

Ils se séparèrent, maussades. Une demi-heure plus tard le prêtre préposé aux harangues lança un ultime appel.

— La foudre approche ! gémissait-il hypocritement. Vous allez être pris en sandwich entre les éclairs et les courts-circuits des chevaux. Je vous en conjure, nous rentrons à la base, accompagnez-nous. Je ne peux me résoudre à vous voir périr ! Songez qu'une fois électrocutés vous ne jouirez même pas des derniers sacrements !

Corn lui cria une injure, mais les visages des enfants reflétaient un profond désarroi. Un silence pesant tomba sur le troupeau. En début d'après-midi la luminosité baissa considérablement et la nuit s'installa en plein jour. Les nuages se rabotaient la panse à la cime des arbres. Enfin les premières gouttes claquèrent sur le territoire de métal avec un fracas de verre brisé. Nathalie osait à peine respirer.

Le territoire d'acier résonnait comme un gong fusillé à la grenaille. Des flaques se formèrent très vite. L'eau que la terre ne pouvait boire stagnait en mares. La moindre dépression du terrain faisait office de cuvette.

Nathalie et ses compagnons ruisselaient de la tête aux pieds, les vêtements transpercés, collés au corps. Les grossiers sabots d'argile s'imbibaient lentement et l'humidité assombrissait leur matière poreuse. La fillette sentit bientôt quelque chose de gluant entre ses orteils. La glaise mal cuite se défaisait, retournant à la boue. Personne ne bougeait. Plantés comme des piquets, les naufragés subissaient l'averse en grimaçant. L'eau leur martelait le crâne de ses gouttes dures tandis que les ruissellements drainaient sous leurs pieds une mare aux reflets huileux.

Si une décharge électrique les surprenait maintenant elle n'épargnerait aucun d'eux. Ils en étaient tous conscients. Tous sauf les petits, naturellement, qui

gambadaient entièrement nus en s'aspergeant et en
sautant à pieds joints dans les flaques pour provoquer
d'immenses éclaboussures.

Nathalie grelottait d'angoisse, attendant la seconde
où le territoire de métal s'illuminerait dans un gigantesque flash. Il lui semblait entendre bourdonner les
courts-circuits, voir les éclairs sinuer entre les mares,
longs zigzags de bande dessinée se terminant par une
flèche pointue.

L'averse ne finissait pas, elle déversait ses cata-
ractes avec une conscience professionnelle de lance
d'incendie. Les petits hurlaient de joie, se roulaient
dans les mares. Ils avaient tous quitté leurs guenilles
et la pluie les lavait sans qu'ils s'en rendent compte.
Leur peau reprenait peu à peu son rose naturel.

Au bout d'une heure les gouttes s'espacèrent et la
lumière revint. L'oasis de fer brillait de tous ses
reflets. Les enfants, hagards dans leurs haillons aux
allures d'algues pourries, échangèrent des sourires
timides.

— Il n'y a pas eu de vent ! triompha Nathalie,
il n'y a pas eu de vent ! Les chevaux ne se sont pas
sentis menacés.

Au même moment l'averse cessa.

— Remplissez les gourdes, ordonna aussitôt Sylvia.

Les enfants bougèrent, engoncés dans leurs hardes
gorgées d'eau. Ils étaient tous un peu pâles mais
feignaient de n'avoir pas eu peur.

— Enlevez vos vêtements et essorez-les, commanda la monitrice, ce n'est pas le moment d'attraper
la crève.

— Les filles d'abord! gouailla l'un des gamins.

— Ouais! La mono d'abord!

— Et la fille au chien!

L'échange fut brusquement interrompu par un cri de Michel. Nathalie fit volte-face. Le garçon aux lunettes fêlées pointait le doigt en direction de la plaine.

— Les... les curés, bégayait-il, ils sont partis!

Une lueur de stupéfaction illumina tous les regards. Incrédule, Nathalie plissa les paupières, mais Michel avait raison. Les prêtres avaient levé le camp, emportant leurs tentes et leur marmite-piège.

— Ils ont eu peur de la tempête! dit Sylvia. Ils ont dû croire que l'averse cachait une trombe aspirante.

— Ils se sont lassés, soupira Nathalie, le blocus s'éternisait. L'opération n'était plus rentable.

— Les caca-curés se sont tirés! jubila Michel. Ils ont eu la trouille de l'orage.

— Ou alors c'est un piège, grinça Corn. Ces salauds sont planqués dans la forêt, sous les arbres, il faut attendre avant de quitter la plaque.

L'enthousiasme retomba. L'hypothèse évoquée par l'apprenti forgeron paraissait affreusement vraisemblable. Tous les enfants se mirent à fixer la lisière de la forêt.

— Bon sang, c'est sûr, gémit Michel, ils nous font le coup du guet-apens indien!

Les gestes se suspendirent et l'on demeura immobile, à l'affût. Après quelques minutes d'attention soutenue, les gosses se persuadèrent qu'ils voyaient bouger des ombres sous le couvert.

— Ouais ! s'exclamaient-ils, ça rampait... et puis ça bondissait en se cachant... là-bas !

Chacun désignait un point différent de la forêt, à croire que les bois abritaient une armée entière de rabatteurs aux aguets.

Cedric, lui, grognait sourdement, et de façon continue. Attitude qu'il adoptait toujours en présence d'une menace. Chose curieuse cependant, il tournait le dos à la forêt et flairait, la truffe basse. Nathalie éprouva un violent malaise. Une sensation de danger imminent l'oppressait. Elle regarda autour d'elle, s'appliquant à s'abstraire du bourdonnement des enfants occupés à localiser des silhouettes qui n'existaient que dans leur imagination.

Elle crut percevoir un grattement diffus, un raclement qu'elle ne réussissait pas à localiser. Et soudain ses yeux se posèrent sur une grande tache de rouille marbrant le sol. Elle eut la certitude que la fleur rousse s'écaillait. Des particules de métal oxydé se détachaient tandis qu'une poussière pourpre montait comme une fumée. Le phénomène était si surprenant que Nathalie n'eut même pas la présence d'esprit d'ouvrir la bouche. Elle en était encore à se demander si elle était victime d'une hallucination quand la tache de rouille creva sous l'impulsion d'un coup de pioche venu du sous-sol. Le métal friable, réduit à l'état de dentelle, vola en éclats et un prêtre vêtu d'un ciré boueux jaillit du trou ainsi pratiqué. Seul son torse émergea du sol. On eût dit un soldat se dressant dans sa tranchée. Il tenait un lasso qu'il fit tournoyer au-dessus de sa tête, avant d'en jeter le nœud coulant en direction des enfants. Tout cela se déroula avec une incroyable rapidité. Lorsque Nathalie se résolut enfin à crier, l'un des garçons avait été happé par la corde et le prêtre le halait de la même manière qu'on tire un gros poisson sur un quai. Au même instant une seconde fleur de rouille creva à vingt mètres de la première et un autre rabatteur jaillit des entrailles de la terre comme un diable, la tête couronnée d'un lasso sifflant. Le filin frôla Nathalie et resserra sa boucle autour des pieds d'un bébé qui fut lui aussi traîné d'un mouvement vif et puissant. Les enfants comprirent ce qui arrivait. Mettant l'attente à profit, les prêtres avaient creusé des tunnels sous la plaque pour s'y déplacer comme sous une banquise. En tâtonnant ils avaient isolé les points faibles du territoire d'acier pour émerger au cœur même de l'oasis sans avoir à y poser la semelle.

Deux, trois autres taches d'oxydation éclatèrent. Ce fut la panique. Les enfants couraient en tous sens, perdant leurs sabots, piétinant les petits. Les prêtres, après avoir halé les victimes jusqu'à leur trou, leur appliquèrent sur le visage un tampon anesthésiant qui plongea aussitôt les enfants dans un coma profond. Ce travail accompli, ils disparurent à l'intérieur des souterrains, remorquant leur gibier inconscient. L'opération n'avait pas duré plus de trente secondes. Sylvia, éperdue, dénombra quatre manquants. Cedric s'avança, les crocs découverts jusqu'au bord du premier trou, mais recula vivement, comme sous l'effet d'une odeur nauséabonde. Après avoir reniflé le pourtour de la cavité il coucha les oreilles en signe d'inquiétude. Nathalie ne comprit rien à ce manège car le doberman, d'ordinaire, ne craignait pas les hommes, fussent-ils armés.

Sylvia, agissant avec efficacité, avait rassemblé les enfants en un point relativement éloigné des fleurs de rouille et s'évertuait à calmer les bébés qui braillaient d'épouvante, ou de douleur. Plusieurs d'entre eux, piétinés au cours de la bousculade, avaient eu les mains écrasées par les sabots de leurs aînés.

Corn s'agenouilla à côté de Nathalie.

— Sacrédieu ! siffla-t-il légèrement admiratif, quel coup de maître ! Tu as vu ça ? Les mômes ficelés et traînés comme des gorets. De vrais pro' les curés !

Nathalie se pencha sur l'ouverture. Le boyau paraissait interminable. Aucun étai ne trahissait le travail humain.

— Ce n'est pas possible, murmura-t-elle, comment auraient-ils eu le temps de creuser de pareilles galeries ? Réfléchis ! Ils ont jailli en quatre points distincts, ça voudrait dire qu'ils ont foré quatre tunnels ? Nous les aurions forcément entendus. On ne charrie pas des tonnes de terre sans éveiller l'attention...

Corn réfléchit.

— Il y a peut-être une autre explication, dit-il en examinant un lambeau de peau translucide qu'il venait de prélever dans la boue.

— Laquelle ?

— Regarde ça : une mue de serpent. Tu te rappelles de l'arbre mou dont je te parlais à notre arrivée ?

— Le serpent géant ? L'arbre devenu reptile pour échapper au vent ?

— Oui. Cette taupinière c'est son domaine ! C'est lui qui en a creusé les galeries, pas les rabatteurs. C'est sa tanière qui serpente ainsi sous la plaque. Les prêtres n'ont fait que se glisser dans l'un ou l'autre des accès qui débouche dans la plaine. Les souterrains étaient déjà creusés, ils n'ont eu qu'à les emprunter pour se balader sous nos pieds. Voilà pourquoi il n'y a pas eu de bruit. Ils n'ont eu qu'à ramper en attendant de voir une tache de rouille au-dessus de leur tête.

— Mais comment...

— Parce que la rouille vient probablement du dessous ! C'est l'arbre mou qui attaque la plaque au moyen de ses sécrétions. Il a peut-être l'habitude d'attaquer les chevaux.... Et puis je t'ai dit qu'il ne craignait pas les décharges !

— L'arbre mou ? répéta Nathalie interdite.

— Ça n'a rien d'étonnant, fit Corn, condescendant. Les plaines de boue sont pour lui des terrains d'élection. Il est normal qu'il concentre son action sur le seul gibier intéressant de la région. En l'occurrence, les chevaux ! Les prêtres ont pris de sacrés risques en s'introduisant chez lui !

— Il faut prévenir Sylvia.

— Si tu veux, ça ne changera rien. Les curés vont revenir à l'assaut.

Il fronça le nez puis ajouta en ricanant.

— À l'assaut au lasso ! Ha, ha ! Elle est bonne celle-là !

Nathalie lui tourna le dos, exaspérée. À présent elle comprenait pourquoi Cedric avait refusé de descendre dans le boyau. La piste du serpent ne lui avait pas échappé. Sylvia, très pâle, achevait de rassembler les enfants.

— Quatre manquants et plusieurs bébés blessés. Tu as vu ? Ils en ont eu assez d'attendre. Maintenant ils vont nous capturer peu à peu, les uns après les autres. Tu peux être sûre que les gosses enlevés sont déjà en route vers la catapulte. Les enfants c'est moins lourd et ça vole plus haut !

— Calme-toi ! supplia Nathalie, tu vas rendre les mômes hystériques.

Sylvia se cacha le visage dans les mains. Ses épaules tressautaient sous les sanglots. Nathalie eut un mouvement vers les enfants, mais elle se heurta à un mur de regards hallucinés où la haine et la peur se livraient une guerre de territoire.

— T'as menti ! lui cria Michel, on n'est pas à l'abri ! Ton oasis de fer est trouée comme une passoire... Les caca-curés vont revenir, et tu ne pourras rien contre eux. T'es qu'une... t'es qu'une... t'es qu'une FILLE !

CHAPITRE VIII

Les prêtres ne tardèrent pas à lancer un nouvel assaut. Comme la fois précédente, ils se faufilèrent dans les galeries creusées par l'arbre mou et jaillirent du sol au milieu d'une tache de rouille, crevant la fragile dentelle à coups de pics. Avec une extrême habileté ils concentrèrent leurs efforts sur les petits, moins lourds à tirer, et dont la force musculaire réduite était facilement maîtrisable. De plus, les très jeunes enfants, réalisant mal ce qui se passait, mettaient un temps infini à réagir. Les activités absorbantes auxquelles ils se livraient (dessiner dans la poussière du bout d'un index mouillé de bave, taper dans une flaque du plat des deux mains, pétrir les boules de crottin laissées par les chevaux...) réduisaient leur champ de conscience à un étroit cercle autarcique. Avant qu'ils aient même levé le nez, les boucles des lassos s'étaient refermées autour de leur taille et ils se sentaient tirés en arrière comme pour une partie de glissade. La plupart d'ailleurs, croyant à un jeu, commençaient par rire en se tortillant ou en faisant avec la bouche des bruits de moteur tels que « Vroum-Vroum » ou « Brroum-Bram, le train part »...

Ce n'est qu'à la dernière seconde qu'ils distinguaient enfin la silhouette du rabatteur souillé de terre, et dont seul le torse s'agitait au-dessus du sol, comme celui d'un cadavre qui lutte pour se dégager de sa gangue funéraire. Les grandes mains s'abattaient sur eux, les troussaient comme des poulets tandis que la corde leur ligotait bras et jambes.

Après c'était l'obscurité des tunnels à l'odeur fétide. Le royaume des mange-bébés. Le ventre de l'ogre. Le petit Charles-Henri, qui fit partie du second lot de victimes, eut si peur qu'il avala sa langue et mourut étouffé avant même d'avoir parcouru la moitié du chemin. Il n'émergea à l'air libre que le visage violet et les yeux emplis de veinules éclatées.

En l'espace de deux expéditions les rabatteurs du Saint-Allégement enlevèrent huit enfants, dont on ne sut jamais ce qu'ils devinrent.

Nathalie, torturée par la faim et la fatigue, succomba quant à elle aux mirages du territoire de fer. Il lui sembla que les reflets papillonnant à la surface du métal s'organisaient en ondes liquides, telles ces vagues de cercles concentriques que font naître les coups de rames sur un lac. Elle fut peu à peu gagnée par la certitude que l'oasis de fer, loin d'être un crachat d'acier solidifié, s'ouvrait sur une insondable fosse marine, un marais d'eau molle, argenté par la pollution.

Elle passa des heures à fixer le sol, persuadée que — d'une seconde à l'autre — elle allait s'enfoncer d'un bloc et couler en bredouillant quelques bulles de mercure... Les reflets dansaient, mouches de magnésium grouillant en essaim d'étoiles. Nathalie se souvenait du flou des étangs dans sa petite enfance. Cette espèce de halo, d'auréole qui flotte au-dessus des eaux lourdes de vase. Ces boues vivantes que crèvent de mystérieuses exhalaisons montant vers le ciel en cloques de gaz. Nathalie se penchait, se penchait...

L'oasis n'était qu'un miroir élastique, un miroir mou et perméable. Une psyché déguisée en armure. Des poissons y nageaient, elle les voyait !

De grosses truites de fer-blanc aux écailles rouillées. Des saumons de cuivre bons conducteurs d'électricité, et qui vivaient toujours à proximité des chevaux, tels des poissons-pilotes.

Nathalie laissait monter en elle l'appel du gouffre, la chanson des vertiges mouillés. Elle voyait des noyés dériver, loin, tout au fond. Des noyés de bronze, lourds, qui ne referaient jamais surface. Malgré leur poids, l'élément liquide leur conférait une grâce alanguie. Elle voyait des épaves de laiton cabossé. Navires-boîtes de conserve, écrasés, tordus. Poubelles des mers métalliques. Les sortilèges des reflets l'aspiraient. Le désert d'acier sécrétait des mirages sur mesure. Le grand trompe-l'œil des profondeurs faisait tournoyer sa toupie-maelström. La fillette perdit l'équilibre, heurta le sol du front. Corn vint la relever.

— C'est la faim, murmura-t-il, faut bouffer. Je vais descendre dans l'un des tunnels, y a toujours des trucs qui poussent, des champignons, des lichens...

— Mais... la bête ? haleta Sylvia.

— Je ne m'éloignerai pas.

Ils ne cherchèrent pas à le dissuader. Ils mouraient tous de faim et les dernières larves grignotées leur semblaient bien loin.

Corn se laissa glisser au centre d'une fleur de rouille percée lors du second raid des rabatteurs.

— Ça pue, jura-t-il, c'est gluant. C'est la bave de l'arbre mou. Il crache une sorte de mucus qui lui permet de mieux glisser et qui l'isole de l'électricité.

La tête du garçon s'abaissa et les deux filles demeurèrent immobiles, fixant la découpe noire du trou dont les bords dentelés s'émiettaient.

— J'ai peur, souffla Sylvia.

Une dizaine de minutes s'écoulèrent, puis Corn réapparut tenant entre ses bras de gros champignons blêmes aux chapeaux effilochés.

— Ils n'ont pas de goût mais ça bourre l'estomac, fit-il en jetant sa récolte sur la plaque, j'y retourne.

— Fais attention, gémit Sylvia.

Nathalie n'était pas inquiète, Cedric ne grognait pas, c'est donc qu'il ne détectait aucun prédateur dans l'immédiat voisinage.

En trois voyages Corn ramena une profusion de champignons et de baies blanches, grosses comme des pommes de terre lunaires.

— Des fibres, encore des fibres, soliloqua Sylvia se remémorant des bribes de stage diététique, on est bon pour une épidémie de chiasse...

— Non, répliqua Corn, ceux-là sont des féculents. Les paysans en font une poudre qu'ils appellent la farine des morts. On s'en sert à chaque disette. T'as une marmite ?

Dans les débris du paquetage on trouva un récipient cabossé et des tablettes thermiques assurant chacune une heure de combustion. Corn coupa les curieux légumes en rondelles et les mit à bouillir dans l'eau la moins sale qu'on pût puiser.

— J'aime pas la soupe ! marmonnèrent plusieurs gosses. Et en plus y a même pas de vermicelle !

La cuisson donna un brouet farineux qui ressemblait à de la bouillie trop épaisse. On la partagea au hasard des quelques écuelles qu'on possédait encore.

— C'est de la bouffe de bébé ! s'indignèrent les plus grands. Crotte ! Il nous manque plus qu' le bavoir !

Nathalie avala sa part sans se faire prier. Lors de son séjour à Almoha elle avait connu pire et les affres de la faim avaient même failli la pousser vers le cannibalisme. La soupe de Corn lui parut délicieuse. L'estomac plein, elle glissa dans la torpeur de la digestion, la tête calée sur le flanc du doberman qui venait, lui, de nettoyer consciencieusement le fond de la marmite.

Le ciel était clair, et la luminosité avivait les reflets de la plaque. Nathalie se sentit de nouveau submergée par les mirages. Les paillettes argentées frémissaient comme le brouillard sur un poste de télévision après la dernière émission. Ce grouillement cosmique abolissait la notion de distance. On ne savait si l'on se trouvait devant les gouffres immenses de galaxies à la dérive, ou face à leur simple représentation photographique punaisée sur un mur de classe.

Entre ces deux extrêmes l'œil ne pouvait choisir. Alors qu'ils glissaient tous dans une sieste cotonneuse, un grand remue-ménage fit vibrer la surface de la plaque, comme si une bataille souterraine agitait le sous-sol.

En une seconde tout le monde se dressa, prêt à fuir un nouveau raid.

La surface d'une large tache de rouille ondula brusquement avant de se gondoler jusqu'à prendre l'aspect d'un dos de tortue. Puis le métal corrodé se désagrégea dans une pluie de dentelle rouge, et une chose immonde surgit à l'air libre. C'était un énorme serpent dont la tête se ramifiait en une corolle de tentacules semblables aux branches d'un arbre. Cette ramure fouettait l'espace, se rétractant comme un poing, puis s'étalant à la façon d'un paon qui fait la roue. Lorsque le reptile se tenait droit, pseudopodes déployés, sa ressemblance avec un arbre aux branches dénudées était hallucinante. Le serpent ondula au-dessus de la plaque de métal puis replongea dans son trou. Quand il en ressortit, tous purent voir qu'il étreignait dans le nœud de ses tentacules un rabatteur au visage convulsé d'épouvante. Le prêtre battait désespérément des jambes, mais les pseudopodes se resserraient autour de son torse, lui broyant la cage thoracique. Il vomit un jet de sang et cessa de s'agiter. Tout de suite après, le reptile s'enfonça dans son terrier, tirant le cadavre derrière lui. On entendit durant quelques secondes le chuintement mouillé de sa reptation amplifié par la caisse de résonance des tunnels, puis le silence revint.

Michel courut à l'écart pour vomir.

— C'est pas pour le curé, s'excusa-t-il en s'essuyant la bouche, mais putain, la bête ! Ça m'a fichu un coup !

Nathalie hocha la tête. L'image de l'arbre mou la poursuivait, elle aussi. Malgré la fulgurance de l'attaque, elle en conservait tous les détails.

— Ils étaient en train de tenter une troisième razzia, observa Corn, manque de bol cette fois ils sont tombés sur l'arbre ! J'espère qu'il leur a tordu le cou à tous !

— En attendant ça les fera réfléchir, conclut Sylvia. Maintenant ils y regarderont peut-être à deux fois avant de se risquer dans les souterrains !

Les enfants se congratulèrent. Le serpent leur apparaissait soudain sous les traits d'un ami ! La peur oubliée, ils mimaient la scène chacun à leur tour. Gesticulant, les bras au-dessus de la tête, les doigts crochus, poussant des rugissements dont le reptile aurait été bien incapable.

Nathalie ne savait comment accueillir cette nouvelle cohabitation. Elle n'avait jamais vraiment cru à l'existence de l'arbre mou. Le réseau de galeries lui-même ne l'avait qu'à demi impressionnée. À présent elle ne pouvait plus nier la réalité du monstre. Elle jugea bon de tempérer l'enthousiasme des garçons.

— Taisez-vous ! glapit-elle. Il ne nous a sauvés que par hasard. Demain il peut tout aussi bien s'en prendre à l'un de vous !

— Elle a raison, approuva Corn, il faut plus que jamais se tenir éloignés des taches de rouille. Je crois que nous n'aurons plus longtemps à attendre. Les curés vont renoncer, c'est inévitable. En se trimbalant dans les tunnels ils ont fini par réveiller l'arbre. C'est un bon point pour nous ! Courage, les gars !

Nathalie envia son optimisme. Elle se hissa sur un rocher métallisé pour observer le campement des prêtres mais le brouillard des réflexions l'éblouissait et elle ne distingua que des silhouettes imprécises. Sylvia devina son problème.

— Plus nous nous éloignerons du bord moins nous distinguerons la plaine, fit-elle. Lorsque nous atteindrons le centre de la plaque le brouillard lumineux nous enveloppera complètement. Il faudra se fabriquer des bandeaux pour se protéger les yeux et se noircir les joues.

Nathalie acquiesça. Elle avait hâte d'arriver au cœur du territoire de fer. Elle comptait sur le halo lumineux comme sur un écran fumigène.

Les prêtres n'oseraient sûrement pas s'aventurer aussi loin, même au moyen du réseau de galeries serpentant sous la plaque de chrome. Elle donna le signal du départ.

Les gosses maugréèrent. Sylvia entonna un refrain que personne ne reprit en chœur.

Le sol brillait comme une flaque de mercure. Pendant que la colonne piétinait en louvoyant entre les monticules chromés, Nathalie fit une constatation inquiétante : le vent se levait... Elle en percevait les petites gifles sèches sur ses mollets, et la poussée élastique au creux de ses omoplates, comme une ruade molle de bourrasque qui prend de l'élan. La brise ébouriffait les poils de Cedric. Sur Santäl, de tels symptômes prenaient immédiatement une importance démesurée. On ne pouvait s'empêcher de penser que la tempête faisait un galop d'essai.

Ils s'arrêtèrent dès que les petits réclamèrent qu'on les porte. Ils pesaient trop lourd pour qu'on le fît et d'autre part — si l'on passait outre — ils s'asseyaient tout bonnement sur la plaque et refusaient d'avancer. Quand on cherchait à les soulever pour les remettre sur pied, ils se faisaient mous, désarticulés, ou bien entraient dans d'abominables colères, criant, bavant et griffant tout ce qui passait à leur portée.

Nathalie ne voulait pas courir le risque d'impatienter Corn dont elle redoutait les éclats destructeurs. Ils formèrent donc un cercle et s'assirent sans échanger un mot. Tout le monde pensait au vent mais personne n'osait en parler. Une heure passa. Les bébés, roulés en boule, dormaient en tétant des biberons imaginaires. Nathalie remarqua que Corn louchait sur les seins de Sylvia largement découverts par la chemise de nonne qui partait en lambeaux.

Ils étaient tous anesthésiés de fatigue et aucun d'entre eux ne sentit venir le danger. *Suspendu à un cerf-volant, le crochet sortit de la brume lumineuse comme un hameçon fendant l'eau.* C'était un grappin à trois pointes, en métal léger, terriblement acéré. On l'avait relié par un câble à un grand cerf-volant de nylon placé avec adresse dans le jeu des turbulences aériennes, toujours vives, même en période calme.

Le quadrilatère de toile renforcée filait en une trajectoire ascendante et rapide, traînant dans son sillage le gros hameçon au triple dard.

L'un des garçons, qui s'était éloigné pour faire pipi, n'aperçut le grappin qu'à la dernière seconde. Il ouvrit la bouche mais l'une des pointes le cueillit sous le sternum, l'embrochant par la cage thoracique.

Le câble accusa une saccade, le cerf-volant faseya, puis se remit à monter dans un couloir ascensionnel, soulevant doucement le petit cadavre au-dessus du sol. Tué sur le coup, l'adolescent pendait mollement, comme endormi. Malgré l'horreur de la blessure il n'y avait pas de sang. Figés par la stupeur, les naufragés virent leur camarade disparaître dans le halo lumineux émanant du sol. Il paraissait flotter avec une grâce alanguie. Accroché à la queue du cerf-volant comme les héros de ces contes un peu mièvres qu'on fabrique à l'usage des petits.

Dans la lueur rose du couchant, cette dérive prenait un aspect poétique totalement incongru. Les bébés, qui n'avaient pas compris ce qui venait d'arriver, battaient des mains en bredouillant de joie.

— Moi aussi... Moi aussi, veux voler! criaient-ils, fascinés par l'image du garçon cramponné à la trame du losange aérien.

Puis le brouillard gomma la vision. Sylvia se cacha la tête dans les mains.

— Ils pêchent, hoqueta Corn, ces salauds de rabatteurs nous pêchent comme des poissons!

Reprenant ses esprits la première, Nathalie leur commanda de se jeter à plat ventre. Quelques minutes plus tard, trois autres grappins balayèrent l'espace suspendus à soixante centimètres du sol. C'étaient comme d'affreux hameçons tombant des nuages.

Nathalie eut fugitivement la vision d'un colosse, assis sur un tapis volant, et pêchant tranquillement à la surface de Santäl avec une canne à moulinet.

« Je deviens folle ! » pensa-t-elle.

— Maintenant il va falloir ramper ! cracha Corn, les mâchoires bloquées par la rage.

Et la nuit tomba, aveugle, sillonnée par les va-et-vient mortels des crochets volants. Alors, collés à la plaque froide, les enfants se mirent à prier.

Les petits pleuraient en reniflant, la bouche béante, le menton fripé, mais ne laissant filer aucun son. Ils voulaient la chaleur, le rose des édredons mous. Ils regrettaient l'œuf des berceaux, la boîte ripolinée des nurseries avec leurs animaux rigolos pendus au plafond : Poko le singe, Minou bleu, Martin le boa... Ils se recroquevillaient, cherchant vainement à retrouver la touffeur des draps, l'odeur du lait chaud. Et le bassin de sable... Les pelles, les seaux. Un monde étroit, un écrin. Ils ne voulaient plus faire dodo par terre, même si cela leur avait paru si bon au début. Ils ne voulaient plus habiter sur la terre des ogres où rampaient de vilaines bêtes.

C'était comme si tous les contes, jadis serinés par les nourrices des crèches, avaient soudain décidé d'habiller leurs méchants personnages de chair humaine pour les lancer dans la réalité. Non, les petits ne voulaient plus habiter entre les pages d'un livre qui faisait peur. Ils désiraient de toutes leurs forces dormir à nouveau à côté de Zouzou le nounours dont on arrachait les poils à pleines poignées, contre Didi le lapin qui n'avait plus qu'un œil...

Confusément, les contraintes du jardin d'enfants prenaient soudain des allures de paradis perdu. Les interminables stations sur le pot, l'infirmière qui s'obstine à vous nettoyer les fesses alors qu'on est très bien comme ça ; le rot, les siestes et le gros paquet de couches entre les jambes qu'on a envie d'arracher pour avoir la joie de faire caca librement. Tout cela devenait agréable.

Oh ! la volupté de mâcher un coin d'oreiller, de s'agacer les gencives sur la semelle d'une chaussure... Et le camion rouge qu'on tète pour son merveilleux goût de métal acide.

Ici, bien sûr, c'était la liberté de la saleté. On pouvait être cracra, caca, cochon, sans craindre le fameux « panpan-cucu ». Au début cela avait été formidable de se changer en petit cochon. De se moquer des remontrances de la monitrice en faisant « groin-groin » avec le nez. Puis il y avait eu les bêtes, les ogres, les croque-bébés.

Il y avait eu toute la faune des coins d'ombre, le peuple des pièces noires, celui qui se matérialise dès que les nurses éteignent les lampes. Ces bataillons de ténèbres que les adultes ne voient jamais...

Avait-on rejoint le pays des méchants enfants ? Celui où les petits expient toutes les culottes salies, toutes les brassières tachées... Tous les jouets cassés ? Ce pays qu'on évoquait souvent dans les contes et dans les menaces des nourrices ? La terre où l'on fabrique tous les vilains qui dorment entre les pages des livres ?... Oui, les petits devinaient de sales ombres autour d'eux. De ces ombres dont on dit depuis des millénaires qu'elles ont de gros yeux, de grandes mains, de longues dents...

Ici les bêtes ne se contentaient plus de faire « ouaoua », « miaou », « cot-cot ». Non, elles mangeaient les hommes. Elles les mangeaient VRAIMENT !

La mono était méchante, elle avait perdu les bébés dans l'île du capitaine coupe-zizouille, celui dont parlaient souvent les grands. Maintenant les petits en avaient assez, le jeu n'était plus drôle. On avait mal, on avait faim, et les ogres vous attrapaient par les pieds...

À présent les bébés priaient en bavant des supplications informes. Ils égrenaient des formules magiques constituées de chapelets de mots sacrés : « Dodo, lolo, gâteau ». Comme si ces simples sons avaient le pouvoir d'abolir la réalité du monde, de substituer à l'enfer de la plaque un univers de berceaux, de pots de chambre et de biberons joliment alignés.

« Dodo, lolo, gâteau » hoquetaient-ils en se mordillant le pouce.

Les adolescents, eux, invoquaient des héros de bandes dessinées. Le Vengeur Tatoué, le Masque Invisible, l'Homme-aux-sept-mains. Le Docteur Squelette.

Tous ces personnages avaient connu des situations bien plus dangereuses et tous s'en étaient sortis dans l'épisode suivant. Il fallait simplement attendre la fin du feuilleton. Sauter d'un « À suivre » à l'autre en gardant la tête haute, le regard fier. Attendre... Attendre le mot « Fin ».

Dans les illustrés tout s'arrangeait toujours. On en bavait, mais après on était encore plus fort. Après tout ce n'était guère qu'un jeu de rôle. Le jeu de l'oasis de fer...

« D'abord on est des mômes, se répétaient les garçons, il ne peut rien nous arriver. La mort c'est des histoires de vieux. Les pépés, les mémés meurent, pas les gosses. Ou rarement. Les adultes, eux, on les enterre souvent, à croire que c'est leur principale occupation. Mais les enfants, hein ? Y a un Bon Dieu pour les enfants, hein ? Qu'est-ce qui peut vous arriver de vraiment moche quand vous êtes un môme ? L'école ? L'école, ça oui c'est une vraie vacherie. Les punitions qui vous privent de télé... Mais à part ça ? Non, être gosse ça vaut une armure. Mais oui ! Une armure. »

Ils se mentaient en rentrant la tête dans les épaules, découpant des cases dans la réalité, y choisissant des séquences aveuglément optimistes. Et pourtant... Et pourtant la prière faisait frémir leurs lèvres. Ils voulaient le sommeil, l'ignorance. Ils enviaient la molle conscience des plus jeunes. Pour la première fois depuis longtemps ils réalisaient que quelque chose planait au-dessus de leur tête avec des battements d'ailes d'oiseau de proie. Et cette chose s'appelait « plus tard », cette chose s'appelait « futur »...

Jusqu'à présent le futur avait été contenu tout entier dans une seule et même formule : « Qu'est-ce-que-tu-feras-plus-tard-quand-tu-seras-grand ? »

Le futur c'était la terre éloignée où l'on devenait docteur, gendarme, pilote, soldat.

Le futur c'était quelque chose qui n'arrivait jamais. Un truc d'adulte. Un prétexte qui vous permettait de réclamer une panoplie à Noël.

Le futur c'était une légende, un machin si invraisemblable qu'on ne parvenait pas à l'imaginer.

Et pourtant, là, sur la plaque, le nez sur le crottin des chevaux électriques, on sentait que le futur c'était simplement demain. Que des milliers de choses pouvaient se produire, là, tout de suite, et vous empêcher de voir se lever le jour.

Des milliers de choses ? Non ! Une seule. La mort ! Pas une mort où l'on fait « Arrgh ! » en se tenant le ventre pendant qu'un copain vous met en joue avec un pistolet en plastoc. Non, une vraie mort.

Un truc insupportable à se représenter. Un trou. Le noir. La puanteur.

Un trou du cul ! Oui, la mort était un gigantesque trou du cul. Une abomination. Le trou du cul cannibale !

L'horreur. Face à ça on commençait à sentir ce qui se cachait derrière le mot futur. Des choses imprécises, des fantômes parallèles, dédoublés, des contraires : docteur ou chômeur, riche ou pauvre, heureux ou malheureux...

Des ombres, des lumières. Un bordel chiément compliqué. Pire que le jeu vidéo du labyrinthe des cobras rouges !

« FUTUR », ça devenait vivant. Pas un mot de dictionnaire. Une suite de chiures de mouches sur une colonne, non. Quelque chose qu'on... RESSENT.

Demain... Demain... La durée. L'idée qu'on se

transformera. La métamorphose, on sait un peu ce que c'est. Les nichons des filles qui poussent. Elles changent, oui. Mais pourtant on ne s'en rend pas vraiment compte parce qu'au fur et à mesure on oublie comment elles étaient avant. Si bien qu'on a toujours l'impression de n'avoir pas bougé. C'est peut-être ça devenir grand ? C'est se souvenir « d'avant » ? C'est voir quelque chose quand on regarde devant et derrière soi ?

Ne plus être arrêté, en état de grâce. En suspension...

Merde, l'angoisse !

Demain, futur... Des vilains mots. On devrait punir les adultes lorsqu'ils les prononcent devant les enfants. Ou alors, en contrepartie, permettre aux gosses de dire « Merde, bite, connard ». Le futur, ça c'est une vraie sale pensée ! Pas comme d'imaginer qu'on fourre son zizi dans la mouillette de sa cousine ! Pour injurier les adultes on devrait leur crier : « Demain ! Demain ! » ça leur ferait les pieds. Le futur c'est un vice inventé par les parents, les profs, les vieux. Un truc de malade, un tripotage cochon. Une saloperie. Devant, derrière... Lorsqu'on traverse la rue on regarde des deux côtés pour voir s'il y a un risque. C'est ça que font les adultes. Ils regardent un coup le passé, un coup le futur. Un coup d'œil sur hier, un coup d'œil sur demain, pour voir s'amener le danger. Demain... Deux mains. C'est comment qu'on disait à la colo ? « J'ai deux mains... pour te gifler les deux joues, te peloter les deux seins, te pincer les deux fesses. » Le futur c'est dur.

Ainsi monologuaient les enfants, l'oreille tendue, guettant le raclement des grappins qui volaient bas.

Nathalie, elle, s'appliquait à ne penser à rien. De derrière un rocher métallique s'élevaient, en sourdine, des gémissements rythmés.

Elle en conclut que Sylvia et Corn avaient décidé d'oublier la mort en faisant l'amour. Le jour fut long à venir...

CHAPITRE IX

Le lendemain un grappin se coinça dans les racines d'un arbre de chrome. Prenant d'énormes risques, Corn se jeta sur cette proie, le couteau brandi, et entreprit de scier le filin qui reliait l'affreux hameçon à son cerf-volant porteur. D'autres gosses se joignirent à lui. En quelques minutes la corde s'effilocha, toron après toron. Quand le câble céda, le cerf-volant — brusquement libéré de son lest — s'éleva en tourbillonnant dans le couloir ascensionnel de l'arc-en-ciel aspirant. Les enfants poussèrent des clameurs de triomphe totalement disproportionnées. Mais cette victoire — toute symbolique — les consolait de leurs déboires passés. Ils décrochèrent le grappin et éprouvèrent du bout des doigts chacun de ses piquants. Une querelle éclata ensuite pour savoir qui porterait l'objet. Nathalie proposa un roulement. Corn accepta en maugréant. Il considérait visiblement l'hameçon comme un trophée personnel. Sylvia ne prit pas part au débat. Elle avait les yeux cernés et la mine honteuse. Probablement était-elle gênée d'avoir cédé aux avances d'un garçon beaucoup plus jeune qu'elle. Déjà les gosses se poussaient du coude en la regardant, ricanaient dans son dos ou esquissaient des gestes obscènes.

— Corn, il est pas tellement plus vieux que nous, chuchotait Michel à un groupe d'auditeurs fascinés, si on voulait, nous aussi on pourrait l'avoir la mono !

Nathalie se mordit la lèvre, agacée.

— Alors ? siffla-t-elle en arrivant à la hauteur de l'apprenti forgeron, tu as réussi à le caser ton fameux bébé de plomb ?

— Jalouse ? rigola le garçon.

— Imbécile !

— Si tu n'avais pas ton chien je te retournerais une torgnole...

Nathalie haussa les épaules, minimisant l'affaire. Elle savait cependant que Corn jouissait désormais d'un prestige inégalable aux yeux des gamins, et qu'elle aurait de plus en plus de mal à faire valoir ses idées.

— Pourquoi as-tu fait ça ? martela-t-elle en saisissant Sylvia par le bras. Tu veux nous rétrograder au rang de cuisinière et de putain ? À cause de toi nous ne ferons plus le poids en face de Corn. Il va régner en despote sur la colo, et les gosses lui obéiront au doigt et à l'œil !

La monitrice se dégagea sèchement. Deux taches rouges apparurent sur ses joues.

— Ça te va bien, grogna-t-elle, toi qui l'as supplié de te faire un bébé de plomb !

— C'est ce qu'il t'a raconté ?

— Oui. Maintenant tu vas dire que c'est faux ?

Nathalie renonça. Comme elle se détournait Sylvia la retint méchamment par le poignet.

— Et après tout, chuinta-t-elle hérissée, qu'est-ce qu'on en sait ? Ça peut être vrai l'histoire du bébé de plomb. La tempête arrive, Nathalie, c'est juste l'affaire d'un jour ou deux, alors pourquoi ne pas mettre toutes les chances de notre côté ?

— Tu crois à ce conte ?

— Je suis prête à croire à tout ce qui peut me maintenir en vie. Pourquoi n'aurions-nous aucun privilège, nous, les femmes ? On dit qu'il suffit seulement d'être fécondée pour échapper au vent. C'est... c'est magique !

— C'est surtout une astuce de coq de village !

— Tu n'es qu'une athée !

Nathalie haussa les épaules. Elle comprenait l'angoisse de Sylvia mais ne pouvait se résoudre à encourager sa volonté de crédulité.

Le passage d'un grappin coupa court à la querelle. Tout le monde fut à nouveau sur le qui-vive. Nathalie s'étonnait de la persévérance des prêtres. Leur acharnement relevait de l'entreprise d'anéantissement concertée. Généralement les hommes du Saint-Allégement perpétraient leurs forfaits sans s'attarder, soucieux de ne pas éveiller l'attention d'éventuels témoins. Ici, ils s'installaient dans un véritable siège, courant le risque d'être tôt ou tard repérés par les gens des environs. La fillette ne comprenait pas cette pugnacité. Dans une opération classique les prêtres n'auraient pas utilisé l'astuce des cerfs-volants pêcheurs, piège particulièrement peu discret et susceptible d'être repéré à des kilomètres à la ronde. De plus ce blocus qui s'éternisait devait poser de lourds problèmes, les effectifs immobilisés ne pouvant servir à aucune autre prospection. Nathalie continuait à penser que l'opération était disproportionnée. Insolite. En temps normal les curés n'auraient pas dilapidé tant d'énergie, tant d'obstination. Ils auraient cherché une autre proie. Alors ?

Y avait-il... autre chose ? Une motivation cachée ? Un... ordre ?

La fillette fronça les sourcils. L'idée ne lui était pas agréable, et pourtant elle faisait son chemin.

— Tu rêves ? lui jeta brusquement Corn. T'as des regrets ? Tu sais, on peut s'arranger... Je ne suis pas de ces types qui épargnent leur sperme et se font payer pour couvrir les postulantes au bébé de plomb.

— La barbe ! cracha Nathalie. Rassemble plutôt les gosses. Je crois qu'il y a plus loin une dépression de la plaque. Une sorte de cuvette métallique où nous pourrions nous cacher des grappins.

— On va encore se rapprocher des chevaux, observa Corn soucieux.

Mais il obtempéra et la colonne reprit la route. Presque plus personne ne portait de sabots protecteurs. La dernière pluie ayant achevé d'émietter ces pantoufles dérisoires, les pieds nus des gosses adhéraient à la plaque mouillée avec des claquements de succion.

« Nous sommes tous bons pour le prochain court-circuit, songea tristement Nathalie, pieds nus dans l'eau c'est comme si l'on nous avait collé des électrodes aux meilleurs endroits ! »

Elle avançait mécaniquement, décrivant de larges cercles pour éviter les taches de rouille criblant la plaque. De place en place (probablement là où le métal était plus mou) on relevait des traces de sabots, des demi-lunes creusées par le galop des chevaux, et frangées de copeaux scintillants.

Le vacarme surprit totalement la fillette perdue dans ses pensées. Alors qu'elle contournait un monticule, une vision d'enfer s'offrit brusquement à ses yeux. L'arbre mou, jaillissant de l'un de ses points d'infiltration oxydés, affrontait en un combat terrible l'étalon blanc commandant la horde. Les tentacules ramifiés enveloppaient déjà le cheval, le soulevant de terre avec une facilité déconcertante. Malgré ses pattes entravées l'étalon tentait de frapper le reptile à coups de sabot, mais ses ruades mouraient en pauvres étincelles sur la peau caoutchouteuse de l'arbre mou sans paraître l'indisposer le moins du monde.

Les enfants refluèrent, épouvantés à la seule vue du serpent aux ramures grouillantes. Seule Nathalie réagit. Elle arracha des mains de Corn le grappin volé aux moines et courut sus à la bête.

Elle agissait par pure impulsion. Sans l'ombre d'une stratégie. Les bras levés au-dessus de la tête elle marcha jusqu'au bord de la tache de rouille, et, de toutes ses forces, abattit le triple dard sur le corps du serpent. Les pointes du trident — terriblement effilées — percèrent la peau de la bête pour s'enfoncer profondément dans ses muscles annelés.

Cedric, imitant sa maîtresse, avait planté ses crocs dans la chair élastique du reptile. Il eut l'impression de mordre un pneu bien gonflé mais tint bon et s'acharna jusqu'à ce que le goût du sang lui poisse les babines.

Nathalie, elle, cramponnée au grapin, fouaillait de droite et de gauche, agrandissant les blessures. Un jet écarlate lui inonda enfin le visage.

L'arbre mou gesticulait sans se résoudre à lâcher sa proie.

Corn, qui ne voulait pas être en reste, vint alors prêter main-forte. Le grappin fut à nouveau planté et secoué en tous sens lacérant épiderme et tissu musculaire. Cette fois le reptile abandonna l'étalon pour retourner son bouquet de tentacules contre ces nouveaux prédateurs qui lui déchiraient les flancs. Les deux enfants sautèrent en arrière, suivis du doberman.

Le serpent hésita, vacillant, le triple crochet planté à mi-corps, perdant son sang en abondance. Ses pseudopodes vibraient comme des branches dans un vent de tempête. À regret, il choisit finalement de réintégrer sa tanière souterraine et de ramper à l'abri des tunnels familiers.

Le cheval était retombé sur ses pattes, étourdi. Il s'ébroua, coucha les oreilles, puis regarda longuement les enfants. Les ventouses avaient laissé de grosses marques violettes sur ses flancs.

« Il sait, songea Nathalie avec exaltation, il est assez intelligent pour comprendre que nous venons de lui sauver la vie. Il ne peut plus décemment nous attaquer. »

L'étalon blanc fit un pas, s'immobilisa, balança l'encolure puis se détourna et s'éloigna au galop.

— Il a compris ! balbutia Nathalie au bord des larmes. Tu as vu ? Il a compris que nous venons de le tirer des pattes de l'arbre mou ! Maintenant nous sommes ses amis ! Ses amis. Il va pouvoir nous aider !

Corn fit la moue, sceptique.

— En attendant on a perdu le grappin, fit-il sèchement, je me demande si ça valait la peine.

— Tu es idiot ! s'emporta la fillette. Tu ne comprends donc pas qu'au point où nous en sommes notre salut ne peut plus venir que des chevaux ?

L'apprenti forgeron cracha, la bouche de travers.

— Encore une de tes idées sublimes je suppose ? railla-t-il.

— Je sais que j'ai raison, s'entêta Nathalie.

— O.K. ! O.K. ! capitula le garçon, j'avais peur que tu ne m'expliques que le serpent était en fait notre véritable ami ! C'est vrai, quoi ! Après tout il nous a débarrassés de quelques prêtres. Peut-être qu'il gagnerait à être connu ? Mais il ne tardera sûrement pas à remonter pour nous rendre le grappin que tu lui as si obligeamment prêté...

Nathalie serra les dents pour résister aux sarcasmes.

Une heure plus tard, alors qu'ils ne s'y attendaient nullement, les enfants entendirent monter vers eux un lent martèlement de sabots. Cela roulait dans un bruit de casseroles malmenées faisant vibrer la plaque de métal comme un capot de voiture sous lequel s'emballe un moteur de compétition.

La horde sortit de la brume du halo, étirée en une seule ligne comme pour une charge de cavalerie. Il y avait bien quarante ou cinquante bêtes massives dont les sabots étincelants soulevaient une poussière de limaille et de copeaux. Ils s'immobilisèrent, queues et crinières grouillantes de nervosité. L'étalon aux flancs meurtris se tenait le cou raidi, les naseaux évasés. Ses pattes énormes, véritables piliers aux muscles boursouflés, paraissaient fichées en terre. Inébranlables.

Il hésitait manifestement sur la conduite à tenir. Sa crinière ondulait comme un bouquet d'anémones de mer.

Les enfants tremblaient, minuscules, face à cette haie de poitrails sillonnés de veines apparentes. La vraie confrontation, celle qu'ils redoutaient tous, venait de commencer. À force de s'enfoncer au cœur de la plaque, ils avaient fini par pénétrer sur le territoire des chevaux, sur la plaine centrale et martelée, l'hippodrome secret et tabou des cavales aux sabots cuirassés.

Nathalie s'avança lentement, les bras le long du corps. Décomposant à l'infini chacun de ses pas. Il fallait que l'étalon la reconnaisse, l'accepte...

Elle marchait le plus doucement possible, levant à peine les pieds, coulant au-dessus du sol dans une démarche de fantôme. Elle se voulait immatérielle, impalpable. À peine une odeur...

Le cheval blanc fronça les naseaux et releva la lèvre supérieure. Il avait d'énormes dents rectangulaires allongées en tenaille. Une seule de ses morsures devait sectionner un câble d'acier sans grande peine. Il baissa le cou, amenant son museau au niveau du front de la fillette. Nathalie perçut un puissant relent de sueur, une odeur de suint, de bête sauvage. Les yeux énormes saillaient de part et d'autre, grosses billes de verre noir proéminentes.

Nathalie leva imperceptiblement le bras droit, paume ouverte.

Elle bougeait au ralenti comme un automate en fin de course. Le cheval l'observait, attentif. La tête légèrement tournée. D'un faux air distrait.

Après deux siècles de lente approche Nathalie posa enfin les doigts sur le mufle du cheval.

Il eut un long frémissement et la fillette ferma les yeux, attendant la décharge qui n'allait pas manquer de jaillir, lui carbonisant les pieds, lui déchirant le corps sur son chevalet de foudre...

Mais rien ne se passa.

L'étalon tolérait le contact de la petite paume humide aux ongles rongés. Il observait cette chose minuscule et dérisoire qui osait lui toucher le nez, qui lui grattait le pelage, là, entre les narines. Cette chose fragile et rose qui n'avait pas craint d'attaquer le long serpent des tunnels, celui qui volait les poneys et étranglait les femelles gravides...

Le chef de la horde hésitait, la cervelle encombrée de données confuses. L'électricité contenue pétillait au long de ses terminaisons nerveuses, allumant une démangeaison sous sa peau. La nervosité, l'angoisse entraînaient toujours un surcroît de sécrétion. Déjà ses poils se hérissaient, sa crinière se changeait en une haie d'épines, en brosse de fer.

Il fallait prendre une décision. Il hocha sa lourde tête, allant au-devant de la caresse. L'odeur de la chose rose n'était pas désagréable. Elle ne traduisait aucune menace. Les doigts de Nathalie montèrent un peu plus haut sur le front, fourragèrent entre les poils rugueux.

L'étalon attendit encore une minute puis se détourna sans brusquerie. Le pacte était scellé.

La ligne de combat se désagrégea, les chevaux en attente avaient saisi la décision du chef, ils s'y conformeraient sans chercher à comprendre, comme de coutume. Depuis toujours le clan vivait et survivait grâce à ce principe élémentaire. Les bêtes retrouvèrent leur souplesse et vinrent au-devant des enfants. Dans leurs membres l'électricité s'évaporait en déperditions lentes. Nathalie sentit ses yeux s'embuer. Cette fois elle avait réellement réussi ! Les chevaux l'entouraient, la frôlaient, l'enveloppaient de leurs puissantes senteurs.

Les enfants, eux, restaient crispés, les yeux écarquillés. N'osant bouger lorsqu'un énorme museau se penchait pour les renifler. Seuls les petits manifestèrent leur soulagement en criant, comme on pouvait s'y attendre : « Dada ! Dada ! Veux monter sur le dada ! »

Corn fut le premier à reprendre ses esprits et à rejoindre Nathalie. Il était de mauvaise humeur. Sans doute parce que la fille au chien s'était encore arrangée pour lui voler le rôle de vedette.

— Qu'est-ce que tu espères prouver par ce carnaval ? jeta-t-il, la bouche maussade. C'est pas un zoo ici, on n'est pas en visite !

— Tu ne prévois jamais rien, s'impatienta Nathalie,

si les chevaux n'ont plus peur de nous ils ne chercheront pas à nous électrocuter préventivement. S'ils
nous aiment ils nous protégeront contre les prêtres et
la tempête.

Le garçon écarquilla les yeux, incrédule.

— Contre la tempête ?

— Mais oui, insista la fillette, j'ai lu un livre jadis.
Tu comprends bien que ces bêtes fonctionnent de
manière à ne pas s'électrocuter elles-mêmes ? C'est
facile à saisir. Leur corps est en quelque sorte com-
partimenté, autoprotégé...

— Où veux-tu en venir ?

— Je veux t'expliquer que si tu te trouves sur le
dos d'un cheval quand celui-ci lâche sa décharge tu
ne cours aucun risque !

— Tu veux dire que leur cuir joue le même rôle
que la gaine d'un fil électrique ? Leur peau est un
isolant ?

— Exactement ! Et ce n'est pas tout. Tu sais à
quoi servent les longs tentacules qui leur tiennent
lieu de queue et de crinière ? À retenir les poulains
trop jeunes pour sécréter leur propre aimantation.
Chaque bête enveloppe ainsi son petit dans un réseau
d'amarres naturelles, le préservant de l'ouragan.

Corn pâlit et se gratta la nuque avec perplexité.

— Si je pige bien, souffla-t-il, tu veux nous faire
endosser le rôle de poneys ? Tu veux amener les
chevaux à veiller sur nous comme sur leurs petits ?
C'est dingue !

— Mais non, si le leader du troupeau montre
l'exemple, les autres obéiront ! Tu as vu tout à

l'heure ? Je te le répète : il faut qu'ils nous aiment ! Si nous sommes assez habiles ils nous sauveront de la prochaine tempête. Il faut avoir un peu de patience, se montrer très doux et ne rien accomplir qui puisse les agacer ou leur faire peur. Que les bébés se tiennent tranquilles surtout ! Pas de poils tirés, pas de coups de pied dans les jarrets ! Pas de claques intempestives sur la cuisse. Ces animaux sont comme des mines bourrées d'explosifs. À la moindre sollicitation un peu brusque ils réagiront par une décharge d'un millier de volts !

Corn acquiesça, blême. Il avait perdu toute sa superbe. Les deux enfants se faisaient face. Les ombres immenses des chevaux passaient sur eux comme des nuages au parfum d'écurie.

— Ils nous sauveront, martela Nathalie, j'ai tout fait pour cela depuis le début. Je savais que c'était possible ! Maintenant nous sommes à la merci d'une fausse manœuvre. Il nous reste peut-être vingt-quatre heures avant la tempête. Lorsque le ciel deviendra noir les prêtres plieront bagage pour aller se mettre à l'abri.

« Il est certain qu'ils rentreront à la base, au camp de la catapulte. Il n'y a que là qu'ils seront en sécurité. Nous, nous resterons ici, sur le dos des chevaux, et quand l'ouragan sera loin nous quitterons l'oasis de fer pour trouver un autre refuge. Nous aurons alors une avance énorme sur les rabatteurs. Ils ne nous rattraperont pas.

— Ça paraît valable, avoua Corn. Les curés doivent être persuadés que nous fuirons la plaque au premier coup de vent pour nous jeter dans leurs filets. Je suis d'accord, je vais faire la leçon aux autres.

Il s'éloigna, Nathalie était satisfaite. Jadis, prisonnière de la maison de son père, elle avait tant rêvé des chevaux électriques qu'elle avait littéralement dévoré tout ce qu'on avait écrit à leur sujet. Aujourd'hui ces heures de lecture se révélaient payantes. Elle leur devrait peut-être la vie !

Elle bougea doucement, leva encore une fois la main et caressa le museau d'une jument noire. L'animal frémit mais ne se déroba pas, fidèle en cela à la loi instinctive de la horde. La fillette posa son front entre les naseaux humides.

— Je t'aime, murmura-t-elle en relâchant chacun de ses muscles, écoute mes vibrations. Je suis ton amie. Tu n'as rien à craindre... Rien du tout.

La jument soupira lourdement, balayant le visage de Nathalie de son souffle brûlant et aigre.

« Vingt-quatre heures, songea la petite fille, vingt-quatre heures pour se faire aimer d'un troupeau de monstres... »

C'était cela ou s'envoler au milieu des trombes aspirantes. Elle se jura de réussir.

CHAPITRE X

Le ciel était noir. Pesant. La lumière, devenue parcimonieuse, n'allumait plus aucun reflet à la surface
de la plaque. Les nuages roulaient bas sur l'horizon,
s'entassant comme les blocs d'une avalanche. Nuée
après nuée, ils avaient fini par constituer une muraille
compacte, terrifiante d'obscurité. C'était comme un
épanchement goudronneux, un énorme hématome
marbrant la surface du ciel. Cette fois il ne s'agissait
pas d'une simple averse mais bel et bien d'un troupeau
offert en holocauste. Volant en altitude, les nuages
subissaient chaque fois les premières velléités d'aspiration. Chaos cotonneux, ils dérivaient, entraînés
par d'invisibles courants. Le vent superposait ses
cercles concentriques, ses maelströms, comme une
pile d'assiettes sales. Lorsqu'elle était petite, Nathalie
croyait toujours que les tornades étaient faites
d'auréoles de saints entassées les unes sur les autres, à
l'infini. Aujourd'hui elle savait que l'ouragan jouait
son prélude, sautillait pour s'échauffer.

Une petite brise sèche giflait l'oasis de fer, inquiétant les chevaux qui donnaient des signes de nervosité.

Pourtant les enfants avaient été d'une sagesse inespérée. Contrairement à toutes les prévisions, ils n'avaient pas cherché à agacer les animaux. Les petits, fatigués, s'étaient résignés à ne pas monter sur « le dos des dadas » sans se mettre immédiatement à hurler à pleins poumons.

Nathalie, elle, vivait depuis vingt-quatre heures dans l'ombre de l'étalon blanc, ne perdant aucune occasion de lui caresser l'encolure ou de lui gratter le museau. Succombant à ce régime de séduction soutenue, l'animal ne présentait plus aucun symptôme d'énervement.

Les autres chevaux, calquant leur attitude sur celle du chef de clan, côtoyaient les enfants avec indifférence, se prêtant négligemment à leurs timides caresses. Si l'étalon décidait brutalement d'électrocuter la-chose-blonde-à-deux-pieds-qui-lui-touchait-fréquemment-le-nez, ils feraient de même avec les autres représentants du groupe. Sans haine, sans réfléchir. Pour obéir, puisque tel était leur rôle.

Nathalie réalisa que les chevaux électriques étaient au demeurant des bêtes fort placides. Après s'être rempli la panse en broutant l'herbe qui poussait sur le pourtour de l'oasis, ils regagnaient leur territoire d'élection et ruminaient tout le restant de la journée.

Parfois, de brèves flambées d'énergie les jetaient dans un galop ludique, mais ces moments de folie ne duraient jamais très longtemps. Trop pesants, trop lourdement ferrés, ils s'épuisaient très vite et paraissaient retrouver l'immobilité avec soulagement. Leur énorme charpente ne supportait pas les efforts pro-

longés. Ils couraient en poussant des soupirs douloureux, comme si on leur avait accroché une enclume à
chaque patte. Leurs sabots étaient autant de boulets
impossibles à traîner. Les chevaux de l'oasis métallique avaient appris la patience des pachydermes, des
mastodontes. Seul le souvenir d'anciens privilèges
les poussait sporadiquement à charger comme le
faisaient jadis leurs ancêtres aux crinières de soie
flottante. Ils avaient survécu, soit, mais au prix de
dégradantes compromissions. Ils n'étaient plus que
des hybrides tenant le milieu entre le yearling et
l'hippopotame. Leurs jambes d'acier connaissaient
toutes les subtilités de l'enracinement, pas l'ivresse
du galop.

Nathalie devinait intuitivement la tristesse des
chevaux prisonniers de la plaine de fer. Elle sentait
leur sourde mélancolie. Leur désespoir sournois
toujours prêt à se décharger en convulsions de fureur.
Ils s'abêtissaient pour oublier, pour refouler les
images latentes aiguillonnant leur mémoire instinctive. Ils ruminaient comme on s'hypnotise, meulant
la bouillie stomacale dans un vertige de machine
emballée et pourtant immobile.

La fillette posait sa main sur le flanc de l'étalon
blanc. Elle ne lui donnerait pas de nom, c'était une
coutume trop ridicule, trop réductrice. Elle le frôlait
comme on frôle un monument lourdement ancré sur
ses arches. Elle goûtait sa solidité, parcourait ses cicatrices. Suivait du bout des doigts les veines de limaille
incrustées dans le cuir du poitrail, les copeaux d'acier
enkystés dans la chair des cuisses.

Le cheval blanc se laissait faire. Mais peut-être son épiderme, trop épais, ne percevait-il qu'un contact très atténué ? Comment savoir ?

Y avait-il complicité ou bien simple indifférence ?

Nathalie ne le saurait qu'au moment du premier coup de vent. C'est-à-dire trop tard...

Au début de l'après-midi la nuit s'installa et les bourrasques se mirent à chanter dans l'aigu. Des rafales de limaille se levèrent en poudre urticante, ponçant la peau des enfants et leur zébrant les mollets d'égratignures sanglantes. Il fallut se protéger le visage, les mains, à l'aide de bandes d'étoffe. Nathalie, comme ses compagnons d'infortune, sentait nettement les ruades élastiques de la brise entre ses omoplates. Cette impression d'être bousculée par une créature invisible, que ne tardait pas à suivre un sentiment de légèreté, de flottement. Le poids du corps semblait brusquement diminuer, fondre. Quelque chose vous appelait vers le haut. Une désagréable poussée s'emparait de votre être, une succion qui vous couronnait de sa ventouse géante.

La tempête frappait les trois coups. Nathalie prit Cedric par le collier et se colla contre le flanc de l'étalon. Sylvia ordonna aux plus grands de se répartir les bébés et de s'approcher chacun de leur cheval d'élection. C'est-à-dire celui avec lequel ils s'étaient appliqués à nouer des liens « d'amitié » au cours des dernières vingt-quatre heures. C'était l'instant de vérité. Nathalie avait longuement expliqué aux enfants qu'ils devraient donner des coups de tête dans les côtes du cheval, à la manière des poulains réclamant assistance. Si tout se passait bien les animaux sollicités accepteraient alors de les prendre en charge.

— Et si l'étalon ne veut pas de toi ? avait interrogé Michel anxieusement.

— Alors les autres feront comme lui...

Tous les gosses avaient baissé le nez. Ils n'ignoraient pas qu'aucun d'entre eux ne survivrait à la trombe. Les bébés, plus légers, s'envoleraient en premier. Puis tout le monde suivrait, chacun décollerait en battant des bras, tournant sur lui-même comme une toupie. Était-ce douloureux ? On n'en savait rien. Certains prétendaient que le couloir d'aspiration créait le vide autour de lui, et qu'on mourait rapidement d'asphyxie. D'autres assuraient que tout le sang du corps remontait vers la tête, faisant éclater le cerveau comme un ballon trop gonflé. Quoi qu'il en soit on s'élevait très vite et les mille débris arrachés çà et là par la tornade vous lapidaient.

Nathalie frissonnait. Le vent lui avait rabattu la robe sur la tête et les rafales de limaille lui étrillaient les cuisses, faisant virer sa chair au rouge écarlate. Corn criait quelque chose, la bouche dilatée, mais les ululements du vent effaçaient sa voix. La fillette se sentait environnée par quelque chose d'invisible mais de palpable. Une sorte de bain élastique, caoutchouteux, dans lequel elle flottait. Le poids de son corps ne fatiguait plus ses talons. Elle était aussi légère qu'une plume, qu'un lampion de papier huilé. Bientôt elle allait quitter le sol. Elle décida que le moment était venu. Baissant la nuque elle donna un premier coup dans le flanc de l'étalon, puis un second, et encore un troisième.

L'animal réagit lentement. Son énorme tête pivota et ses yeux trahirent l'incompréhension. Ce qu'il voyait ne s'inscrivait pas dans les schémas de son esprit. Le poulain rose et mal formé qui demandait de l'aide n'était pas un poulain. Il n'en avait pas l'odeur. Pourtant quelque chose lui commandait d'obéir. Quelque chose d'obscur qu'il aurait fallu ruminer des heures (comme une herbe indigeste) pour enfin comprendre. Oui, mais quoi? Le poulain rose à crinière blonde tapait du crâne, debout sur ses pattes arrière (comment parvenait-il à rester si longtemps en équilibre?). L'étalon hennit pour cacher son trouble. Il n'avait pas le temps de penser, le vent lui posait trop de problèmes. Il devait échauffer ses glandes électriques, se concentrer sur les influx qu'il allait devoir provoquer, bien positionner ses sabots sur le métal du sol, s'orienter par rapport au souffle de l'ouragan pour offrir le moins de prise possible...

Et la créature rose s'obstinait.

Le grand mâle hésita. Il lui sembla qu'un lien confus l'attachait à la petite chose gesticulante. Une histoire. Une histoire de peur, de mort... de serpent! Maintenant il se rappelait. La créature avait mordu l'arbre mou, et l'arbre mou avait battu en retraite.

Oui, c'était bien ça. Un combat terrible dont les images lui revenaient parfois au cours des lentes ruminations.

La créature avait peur du vent. Elle tremblait

comme un poulain qui se sait encore trop faible pour s'accrocher à la plaque.

L'étalon n'avait plus le temps de songer à tout cela. Par lassitude il baissa l'encolure et fit couler vers Nathalie la gerbe de tentacules qui lui servait de crinière. La fillette fut happée par cette étreinte tâtonnante, par ces tuyaux granuleux hérissés de ventouses palpitantes. Le bouquet de pseudopodes se referma sur elle et sur Cedric, les ligotant au petit bonheur, puis une forte traction les souleva pour les déposer entre les omoplates de l'étalon. Le doberman couina, terrifié. Nathalie essayait tant bien que mal de respirer. Les ventouses lui aspiraient la peau au travers des vêtements, adhéraient douloureusement à ses cuisses nues. Elle était ficelée comme par une dizaine de lassos vivants. Garrottée de serpents pâles et sans tête. Malgré l'inconfort de la position, elle eut la satisfaction de voir que les chevaux obéissaient ! Les uns après les autres les enfants quittaient le sol, capturés par les longues flagelles des crinières. La horde se conformait aux ordres du chef de clan. Elle acceptait de protéger ces poulains hideux qui s'obstinaient à se tenir en équilibre sur leurs pattes postérieures. Elle les enveloppait dans un filet musculeux et serré, elle les mettait à l'amarre, les prenait en remorque.

Corn puis Sylvia qui tenait un bébé entre ses seins furent ainsi capturés. Les petits, effrayés par les tentacules, hurlaient qu'ils voulaient descendre, et que « le dada était pas beau-vilain », mais le vent réduisait leurs pleurs à des vagissements incompréhensibles. En une dizaine de minutes la horde avait adopté

tous les naufragés. À présent les bourrasques se
déchaînaient, et l'étalon blanc les sentait s'écraser
sur son poitrail, vague après vague. Il se raidit, figure
de proue trop lourde pour n'importe quel navire, et
contracta les muscles secrets assurant sa survie. Des
chocs nerveux se changèrent en spasmes, des glandes
se vidèrent, déclenchant de mystérieuses chimies.
Et soudain l'enfer crépita sous les quatre sabots de
métal, illuminant la plaque d'un grésillement de
court-circuit.

Tout le troupeau fit de même. Une monstrueuse
décharge électrisa la surface de la plaine de fer. Les
cheveux de Nathalie se hérissèrent sur sa tête tandis
qu'un horrible fourmillement lui parcourait le corps.
Cedric avait l'air d'un porc-épic et roulait des yeux
fous.

La fillette hurla. Les déperditions de courant la
lardaient de coups d'aiguille. Il lui sembla qu'elle
subissait l'assaut d'un essaim de guêpes. Elle sursau-
tait sous les menues décharges émanant de la peau de
l'étalon, encaissant des morsures de vingt, trente, ou
quarante volts.

Ses muscles se tétanisaient, échappant à son
contrôle. Elle se cambrait, donnait des coups de
reins, mâchoires soudées. Des secousses sèches lui
disloquaient les articulations, criblaient ses muscles
d'impulsions douloureuses. Chacune de ses fibres
était tendue à se rompre et ses tempes bourdonnaient.

Le cheval, lui, ne bougeait plus. Centrale vivante et
formidable, il adhérait désormais à la plaine de fer de
toute la force de ses électro-aimants. Rien ne pourrait

le déloger et il attendait l'assaut de la tempête avec indifférence, sécrétant ses courts-circuits sans cesser de ruminer.

L'ouragan lacérait la plaque, poussant devant lui un nuage de terre opacifiant tout. On ne voyait plus rien, on n'entendait plus qu'une note continue et déchirante. Un hurlement de loup aux cordes vocales enrayées. Nathalie hoquetait, torturée par les pertes de courant. Chaque décharge la cassait, l'écartelait, la secouait. Ses dents claquaient en s'ébréchant, toute sa chair vibrait comme un paquet de gelée. Elle n'avait même plus conscience de la tempête qui déferlait sur les environs. Elle avait tout prévu sauf que le cuir de sa monture ne fonctionnerait pas comme un isolant parfait. Il n'y avait que de faibles fuites en regard de la puissance développée, mais ces maigres décharges suffisaient à alimenter la pire des tortures. Alors qu'elle allait perdre connaissance, Nathalie entendit le ciel exploser au-dessus de son crâne. Le tonnerre fêla la voûte de nuages et un éclair éblouissant frappa la plaque...

Le zigzag de lumière zébra longuement la nuit avant de toucher l'oasis de fer qui se mit à briller comme une flaque au néon.

« Cette fois nous sommes perdus ! » songea confusément la fillette.

Mais elle se trompait. L'étalon blanc hocha la tête de contentement. L'explosion de lumière en magnétisant la plaque lui permettait de recharger ses batteries naturelles. Grâce à la foudre il faisait le plein, transformant le feu du ciel en carburant. Son pelage se

dressa quand la formidable puissance de l'orage passa
sous ses sabots, mais il tint bon. Une odeur de corne
brûlée lui vint aux naseaux et il eut un goût de fer et
de sang dans la bouche. Mais ce n'était pas important.
Il encaissa le choc, s'imprégnant de ce flux magnétique qu'il saurait régurgiter en temps voulu, dès que
ses glandes donneraient des signes de fatigue.

La surtension cabra Nathalie qui sombra dans
l'inconscience en se mordant la langue. L'orage
s'acharnait sur la plaine. Les trombes aspirantes bousculaient les chevaux sans parvenir à les décoller de
leur socle géant. Il y eut d'autres éclairs. L'étalon
blanc poussa un hennissement de défi. Le raz de marée
crépitant lui montait dans les pattes, allumant entre ses
cuisses une gigantesque érection. Il bouillonnait de
sang et d'humeurs contenus, énorme marmite sous
pression. Des étincelles roussirent son pelage, le marbrant de larges auréoles carbonisées. Tous ses muscles
vibraient d'une tension immobile proche de la dislocation générale. Son œil enregistra soudain une gerbe
de flammes sur la gauche, en arrière. Il plia le col et vit
un incendie couronnant quatre sabots. Une boule de
feu ronflant au sommet de quatre pattes raidies. Cela
se produisait parfois avec les vieux chevaux. La
foudre, en suralimentant la plaque, finissait par les
faire griller, les changeant en hérisson de flammes.

Il remua la tête. On ne distinguait qu'une silhouette
au sein du foyer. Une silhouette tétanisée dans la
brume mouvante et dévoratrice du feu. Il reprit sa
position d'attente, cou tendu. Le poitrail bandé
comme un rostre.

Le ciel crachait d'autres traits de lumière, incendiant les arbres de la forêt toute proche.

Nathalie reprit conscience.

Elle avait un goût épouvantable sur la langue et tout son corps lui faisait mal. Ses articulations douloureuses lui donnaient l'impression d'avoir été rompues à coups de barre de fer. Elle bougea précautionneusement la nuque. Deux ou trois incendies brûlaient sur la plaque, ajoutant leur fumée au butin de la tornade. Elle comprit que certains chevaux avaient pris feu mais n'eut pas le temps d'épiloguer sur ce drame car déjà de nouvelles décharges lui vrillaient les reins.

Son cœur battait irrégulièrement. S'emballant puis ralentissant à l'extrême. Elle eut brusquement la certitude qu'elle allait mourir. Elle toucha Cedric. Il ne bougeait plus. Elle lui trouva les yeux révulsés et la langue pendante.

« C'est fini ! » sanglota-t-elle, oppressée par l'étreinte des tentacules.

Lorsque les éclairs cessèrent, l'obscurité presque totale lui permit de remarquer que les chevaux, saturés d'électricité, luisaient doucement dans la nuit ! Leurs silhouettes s'entouraient d'un halo phosphorescent qui leur conférait un aspect fantomatique et leur court pelage paraissait dressé comme les aiguilles d'une pelote. Le tableau dégageait une étrange beauté, toutefois la poussière lui ferma les yeux et elle dut baisser le front. Une heure passa, puis une autre. Le cœur d'une vieille jument lâcha, comme au terme d'un trop long galop. Aucun courant n'alimentait plus les sabots métalliques, le vent profita de l'aubaine pour s'emparer de la dépouille et la soulever dans les airs. Le grand corps flasque s'éleva en tourbillonnant, et sa crinière dénouée laissa échapper deux enfants qui s'envolèrent aussitôt, les bras en croix.

Un autre cheval mourut de crise cardiaque avant la fin de la tempête, entraînant dans le néant ses cavaliers de fortune. L'ouragan les emporta vers le ciel, au cœur des turbulences avides, ne laissant rien subsister.

Enfin les ténèbres s'éclaircirent, la succion diminua. La poussière retomba en pluie crépitante. Lentement l'atmosphère se réinstalla dans l'immobilité.

Nathalie poussa un soupir de gratitude et s'évanouit, abandonnant son corps aux anneaux durcis de la crinière.

La tempête était finie.

CHAPITRE XI

Les chevaux haletaient, la tête penchée, reniflant le sol de fer encore chaud. La crinière de l'étalon, redevenue flasque, avait laissé choir Nathalie et le doberman sur ce capot brûlant torturé par les éclairs.

La fillette rampa sur les coudes pour s'approcher de Cedric. Le chien était toujours vivant mais il respirait avec difficulté. Nathalie tenta de s'asseoir. Son cœur s'affola à ce simple mouvement et un battement sourd emplit sa veine carotide.

Elle s'examina. Les ventouses lui avaient marbré la peau des cuisses de brûlures d'électrodes très sensibles. Les étincelles véhiculées par le vent avaient roussi ses cheveux et brûlé ses cils. Toute la chair de son visage, râpée par le sirocco de limaille, ne supportait plus aucun contact.

Malgré ces menus inconvénients elle était vivante. Elle avait réussi le prodige de traverser une tempête sans céder à la monstrueuse aspiration venue des airs. Mi-riant mi-pleurant, elle regarda autour d'elle. Des carcasses chevalines achevaient de se consumer en crépitant. Architectures noirâtres au précaire équilibre. Les grands squelettes goudronneux tenaient plus de la sculpture surréaliste que du cadavre, et l'on avait du mal à imaginer que ces bizarres assemblements avaient pu jadis vivre, remuer, manger, galoper.

Nathalie avait un goût de fumée sur les lèvres. Elle identifia Sylvia, assise le dos contre un rocher, un bébé dans chaque bras, Corn, qui examinait les différentes brûlures constellant ses mains et ses jambes. Les autres gosses étaient vautrés au hasard, frappés de stupeur. L'air halluciné et la bouche pendante. Quelques petits soliloquaient en dessinant dans la suie.

— L'a été méchant le dada, entendit la fillette, l'a fait mal à Jean-François. Monterai plus sur son dos ! Méchant zeval !

Nathalie se redressa, domina son vertige et marcha vers l'apprenti forgeron.

— Tu parles d'une idée ! grommela celui-ci avant qu'elle ait dit quelque chose. On a failli se faire fricasser les burettes ! C'est des vraies chaises électriques ces bestiaux !

— Sans eux tu serais mort, coupa Nathalie, nous n'avions aucune chance de survivre sur la plaque. Tu as vu les éclairs ? Tu as senti le vent ?

— O.K., O.K...

— Et les... pertes ?

— Cinq ou six gosses, Sylvia ne sait pas exactement. Elle est choquée.

Nathalie alla rejoindre la monitrice. Celle-ci saignait d'une profonde coupure au front là où l'avait probablement frappée un débris charrié par la tempête.

— Faut qu'on parte, Nat', gémit-elle, c'était horrible. Ces courts-circuits, ces brûlures... Je ne serais pas capable d'endurer ça une seconde fois. Je ne veux plus voir ces chevaux, ils sont affreux... Des monstres ! Ce sont des monstres !

— Mais ils nous ont sauvés ! plaida la fillette.

— Des monstres ! se contenta de répéter l'adolescente, les pupilles dilatées par la peur.

Nathalie caressa la tête de l'un des petits et s'éloigna. Les garçons maugréèrent à son passage.

— Quelle merde son sauvetage ! grogna quelqu'un dans son dos, j'ai cru qu'on me plantait des aiguilles à tricoter dans le derrière.

La fillette se mordit la lèvre pour ne pas fondre en larmes. Elle était à bout de nerfs, incapable d'affronter la grogne générale engendrée par l'angoisse, la fatigue et la faim.

— Maintenant faut filer d'ici, lui lança Corn, les curés ont fichu le camp, tu as dit qu'on profiterait du répit pour les semer. Alors ?

— D'accord, capitula-t-elle, allons-y. Il n'y a qu'à traverser la plaque en son milieu. On ressortira à l'opposé de notre point d'entrée.

— Ça me va, approuva Corn. Ah ! j'ai eu aussi une idée. Puisqu'on n'a plus besoin des chevaux, maintenant on devrait en tuer un, ça ferait de la viande !

Nathalie se cabra, révulsée.

— Tu es fou ! hoqueta-t-elle, mais... mais ils nous ont sauvés !

— Holà ! Arrête ton roman ! ricana le garçon. C'est des bourrins pas des hommes ! Qu'est-ce que tu veux faire ? Nous condamner à mourir de faim ? Si c'est pas un cheval ce sera ton chien. À toi de choisir...

Et il tourna les talons pour souligner son ultimatum par une sortie théâtrale.

Nathalie n'avait plus le courage de faire front. Anesthésiée, elle regarda l'apprenti forgeron qui haranguait les enfants.

— On va chasser ! clamait-il. Faut bien bouffer, non ? C'est maintenant ou jamais, on va profiter que ces carnes sont épuisées. Et puis elles sont habituées à nous, elles ne se méfient plus. On en isolera une et on lui fera son affaire. Après, à nous les biftecks !

— Ouais ! clamèrent les gosses couverts de suie, mais comment ?

— Faut réfléchir, lâcha Corn d'un ton pénétré.

Nathalie s'écarta, écœurée. L'étalon blanc s'était mis en marche, entraînant le troupeau à sa suite. Comme tous les matins ils allaient brouter en bordure de la plaque. La fillette les regarda s'éloigner, le cœur serré d'appréhension. Subitement elle haïssait le monde entier. Pendant une minute elle n'aspira plus qu'à retrouver la maison de son père.

— Aide-nous, toi qu'as toujours des idées ! lui jeta Corn en lui envoyant une bourrade. Faut qu'on tue un cheval sans se faire griller, ça doit être possible...

— On peut le tuer de loin, proposa Michel, avec une fronde, à cinquante mètres on sentira pas la décharge. On le cachera pour pas que les autres le trouvent.

— Pour une fronde faut des pierres, observa l'un des garçons.

— Ça on peut en trouver dans le tunnel de l'arbre mou, fit Corn d'un air détaché.

— Vous êtes stupides ! haleta Nathalie. Vous ne pouvez pas jeûner un jour de plus ? Bientôt nous serons sur la plaine, nous finirons bien par localiser un village...

— Tu parles ! cracha Corn, l'hospitalité des paysans on connaît ! Surtout au lendemain d'une tempête ! Ils seront tous barricadés dans leurs casemates. Si nous demandons la charité ils nous conseilleront de nous adresser aux moines du Saint-Allégement ! Merci bien, on en sort !

Les gosses éclatèrent de rire, soulignant leur allégeance au nouveau chef.

— La fronde, ouais, c'est une bonne idée, décida Corn. On visera une bête isolée.

— Et comment on la fera cuire ? interrogea Michel.

— La tempête a taillé la forêt en pièces, doit fatalement y avoir des tas de branches cassées ici ou là. Sylvia a des tablettes thermiques, ça fera démarrer le bivouac.

— Ouais ! Super !

— Faut deux équipes, décida Corn, une pour le bois, une pour la chasse !

Naturellement personne ne voulait se charger de la corvée de bois décrétée « bonne pour les filles ». Tout le monde désirait « chasser » et chacun faisait valoir ses mérites de tueur, qui au lance-pierres, qui aux fléchettes. On dut tirer à la courte paille au moyen de bouts d'étoffe d'inégales longueurs.

Le groupe se fragmenta sous les yeux de Nathalie,

impuissante. Elle savait Corn capable de réussir. Tenaillé par son désir de domination, l'apprenti avait besoin de reprendre l'avantage. Le sauvetage lui avait fait trop d'ombre, il lui fallait dès à présent assurer son règne, repousser au rang d'utilité la-fille-au-chien toujours en veine de trouvailles géniales.

Les enfants s'éloignèrent dans le halo de lumière qui leur faisait des silhouettes tremblotantes. Nathalie pensa aux chevaux et lutta contre l'envie de pleurer qui lui montait aux yeux. Cedric boitilla vers elle et lui lécha le visage. Elle lui noua les bras autour du cou. Brusquement elle se sentait très seule, très jeune et très faible. Elle voulait rentrer chez elle...

Elle passa la matinée à côté de Sylvia, s'évertuant à rassembler les bébés qui s'éparpillaient en courant à quatre pattes. « Vous avez l'air de petits cochons » leur criait-elle, excédée, mais ils lui répondaient en faisant « groin-groin » avec le nez.

Elle renonça.

Elle trompa l'attente en explorant les alentours. À certains endroits la foudre avait frappé le métal en le faisant littéralement bouillonner. Ces remous, à présent solidifiés, criblaient le sol de grosses bulles semblables à des casques de pompier. On avait l'impression que des potirons de chrome avaient éclos par dizaines peuplant la plaque de végétaux immangeables.

Nathalie leva le menton pour observer le ciel. Il manquait terriblement de luminosité et l'arrière-garde des nuages s'attardait sur le champ de bataille, maraudant en vol stationnaire. C'était comme si la tempête, dans un réflexe de ruse féline, amorçait soudain un lent demi-tour. Concluant un faux départ par un retour en force. La fillette sentit une boule lui bloquer la gorge. Elle n'aimait pas ça, mais les caprices météorologiques de Santäl ne se comptaient plus. L'ouragan était tout à fait capable de revenir à l'assaut. Il suffisait d'un caprice des courants aériens, d'un tourbillon, d'un glissement des masses d'air.

Il lui sembla que la température fraîchissait mais il s'agissait sans aucun doute d'une simple auto-persuasion. C'est du moins ce qu'elle s'appliqua à croire. Elle grimpa sur un rocher métallique pour découvrir les alentours. S'ils continuaient sur la même trajectoire ils quitteraient la plaque en un point diamétralement opposé à leur lieu d'entrée. Cela représentait encore deux bonnes heures de marche à vive allure, exploit que la troupe était à l'heure actuelle bien en peine de réaliser. Nathalie elle-même avait les jambes molles, et l'idée de parcourir d'une traite une dizaine de kilomètres lui paraissait digne des travaux d'Hercule. Au bout du territoire de fer, dans le flou du brouillard, on discernait la tache verte de la plaine et la bosse d'une colline. « Et après ? » songea Nathalie. Combien de jours de marche avant de trouver un village accueillant ? De quel répit dispo-seraient-ils avant de croiser une nouvelle patrouille de rabatteurs ? Dès qu'on les repérerait tout serait à refaire. Elle en était découragée à l'avance mais elle ne pouvait pas passer sa vie sur l'oasis. Le territoire de fer faisait payer trop cher son droit d'asile. Elle s'assit et gratta Cedric entre les oreilles.

— Et si on rentrait à la maison ? lui murmura-t-elle, tu sais, la bicoque de papa où l'on vivait attaché, en laisse pour ne pas être aspiré par le vent... C'était une grande niche plombée dans laquelle nous étouffions tous les deux. Un gros bunker mobile que l'ouragan faisait dériver sur la plaine, le rapprochant progressivement de la mer. Il a peut-être fini par s'y enfoncer du reste. Mon Dieu ! Cela paraît si loin...

Elle posa sa joue sur le flanc couturé de cicatrices du doberman.

Un vacarme fait de clameurs et de raclements lui apprit que les garçons revenaient. Comme elle l'avait redouté, ils étaient tout couverts de sang. Gesticulant et poussant des cris de guerre, ils traînaient derrière eux de grands débris flasques tailladés à la hâte. Le vent, fouettant Nathalie, lui submergea les narines d'un relent de boucherie. Elle grimaça. Poussant, tirant, s'arc-boutant, les enfants ramenaient une énorme cuisse qu'ils avaient eu le plus grand mal à désosser. L'hémorragie les avait teint de la tête aux pieds, faisant d'eux des sacrificateurs gluants. Tous portaient des lambeaux de viande sur les épaules, comme d'horribles écharpes, et laissaient derrière eux un sillage écarlate.

— On l'a eu ! cria Michel. Formidable ! Avec une bille de chrome pleine de bouts pointus, comme une coque de châtaigne. Vlan ! avec la fronde, et paf ! Sur le front.

— Ouaa ! Le bruit ! rugit un second chasseur, on aurait cru une boule de pétanque sur un capot de voiture ! Il est tombé d'un coup, sans lâcher de décharge !

— Vos gueules ! commanda Corn, occupez-vous du feu !

Les branches glanées ici ou là par les ramasseurs furent jetées en vrac dans une dépression du métal. Sylvia arracha la goupille d'une charge thermique et lança la boîte au milieu des fagots. Le bûcher répandit d'abord une épaisse fumée, puis les flammes s'élevèrent en torsades jaunes.

Les enfants haletaient et leurs yeux brillaient d'excitation dans leurs faces rougies. Les bébés s'approchèrent pour palper les lambeaux de chair crue qu'entassaient leurs aînés.

— Bistec ! Bistec ! criaient-ils en riant.

Et ils se barbouillaient de sang coagulé.

— Ça a été facile, triompha Corn, c'était une petite jument qui traînaillait en boitant bas. On l'a eue du premier coup. Le plus dur c'était de prélever des quartiers. Avec nos canifs on a mis une heure !

— Les autres vous ont vus ? interrogea Sylvia.

— Idiote ! siffla l'apprenti forgeron, s'ils nous avaient repérés on serait plus là ! On a planqué la carcasse sous des branches et des morceaux d'écorce amenés par la tempête. Allez ! Assez discuté ! On bouffe ! Tout le monde au barbecue !

Ce fut la ruée. Canifs, bouts de bois, ongles, dents, tout était bon pour arracher quelques bribes aux monceaux de muscles encore revêtus de lambeaux poilus. Ces effilochures sanglantes étaient aussitôt piquées à l'extrémité d'une branche et présentées à la flamme. Cedric se rua, bousculant les petits. Crocs découverts, il préleva un énorme morceau et entreprit de le déchiqueter en poussant des grondements dissuasifs. Nathalie se sentit trahie mais la faim la tenaillait elle aussi. Avant même d'avoir compris ce qu'elle faisait, elle se retrouva au milieu des autres, au coude à coude, tiraillant sur un quartier mou à l'odeur fade.

Le sang et la graisse grésillaient dans le feu, projetant des flammèches. Mais personne ne s'en souciait. On dévorait, on mastiquait la chair carbonisée ou mal cuite. Les petits, dont on ne s'occupait pas, pleuraient et trépignaient en arrière. Comprenant enfin qu'aucune nourrice ne viendrait leur donner la becquée ils se résolurent à mâchonner des bribes de chair crue ou à laper les flaques de sang. Nathalie elle-même succombait à la folie de la faim. La douleur sourde qui lui tiraillait l'estomac depuis tant de jours s'apaisait enfin. Elle se remplissait à coups de dents pressés, mastiquant cette viande fibreuse et dure au goût horriblement fort. « Nous sommes des sauvages ! » pensa-t-elle avec désespoir. Mais elle ne cessa pas de manger.

Puis la frénésie se dissipa. Michel vomit le premier, freinant l'ardeur de ses camarades. Nathalie s'allongea sur le sol avec l'impression d'avoir ingéré un kilo de plomb. La fringale tournait à l'écœurement.

Les tempes bourdonnantes, la tête pleine de vertiges, les enfants s'éloignèrent du feu qui chauffait la plaque et leur brûlait la plante des pieds.

Nathalie regardait le ciel. Les nuages avaient fait machine arrière, ils revenaient lentement sur leurs pas, énormes rouleaux ouatés se chevauchant dans une mollesse d'explosion filmée au ralenti.

« Mon Dieu ! Mon Dieu ! » pensa-t-elle bêtement.

Elle aurait voulu pousser un cri d'alarme mais elle était lourde, lestée par la bouillie stomacale du festin cannibale. Les événements défilaient sous son crâne telle la bande-annonce d'un film. La tempête... L'étalon acceptant de les prendre en charge. Les gosses qui tuaient la jument. Quoi encore ?

Ah ! Oui, elle oubliait le principal : l'ouragan qui revenait.

Elle se releva sur les coudes au prix d'un effort insensé. Les enfants digéraient, repus. Déjà malades pour la plupart.

Quelques bébés hoquetaient, vomissant, et Sylvia leur tapait dans le dos. Corn urinait sur les tisons du bivouac, cambré, un poing sur la hanche. Elle l'appela. Il se retourna, réintroduisant sans se presser son sexe sous ses vêtements.

— Ouais ? grogna-t-il distraitement.

Elle ne dit rien, se contentant de lever l'index en direction des nuées. L'adolescent plissa le front.

— Et alors ? fit-il. Le ciel est couvert, c'est tout.

— Mais non, corrigea Nathalie, tu ne vois pas que les nuages ne vont plus dans la même direction ? Ils reviennent sur nous. Le vent a changé de sens, ça veut dire que l'ouragan court en cercle ! On appelle ça un rond de sorcière.

— Tu déconnes, dit l'apprenti forgeron, mais sa voix manquait de conviction.

Réalisant ce qui risquait d'arriver, il pâlit.

— Il sera là dans combien de temps? bégaya-t-il.

Nathalie haussa les épaules.

— Une heure, une heure et demie, on n'aura jamais le temps de sortir de l'oasis, même en courant comme des champions !

— Merde ! s'emporta Corn, qu'est-ce qu'on va faire alors ?

Nathalie s'assit en tailleur.

— Il n'y a qu'une solution, murmura-t-elle, adopter la même tactique qu'hier soir en priant pour que l'étalon n'ait pas découvert le carnage auquel vous vous êtes livrés !

— On risque gros !

— Je ne te le fais pas dire !

À ce moment un petit qui avait écouté la conversation des deux adolescents se mit à courir en criant : « Le vent ! Le vent méchant ! Il revient ! » Ses hurlements provoquèrent la panique des bébés qui commencèrent à pleurnicher en chœur, entrecoupant leurs plaintes de supplications du genre : « Veux plus que le vent m' donne des gifles ! » ou encore « Veux pas la fessée de la tempête ! ».

Après avoir un instant ricané, les grands se jetèrent des coups d'œil inquiets.

— Hé ! qu'est-ce qu'ils racontent ? balbutia Michel. C'est des conneries ou quoi ?

Mais déjà tous lorgnaient le ciel. Les nuages roulaient, moutonneux et funèbres. Épais, lourds, s'entassant en nappes bousculées, en strates géologiques.

— Putain c'est vrai ! gémit l'un des gosses, ça revient sur nous !

Sylvia grelottait, bras croisés sous les seins, et les bébés s'accrochaient au bas de sa robe, tiraillant le vêtement en tous sens.

— Et si on courait ? lança Corn. Chacun pour soi ! Un bon sprint...

— Imbécile, trancha Nathalie, la foudre aura frappé la plaque avant que tu n'aies fait la moitié du chemin. En admettant même que tu puisses éviter l'électrocution, comment échapperas-tu aux bourrasques ? Tu penses peut-être que ton fameux sperme de plomb te tiendra les pieds collés au sol ?

— Oh ! ça va !

Les garçons s'étaient regroupés autour de Nathalie, attendant d'elle une nouvelle solution miracle. Elle les repoussa.

— Vous êtes des idiots ! vociféra-t-elle. Il ne fallait pas toucher aux chevaux ! D'eux seuls dépendait notre sauvegarde ! Mais ça vous plaisait de « chasser » ! Ça vous amusait de tuer ! Vous êtes bien avancés maintenant !

— On avait faim, plaida Michel.

— Vous pouviez attendre un jour de plus. On aurait ramassé d'autres champignons !

— Tout ça c'est de la parlotte ! protesta l'un des garçons. Qu'est-ce qu'on fait ?

— Je ne sais pas, avoua Nathalie. Lorsque les chevaux reviendront nous nous approcherons d'eux avec précaution. S'ils n'ont pas découvert le cadavre de la jument nous appliquerons la même méthode qu'hier soir. Cachez-vous derrière les monticules et observez la horde. Si l'étalon a l'air nerveux ne vous montrez pas. J'irai seule à sa rencontre. En attendant masquez l'odeur de la viande.

— On n'a qu'à mettre du charbon de bois dessus, proposa Corn.

— Ouais, et pisser aussi ! claironna Michel. Paraît que l'odeur de la pisse ça camoufle tout.

— Ouais ! Pissons tous ensemble !

Les petits se réjouirent de cette activité éminemment ludique au point d'en oublier leurs frayeurs.

Nathalie répartit ensuite les naufragés en quatre groupes qu'elle dispersa au hasard des monticules parsemant la plaque de fer. Elle conserva avec elle Sylvia et les petits. Ils attendirent. Au début les gosses se dissimulèrent consciencieusement, puis, le temps s'écoulant, l'impatience dressa de plus en plus de têtes au-dessus des rochers.

— Cachez-vous ! ordonna la fillette.

— On s'emmerde ! protesta Michel. Si on allait les chercher ?

Nathalie crut qu'elle allait s'étrangler de rage. Il faisait à nouveau très sombre et le vent déferlait en rafales sèches porteuses de gravillons. Les chevaux apparurent enfin. La brise soufflait contre eux si bien qu'on n'entendait pas le vacarme de leurs sabots. Ils progressaient avec effort, l'encolure fléchie. L'étalon blanc menait la horde. Sa crinière grouillait comme une nichée de boas aspergée d'acide. Nathalie éprouva un mauvais pressentiment. À la seconde même quelqu'un cria « Les voilà ! En avant ! », et un groupe de sept garçons jaillit de derrière un rocher pour se précipiter à la rencontre des animaux, faisant fi des consignes qu'on leur avait transmises.

Nathalie esquissa un geste, mais déjà l'étalon s'était dressé sur ses pattes postérieures. Ses sabots battirent l'air et frappèrent le sol dans une double gerbe d'étincelles. Le courant fusa en un déchirement soyeux, illuminant le métal sur un cercle de dix mètres de rayon. Les gosses se cabrèrent, nuque et reins cassés, les bras battant l'air. La décharge ne dura qu'une seconde mais son intensité fut telle que les malheureux s'effondrèrent, frappés de syncope mortelle, le cœur bloqué, pétrifié. Nathalie elle-même, malgré la distance, sauta sous le choc comme une grenouille d'expérimentation. Les bébés tombèrent sur les fesses, la bouche béante, les pupilles dilatées, haletant des sanglots qui demeuraient bloqués au fond de leur poitrine.

— Repliez-vous ! hurla Corn, ils chargent, ils chargent !

Effectivement la horde s'ébranlait, désireuse d'en découdre. L'étalon hennissait de colère et martelait la plaque en lançant des éclairs. Ce fut la débandade.

Nathalie cala un bébé sous chacun de ses bras, en fourra un dans la gueule de Cedric, et entreprit de courir droit devant elle, Sylvia sur les talons. Le sol tremblait sous le monstrueux galop des chevaux fous de rage. Nathalie avait l'impression de marcher sur la peau d'un tambour. Les courts-circuits, atténués par la distance, lui grillaient la plante des pieds.

Mais l'orage s'installait. Conscient de ses responsabilités, l'étalon décida d'interrompre la poursuite.

Il était inutile d'épuiser la horde alors que l'ouragan entamait son prélude. Il fit volte-face et se cala sur ses quatre sabots, adoptant sa posture d'enracinement. Après s'être ébroués les autres en firent autant. Nathalie s'effondra, l'écume aux lèvres, et les bébés roulèrent au hasard, s'écorchant le front sur les aspérités de la plaque. Corn trébucha et s'affala sur elle. Il était livide.

— À part ça vous aviez caché le cadavre de la jument ! vociféra la fillette en s'étranglant.

Elle n'eut pas le loisir d'en dire plus. Une bourrasque lui tira si violemment les cheveux que les larmes lui jaillirent des paupières.

— On est foutus ! se lamenta l'apprenti forgeron.

— Pas encore ! rugit Nathalie, il reste encore une solution, elle vaut ce qu'elle vaut, et à mon avis elle relève du suicide mais je n'en vois pas d'autre...

Corn releva la tête, une lueur folle dans le regard.

— Vite ! balbutia-t-il, dis-nous ce qu'on doit faire ! La nuit est en train de nous tomber dessus !

Nathalie se releva et se passa la main sur le visage.

— Le tunnel de l'arbre mou, lâcha-t-elle comme une sentence, c'est là qu'il faut descendre. Sous la plaque le vent ne pourra pas nous aspirer, nous échapperons à la tempête.

— À la tempête oui, dit sombrement Sylvia, mais pas au serpent !

CHAPITRE XII

Les propos de Nathalie provoquèrent une intense stupeur et les enfants s'écartèrent instinctivement, comme pour fuir son contact, son influence ou sa mauvaise odeur.

— Ne réfléchissez pas trop longtemps ! dit-elle avec perfidie.

Les bourrasques décochaient à présent des ruades dont l'élasticité diminuait pour faire place à des chocs brefs d'autos-tamponneuses Ces coups d'épaules invisibles frappaient avec l'efficacité d'une batte de base-ball, vous meurtrissant l'échine, les reins ou le sternum. Chaque nouvel assaut vous laissait le souffle court, comme si vous veniez de recevoir un ballon de cuir au creux de l'estomac. Les bébés, qui ne pesaient pas assez lourd, dérivaient à la surface de la plaque comme sur un étrange toboggan horizontal ou une patinoire. Ces glissades les amusaient follement, et ils les ponctuaient d'onomatopées évoquant des vrombissements de moteurs fantaisistes.

— Buum ! Buum ! l'avion s'envole ! scandaient-ils en étendant les bras pour mieux s'offrir aux trombes aspirantes qui se formaient déjà.

— Bon sang! Réagissez! vitupéra Nathalie. Ouvrez donc un passage dans le sol, il suffit de crever l'une des fleurs de rouille!

Les adolescents se secouèrent enfin. D'un seul élan ils se jetèrent vers la tache d'oxydation la plus proche et la martelèrent du talon. La dentelle écarlate s'émietta assez vite, laissant apparaître un trou noir aux bords déchiquetés. Corn hésita, sentant que c'était à lui de donner l'exemple. Pourtant quelque chose semblait le retenir au bord de la cavité.

— J'ai un mauvais pressentiment, avoua-t-il, on a trop tenté le diable ces derniers temps, notre réserve de chance est usée, ça va mal finir...

— Grouille-toi, implora Michel, j'ai l'impression qu'on me soulève par les aisselles! Les chevaux vont bientôt mettre le paquet!

L'apprenti forgeron haussa les épaules avec fatalisme et se laissa choir dans le trou.

— Allez! commanda Nathalie, vite, les autres, un à un et sans bousculade!

Pendant que les garçons s'enfonçaient dans le tunnel, Nathalie et Sylvia rassemblaient les petits.

— Non! Non! protestaient ceux-ci, veux jouer à l'avion! Veux pas aller dans le trou! C'est tout noir!

Il fallait les empoigner par la peau du dos et les pousser dans la cavité. Invariablement ils hurlaient de frayeur dès que les ténèbres du boyau se refermaient sur eux. Lorsqu'elles furent certaines de n'avoir oublié personne, les deux filles sautèrent à leur tour dans le royaume de l'arbre mou. Cedric plongea en dernier. Nathalie atterrit cul par-dessus tête dans une cohue de corps peureusement serrés les uns contre les autres. Le souterrain était plongé dans une totale obscurité et ses galeries, trop basses de plafond, ne permettaient de se déplacer qu'à quatre pattes. Les parois du terrier étaient tapissées de mucus dont les couches successives avaient fini par vitrifier les tunnels. Cela ressemblait à un tissu de fibres de verre qui craquait au moindre déplacement.

Nathalie voulut adopter une position plus confortable mais son crâne heurta tout de suite le plafond métallique. Elle jura.

— Qu'est-ce qu'il y a? interrogea anxieusement Michel.

— Au-dessus de nous c'est la plaque, dit doucement la fillette. Lorsqu'elle sera électrisée gardez-vous bien de la toucher, ou de vous y cogner comme je viens de le faire.

— Mais le sol, la terre humide, ne risquent-ils pas d'être conducteurs? s'enquit Sylvia d'une toute petite voix.

— Le mucus du serpent devrait normalement nous protéger, lâcha Corn, vous le sentez autour de vous, ça craque comme un emballage de cellophane. Les tramées baveuses ont fini par se solidifier en séchant. C'est comme de la barbe à papa durcie, ça colle.

— Il ne faut pas rester immobiles et tous massés à proximité du trou, intervint Nathalie, sinon à la première trombe nous serons aspirés à l'extérieur comme les passagers d'un avion dépressurisé. Nous allons nous répartir au long d'un tunnel. Si vous trouvez des pierres ou des éclats de métal, ramassez-les.

— Mais on ne voit rien! protestèrent les gosses apeurés.

— Avancez tout de même! s'impatienta la fillette, et taisez-vous sinon nous n'entendrons jamais le serpent approcher.

— Tu crois qu'il va venir? gémit Michel.

— Je n'en sais rien! La dernière fois on lui a planté un grappin dans le corps, il a peut-être succombé à l'hémorragie. Je me rappelle qu'il perdait beaucoup de sang.

— Oui, c'est vrai! approuvèrent les enfants qui tentaient de se rassurer, ça pissait comme d'une citerne crevée. Sûr qu'il est mort! Sûr!

Nathalie aurait aimé pouvoir être aussi affirmative, mais elle se rappelait le corps cylindrique du reptile. Cette espèce de caoutchouc sombre couturé de cicatrices et de boursouflures. Cet énorme tuyau plissé à la musculature annelée et puissante. Une telle chose pouvait-elle mourir? Elle en doutait. L'arbre mou hantait probablement le sous-sol de l'oasis de fer depuis longtemps déjà. Les décharges des chevaux ne lui avaient causé nul préjudice. Il ne craignait ni la chaleur ni l'électricité. En ce moment même il rampait quelque part à l'intérieur de la taupinière. Se servant de ses tentacules pour progresser.

Le vent ululait, sifflant dans les fissures du plafond métallique. Un violent courant d'air emplissait le tunnel. Le trou perçant la tache de rouille ronflait comme le tuyau d'un aspirateur. Nathalie se déplaça à quatre pattes pour s'éloigner de cette dangereuse bouche de ventilation.

— Faut faire gaffe ! murmura Corn, on peut facilement s'égarer dans ce labyrinthe. Et si on perd la sortie de vue, pas question de creuser vers le haut ! C'est un sacré couvercle qu'on a sur la tête ! Autant essayer de percer une banquise avec les ongles.

— Ça suffit ! trancha la fillette, n'en rajoute pas, les gosses sont bien assez effrayés.

Le premier roulement de tonnerre lui coupa la parole.

— S'il pleut, les tunnels vont se remplir de flotte ! insista Corn. Ton plan est idiot, l'eau risque de nous brancher sur le courant des chevaux.

— Il pleut rarement au cours d'une vraie tempête, observa Nathalie.

Mais elle n'en savait rien.

La plaque vibrait au-dessus d'eux, amplifiant les bruits de l'extérieur comme la membrane d'un gigantesque haut-parleur. Et soudain les courts-circuits fusèrent, dessinant des zigzags d'étincelles sous les voûtes ténébreuses.

Cela dansait telle une meute de feux follets, illuminant toute la longueur du souterrain. L'éclat magnétique crachotait, explosait en étoiles d'une insoutenable blancheur.

— Feu d'artifice ! crièrent les petits, feu d'artifice !

Ils battaient des mains, émerveillés par ces ondulations lumineuses qui sillonnaient le plafond, amenant çà et là la plaque au bord de l'incandescence.

Nathalie eut l'impression d'être prisonnière d'un tuyau assiégé par un commando de soudeurs fous. Les palpitations éclatantes avaient au moins le mérite de dispenser un éclairage de fortune à la teinte bleuâtre, lunaire.

Elle rampa sur une dizaine de mètres, s'évertuant à fuir la pluie d'étincelles.

— Le feu d'artifice a brûlé Jean-Marc ! gémit un bébé.

— Couvrez-vous la tête avec une étoffe, ordonna Nathalie.

Une odeur de crin brûlé envahissait le boyau. Les paillettes qui tombaient du plafond mordaient la peau comme des gouttes d'huile bouillante, leur contact provoquait des cloques de la taille d'une brûlure de cigarette.

Nathalie déchira un morceau de sa robe pour improviser un fichu.

— Ça pue le cochon grillé ! lança Michel. Merde, c'est comme si on secouait des frites géantes au-dessus de nous !

L'image provoqua une bordée de rires nerveux. La banquise de métal grésillait, bleuissait à la manière d'un pot d'échappement. Il commençait à faire chaud et certaines parties de la plaque — plus minces — viraient franchement au rouge. Le tunnel se changeait en four. Nathalie sentit la désagréable démangeaison du feu courir sur sa peau déjà irritée par les agressions du vent.

Elle se traîna sur le ventre, cherchant une section moins exposée.

— Nous sommes juste sous les chevaux, jeta-t-elle par-dessus son épaule, il faut s'éloigner ou nous allons cuire !

Au moment même où elle prononçait ces mots, un éclair frappa l'oasis. Les émanations du choc firent se dresser les cheveux des enfants, un souffle de lance-flammes passa sur eux, leur rougissant l'épiderme et leur consumant cils et sourcils. Nathalie songea que seule la gaine de mucus solidifié les protégeait des décharges. Sans elle ils auraient subi la formidable attraction magnétique du couvercle coiffant la taupinière.

— Hé ! s'écria un garçon, mon canif s'est envolé ! Il est collé au plafond !

— Mes lunettes aussi ! hurla Michel, j' vois plus rien !

— N'essayez pas de les récupérer ! commanda Nathalie, vous risqueriez...

Mais c'était trop tard. Un éclair fusa jusqu'au fond du boyau. Et le corps tétanisé de l'un des garçons se mit à briller comme un filament incandescent. Cela dura une éternité. Lorsque le cadavre tomba enfin, il était noir, charbonneux, et avait réduit de moitié. Ce fut la panique. Tout le monde courut à quatre pattes, fuyant la proximité du corps goudronneux et son épouvantable odeur de viande carbonisée.

— Ne vous dispersez pas ! sanglotait vainement Sylvia, vous allez vous perdre ! Restez groupés, je vous en prie...

Mais on ne l'écoutait pas. La horde effarée piétinait, se bousculant pour se jeter dans les galeries

annexes trouant le maître-couloir. Les bébés demeurèrent sur place, recroquevillés, la tête dans les bras,
paquets mous et ovoïdes qu'on ne parvenait plus à
déplier.

Nathalie reçut un coup de coude qui lui fit éclater la
joue. Elle roula sur le flanc, étourdie de douleur.
Cedric lui lécha le visage en jappant comme un chiot.
Le plafond de métal luisait telle une coulée de mercure. Les zones de faible épaisseur se déformaient,
laissant pleuvoir de minuscules perles d'acier en
fusion. Les fuyards hurlaient et se contorsionnaient
sous cette averse d'épouvante qui trouait les vêtements et incrustait ses gouttes dans les chairs les plus
tendres. Le doberman referma ses mâchoires sur la
manche de la fillette et la remorqua vers une zone
moins exposée. Ils basculèrent, entremêlés, dans une
galerie annexe qu'éclairaient relativement bien les
fulgurances du couloir central. Corn les y rejoignit,
des cloques parsemaient son front, et ses guenilles
fumaient.

— Quel bordel ! jura-t-il, tout le monde s'est éparpillé.

Nathalie haussa les épaules.

— Va chercher les bébés, dit-elle au doberman, et
ramène-les ici. Va !

Le chien s'exécuta, heureux d'obéir. Un à un, obstiné, il traîna les petits auprès de sa maîtresse. Les
marmots, épouvantés, essayaient de lui échapper,
mais il les rattrapait en plantant ses crocs dans les
barboteuses en haillons. Il procédait vite et bien,
apparemment indifférent aux étincelles qui roussis-

saient son pelage. Nathalie fut bientôt environnée d'une marmaille pleurnichante aux exigences rocambolesques.

— Le méchant chien a mordu Yves! pleura l'un des moutards.

Nathalie lui décocha une gifle. Elle ne se contrôlait plus. Des palpitations bleues frémissaient tout au long de la voûte, éclairant une perspective de stalactites d'acier, effilées comme des pointes de lance. Il s'agissait de coulées fort anciennes datant de l'époque à laquelle le météore s'était liquéfié à la surface de la plaine. Corn leva un bras pour en éprouver la pointe.

— On croirait des clous géants! s'extasia-t-il, ou des poignards!

— Ils sont chauds? demanda la fillette.

— Pas trop. On est loin des chevaux.

— Peux-tu en casser quelques-uns? Des armes nous seraient utiles en cas de rencontre avec l'arbre mou.

— Je vais essayer. Il y a des taches de rouille.

L'adolescent se dressa sur les genoux et empoigna l'une des aspérités à deux mains. On eût dit qu'il tentait d'arracher un croc de métal de la gueule d'un fauve colossal. Il dut renoncer et choisit une nouvelle stalactite. Cette fois il parvint à déraciner la longue pointe d'acier.

Nathalie soupira d'aise. La coulée de métal formait une épée d'une cinquantaine de centimètres. L'oxydation qui en rougissait la base ne s'était pas étendue à la hampe et l'acier restait lisse jusqu'à la pointe.

— Un sacré harpon! siffla le garçon.

— Oui. Décroches-en d'autres pendant que je bats le rappel.

Joignant le geste à la parole Nathalie passa la tête dans la galerie et lança un appel modulé.

— Par ici ! lança-t-elle ensuite, on a trouvé une cache tranquille et des armes pour repousser l'arbre mou ! Venez !

Dix minutes s'écoulèrent avant que Michel n'apparaisse, piteux, le visage hagard et boursouflé. Il reniflait.

— Sans lunettes j' vois plus rien ! se plaignit-il. J' suis brûlé partout.

— Qu'est-ce que tu veux voir ? s'impatienta Corn. De toute manière il fait noir ! Et puis l'arbre mou est si laid que tu ne perds pas grand-chose.

Nathalie intervint d'un claquement de langue.

Corn jura et retourna à son travail de cueillette. Il avait déraciné une demi-douzaine de poignards naturels quand Sylvia s'infiltra dans la cache, tirant quelques enfants derrière elle.

— J'ai perdu les autres, se lamenta-t-elle, ils se sont éparpillés au hasard, je crois même que l'un d'eux a voulu ressortir par la fleur de rouille. Le vent l'a aspiré à la verticale.

— Reposons-nous ici, proposa Nathalie, il vaut mieux ne pas se lancer dans les galeries, il y a trop de ramifications et nous ne disposons d'aucune boussole. De toute manière, même si nous en avions une, l'aimantation du plafond en fausserait sans doute les données. Autant attendre la fin de la tempête.

On approuva mollement. L'atmosphère des boyaux impressionnait désagréablement les rescapés. Le territoire souterrain avait davantage l'aspect d'un piège que celui d'un refuge, et la chaleur qui ne cessait de monter en rendait l'air irrespirable. Pour distraire les esprits Nathalie distribua les pieux de métal aux plus grands, mais cette initiative — loin d'enchanter les enfants — ne fit qu'aviver en eux la conscience du danger.

Dehors, la tempête faisait rage mais le filtre du plafond traduisait les turbulences en longues vibrations mélodiques. Cela évoquait parfois les miaulements d'une scie musicale.

Un quart d'heure s'écoula ainsi dans la lueur tremblotante des courts-circuits lointains.

— Hé ! fit soudain l'un des gamins, y a quelque chose, là, dans le coin !

Nathalie sursauta, immédiatement en alerte. Plissant les paupières, il lui sembla distinguer trois longs paquets fibreux entassés sur le sol. Comme d'énormes cocons. Elle bougea, mal à l'aise, appréhendant ce qu'elle allait découvrir. Un éclair plus long que les autres lui révéla trois formes humaines enveloppées dans des chrysalides de mucus séché. Les sécrétions de l'arbre mou avaient entouré ces corps d'un réseau de fils de bave durcie à la façon des bandelettes enserrant une momie. Malgré sa répugnance, la fillette avança le cou. Elle réprima un hoquet en identifiant un pan de soutane rayé de jaune et de noir.

— Les rabatteurs ! souffla-t-elle. Ce sont les rabatteurs que le serpent a capturés.

— Il les a fichus en conserve ! observa Corn. Mince ! On est en plein dans le garde-manger de l'arbre mou ! Il les a collés dans des cocons, comme les araignées.

Les enfants frémirent en se serrant les uns contre les autres. L'un des bébés désigna du doigt les trois horribles larves en s'exclamant : « Barbe à papa ! » À cette évocation ses congénères approuvèrent en réclamant des bonbons, des pralines et des pommes rouges « comme à la fête » !

Nathalie posa la main sur le dos de Cedric, lui confiant le rôle d'éclaireur. Le grand chien coucha les oreilles et prit la galerie de gauche qui débouchait dans une salle plus vaste qu'éclairaient faiblement quelques courts-circuits égarés. Cette fois ils butèrent sur un énorme cocon. Une sorte de pelote fibreuse renfermant la dépouille d'un poulain.

— Ben vrai ! grogna Corn, le serpent est prévoyant, il se planque des casse-croûte un peu partout, ça c'est de l'organisation !

Il essayait de blaguer mais son ironie chevrotait d'angoisse. Nathalie était oppressée. La présence de « provisions » indiquait clairement que le tunnel dans lequel ils se déplaçaient présentement n'appartenait pas au groupe des réseaux désaffectés.

— Le mucus est humide ! observa brusquement Sylvia. On dirait qu'il est... frais !

Nathalie éprouva un pincement à l'estomac en entendant ce nouveau cri d'alerte.

— Restons ici, fit-elle d'une voix éteinte, la tempête sera finie dans une heure.

Les enfants s'installèrent à bonne distance du cheval momifié. Quelques-uns pleuraient en silence.

Une demi-heure s'écoula ainsi, puis Cedric se dressa, les crocs découverts, laissant filer un sourd grondement. La membrane sonore du plafond leur transmit l'écho d'un raclement émaillé de succions sonores, comme si de grosses ventouses claquaient en se décollant.

— C'est l'arbre mou ! bafouilla Sylvia, il nous cherche...

Nathalie ferma les yeux, la caisse de résonance des galeries interdisait toute localisation précise, le bruit semblait venir de partout à la fois. Durant une seconde elle se sentit encerclée par une horde de métros vivants et dévorateurs sinuant au sein de tunnels obscurs. Un cri de détresse fusa, quelque part dans l'une des circonvolutions de la taupinière. C'était un cri d'enfant terrifié que l'horreur fait hurler sur une note affreusement aiguë.

— Il l'a rencontré ! hoqueta Michel, il l'a rencontré.

— Prenez vos lances et tenez-vous prêts ! ordonna Nathalie. Évitez les tentacules, frappez au corps.

Ils s'agenouillèrent, brandissant leurs stalactites de chrome au risque de s'éborgner. Les petits pleurnichaient, devinant confusément le danger.

Le cri s'était cassé, après un instant de silence la bête avait repris sa reptation. Une odeur putride frappa les narines de Nathalie. Et soudain le premier tentacule apparut au seuil de la salle. Il décrivait des boucles gracieuses, explorant le pourtour du boyau en une série de délicates palpations.

Nathalie fit signe aux enfants de reculer vers un autre embranchement, mais Corn bondit pour enfoncer son pieu de chrome dans la paroi du tunnel. Le dard traversa sans difficulté la terre meuble et s'enfonça dans le corps du reptile qui se trouvait de l'autre côté de la cloison. Du sang se mêla à la boue. Subjugués, les garçons se dépêchèrent d'imiter l'apprenti forgeron, poignardant le serpent à travers le mur du tunnel.

L'animal eut une formidable convulsion et toute la paroi s'effondra. Désormais aucun rempart ne séparait plus les enfants de l'arbre mou. Stupéfaits, certains gosses lâchèrent leurs lances qui restèrent fichées comme des banderilles luisantes dans le flanc de la bête. Nathalie et Sylvia poussaient déjà les bébés vers une galerie annexe. L'arbre mou se lova en fer à cheval, encerclant les téméraires de son double bouquet de tentacules. La fillette vit que le grappin était toujours accroché à son échine et que la chair caoutchouteuse du monstre avait cicatrisé autour de l'hameçon en grosses boursouflures blanchâtres. Corn hurlait des insultes et frappait à coups redoublés, crevant la peau épaisse du reptile, vandale lilliputien s'acharnant sur un pneu géant. Mais les tentacules se refermaient en tenaille. L'un d'eux saisit Michel par les chevilles et le tira au sein du bouquet arborescent des pseudopodes. Nathalie se jeta en avant, essayant de percer le tuyau hérissé de ventouses qui s'enroulait autour de l'adolescent mais ses attaques restèrent sans effet. La chair des tentacules était inentamable. La pointe du dard métallique déviait en la touchant sans même parvenir à l'érafler. La fillette dut reculer pour éviter d'être capturée à son tour. Les pseudopodes fouettaient l'air. Corn sentit enfin le danger et battit en retraite, mais deux autres enfants restèrent prisonniers du cercle grouillant.

— En arrière ! vociféra Nathalie, il y a une autre salle dans le fond !

Les combattants se ruèrent en titubant, courbés comme des vieillards pour éviter de frôler le plafond.

Le reptile, lui, ne se souciait d'aucun risque. Son corps annelé frôlait la plaque sans souffrir des courts-circuits. À chaque attouchement sa peau noire grésillait en répandant une fumée nauséabonde. Les évents pointillant son échine sécrétaient des flots de mucus protecteur qui moussaient en ruisselant sur ses flancs.

Les grosses ventouses claquaient sur le sol avec des bruits de baisers sonores. Cedric se cassa deux dents alors qu'il s'acharnait sur un tentacule. Les gosses refluèrent, piétinant les petits malencontreusement attardés au milieu du passage. Nathalie haletait dans l'atmosphère raréfiée du tunnel.

Le reptile hésita. Ses pseudopodes tentaient d'arracher les lances demeurées fichées dans ses côtes.

Finalement il choisit de reculer, emportant avec lui les victimes de l'affrontement autour desquelles ses « branches » s'enroulaient en nœuds mortels.

— Il va revenir, balbutia Corn, dès qu'il aura tissé ses cocons garde-manger il repartira à l'attaque. On doit sortir d'ici.

— Pour aller où ? s'emporta Nathalie. Écoute ce qui déferle au-dessus de nos têtes ! Tu veux plonger dans l'ouragan ? Il faut encore attendre, dès que l'obscurité reviendra cela voudra dire que les chevaux ont cessé d'aimanter la plaque, alors seulement nous pourrons remonter à l'air libre.

— O.K., capitula Corn, mais nous allons tous y passer...

Sans même savoir ce qu'ils faisaient ils dévalèrent un couloir en pente.

— Pas par là ! supplia Nathalie qui venait d'apercevoir les nombreuses taches de rouille qui constellaient le plafond, la plaque est rongée. Si une trombe balaie la surface à cet endroit elle percera chaque point d'oxydation !

Mais les enfants ne l'écoutaient pas. La cohésion du groupe s'était dissoute sous l'effet de la peur. Chacun courait sans se préoccuper des autres. Les ordres, les conseils mouraient au seuil d'intelligences bloquées par la panique. Seule Sylvia s'obstinait encore à piloter son troupeau de bébés boueux, corrigeant leur trajectoire à grand renfort de gifles.

Alors qu'ils hésitaient au carrefour d'un embranchement une gerbe de tentacules jaillit des ténèbres pour s'épanouir en soleil palpitant. Corn eut le réflexe de jeter son épieu au centre de cette fleur rose, là où béait une bouche cornée semblable à celle d'une pieuvre. Le dard se ficha dans une zone sensible et le reptile eut une convulsion de souffrance. Le spasme fut tel que les parois des tunnels s'éboulèrent sur plus d'une centaine de mètres, submergeant les enfants sous un flot de terre et de boue.

Aveuglée, Nathalie bascula dans la glaise et glissa

sur la pente d'une galerie inclinée à 45°. Une avalanche de bébés la recouvrit alors qu'elle tentait de se
dégager de la tourbe.

Corn, désarmé, se jeta à son tour sur ce toboggan
naturel. La poussière de l'éboulement rendait l'atmosphère asphyxiante et tout le monde toussait à s'en
arracher les bronches. Cedric referma ses crocs sur
la manche de sa maîtresse et la tira vers une dépen-
dance du terrier. Cette fois il s'agissait d'une salle au
plafond hérissé d'énormes stalactites métalliques.
Ces pieux dardaient leurs pointes dangereusement
effilées vers le sol du souterrain.

Nathalie, en un éclair, se demanda s'il ne serait pas
possible d'improviser un piège qui clouerait le reptile
une fois pour toutes. Elle appela Corn pour lui faire
part de son idée. Serrant les dents sous les décharges,
le garçon s'arc-bouta aussitôt à l'une des coulées
mais celle-ci refusa de bouger. Les autres stalactites,
trop épaisses, se révélèrent elles aussi indéracinables.

— On l'aurait sciée à demi, s'obstina la fillette,
ensuite on aurait attaché une corde et quand l'arbre
mou...

— Tu délires! Arrête! vociféra Corn. On n'a pas
de scie, pas de filin. C'est dans les romans qu'on peut
faire ce genre de choses, pas dans la vie! Surveille
plutôt le serpent.

Mais ce dernier avait disparu. On l'entendait
ramper sans pouvoir localiser la provenance du bruit.

Les courts-circuits avaient perdu en intensité et
seules quelques étincelles sporadiques éclairaient
encore la rotonde. On était maintenant beaucoup trop

loin des chevaux pour bénéficier de l'incandescence de la zone d'aimantation. Nathalie sentait monter la nuit des tunnels comme une sombre inondation. Le monde ne lui apparaissait plus qu'au travers des fulgurations d'un stroboscope mourant. Impatient, l'arbre mou renversait les cloisons de boue sèche, projetant des débris en tous sens. Des combats confus se déroulaient dans l'obscurité. Fous de peur, deux garçons s'empalèrent mutuellement sur leurs lances en frappant à l'aveuglette. Cedric aboyait, arc-bouté sur ses pattes postérieures, écumant de rage. Le reptile se servait de ses tentacules comme des lanières d'un fouet. Une seule volée suffisait à pulvériser le fragile rempart d'une cloison. « Il triche, songea stupidement la fillette, il ne respecte pas le parcours du labyrinthe ! »

Elle perdait la tête. L'un des bébés, affolé, escalada sa poitrine, se suspendit à ses cheveux et lui griffa le visage en criant « Bobo ! Bobo ! », elle s'en débarrassa d'un revers du bras. Elle voulait survivre, les autres n'existaient plus. Ils n'étaient que des obstacles. Elle rampa sur les coudes, bredouillant des mots sans suite. Puis elle réalisa qu'elle n'avançait pas car la moitié inférieure de son corps était ensevelie sous les débris. Les pierres et les blocs de boue séchée l'avaient enfermée jusqu'aux hanches dans un socle qui faisait d'elle une statue couchée et gesticulante. Pendant ce temps l'arbre mou s'approchait. Personne ne s'opposait plus à lui, Corn et les autres avaient fui sans demander leur reste. Nathalie restait seule, les jambes enracinées dans un monticule de gravats. Cedric mordit dans les vêtements de la fillette pour l'arracher au piège du socle, mais les guenilles se déchirèrent, la laissant nue dans la poussière. Le reptile progressait par saccades, épanouissant et rétractant sa couronne de branchages. Il n'était plus qu'à dix mètres. Nathalie hurla, griffa la terre, luttant désespérément pour s'extraire de sa gangue de débris, mais elle était clouée. Alors qu'elle se préparait à connaître la morsure des ventouses elle prit conscience que le monstre n'avançait plus. Dans la clarté spasmodique de la voûte, elle le vit qui se contorsionnait bizarrement comme s'il essayait d'échapper à une invisible étreinte. On eût dit un ver de terre suspendu à un hameçon. C'est alors qu'elle aperçut le grappin fiché dans le flanc de la bête, ce grappin autour duquel les chairs avaient cicatrisé en boursouflures blanchâtres. L'anneau qui en terminait la hampe s'était pris dans l'une des stalactites, mettant le serpent à l'attache. L'arbre mou se convulsait, mais chacune de ses tractions faisait bouger les crocs de l'hameçon à l'intérieur de sa chair, rouvrant ses plaies. Son cerveau aux possibilités de réflexion extrêmement limitées ne lui permettait pas de comprendre que ses soubresauts de libération le détruisaient peu à peu, et qu'en s'obstinant à vouloir aller de l'avant il se lacérait les flancs aussi sûrement qu'un samouraï qui s'ouvre l'abdomen.

Il aurait suffi qu'il recule pour que l'anneau d'amarrage du grappin se dégage du pal de la stalactite, mais une telle manœuvre dépassait son entendement. Il s'obstinait à tirer, tirer, ouvrant une plaie affreuse dans sa chair. Ses convulsions se communiquèrent au sol et aux parois qui s'éboulèrent. Nathalie sentit qu'elle était emportée par l'avalanche. Elle roula, nue et terriblement vulnérable, dans une pluie de caillasse dévalant la pente d'une dépression. Une pierre la frappa à la nuque. Elle perdit connaissance au moment même où elle s'enfonçait mollement dans une flaque de glaise.

Lorsqu'elle rouvrit les yeux, Cedric lui léchait la figure. Il faisait noir et aucune étincelle ne crépitait plus sur la plaque. Elle perçut les coups sourds du reptile toujours occupé à s'autodétruire mais il lui sembla que leur fréquence s'espaçait. Elle se redressa, leva une main vers le plafond mais ne put l'atteindre. Il lui fallait remonter en prenant garde de ne pas tourner en rond. Si elle s'égarait elle reviendrait fatalement vers le monstre. Elle se cramponna au collier de Cedric mais le chien, sans doute choqué, se déroba en grondant.

« Je vais finir par le rendre fou, pensa-t-elle, un jour il en aura assez et me sautera à la gorge ! »

Elle l'appela une ou deux fois puis renonça. Le doberman avait très mal supporté leur séjour à Almoha. Depuis il se montrait fréquemment irritable et angoissé. Elle gravit la pente à quatre pattes, jurant lorsque ses genoux heurtaient des pierres tranchantes. En haut elle tâtonna pour palper le plafond de métal. Il était froid et ne vibrait plus. Elle en déduisit que la tempête était finie. Où se trouvaient donc Corn, Sylvia et les autres ? Probablement avaient-ils regagné la surface sans daigner l'attendre !

Par acquit de conscience elle lança un « Houhou ? » chevrotant. Les ténèbres l'oppressaient.

Ses jambes tremblaient, ne la portant plus qu'avec peine.

— Je suis au bout du rouleau, murmura-t-elle sans savoir à qui elle s'adressait vraiment, maintenant il faut que je rentre à la maison.

— Il y a quelqu'un ? cria-t-elle à nouveau. C'est Nathalie. Vous êtes là ? Guidez-moi si vous m'entendez, l'arbre mou est immobilisé...

Mais il n'y eut pas de réponse. Elle se décida à avancer, les bras tendus en aveugle, cassée en deux pour ne pas se raboter les omoplates aux aspérités du plafond. Les yeux écarquillés elle cherchait désespérément à repérer le rai de lumière qui trahirait la proximité d'une fleur de rouille. Puis elle réalisa qu'à l'extérieur il faisait sans doute nuit. Elle ne savait pas combien de temps avait duré la tempête. Elle était perdue dans la taupinière et la courbe des tunnels risquait de la ramener insensiblement dans les tentacules de l'arbre mou.

Cedric grondait comme à l'approche d'un danger, elle décida de ne pas en tenir compte et de le laisser se calmer. Elle appela encore. Cette fois la voix d'un petit lui répondit. « Coucou le loup ! » gloussa l'enfant, puis il éclata d'un rire chatouillé.

— Où es-tu ? s'impatienta la fillette. Tu es tout seul ?

Mais le gamin se contenta de répéter sa ritournelle :

— Coucou le hibou !

Nathalie décida d'entrer dans le jeu pour se guider sur la voix de l'enfant.

— J'arrive ! chantonna-t-elle, coucou ?

— Coucou le kangourou ! gazouilla le petit.

Cette fois Nathalie l'avait localisé. Elle s'étonna qu'ainsi perdu dans les ténèbres le gosse manifestât une telle bonne humeur. Mais n'être plus seule la rassurait. De toute manière elle ne pouvait laisser derrière elle l'un des bébés perdus par Sylvia. Elle ignora un dernier aboiement de Cedric et passa le seuil de ce qui semblait être une salle « garde-manger ».

— Tu es là ? dit-elle plus bas.

— Coucou le chou ! bégaya l'enfant.

Au même moment une poigne de fer s'abattit sur la nuque de la fillette tandis que le halo d'une puissante torche électrique la frappait en plein visage.

Elle essaya de se débattre mais on lui avait déjà retourné les bras dans le dos. Une paire de menottes claqua sur ses poignets.

— C'est elle ! dit une voix d'homme mûr.

Nathalie hoqueta, pétrifiée. Dans le halo de la torche elle aperçut Corn, Sylvia et les autres ligotés et bâillonnés sur le sol. Cinq prêtres les surveillaient. Ils étaient bottés de caoutchouc et vêtus de cirés de marin d'où dépassaient leurs soutanes. Un sixième, plus jeune, tenait un petit dans ses bras et le chatouillait en lui glissant des plaisanteries à l'oreille.

Anéantie, la fillette comprit que les rabatteurs du Saint-Allégement avaient passé toute la tempête à l'abri des souterrains. Ils n'étaient jamais rentrés à leur base, comme elle l'avait cru. Ils s'étaient obstinés, allant — pour suivre leur gibier — jusqu'à

prendre le risque de côtoyer l'arbre mou ! Elle tomba
à plat ventre sur le sol et son agresseur entreprit de lui
lier les chevilles.

— Il y a un chien ! cria l'un des prêtres.

— Tue-le ! ordonna une voix grave.

— Non ! hurla Nathalie.

Mais le coup de feu couvrit sa voix. Glacée d'effroi
elle entendit le jappement douloureux de Cedric.

— Je l'ai touché mais il a fichu le camp, grommela
le tireur.

— Laisse tomber, lâcha le chef du commando,
l'arbre mou se chargera de lui. Faut remonter ceux-là
au camp de la catapulte.

Nathalie mordit la terre. Elle étouffait de colère et
de souffrance. Si elle avait pu, elle aurait hurlé à la
mort comme un loup perdu sous la lune.

CHAPITRE XIII

Lorsqu'on hissa les enfants à la surface le jour se levait. L'oasis de fer, étrillée par le vent, brillait comme une lame. On ne voyait pas les chevaux. Nathalie, Corn, Sylvia et les garçons furent tirés du souterrain par un trou creusé dans le sol argileux de la plaine. Ainsi, empruntant le labyrinthe du reptile, les prêtres avaient réussi leur mission sans poser une seule fois le pied sur la plaque métallique. À présent une grosse carriole à ridelles les attendait, attelée à deux énormes bovidés.

Nathalie aurait voulu crier sa haine mais on lui avait collé un large morceau de toile adhésive sur la bouche, lui soudant les lèvres.

Elle jetait des regards désespérés à ses compagnons, mais ceux-ci semblaient avoir perdu tout ressort. Elle se demanda si on ne les avait pas drogués. Seuls les petits affichaient leur vitalité coutumière et riaient aux éclats dès que l'un ou l'autre des prêtres faisait mine de les chatouiller.

Corn et Sylvia avaient le regard flou et le menton sur la poitrine. Quant aux garçons, Nathalie ne dénombra que sept survivants. Dix d'entre eux étaient donc restés prisonniers des souterrains ! La fillette espéra que ceux que le serpent n'avait pas encore dévorés trouveraient le moyen de sortir une fois les prêtres partis.

— Chargez-les ! ordonna le plus âgé des rabatteurs. Ne traînez pas, vous savez bien que la catapulte ne doit jamais manquer de munitions !

Les adolescents furent jetés pêle-mêle dans la charrette. Les petits y grimpèrent de leur plein gré. Assis à côté du conducteur, ils désignaient les animaux de trait en disant : « Hou ! La vache ! Hou ! Les cornes ! »

Lorsque l'un des prêtres voulut saisir Nathalie, le chef du commando s'interposa.

— Non, pas elle, trancha-t-il, celle-là il faut la ramener au père Mock, l'Évêché s'occupera d'elle, paraît que c'est une sorcière.

Nathalie sursauta en entendant la sentence. Quel traitement de « faveur » lui réservait-on ? Et pourquoi ?

S'agissait-il des séquelles de son aventure à Almoha ? Des contacts qu'elle avait eus avec le professeur Werner, le vieux fou du muséum des sciences naturelles ? Mais tout cela paraissait si loin !

Elle regarda autour d'elle, hébétée. Déjà la charrette s'éloignait et les petits lui faisaient au revoir en agitant les mains, incapables de se rendre compte qu'on les emmenait à la mort ! Nathalie se cabra mais elle n'avait plus de forces. L'un des rabatteurs la prit par la taille, la roula dans une toile goudronnée et la jeta en travers d'un cheval sellé qui attendait à l'écart.

Après quoi il la garrotta au moyen d'une sangle de cuir. Pendue, la tête en bas, la fillette sentit ses tempes bourdonner.

— Je vais profiter de l'accalmie pour rejoindre Almoha, dit le vieux prêtre. Le père Mock sera sûrement content de nous. Nourrissez la catapulte avec les dernières prises, puis revenez aux « projectiles » habituels. À l'heure actuelle la population se terre encore, vous ne risquez rien.

Il donna quelques ordres puis monta en selle et éperonna sa monture. Le crâne de Nathalie se mit à ballotter douloureusement de droite et de gauche. Le moine tourna le dos à la charrette qui s'engageait dans la forêt. La glaise du chemin collait aux sabots du cheval, alourdissant son trot. Un tournant de la route et un petit bois dissimulèrent bientôt la tâche brillante de l'oasis électrique. Nathalie pleurait en silence, mâchoires serrées pour ne pas se sectionner la langue. Sous ses paupières s'attardait l'image du chariot cahotant, avec ses passagers drogués, ses enfants boueux et somnolents... Mais le pire, c'était encore la vision des petits agitant les mains, arborant des visages lunaires fendus d'un sourire béat. L'horreur ne finirait donc jamais?

Elle pleura longtemps, puis soudain, alors qu'elle rouvrait les yeux, elle aperçut Cedric qui courait entre les troncs, à longues foulées élastiques. Il était couvert de sang et tirait la langue. Il se déplaçait parallèlement au cheval mais incurvait peu à peu sa trajectoire pour le rejoindre. Le lourd galop du percheron dissimulait le clapotis des pattes du chien pétrissant la boue. Enfin, d'une prodigieuse détente des cuisses Cedric s'envola et bondit à la gorge du prêtre qui ne l'avait pas vu venir. Le rabatteur poussa un glapissement rauque et vida les étriers tandis que le cheval se dressait, affolé par cette attaque surprise. La sangle qui maintenait Nathalie cassa, et la fillette tomba dans la boue du chemin. À deux mètres d'elle le doberman achevait d'égorger le rabatteur. Elle roula sur elle-même pour se dégager de la toile goudronnée. Le cheval s'éloigna en galopant droit devant lui, les étriers lui battant les flancs. Nathalie se jeta au cou de Cedric. Le grand chien noir haletait et son pelage était collé par la sueur et le sang. La balle avait tracé un profond sillon sur son poitrail sans provoquer de préjudice irréparable. Ils demeurèrent serrés l'un contre l'autre au milieu de la plaine boueuse. Elle, nue, lui grelottant de fièvre dans son pelage empourpré.

Quelque part sur l'oasis de fer, l'étalon blanc hennit pour saluer la naissance du jour.

ÉPILOGUE

L'avis de recherche, gravé sur une lourde stèle de
pierre grise, représentait une adolescente aux longs
cheveux et au visage effronté. À côté d'elle, une
seconde vignette reproduisait en ronde bosse l'image
d'un chien. On avait colorié ces figures avec une
mauvaise peinture qui s'écaillait déjà, donnant à la
borne de police un curieux aspect de dalle funéraire.

Un texte sculpté à la hâte s'alignait en colonnes
plus ou moins parallèles sous les deux motifs. Lorsqu'on s'y attardait on pouvait lire :

« Sexe féminin, prénom : Nathalie, patronyme
inconnu. Âgée d'approximativement treize ans, circule
en compagnie d'un chien extrêmement dangereux
répondant au nom de Cedric.

« Soupçonnée d'avoir subi l'endoctrinement d'un
universitaire hérétique. Accusée d'avoir contribué
au sabotage et à la destruction du musée d'Almoha.
Se trouve probablement en possession de textes
sacrilèges de caractère éminemment satanique. Est
peut-être envoûtée, voire susceptible de jeter des
sorts.

« Doit être interceptée, si possible vivante, et livrée au représentant local de la Compagnie du Saint-Allégement afin d'être exorcisée et remise dans la voie de la rédemption.

« ... Que la divine légèreté vienne en aide au croyant et nous préserve de l'apocalypse.

« ... Que les tempêtes nous protègent des âmes mauvaises et emportent ceux qui blessent le sol de leurs pieds impurs.

« Rendons grâce à Santäl et bénissons le vent,

« CAR L'OURAGAN EST SA JUSTICE ! »

DU MÊME AUTEUR

Dans la même collection

Reproduction photomécanique.
Impression Bussière Camedan Imprimeries
à Saint-Amand (Cher), le 25 avril 2003.
Dépôt légal : mai 2003.
Numéro d'imprimeur : 032127/1.
ISBN 2-07-042808-7./Imprimé en France.

121719